Simone de Beauvoir

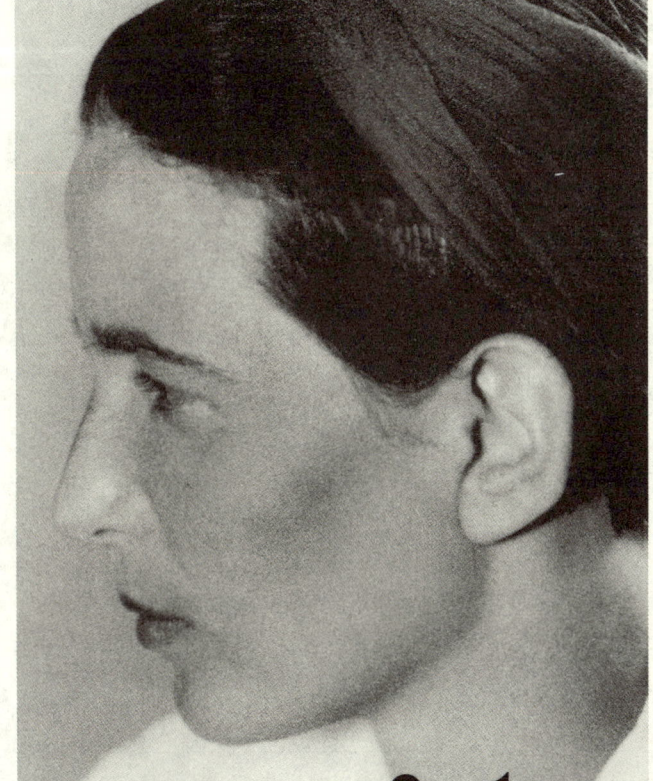

A convidada

TRADUÇÃO **Vítor Ramos**
PREFÁCIO **Mirian Goldenberg**

6ª edição

EDITORA
NOVA
FRONTEIRA

Título original: *L'invitée*
Copyright © Éditions Gallimard, 1943
Venda proibida em Portugal.

Direitos de edição da obra em língua portuguesa no Brasil adquiridos pela EDITORA NOVA FRONTEIRA PARTICIPAÇÕES S.A. Todos os direitos reservados. Nenhuma parte desta obra pode ser apropriada e estocada em sistema de banco de dados ou processo similar, em qualquer forma ou meio, seja eletrônico, de fotocópia, gravação etc., sem a permissão do detentor do copirraite.

EDITORA NOVA FRONTEIRA PARTICIPAÇÕES S.A.
Av. Rio Branco, 115 – Salas 1201 a 1205 – Centro – 20040-004
Rio de Janeiro – RJ – Brasil
Tel.: (21) 3882-8200

Imagem de capa: Bridgeman Images.

NOTA DA EDITORA: Este romance de Simone de Beauvoir foi publicado pela primeira vez em 1943 e contém representações e atitudes dentro de um contexto histórico e social. Alguns termos e expressões possuem cunho preconceituoso, reproduzindo o pensamento e os costumes da sociedade francesa da época. Tais passagens foram mantidas sem alteração nesta edição de forma a preservar a obra ficcional da autora e incentivar uma reflexão crítica sobre seu conteúdo.

CIP-BRASIL. CATALOGAÇÃO NA PUBLICAÇÃO
SINDICATO NACIONAL DOS EDITORES DE LIVROS, RJ

B385c

Beauvoir, Simone de, 1908-1986
  A convidada / Simone de Beauvoir;
traduzido por Vítor Ramos; prefácio por
Mirian Goldenberg. - 6. ed. - Rio de Janeiro:
Nova Fronteira, 2023.
424 p.; 15,5 x 23 cm

Tradução de: *L'invitée*
ISBN 978-65-5640-738-8

1. Literatura francesa. 2. Ramos, Vítor. I. Título.

CDD: 843   CDU: 821.133.1

André Queiroz – CRB-4/2242

Conheça outros livros da autora:

Simone de Beauvoir, em suas memórias, nos dá a conhecer sua vida e obra. Quatro volumes foram publicados entre 1958 e 1972: *Memórias de uma moça bem-comportada*, *A força da idade*, *A força das coisas* e *Balanço final*. A estes se uniu a narrativa *Uma morte muito suave*, de 1964. A amplitude desse empreendimento autobiográfico encontra sua justificativa numa contradição essencial ao escritor: a impossibilidade de escolher entre a alegria de viver e a necessidade de escrever; de um lado, o esplendor do contingente; do outro, o rigor salvador. Fazer da própria existência o objeto de sua obra era, em parte, solucionar esse dilema.

Simone de Beauvoir nasceu em Paris, a 9 de janeiro de 1908. Até terminar a educação básica, estudou no Curso Désir, de rigorosa orientação católica. Tendo conseguido o certificado de professora de filosofia em 1929, deu aulas em Marseille, Rouen e Paris até 1943. *Quando o espiritual domina*, finalizado bem antes da Segunda Guerra Mundial, só veio a ser publicado em 1979. *A convidada*, de 1943, deve ser considerado sua estreia literária. Seguiram-se então *O sangue dos outros*, de 1945, *Todos os homens são mortais*, de 1946, *Os mandarins* — romance que lhe valeu o Prêmio Goncourt em 1954 —, *As belas imagens*, de 1966, e *A mulher desiludida*, de 1968.

Além do famoso *O segundo sexo*, publicado em 1949 e desde então livro de referência do movimento feminista mundial, a obra teórica de Simone de Beauvoir compreende numerosos ensaios filosóficos, e por vezes polêmicos, entre os quais se destaca *A velhice*, de 1970. Escreveu também para o teatro e relatou algumas de suas viagens ao exterior em dois livros.

Depois da morte de Sartre, Simone de Beauvoir publicou *A cerimônia do adeus*, em 1981, e *Cartas a Castor*, em 1983, o qual reúne uma parte da abundante correspondência que ele lhe enviou. Até o dia de sua morte, 14 de abril de 1986, colaborou ativamente para a revista fundada por ambos, *Les Temps Modernes*, e manifestou, de diferentes e incontáveis maneiras, sua solidariedade total ao feminismo.

A convidada
— MIRIAN GOLDENBERG —

Em seu primeiro romance, *A convidada*, publicado em 1943, Simone de Beauvoir revelou as mesmas ambiguidades, contradições e conflitos presentes em seus ensaios, memórias, cartas e romances posteriores.

Quando li o livro pela primeira vez, em 1985, não havia ainda devorado toda a obra de Simone de Beauvoir. Estava lendo, apenas, o romance de estreia da escritora que mudaria a minha vida e influenciaria decisivamente minhas escolhas pessoais e profissionais. Ao relê-lo agora, quase quatro décadas depois, sei que ela não estava escrevendo sobre Françoise, Pierre e Xavière, mas sobre o trio que formou na vida real com Jean-Paul Sartre e Olga Kosakiewicz.

A história se passa às vésperas da Segunda Guerra Mundial, quando os personagens se questionavam sobre o futuro e o significado das suas vidas. Os cenários são os bares, cafés, teatros e apartamentos onde escritores, atores, pintores e intelectuais franceses se encontravam. Simone de Beauvoir faz um mergulho profundo e angustiante na intensa vida intelectual e artística em Paris no início dos anos 1940 e nos conflitos de desejos e interesses do trio formado por Françoise, Pierre e Xavière.

Tudo parece estar indo muito bem até que Françoise convida a jovem Xavière, que vive em Rouen, para morar em Paris, no mesmo hotel em que ela e Pierre moram. Aos olhos dos demais personagens da trama, Françoise é uma escritora bem-sucedida, admirada e invejada por muitas mulheres. Aos seus próprios olhos, ela se sente uma mulher invisível, que não admite o ciúme que tem de Pierre e a inveja que sente de Xavière.

Por que então Françoise convidou Xavière para fazer parte da sua vida amorosa e intelectual com Pierre, seu companheiro de tantos anos? Por que colocou em xeque sua felicidade e suas certezas?

Sentindo-se atormentada, insegura e infeliz, a personagem busca racionalizar os próprios sentimentos e encontrar alguma lógica para seus pensamentos e comportamentos contraditórios.

Mas, afinal, quem é Françoise? Uma mulher de 30 anos, escritora, obsessivamente apaixonada por Pierre, ou Simone de Beauvoir, que sempre sofreu por não se sentir a "única" para Jean-Paul Sartre?

A convidada

Quem é Pierre? Um ator, escritor e diretor de teatro, narcisista, sedutor e manipulador, ou Jean-Paul Sartre, que construiu uma relação ambígua com Simone de Beauvoir e suas amantes e protegidas?

E quem é Xavière? A convidada, ou Olga Kosakiewicz, a jovem estudante que viveu um polêmico e escandaloso triângulo amoroso com Simone de Beauvoir e Jean-Paul Sartre?

A recorrência da categoria "à mercê" em *A convidada* é uma espécie de confissão da sensação de impotência e de fracasso de uma mulher que lutava obsessivamente pela própria felicidade amorosa e liberdade intelectual. Françoise está à mercê de Pierre e também de Xavière. Ela, que se orgulhava tanto de sua independência e autonomia, se sente prisioneira de uma situação angustiante que, paradoxalmente, ela mesma criou para si e para os outros. Ela, que antes nunca dizia "eu", se defrontou com um vazio: não era um "eu" nem um "nós".

A epígrafe de Hegel que abre o livro indica a única saída que Françoise encontrou para dar um fim ao seu sofrimento: "Toda consciência visa à morte de outra."

Toda consciência visa à morte de outra.

— HEGEL

Primeira parte

1
— CAPÍTULO —

Françoise levantou os olhos. Os dedos de Gerbert saltitavam sobre o teclado, enquanto ele olhava a música, com ar decidido. Parecia fatigado. Françoise, por seu turno, estava com sono. Sua fadiga, porém, tinha algo de íntimo e de frágil: o que a preocupava eram as olheiras de Gerbert e seu rosto cansado, duro, que lhe dava a aparência dos vinte anos que realmente tinha.

— Quer que paremos de trabalhar? — perguntou ela.
— Não. Está tudo bem — respondeu Gerbert.
— Aliás, só falta passar a limpo uma cena.

Virou mais uma página. O relógio batera duas horas já há algum tempo. Normalmente, a essa hora não havia ninguém no teatro; hoje, porém, ele vivia; ouvia-se o ruído da máquina de escrever e o abajur espalhava sobre os papéis uma luz rósea. "E eu estou aqui, o meu coração bate. Hoje, o teatro possui um coração que bate."

— Gosto de trabalhar de noite — disse Françoise.
— Sim, é tranquilo — respondeu Gerbert, bocejando.

O cinzeiro estava cheio de tocos de cigarro de fumo lavado. Na mesinha havia dois copos e uma garrafa vazia. Françoise olhou as paredes do pequeno escritório: o ar róseo estava impregnado de calor e de um reflexo humano. Lá fora, havia apenas o teatro, desumano e sombrio, com os corredores desertos em torno de um casco vazio. Françoise pousou a caneta.

— Quer beber mais um trago? — perguntou.
— Bem, isso nunca se recusa — respondeu Gerbert.
—Vou buscar outra garrafa no camarim de Pierre.

Saiu do escritório. Na verdade, o que desejava não era tanto o uísque: sentia-se atraída pelos corredores escuros. Quando não estava presente, esse cheiro de poeira, essa penumbra, essa solidão desolada, nada disso existia para ninguém, não existia absolutamente. Agora, porém, à sua passagem, o vermelho do tapete quebrava a obscuridade, como uma luz tímida. Françoise possuía o poder de arrancar, graças à sua presença, as coisas ao estado de inconsciência, dar-lhes uma cor própria, um cheiro. Desceu um andar e abriu a porta da sala de

A convidada

espetáculos. Sentia que recebera uma missão: dar vida a essa sala, deserta e possuída pela noite. A cortina de ferro estava abaixada e as paredes exalavam um cheiro de tinta fresca. As poltronas de veludo vermelho alinhavam-se inertes, como se estivessem à espera. Há pouco, nada aguardavam. Agora, graças à sua presença, estendiam os braços, olhavam o palco escondido atrás da cortina de ferro, chamavam Pierre, as luzes da ribalta e a multidão concentrada. Para perpetuar essa solidão e essa expectativa seria preciso ficar ali para sempre; mas também seria necessário estar em outro lugar, no depósito de acessórios, nos camarotes, no saguão da entrada — em toda a parte ao mesmo tempo. Françoise atravessou o proscênio e subiu ao palco. Abriu a porta que dava para os bastidores e desceu ao pátio do teatro, onde alguns cenários velhos criavam bolor. Sentia que era a única pessoa a compreender o significado desses lugares abandonados, desses objetos adormecidos; enquanto ali estivesse, eles lhe pertenciam. O mundo lhe pertencia.

Passou pela porta de ferro que fechava a entrada dos artistas e avançou até o meio do largo. Em torno, as casas dormiam, o teatro dormia. Só uma janela deixava filtrar uma luz rósea. Françoise sentou-se num banco. Por entre os castanheiros brilhava um céu negro. Estava tudo tão tranquilo que ela poderia julgar-se numa aldeia calma. Neste momento não lamentava que Pierre não se encontrasse a seu lado, pois existiam alegrias que não poderia gozar na sua presença: todas as alegrias da solidão, que perdera oito anos antes. Por vezes sentia essa perda como um remorso. Reclinou-se no encosto duro do banco. Lá longe soaram passos rápidos sobre o asfalto. Na avenida passou um caminhão. No momento presente existiam apenas esse ruído móvel, o céu, a folhagem hesitante das árvores, aquele vidro que coava a luz rósea, destacando-se na fachada negra. Já não existia nem mesmo a própria Françoise; ninguém existia em parte alguma.

Françoise levantou-se subitamente; era uma sensação estranha voltar a ser alguém, mesmo que fosse apenas uma mulher, uma mulher que se apressa porque tem um trabalho urgente à sua espera. Esse era apenas um instante da sua vida, como tantos outros. Quando pegou na maçaneta da porta, voltou-se, o coração opresso. Praticava uma traição, cometia um abandono: a noite ia engolir de novo a pracinha provinciana; o vidro róseo brilharia em vão, não brilharia para ninguém. A suavidade dessa hora iria se perder para sempre. Tanta suavidade perdida por esse mundo afora... Atravessou o pátio e subiu a escada verde, de madeira. Já renunciara há muito a esse sentimento de nostalgia pelas coisas perdidas. Nada era real, além de sua própria vida.

Entrou no camarim de Pierre e tirou uma garrafa de uísque do armário. Depois subiu correndo para o escritório.

— Pronto, isso vai nos dar forças. Como quer o uísque? Puro ou com água? — perguntou a Gerbert.

— Puro.

— Tem certeza de que é capaz de voltar para casa sozinho?

— Já estou começando a aguentar bem o uísque — disse Gerbert, com ar digno.

— Ah! Está começando...

— Quando for rico, e tiver uma casa só para mim, quero ter sempre uma garrafa de *Vat 69* no meu barzinho.

— Vai ser o fim da sua carreira — troçou Françoise.

Olhou-o com uma espécie de ternura. Gerbert tirara o cachimbo do bolso e enchia-o aplicadamente. Era seu primeiro cachimbo. Todas as noites, depois de esvaziarem uma garrafa de vinho tinto, um bom *beaujolais,* Gerbert colocava o cachimbo em cima da mesa e olhava-o com orgulho infantil; depois fumava-o, enquanto bebia um cálice de bagaceira. Após a refeição partiam os dois pelas ruas, a cabeça um pouco escaldante por causa do trabalho do dia, do vinho e da bagaceira. Gerbert andava a passos largos, de mãos nos bolsos, com a mecha de cabelos caindo-lhe no rosto. Agora, porém, tudo isso acabara: ela o veria com frequência, mas junto com Pierre, com todos os outros. Voltariam a ser como dois estranhos.

— Deixe estar que você, como mulher, aguenta muito bem o uísque — disse Gerbert, no tom imparcial de quem constata um fato. — Hoje trabalhou demais — prosseguiu, depois de olhar para ela atentamente. — Acho que devia dormir um pouco. Pode descansar que eu a desperto quando quiser.

— Não quero. Prefiro acabar isso.

— Não tem fome? Quer que vá buscar uns sanduíches?

— Obrigada — respondeu Françoise, sorrindo.

Gerbert era tão amável, tão atencioso com ela que, quando se sentia desanimada, bastava olhar seus olhos alegres para readquirir confiança. Gostaria de encontrar as palavras exatas para lhe agradecer.

— Quase tenho pena de acabar este trabalho — disse. — Já me habituei a trabalhar com você.

A convidada

— Vai ser muito mais interessante quando levarmos a peça à cena. Os olhos de Gerbert brilhavam. O álcool pusera um tom de chama em suas faces.

— É tão agradável — prosseguiu — pensar que dentro de três dias tudo vai recomeçar; adoro esse período, no início da temporada teatral.

— Vai ser agradável — disse Françoise.

Reuniu os papéis dispersos. Achava razoável que Gerbert visse afastar-se sem desgosto os dez dias em que os dois haviam vivido a sós. Ela também não lamentava esse afastamento. Mas não podia pedir-lhe que sentisse pena sozinho.

— Este teatro parece um corpo morto — disse Gerbert. — Sinto arrepios quando o atravesso. É lúgubre. Pensei que desta vez ficasse fechado o ano todo.

— Escapamos de boa... — comentou Françoise.

— Tomara que isso dure...

— Vai durar, com certeza.

Françoise nunca acreditara na possibilidade de uma guerra; um conflito armado era como a tuberculose ou os desastres ferroviários: só acontecem aos outros.

— Você é capaz de imaginar que uma grande desgraça, uma verdadeira desgraça, possa cair sobre sua cabeça?

Gerbert franziu o rosto.

— Com muita facilidade.

— Eu, não — disse Françoise.

Não valia a pena pensar no assunto. É preciso considerar os perigos dos quais podemos nos defender, mas a guerra estava fora da expectativa humana. Se viesse a estourar um dia, mais nada teria importância, nem mesmo viver ou morrer. "Mas isso não acontecerá", pensou Françoise.

Debruçou-se sobre o manuscrito.

O ruído da máquina de escrever ecoava na sala; no ar, flutuava um cheiro de noite, de tabaco lavado e de tinta. Para além dos vidros, a pequena praça dormia calmamente sob o céu negro. No meio dos campos desertos passava um trem. "Eu estou aqui", pensou. "Para mim, que estou aqui, a praça existe, assim como o trem que corre, Paris e toda a terra contida na penumbra rósea deste escritório. No minuto presente estão contidos todos os longos anos de felicidade. E eu estou aqui, no coração da minha vida."

— É pena termos que dormir — disse Françoise.

Simone de Beauvoir

— Eu tenho pena, principalmente, de não me sentir dormir — disse Gerbert. — Quando começamos a nos dar conta de que dormimos, acordamos logo. Nem chegamos a aproveitar essa sensação.

— Você não acha formidável velar enquanto os outros dormem? Françoise pousou a caneta e apurou o ouvido. Nenhum ruído cortava o negrume da pequena praça.

— Gostaria de poder imaginar que todo mundo está dormindo neste momento, e que só eu e você estamos vivos sobre a terra.

— Eu ficaria impressionado com essa possibilidade — disse Gerbert.

— É como quando penso na lua: tantas montanhas de gelo, tantos abismos, e ninguém no meio disso tudo. Tem que ser um cara doido, o primeiro homem que for lá...

— Se me propusessem ir, eu não recusaria — disse Françoise, olhando para Gerbert.

Normalmente, trabalhavam os dois lado a lado. Dava-lhe prazer senti-lo junto dela, embora não falassem. Nesta noite sentia desejo de conversar com Gerbert.

— É divertido pensar em como são as coisas em nossa ausência — disse.

— É curioso — disse Gerbert.

— É como tentar pensar que estamos mortos — prosseguiu Françoise. — Na verdade nunca o conseguimos; sempre achamos que estamos num canto, vendo tudo.

— É extraordinário o número de coisas que nunca veremos — disse Gerbert.

— Antigamente ficava desolada em pensar que só conheceria um pedacinho do mundo. Você não acha que é triste?

— Talvez.

Françoise sorriu. Quando conversava com Gerbert, por vezes sentia surgir certa resistência de sua parte. Era tão difícil arrancar-lhe uma opinião positiva...

— Agora — prosseguiu — estou tranquila; cheguei à conclusão de que, vá para onde for, o resto do mundo desloca-se comigo. É essa ideia que evita que eu sinta qualquer pena.

— Pena de quê? — perguntou Gerbert.

— De morar apenas na minha pele, enquanto o mundo é tão vasto.

Gerbert fixou Françoise e disse:

— Principalmente se você leva uma vida muito ordenada.

A convidada

Ele era sempre tão discreto em suas opiniões que essa frase representava uma espécie de audácia. Será verdade que achava a vida de Françoise ordenada demais? Estaria emitindo uma crítica a seu respeito? "Gostaria de saber o que pensa de mim... O escritório, o teatro, meu quarto, os livros, os papéis, o trabalho. Uma vida muito ordenada."

— Compreendi, a certa altura, que é preciso escolher — comentou Françoise.

— Eu não gosto de ter que escolher.

— No começo, foi difícil; agora já não lamento: as coisas que não existem para mim parecem não existir realmente.

— Como assim? — perguntou Gerbert.

Françoise hesitou. Sentia o que acabara de dizer de uma forma tão concreta... Os corredores, a sala, o palco não se desvaneceram quando fechara a porta. A verdade, porém, é que só existiam atrás dessa porta, a distância. Lá longe, o trem rodava através dos campos silenciosos, que prolongavam assim, no fundo da noite, a vida tépida daquele escritório.

— É como as paisagens lunares — prosseguiu Françoise. — Não têm realidade. Quando ouço falar nelas é como se escutasse um boato. Não lhe acontece o mesmo?

— Não — respondeu Gerbert. — Não penso assim.

— Você não se irrita quando pensa que só pode ver uma coisa de cada vez?

Gerbert respondeu, depois de refletir:

— Bem, o que me incomoda são as outras pessoas: sinto horror quando me falam de alguém a quem não conheço, sobretudo quando se referem a ele com estima: alguém que vive ali, a meu lado, e que nem sabe que existo.

Era raro que Gerbert se expandisse tanto, falando de si mesmo. Sentiria ele, também, a intimidade comovedora e provisória daquelas últimas horas? Françoise e Gerbert eram os únicos a viver, naquele instante, iluminados por aquele círculo de luz rósea. A luz e a noite eram as mesmas para ambos. Françoise fixava os olhos de Gerbert, belos, verdes, com as pestanas bem reviradas, olhava a sua boca, que lhe dava um ar atento, e pensava: "Se eu tivesse querido... Ainda não é tarde demais." Mas, na verdade, que poderia ela querer?

— Sim, é aborrecido — disse, retomando a conversa.

— Quando conhecemos o cara — comentou Gerbert —, as coisas são diferentes.

— É... Nunca podemos pensar que os outros são consciências que têm um sentimento de si próprios, como nós — disse Françoise. — Quando descobrimos isso, é terrível: temos a impressão de que não passamos de uma imagem refletida no cérebro de alguém. Mas isso quase nunca acontece ou, em todo caso, nunca acontece completamente.

— É certo — disse Gerbert, com entusiasmo. — É talvez por isso que não gosto que falem de mim, mesmo quando falam amavelmente; tenho a impressão de que as pessoas, dessa maneira, adquirem certa superioridade em relação a mim.

— Confesso que me é indiferente o que os outros pensam a meu respeito.

Gerbert soltou uma risada:

— Não se pode dizer que você tenha muito amor-próprio...

— Ora... Os pensamentos dos outros causam-me a mesma impressão que suas palavras, que seus rostos: são objetos que pertencem ao meu mundo próprio. Elisabeth admira-se de que eu não seja ambiciosa. Mas a razão é essa, justamente: não preciso conquistar um lugar privilegiado no mundo, pois parece-me que já estou instalada nele.

Sorriu a Gerbert e comentou:

—Você também não é ambicioso.

— Não — respondeu ele. — Para quê?

Hesitou um pouco, depois prosseguiu:

— Mas gostaria de me tornar um bom ator.

— Tal como eu, que gostaria de escrever um bom livro. Gostamos de fazer bem o nosso trabalho. Mas não pela glória, nem pelas honrarias.

— Não — disse Gerbert.

A carrocinha do leite passou sob as janelas. Dentro em pouco a noite começaria a clarear. O trem já ultrapassara Châteauroux e aproximava-se agora de Vierzon. Gerbert bocejou e seus lábios tornaram-se rosados como os de uma criança sonolenta.

—Você devia ir dormir — disse-lhe Françoise.

Gerbert esfregou os olhos.

— Tenho de acabar este trabalho, para mostrá-lo a Labrousse.

Pegou na garrafa e serviu uma dose de uísque.

— De resto, não tenho sono, só sinto sede.

Bebeu e pousou o copo. Depois refletiu um momento e disse:

A convidada

— Talvez tenha sono, afinal de contas.
— Bem — disse Françoise, caçoando —, é preciso decidir-se: tem sono ou tem sede?
— Nunca sei bem ao certo — respondeu Gerbert.
— Escute: o melhor é deitar-se no sofá e dormir um pouco. Enquanto isso eu acabo de rever esta cena e depois você a copia à máquina quando eu for buscar Pierre na estação.
— E você? — perguntou Gerbert.
— Quando acabar, também vou dormir. O sofá é largo, você não me incomodará. Pegue uma almofada e cubra-se com a coberta.
— Está bem.

Françoise espreguiçou-se e voltou ao trabalho. Passado um momento, virou-se: Gerbert já dormia, deitado de costas; uma respiração regular saía de seus lábios. Era um bonito rapaz. Françoise olhou-o longamente e retomou o trabalho. Lá longe, no trem que atravessava os campos, Pierre, com seu ar inocente, também dormia, a cabeça apoiada na almofada de couro. "Quando chegar à estação", pensou, "saltará do trem, espichará o corpo, correrá pelo cais e me pegará pelo braço".

— Pronto! — exclamou Françoise, examinando o manuscrito com satisfação. — Tomara que ele ache tudo bem! Espero que sim!

Afastou a cadeira. Um vapor róseo subia ao céu. Françoise tirou os sapatos e deslizou sob a coberta, estendendo-se ao lado de Gerbert. Ele gemeu e sua cabeça, rolando pela almofada, veio apoiar-se no ombro de Françoise. "Pobre Gerbert, como tinha sono", pensou. Levantou um pouco a coberta e ficou imóvel, de olhos abertos. Também sentia sono, mas não queria dormir. Olhava as pálpebras macias de Gerbert e suas pestanas, longas como as de uma moça. Ele dormia, abandonado, indiferente, e Françoise sentia no pescoço seus cabelos negros e suaves, que lhe produziam o efeito de uma carícia. "Nada mais possuirei dele, além disso", pensou.

Havia mulheres que acariciavam esses cabelos sedosos como os das chinesas, que beijavam essas pálpebras de criança, que estreitavam nos braços esse corpo esguio. Um dia, Gerbert diria a uma dessas mulheres: "Eu te amo."

Françoise sentiu um aperto no coração. Ainda estava em tempo: ainda poderia encostar sua face à dele e dizer-lhe em voz alta as palavras que lhe afloravam aos lábios.

Fechou os olhos. Não poderia dizer-lhe: "Eu te amo." Não poderia mesmo pensá-lo. Amava Pierre. Em sua vida não havia lugar para outro amor. "No entanto", pensou com angústia, "se o fizesse, teria alegrias semelhantes a esta". Sentia a cabeça de Gerbert pesar-lhe sobre o ombro. O mais precioso não era aquele peso, aquela opressão: era a ternura de Gerbert, a sua confiança, o seu abandono, o amor que lhe dedicava. Mas Gerbert dormia. O seu amor, a sua ternura eram apenas objetos de um sonho. Talvez, se ele a tomasse nos braços, ela poderia ainda apegar-se ao sonho. Mas valeria a pena sonhar um amor que não queremos viver, na realidade?

Continuava olhando Gerbert. Sentia-se livre de suas palavras, de seus gestos. Pierre dava-lhe essa liberdade. Mas os gestos e as palavras seriam, nesse momento, apenas mentiras. O peso daquela cabeça em seu ombro era, já em si, uma mentira. Gerbert não a amava e ela não poderia desejar que ele a amasse.

O céu tornava-se cada vez mais rosado, atrás dos vidros. Françoise sentia subir, em seu coração, uma tristeza ávida e rósea como a madrugada que nascia. No entanto, nada lamentava; nem sequer tinha direito à melancolia que lhe entorpecia o corpo sonolento. Sua renúncia era definitiva e sem recompensa.

CAPÍTULO 2

Sentadas no fundo do café árabe, em almofadas de lã áspera, Françoise e Xavière olhavam a dançarina moura.

— Gostaria de saber dançar assim — disse Xavière.

Seus ombros tremeram, enquanto uma leve ondulação percorreu-lhe o corpo. Françoise sorriu. Lamentava que o dia estivesse acabando, pois Xavière fora encantadora.

— Em Fez, no bairro proibido, eu e Labrousse vimos algumas que dançavam nuas. Mas aquilo tudo tinha certo ar de demonstração anatômica.

— Você já viu coisas!... — disse Xavière, com uma ponta de ressentimento.

—Você também verá — respondeu-lhe Françoise.

— Sei lá...

—Você não vai passar toda a sua vida em Rouen — disse Françoise.

— Que posso fazer? — perguntou Xavière com ar triste, olhando pensativamente as mãos, cujos dedos vermelhos, de camponesa, contrastavam com os pulsos finos.

— Talvez pudesse tentar a prostituição, mas ainda não estou preparada.

— É uma profissão dura, sabe? — disse Françoise, rindo.

— O que preciso é não ter medo das pessoas — disse Xavière, muito séria, abanando a cabeça. — Estou progredindo, aliás: quando um cara se encosta em mim, na rua, já não grito.

— E já entra sozinha nos cafés: é um progresso.

Xavière olhou-a, confusa:

— É verdade... Mas ainda não lhe disse tudo: naquela boate aonde fui ontem à noite, um marinheiro convidou-me para dançar e eu recusei. Acabei depressa a bebida e fugi covardemente.

Fez uma careta e terminou:

— Era terrível aquela bebida.

— Devia ser uma aguardente de má qualidade... Aliás, acho que você poderia muito bem ter dançado com o tal marinheiro. Quando eu era jovem, fiz uma porção de coisas desse gênero e nunca deu mau resultado.

Simone de Beauvoir

— Na próxima vez dançarei — disse Xavière.
— Não tem medo que sua tia acorde de noite? Já estou vendo o que isso provocaria.
— Ela não se atreveria a entrar no meu quarto — respondeu Xavière em tom de desafio.
Sorriu e procurou qualquer coisa na bolsa:
— Fiz um desenho ligeiro para você — disse, mostrando-o.
Via-se uma mulher um pouco parecida com Françoise, encostada ao balcão de um bar. Suas faces eram vermelhas e o vestido, amarelo. Por baixo do desenho, Xavière escrevera em grandes letras roxas: *o caminho do vício*.
— Só falta a dedicatória — comentou Françoise.
Xavière olhou-a, examinou o desenho, depois afastou-o com a mão.
— É muito difícil — concluiu.
A dançarina árabe avançava para o meio da sala. Suas mãos ondulavam, o ventre estremecia ao som do tamborim.
— Parece um demônio que tenta fugir do seu corpo — disse Xavière, debruçando-se, fascinada.
Françoise estava contente por tê-la trazido ao café. Nunca Xavière lhe falara tão longamente de si própria, com aquela maneira encantadora, que possuía, de contar histórias. Ajeitou-se nas almofadas. Sentia-se também atingida por esses ouropéis, por esse aspecto brilhante, mas fácil, do pequeno café. O que a encantava, porém, era principalmente o fato de ter anexado à sua vida a existência pequenina e triste de Xavière. Agora, tal como Ganzetti, como Gerbert ou Inês, ela pertencia-lhe. Nada proporcionava a Françoise alegrias tão fortes quanto essa espécie de possessão.
Xavière olhava atentamente a dançarina sem ter consciência do efeito que esse interesse apaixonado provocava no seu rosto e na sua mão, que percorria os contornos da xícara. Só Françoise, porém, era sensível aos seus movimentos: os gestos de Xavière, sua figura, sua própria vida necessitavam de Françoise para existirem. Naquele momento Xavière nada mais era, para ela própria, do que um gosto de café, uma música lancinante, uma dança, uma sensação de leve bem-estar. Para Françoise, contudo, a juventude de Xavière, os seus dias estagnados, a repugnância que sentia por aquele tipo de vida compunham uma história romanesca tão real quanto o contorno delicado de suas faces. E a história terminava precisamente ali, no meio das tapeçarias de cores

A convidada

vivas, no minuto exato da vida de Françoise em que ela se voltava para Xavière e a contemplava.

— Já são sete horas — disse Françoise.

Aborrecia-a ter que passar a noite com Elisabeth, mas não podia evitar.

— Você vai sair com Inès esta noite? — perguntou.

— Acho que sim — respondeu Xavière, com voz cansada.

— Quanto tempo pretende ficar em Paris?

— Parto amanhã. Amanhã — e um clarão de raiva passou pelos seus olhos — tudo isto continuará aqui, como hoje. E eu estarei em Rouen.

— Por que não se decide a seguir um curso de estenodatilografia, como lhe aconselhei? Poderia arranjar emprego em Paris.

Xavière encolheu os ombros, desanimada.

— Não sou capaz disso.

— É lógico que é capaz. Não é difícil.

— Minha tia tentou, mais de uma vez, ensinar-me a fazer tricô, mas a minha última meia foi um desastre.

Olhou para Françoise com ar triste e, ao mesmo tempo, vagamente provocante.

— O pior — prosseguiu — é que ela tem razão: nunca farão nada de mim.

— Daí conclui-se apenas que você nunca será boa dona de casa. Mas podemos viver sem isso.

— Não é por causa da meia — disse Xavière. — No entanto, sempre é um sintoma.

— Você perde a coragem muito facilmente. É verdade ou não que pretende sair de Rouen? Não há coisa alguma, nem ninguém, que a prenda lá?

— Nada. Odeio a todos. Odeio aquela cidade suja e as pessoas que andam nas ruas, olhando para nós como lesmas.

— Mas tudo isso vai acabar...

— Não acaba, não — disse Xavière.

Levantou-se bruscamente:

— Vou embora.

— Espere, eu vou com você.

— Não se incomode. Já perdeu toda a tarde comigo.

— Não perdi nada — respondeu Françoise. — Como você é engraçada!

Simone de Beauvoir

Examinou, com certa perplexidade, a figura um pouco desenxabida de Xavière. Era uma personagem desconcertante. Com aquela boina escondendo os cabelos louros, parecia um rapazinho. No entanto, fora um rosto de menina que encantara Françoise, seis meses antes. O silêncio prolongava-se.

— Desculpe. Minha cabeça dói horrivelmente — disse Xavière, tocando nas têmporas, com ar de sofrimento. — Deve ser esse fumo. Dói aqui... e aqui.

Tinha os olhos empapuçados e a pele cheia de manchas. De fato, o cheiro espesso de incenso e tabaco tornava o ar quase irrespirável. Françoise chamou o garçom.

— É pena... Se você não estivesse tão fatigada, iríamos esta noite a um *dancing*.

— Pensei que fosse visitar uma amiga.

— E vou, realmente. Mas ela poderia nos acompanhar. É a irmã de Labrousse, uma moça de cabelos ruivos, *à la garçonne,* que você viu na centésima representação de *Philoctète*.

— Não me lembro — disse Xavière. Seu olhar animou-se: — Só me lembro de você. Vestia uma saia preta, apertadinha, uma blusa de lamê e uma rede prateada no cabelo. Estava tão bonita...

Françoise sorriu. Sabia que não era bonita, mas, apesar disso, gostava do seu rosto. Tinha uma surpresa agradável sempre que se olhava ao espelho. Mas isso também acontecia porque normalmente nem se lembrava que tinha rosto.

— Eu também me lembro de como você estava: um vestido encantador, azul, todo plissado, e estava embriagada...

— Eu trouxe esse vestido e poderia usá-lo esta noite.

— Será ajuizado fazer isso? Veja lá: você está com dor de cabeça...

— Já não dói — disse Xavière. — Era apenas uma enxaqueca passageira.

Seus olhos brilhavam e a pele retomara o tom de nácar.

— Então está bem. Mas Inês vai ficar zangada, pois está contando com você — disse Françoise, empurrando a porta para sair.

— Ora... que fique zangada, se quiser — respondeu Xavière, com ar altaneiro.

Françoise chamou um táxi.

—Vou deixá-la em casa dela. Às nove e meia encontramo-nos no café Dôme. É fácil saber onde é: basta seguir pelo bulevar Montparnasse, sempre em frente.

A convidada

— Eu sei onde é — disse Xavière.

Françoise sentou-se no táxi, a seu lado, e deu-lhe o braço.

— Sinto-me contente por termos ainda algumas horas à nossa frente — disse.

— Eu também — disse Xavière em voz baixa.

O táxi parou na esquina da rua de Rennes. Xavière desceu e Françoise seguiu para o teatro. Pierre já se encontrava no camarim, de roupão, comendo um sanduíche de presunto.

— O ensaio correu bem? — perguntou Françoise.

— Trabalhamos bastante — respondeu Pierre, apontando para o manuscrito. — As coisas estão correndo muito bem.

— Verdade? Estou contente em saber. Sabe que me custou um pouco ter cortado a cena da morte de Lucílio?... Mas penso que era absolutamente necessário.

— Era necessário, realmente. Todo o movimento do ato ficou modificado — disse Pierre, enquanto mordia o sanduíche. — Ainda não jantou? Quer um sanduíche?

— Quero, sim — disse Françoise.

Pegou um sanduíche, olhando Pierre com ar de censura.

— Você não se alimenta o suficiente, sabe? Anda muito pálido.

— Não quero engordar.

— César não era magro — comentou Françoise, sorrindo.

— Não seria má ideia se telefonasse à porteira pedindo-lhe para ir buscar uma garrafa de Château-Margaux...

— É boa ideia, realmente — disse Pierre.

Levantou o fone, enquanto Françoise se instalava no sofá. Era ali que Pierre dormia, quando não podia passar a noite com ela. Françoise gostava daquele camarim.

— Pronto — disse Pierre. — Você vai ser atendida.

— Estou contente — replicou Françoise. — Parecia que aquele terceiro ato nunca mais acabava.

— Você fez um trabalho magnífico — comentou Pierre, inclinando-se para ela e beijando-a.

Françoise rodeou-lhe o pescoço com os braços.

— Graças a você. Lembra-se do que me disse, em Delos? Que queria trazer qualquer coisa de absolutamente novo para o teatro? Pois bem, desta vez contribuiu mesmo com algo de novo.

— Será? Você pensa realmente assim?

— E você? Também não acha?
— Bem, penso que, até certo ponto, é verdade.
Françoise riu:
— Ora, ora... Até certo ponto... Está com um ar tão senhor de si. Se não tivermos aborrecimentos financeiros, vai ser um ano magnífico.
— Quando tivermos dinheiro, você terá um novo casaco.
— Já estou tão habituada com este!
— Vê-se bem...
Pierre sentou-se no sofá, junto de Françoise, e perguntou:
— Então, divertiu-se com a sua amiguinha?
— Ela é simpática. Pena que esteja condenada a apodrecer em Rouen.
— Ela contou algumas histórias interessantes?
— Sim, muitas. Depois eu conto.
— Então está satisfeita... Não perdeu o dia.
— E... Eu gosto muito de histórias.
Bateram à porta: era a porteira que trazia, pomposamente, uma bandeja com uma garrafa de vinho e dois copos.
— Obrigada — disse Françoise. E encheu os copos.
— Escute — disse Pierre. — Não estou para ninguém, compreende?
— Está muito bem, sr. Labrousse — disse a porteira, sorrindo, antes de sair.
Françoise levantou o copo e começou a comer outro sanduíche.
— Vou levar Xavière conosco esta noite. Iremos a um *dancing*. Vai ser divertido. Espero que ela neutralize Elisabeth.
— Xavière deve estar contentíssima.
— Pobrezinha! É de cortar a alma. Custa-lhe tanto voltar para Rouen...
— Não haverá um meio de tirá-la de lá?
— Não — respondeu Françoise. — Ela é tão fraca! Não tem força de vontade. Nunca terá coragem para aprender um ofício. Por outro lado, o tio dela não lhe vê outro futuro, além de um marido piedoso e muitos filhos.
— Você devia se ocupar dela.
— Mas, como? Eu a vejo uma vez por mês.
— Por que não tenta trazê-la para Paris? Aqui, poderia vigiá-la, obrigá-la a trabalhar. Se ela aprender estenografia, conseguiremos colocá-la num emprego.

A convidada

— A família nunca permitirá isso.
— Ora... para que a permissão? Ela não é maior?
— Não — respondeu Françoise. — Mas o problema ainda não é bem esse. A família, com certeza, não a obrigaria a voltar...
Pierre sorriu:
— Então, qual é o problema?
Françoise hesitava: na verdade nunca pensara que existisse qualquer problema em relação a Xavière.
— Em resumo — perguntou a Pierre. — Você propõe mandá-la vir para Paris, à nossa custa, enquanto esperamos que ela arranje qualquer coisa?
— Por que não? — disse Pierre. — Evidentemente, diríamos a ela que se tratava de um empréstimo.
— Claro — disse Françoise.
Uma das coisas que sempre admirara em Pierre era a maneira que ele possuía de fazer surgir, em quatro palavras, mil possibilidades imprevistas. Mesmo nos lugares onde as outras pessoas apenas viam selvas impenetráveis, Pierre conseguia descobrir um futuro intato, que lhe competia modelar a seu bel-prazer. Era esse o segredo da sua força.
— Tivemos tanta sorte na vida — prosseguiu Pierre — que devemos contribuir, sempre que pudermos, para que os outros também a aproveitem.
Françoise, absorta, examinava o fundo do copo.
— De certa maneira — disse — essa ideia me tenta. Mas seria preciso, nesse caso, ocupar-me verdadeiramente dela. E eu tenho pouco tempo.
— Minha formiguinha trabalhadeira — disse Pierre, com ternura.
Françoise corou levemente.
— Sabe que, na verdade, tenho pouco tempo livre.
— Eu sei, eu sei — disse Pierre. — No entanto, é curioso verificar que, quando surge algo de novo, você de certa maneira recua um pouco.
— Sabe, a única novidade que me interessa é o nosso futuro comum — disse Françoise. — Que quer? Sou feliz assim! Só deve censurar a você mesmo por isso...
— Eu não estou censurando, Françoise. Pelo contrário: acho você muito mais pura do que eu. Nada soa falso, na sua vida.

Simone de Beauvoir

— A coisa é esta: você não dá muita importância à vida em si. Para você, é o seu trabalho que conta.

— É certo — disse Pierre, mordendo uma unha, com ar perplexo.

— Em mim, excetuando as nossas relações, tudo é frivolidade e desperdício.

Continuava a roer a unha. Via-se que só ficaria satisfeito quando visse surgir sangue.

— Quando liquidar a aventura com a Canzetti, acabarei tudo.

— Ora... Você sempre diz isso.

—Vou mostrar que é verdade.

—Você tem sorte: suas histórias acabam sempre bem.

— É que, no fundo, nenhuma dessas mulherezinhas se interessa verdadeiramente por mim.

— Mas eu não penso que a Canzetti seja interesseira.

— Não é isso... Não penso, realmente, que faça amor comigo para conseguir um papel na peça. Mas a verdade é que ela me acha um grande homem e está convencida de que o gênio vai subir-lhe do sexo ao cérebro.

— É um pouco isso — disse Françoise, rindo.

— Essas aventuras já não me divertem. Se, ao menos, eu tivesse um temperamento muito sensual. Mas nem tenho essa desculpa. No fundo, só gosto de iniciar as coisas. Não compreende isso? — perguntou, olhando Françoise com ar embaraçado.

— Talvez... Eu, porém, nunca me interessaria por uma aventura sem futuro.

— Não?

— Não. É mais forte do que eu: sou uma mulher fiel.

— Não se pode falar de fidelidade ou de infidelidade entre nós — disse Pierre, atraindo Françoise contra o peito. —Você e eu formamos um só. É verdade: ninguém pode nos definir um sem o outro.

— Graças a você — disse Françoise.

Tomou nas mãos o rosto de Pierre e cobriu de beijos suas faces, onde o cheiro do cachimbo se confundia com um perfume inesperado e infantil de doces. "Formamos um só", repetia mentalmente. Na verdade, enquanto não o contasse a Pierre, nenhum acontecimento era verdadeiro: flutuava, imóvel, incerto, numa espécie de limbo. Outrora, quando Pierre a intimidava, Françoise conseguia dessa forma pôr de lado muitas coisas: pensamentos baixos, gestos irrefletidos. Se não falava

A convidada

deles com Pierre, era como se não tivessem existido. Nascia assim, sob a verdadeira existência, uma vegetação subterrânea e tímida, no meio da qual Françoise sufocava sozinha. Mais tarde, pouco a pouco, conseguira confiar-lhe tudo; agora, já não conhecia a solidão, sentia-se purificada, livre de todo aquele confuso pulular. Pierre devolvia-lhe todos os momentos da vida que lhe confiava, mais claros, polidos e aperfeiçoados. Tornavam-se, então, momentos da sua vida. Françoise sabia que desempenhava o mesmo papel junto dele. Pierre nada escondia, não tinha pudor. Só era dissimulado quando não se barbeava, ou quando estava com uma camisa suja: nessa ocasião fingia estar resfriado e punha teimosamente um lenço em volta do pescoço, o que lhe dava um ar de velho precoce.

— Tenho que partir — disse ela, com pena. — Vai dormir aqui ou em casa?

— Em casa — disse Pierre. — Quero estar junto de você o mais cedo possível.

Elisabeth já se encontrava instalada no Dôme e fumava, o olhar fixo. "Há qualquer coisa que não vai bem", pensou Françoise ao vê-la. Elisabeth maquilava-se com cuidado, mas seu rosto estava intumescido e fatigado. Quando viu Françoise, sorriu, o que pareceu libertá-la bruscamente de seus pensamentos.

— Olá! Estou muito contente em vê-la — disse com entusiasmo.

— Eu também — respondeu Françoise. — Escute: você não se aborrece se eu levar conosco a pequena Pagès? Ela morre de vontade de ir a um *dancing*. Poderemos conversar enquanto ela dança. Xavière não nos incomodará.

— Está bem. Até me servirá de divertimento. Há séculos que não ouço jazz.

— Ela ainda não chegou? — perguntou Françoise. — É de admirar.

Voltou-se para Elisabeth e disse, alegremente:

— Então, essa viagem? Parte mesmo amanhã?

— Você julga que é assim, simples... — disse Elisabeth, com um riso desagradável. — Parece que isso poderia magoar Suzanne. E ela foi tão atingida pelos acontecimentos de setembro...

Era essa, então, a verdadeira razão... Françoise olhou para Elisabeth com um ar de piedade e de indignação. Na verdade, Claude procedia com ela de uma forma repugnante.

— Como se você não fosse, também, atingida pelos acontecimentos — comentou ironicamente.

— É... Mas eu sou lúcida e forte — respondeu Elisabeth no mesmo tom. — Eu sou a mulher que nunca faz cenas.

— Mas, enfim, Claude já não gosta da Suzanne.

— Sim, ele não gosta. Mas, você sabe, Suzanne, para ele, é uma superstição. Claude julga que não pode chegar a ser qualquer coisa sem ela.

Seguiu-se um silêncio. Elisabeth olhava atentamente o fumo do cigarro. Françoise pensava: "Ela sabe dominar-se. Mas como o seu coração deve estar pesado! Elisabeth esperou tanto esta viagem, calculando que a vida em comum, durante certo espaço de tempo, decidiria finalmente Claude a romper com a mulher." É certo que Françoise, quanto a esse ponto, era cética: há dois anos que Elisabeth esperava a hora decisiva. A sua decepção provocava-lhe um aperto do coração, semelhante a um remorso.

— Devemos concordar que Suzanne ainda tem força — prosseguiu Elisabeth, voltando-se para Françoise. — Ela está tentando fazer representar a peça do Claude pela Companhia Nanteuil. É essa, também, uma das razões que o retém em Paris.

— Pelo Nanteuil? Engraçado... — disse Françoise, com ar desinteressado.

Olhou para a porta, um pouco inquieta. Por que razão Xavière ainda não chegara?

— É uma ideia imbecil — retrucou Elisabeth, com voz mais firme. — De resto, parece-me que só Pierre poderá levar à cena a *Partilha*. Ele, sim, seria formidável no papel de Achab.

— É um belo papel — concordou Françoise.

—Você acha que Pierre se deixaria tentar? — perguntou Elisabeth, ansiosa.

— A *Partilha* é uma peça muito interessante — disse Françoise. — Simplesmente não se encontra absolutamente no sentido das tentativas de renovação feitas por Pierre. Escute — prosseguiu, precipitadamente. — Claude não gostaria de levar a peça a Berger? Se quiser, Pierre escreve uma carta a Berger.

Elisabeth engoliu em seco, penosamente.

—Você não faz ideia da importância que teria para Claude o fato de Pierre aceitar sua peça. Ele não tem confiança em si mesmo. Só Pierre poderia tirá-lo dessa situação.

A convidada

Françoise desviou o olhar. A peça de Claude era detestável. Não se podia sequer pensar em aceitá-la. Mas ela sabia que Elisabeth jogara tudo nessa última cartada. Vendo o seu rosto desfigurado, sentia remorsos. Não ignorava quanto a sua existência e o seu exemplo haviam pesado sobre o destino de Elisabeth.

— Francamente, acho que não pode ser.

— No entanto, *Luce e Armanda* foi um belo êxito — insistiu Elisabeth.

— Justamente... Mas depois de *Júlio César* Pierre quer lançar um desconhecido...

Françoise interrompeu a frase: viu, com alívio, que Xavière se aproximava. Vinha penteada com cuidado. Uma leve maquilagem esbatia-lhe as maçãs do rosto e afinava-lhe o nariz, grosso e sensual.

— Vocês já se conhecem, não é verdade? — perguntou, sorrindo para Xavière. — Você chegou muito tarde. E estou certa de que ainda não jantou. Coma qualquer coisa.

— Não, obrigada, não tenho fome — disse Xavière.

Sentou-se e baixou a cabeça. Parecia pouco à vontade.

— Eu me perdi no caminho...

Elisabeth olhava-a insistentemente, como que a avaliá-la.

— Perdeu-se? Vem de longe?

Xavière voltou para Françoise o rosto desolado:

— Não sei o que aconteceu. Segui pelo bulevar, mas, a certa altura, pareceu-me que ele nunca mais acabava e encontrei-me numa avenida toda escura. Devo ter passado pelo Dôme sem o ver.

— Olhe que isso é difícil — disse Elisabeth, rindo.

Xavière lançou-lhe um olhar sombrio.

— Enfim, cá estamos, é o principal — disse Françoise, voltando-se para Elisabeth. — Que diria você se fôssemos ao Prairie? Já não é o mesmo da nossa juventude, mas não é desagradável.

— Como queira...

Saíram do café. No bulevar Montparnasse um vento forte varria as folhas dos plátanos. Françoise divertia-se fazendo-as estalar sob os pés. Cheiravam a noz seca e a vinho curtido.

— Há mais de um ano que não vou ao Prairie — disse.

Ninguém lhe respondeu. Xavière, friorenta, apertava a gola do casaco. Elisabeth levava o cachecol na mão. Parecia não sentir o frio, nem ver nada.

Simone de Beauvoir

— Tanta gente, já... — disse Françoise quando chegaram.
Como os bancos do bar estavam todos ocupados, escolheram uma mesa um pouco afastada.
— Eu tomo um uísque — disse Elisabeth.
— Dois uísques — disse Françoise. — E você?
— A mesma coisa — respondeu Xavière.
— Bem. Três uísques.
Aquele cheiro de álcool e fumaça recordava-lhe a mocidade. Sempre gostara do ritmo do jazz, das luzes amarelas, de toda a agitação das boates. Como era fácil viver satisfeita num mundo onde existiam, ao mesmo tempo, as ruínas de Delfos, as montanhas escalvadas da Provença e essa fauna humana.
Sorriu a Xavière:
— Espie ali, no bar, a loura de nariz arrebitado. Mora no meu hotel. Passa horas nos corredores, em camisola azul-celeste, tentando, segundo julgo, excitar um negro que mora no quarto por cima do meu.
— Ela não é bonita — disse Xavière, e seus olhos se abriram mais.
— Há, a seu lado, uma morena que, essa sim, é bem bonita. Puxa, como é linda!
— Ela tem, como amante predileto, um campeão de *catch*. Passeiam lá no bairro, de mãos dadas.
— Oh! — exclamou Xavière, com ar de censura.
— A culpa não é minha — disse Françoise.
Xavière levantou-se. Dois jovens aproximavam-se e sorriam convidando-as para dançar.
— Eu não danço — disse Françoise.
Elisabeth hesitou, mas acabou se levantando e indo dançar.
"Neste momento ela me odeia", pensava Françoise. Na mesa ao lado, uma loura já um pouco murcha e um rapaz muito novo seguravam-se ternamente as mãos. O rapaz falava em voz baixa, ardentemente. A mulher sorria, com cuidado, para que nenhuma ruga viesse marcar-lhe o rosto belo, mas já gasto. A prostituta do hotel dançava com um marinheiro, bem colada a ele, os olhos semicerrados; a morena, sentada num banco, comia rodelas de banana, com ar displicente. Françoise sorria, com orgulho: "Esses homens — pensava —, essas mulheres, um por um, estão aqui, absorvidos, vivendo um momento da sua pequena história individual. Xavière dança, Elisabeth abandona-se à cólera e ao desespero. No centro do *dancing*, impessoal e livre, estou

eu, contemplando, ao mesmo tempo, todas estas vidas, todos estes mortos. Se me afastar deles, irão se desfazer imediatamente, como uma paisagem abandonada."

Elisabeth voltou a sentar-se.

— Sabe — disse-lhe Françoise —, lamento muito que as coisas não possam arranjar-se.

— Ora... Não tem importância.

Lia-se o abatimento em seu rosto. Elisabeth não conseguia manter um ar de cólera por muito tempo, pelo menos na presença das pessoas.

— As coisas não andam bem com Claude? — perguntou-lhe Françoise.

Elisabeth sacudiu a cabeça. Fez um esgar e Françoise julgou que ela ia chorar.

— Claude está em plena crise. Diz que não pode trabalhar, que não se sente verdadeiramente libertado enquanto não lhe representarem a peça. Quando se encontra neste estado, é terrível.

— Francamente... Mas você não tem culpa disso.

— Não, mas cai sempre tudo em cima de mim.

Os lábios de Elisabeth tremiam de novo.

— E isso porque sou uma mulher forte. Ele não pensa que uma mulher forte possa sofrer como qualquer outra — disse ela com um acento de piedade apaixonada. Subitamente começou a soluçar:

— Pobre Elisabeth — disse Françoise, pegando-lhe a mão.

Banhado em lágrimas, o rosto de Elisabeth retomava um aspecto de certa maneira infantil.

— É idiota — disse, limpando os olhos. — Isto não pode continuar assim, com Suzanne sempre entre nós.

— Você quer que ele peça o divórcio?

Elisabeth recomeçou a chorar, com uma espécie de raiva.

— Não sei se ele gosta de mim, nem se gosto dele.

Fixava Françoise com olhos espantados:

— Há dois anos que luto por esse amor, mato-me de lutar, sacrifiquei tudo e nem sei se nos amamos.

— É evidente que gosta dele — disse-lhe Françoise. — Neste momento está zangada e, por isso, julga que já não o ama. Mas isso nada significa.

Era necessário tranquilizar Elisabeth a todo o custo. Seria terrível o que ela poderia descobrir se, um dia, resolvesse ser sincera até o fim.

Simone de Beauvoir

Ela própria tinha medo disso e, assim, seus acessos de lucidez paravam sempre a tempo.

— Já nem sei o que sinto — terminou Elisabeth.

Françoise apertou-lhe a mão com mais força. Estava realmente comovida.

— Claude é fraco — comentou. — Mas já deu mil provas de que gosta de você.

Levantou a cabeça. Xavière, de pé, junto dela, olhava a cena com um sorriso estranho.

— Sente-se — pediu-lhe Françoise, incomodada.

— Não. Volto a dançar.

No seu rosto havia desprezo e também uma certa maldade. Françoise recebeu este julgamento malévolo com um choque desagradável.

Elisabeth levantara a cabeça; agora, passava pó no rosto.

— É preciso ser paciente — disse com voz mais firme. — É uma questão de influência. Sempre fui franca demais com Claude: não lhe imponho respeito.

— Mas você disse-lhe alguma vez, claramente, que não podia suportar esta situação?

— Não. Acho que é melhor esperar.

Retomara o tom cauteloso e duro de costume. Amava Claude? Elisabeth só se lançara nos braços de Claude para ter também um grande amor; a admiração que lhe votava era mais uma maneira de se defender de Pierre. No entanto, tivera por causa de Claude sofrimentos contra os quais nem Françoise nem Pierre podia fazer nada. "Que confusão..." — pensou Françoise, constrangida.

Elisabeth levantara-se e agora dançava, olhos inchados e boca crispada. Françoise sentiu uma espécie de inveja. Os sentimentos de Elisabeth podiam ser falsos, falsa a sua vocação, falsa a sua vida, em conjunto: mas aquele sofrimento era violento e verdadeiro. Olhou Xavière, que dançava com a cabeça para trás e o rosto estático. Para ela, que ainda não vivera, tudo era possível, e esta noite encantada continha a promessa de mil seduções desconhecidas. Para essa jovem, como para aquela mulher de coração pesado, o momento presente tinha um sabor azedo, mas inesquecível. "E eu?", pensou. Espectadora. Mas este jazz, este gosto de uísque, esta luz alaranjada, tudo isto não era apenas um espetáculo. Era preciso transformar tudo em qualquer outra coisa. Em quê? Dentro da alma rude e tensa de Elisabeth a

A convidada

música transformava-se suavemente em esperança. Xavière, por sua vez, convertia-a numa expectativa apaixonada. "Só eu nada encontro em mim que afine com a voz comovedora do saxofone." Procurou lembrar-se de um desejo, de qualquer coisa que lamentasse ter perdido. Atrás dela, porém, estendia-se uma felicidade árida e clara. Pierre... nunca esse nome lhe recordaria um sofrimento. Gerbert... já nem se preocupava com ele. Deixara de conhecer o risco, a esperança, o receio: só possuía uma felicidade sobre a qual, aliás, nem podia exercer qualquer influência. Com Pierre era impossível o menor mal-entendido. Com ele, nenhum ato seria irreparável. Se quisesse, um dia, infligir qualquer sofrimento a si própria, Pierre saberia compreendê-la tão bem que a felicidade voltaria a rodeá-la.

Françoise acendeu um cigarro. Não, na verdade nada encontrava, além de uma pena abstrata por nada ter a lamentar. Sentia a garganta apertada. O coração batia um pouco mais rápido do que habitualmente. De qualquer forma, nem sequer podia acreditar que estivesse sinceramente cansada dessa felicidade; aquele mal-estar não lhe traria qualquer revelação patética. Era apenas um incidente, entre outros, uma modulação breve e quase previsível, que se resolveria mansamente. E ela nunca atribuía a responsabilidade dos acontecimentos à violência de cada instante, pois sabia que nenhum tem valor decisivo. "Encerrada dentro da felicidade", murmurou. Apesar de tudo, esta frase provocava-lhe uma espécie de sorriso interior.

Desanimada, olhou os copos vazios, o cinzeiro transbordando de tocos de cigarro. Eram quatro horas da manhã e Elisabeth já partira há muito. Xavière, porém, não se cansava de dançar. Françoise, como não dançava, fora obrigada a fumar e a beber demais para passar o tempo. Agora, a cabeça pesava-lhe e sentia, por todo o corpo, um mal-estar provocado pelo sono.

— Acho que está na hora de partirmos — disse.

— Já? — exclamou Xavière, olhando para ela com ar desolado. — Está cansada?

— Um pouco. Pode ficar sem mim — disse-lhe, depois de hesitar um instante. — Não é a primeira vez que fica sozinha num *dancing*.

— É verdade, mas hoje não quero. Se for embora, eu também vou.

— Mas não quero obrigá-la a vir comigo.

Xavière encolheu os ombros, ar resignado:

Simone de Beauvoir

— Ora, posso muito bem ir embora já.
— Não. Seria realmente pena — disse Françoise, sorrindo. — Fiquemos mais um pouco.
O rosto de Xavière iluminou-se:
— É tão agradável este lugar, não acha?
Sorriu a um rapaz que a convidava para dançar e seguiu-o até o meio da pista. Françoise acendeu mais um cigarro. No fim de contas nada a obrigava a recomeçar a trabalhar logo cedo. Era um tanto absurdo passar ali horas sem dançar, sem falar a ninguém, mas, desde que se resignasse, até encontrava certo encanto nesta espécie de estagnação. Há muitos anos que não lhe acontecia ficar assim, perdida entre o álcool e o fumo, seguindo, no espaço, sonhos e pensamentos que não levavam a parte alguma.
Xavière voltou e sentou-se a seu lado.
— Por que não quer dançar? — perguntou-lhe.
— Porque danço mal.
— Então deve sentir-se aborrecida, não? — inquiriu, com voz queixosa.
— Absolutamente. Eu gosto de observar. O que me encanta não é ouvir a música, é ver as pessoas.
Sorriu a Xavière; devia-lhe esta hora e esta noite. Por que razão, portanto, recusar a entrada, na sua vida, dessa riqueza saudável que se lhe oferecia: uma companheira nova em folha, com suas exigências, seus sorrisos reticentes, suas reações imprevistas?
— Eu sei — disse Xavière. — Mas para você nada disso deve ser divertido.
Seu rosto estava triste. E também tinha um ar fatigado.
— Nada disso... Garanto-lhe que estou muito satisfeita. Gosto tanto de estar com você — respondeu Françoise, pegando-lhe no pulso.
Xavière sorriu sem convicção. Françoise, que a olhava com amizade, pensava: "Não compreendo as resistências que opus a Pierre. O que me tenta, justamente, é este leve perfume de risco e de mistério."
— Sabe o que pensei esta noite? — perguntou-lhe subitamente.
— Que você nada fará enquanto estiver em Rouen e que só há uma solução para o seu problema: viver em Paris.
—Viver em Paris? Bem que eu gostaria...
— Não julgue que digo isto no ar.
Hesitou um pouco, receava que Xavière a achasse indiscreta.

A convidada

— Eis o que você poderia fazer: instalar-se em Paris, no meu hotel, se quisesse. Eu lhe adiantaria o dinheiro de que precisasse para aprender um ofício: estenografia ou, melhor, tenho uma amiga que dirige um instituto de beleza e que poderia lhe arranjar emprego, quando você tivesse um diploma.

O rosto de Xavière tornou-se sombrio.

— Meu tio nunca consentirá.

—Você não precisa de sua autorização. Não tem medo dele, tem?

— Não — disse Xavière, olhando atentamente as unhas aguçadas.

A tez pálida, as longas mechas de cabelo louro descompostas pela dança, tudo isso lhe dava um ar lamentável de medusa naufragada na areia seca.

— Então? — perguntou Françoise.

— Com licença...

Levantou-se para seguir um rapaz que lhe acenava, convidando-a para dançar. Françoise, que a seguia com o olhar, viu subitamente voltar-lhe a cor ao rosto. Xavière tinha um temperamento sujeito a estranhos saltos. Na verdade, era desconcertante que ela nem se desse ao trabalho de examinar aquela proposta, que, no entanto, era razoável. Françoise esperou com certa impaciência que Xavière voltasse a sentar-se.

— Então? — repetiu. — Que pensa do meu projeto?

— Que projeto? — perguntou ela.

Parecia sinceramente intrigada.

— Sobre a possibilidade de você viver em Paris.

— Ah, viver em Paris...

— Mas é uma coisa séria, Xavière. Você parece pensar que se trata de uma ideia quimérica.

Xavière encolheu os ombros.

— Basta que você queira. Há alguma coisa que a impeça?

— É irrealizável — disse Xavière, olhando em torno, irritada. — O ambiente está se tornando sinistro, não acha? As pessoas parecem que têm os olhos no meio da cara. Ficam enraizadas aqui porque já nem têm força para irem embora.

— Pois bem, vamos.

Atravessaram a sala e saíram. Lá fora levantava-se uma madrugada cinzenta.

— Podemos andar um pouco a pé — propôs Françoise.

Simone de Beauvoir

— É boa ideia — respondeu Xavière, apertando o casaco em volta do pescoço e começando a andar com passo rápido. Qual a razão que a levaria a não tomar a sério a proposta de Françoise? "É irritante — pensava ela — sentir ao nosso lado um pensamento hostil e teimoso. Tenho que persuadi-la a aceitar!" Até agora a discussão com Pierre, os pensamentos vagos que tivera sobre o caso, à noite, o próprio início desta conversa, não passavam de um jogo. Bruscamente, porém, tudo se tornara real: a resistência de Xavière era autêntica e Françoise queria vencê-la. Era irritante: sentia que dominava Xavière, que a possuía, mesmo no seu passado e nas voltas mais imprevisíveis do futuro, e de repente surgia aquela vontade teimosa contra a qual o seu próprio desejo se quebrava!

Xavière andava cada vez mais depressa, franzindo a testa a ponto de lhe doer. Era impossível conversar. Françoise seguiu-a um momento em silêncio, mas perdeu a paciência.

— Não a aborrece andar assim? — perguntou-lhe.

— Absolutamente. Odeio o frio.

Um esgar trágico deformou o rosto de Xavière.

— Por que não disse logo? Vamos entrar no primeiro boteco que encontrarmos aberto.

— Não é preciso, podemos passear, se quiser...

— Não tenho vontade... Mas gostaria de tomar um café quente.

Abrandaram o passo. Perto da estação de Montparnasse, na esquina da rua de Odessa, entraram no café Biard. Um grupo de pessoas acotovelava-se junto do balcão. Françoise escolheu uma mesa de canto, bem no fundo da sala.

— Dois cafés — pediu.

Encostada a uma mesa, uma mulher dormia, com o corpo dobrado em dois; no chão jaziam malas e embrulhos. Noutra mesa, três camponeses bretões bebiam copinhos de aguardente. Françoise olhou para Xavière.

— Não a entendo — disse-lhe.

Xavière lançou-lhe um olhar inquieto.

— Por quê? Eu a irrito?

— Decepcionou-me, sabe? Pensei que tivesse coragem bastante para aceitar o que lhe propus.

Xavière hesitou, olhando em torno com ar torturado.

— Não quero fazer massagens faciais — disse com ar queixoso.

A convidada

— Mas ninguém a obriga a isso. Posso arranjar-lhe um lugar de manequim, por exemplo. Ou, então, por que não aprende estenografia?

— Não quero ser estenógrafa nem manequim.

Françoise ficou desorientada.

— Na minha ideia — prosseguiu — isto não passaria de um princípio. Quando você dominasse um ofício, teria muito tempo para tomar pulso na vida. Afinal, o que lhe interessa? Estudar, pintar, trabalhar no teatro?

— Não sei bem... Nada de especial. Mas é preciso, na verdade, que eu faça qualquer coisa? — perguntou, com um pouco de altivez.

— Mesmo que você dedicasse algumas horas a um trabalho aborrecido, não pagaria muito caro a sua independência, não lhe parece?

Xavière fez uma careta de repugnância.

— Odeio esse gênero de coisas. Se não podemos ter a vida que queremos, acho que o melhor é não viver.

— Ora, ora, você é incapaz de se suicidar — disse Françoise, secamente. — Melhor seria, portanto, tentar levar uma vida correta.

Bebeu um gole de café. Era um verdadeiro café de madrugada, acre e açucarado, como aquele que se bebe nas estações ferroviárias depois de uma noite de viagem, ou nos hoteizinhos do interior, enquanto não chega o primeiro ônibus. Esse sabor de coisa estragada enternecia Françoise.

— Como você acha que deve ser a vida? — perguntou com benevolência.

— Como era na minha infância.

— Quando as coisas vinham ao seu encontro sem que necessitasse procurá-las? Ou como no tempo em que o seu pai a levava a passear num grande cavalo?

— Havia outros momentos bons. Quando ele me levava à caça, às seis da manhã, e havia na relva tantas teias de aranha ainda frescas... Tudo aquilo me dava uma sensação de segurança...

— Mas em Paris você pode vir a ter alegrias semelhantes. Pense na música, no teatro, nos *dancings*.

— Certo, mas seria preciso fazer como a sua amiga: contar os copos que bebesse e não perder de vista o relógio, para não chegar tarde ao emprego, no outro dia.

Françoise sentiu-se magoada. Ela própria acabava de olhar para o relógio. "Parece até que ela me odeia. Mas por quê?" Essa Xavière desagradável e imprevista interessava-a.

— Afinal, você aceita viver uma existência ainda mais mesquinha do que a da minha amiga. E dez vezes menos livre. No fundo, você sabe o que sente? É medo. Não da sua própria família, talvez, mas da liberdade; medo de romper com seus pequenos hábitos.

Xavière baixou a cabeça, sem responder.

— O que é que você tem? — perguntou-lhe Françoise, docemente. — Está tão fechada! Vê-se que não tem absolutamente confiança em mim...

— Não é verdade — disse Xavière, sem convicção.

— Então o que há?

— Fico louca só de pensar na vida...

— Mas não é apenas isso. A noite toda você esteve esquisita.

Sorriu e perguntou-lhe:

— Foi o fato de Elisabeth ter vindo conosco que a aborreceu? Não simpatiza muito com ela, não é verdade?

— Como não? Vê-se que é uma pessoa bastante interessante — disse, com um ar cerimonioso.

— Ficou chocada por vê-la chorando em público? Confesse, vamos... Eu própria também a choquei, não é verdade? Você me achou muito dada às lágrimas?

Xavière arregalou os olhos: eram olhos de criança, cândidos e azuis.

— Achei estranho — disse, com ar ingênuo.

Continuava na defensiva; era inútil prosseguir. Françoise reprimiu um bocejo.

— Vou para casa. Você vai para a casa de Inès?

— Sim, vou tentar pegar as minhas coisas e sair sem acordá-la, senão ela me impedirá.

— Pensei que você fosse muito amiga de Inès.

— E sou... Gosto muito dela. Só que é uma dessas pessoas diante de quem não podemos beber um copo de leite sem ficarmos com a consciência pesada.

O azedume da sua voz pretendia atingir Inès ou Françoise? "De qualquer forma, é mais prudente não insistir", pensou esta.

— Bem, vamos embora — disse Françoise, colocando a mão em seu ombro. — Lamento que você não tenha passado uma noite agradável.

O rosto de Xavière descompôs-se subitamente e toda a sua dureza se dissolveu. Olhando Françoise, com ar desesperado, exclamou:

— Mas eu passei uma noite agradável!

A convidada

Depois, baixou a cabeça e disse rapidamente:
— Você é que não deve ter se divertido muito, conduzindo-me como se eu fosse uma cachorrinha.

"Aí está", pensou Françoise. "Julga que saí com ela por piedade." Olhou com amizade aquela figurinha arisca.

— Pelo contrário. Tive o maior prazer em levá-la comigo. Se assim não fosse, não a teria convidado. Por que pensa isso, Xavière?

Xavière olhou-a com ternura, confiante:
— Você tem uma vida tão cheia, com tantos amigos, tantas ocupações. Senti que eu era apenas um átomo.

— Que ideia idiota!

Era espantoso pensar que Xavière pudesse ter ciúmes de Elisabeth.

— Quando lhe falei na possibilidade de vir para Paris, pensou que eu estivesse oferecendo uma esmola?

— Foi um pouco isso — disse Xavière, com ar humilde.

— E então odiou-me?

— Não a odiei. Só senti ódio de mim própria.

— É a mesma coisa — redarguiu Françoise.

Tirou a mão do ombro de Xavière e acariciou-lhe o braço.

— Eu me interesso por você e sentiria muito prazer em tê-la perto de mim.

Xavière voltou para ela uns olhos maravilhados e incrédulos.

— Não se sentiu bem junto de mim, esta tarde?

— Senti-me — respondeu Xavière, enleada.

— Poderíamos passar muitos momentos como aquele. A ideia não a tenta?

Xavière apertou-lhe a mão, com força.

— Gostaria muito — disse, entusiasmada.

— Se quiser, tudo se arranja. Mando uma carta, por intermédio da Inês, dizendo que ela lhe encontrou emprego. Depois, no dia em que decidir vir, é só escrever: "chego…" e chegará.

Acariciou a mão quente que repousava confiadamente na sua.

— Vai ver — prosseguiu. — Você terá uma bela vida.

— Oh, sim! Quero vir para Paris — disse Xavière, apoiando-se com todo o peso do corpo no ombro de Françoise.

Permaneceram por muito tempo imóveis, apoiadas uma na outra. Os cabelos de Xavière roçavam no rosto de Françoise. Seus dedos entrelaçavam-se.

— Sinto-me triste por ter de deixá-la.
— Eu também — disse Xavière, baixinho.
— Minha Xavière — murmurou Françoise.
Xavière fixava-a, olhos brilhantes, lábios entreabertos. Sentia-se lânguida, abandonada, e entregava-se completamente a Françoise. Seria esta, doravante, quem a conduziria, pela vida afora. "Vou fazê-la feliz", decidiu Françoise, com convicção.

3
— CAPÍTULO —

Um fio de luz passava sob a porta de Xavière. Françoise ouviu um ruído leve, um amarfanhar de tecido. Bateu à porta. Seguiu-se um longo silêncio.

— Quem é? — perguntou Xavière.
— Sou eu. Está quase na hora de partirmos.

Desde que Xavière se alojara no hotel Bayard, Françoise aprendera a nunca bater à sua porta inesperadamente e a nunca chegar cedo demais a um encontro. Apesar disso, sua chegada sempre criava misteriosas perturbações.

— Quer esperar um minuto? Subo já.
— Está bem, eu espero.

Subiu a escada, pensando que Xavière gostava bastante de fazer cerimônia. Só abria a porta quando já se achava pronta para recebê-la em grande gala. Parecia-lhe obsceno ser surpreendida na intimidade cotidiana. "Tomara que tudo corra bem esta noite", pensou. "Acho que não conseguiremos ter tudo pronto dentro de três dias." Sentou-se no sofá e pegou um dos manuscritos empilhados na mesinha de cabeceira. Pierre lhe confiara a tarefa de ler as peças de teatro que recebia. Esse trabalho normalmente a divertia. *Mársias ou a metamorfose incerta*. Contemplou o título, desanimada. As coisas não tinham corrido bem naquela tarde. Todos se encontravam esgotados. Pierre, que há oito noites quase não dormia, tinha os nervos à flor da pele. Se não atingissem cem representações com salas cheias, não conseguiriam pagar as despesas. Pôs de lado o manuscrito e levantou-se. Ainda tinha muito tempo para se arrumar. Mas sentia-se tão agitada... Acendeu um cigarro e sorriu: no fundo, essa agitação de última hora era justamente o que mais lhe agradava. Sabia que, no momento exato, tudo estaria pronto. Em três dias, Pierre faria prodígios. A iluminação a mercúrio seria consertada. E se Tedesco se decidisse a representar dentro do ritmo da peça...

— Posso entrar? — perguntou uma voz tímida.
— Entre.

Xavière vestia um casacão grosso e uma boina bastante feia. O rosto infantil esboçava um sorriso contrito.

— Esperou muito?

— Não, tudo bem, não estamos atrasadas — respondeu Françoise precipitadamente.

Precisava evitar criar-lhe qualquer sentimento de culpa, isso a tornaria rancorosa e desagradável.

— Eu nem sequer estou pronta — prosseguiu.

Passou pó nas faces, mas depressa se afastou do espelho. O seu rosto, nessa noite, não lhe interessava. Não existia para ela própria e tinha a vaga esperança de que seria igualmente invisível para os outros. Pegou a chave, as luvas e fechou a porta.

— Foi ao concerto? Foi bom?

— Não, nem cheguei a sair. Estava muito frio, fiquei sem vontade de ir.

Françoise pegou-lhe o braço:

— Então o que fez o dia inteiro? Conte.

— Não há nada a contar — respondeu Xavière, com ar de quem pede misericórdia.

— Você sempre responde isso. No entanto, já lhe disse que gosto muito de imaginar, em detalhes, o que é a sua vida.

Olhou-a, sorrindo:

— Vejo que lavou a cabeça.

— É verdade.

— A sua *mise-en-plis* é ótima. Um dia desses vou lhe pedir que me penteie. E que mais fez, além disso? Leu alguma coisa? Dormiu? Que foi que comeu no almoço?

— Não fiz absolutamente nada.

Françoise não insistiu. Havia um gênero de intimidade que nunca poderia ter com Xavière. Falar das ocupações miúdas de cada dia parecia-lhe tão indecente como falar das suas funções orgânicas. E como nunca saía do quarto, era raro ter qualquer coisa para contar. Françoise ficava decepcionada com essa falta de curiosidade. Por mais que lhe propusesse programas de cinema bem tentadores, ou concertos, ou passeios, Xavière obstinava-se em ficar em casa. Afinal, fora uma exaltação quimérica que levara Françoise, certa manhã, num cafezinho de Montparnasse, a julgar ter-se apoderado de uma presa preciosa. Na verdade, a presença de Xavière não lhe trouxera nada de novo.

— Pois eu tive um dia cheio — prosseguiu Françoise, alegremente. — De manhã tive uma conversinha com o cabeleireiro, que ainda não entregara metade das perucas para a peça. Depois, corri as lojas de acessórios. É tão difícil encontrar o que queremos... É uma verdadeira corrida atrás do tesouro. Mas é bem agradável remexer nos acessórios de teatro. Um dia você vem comigo.

— Bem que eu gostaria...

— À tarde, assisti ao ensaio, que foi bem comprido. Passei muito tempo retocando o guarda-roupa. Houve um ator que pôs um par de nádegas falsas no lugar de um ventre. Se você visse a silhueta dele... — disse Françoise, rindo.

Xavière pegou sua mão com doçura.

— Você não deve se cansar muito. É capaz de adoecer...

Françoise olhou com ternura súbita aquele rosto ansioso. Por vezes, a reserva de Xavière desmoronava. Então, era apenas uma menina atraente e indefesa, cujas faces rosadas seria bom beijar.

— Falta pouco para acabar — comentou Françoise. — Não posso levar eternamente essa existência, mas, você sabe, quando isso dura apenas alguns dias, e esperamos triunfar, é até um prazer a gente se cansar.

— Você é tão ativa — comentou Xavière.

Françoise sorriu:

— Penso que o ensaio desta noite vai ser interessante. É sempre à última hora que Labrousse encontra as melhores soluções.

Xavière não respondeu. Parecia pouco à vontade quando Françoise falava de Labrousse, embora mostrasse grande admiração por ele.

— Não me diga que se aborrece assistindo ao ensaio.

— Não, pelo contrário, eu me divirto muito. Evidentemente, gostaria de vê-la em outras circunstâncias — disse Xavière, depois de certa hesitação.

— Eu também — disse Françoise, sem entusiasmo.

Detestava as censuras veladas que Xavière deixava por vezes escapar. É certo que não lhe dedicava muito tempo, mas a verdade é que não podia sacrificar-lhe as raras horas que lhe sobravam para seu trabalho pessoal.

Quando chegaram ao teatro, Françoise olhou com afeição o velho edifício, cuja fachada, ornada de festões, em estilo rococó, tinha um ar íntimo e discreto que lhe tocava o coração. Dentro de dias, o teatro tomaria o seu aspecto de gala, brilharia com todas as luzes. Hoje, mergulhava na escuridão. Françoise dirigiu-se para a entrada dos artistas:

— É interessante pensar que você vem aqui todos os dias, como se fosse trabalhar num escritório — comentou Xavière. — E eu que sempre tive a impressão de que o interior de um teatro era qualquer coisa de misterioso...

— Quando eu ainda não conhecia Labrousse, recordo-me que Elisabeth tomava sempre um ar solene quando me levava aos bastidores. Eu própria me sentia envaidecida.

Sorriu ao pensar que, embora o mistério se houvesse dissipado, o pátio, atravancado com velhos cenários, nada perdera da sua poesia ao tornar-se uma paisagem cotidiana. Uma escadinha de madeira, verde como um banco de jardim, levava aos camarins. Françoise parou um momento, escutando os rumores do palco. Como sempre, quando ia encontrar-se com Pierre, seu coração batia de prazer.

— Não faça barulho — disse a Xavière. —Vamos passar por trás do palco.

Pegou sua mão e atravessaram, pé ante pé, por entre os cenários. Tedesco andava de um lado para outro entre as moitas verde e púrpura do jardim. Tinha um ar atormentado: sua voz, nesta noite, era rouca e cômica...

— Fique à vontade — disse Françoise a Xavière. —Volto já.

Havia muita gente na sala. Como de costume, os atores e os figurantes comprimiam-se nas poltronas do fundo. Pierre estava sozinho na primeira fila da orquestra. Françoise apertou a mão de Elisabeth, sentada ao lado de um atorzinho de quem não se separava há alguns dias.

— Já venho lhe falar — disse-lhe.

Sorriu a Pierre, sem dizer nada. Todo encolhido, com o rosto parcialmente escondido por um cachecol vermelho, ele não parecia satisfeito. "Que coisa falsa, estes maciços de plantas", pensou Françoise. "Temos que mudá-los." Olhou Pierre, inquieta. Ele teve um gesto de impotência e abatimento. Na verdade, nunca Tedesco trabalhara tão mal. Seria possível que se tivessem enganado a tal ponto sobre ele? Sua voz morreu por completo. O ator passou a mão pela testa.

— Desculpe-me — disse, dirigindo-se a Pierre —, mas não sei o que tenho. Acho que é melhor descansar um momento. Daqui a 15 minutos com certeza estarei melhor.

Seguiu-se um silêncio.

— Está bem — concordou Pierre. — Enquanto isso, vamos regular as luzes. Chamem Vuillemin e Gerbert. Quero que me refaçam este cenário.

Baixou a voz, dirigindo-se a Françoise.

A convidada

— Como vai? Você está com uma cara...
— Mais ou menos. Você também não está com bom aspecto. Suspenda o ensaio à meia-noite, sim? Estamos todos no prego; se continuarmos assim, não aguentaremos até sexta-feira.
— Está bem. Trouxe Xavière com você? — perguntou, voltando a cabeça.
— Trouxe. Tenho que me ocupar dela um pouco. Sabe o que pensei? — perguntou Françoise, depois de hesitar um pouco. — Podíamos ir tomar qualquer coisa juntos, depois do ensaio. Está bem?
Pierre riu:
— Ainda não contei que, esta manhã, quando subia a escada, vi Xavière que descia. Quando me viu, fugiu como uma lebre e foi fechar-se no banheiro.
— Tem medo de você. É por isso que peço a você para vir hoje conosco. Se for amável com ela, as coisas se tornarão mais fáceis.
— Por minha parte não vejo qualquer inconveniente. Eu a acho gozada... Ah! — exclamou, dirigindo-se a Vuillemin. — Onde está Gerbert?
— Procurei-o por toda a parte — respondeu Vuillemin, ofegante. — Não sei onde diabo se meteu.
— Eu o deixei às sete e meia na seção de vestuário — interrompeu Françoise. — Ele disse que ia tentar dormir. Régis, quer ver se encontra Gerbert?
— É horrível essa barricada que você fez — disse Pierre a Vuillemin. — E eu lhe disse mais de cem vezes que não queria um cenário pintado. É preciso refazer tudo; quero um cenário construído.
— Além disso, a cor não é apropriada — disse Françoise. — Podem ser muito bonitos, esses tufos de verdura, mas por agora não passam de manchas de vermelho sujo.
— Isso se resolve — disse Vuillemin.
Gerbert atravessou a cena correndo e entrou na sala. O blusão de camurça, aberto sobre a camisa xadrez, estava todo empoeirado.
— Desculpem-me — disse. — Dormia como um anjo.
Passou a mão pelos cabelos hirsutos. Tinha a tez plúmbea e grandes olheiras. Enquanto Pierre lhe falava, Françoise olhava ternamente seu rosto cansado: parecia um macaquinho doente.
— Exige muito dele — disse a Pierre, quando Vuillemin e Gerbert se afastaram.

— Que jeito! É o único em quem tenho confiança. Vuillemin só faz asneiras, se não o vigiarmos.

— Eu sei, mas a verdade é que ele não tem a nossa saúde — disse Françoise, levantando-se.

— Vamos ensaiar as luzes em conjunto. Escureçam tudo, como se fosse noite. Deixem acesa apenas a luz azul do fundo.

Françoise sentou-se ao lado de Xavière. "Ainda não cheguei a essa idade", pensava. Era inegável, contudo, que tinha sentimentos maternais por Gerbert; maternais, com um delicado matiz de incesto. Gostaria de sentir no seu ombro o peso daquela cabeça fatigada.

— Gosta do ensaio? — perguntou a Xavière.

— Por enquanto não o compreendo muito bem.

— É de noite — explicou Françoise. — Bruno desceu ao jardim para meditar. Já recebeu as mensagens que o convidam a revoltar-se contra César. Bruto odeia a tirania, mas ama César e por isso está perplexo.

— Então aquele de paletó cor de chocolate é Bruto?

— Bem, quando ele está maquilado e enverga a toga branca, parece-se muito mais com Bruto.

— Não o imaginava assim — disse Xavière, tristemente.

Seus olhos brilharam:

— Como é bela esta iluminação!

— Acha? Gosto de ouvi-la dizer isso. Trabalhamos como loucos para conseguir dar este aspecto de madrugada.

— Madrugada? Tem um aspecto tão amargo. Esta luz me dá mais a ideia de... — hesitou e disse de um jato — uma luz do começo do mundo, quando o sol, a lua e as estrelas ainda não existiam.

— Bom dia — disse uma voz rouca.

Era Canzetti, que sorria, com uma espécie de faceirice tímida. Dois cachos grandes e negros enquadravam seu rosto encantador, de cigana. Tinha a boca e as faces pintadas com um vermelho violento.

— E agora? — perguntou ela a Françoise. — Acha que meu penteado está bonito?

— Maravilhoso! — respondeu Françoise.

— Segui seu conselho — disse Canzetti, com um trejeito terno.

Ouviu-se um assobio e a voz de Pierre, que gritava:

— Vamos recomeçar a cena desde o princípio, já com as luzes. Estão todos prontos?

A convidada

— Todos — respondeu Gerbert.
— Até logo — disse Canzetti a Françoise.
— Ela é simpática, não acha? — perguntou Françoise a Xavière.
— É... — respondeu esta. Mas acrescentou logo, vivamente: — Tenho horror a esse tipo de rosto. Além disso, acho que ela tem um ar sujo.
Françoise riu:
— Então não a acha simpática, absolutamente.
Xavière franziu a testa e fez uma cara enojada:
— Preferia que me arrancassem as unhas uma por uma a falar com alguém como ela lhe falou. Uma enguia é menos escorregadia...
— Canzetti era professora perto de Bourges — disse Françoise — e deixou tudo para tentar a sorte no teatro. Agora, morre de fome em Paris.
Françoise espiava, divertida, o rosto fechado de Xavière. "Vê-se que ela odeia todas as pessoas que se aproximam de mim. Mesmo a sua timidez perante Pierre tem uns resquícios de ódio."
No palco, Tedesco andava agora de um lado para outro. Fez-se um silêncio religioso e ele começou a falar. Parecia ter recobrado suas faculdades.
"Mas ainda não é isso", pensava Françoise, angustiada, lembrando-se de que dentro de três dias a sala teria o mesmo aspecto noturno, e que haveria a mesma luz na cena, as mesmas palavras atravessando o espaço. Nessa altura, porém, em vez do silêncio existiria um mundo de ruído: cadeiras que estalam, programas amarrotados por mãos distraídas, velhos tossindo teimosamente. As frases sutis teriam então de abrir caminho através de uma parede de espessa indiferença, até o público indócil ou fingidamente superior. Uma tarefa bem difícil, pretender despertar interesse pelas perplexidades de Bruto junto a tantas pessoas preocupadas apenas com sua digestão, sua garganta, seus belos vestidos, suas histórias domésticas, junto aos críticos aborrecidos, aos amigos malévolos. Era necessário apanhá-los de surpresa, nem que fosse à força. Ora, para isso, a maneira de representar de Tedesco, medida e calma, não bastava.
Pierre ouvia de cabeça baixa. Françoise, que o observava, lamentava não ter voltado a sentar-se a seu lado. Que pensaria ele? Era a primeira vez que aplicava seus princípios estéticos em tão larga escala e com tal rigor. Tivera que moldar a esse espírito todos os atores.

Françoise, por seu turno, adaptara a peça segundo suas diretrizes. O próprio cenógrafo obedecera às suas ordens. Se a peça obtivesse êxito, Pierre imporia definitivamente sua concepção de teatro e de arte. Ao lembrar isso, Françoise sentiu gotas de suor nas mãos crispadas. "E no entanto", pensou, a garganta apertada, "não poupamos trabalho nem dinheiro. Se fracassarmos, não poderemos recomeçar antes de muito tempo".

— Espere — interrompeu Pierre, bruscamente.

Subiu à cena. Tedesco ficou imóvel.

— Está tudo muito bem, você está fazendo certo, completamente certo. No entanto, está acentuando mais as palavras do que a situação. Gostaria que conservasse os mesmos matizes, mas sobre outro fundo, compreende?

Pierre encostou-se à parede e inclinou a cabeça. Françoise distendeu os músculos. Pierre não sabia falar muito bem com os atores. O fato de ter que se colocar ao nível deles era incômodo, mas, quando indicava a maneira de representar um papel, era prodigioso. *É preciso que ele morra... nada tenho pessoalmente contra César, mas o bem público...* Françoise olhava o prodígio com uma admiração que nunca se diluía. Pierre não tinha o físico necessário para o papel: seu corpo era atarracado, seus traços pouco puros. No entanto, quando levantou a cabeça, foi realmente Bruto que voltou para o céu o rosto fatigado.

Gerbert inclinou-se para Françoise. Viera sentar-se atrás dela sem ser notado.

— Quanto mais zangado fica, mais formidável ele é... Neste momento está louco de raiva.

— E tem razão para isso — disse Françoise. — Você acha que Tedesco acabará por safar-se naquele papel?

— Julgo que sim. Basta que vá bem no princípio. O resto virá por si.

— Viu como deve ser? — perguntava Pierre a Tedesco. — É este o tom que deve usar. Se conseguir, pode representar refreando a emoção, pois o público acabará por senti-la. Mas se não há emoção, então está tudo acabado.

Tedesco encostou-se à parede, de cabeça baixa. *Não há outro meio, senão a sua morte. Quanto a mim, nada tenho pessoalmente contra ele. Mas devo levar em conta o bem público.*

Françoise sorriu vitoriosamente. Embora parecesse tão simples, ela sabia que nada era mais difícil do que fazer nascer num ator essa brusca iluminação. Olhou a nuca de Pierre. Nunca se cansaria de vê-lo trabalhar. Tinha muitas razões para felicitar-se por ter conhecido Pierre. Entre todas, porém, Françoise colocava em primeiro lugar a sorte de poder trabalhar com ele. A fadiga comum, o esforço certamente os unia mais do que um amplexo. Não havia um instante, nesses ensaios arrasadores, que não constituísse um ato de amor.

A cena dos conjurados foi ensaiada sem atritos. Quando acabou, Françoise levantou-se.

—Vou cumprimentar Elisabeth — disse a Gerbert. — Se precisarem de mim, estou no meu escritório. Não tenho coragem de ficar. Pierre ainda vai ter muito trabalho com o papel de Pórcia.

Hesitou um pouco, pensando que não seria muito simpático deixar Xavière sozinha. Mas não via Elisabeth há uma eternidade e a situação começava a tornar-se desagradável.

— Bem, Gerbert, confio-lhe minha amiga Xavière. Enquanto mudam o cenário, mostre-lhe os bastidores, sim? Ela não sabe como é um teatro por dentro.

Xavière ficou calada. Contudo, desde o início do ensaio, havia um ar de censura em seus olhos.

Françoise pousou a mão no ombro de Elisabeth.

—Venha fumar um cigarro — propôs.

— Boa ideia. Realmente, é draconiana essa proibição de fumar. Vou falar sobre isso a Pierre — disse Elisabeth, com uma indignação risonha.

Françoise deteve-se à entrada da sala. Esta fora pintada de novo, alguns dias antes, num tom amarelo-claro que lhe dava um aspecto rústico e acolhedor. No ar flutuava ainda um leve cheiro de aguarrás.

— Espero que nunca mais deixemos este velho teatro — disse a Elisabeth, quando subiam a escada. — Haverá ainda qualquer coisa para beber? — perguntou, quando entraram no escritório.

Abriu um armário, quase cheio de livros, e examinou as garrafas colocadas na última prateleira.

— Só um resto de uísque. Gosta?

— Ótimo — respondeu Elisabeth.

Françoise estendeu-lhe um copo. Sentia um calor no coração e um impulso de simpatia por Elisabeth. Era a mesma sensação de camaradagem e calma de outrora, quando saíam de um curso interessante e difícil e passeavam as duas, de braços dados, no pátio do colégio.

Elisabeth acendeu um cigarro e cruzou as pernas.

— Que teve Tedesco? Guimiot diz que ele toma entorpecentes. Será verdade?

— Não sei — respondeu Françoise, depois de beber concentradamente um grande gole de uísque.

— Não é nada bonita a tal Xavière — disse então Elisabeth. — Que pretende fazer com ela? Conseguiu resolver as coisas com a família?

— Também não sei. Pode muito bem acontecer que o tio dela chegue aí um dia desses e arme um escândalo.

— Tome cuidado — disse Elisabeth, com ar sério. — Pode vir a ter aborrecimentos por causa disso.

— Como, aborrecimentos?

— Ela já tem emprego?

— Ainda não. É preciso lhe dar tempo para se aclimatar primeiro.

— Ela sabe fazer o quê?

— Acho que nunca será capaz de trabalhar muito.

Elisabeth afastou pensativamente a fumaça do cigarro.

— E Pierre? Que diz disso tudo?

— Pierre a conhece pouco. No entanto, simpatiza com ela.

Todo esse interrogatório começava a irritar Françoise. Parecia que Elisabeth estava arranjando elementos para um discurso de acusação. Decidiu, portanto, passar a outro assunto.

— E você? Que há de novo na sua vida?

Elisabeth soltou um risinho.

— Guimiot... Veio conversar comigo na terça-feira passada, durante o ensaio. Você não o acha bonitão?

— Acho sim. E foi por isso que o contratamos. Mas eu mal o conheço. Ele é inteligente?

— É bom para a cama — disse Elisabeth, com ar indiferente.

— Vejo que você não perdeu tempo — comentou Françoise, um tanto desconcertada.

Quando um homem lhe agradava, Elisabeth falava logo em ter relações com ele. No entanto, Françoise sabia que nos últimos dois anos ela fora fiel a Claude.

— Você conhece meus princípios, não é verdade? Não sou uma mulher que se conquiste: sou eu a conquistadora. Logo no primeiro dia propus-lhe passar a noite comigo. Ele ficou azul ao ouvir a proposta.

— E Claude? Sabe disso?

A convidada

Num gesto voluntarioso, Elisabeth sacudiu a cinza do cigarro. Quando se sentia embaraçada, seus movimentos, sua voz tornavam-se duros e decididos.

— Ainda não. Espero o momento propício para contar... O caso é complicado.

— E suas relações com Claude? Há muito tempo que não me fala nisso.

— Continuam na mesma. Só eu é que mudo.

Ao dizer isto, baixou os cantos da boca, num trejeito amargo.

— E a grande explicação do mês passado? Não deu resultado?

— Ele repete sempre a mesma coisa: sou eu que possuo a melhor parte do seu ser. Já estou farta de ouvir esse estribilho. Quase respondi: obrigada, mas essa parte é boa demais para mim. Prefiro a outra.

— Parece que você, mais uma vez, foi conciliadora em excesso.

— Também acho.

Elisabeth olhava ao longe, fixamente. Um pensamento desagradável atravessava sua mente.

— Ele imagina que pode me fazer engolir tudo. Um dia vai ficar espantado com a reação.

Françoise a olhava com interesse. Via que naquele momento Elisabeth não compunha uma atitude.

— Pretende romper com ele?

Qualquer coisa cedeu no rosto de Elisabeth, levando-a a tomar um ar mais razoável.

— Você sabe... estou ligada demais a Claude para deixá-lo sair da minha vida. O que pretendo é gostar menos dele.

Franziu os olhos e sorriu para Françoise com um ar de cumplicidade que agora era raro ocorrer entre as duas.

— Lembra-se de quando fazíamos troça das mulheres que se deixam sacrificar? Continuo a pensar, apesar de tudo, que não sou feita da massa com que se constroem as vítimas.

Françoise também sorriu. Gostaria de aconselhá-la, mas era difícil. Acima de tudo, Elisabeth precisava deixar de amar Claude.

— Um rompimento interno — disse — não dá muito resultado. Não seria melhor obrigá-lo a escolher de uma vez?

— Agora não é o melhor momento para isso — disse Elisabeth, vivamente. — Não, julgo que darei um grande passo quando reconquistar, interiormente, a minha independência. E, para isso, a primeira condição é dissociar, em Claude, o homem do amante.

— Vai deixar de ter relações com ele?

— Não sei. O que é certo é que vou tê-las com outros.

E acrescentou, com ar de desafio:

— A fidelidade sexual é ridícula. Afinal, transforma-se numa verdadeira escravidão. Não compreendo como você a aceita.

— Juro-lhe que não me sinto escrava.

Elisabeth não podia deixar de fazer confidências, mas, logo a seguir, tornava-se agressiva.

— É divertido — disse, como se estivesse seguindo, com atônita boa-fé, o curso de uma meditação. — Nunca julguei, pelo que você era aos vinte anos, que viria a pertencer a um só homem. E o caso é tanto mais estranho quanto Pierre tem aventuras.

— Eu sei... Você já me disse isso uma vez. Mas compreende que eu, só para lhe ser agradável, não vou forçar minha natureza...

— Ora, ora... Não me diga que nunca teve vontade de ter relações com outro cara. Você, no fundo, está procedendo como todas as pessoas que afirmam não ter preconceitos: pretendem que só obedecem por gosto pessoal. Mas tudo isso são histórias.

— A sensualidade pura não me interessa... Aliás, será que esta expressão, sensualidade pura, significa qualquer coisa?

— Por que não? E quer mesmo dizer algo de muito agradável — respondeu Elisabeth, com um risinho cínico.

Françoise levantou-se.

— Acho que podemos descer. Já devem ter acabado de mudar os cenários.

— Guimiot é realmente um encanto — disse Elisabeth, quando saíam. — Poderia ser um bom elemento para vocês, se o aproveitassem bem. Vou falar dele a Pierre.

— Pois fale — respondeu Françoise, com um sorrisinho.

— Até logo.

A cortina ainda estava abaixada. Alguém, no palco, batia com um martelo. Passos pesados abalavam o tablado. Françoise aproximou-se de Xavière, que conversava com Inès. Esta, quando a viu, corou muito e levantou-se.

— Não se incomode — disse-lhe Françoise.

— Eu já estava de saída — respondeu Inès, estendendo a mão a Xavière. — Quando volto a ver você?

A convidada

Xavière fez um gesto vago.
— Não sei... Depois eu telefono.
— Não quer jantar comigo amanhã, entre os dois ensaios?
Inès continuava parada diante de Xavière, com ar infeliz. Ao vê-la assim, Françoise perguntou a si mesma, mais uma vez, como teria nascido, naquela cabeçorra de normanda, a ideia de entrar para o teatro. Há quatro anos Inès trabalhava como um burro de carga e não fizera o mínimo progresso. Como tinha pena dela, Pierre dera-lhe oportunidade de dizer uma frase na nova peça.
— Amanhã? Não sei, vou lhe telefonar — disse Xavière.
Françoise, para encorajar Inès, falou:
— Tudo vai correr bem... Quando você não está perturbada, tem uma boa dicção.
Inès sorriu timidamente e afastou-se.
—Você não vai lhe telefonar?
— Nunca mais — respondeu Xavière, irritada. — Só porque dormi três vezes em casa dela não sou obrigada a aturá-la a vida toda.
Françoise olhou em torno. Gerbert já partira.
— Gerbert não a levou para ver os bastidores?
— Ele perguntou se eu queria ir.
— Por que não foi? Não achou interessante?
— Bem, ele tinha um ar tão pouco à vontade quando me propôs isso, que até dava pena. Eu não gosto de me impor às pessoas — disse Xavière, violentamente, olhando Françoise com uma raiva bem marcada.
Françoise sentiu-se culpada. Não tivera tato ao confiar Xavière a Gerbert. Admirava-se, porém, do ar violento desta. Gerbert teria sido grosseiro? Não era seu hábito, mas... "Ela vê tudo pelo lado trágico", pensou, aborrecida. Decidira, de uma vez para sempre, não envenenar sua vida com as puerilidades de Xavière.
— Como é que Pórcia representou o papel?
— Quem? Aquela morena gorda? Labrousse obrigou-a a repetir vinte vezes a mesma frase e ela a disse sempre ao contrário.
O rosto de Xavière fulgurava de desprezo.
— Não percebo — prosseguiu — como se pode ser verdadeiramente atriz, quando se é estúpida a esse ponto.
— Há atrizes de todos os gêneros.
Via-se claramente que Xavière estava irritadíssima. Devia ser porque Françoise, na sua opinião, não se ocupara bastante dela. Aquilo ia passar.

Simone de Beauvoir

Françoise olhava para a cortina, com impaciência, pensando que a mudança de cenário levava muito tempo. Era preciso diminuir cinco minutos. O pano subiu. No palco surgiu a figura de Pierre, meio estendido no leito de César. O coração de Françoise começou a bater mais depressa. Conhecia todas as nuances da voz de Pierre, todos os seus gestos; esperava-os com muita exatidão, como se brotassem da sua própria vontade. No entanto, sabia que essas nuances, esses gestos se realizavam fora dela, no palco. Era angustioso sentir-se assim, responsável pela menor deficiência, sem poder levantar um dedo para evitá-la.

"É certo, realmente, que somos apenas um", pensou, num ímpeto de amor.

Quando Pierre falava, quando levantava a mão, suas atitudes, suas entonações pertenciam tanto à sua própria vida como à de Françoise, ou antes: existia apenas uma vida e, no seu âmago, um ser, ao qual não se poderia chamar *ele* ou *eu,* mas apenas *nós.*

Pierre encontrava-se no palco, Françoise na plateia; no entanto, perante os olhos dos dois desenrolava-se a mesma peça, no mesmo teatro. Acontecia o mesmo na sua vida. Nem sempre a viam do mesmo ângulo; cada um descobria um aspecto diferente, através dos seus desejos, do seu humor, dos seus prazeres. Apesar disso, porém, não deixava de ser a mesma vida. Nem o tempo, nem a distância podiam destruí-la. Havia, evidentemente, ruas, ideias, rostos que existiam em primeiro lugar para Pierre e outros que tomavam vida, primeiramente, para Françoise. Esses momentos esparsos, contudo, eram ligados fielmente por ambos a um conjunto único onde não se podiam discernir o *teu* e o *meu.* Desse conjunto, nenhum dos dois jamais retirava a menor parcela. Essa teria sido a pior traição, a única possível.

— Amanhã, às duas da tarde, ensaiaremos o terceiro ato, sem o vestuário da peça. A noite, recomeçaremos tudo, na devida ordem e já com o vestuário.

Depois de Pierre ter anunciado o programa de trabalho, Gerbert perguntou a Françoise:

— Bem, tenho de ir embora. Amanhã de manhã precisa de mim?

Françoise hesitou. Na verdade, a companhia de Gerbert transformava as tarefas mais aborrecidas em divertimento. Mas o pobre tinha um aspecto tão fatigado que cortava o coração.

— Não, já não há muito a fazer — respondeu-lhe.

A convidada

— É verdade, mesmo?
— É... Pode dormir descansado.
Elisabeth aproximara-se de Pierre.
— Realmente extraordinário o seu Júlio César. É, ao mesmo tempo, tão fictício e tão realista... Aquele silêncio, na altura em que você levanta a mão, sabe? A expressão daquele silêncio. E espantoso...
— Está sendo muito amável.
— Garanto que vai ser um êxito — disse Elisabeth, com entusiasmo.
Olhou para Xavière, com um ar trocista.
— Esta jovem parece que não gosta muito de teatro. Tão nova e já tão *blasée*?
— Não sabia que o teatro era isto — respondeu Xavière, num tom de desprezo.
— Como julgava que fosse? — interrogou Pierre.
— Parecem todos empregadinhos de uma loja. Têm um ar de tanta aplicação ao trabalho...
— Eu acho isso empolgante — disse Elisabeth. — Todas essas tentativas, esses esforços confusos, de onde finalmente brotará algo de belo...
— Eu, não. Acho tudo isso sujo. Nunca é agradável ver um esforço. E ainda por cima quando o esforço aborta, então... — riu sarcasticamente — então é burlesco.
A cólera varrera sua timidez. Fixava Elisabeth com ar feroz.
— Em todas as artes é assim — disse Elisabeth, secamente. — As coisas belas nunca se criam facilmente e exigem tanto mais trabalho quanto mais preciosas são. Você verá.
— Eu só classifico de precioso o que nos cai do céu, como o maná — disse Xavière, com um muxoxo. — Se tivermos de comprar esse trabalho, torna-se uma mercadoria como qualquer outra e deixa de me interessar.
— Que pequena romântica — disse Elisabeth, com um riso frio.
— Não, eu compreendo o que ela quer dizer — interrompeu Pierre.
— Esta nossa "cozinha" na verdade nada tem de sedutor.
Elisabeth olhou-o, quase agressivamente.
— Essa é boa! Pelo visto acredita agora no valor da inspiração...
— Não, mas a verdade é que o nosso trabalho não tem a mínima beleza; é um negócio bastante infecto...
— Eu nunca disse que esse tipo de trabalho era belo — retrucou Elisabeth. — Evidentemente, a beleza existe apenas na obra já realizada.

Mas acho apaixonante a passagem da coisa informe à forma já acabada e pura.

Françoise lançou um olhar implorante a Pierre. Era tão difícil discutir com Elisabeth... Se ela não ficasse com a última palavra, julgava-se em posição inferior junto às outras pessoas. Desta forma, para forçar a sua estima ou o seu amor, era capaz de combatê-las com uma odiosa má-fé. Isto podia durar horas.

— Sim — disse Pierre, com ar vago —, mas para apreciar isso, é preciso sermos especialistas.

Seguiu-se um silêncio.

— Bem, julgo que será melhor partirmos — disse Françoise.

Elisabeth olhou o relógio.

— Céus! Vou perder o último metrô — disse com ar assustado.

— Vou embora. Até amanhã.

— Vamos acompanhá-la — propôs Françoise, com pouco entusiasmo.

— Não, não; vocês ainda me atrasariam mais.

Pegou a bolsa e as luvas, lançou em torno um sorriso incerto e partiu.

— Podíamos ir beber um trago em qualquer lugar — sugeriu Françoise.

— Vocês não estão cansadas? — perguntou Pierre.

Saíram do teatro, depois de Françoise fechar a porta à chave. Pierre chamou um táxi.

— Aonde vamos, afinal?

— Ao Pôle Nord. Pelo menos ali estaremos tranquilos.

Pierre deu o endereço ao chofer. Françoise acendeu a luz interna do carro e passou um pouco de pó de arroz no rosto.

"Teria feito bem em propor o passeio noturno?", pensava. Xavière estava com ar aborrecido e o silêncio entre os três começava a se tornar intolerável.

— Entrem, não me esperem — disse Pierre, procurando troco para pagar o táxi.

Françoise empurrou a porta revestida de couro.

— Aquela mesa ali no canto serve?

— Ótima — respondeu Xavière. — É bem bonita esta boate — disse, enquanto tirava o casaco. — Desculpe-me por um minuto. Sinto que estou com um ar abatido e não gosto de refazer a maquilagem em público.

A convidada

— O que é que você quer tomar? — perguntou Françoise.
— Qualquer coisa forte.

Françoise seguiu-a com os olhos, pensando: "Ela disse isto de propósito, só porque eu passei pó no rosto quando vínhamos no táxi." Quando Xavière demonstrava essas discretas superioridades, era porque estava rebentando de cólera.

— Onde foi a sua amiguinha? — perguntou Pierre, ao chegar.
— Foi ao toalete refazer a maquilagem. Está hoje com um gênio esquisito...
— Ela tem realmente um certo encanto. Que quer tomar?
— Um *akvavit*. Mande vir dois.
— Dois *akvavit* — encomendou Pierre. — Mas que sejam dos verdadeiros... E um uísque.
— Como você é gentil! — exclamou Françoise.

Na última vez que haviam estado ali, há cerca de dois meses, o garçom trouxera-lhes uma bebida de má qualidade. E Pierre não esquecera. Nunca esquecia nada que dissesse respeito a Françoise.

— Por que ela está de mau humor? — perguntou Pierre.
— Acha que não lhe dou suficiente importância. Começo a me irritar com o tempo que perco com ela. No fim de contas nem sequer ando contente...
— Devemos ser justos: na verdade você a vê poucas vezes.
— Se eu perdesse mais tempo com ela, não tinha um minuto livre para mim — respondeu Françoise, com vivacidade.
— Eu sei. Mas é claro que, nessas circunstâncias, você não pode lhe pedir que ela aprove a sua conduta. Compreende: ela só tem você, e se agarra desesperadamente. A situação não deve ser muito divertida para ela.
— Talvez tenha razão — disse Françoise, pensando que procedera talvez com certa desenvoltura em relação a Xavière — e essa ideia lhe foi desagradável. Não gostava de ter nada a se censurar.
— Aí vem ela — exclamou, olhando para Xavière, com certa surpresa: o seu vestido azul moldava um corpo ao mesmo tempo frágil e desabrochado. Os cabelos bem alisados enquadravam um rosto delicado de menina. Desde o primeiro encontro, Françoise nunca mais revira essa Xavière feminina e frágil.
— Mandei vir um *akvavit* para você — disse-lhe.
— O que é isso?

— Prove — disse Pierre, colocando o cálice na sua frente.
Com precaução, Xavière molhou os lábios na aguardente límpida.
— É ruim — comentou, sorrindo.
— Quer outra coisa?
— Não... No fim de contas — disse, com ar resignado — o álcool é sempre ruim. Mas é preciso bebê-lo.
Lançou a cabeça para trás, semicerrou os olhos e levou o cálice à boca.
— Queimou minha garganta — disse, aflorando com a ponta dos dedos o pescoço belo e esbelto. A mão, lentamente, desceu ao longo do corpo:
— Depois me queimou aqui e aqui... É esquisito. Tive a impressão de que me iluminava por dentro.
— É a primeira vez que assiste a um ensaio? — perguntou Pierre.
— É...
— E ficou decepcionada?
— Um pouco.
— E você? — perguntou Françoise a Pierre. — Pensa realmente o que disse a Elisabeth, ou falou apenas porque ela o aborrecia?
— Ela me aborrecia realmente — disse Pierre, tirando um pacote de tabaco do bolso e começando a encher o cachimbo. — Na verdade, porém, deve lhe parecer um pouco ridícula a seriedade com que procuramos o matiz exato de coisas inexistentes.
— É um pouco forçado — interrompeu Françoise —, porque justamente pretendemos fazer com que se tornem reais.
— Se ao menos conseguíssemos as coisas com rapidez, e de maneira divertida... Mas não: ficamos ali, gemendo e suando.
Sorriu a Xavière:
—Você acha que é uma teimosia ridícula?
— Nunca gostei de fazer esforço — respondeu Xavière, com ar modesto.
Françoise admirava-se por ver Pierre levar tão a sério aqueles caprichos de menina.
— Mas dessa forma — exclamou — você põe em jogo, de alto a baixo, todos os conceitos de arte.
— E por que não? — perguntou Pierre. — Você já pensou que, neste momento, o mundo se encontra em ebulição e que dentro de seis meses estaremos talvez em guerra? Entretanto, eu procuro a melhor forma de transmitir ao público, no palco, a cor da madrugada.

A convidada

— Mas o que se pode fazer? — perguntou Françoise.
Sentia-se desorientada. Fora Pierre quem a convencera de que a melhor coisa a fazer neste mundo era criar coisas belas. Toda a sua vida se baseava neste credo. Ele não tinha o direito de mudar de opinião sem preveni-la.
— Ora... Eu quero que o *Júlio César* seja um êxito, é claro. Mas no meio disso tudo sinto-me como um inseto — disse Pierre.
Desde quando pensaria ele assim? Essa ideia constituiria uma verdadeira preocupação do seu espírito ou seria apenas uma divagação passageira, com que se divertiria por um instante e que passaria sem deixar marcas? Françoise não ousou prosseguir a conversação. Xavière, porém, não parecia aborrecer-se. Só o seu olhar diminuíra de intensidade, como uma lâmpada amortecida.
— Se Elisabeth o ouvisse falar assim... — disse Françoise.
— Sim, eu sei que para ela a arte é como Claude: não se deve tocar nem com a ponta de um dedo, se não...
— ... desmorona-se imediatamente — concluiu Françoise.
— Ela parece pressentir que isso acontecerá um dia. Sabe quem é Claude? — perguntou, voltando-se para Xavière. — É aquele cara que estava com ela no Café de Flore, na outra noite.
— Aquele moreno horroroso?
— Bem, ele não é assim tão feio...
— Digamos que é um falso bonitão — disse Pierre.
— É um falso gênio — acrescentou Françoise.
O olhar de Xavière iluminou-se:
— O que faria ela se vocês lhe dissessem que ele é estúpido e feio?
— Bem, acho que não acreditaria — respondeu Françoise.
Depois refletiu: — Acho que romperia conosco e passaria a odiar o Claude.
— Vocês não têm bons sentimentos em relação a Elisabeth — disse Pierre alegremente.
— Não muito bons, isso é verdade... — concordou Xavière, um pouco confusa. Parecia disposta a ser amável com Pierre, talvez para mostrar a Françoise que pretendia atingi-la especialmente; ou talvez por se sentir lisonjeada ao ver que Pierre lhe dera razão.
— Gostaria de saber o que vocês têm exatamente contra ela — perguntou Pierre.
Xavière hesitou:

— Ela é tão cheia de poses: o uso da gravata, a forma como bate com o cigarro na mesa, a própria voz, tudo é construído, feito de propósito... E malfeito. Estou certa de que, no fim de contas, Elisabeth não gosta de tabaco forte. Ela nem sabe fumar.

— Elisabeth constrói-se desde os 18 anos — disse Pierre.

Xavière esboçou um sorriso furtivo, de conivência com ela própria.

— Eu não acho mau que nos disfarcemos para os outros. O que há de irritante nessa mulher é que, mesmo quando está sozinha, tenho a certeza de que marcha com passo decidido e faz movimentos voluntariosos com a cabeça.

Havia tanta dureza na sua voz que Françoise se sentiu ferida.

— Penso que você também gosta de se fantasiar — disse Pierre.

— Pergunto a mim mesmo como será sem a franja e os cachos de cabelo que lhe escondem a metade do rosto. E a sua letra? É disfarçada também?

— Claro — respondeu Xavière com orgulho. — Durante certo tempo escrevia com muitos floreados. Assim... — e traçou sinais no ar, com a ponta dos dedos. — Agora, tenho uma letra angulosa; é mais decente.

— O pior em Elisabeth — recomeçou Pierre — é que mesmo os seus sentimentos são falsos. No fundo, não se importa com a pintura. Por outro lado, diz que é comunista e despreza o proletariado.

— Não é a mentira que me incomoda — disse Xavière. — O que acho monstruoso é que as pessoas tomem decisões sobre elas próprias dessa forma, como por decreto. Pensar que todos os dias ela começa a pintar sem a mínima vontade e que vai aos encontros com o amante quer tenha, ou não, desejo de vê-lo. Como pode uma pessoa aceitar viver segundo um programa, com o emprego de tempo estipulado e tarefas para executar, como se estivesse num internato... Prefiro ser uma fracassada.

Conseguira atingir o alvo: Françoise sentiu-se tocada. Normalmente, as insinuações de Xavière a deixavam fria. Nesta noite, porém, foi diferente. Com sua atenção Pierre valorizava as opiniões de Xavière.

— E você? Marca encontros e depois não aparece... Tudo isso está muito bem quando se trata de Inès. Mas você acabará por perder verdadeiras amizades em consequência dessa maneira de proceder.

— Quando me interesso pelas pessoas — retorquiu Xavière —, tenho sempre vontade de encontrá-las.

A convidada

— Nem sempre temos vontade de ver as pessoas de quem gostamos...
— Então, tanto pior — disse Xavière, com ar altivo. — Eu acabo sempre por me zangar com todo mundo.
— Como é que alguém se pode zangar com a Inès! — exclamou Pierre. — Ela parece uma ovelhinha.
— Ora, ora. Não devemos nos fiar nas aparências.
— Sério? — insistiu Pierre. Via-se que estava se divertindo; em torno dos olhos surgiam-lhe pequenas rugas que davam ao seu rosto um aspecto brincalhão. — Com aquela carinha inofensiva Inès será capaz de morder alguém? Que foi que ela lhe fez?
— Nada — disse Xavière num tom reticente.
—Vamos, conte-me o que houve — disse Pierre, com sua voz mais sedutora. — Gostaria de saber o que se esconde no fundo daquela água adormecida.
— Não houve nada — retorquiu Xavière. — Inès é mole como um colchão. O que se passou foi o seguinte: eu não gosto que as pessoas se julguem com direitos sobre mim...

Disse isto sorrindo, o que acentuou o mal-estar de Françoise. Quando as duas se encontravam frente a frente, Xavière deixava que as sensações de repugnância, de prazer ou de ternura se refletissem sem defesa em seu rosto, como ocorre com uma criança; agora, porém, ela sentia-se como uma mulher frente a um homem, e nos seus traços pintava-se exatamente o matiz de confiança ou de reserva que decidira exprimir.

— Inès deve possuir o tipo de afeição que embaraça as pessoas — disse Pierre, num tom cúmplice e ingênuo.

Xavière deixou-se apanhar:
— É isso mesmo! — exclamou, com o rosto iluminado. Uma vez telefonei-lhe para desfazer um encontro, na noite em que fomos ao Prairie. Pois bem: depois ela me fez uma cara feia...

Françoise sorriu.
— Eu sei — continuou Xavière com vivacidade — que fui indelicada. Mas ela também tomou a liberdade de fazer observações deslocadas acerca de um assunto que não lhe diz respeito — disse, corando.

"Aí está a verdadeira razão da atitude de Xavière", pensou Françoise. "Provavelmente Inès a interrogou sobre suas relações comigo e, com seu espírito pesado, de normanda, permitiu-se brincar." Havia, sem dúvida, atrás de todos os caprichos de Xavière, um mundo de pensamentos obstinados e secretos, como neste caso. Françoise sentia uma certa inquietação ao pensar nisso.

Pierre, entretanto, soltou uma gargalhada.

— Eu conheço pessoas, como Eloy, por exemplo, que, se alguém desmarca um encontro, respondem sempre: "Ainda bem... eu não estaria livre nessa hora." Mas nem todo mundo tem essa delicadeza.

Xavière franziu os sobrolhos.

— Pois é... A Inès não é assim — comentou.

Via-se que sentira vagamente a ironia, pois seu rosto tomou um ar grave.

— Tudo isso é complicado, sabe? — disse Pierre, desta vez a sério.

— Compreendo que lhe repugne seguir certas imposições. No entanto, não podemos viver de outro modo.

— E por que não? Qual a necessidade de arrastar, atrás de nós, montões de ferro velho?

— Escute: o tempo não é constituído por pequenos pedaços separados, nos quais possamos nos fechar sucessivamente; muitas vezes, quando julgamos viver no presente, mesmo contra a vontade estamos comprometendo o futuro.

— Não percebo — respondeu Xavière, num tom pouco amável.

— Vou tentar lhe explicar.

Quando Pierre se interessava por alguém, era capaz de discutir durante horas com boa-fé e paciência evangélicas. Era uma das formas da sua generosidade. Françoise, pelo contrário, quase nunca se dava ao trabalho de expor o que pensava.

— Suponhamos que você decidiu ir a um concerto — prosseguiu Pierre. — Quando vai sair de casa, torna-se insuportável a ideia de andar, de tomar o metrô... Nesse momento, você decide considerar-se livre em relação a todas as resoluções anteriores e fica em casa; tudo isso está muito bem. Só que, dez minutos depois, você se encontra sentada numa poltrona, mergulhada num aborrecimento completo. Nessa altura já não é absolutamente livre: está simplesmente sofrendo as consequências do seu gesto.

Xavière riu secamente.

— Aí está outra de suas belas invenções. Como se pudéssemos sentir desejo de ouvir música em horas fixas. Que ideia tão esquisita! —

exclamou, olhando Françoise com um olhar quase de ódio. — Françoise disse-lhe que eu devia ir hoje a um concerto?

— Não, mas sei que geralmente você não se decide a sair. É pena que viva em Paris como uma sequestrada.

— Não serão noites como a de hoje que me darão vontade de mudar! — exclamou Xavière, desdenhosamente.

O rosto de Pierre começava a assumir um aspecto mais duro.

— Dessa maneira você perde uma porção de boas ocasiões.

—Ter sempre receio de perder qualquer coisa... Não há nada que me faça sentir tão sórdida! Se está perdido, está perdido, pronto!

— A sua vida é realmente constituída por uma série de renúncias heroicas? — perguntou Pierre, com um sorriso sarcástico.

— Está querendo dizer que sou covarde? Se soubesse como isso pouco me importa! — respondeu Xavière com voz suave, levantando um pouco o lábio superior.

Seguiu-se um silêncio. Pierre e Xavière tinham os rostos sombrios, duros. "Seria melhor se fôssemos dormir", pensou Françoise. O mais irritante é que ela própria não aceitava o mau humor de Xavière com tanta negligência como durante o ensaio. Subitamente, sem que compreendesse a razão, a opinião de Xavière começava a tomar peso.

—Vocês já observaram essa mulherzinha em frente de nós? — perguntou. — Prestem atenção: está contando ao homem que está com ela todos os segredos particulares da sua alma...

Tratava-se de uma mulher ainda jovem, de olhos pesados, que fixava no homem, em frente dela, um olhar magnético.

— Nunca quis aceitar as regras do flerte — dizia. — Não suporto que me toquem... Que posso fazer? É como uma doença.

Em outro canto da boate uma mulher, também jovem, com um chapéu de plumas verdes e azuis, fixava, com ar vago, a mão pesada do homem com quem estava, que se abatera sobre a sua.

— Aqui — disse Pierre — há sempre uma porção de parezinhos.

Seguiu-se mais um silêncio. Xavière levantara o braço à altura dos lábios e soprava com delicadeza a penugem que lhe cobria a pele. Era necessário encontrar qualquer coisa para quebrar aquele silêncio, mas tudo soava antecipadamente falso.

— Eu já lhe tinha falado de Gerbert, antes de apresentá-la esta noite? — perguntou Françoise a Xavière.

—Já... Tinha-me dito que era um rapaz engraçado.

Simone de Beauvoir

— Gerbert teve uma juventude dura, sabe? Pertencia a uma família de operários extremamente pobres. A mãe enlouqueceu quando ele era criança e o pai ficou desempregado. O menino ganhava alguns trocados por dia, vendendo jornais. Um belo dia um companheiro levou-o a um estúdio de cinema, onde precisavam de figurantes. E contrataram os dois... Gerbert devia ter dez anos, mais ou menos. Como era bonitinho, tornou-se notado, e pouco a pouco foram lhe confiando alguns papéis; primeiro pequenos, depois maiores. Começou, assim, a ganhar bastante dinheiro, que o pai esbanjava.

Françoise interrompeu a história, olhando tristemente um enorme bolo branco, ornado de frutos, que o garçom colocara na mesa vizinha. Só de olhá-lo, o estômago ficava enjoado... Sentiu que ninguém a escutava, mas assim mesmo continuou:

— Começaram a aparecer pessoas que se interessavam por ele. Péclard quase o adotou: aliás, Gerbert ainda hoje mora em sua casa. O garoto teve assim, em certa época, seis pais adotivos, em cuja companhia frequentava cafés e boates, onde as mulheres lhe acariciavam os cabelos. Pierre era um desses pais: dava-lhe conselhos sobre leituras e sobre trabalho.

Sorriu, mas o sorriso perdeu-se no ar. Pierre continuava a fumar cachimbo, todo enfronhado nele mesmo. Xavière olhava para Françoise com um ar delicado, nada mais. Françoise sentia que estava fazendo um papel ridículo, mas assim mesmo prosseguiu com uma animação teimosa.

— O pobre garoto adquiriu assim uma cultura *sui generis,* conheceu a fundo o surrealismo antes de ter lido um verso de Racine. Mas era comovedor vê-lo frequentar as bibliotecas para preencher as lacunas de sua formação, compulsando atlas de geografia e tratados de aritmética, como bom autodidata. Fazia-o, porém, às escondidas. Mais tarde, atravessou momentos duros: crescia e os seus protetores já não podiam divertir-se com ele como com um macaquinho sábio. Assim foi perdendo, ao mesmo tempo, os papéis no cinema e os pais adotivos. Péclard, quando se lembrava de que Gerbert existia, vestia-o e alimentava-o. Mas era tudo. Foi nessa altura que Pierre lhe deu a mão, convencendo-o a trabalhar no teatro. Atualmente Gerbert leva um bom impulso. Falta-lhe ainda, evidentemente, prática de palco, mas possui bastante talento e grande inteligência cênica. Vai ser alguém...

— Que idade ele tem?

— Parece ter 16 anos, mas tem vinte.

A convidada

Pierre sorriu:
— Pelo menos, você sabe encher uma conversa.
— Gostei muito da sua história — disse Xavière, com vivacidade. — É divertidíssimo imaginar a vida de Gerbert em menino, com todos esses homens importantes que lhe batiam no ombro com ar condescendente, sentindo-se fortes, bons e protetores.
—Você não precisa fazer grande esforço para me ver nesse papel, não é verdade? — perguntou Pierre, com um ar malicioso, mas, ao mesmo tempo, sério.
—Você? Por quê? Tanto como qualquer outro — respondeu Xavière com ar ingênuo.
Olhou para Françoise com uma ternura insistente.
— Gosto tanto da forma como conta as suas histórias...
Via-se que propunha a Françoise uma reviravolta de alianças. Entretanto, a mulher das plumas verdes e azuis continuava, com sua voz sem timbre:
— ... passei por lá quase correndo, mas achei-a uma cidadezinha extremamente pitoresca.
Abandonara o braço nu sobre a mesa, esquecido e ignorado. A mão do homem apertava um pedaço de carne que não pertencia a ninguém.
— É estranha — disse Xavière — esta impressão que sentimos quando tocamos nas pestanas. Tocamo-nos sem nos tocarmos, como se nos tocássemos a distância.
Falava com ela mesma e ninguém respondeu.
— Já reparou como são bonitos os vitrais verdes e dourados? — perguntou-lhe Françoise.
— Na sala de jantar de Lubersac também havia lindos vitrais, mas não eram como esses: a sua cor era bela e profunda. Quando víamos o parque através dos vidros amarelos, era como se olhássemos uma paisagem de tempestade; através dos verdes e dos azuis dir-se-ia o paraíso, com árvores feitas de pedras preciosas e gramados de brocado; quando o parque ficava vermelho, eu imaginava que me encontrava nas entranhas da terra.
Pierre fez um visível esforço de boa vontade e perguntou:
— Que cor você preferia?
— O amarelo, evidentemente. É terrível pensar que perdemos as coisas à medida que envelhecemos — disse Xavière, olhando ao longe, como que em suspenso.

Simone de Beauvoir

— Já não consegue recordar-se de tudo?
— Consigo, claro. Nunca me esqueço de nada — respondeu com ar desdenhoso. — Lembro-me bem de que antigamente essas belas cores me arrebatavam; hoje — e sorriu com ar cansado — isso me dá um certo prazer, nada mais.
— Quando envelhecemos é assim mesmo — disse Pierre, um pouco trocista. — Mas agora você encontra outras coisas: consegue compreender livros, quadros e espetáculos que nada lhe diriam na sua infância.
— Pouco me importa essa compreensão! — exclamou Xavière violentamente. — Eu quero viver as coisas só com a minha cabeça: não sou uma intelectual — disse com um trejeito.
— Por que você é tão desagradável? — perguntou-lhe Pierre, abruptamente.
Xavière abriu os olhos de espanto:
— Não estou sendo desagradável.
— Sabe que sim. Aproveita o menor pretexto para me odiar. Aliás, começo a compreender por quê.
— Por que é, então?
A cólera tornara suas faces mais rosadas. Seu rosto, tão sedutor, adquiria tais matizes, tais cambiantes, que nem parecia feito de carne, mas sim de êxtases, de rancores, de tristezas, tornados sensíveis aos olhos por um efeito de mágica. E, no entanto, apesar dessa transparência etérea, o desenho do nariz e da boca era pesadamente sensual.
— Você pensou injustamente que eu queria criticar a sua maneira de viver — prosseguiu Pierre. — Ora, eu discuti esse assunto com você como o teria feito com Françoise, ou comigo mesmo, e precisamente porque o seu ponto de vista me interessava.
— É claro, você escolheu logo a interpretação pior para mim. Eu não sou suscetível: se você julga que tenho um caráter fraco e caprichoso, pode me dizer.
— Pelo contrário: penso que é invejável essa maneira que você possui de tomar as coisas tão a peito e compreendo que queira, antes de mais nada, defender essa qualidade.
"Se ele quer reconquistar as boas graças de Xavière", pensou Françoise, "nunca mais acabaremos".
— Horroriza-me pensar que pode fazer essa ideia de mim — disse Xavière, com ar sombrio. — Não é verdade! — exclamou, com os olhos brilhantes. — Não fiquei zangada como uma menina.

A convidada

— No entanto, veja — prosseguiu Pierre, conciliador: — você cortou a conversação e a partir desse momento deixou de ser amável. Nem percebi...
— Tente lembrar-se. Recorda-se, com certeza.
— Não era nada do que julga — disse Xavière, depois de hesitar um momento.
— O que era, então?
— Nada. É idiota, não tem importância — respondeu, com um movimento brusco. — Para que serve voltar ao passado? Pronto, acabou.

Pierre instalara-se em frente dela e via-se que preferiria passar ali a noite a abandonar a partida. Esse gênero de tenacidade parecia por vezes indiscreto a Françoise. Pierre, porém, não receava as indiscrições: o seu respeito humano verificava-se apenas nas pequenas coisas. Na verdade, o que quereria ele de Xavière? Cumprimentos corteses, quando se encontrassem nas escadas do hotel? Uma aventura, um amor, uma amizade?

— O caso não teria importância — prosseguiu — se nós nunca mais nos víssemos. Mas é pena se assim acontecer. Não acha que poderíamos manter relações bem agradáveis?

Ao dizer isto, a sua voz tomou um tom meigo e tímido. Pierre possuía uma ciência tão consumada da arte fisionômica e das suas menores inflexões, que era, de certa maneira, perturbador. Xavière lançou-lhe um olhar de desafio, mas, ao mesmo tempo, quase terno.

— Julgo que sim.
— Então expliquemo-nos. Que tem a me censurar?

No sorriso de Pierre, ao fazer esta pergunta, já havia subentendido um acordo secreto. Xavière brincava com uma mecha de cabelos.

— Pensei — disse, seguindo com o olhar o movimento lento e regular dos dedos — que você se esforçava para ser amável comigo por causa de Françoise e isso me foi desagradável. Nunca pedi a ninguém que fosse amável comigo — exclamou, lançando para trás a mecha dourada.

— Por que pensou isso? — perguntou Pierre, mascando o cachimbo.
— Nem sei...
— Seria porque entrei depressa demais na sua intimidade? Foi isso que a irritou contra mim e contra você mesma? Então, um pouco por preguiça mental, você decretou que a minha amabilidade era apenas fingimento.

Xavière permanecia muda.
— Foi isso, realmente? — perguntou Pierre com ar alegre.
— Foi um pouco isso — respondeu Xavière, com um sorriso lisonjeado e confuso.
Voltou a pegar na mecha de cabelo, que começou a alisar, olhando para os dois, com ar ingênuo. "O seu pensamento teria sido assim tão complicado?", pensava Françoise. "Certamente, também por preguiça, pensei que ela fosse simples demais. Como foi possível, nestas últimas semanas, tê-la tratado como uma menina sem interesse? No entanto, Pierre não a estará tornando ainda mais complicada, propositadamente? Em todo o caso, nós não a vemos com os mesmos olhos." Aquele desacordo, por pequeno que fosse, era sensível a Françoise.
— Se não tivesse vontade de vê-la, era muito simples: voltaríamos para o hotel imediatamente após o ensaio — prosseguiu Pierre.
— Podia ter vontade apenas por curiosidade. Seria natural: você e Françoise partilham tudo a tal ponto...
Esta pequena frase negligente continha um mundo de secretos rancores.
— Você julgou que tínhamos combinado dar-lhe uma lição de moral? Mas isso não teria o mínimo sentido...
— Está certo, mas vocês tinham ar de duas pessoas crescidas passando um pito numa criança — respondeu Xavière, que parecia agora amuada apenas por honra da firma.
— Mas eu não disse nada! — exclamou Françoise.
Xavière olhou-a com ar de quem sabe mais do que diz. Pierre fitou-a, sorrindo, mas de olhar sério.
— Quando tiver mais prática do nosso convívio, verá que pode nos olhar, sem receio, como duas pessoas distintas. Eu não poderia impedir Françoise de ter amizade por você. Mas ela também não poderia me forçar a ter vontade, se eu não quisesse. Não é verdade? — perguntou, voltando-se para Françoise.
— É lógico — respondeu ela, com uma vivacidade que não parecia falsa. O seu coração, porém, estava apertado: "Somos um só", pensou. "Tudo isso é muito bonito, mas Pierre reivindica a sua independência. Na verdade, de certa maneira somos dois."
—Vocês têm de tal forma as mesmas ideias — disse Xavière — que nunca sei qual dos dois fala, nem a quem estou respondendo.

A convidada

— Acha monstruoso pensar que eu possa sentir por você alguma simpatia pessoal? — perguntou Pierre.
Xavière o olhou hesitante:
— Não vejo qualquer razão para isso. Nada tenho de interessante a dizer-lhe: você é... você tem tantas ideias sobre todos os assuntos...
— Quer dizer com isso que sou velho, não é assim? A sua opinião é malévola. Toma-me por um vaidoso.
— Nada disso! — exclamou Xavière. Pierre assumiu um tom de voz grave, por trás do qual se sentia um pouco sua experiência de comediante.
— Se eu a considerasse como uma menina encantadora, mas sem maior interesse, teria sido mais delicado com você; o fato de desejar que exista entre nós algo mais do que simples relações de polidez provêm exatamente da profunda estima que lhe dedico.
— Vai ver que não vale a pena — disse Xavière, sem convicção.
— E é a título absolutamente pessoal — prosseguiu Pierre — que desejo obter a sua amizade. Quer assinar um pacto de amizade pessoal comigo?
— Claro que sim — respondeu Xavière abrindo os olhos puros e sorrindo com o ar encantado de quem tem prazer em consentir qualquer coisa; quase um sorriso de apaixonada.
Françoise, olhando aquele rosto desconhecido e reticente, mas cheio de promessas, reviu a face infantil, inerme, que se apoiara no seu ombro, naquela madrugada cinzenta. E sentiu então, subitamente, com remorsos, com raiva, como poderia ter gostado dela.
— Toque aqui — disse Pierre, estendendo sobre a mesa a mão fina. Xavière, porém, não estendeu a sua.
— Não gosto desse gesto — disse, um pouco friamente.
— É coisa de "bom menino".
Pierre retirou a mão. Quando ficava contrariado, seu lábio superior avançava, dando-lhe um ar artificial e um pouco grosseiro.
Seguiu-se um silêncio.
— Você vai ao ensaio geral? — perguntou Pierre.
— Claro! — respondeu Xavière com ardor. — Terei o maior prazer em vê-lo fantasiado de fantasma.
A sala se esvaziara. No momento havia apenas alguns escandinavos meio bêbados no bar. Os homens, vermelhuscos, e as mulheres, despenteadas, beijavam-se na boca.

— Acho melhor voltar para casa — disse Françoise.
— É verdade, amanhã você tem de se levantar cedo. Já devíamos ter saído. Está cansada?
— Não muito.
—Vamos pegar um táxi.
— Mais um táxi? — perguntou Françoise.
— Precisamos ir depressa para você poder dormir.

Saíram. Pierre chamou um táxi e sentou-se no banco da frente.

— Você também parece estar com sono — disse amavelmente a Xavière.
— E estou mesmo... Quando chegar, vou fazer um pouco de chá.
— Fazer chá? É melhor deitar-se logo. São três horas...
— Detesto dormir quando estou morta de sono — disse Xavière, desculpando-se.
— Prefere estar bem desperta? — perguntou-lhe Pierre, troçando.
— Repugna-me sentir as necessidades naturais — disse Xavière, com ar digno.

Saíram do táxi e subiram a escada.

— Boa noite — disse ela, quando chegou à porta do quarto. Entrou sem estender a mão. Pierre e Françoise subiram mais um andar. Como o camarim de Pierre estava totalmente em desordem, dormia todas as noites no quarto de Françoise.

— Julguei que vocês iam discutir outra vez quando ela recusou apertar sua mão — disse Françoise.

Pierre sentara-se à beira da cama.

— Tive a impressão de que ela estava se vendendo caro e isso me irritou. Depois, pensando bem, vi que afinal isso provinha de um sentimento positivo: Xavière não queria que eu levasse na brincadeira um pacto que ela tomava a sério.

— Ela é bem capaz de ter pensado isso — disse Françoise. Sentia na boca um gosto esquisito, que não queria desaparecer.

— Que demoniozinho de orgulho. No início estava muito bem disposta comigo. Depois, quando me permiti criticá-la levemente, passou a me odiar.

— Você lhe deu explicações tão completas... Foi apenas por delicadeza?

— Passava-se tanta coisa naquela cabeça, esta noite... — disse Pierre. Não prosseguiu; parecia absorto.

A convidada

"E na cabeça dele, o que se passa exatamente?", pensou Françoise, interrogando o rosto de Pierre. Era um rosto familiar demais para exprimir qualquer sentimento. Bastava-lhe estender a mão para tocá-lo. Esta proximidade, porém, tornava-o invisível. Nem sequer tinha um nome para designá-lo. Françoise só o chamava Pierre, ou Labrousse quando falava dele a outras pessoas. Na sua frente, ou quando estava sozinha, não o chamava pelo nome. Era tão íntimo como ela própria, e tão irreconhecível, também... "De um estranho, pelo menos, eu poderia ter uma ideia", pensou.

— Afinal de contas, o que pretende dela?

— Para dizer a verdade, não sei bem. Xavière não é como Canzetti, não posso esperar dela uma simples aventura. Para conseguir qualquer coisa agradável seria preciso interessar-me a fundo pelo caso e confesso que não tenho vontade nem tempo para isso.

— Por que não tem vontade?

Françoise sentia que era absurda aquela inquietação fugidia que passara por ela de raspão. Entre eles não havia segredos, nunca haviam escondido nada um do outro...

— O problema é complicado: sinto-me cansado antes de tentar a aventura. Aliás, há nela qualquer coisa de infantil que me repugna um pouco: parece que ainda cheira ao leite que mamou. Gostaria apenas que Xavière não me odiasse e que pudéssemos conversar de vez em quando.

— Quanto a isso, penso que conseguiu.

Pierre a olhou, hesitante.

— Você não se aborreceu com o fato de lhe ter proposto amizade comigo?

— Claro que não. Por quê?

— Não sei bem. Você parecia um pouco estranha. No fundo você se interessa por ela e gostaria de ser a única pessoa na sua vida.

— Pelo contrário. Não tenho tempo para me ocupar dela.

— Além do mais, sei que você nunca é ciumenta — disse Pierre, sorrindo. — Mas, se alguma vez sentir ciúmes, deve me dizer. Aí estou eu outra vez: pareço um inseto, com essa mania das conquistas. E o pior é que tudo isso me interessa pouco.

— Claro que direi, se alguma vez sentir ciúmes.

Françoise sentia-se hesitante: talvez o mal-estar que sentira nessa noite fosse ciúme. No fundo, não gostara que Pierre levasse Xavière a sério, e sofrera ao ver o sorriso que ela lhe dirigira. Achava, porém, que se tratava de um sentimento passageiro, em que entrava muito de fadiga. Se falasse nisso a Pierre, essa fugidia disposição de espírito iria se transformar numa realidade inquietadora e tenaz. Despertaria a atenção de Pierre quando, no fim de contas, nem ela própria estava bem certa da sua existência. Não havia nada: Françoise não era ciumenta.

— Pode até mesmo se apaixonar por ela, se quiser...

— Nem penso nisso — disse Pierre, encolhendo os ombros. — Eu nem sequer tenho a certeza de que Xavière não me odeia ainda mais do que antes...

Deitou-se. Françoise estendeu-se a seu lado e beijou-o.

— Durma bem — disse-lhe com ternura.

— Você também — disse Pierre, beijando-a.

Françoise voltou-se para a parede. No quarto embaixo Xavière bebia o seu chá. Acendera um cigarro: podia escolher livremente a hora em que iria se deitar, sozinha, livre de qualquer presença estranha. Tinha completa liberdade de sentir ou pensar o que quisesse. Nesse momento, certamente, regozijava-se com a liberdade e utilizava-a para condenar Françoise. Via-a deitada ao lado de Pierre, morta de cansaço, e comprazia-se em desprezá-la orgulhosamente.

Françoise contraiu-se. Tudo em vão: não podia simplesmente fechar os olhos e eliminar Xavière. Esta não cessara de crescer a noite toda e agora enchia o seu espírito tão pesadamente como o bolo enorme que vira no Pôle Nord. Seus ciúmes, exigências, desdéns, Françoise já não podia ignorá-los, pois Pierre decidira dar-lhes importância. Xavière acabava de revelar-se e Françoise procurava afastá-la com todas as suas forças; era quase hostilidade o que sentia. Mas não havia nada a fazer. Não podia voltar atrás. Xavière existia.

CAPÍTULO 4

Elisabeth abriu com desespero a porta do armário; podia, evidentemente, conservar o costume cinza que vestia, pois era bom para todos os ambientes: fora mesmo por isso que o escolhera. No entanto, saía tão pouco à noite que gostaria de mudar de roupa. Outro vestido, outra mulher... Sentia-se lânguida, com reações inesperadas, capitosa. Olhou para o armário: "Uma blusa para todas as ocasiões", pensou. "São muito bons esses conselhos de economia para milionários..."

No fundo do armário encontrava-se um velho vestido de cetim preto que Françoise achara bonito dois anos antes e que, ainda hoje, não estava muito fora de moda. Elisabeth resolveu vesti-lo, depois de refazer a pintura do rosto. Olhou-se no espelho, perplexa: não sabia o que pensar. De qualquer forma, o penteado não ia muito bem. Afofou os cabelos com a escova. "Cabelos de ouro velho", pensou. Poderia ter levado outra vida... No entanto, não lamentava nada, pois escolhera livremente o sacrifício de sua vida à arte. Olhou as unhas: estavam feias, aquelas unhas de pintora. Por mais curtas que as cortasse, estavam sempre manchadas de azul ou de roxo. Felizmente o esmalte que usava cobria as manchas. Sentou-se frente à mesa e começou a espalhar sobre as unhas o esmalte róseo.

"Eu posso ser mais elegante do que Françoise", pensou. Ela tem sempre um aspecto desarrumado.

O telefone tocou. Elisabeth colocou cuidadosamente no frasco de esmalte o pincel úmido e levantou-se para atender.

— Elisabeth?

— Eu mesma.

— Fala, Claude. Como vai você? As coisas estão prontas para esta noite. Onde é que nos encontramos? Em sua casa?

— Em minha casa, não — respondeu Elisabeth, com vivacidade. Soltou uma risadinha. — Tenho vontade de mudar de ar.

"Desta vez", pensou, "exigirei uma explicação completa. Mas não em casa, senão tudo vai recomeçar, como no mês passado".

— Como quiser — dizia Claude. — Então, onde? No Topsy, na Maisonnette?

— Não, vamos simplesmente ao Pôle Nord, lá ficamos mais à vontade para conversar.
— O.K. À meia-noite e meia, no Pôle Nord. Até logo.
— Até logo.
Ele parecia estar à espera de uma noite idílica. Mas Françoise tinha razão. Para que uma ruptura interior sirva para alguma coisa, é preciso que seja comunicada. Elisabeth voltou a sentar-se e recomeçou seu trabalho minucioso, pensando: "O Pôle Nord é bom para isso; o couro dos assentos abafa as vozes e a luz velada disfarça as perturbações do rosto." Tantas promessas Claude lhe fizera! E tudo continuava na mesma. Bastara um momento de fraqueza da sua parte para que ele se sentisse seguro. O sangue invadiu-lhe o rosto, numa onda. "Que vergonha!" Ele ainda hesitara um momento, com a mão na maçaneta da porta. Expulsara-o, soltara palavras irreparáveis, nada mais lhe restava fazer senão partir. Depois disso tudo, sem dizer palavra, Claude voltara. A recordação era tão aguda que Elisabeth fechou os olhos. Sentia mais uma vez, sobre os lábios, aquela boca tão quente. A sensação era tão real que seus lábios se entreabriram. Sentia ainda nos seios aquelas mãos insistentes e suaves e o peito intumescia. Suspirou, como suspiraria na embriaguez da derrota. Ah! Se a porta se abrisse nesse momento e ele entrasse... Levou a mão à boca e mordeu o punho.

— Ninguém me apanha assim! — disse em voz alta. — Não sou uma fêmea.

Olhando para o punho, viu com satisfação que, embora não se tivesse magoado, seus dentes haviam deixado na pele pequenas marcas brancas. Viu também que o esmalte, que acabara de colocar, estava todo riscado em três unhas. Na cutícula brilhava um pouco de sangue.

— Que idiota! — murmurou. "Oito e meia; Claude já está vestido. Suzanne coloca nos ombros a capa de *vison,* por cima do vestido impecável. Suas unhas brilham." Com um gesto brusco, Elisabeth estendeu a mão para o frasco de acetona. Seguiu-se um ruído cristalino. No chão surgiu uma mancha com cheiro de bombom inglês, onde nadavam restos de vidro. Elisabeth sentiu as lágrimas subirem aos olhos. Por nada neste mundo iria à *première* com aquelas unhas de açougueiro. Seria melhor ir para a cama imediatamente. Era realmente exigir muito, querer ser elegante sem ter dinheiro. Enfiou o casaco e desceu a escada correndo.

— Hotel Bayard, rua Cels — disse para o chofer do táxi.

A convidada

Françoise a ajudaria a reparar o desastre. Viu que saíra sem caixa de pó de arroz, com ruge a mais no rosto e com a boca mal pintada. Não, o melhor era não tocar em nada no táxi; seria pior. Os táxis devem ser aproveitados para descansar: os táxis e os elevadores são os pequenos descansos das mulheres que vivem demais. Outras vivem estendidas em divãs, com panos finos em volta da cabeça, como nos anúncios de Elisabeth Arden, enquanto mãos suaves lhes fazem massagem no rosto. Com aquelas mãos brancas, com os panos brancos, em salas brancas, não admira que tenham o rosto liso e repousado. Depois, com a sua ingenuidade de homem, Claude dirá:

— Jeanne Harbley é realmente extraordinária.

"Antigamente eu e Pierre as chamávamos de 'mulheres em papel de seda'." Desceu do táxi. Ficou um momento imóvel em frente do hotel. Era aborrecido, mas nunca conseguia aproximar-se dos lugares onde Françoise vivia sem que o coração lhe batesse. A parede do hotel era cinza, com a pintura descascando. Era um hotel vulgar, como muitos outros. No entanto, Françoise tinha bastante dinheiro e poderia pagar um apartamento chique. Abriu a porta e perguntou:

— Posso subir ao quarto da srta. Miquel?

O empregado entregou-lhe a chave. Na escada flutuava um vago cheiro de couve. Elisabeth sentia-se instalada no âmago da vida de Françoise. Para esta, porém, o cheiro de couve, o rangido da madeira dos degraus já não continham qualquer mistério. Passava sempre por ali sem mesmo olhar para aquele cenário, que sua curiosidade febril transfigurava.

"Vou imaginar que entro em minha casa, como todos os dias", pensou Elisabeth ao enfiar a chave na fechadura. Ficou de pé à entrada do quarto. Era feio, forrado de papel cinza, com grandes flores. Via-se roupa espalhada por todas as cadeiras e um monte de livros e papéis sobre a secretária. Elisabeth fechou os olhos, imaginando que era Françoise, que regressava do teatro e que pensava no ensaio do dia seguinte. Reabriu os olhos e deu com o aviso afixado sobre a pia:

Pede-se aos senhores clientes que:
Não façam barulho depois das dez horas.
Não lavem roupa nas pias.

Olhou o sofá, o armário com espelho, o busto de Napoleão em cima da chaminé, rodeado por um frasco de água de colônia, escovas e meias de senhora. Voltou a fechar os olhos e tornou a abri-los: era impossível dominar esse quarto que, com uma evidência irremediável, surgia sempre como o aposento de um estranho. Aproximou-se do espelho que tantas vezes refletira o rosto de Françoise. Agora, refletia seu próprio rosto, de faces em fogo. "Devia ter conservado pelo menos o costume cinza", pensou. Era evidente que lhe ia muito bem. Agora, nada podia fazer contra esta imagem insólita: seria a imagem definitiva que todos levariam, nesta noite, como sendo a sua. Pegou um frasco de acetona, outro de esmalte e sentou-se junto à secretária.

O volume da peça de Shakespeare estava aberto na página que Françoise lia quando, num movimento brusco, afastara a poltrona. Sobre a cama, o robe conservava ainda, nas suas dobras desordenadas, a marca de um gesto negligente: as mangas estavam ainda armadas, como se aprisionassem braços fantasmas. Esses objetos inanimados ofereciam uma imagem intolerável de Françoise, ao contrário de sua presença real. Quando Françoise estava a seu lado, Elisabeth sentia uma espécie de paz. Ela nunca revelava o seu verdadeiro rosto, mas, pelo menos, enquanto sorria com amabilidade, Elisabeth tinha a certeza de que esse rosto não existia em qualquer outro lugar. Aqui, existia a verdadeira figura de Françoise, que deixara a sua marca, mas esta era indecifrável. Quando Françoise se sentava frente à secretária, sozinha consigo mesma, que restava da mulher que Pierre amava? Em que se transformavam a sua felicidade, o seu orgulho tranquilo, a sua dureza?

Elisabeth pegou as folhas cobertas de notas, de rascunhos, de planos sujos de tinta. Os pensamentos de Françoise, rasurados e mal escritos, perdiam o ar definitivo; mas a caligrafia e as rasuras feitas por ela afirmavam ainda uma existência indestrutível. Elisabeth afastou os papéis com violência. "É idiota", pensou. "Não posso transformar-me em Françoise, nem destruí-la."

"Preciso de tempo, que me concedam algum tempo" — pensou, com raiva. "Eu também serei alguém."

Na pracinha havia uma porção de automóveis parados. Elisabeth lançou um olhar de artista à fachada amarela do teatro, que brilhava através dos ramos nus das árvores. As suas linhas, de um negro de tinta, destacando-se no fundo luminoso, faziam um efeito bonito. "Trata-se de um verdadeiro teatro, como o Châtelet ou a Gaieté-Lirique, que

A convidada

tanto nos maravilhavam. É formidável pensar que Pierre é o grande encenador de quem toda a gente fala em Paris. Para vê-lo, a multidão ruidosa e perfumada comprime-se no saguão. Nós não éramos crianças como as outras; tínhamos razão quando um dia juramos que seríamos célebres. E eu sempre tive confiança nele. Desta vez, é mesmo a sério", pensava Elisabeth, deslumbrada. "É mesmo autêntico: hoje é o ensaio geral do *Tablado* e Pierre Labrousse representa *Júlio César*."

Elisabeth tentava pronunciar essas frases como se fosse uma parisiense qualquer, a fim de poder, depois, dizer bruscamente: "É o meu irmão." Mas era tão difícil conseguir isso... Era irritante saber que havia uma porção de prazeres em torno de nós, em potencial, que nunca conseguiríamos apreender totalmente.

— Por onde tem andado, que ninguém a vê? — perguntou-lhe Luvinsky.

— Tenho trabalhado — respondeu. — Venha um dia ver meus quadros.

Elisabeth gostava dessas noites de ensaio geral: era talvez pueril, mas, na verdade, sentia grande prazer em apertar a mão de todos aqueles escritores e artistas. Necessitava sempre de um ambiente simpático para tomar consciência de si própria. Quando pintava, não se sentia uma pintora, o que era ingrato e desencorajador. Aqui, porém, era uma artista à beira do êxito e, por outro lado, era a irmã de Labrousse. Sorriu a Moreau, que a olhava com admiração. "É verdade", pensou, "que ele esteve sempre um pouco apaixonado por mim". Nos tempos em que frequentava, no Dôme, juntamente com Françoise, alguns principiantes sem futuro ou velhos falhados, teria olhado com inveja essa mulher ainda jovem, forte e graciosa que falava com desenvoltura a todas aquelas pessoas que haviam triunfado na vida.

— Como está? — perguntava Battier, muito elegante no seu terno escuro. — As portas aqui estão bem guardadas — comentou ele, brincalhão.

— Como vai? — disse Elisabeth, estendendo a mão a Suzanne.

— Alguma coisa errada?

— Esse porteiro — respondeu Suzanne — examina todos os convidados como se fossem malfeitores. Virou e revirou o nosso cartão durante mais de cinco minutos.

Suzanne estava bonita, toda de preto, num vestido clássico; no entanto, tinha um aspecto envelhecido e era difícil imaginar que Claude ainda tivesse relações físicas com ela.

— Temos que prestar atenção — retrucou Elisabeth. — Olhe para aquele cara lá fora, que cola o nariz nos vidros. Há um montão deles assim, lá na praça, que tentam arranjar um convite. São os que nós chamamos "furões".

— É uma designação pitoresca — disse Suzanne, sorrindo amavelmente. Voltou-se para Claude e perguntou:

— Penso que é melhor entrarmos, não?

Elisabeth seguiu-os. Subitamente ficou imóvel no fundo da sala: Claude ajudava Suzanne a tirar a capa de *vison,* sentava-se a seu lado, debruçava-se para ela e punha-lhe a mão no braço. Ao ver tudo isso, Elisabeth sentiu uma dor aguda. Recordava aquela noite de dezembro em que andara pelas ruas, louca de alegria, triunfante, porque Claude lhe dissera: "Só gosto de você." Ao voltar para casa, comprara um grande ramo de rosas. Ele gostava dela, é certo, mas nada mudara em sua vida. Seu coração continuava escondido, enquanto a mão dele, ali, sobre o braço de Suzanne, era visível a todos os olhos; e todos aceitavam, sem surpresa, que ela encontrara seu lugar natural. Uma ligação oficial, real, essa era, talvez, a única realidade verdadeiramente certa. E o amor, para quem existia? Naquele momento, Elisabeth nem acreditava nesse amor, do qual nada restava, em parte alguma.

"Estou farta", pensou. Previa que ia sofrer toda a noite: arrepios, febre, suor nas mãos, zumbidos. Já se sentia antecipadamente doente.

— Boa noite — disse, cumprimentando Françoise. — Como está bonita!

Ela estava realmente bonita nessa noite. Prendera os cabelos com uma grande travessa e pusera um vestido onde sobressaíam bordados berrantes. Muitos olhares voltavam-se para Françoise, sem que ela parecesse notá-los. Elisabeth sentia-se contente por ser amiga dessa mulher tão jovem, brilhante e calma.

— Você também está bonita. Esse vestido lhe cai tão bem... — disse Françoise.

— Ora, é velho...

Elisabeth sentou-se à direita de Françoise. À esquerda estava Xavière, insignificante num vestidinho azul. Elisabeth apertou entre os dedos o tecido da saia. Possuir poucas coisas, mas coisas de qualidade, fora sempre o seu princípio.

"Se tivesse dinheiro, saberia me vestir", pensou. Olhou, já com menos desgosto, a nuca bem tratada de Suzanne. "Ela pertence à raça

A convidada

das vítimas: suporta tudo o que Claude lhe faz. Nós somos de outra raça, somos fortes e livres, vivemos nossa própria vida. Não recuso as torturas do amor por generosidade. Mas não preciso de Claude, não sou uma velha. Vou dizer-lhe com doçura, mas firmemente: 'Estive pensando, Claude, e julgo que devemos transferir nossas relações para outro plano'."

—Você viu Marchand e Saltrel? — perguntou Françoise. — Estão na terceira fila, à esquerda. Saltrel está tomando fôlego. Já começou a tossir. Castier está à espera de que o pano suba para tirar do bolso o escarrador. Você sabia que ele traz sempre no bolso um escarrador, numa caixinha muito elegante?

Elisabeth lançou um olhar aos críticos, mas não sentia vontade de divertir-se. Percebia que Françoise, como era natural, só pensava no êxito da peça. Portanto, nada poderia esperar dela.

As luzes se apagaram. Ouviram-se, no meio do silêncio, três pancadas surdas. Elisabeth sentia-se amolecer. "Se conseguisse deixar-me arrastar pelo espetáculo...", pensou. "Mas já o sei de cor. Os cenários são bonitos; as roupas também. Tenho a certeza de que poderia desenhar alguns tão bons como esses. Mas Pierre é como nossos pais: nunca toma a sério as pessoas da família. É preciso mostrar-lhe os desenhos sem dizer que são meus. Não tenho fachada social. É engraçado! As pessoas gostam sempre que lhes joguem poeira nos olhos. Se Pierre não me tratasse como uma irmã sem importância, eu teria podido parecer a Claude alguém importante e perigoso."

Uma voz, bem sua conhecida, a sobressaltou.

— *Calpúrnia, vai postar-te à passagem de Antônio...*

Pierre tinha verdadeiramente um aspecto formidável no papel de Júlio César. O seu desempenho suscitava mil comentários. "É o maior ator da nossa época", pensou Elisabeth.

Neste momento, Guimiot chegava à cena, correndo. Ela seguiu-o com os olhos, apreensiva. Por duas vezes, nos ensaios, Guimiot derrubara o busto de César. Desta vez, porém, atravessou impetuosamente a cena, contornou o busto, sem lhe tocar. Levava um chicote na mão e estava quase nu: tinha apenas uma faixa de seda em torno dos rins. "É um belo homem", pensou Elisabeth, sem contudo sentir a mínima perturbação. "É um encanto dormir com ele. Mas também, quando acaba, esquecemos tudo. É uma coisa leve como um suflê. Enquanto Claude... Estou cansada. Já nem consigo fixar a atenção."

Teve que fazer esforço para olhar a cena. "Canzetti está bonita, com aquela franja espessa caída sobre a testa. Guimiot pretende que Pierre já não se interessa muito por ela e que ela agora anda atrás de Tedesco. Não sei: eles não dão muito a aparência disso." Examinou Françoise. Seu rosto não se mexera desde que o pano subira. Seus olhos estavam fixados em Pierre. "Como o perfil dela é duro! Gostaria de vê-la terna, amorosa... E capaz de conservar esse ar olímpico. Tem sorte por poder absorver-se assim no momento presente. As pessoas assim têm realmente sorte." Elisabeth sentia-se perdida no meio daquele público dócil que se deixava penetrar pelas imagens e pelas palavras. Só a ela nada atingia. O espetáculo não existia. Havia apenas minutos que se escoavam lentamente. O dia passara à espera dessas horas e agora elas corriam vazias e constituíam apenas uma espera. Quando Claude estivesse em sua presença, Elisabeth esperaria ainda alguma coisa: uma promessa ou uma ameaça que matizariam de esperança ou de horror a espera do amanhã. Tudo, afinal, era uma corrida sem objetivo. Somos lançados indefinidamente para o futuro, mas, quando este se torna presente, é preciso fugir. Enquanto Suzanne fosse esposa de Claude, o presente seria inaceitável.

Os aplausos crepitavam. Françoise levantou-se. As maçãs de seu rosto tinham ganho um pouco de cor.

— Tedesco não fraquejou. Tudo correu bem. Vou falar com Pierre — disse, com agitação. — Não me acompanhe agora, por favor. Só no próximo intervalo. Agora está uma barafunda enorme.

Elisabeth levantou-se também.

— Não quer dar uma volta pelos corredores? — propôs a Xavière.
—Vamos ouvir os comentários das pessoas. É divertido...

Xavière seguiu-a docilmente. "Que poderei dizer-lhe?", pensava Elisabeth. "Não a acho simpática."

— Um cigarro?
— Sim, por favor.

Elisabeth deu-lhe um cigarro e o acendeu.

— Que tal? A peça lhe agrada?
— Sim.

"Pierre defendeu-a tanto, no outro dia... É verdade que ele está sempre pronto a elogiar os estranhos. Desta vez, porém, não tem realmente bom gosto."

—Você gostaria de representar? — perguntou.

A convidada

Procurava uma pergunta crucial, que arrancasse a Xavière uma resposta que lhe permitisse classificá-la definitivamente.

— Nunca pensei nisso.

"Ela fala a Françoise noutro tom, com certeza", pensou. Na sua opinião, os amigos de Françoise nunca se mostravam a ela sob seu verdadeiro aspecto.

— O que lhe interessa na vida? — perguntou-lhe abruptamente.

— Tudo me interessa — respondeu Xavière delicadamente.

Elisabeth desejaria saber se Françoise lhe falara dela. Como é que falariam dela pelas costas?

— Não tem preferências?

— Julgo que não — respondeu Xavière, fumando, aplicadamente. "Ela guarda bem o segredo. Todos os segredos de Françoise são bem guardados", pensou Elisabeth. Na outra extremidade do saguão, Claude sorria a Suzanne. Seu rosto refletia uma ternura servil. "O mesmo sorriso que tem para mim", pensou, sentindo subir-lhe ao coração um ódio violento. Sem doçura: era assim que iria falar-lhe. Apoiaria a cabeça na almofada e rebentaria de rir.

A campainha tocava. Elisabeth lançou uma olhadela ao espelho e viu seus cabelos ruivos, a boca dura; havia nela qualquer coisa de amargo e fulgurante. Estava resolvida: o dia seria decisivo. Os sentimentos de Claude para com Suzanne eram oscilantes: ora dizia que estava farto dela, ora manifestava uma piedade idiota. Assim, nunca mais se livraria dela. A noite desceu sobre a sala. Uma imagem atravessou o cérebro de Elisabeth: um revólver, um punhal, uma caveira — matar alguém. "Claude, Suzanne, eu própria?" Pouco importava... um sombrio desejo de crime enchia-lhe o coração. Suspirou: já passara da idade das violências loucas. Precisava mantê-lo a distância durante algum tempo, ficar longe dos seus lábios, do seu hálito, das suas mãos. Desejava-o tão fortemente que sufocava de desejo.

Na cena, desenrolava-se o assassínio de César. Pierre corria titubeante, atravessando o Senado. "A mim, assassinam de verdade", pensou Elisabeth com desespero. Era um insulto toda essa vã agitação no meio dos cenários de papelão, enquanto ela suava na sua agonia, na sua carne, no seu sangue, sem ressurreição possível.

Embora tivesse dado uma grande volta pelo bulevar Montparnasse, era apenas 00h25 quando Elisabeth chegou ao Pôle Nord. Por mais que quisesse, nunca conseguia chegar propositadamente atrasada. E, no entanto, estava certa de que Claude não seria pontual, pois Suzanne fazia tudo para retê-lo junto dela e contava cada minuto como uma pequena vitória. Acendeu um cigarro pensando que o mais insuportável não era tanto a falta de Claude como a ideia da sua presença em outro lugar.

Subitamente sentiu um baque no coração. Acontecia sempre o mesmo: quando o via surgir, em carne e osso, sentia-se tomada de angústia. Claude, com a felicidade de Elisabeth nas mãos, avançava com indiferença, sem pensar que cada gesto seu era uma ameaça.

— Estou tão contente — disse. — Finalmente temos uma noite só para nós! Que é que está bebendo? Ah! É *akvavit*! Já conheço essa droga: é infecta. Prefiro um *gin fizz*.

— Sente-se contente, mas procura adiar o seu contentamento — disse-lhe Elisabeth. — Já é uma hora...

— Faltam sete minutos, minha querida.

— Está atrasado — disse Elisabeth, encolhendo os ombros.

— A culpa não foi minha.

— Evidentemente.

O rosto de Claude tornou-se mais duro.

— Por favor, minha filha, não faça essa cara. Suzanne estava sinistra. Se agora você fica zangada, é o cúmulo. E eu que esperava encontrar seu lindo sorriso.

— Não posso estar sempre sorrindo — respondeu Elisabeth, ferida, pensando: "Claude por vezes é de uma inconsciência espantosa."

— É pena, fica tão bem sorrindo — disse ele, olhando em torno com benevolência. Acendeu um cigarro e prosseguiu: — Um pouco triste este lugar, não acha?

— Já disse o mesmo no outro dia. Nas poucas vezes que nos vemos não quero ter uma multidão em torno de nós.

— Não seja má...

Claude pousou a mão sobre a de Elisabeth. Parecia um pouco zangado e Elisabeth retirou a mão ao fim de pouco tempo. Esse princípio de conversação era infeliz: uma grande explicação não poderia começar com brigas tão mesquinhas.

— No conjunto — prosseguiu Claude — o espetáculo foi um êxito. Mas não me senti entusiasmado nem um minuto. Acho que Labrousse não sabe exatamente o que quer e hesita entre uma estilização total e um realismo simples.

— O que ele quer, precisamente, é esse matiz de transposição.

A convidada

— Mas o pior é que não conseguiu transmitir um matiz especial — disse Claude, cortante —, mas uma série de contradições. O assassínio de César parecia um balé fúnebre e a vigília de Bruto na tenda fazia lembrar o Teatro Livre...

Claude conduzia mal a conversação: Elisabeth não lhe permitiria resolver assim os problemas; mas ficou satisfeita porque a resposta veio-lhe aos lábios com facilidade.

— Isso depende das situações — disse, com vivacidade. — Um assassínio tem que ser transposto sem que caiamos no estilo *Grand Guignol*. Mas uma cena fantástica deve ser representada da forma mais realista possível, para marcar o contraste. É evidente...

— Mas é isso exatamente o que eu digo: não há unidade. A estética de Labrousse consiste apenas num certo oportunismo.

— Nada disso. Evidentemente ele respeita o texto. Você é espantoso: das outras vezes censurava-o por considerar a encenação como um fim e não como um meio. Afinal, em que ficamos?

— É a ele que deve perguntar isso. Eu gostaria que Pierre conseguisse realizar seu velho projeto de escrever uma peça, para sabermos afinal em que ponto estamos.

— Mas ele vai escrever. Penso mesmo que será no próximo ano.

— Vamos ver em que dará isso. No fundo você sabe que admiro Labrousse, sinceramente. Mas confesso que não o compreendo.

— No entanto, é fácil.

— Pois é... Mas gostaria que me explicasse.

Elisabeth batia com a ponta do cigarro contra a mesa. A estética de Labrousse não tinha segredos para ela: no fundo, era a mesma que inspirava a sua pintura. Simplesmente faltavam-lhe palavras para explicá-la. Revia mentalmente o quadro de Tintoretto de que Pierre tanto gostava. Ele próprio lhe explicara várias coisas, de que não se lembrava muito bem, sobre as atitudes dos personagens. Pensou nas gravuras de Dürer, nos espetáculos de fantoches, nos balés russos, nos velhos filmes soviéticos: tinha a ideia ali na sua frente, evidente, familiar. Era irritante não saber explicar...

— Evidentemente a coisa não é tão simples que possamos colar-lhe logo a etiqueta: realismo, impressionismo, verismo... Se é isso que quer...

— Por que está tão agressiva? Sabe que não costumo usar esse vocabulário.

— Perdão! Foi você que pronunciou as palavras: estilização, oportunismo. Não disfarce, meu filho. É ridícula essa preocupação de se arvorar sempre em professor.

Uma das coisas que Claude detestava era precisamente ter um aspecto universitário. E, na verdade, ninguém tinha um ar menos acadêmico do que ele.

— Juro — disse secamente — que não me sinto atingido. Você é que discute de forma pesada, germânica...

— Pesada... Eu sei... sempre que estou em desacordo você diz que discuto de forma pesada. É fantástico! Não pode suportar que ninguém o contradiga. Para você, a colaboração intelectual consiste numa aprovação idiota de todas as suas opiniões. Vá pedir isso a Suzanne, não a mim. Infelizmente tenho cérebro e quero servir-me dele.

— Aí está! A veemência entra em cena.

Elisabeth dominou-se. Era odioso: ele encontrava sempre uma forma de ficar com a razão.

— Talvez seja veemente — disse-lhe, com uma calma esmagadora.

— Mas você também nunca ouve a si mesmo. Parece que fala para os seus alunos.

— Bem, não vamos discutir outra vez — disse Claude, conciliador.

Ela olhou-o, rancorosa. "Está decidido a ser terno, encantador, generoso, a encher-me de felicidade esta noite... Mas vai ver!" Tossiu, para aclarar a voz.

— Francamente, Claude, acha que nossa experiência deste mês foi feliz?

— Que experiência?

Elisabeth sentiu que o sangue lhe subia às faces. Sua voz tremia.

— Se conservamos nossa ligação, depois da explicação que tivemos o mês passado, foi a título de experiência, não se recorda?

— Sim — disse Claude.

"Ele não levou a sério a ideia de um rompimento", pensava Elisabeth. Evidentemente a culpa fora dela, que aceitara passar a noite com ele logo depois da discussão. Ficou desconcertada por um momento.

— Pois bem — prosseguiu. — Agora cheguei à conclusão de que a situação assim é impossível.

— Impossível? Mas por quê? O que se passou de novo?

— Justamente nada.

— Então explique-se. Não compreendo.

A convidada

Elisabeth hesitava. Na realidade Claude nunca falara em abandonar a mulher, nunca prometera nada. De certa forma, sua posição era inatacável.

— Quer dizer que está contente com a situação? Eu colocava o nosso amor mais alto. Que gênero de intimidade temos? Vemo-nos nos restaurantes, nos bares, na cama. São apenas encontros. Ora, eu gostaria de ter uma vida em comum com você.

— Está delirando, minha querida. Não temos intimidade? Francamente... Mas se não tenho um pensamento que não partilhe com você... Por outro lado, você me compreende tão bem...

— Sim, eu sei que possuo a melhor parte — interrompeu Elisabeth, bruscamente. — No fundo, acho que devíamos ter nos limitado àquilo a que você chamava, há dois anos, uma amizade ideológica. O meu erro foi amar.

— Mas eu amo você!

— Eu sei.

"É irritante", pensou ela. "Nem sequer posso censurá-lo de forma concreta sem cair em censuras mesquinhas."

— Então... — insistiu Claude.

— Então, nada...

Sua voz, ao pronunciar estas duas palavras, refletia uma tristeza infinita. Claude, porém, fingiu não perceber. Lançou em torno um olhar sorridente. Sentia-se aliviado e estava pronto a mudar de assunto. Mas Elisabeth voltava à carga.

— No fundo, você não é nada perspicaz. Nunca compreendeu que eu não era feliz.

— Está se atormentando propositadamente.

— Talvez seja porque amo demais — disse Elisabeth sonhadora. — Quis dar mais do que aquilo que você podia receber. E, quando somos sinceros, dar é uma maneira de exigir. A culpa é toda minha.

— Não vamos afinal pôr o nosso amor em discussão, cada vez que nos encontramos. Acho que esta conversa é absolutamente inútil.

Elisabeth olhou-o, colérica. Essa lucidez patética que nesse momento a tornava tão comovedora, Claude não era capaz de compreender. Para que servia isso? Bruscamente sentiu que se tornava cínica e dura.

— Não tenha medo. Não voltaremos a discutir o nosso amor. É isso exatamente o que queria lhe dizer: doravante nossas relações passarão para outro plano.

— Para qual plano? Em que plano estão elas, presentemente?
— Quero passar a ter com você apenas uma amizade tranquila. Também estou cansada de todas essas complicações. Simplesmente não julgava possível deixar de amar você.
— E agora? Conseguiu? — perguntou Claude, incrédulo.
— Acha isso tão extraordinário? Continuarei sempre a gostar de você, claro. Mas já não espero mais nada da sua parte e estou resolvida a retomar minha liberdade. Não é melhor assim?
— Está divagando.
Elisabeth sentiu novamente o sangue subir-lhe às faces.
— Não vê que está sendo insensato? Estou dizendo que já não o amo, compreende? Os sentimentos das pessoas podem mudar, não? você nem compreende que eu mudei...
Claude a olhou, perplexo.
— Desde quando deixou de me querer? Ainda há pouco dizia que me amava demais.
— Demais... outrora. Nem sei como cheguei a isso, mas é um fato: as coisas já não são como antigamente. Assim, por exemplo — acrescentou rapidamente, com voz cortada pela emoção —, antigamente não poderia ter relações com mais ninguém, a não ser com você.
— E agora tem relações com alguém?
— Por quê? Isso o incomoda?
— Quem é ele? — perguntou Claude, curioso.
— Nem vale a pena dizer. Você não acreditaria.
— Se fosse verdade, você seria suficientemente leal para me avisar.
— É o que estou fazendo agora... Com certeza, não esperava que eu o consultasse antes de tomar essa decisão.
— Quem é ele? — repetiu Claude.
O seu rosto mudou. Subitamente Elisabeth teve medo. Se ele começasse a sofrer, ela sofreria também.
— Guimiot — respondeu com voz trêmula. — Aquele corredor nu que entra no primeiro ato.
Pronto: agora era irreparável. Por mais que negasse, Claude nunca acreditaria em seus desmentidos. Ela nem sequer tinha tempo de refletir. Era preciso prosseguir, sem hesitar. Na sombra surgia algo ameaçador.
— Você não tem mau gosto — disse Claude. — Quando o conheceu?

A convidada

— Há cerca de dez dias. Apaixonou-se loucamente por mim.

O rosto de Claude continuava impenetrável. Já por várias vezes ele se mostrara ciumento, mas nunca quisera confessar. Preferia se deixar cortar em pedaços, a formular uma censura.

No entanto, pensava Elisabeth, nem por isso a situação era mais tranquilizadora.

— Enfim — prosseguiu Claude —, é uma solução. Sempre pensei que era pena um artista limitar-se a ter uma só mulher.

— Pode recuperar o tempo perdido. Chanaux anda louca para cair em seus braços.

— Chanaux... — disse Claude, com ar desdenhoso. — Preferiria Jeanne Harbley.

— Tem toda a razão.

Elisabeth apertava o lenço nas mãos. Agora que conhecia o perigo já era tarde e não poderia recuar. Pensara apenas em Suzanne, mas existiam todas as outras mulheres, jovens e belas, que amariam Claude e conseguiriam que ele as amasse.

— Não acha que terei boas probabilidades?

— Parece que você não lhe desagrada.

"Que estupidez" — pensava Elisabeth. Cada palavra que dizia mais a afundava. Se, pelo menos, pudesse abandonar o tom de brincadeira que a conversa estava tomando... Engoliu em seco e disse com esforço:

— Não gostaria que pensasse que não fui franca.

Claude a olhou fixamente. Ela corou, sem saber como prosseguir.

— Foi uma verdadeira surpresa... Estava sempre querendo contar...

Se Claude continuasse a olhá-la assim, era mais do que certo que começaria a chorar. Era preciso evitar isso a todo custo; seria um ato covarde utilizar nessa luta as suas armas de mulher. No entanto, as lágrimas simplificariam tudo: Claude passaria o braço pelos seus ombros, ela se aninharia em seu peito e assim terminaria aquele pesadelo.

— Você já me mentiu durante dez dias. E eu não seria capaz de lhe mentir nem durante uma hora... Colocava tão alto as nossas relações...

Falava com uma dignidade tão triste, de justiceiro, que Elisabeth teve um movimento de revolta.

— Mas você não foi leal comigo! — exclamou. — Prometeu o melhor da sua vida e, afinal, nunca o possuí só para mim. Nunca deixou de pertencer a Suzanne.

— Não vai agora me censurar por ter sido correto com Suzanne. Só a piedade e o reconhecimento ditaram a minha conduta para com ela, você sabe...

— Não sei de nada. O que sei é que você não a deixaria por minha causa.

— Mas nunca se falou nisso.

— E se eu falasse agora?

— Escolheria muito mal a ocasião — disse Claude, com dureza.

Elisabeth calou-se. "Não devia ter falado de Suzanne", pensava. Perdera o controle de si própria e ele aproveitava. Via-o agora a nu, egoísta, interesseiro, cheio de mesquinho amor-próprio. Ele conhecia seus erros, mas, com má-fé incrível, pretendia impor a sua própria imagem, impecável e sem defeitos. Era incapaz do menor movimento generoso ou sincero. Odiava-o.

— Suzanne é útil à sua carreira: sua obra, seu pensamento, sua carreira. Você nunca pensou em mim.

— Que baixeza! — exclamou Claude. — Sou algum arrivista? Se pensa assim, como pôde gostar de mim?

Ouviu-se um riso e o som de passos no lajedo negro: Françoise e Pierre davam o braço a Xavière. Os três riam, perdidamente.

— No fim, a gente sempre se encontra, não é? — disse Françoise.

— É um lugar simpático — respondeu Elisabeth.

Gostaria de esconder o rosto. Parecia-lhe que a pele ia estalar, sentia-a repuxar sob os olhos, em torno do boca. Por baixo, a carne estava como que inchada.

— Então, conseguiram libertar-se das personalidades oficiais? — perguntou.

— Bem, quase conseguimos — respondeu Françoise.

Por que Gerbert não viera com eles? Pierre teria receio do seu encanto? Ou seria Françoise que receava o encanto de Xavière? Esta sorria, sem dizer nada, com um ar angélico, mas obstinado.

— Ninguém duvida do êxito, não? — disse Claude. — A crítica evidentemente vai ser severa. Mas o público reagiu de uma forma admirável.

— Realmente tudo correu bem — disse Pierre, que sorriu cordialmente para Claude. — Temos que nos encontrar um desses dias. Agora já dispomos de mais tempo.

— É... Eu também tenho uma porção de coisas para lhe dizer.

A convidada

Elisabeth sentiu subitamente um sofrimento atroz. Viu o estúdio vazio, o telefone tocando sem que ninguém atendesse, a caixa do correio vazia, o restaurante vazio, as ruas vazias. Era impossível, ela não queria perdê-lo; fraco, egoísta, odioso, nada disso tinha importância: Elisabeth precisava dele para viver e aceitaria tudo para conservá-lo.

— Não, peço que nada tente junto de Berger antes de saber a resposta do Nanteuil — disse Pierre. — Seria má política. Mas tenho certeza de que ele se interessará bastante.

— Telefone-me uma dessas tardes — disse Françoise. — Marcaremos um encontro.

Desapareceram no fundo da sala.

— Vamos nos sentar ali? Parece uma capelinha — disse Xavière.

Sua voz excessivamente suave irritava os nervos, como o raspar de uma unha na seda.

— É bonitinha a garota — disse Claude. — É o novo amor de Labrousse?

— Acho que sim. Ele detesta tanto dar na vista e afinal fez aqui uma entrada ruidosa.

Seguiu-se um silêncio.

— Vamos embora — disse Elisabeth, nervosa. — É odioso senti-los aqui, nas nossas costas.

— Eles nem pensam em nós.

— Toda esta gente é odiosa — repetiu Elisabeth. Sua voz estrangulou-se na garganta. Sentia as lágrimas. Já não poderia retê-las por muito tempo. — Vamos para casa — disse.

— Como quiser.

Claude chamou o garçom e Elisabeth, diante do espelho, vestiu o casaco. Seu rosto mostrava bem a emoção que a dominava. Pelo espelho, viu os três no fundo da sala: Xavière falava, gesticulava e Françoise e Pierre seguiam o que ela dizia, com ar encantado. "Francamente, é falta de senso. Gastam o tempo com qualquer idiota e quando se trata do meu caso são cegos e surdos. Se tivessem consentido em admitir Claude na sua intimidade, se tivessem aceitado representar a *Partilha*... A culpa é toda deles." A cólera sacudia Elisabeth, cortava-lhe a respiração. Ali estavam eles, felizes, rindo. Seriam felizes eternamente, com essa perfeição esmagadora? Não desceriam um dia ao fundo do inferno sórdido que ela atravessava? Esperar tremendo, chamar por socorro em vão, suplicar, ficar sozinha lamentando, angustiada, numa repugnância infinita por si própria... Tão senhores de si, tão orgulhosos, tão invulneráveis. Não haveria maneira de fazê-los sofrer?

Silenciosamente Elisabeth entrou no carro de Claude. Não trocaram palavra até sua porta.

— Bem — disse Claude, quando parou o carro. — Parece que nada mais temos a dizer.

— Não podemos nos separar assim. Suba só um instante.

— Para quê?

— Ainda não tivemos uma explicação.

—Você já não me quer. Só pensa de mim coisas que me magoam. Não há nada a explicar.

"Ele procede como um chantagista", pensou Elisabeth, "mas não posso deixá-lo partir. Se o deixo ir, quando voltará?"

— Não... Eu ainda o amo, Claude.

Ao dizer isso, as lágrimas subiram-lhe aos olhos. Claude seguiu-a. Elisabeth subiu a escada chorando, sem procurar se conter. Embora titubeasse um pouco, ele não lhe pegou no braço. Quando chegaram ao estúdio, Claude começou a andar de um lado para outro, com ar sombrio.

— Claro que podia deixar de gostar de mim — disse —, mas entre nós existia algo mais forte do que o amor, qualquer coisa que você devia tentar salvar. Dormiu aqui com aquele cara — disse, depois de olhar o sofá.

Elisabeth deixou-se cair na poltrona.

— Nunca julguei que se zangasse comigo, Claude. Não quero perder você por causa duma idiotice desse gênero.

— Eu não sinto o mínimo ciúme pelo que possa ter feito com esse atorzinho. O que me dói é que não me tenha dito nada. Devia ter-me falado antes. E hoje você disse certas coisas que tornam impossível até mesmo uma simples amizade entre nós.

"Ciumento!" Afinal, o que ele sentia era simplesmente ciúme. Ela o ferira em seu orgulho de macho e agora ele queria torturá-la. Isso era bem visível, mas de nada servia, pois sua voz cortante rasgava-lhe a alma.

— Não quero perder você — repetiu Elisabeth. E recomeçou a chorar. "Seguir as regras do jogo", pensou. "Jogar lealmente para quê? Ninguém nos agradece... E eu que julgava que um dia todos os sofrimentos escondidos se revelariam, todas as delicadezas e lutas interiores viriam à luz. Então, Claude ficaria envergonhado, cheio de remorsos e de admiração. Tudo isso, afinal, fora um esforço inútil."

A convidada

— Sabe que ando esgotado — prosseguia Claude —, que atravesso uma crise moral e intelectual. Sabe que não tinha outro apoio além do seu. E foi precisamente o momento que você escolheu...

— Está sendo injusto, Claude — disse ela, com voz fraca.

Os soluços redobraram. Era uma força que a arrastava com tanta violência que a dignidade e a vergonha eram apenas palavras fúteis, sem qualquer significado.

— Eu o amava demais, Claude, e foi exatamente por isso que quis me livrar de você.

Escondeu o rosto nas mãos. Com esta confissão apaixonada esperava atrair Claude para junto dela. "Que ele me tome nos braços, que tudo termine. Não me queixarei mais." Levantou a cabeça: Claude estava encostado à parede. O canto dos lábios tremia-lhe nervosamente.

— Diga qualquer coisa — pediu ela.

Claude fixava o sofá de cara fechada. Era fácil adivinhar o que ele via. Elisabeth pensou que não devia tê-lo trazido ao estúdio, pois ali as imagens estavam demasiado presentes.

— Basta de choro — exclamou ele. — Se você dormiu com esse pederasta foi porque quis. Com certeza a coisa lhe agradou.

Elisabeth parou de chorar, chocada. Parecia que recebera um soco em pleno peito. Nunca pudera suportar a grosseria, era uma coisa física.

— Proíbo que me fale nesse tom — disse com violência.

— Falo no tom que quiser — disse Claude, elevando a voz. — É incrível: você age mal e depois ainda quer bancar a vítima.

— Não grite! Não suporto que gritem comigo!

Tremia. Parecia-lhe ouvir o avô ralhar, com as veias da testa enormes, roxas. Claude deu um pontapé na lareira.

— O que é que você queria? Que eu lhe beijasse gentilmente as mãos? — perguntou.

— Não grite — disse Elisabeth, a voz mais surda.

Os dentes começaram a bater, a crise de nervos aproximava-se.

— Calma, não grito mais. Vou embora — disse Claude.

Antes dela ter tempo de fazer um gesto, ele já saíra. Elisabeth precipitou-se para o patamar.

— Claude! — chamou. — Claude!

Ele nem voltou a cabeça. Elisabeth só teve tempo de vê-lo desaparecer; logo a seguir ouviu bater a porta de entrada.

Simone de Beauvoir

Voltou ao estúdio e começou a despir-se. Já não tremia. Sentia a cabeça inchada, como que cheia de água, tornando-se enorme e tão pesada que a arrastava para um abismo de sono, morte ou loucura, um precipício sem fundo onde se perderia para sempre. Caiu na cama.

Quando reabriu os olhos, o quarto estava cheio de luz. Sua boca tinha um sabor amargo. Procurou não se mexer. Pelo ardor das pálpebras e pelo bater leve das têmporas sentia que o sofrimento, esmaecido ainda pela febre e pelo sono, começava a vir à superfície. Ah! Se conseguisse ao menos voltar a dormir... Não decidir coisa alguma, nem sequer pensar. Quanto tempo poderia continuar mergulhada nessa apatia clemente? Fazer-se de morta, ficar como uma tábua... Mas não podia: agora mesmo já tinha que realizar um grande esforço para contrair as pálpebras e deixar de ver as coisas desagradáveis. Enrolou-se mais nos lençóis quentes. Sentia-se de novo deslizar para o esquecimento quando a campainha tocou.

Elisabeth saltou da cama. Seu coração batia com violência. Seria Claude? O que ia dizer-lhe? Deu uma olhadela ao espelho: não estava muito mal, mas faltava-lhe tempo para compor uma atitude. Por um momento teve vontade de não abrir. Assim ele julgaria que ela estava morta, ou que desaparecera. Pôs o ouvido à escuta, mas nada conseguiu ouvir do outro lado da porta. Talvez já tivesse partido. A esta hora certamente já descia a escada e ela ficaria sozinha, acordada e sozinha. Precipitou-se para a porta e abriu. Era Guimiot.

— Incomodo? — perguntou, sorrindo.

— Não, entre — disse, olhando-o com uma espécie de horror.

— Que horas são?

— Meio-dia. Você estava dormindo?

— Estava. Dê-me um cigarro e sente-se.

Puxou as cobertas e arrumou a cama. Afinal de contas, era melhor ter alguém junto de si. Mas Guimiot irritava-a, a passear por ali, entre os móveis. Ele gostava de tirar partido do corpo, do andar ondulante, dos gestos graciosos. Mas já estava abusando.

— Passei por aqui — disse —, mas não quero incomodá-la. Foi pena você não ter podido vir ontem. Bebemos champanhe até as cinco da manhã. Meus amigos dizem que causei grande impressão na peça. Qual é a opinião de Labrousse?

"Ele abusa também do sorriso", pensou Elisabeth; "desse sorriso suave, de olhos entreabertos".

A convidada

— Esteve muito bem — respondeu-lhe.
— Parece que Roseland quer me conhecer. Achou que eu tinha uma bela cabeça. Ouvi dizer que ele vai encenar uma nova peça.
—Você acha que ele se interessa só pela sua cabeça? — perguntou Elisabeth.

Todos conheciam os gostos de Roseland. Guimiot esfregou um no outro os lábios úmidos. Todo o seu rosto, lábios, olhos de um azul líquido, faziam pensar numa primavera úmida.

— Mas minha cabeça é ou não interessante? — perguntou ele, vaidoso.

"Pederasta e gigolô...", pensou Elisabeth.
— Há por aí qualquer coisa que se coma?
— Procure na cozinha.

"Casa, mesa e o resto", pensou ela, com dureza. As visitas de Guimiot rendiam-lhe sempre qualquer coisa: uma refeição, uma gravata, algum dinheiro que pedia emprestado e nunca mais pagava. Hoje isso já não a fazia sorrir.

— Quer um ovo estrelado? — perguntou Guimiot, da cozinha.
— Não, não quero nada.

Ouvia-se um ruído de água e de caçarolas e louça entrechocando-se. Elisabeth pensava que nem sequer tinha coragem de pô-lo na rua. Quando ele fosse embora, então pensaria no caso.

—Achei um pouco de vinho — disse Guimiot, enquanto se instalava num canto da mesa com um prato, um copo e talher. — Não há pão, mas vou fazer ovos cozidos. Esses comem-se sem pão, não é verdade?

Sentou-se na mesa e começou a balançar as pernas.

— Meus amigos dizem que é pena que meu papel seja tão pequeno. Você não acha que Labrousse poderia me arranjar pelo menos um papel de substituição?

— Eu falei a respeito com a mulher dele — respondeu Elisabeth.

Sentia a cabeça dolorida. O cigarro tinha um gosto amargo, de ressaca.

— E ela? Que respondeu?
— Que ia ver se arranjava alguma coisa.
— Pois é... As pessoas dizem sempre que vão ver — disse Guimiot, com ar sentencioso. — A vida é difícil. Parece-me que estou ouvindo a água correr — exclamou, dando um salto em direção à porta da cozinha.

Simone de Beauvoir

"Ele anda atrás de mim, porque sou a irmã de Labrousse", pensava Elisabeth. Essa ideia não lhe vinha agora pela primeira vez. Nos últimos dez dias já notara, mas só agora confessava-o francamente a si mesma. Com hostilidade, via-o colocar a caçarola na mesa e descascar um ovo com gestos precisos.

— Ontem — disse Guimiot — uma senhora um pouco gorda, já velhota, mas muito elegante, quis me trazer em casa, no seu carro.

— Uma loura com cabelo encaracolado?

— Sim. Não aceitei por causa dos meus amigos. Ela parecia conhecer Labrousse.

— É nossa tia... Onde você foi comer com seus *amigos*?

— Fomos ao Topsy... Depois andamos por Montparnasse. Encontramos no Dôme o contrarregra que trabalha lá no teatro. Estava completamente bêbado.

— Gerbert? Com quem?

— Com Tedesco, Canzetti, Sazelat e mais um outro cara. Acho que Canzetti foi dormir com Tedesco.

Começou a descascar mais um ovo e indagou:

— Esse contrarregra gosta de homens?

— Acho que não. Se lhe fez qualquer proposta nesse sentido, é porque estava bêbado — respondeu ela.

— Perdão. Ele não me fez qualquer proposta — disse Guimiot, com ar chocado. — Digo isso porque os meus amigos acharam que é um rapaz bonito.

Sorriu a Elisabeth, com um ar subitamente íntimo.

— Por que é que você não come?

— Não tenho vontade.

"Isto não pode durar", pensou ela. "Daqui a pouco começarei a sofrer."

— É bonito esse tecido — disse Guimiot, acariciando, num gesto feminino, a seda do pijama de Elisabeth. A mão insistia suavemente.

— Não! Fique quieto! — disse Elisabeth, cansada.

— Por quê? Já não gosta de mim?

O tom dele sugeria uma cumplicidade viciosa. Apesar disso, Elisabeth não resistiu. Ele a beijava na nuca, por trás da orelha, com beijos curtos, estranhos: era como se saboreasse sua pele. Enfim, tudo serviria para retardar o momento em que teria de voltar a pensar.

— Como você está fria — disse Guimiot, com uma espécie de desconfiança.

A convidada

Enquanto sua mão deslizava por baixo da seda, ele a observava de olhos semicerrados. Elisabeth abandonou a boca e fechou os olhos. Não podia suportar aquele olhar de profissional. Compreendia subitamente que aqueles dedos hábeis, que semeavam em seu corpo uma chuva de carícias aveludadas, eram dedos de especialista, com uma técnica tão completa como os de um massagista, de um maquilador ou de um cientista. Guimiot desempenhava conscienciosamente o seu trabalho de macho. Como ela podia aceitar essa complacência irônica?

Fez um movimento para se libertar. Sentia-se, porém, tão pesada e tão pusilânime que, antes de conseguir libertar-se, já sentia contra o seu o corpo nu de Guimiot. Era um corpo fluido, macio, que se adaptava exatamente ao seu corpo. Lembrou-se dos beijos pesados, dos braços duros de Claude e abriu os olhos. Guimiot torcia a boca num esgar de prazer. Neste instante, ele pensava apenas nele próprio, com a avidez daqueles que tudo querem aproveitar até o fim. Elisabeth voltou a fechar os olhos. Dentro dela ardia a humilhação. Queria que tudo terminasse bem depressa.

Guimiot, num movimento terno, encostou o rosto no seu ombro. Ela, por sua vez, apoiou a cabeça no travesseiro. Sabia, porém, que não dormiria. Agora já não havia remédio: não podia deixar de sofrer.

5
— CAPÍTULO —

— **Três cafés. Mas em** xícaras, ouviu? — disse Pierre.
— Você é teimoso! — comentou Gerbert. — No outro dia, eu e o Vuillemin tivemos a paciência de medir: os copos têm exatamente a mesma capacidade das xícaras.
— Pois sim, mas depois das refeições o café é melhor em xícara — disse Pierre, num tom que não admitia réplica.
— Ele acha que o gosto não é o mesmo — disse Françoise.
— É um sonhador perigoso! — exclamou Gerbert. — Quando muito — prosseguiu, depois de meditar um instante —, poderíamos admitir que o café esfria mais lentamente na xícara.
— Por quê? — indagou Françoise.
— Porque a superfície de evaporação é mais reduzida — respondeu Pierre, imperturbável.
— Não. Quanto a isso não estou de acordo — interrompeu Gerbert. — O que há é que a porcelana conserva melhor o calor.
Quando debatiam um fenômeno físico, ficavam contentíssimos. Tratava-se quase sempre de coisas que inventavam no momento.
— Ora... Esfriam ao mesmo tempo — disse Françoise.
— Está ouvindo? — perguntou Pierre.
Gerbert pôs o dedo nos lábios, num gesto de discrição afetada. Pierre meneou a cabeça com ar entendido. Era essa a sua mímica habitual, quando queriam marcar uma cumplicidade insolente. Hoje, porém, faltava convicção àqueles gestos. O almoço arrastara-se, triste. Gerbert parecia esgotado. Discutira-se longamente sobre as reivindicações italianas. Era raro que a conversa se perdesse em generalidades desse gênero.
— Leu a crítica de Soudet no jornal desta manhã? — perguntou Françoise. — Ele não tem papas na língua: diz que traduzir um texto integralmente é o mesmo que traí-lo.
— Esses velhos gagás... — exclamou Gerbert. — O que não ousam confessar é que se chateiam com Shakespeare.
— Não tem importância. A crítica do público em geral está do nosso lado e isso é o essencial.

A convidada

— Ontem houve cinco chamadas ao palco, eu contei...
— Estou satisfeita com a peça — disse Françoise. — Estava certa de que poderíamos atingir o público sem fazer concessões. Agora — exclamou, voltando-se para Pierre — já é evidente que você não é apenas um teórico, um experimentador fechado no seu quarto, um esteta de capelinha. O garçom do nosso hotel disse-me que chorou quando assassinaram César.

— Eu sempre disse que ele era poeta — troçou Pierre, sorrindo um pouco contrafeito.

O entusiasmo de Françoise morreu. Ao sair do ensaio geral, quatro dias mais cedo, Pierre estava entusiasmadíssimo. Depois tinham passado, juntamente com Xavière, uma noite de exaltação. No dia seguinte, porém, esse sentimento de triunfo abandonara-o. Era assim o temperamento de Pierre: o fracasso o fazia sofrer, mas o êxito significava apenas uma etapa insignificante num caminho semeado de tarefas mais difíceis, que se propunha imediatamente a trilhar. Nunca tombava na fraqueza da vaidade, mas ignorava também a alegria serena do trabalho bem-feito.

— O que diz o grupo do Péclard? — perguntou neste momento a Gerbert.

— Ora... Para eles, como sabe, você não se encontra na linha justa. Eles preconizam um retorno ao humano e outras tolices. Mas gostariam de saber exatamente o que você pensa?

Françoise tinha certeza de que não se enganava; na cordialidade de Gerbert havia qualquer coisa de forçado.

— Péclard vai estar com mil olhos à espreita, no próximo ano, quando você montar a nova peça — disse Françoise, acrescentando alegremente: — Agora, depois do triunfo do *Júlio César*, estamos certos de que o público o acompanha. É reconfortante pensar nisso.

— Seria bom se você pudesse publicar seu livro ao mesmo tempo — sugeriu Gerbert.

— Você deixará de ser apenas conhecido, mas se tornará famoso — disse Françoise.

Pierre sorriu.

— Se até lá os porquinhos não nos comerem... — Estas palavras caíram sobre Françoise como uma ducha gelada.

—Você pensa que vamos brigar por Djibuti? — perguntou Gerbert.

Pierre levantou os ombros.

— Penso que nos alegramos demais por ocasião de Munique. Daqui até o próximo ano podem acontecer muitas coisas.

Seguiu-se um curto silêncio.

— Por que não monta a peça em março? — sugeriu Gerbert.

— Não é boa ocasião — disse Françoise. — De resto, não estará pronta até lá.

— Não se trata de representar minha peça custe o que custar. Trata--se de saber em que medida o fato de continuarmos a fazer teatro tem ainda qualquer sentido.

Françoise o olhou, incomodada. Oito dias antes, quando, no Pôle Nord, Pierre se comparara a um inseto teimoso, Françoise julgara que se tratava apenas de uma expressão sem consequências. Agora, porém, parecia ter surgido nele uma verdadeira inquietação.

— Mas em setembro você dizia que, mesmo que viesse a guerra, seríamos forçados a viver.

— Evidentemente, mas de que maneira? Escrever — disse ele, olhando os dedos com ar distraído —, representar peças, não é um fim em si.

Via-se que Pierre estava realmente perplexo. Françoise, que precisava acreditar tranquilamente na sua opinião, sentia-se quase tentada a lhe querer mal por essa falta de segurança.

— Se vamos por esse caminho, o que é, afinal, um fim em si?

— É bem por isso que nada é simples.

O rosto de Pierre mostrava uma expressão brumosa e quase estúpida. Ele apresentava esta mesma cara quando, de manhã, procurava desesperadamente, com os olhos empapuçados pelo sono, os chinelos por todo o quarto.

— Duas e meia — exclamou Gerbert. — Vou embora.

Normalmente, Gerbert nunca saía antes deles. Para ele parecia não haver nada mais importante do que os momentos que passava com Pierre.

— Xavière mais uma vez está atrasada — disse Françoise. — É irritante. Sua tia quer que estejamos em casa dela, para o coquetel de apresentação, às três horas em ponto.

— Xavière vai chatear-se — disse Pierre. — Era melhor ter marcado encontro para depois.

— Ela é que quis ver como era um *vernissage*. Não sei o que ela pensa que é...

—Vocês vão se divertir — troçou Gerbert.

A convidada

— Paciência... É um protegido da tia. Isso não se pode evitar. Já de outra vez perdemos o coquetel e ela ficou furiosa.

Gerbert levantou-se e despediu-se de Pierre.

— Até logo.

— Até qualquer dia — disse-lhe Françoise, calorosamente.

Quando ele se afastou, metido num sobretudo comprido demais, um velho sobretudo de Péclard, Françoise voltou-se para Pierre e disse:

— A conversa não foi muito brilhante.

— Gerbert é encantador, mas na verdade temos pouca coisa a dizer um ao outro.

— Não, normalmente não é assim. Pareceu-me um pouco frio. Talvez porque não o convidamos na sexta-feira à noite. Mas ele não deve ter desconfiado: era plausível que quiséssemos voltar para casa imediatamente, pois estávamos esgotados.

— A não ser que alguém nos tenha encontrado — disse Pierre.

— Mas nós fomos ao Pôle Nord e voltamos de táxi. Só Elisabeth podia lhe ter dito, mas eu a preveni.

Françoise passou a mão pela nuca e alisou os cabelos.

— Seria aborrecido — prosseguiu. — Não tanto pelo fato em si, mas por lhe termos mentido. Gerbert ficaria terrivelmente magoado.

Gerbert conservara, da sua infância, uma suscetibilidade desconfiada. Receava, acima de tudo, parecer importuno. Pierre era a única pessoa no mundo que contava verdadeiramente na sua vida. Aceitava, de bom grado, dever-lhe favores desde que não sentisse, porém, que Pierre se ocupava dele por uma espécie de dever.

— Não deve ser isso — disse Pierre. — Aliás ainda ontem à noite Gerbert estava alegre.

— Talvez tenha tido algum aborrecimento.

Françoise sofria ao pensar que Gerbert estava triste e que nada poderia fazer em seu benefício. Gostava de sabê-lo feliz. A vida plana e agradável que ele levava a encantava. Trabalhava com gosto, com êxito, tinha alguns amigos que o cativavam por diversos motivos: Molier porque tocava banjo muito bem, Barrisson porque falava uma gíria impecável, Castier porque aguentava facilmente seis *pernods*. Por vezes, nos cafés de Montparnasse, Gerbert também tentava resistir aos *pernods*. Mas era mais feliz tocando banjo. O resto do tempo passava de bom grado sozinho. Ia ao cinema, lia, passeava por Paris, construindo sonhos modestos, mas persistentes.

— Por que é que Xavière não chega? — perguntou Pierre, irritado.
— Talvez ainda esteja dormindo.
— Não... Ontem à noite, quando passou pelo meu camarim, ela disse que pediria que a acordassem no hotel. Talvez esteja doente. Mas se é isso, devia ter telefonado.
— Xavière tem um medo atroz do telefone. Parece-lhe um instrumento maléfico. No entanto, o mais natural é que tenha perdido a hora.
— Ela nunca se esquece da hora a não ser quando está de má vontade e não percebo por que teria mudado de opinião.
— Por vezes ela muda, mesmo sem razão.
— As pessoas têm sempre qualquer razão — disse Pierre, nervoso.
—Você é que, por vezes, não procura aprofundá-la.
Françoise achou desagradável o tom de suas palavras. Afinal de contas, ela não era responsável pelo atraso.
—Vamos buscá-la — sugeriu Pierre.
— Ela vai achar indiscreto da nossa parte.
"Talvez eu trate Xavière como um objeto mecânico", pensou ela. "Mas, pelo menos, tenho cuidado com as peças delicadas. Sei que é aborrecido desagradar à tia Christine, mas também tenho a certeza de que Xavière não gostaria que fossemos buscá-la no hotel."
— Ela procede incorretamente — prosseguiu Pierre.
Françoise levantou-se, pensando que, afinal, Xavière poderia estar doente. Depois da explicação que tivera com Pierre, oito dias antes, tudo correra bem. A noite que os três haviam passado na sexta-feira, depois do ensaio geral, fora de uma alegria sem nuvens.
Como o hotel ficava próximo, chegaram num instante. Já eram três horas; não havia um minuto a perder. Quando Françoise começava a subir a escada, a proprietária do hotel a chamou:
—Vai procurar a srta. Pagès?
—Vou, por quê? — disse Françoise, secamente. "Esta velha chorona não é muito incômoda", pensou, "mas por vezes manifesta certas curiosidades deslocadas".
— Gostaria de lhe dizer duas palavras sobre ela...
A velha hesitava à entrada do salão, mas Françoise não a seguiu.
— Há pouco a srta. Pagès queixou-se de que a pia estava entupida e eu disse que não era para se admirar, pois ela joga tudo lá dentro: chá, pedaços de algodão... O quarto dela está uma desordem! Por

A convidada

toda a parte há tocos de cigarros e caroços. O acolchoado está todo queimado...

— Se tem queixas a fazer sobre a srta. Pagès, dirija-se diretamente a ela — disse-lhe Françoise.

— Foi o que fiz — respondeu a proprietária. — Ela então me disse que não ficaria aqui nem mais um dia e acho que começou a fazer as malas. A senhora compreende: eu não tenho dificuldade em alugar os quartos. O que não falta é gente que queira... De forma que, se ela quiser ir embora, não vou chorar por causa disso. Só a luz que ela deixa acesa a noite toda, a senhora não calcula quanto custa. Simplesmente — acrescentou, com ar simpático — como se trata de uma amiga da senhora, não queria deixá-la em situação difícil. Por isso eu digo que, se ela mudar de opinião, por mim pode ficar.

A proprietária sempre tratava Françoise com a maior solicitude. Esta lhe dava entradas grátis e a velha ficava lisonjeada. Mas Françoise era bem tratada sobretudo porque pagava pontualmente o aluguel do quarto.

— Bem, vou lhe dizer isso. Obrigada.

E começou a subir a escada com ar decidido.

— Era só o que faltava... deixar que esta velha toupeira nos chateie — disse Pierre. — Há mais hotéis em Montparnasse.

— Eu me sinto bem aqui... O aquecimento é bom, está bem situado. Gosto até do papel de parede, embora seja feio, e da frequência, que é um pouco estranha.

— Devemos bater à porta? — perguntou Françoise, hesitante.

Pierre bateu. A porta abriu-se com rapidez inesperada e Xavière surgiu despenteada, o rosto avermelhado. Arregaçara as mangas da blusa e tinha a saia cheia de poeira.

— Ah, são vocês! — exclamou, como quem cai das nuvens.

Era inútil tentar prever as reações de Xavière. Saía tudo sempre ao contrário. Françoise e Pierre ficaram à entrada do quarto.

— O que é que você está fazendo?

Xavière inchou o peito.

— Estou preparando a mudança — disse, com ar trágico.

O espetáculo era aterrador. Françoise lembrou-se da tia Christine, que devia estar começando a ficar irritada, mas tudo parecia fútil ao lado do cataclismo que devastava o quarto e o rosto de Xavière. Três malas jaziam escancaradas no meio do quarto. Dos armários, abertos de par em par, tinham caído objetos de toalete, pedaços de papel, roupas rasgadas.

— Quando é que pensa acabar esse trabalho? — perguntou Pierre com severidade, olhando o santuário saqueado.

— Nunca mais acabo! — exclamou Xavière, deixando-se cair numa poltrona, com a cabeça entre as mãos. — Essa bruxa...

— Ela já me contou tudo — interrompeu Françoise. — Disse-me que pode ficar, se quiser.

— Ah! — disse Xavière. Um relâmpago de esperança passou pelos seus olhos. Mas extinguiu-se imediatamente. — Não! Tenho que partir já.

Françoise teve piedade dela.

— Mas você não pode encontrar quarto, assim de um momento para outro.

— Não mesmo...

Xavière baixou a cabeça e ficou assim, prostrada, um longo momento. Françoise e Pierre imóveis, como que fascinados, fixavam a cabeça dourada.

—Vamos, não se preocupe — disse Françoise, sentindo um rebate de consciência. — Amanhã procuraremos juntas.

— E vou deixar isto assim? Não posso viver mais uma hora nesta barafunda.

— Eu a ajudo a arrumar tudo, esta noite. Ouça: agora, você vai se vestir e depois nos espera no Dôme. Nós vamos ao *vernissage* e dentro de hora e meia estaremos de volta.

Xavière, que começava a escutá-la com um ar de gratidão, pôs as mãos na cabeça quando viu que perdia o *vernissage*.

— Gostaria tanto de ir! Estarei pronta dentro de dez minutos: é só passar a escova nos cabelos.

— Mas o pior é que, a esta hora, a tia já está furiosa.

Pierre ergueu os ombros.

— De qualquer forma, já perdemos o coquetel — disse, com ar zangado. — Agora já não vale a pena chegar lá antes das cinco.

— Como quiser — disse Françoise. — Mas já sei que todas as culpas vão cair em cima de mim mais uma vez.

— E que lhe importa isso? — disse Pierre.

—Você a acalma com meia dúzia de sorrisos... — disse Xavière.

— Está bem. Mas você tem que inventar uma desculpa.

—Vou tentar — resmungou Pierre.

A convidada

— Então ficamos à sua espera em nosso quarto.

Subiram a escada.

— Perdemos a tarde — disse Pierre. — Agora já não temos tempo de ir a nenhum lugar quando sairmos da exposição.

— Eu não disse que não havia nada a fazer com ela? Tomara que não teime em mudar de hotel.

Aproximou-se do espelho, pensando: "Com este penteado é difícil ficar com a nuca desafogada."

— Mas você não precisa ir atrás dela! — exclamou Pierre.

Parecia indignado. Françoise, que o via sempre sorridente, quase esquecera que, no fundo, Pierre tinha um temperamento difícil. No entanto, no teatro os seus ataques de cólera eram bem conhecidos. Se Pierre tomasse o caso como uma injúria pessoal, a tarde seria terrível.

— Tenho que acompanhá-la. E claro que ela não vai insistir, mas se eu não for, vai cair num desespero enorme.

Françoise percorria o quarto com o olhar.

— Meu hotelzinho... Felizmente temos que contar com a fraqueza de caráter de Xavière.

Pierre aproximou-se dos manuscritos empilhados sobre a mesa.

— Pretendo levar à cena *O Senhor Vento*. O autor me interessa. É um cara que merece ser encorajado. Vou convidá-lo para jantar um desses dias, para saber a sua opinião.

— Eu também gostaria que você lesse *Jacinto*. Acho que o autor também promete.

— Deixe ver...

Pierre começou a folhear o manuscrito e Françoise debruçou-se sobre o seu ombro, para ler juntamente com ele. "Se estivesse sozinha com Pierre", pensava, mal-humorada, "depressa despacharia o *vernissage*". Com Xavière as coisas complicavam-se. Tinha a impressão de que marchava com quilos de terra agarrados às solas dos sapatos. Teria sido melhor que Pierre não decidisse esperá-la. Por outro lado, ele também parecia indisposto.

Passou-se mais de meia hora sem que Xavière se aprontasse. Finalmente ela bateu à porta. Desceram rapidamente a escada.

— Aonde gostaria de ir agora?

— Tanto faz — respondeu Xavière.

— Já que temos uma hora à nossa frente — sugeriu Pierre —, vamos ao Dôme.

— Que frio! — exclamou Xavière, apertando o lenço em torno do pescoço.
— O Dôme fica a dois passos daqui — disse Françoise.
— Nós não temos a mesma noção das distâncias — observou Xavière, de rosto contraído.
— Nem do tempo — cortou Pierre, secamente.

Françoise começava a compreender Xavière: quando ela sabia que estava errada, pensava que os outros estavam aborrecidos e, antes que a atacassem, tomava a dianteira. Por outro lado, a tentativa de mudança de quarto acabara por esgotá-la. Françoise pretendeu pegar-lhe no braço. Na noite de sexta-feira tinham andado sempre de braços dados, no mesmo passo.

— Não — disse Xavière. —Vamos mais depressa separadas.

O rosto de Pierre tornou-se ainda mais sombrio. Françoise começou a recear que ele se encolerizasse de verdade. Sentaram-se no fundo do café.

— No fim de contas, esse *vernissage* não tem qualquer interesse — disse Françoise. — Os protegidos da tia não têm a menor sombra de talento. Nisso ela tem mão certa.

— Para mim, isso pouco importa — respondeu Xavière. — O que me diverte é a reunião. A pintura sempre me chateia.

—Você diz isso porque nunca viu boa pintura. Se viesse comigo a algumas exposições, ou mesmo ao Louvre...

— Seria a mesma coisa. Todos os quadros são austeros... São chatos... — disse Xavière, com uma careta.

— Se você conhecesse pintura um pouco melhor, tenho a certeza de que começaria a gostar.

— Isto é: eu passaria a compreender por que a pintura deve me proporcionar prazer, não é assim? Nunca me contentarei com isso. Quando deixar de sentir as coisas, não procurarei razões para senti-las.

— O que você chama sentir no fundo é apenas uma maneira de compreender — observou Françoise. —Você gosta de música: pois bem...

Xavière interrompeu-a bruscamente:

— Para mim, falar de música boa ou má ultrapassa a minha compreensão — disse ela com uma modéstia agressiva. — Não compreendo nada de nada. Gosto da música por ela própria, apenas pelo som e isso me basta. Tenho horror aos prazeres do espírito — afirmou, olhando Françoise bem nos olhos.

A convidada

Quando Xavière estava amuada, era inútil discutir. Françoise olhou Pierre, com ar de censura; fora ele quem quisera esperá-la; portanto, podia ao menos participar da conversa, em vez de se entrincheirar num sorriso sardônico.

— Previno-a de que a reunião não tem nada de engraçado — prosseguiu Françoise. — Você vai ver apenas pessoas que se cumprimentam amavelmente umas às outras.

— Bem, mas sempre vou ver gente, movimento — exclamou Xavière num tom de apaixonada reivindicação.

— Tem vontade de se distrair, agora?

— Se tenho...!

Seus olhos adquiriram um brilho selvagem.

— Ficar fechada de manhã à noite naquele quarto é de endoidecer. Nem quero pensar nisso. Se soubesse como ficarei feliz por sair de lá.

— Mas quem a impede de sair e divertir-se? — perguntou Pierre.

— Outro dia você disse que não lhe agradava ir a uma boate com outras mulheres, que isso não a divertia. Mas Begramian ou Gerbert iriam acompanhá-la de boa vontade e eles dançam muito bem — disse-lhe Françoise.

Xavière sacudiu a cabeça.

— É lamentável quando decidimos nos divertir por encomenda.

— As coisas não podem cair sempre do céu, como o maná. Você não se digna mexer um dedo e depois acusa as outras pessoas. Evidentemente...

— Deve haver países — interrompeu Xavière, sonhadora —, países quentes, a Grécia, a Sicília, onde a gente, com certeza, nem tem necessidade de levantar um dedo... Aqui — disse, franzindo a testa — é preciso que a gente se agarre com ambas as mãos. E, no fundo, para conseguir o quê?

— Mesmo lá... — começou Françoise.

— Onde fica aquela ilha toda vermelha, rodeada de água fervente? — perguntou Xavière, avidamente, de olhos brilhantes.

— Santoríni. Fica na Grécia. Mas não foi isso exatamente que eu lhe contei. Só as falésias são vermelhas. E o mar só ferve entre duas ilhotas negras, restos de um vulcão. Lembro-me bem: é um lago de água sulfúrea, entre lavas, todo amarelo, rodeado por uma língua de terra, negra como antracite. Além dessa faixa negra, vê-se o mar, de um azul deslumbrante.

Xavière olhava-a com uma atenção apaixonada.

— Quando penso em todas as coisas que você viu... — exclamou com um tom de censura na voz.

— Você acha que ela não mereceu isso? — perguntou Pierre.

Xavière mediu-o de alto a baixo. Depois apontou para as banquetas de couro sujo, para as mesas de cor duvidosa.

— Pensar que, depois de ver tudo isso, vocês podem sentar-se aqui...

— De que serviria nos consumir com lamentações? — perguntou Françoise.

— É claro: você não quer lamentar coisa nenhuma. Acima de tudo o que lhe interessa é ser feliz. Eu não nasci resignada — disse, olhando ao longe.

Françoise sentiu-se ferida. Ela escolhera a felicidade; essa escolha, que lhe parecia impor-se com tanta evidência, esbarrava em alguém que se permitia rechaçá-la com desprezo? Já não podia continuar a tomar as palavras de Xavière como simples fantasia. Tratava-se de um sistema de valores que se opunha ao seu. Por mais que evitasse reconhecê-lo, a verdade é que ele existia e a incomodava.

— Não se trata de resignação — respondeu com vivacidade. — Nós gostamos de Paris, dessas ruas, desses cafés.

— Como é que alguém pode gostar desses lugares sórdidos, dessas coisas feias, dessa gente horrível?

A voz de Xavière acentuou todos os adjetivos com repugnância.

— O mundo inteiro nos interessa. Você, como esteta que é, embora de formato reduzido, necessita da beleza intrínseca: no fim de contas o seu prisma é bastante estreito...

— Quer dizer que tenho que me interessar por este pires só porque ele se lembrou de existir? — perguntou ela, fixando o pires, irritada.

— Já basta que ele exista...

Depois acrescentou com uma ingenuidade propositada:

— Julgava que ser artista era justamente gostar das coisas belas...

— Isso depende daquilo a que você chama coisas belas — interrompeu Pierre.

Xavière olhou-o:

— Ah! Você estava escutando? E eu que o julguei perdido nos seus profundos pensamentos... — disse com suavidade espantada.

— Realmente estava ouvindo.

A convidada

—Você não está de bom humor — prosseguiu Xavière, sempre sorridente.

— O meu humor é excelente. Acho que estamos passando uma tarde deliciosa. Vamos ao *vernissage;* depois, quando sairmos, mal teremos tempo de comer um sanduíche... Vai ser formidável.

— E a culpa é minha? — disse ela, sorrindo.

—Julgo que minha não é...

"Foi só para lhe mostrar seu desagrado que Pierre quis encontrar-se com ela", pensou Françoise com certo rancor. "Que diabo! Ele podia pensar um pouco em mim." A situação, na verdade, lhe era desagradável.

— É isso: excepcionalmente você tem uma folguinha — disse Xavière, cujo sorriso se acentuava —, e então, por azar, as coisas não correm bem.

Esta observação surpreendeu Françoise. "Terei mais uma vez interpretado mal as reações de Xavière? Entre sexta-feira e hoje passaram-se apenas quatro dias. Pierre ainda ontem cumprimentou Xavière muito amavelmente. Para se julgar abandonada é preciso que Xavière já se interesse muito por ele."

Xavière voltou-se para Françoise.

— Fazia uma ideia totalmente diferente da vida dos escritores e dos artistas — disse, num tom displicente. — Nunca julguei que fosse toda controlada.

—Você gostaria que eles andassem de cabelos ao vento, errantes na tempestade — disse Françoise, que, ao ver o olhar trocista de Pierre, sentiu-se ridícula dizendo aquilo.

— Não. Baudelaire não andava com os cabelos ao vento — disse Xavière. Depois prosseguiu com voz sóbria: — Em suma: excetuando Baudelaire e Rimbaud, os artistas não passam de funcionários.

— Por quê? Só porque cumprimos regularmente o nosso dia de trabalho?

Xavière olhou-os com um sorriso simpático, mas forçado.

— Depois — prosseguiu —, vocês contam as horas de sono, tomam duas refeições por dia, retribuem visitas, nunca passeiam um sem o outro. As coisas, certamente, têm de ser assim, mas...

—Você acha tudo isso assim tão ruim? — perguntou Françoise, também com um sorriso falso.

Na verdade, a imagem que Xavière traçava deles não era nada lisonjeira.

— É esquisito, uma pessoa se sentar todos os dias à sua mesa de trabalho para alinhar frases no papel. Claro que eu admito que se escreva — acrescentou vivamente. — As palavras são qualquer coisa de voluptuoso... Mas só compreendo tal coisa quando temos realmente vontade de fazê-la.

— Mas pode-se sentir vontade, digamos, em seu conjunto...

Françoise, no fundo, pretendia se justificar aos olhos de Xavière.

— Admiro o alto nível da conversa — interrompeu Pierre.

Seu sorriso malévolo dirigia-se tanto a Xavière como a Françoise, que ficou desconcertada. "Como podia Pierre julgá-la de fora, como uma estranha, a ela, que nunca conseguiria fazer isso em relação a ele? Era desleal!"

Xavière nem pestanejou.

— As coisas assim encaradas tornam-se uma tarefa — disse, com um risinho indulgente. — De resto, isso está bem de acordo com sua maneira de proceder: vocês transformam tudo num dever.

— Que quer dizer com isso? Garanto-lhe que não me sinto assim tão acorrentada.

"Bem", pensou Françoise, "acho que é melhor me explicar de uma vez para sempre com Xavière e dizer também o que penso dela. É muito simpático da minha parte deixar que exiba algumas superioridades, mas ela está abusando..." Enquanto isso, Xavière prosseguia:

—Vejamos o caso das suas relações com as pessoas, por exemplo... — e ia contando pelos dedos: — Elisabeth, a sua tia, Gerbert e tantos outros. Prefiro viver sozinha no mundo e conservar a minha liberdade.

—Você não compreende que uma forma mais ou menos constante de nos conduzirmos não constitui uma escravidão — respondeu Françoise, irritada. — É de livre vontade que fazemos o possível para não magoar Elisabeth, por exemplo.

— Mas desta forma lhe dá direitos sobre si mesma.

— Nada disso. De resto, com a tia Christine tratava-se de uma espécie de mercado cínico, já que ela nos dá dinheiro. Quanto a Elisabeth, ela aceita aquilo que lhe damos. E Gerbert nos agrada.

— Pois é, mas ele se julga com direitos sobre vocês — disse Xavière, muito segura.

— Ninguém no mundo tem menos consciência de seus direitos do que Gerbert — disse Pierre, tranquilamente.

— Ah! Sim? Pois olhe, eu tenho a certeza de que é o contrário.

A convidada

— O que é que você pode saber? — perguntou Françoise, intrigada. — Trocou apenas meia dúzia de palavras com ele.

Xavière hesitou.

— É uma intuição de que só os bons corações têm o segredo — disse Pierre.

— Bem, já que insistem — interrompeu Xavière, com arrebatamento —, Gerbert ficou com um ar de principezinho ofendido quando lhe disse que saí com vocês na sexta-feira à noite.

—Você contou a ele!

— Nós tínhamos recomendado que não contasse.

— Foi, mas escapou-me — disse Xavière, como se não desse importância ao fato. — Não estou habituada a essas politiquices.

Françoise trocou com Pierre um olhar consternado. Pensavam ambos que Xavière fizera aquilo de propósito, num ataque de baixo ciúme. Ela não era idiota e só ficara sozinha com Gerbert durante alguns instantes.

— Bem — disse Françoise. — Nós é que não devíamos lhe ter mentido.

— Se não fosse você, ele não teria descoberto — disse Pierre, roendo as unhas, com um ar de profunda preocupação.

Devia ter sido um golpe para Gerbert. Talvez ele nunca mais recuperasse a cega confiança que tinha em Pierre. Françoise sentia o coração opresso ao pensar no desgosto, no desamparo que o pobre Gerbert carregava neste momento pelas ruas de Paris.

— Temos de fazer qualquer coisa — disse, nervosa.

—Vou explicar-lhe tudo hoje — afirmou Pierre. — Mas, no fundo, explicar-lhe o quê? O fato de o termos abandonado ainda se perdoa, mas a mentira foi completamente gratuita.

— Uma mentira é sempre gratuita quando se descobre.

Pierre fitou Xavière com dureza.

— O que disse a ele, exatamente?

— Ele me contou que se tinha embebedado na sexta-feira, com Tedesco e Canzetti, e que se divertira bastante. Eu então lhe disse que tinha pena de não ter visto a cena, mas que ficara com vocês no Pôle Nord — disse Xavière amuada.

A reação de Xavière era tão desagradável porque fora ela que insistira para ficarem a noite toda no Pôle Nord.

— Só lhe disse isso? — insistiu Pierre.

— Claro... — respondeu ela, de má vontade.
— Então talvez as coisas se arranjem — disse Pierre, olhando para Françoise. — Vamos dizer que estávamos absolutamente decididos a voltar para o hotel, mas que, à última hora, Xavière tinha tanta pena de voltar que resolvemos continuar a noitada.

Xavière deu um muxoxo.

— Bem, se ele não acreditar, paciência — disse Françoise.

— Vou arranjar as coisas de maneira que acredite. Temos a nosso favor o fato de que nunca mentimos a ele.

— Aliás, para essas coisas você é um São João Crisóstomo, o da Boca de Ouro. Devia tentar procurá-lo já.

— E tia Christine? Que vá para o diabo!

— Passamos por lá às seis horas — disse Françoise, enervada. — De qualquer forma não podemos deixar de visitá-la; ela nunca nos perdoaria.

Pierre levantou-se.

— Vou telefonar a Gerbert.

Afastou-se. Françoise acendeu um cigarro, para se acalmar. Sentia-se tremer de cólera; era odioso pensar no pobre Gerbert, tão infeliz e, o que é pior, por culpa deles.

Xavière continuava silenciosamente a brincar com os cabelos.

— Afinal de contas ele não vai morrer por causa disso! — exclamou, com um ar de insolência constrangida.

— Gostaria de vê-la no lugar dele — respondeu Françoise, com dureza.

Xavière perdeu a serenidade.

— Nunca pensei que o caso fosse tão grave.

— Mas nós a prevenimos — disse Françoise.

Seguiu-se um longo silêncio. Françoise, um pouco aterrorizada, pensava naquela catástrofe viva que invadira sua vida. Pierre, com seu respeito, sua estima, quebrara os diques em que Françoise a continha. Agora, que a tempestade se desencadeara, até onde iria? O balanço da jornada já era considerável: primeiro, a irritação da dona do hotel, depois o fato de terem perdido, ou quase, o *vernissage* da tia Christine, mais o nervosismo ansioso de Pierre... Finalmente, a zanga com Gerbert. Na própria Françoise havia aquele mal-estar persistente, há oito dias. Era talvez o que ainda lhe causava mais medo.

— Está zangada? — perguntou Xavière.

A convidada

Seu rosto consternado não conseguiu abrandar Françoise.
— Por que é que você fez isso?
— Não sei — respondeu ela, baixinho. — É bem feito — disse ainda mais baixo, curvando a cabeça. — Pelo menos, assim fica sabendo o que eu valho e vai enojar-se de mim. É bem feito.
— É bem feito o quê? Eu ter nojo de você?
— Sim. Eu não mereço que se interessem por mim — disse Xavière, com uma violência desesperada. — Agora você me conhece. Já lhe disse: não valho nada. Devia ter-me deixado ficar em Rouen.

Todas as recriminações que Françoise sentia subir-lhe aos lábios tornavam-se vãs perante essas autoacusações apaixonadas. Ela calou-se. Entretanto, o café enchera-se de pessoas e de fumaça. Um grupo de refugiados alemães seguia atentamente uma partida de xadrez. Numa mesa vizinha, uma espécie de louca, que tinha a mania de ser prostituta, sentada sozinha em frente de um café com leite, fazia ademanes a um interlocutor invisível.

— Gerbert não estava em casa — disse Pierre, quando voltou.
— Você demorou muito.
— Aproveitei para dar uma voltinha. Precisava tomar ar.
Sentou-se e acendeu o cachimbo. Parecia mais calmo.
— Bem, vou embora — disse Xavière.
— É, parece que chegou o momento de irmos — disse Françoise.
Ninguém se moveu.
— O que eu gostaria de saber — começou Pierre — é por que razão você foi lhe dizer uma coisa dessas...

O interesse com que procurava decifrar a razão do comportamento de Xavière era tão forte que lhe varrera a cólera.
— Não sei — repetiu Xavière.
Pierre, porém, não era homem para deixar uma presa assim tão facilmente.
— Sabe, sim — insistiu docemente.
Xavière encolheu os ombros, abatida:
— Não pude deixar de dizer — respondeu.
— Você tramava qualquer coisa. O que era? Queria nos ser desagradável? — perguntou, sorrindo.
— Como pode pensar isso?
— Achou que esse mistério dava a Gerbert uma superioridade em relação a você?

No olhar de Xavière brilhou uma censura.
— Detesto ser obrigada a esconder qualquer coisa.
— Foi por isso?
— Não... Já lhe disse... Escapou-me sem querer — insistiu com ar torturado.
— Mas você diz que o segredo a irritava.
— É... Mas isso nada tem a ver com o caso.
Françoise olhava para o relógio, com impaciência. Pouco lhe importavam as razões de Xavière; de qualquer forma, sua conduta era inqualificável.
— Desagradava-lhe — insistiu Pierre — a ideia de que devíamos dar contas a outrem dos nossos atos. Neste ponto, eu a compreendo: é desagradável sentir que as pessoas que lidam conosco não são livres...
— Sim, foi um pouco isso, e depois...
— Depois o quê? — perguntou Pierre, amavelmente.
Falava de tal maneira, que parecia estar pronto a aprovar Xavière.
— Não, é abjeto — disse Xavière, escondendo o rosto entre as mãos. — Eu sou abjeta, deixem-me ir embora.
— Mas tudo isso nada tem de abjeto — disse Pierre.
— Gostaria simplesmente de compreendê-la. Seria uma vingançazinha motivada pelo fato de Gerbert não ter sido amável com você, no outro dia?
Xavière tirou as mãos do rosto, completamente espantada.
— Mas ele foi amável, pelo menos tanto quanto eu.
— Então não fez isso de propósito para feri-lo?
— Claro que não.
Hesitou e falou com ar de quem vai lançar-se à água:
— Quis apenas ver o que acontecia.
Françoise olhava-os com crescente inquietação. O rosto de Pierre refletia um sentimento de tão ardente curiosidade que até se assemelhava à ternura. Estaria ele admitindo a perversidade, o egoísmo, o ciúme que Xavière confessava abertamente? Françoise pensava que, se notasse em si mesma apenas um resquício de sentimentos desse gênero, os combateria com decisão inflexível. E, no entanto, Pierre sorria...
Xavière explodiu:
— Por que me obriga a confessar tudo isso? É para me desprezar melhor? Ah! Nunca conseguirá desprezar-me tanto quanto eu própria me desprezo.

— Como pode imaginar que eu a desprezo?

— Despreza-me sim, sei muito bem. E tem razão para isso. Eu não sei me comportar. Em toda a parte aonde vou causo estragos. A desgraça me persegue — gemeu ela.

Apoiou a cabeça na banqueta e voltou o rosto para o teto, a fim de impedir que as lágrimas corressem. O pescoço arfava-lhe em movimentos convulsivos.

— Vamos — disse Pierre, com uma voz apaziguadora. — Estou certo de que essa história se arranjará. Não se preocupe.

— Não é só por isso. É por todo o resto.

Fixou no teto um olhar de violência selvagem e disse baixinho:

— Tenho horror de mim mesma!

Françoise, embora um pouco a contragosto, comoveu-se com a entonação de sua voz. Via-se que suas palavras não nasciam dos lábios: Xavière arrancava-as do mais profundo do seu ser. Durante horas e horas, ao longo de noites sem sono, devia tê-las repisado amargamente.

— Não diga isso — pediu Pierre. — Nós que gostamos tanto de você...

— Gostaram... Agora já não gostam — interrompeu ela, com voz fraca.

— Nada disso — insistiu Pierre. — Compreendo muito bem o ciúme que a arrebatou.

Françoise sentiu-se revoltada. Não, ela não tinha assim tanta consideração por Xavière, a ponto de desculpar esse ciúme. Pierre não tinha o direito de falar em seu nome. Ele seguia seu caminho, sem mesmo se voltar, e depois afirmava que ela o acompanhava. Era leviandade demais. Sentia que se transformava num bloco de chumbo, dos pés à cabeça. A separação era cruel, mas nada poderia obrigá-la a deslizar por esse plano inclinado, constituído por miragens, no fim do qual se abria um abismo desconhecido.

— Não sirvo para mais nada — disse Xavière.

Seu rosto perdera a cor. Sob os olhos haviam surgido olheiras roxas. Agora, com o nariz vermelho e os cabelos escorridos, que pareciam ter perdido subitamente o brilho, Xavière estava extraordinariamente feia. Não se podia duvidar da sinceridade do seu abatimento. "Mas se os remorsos apagassem tudo, as coisas seriam muito fáceis", pensou Françoise.

Entretanto, Xavière prosseguia num tom lento, de lamentação:

— Enquanto eu vivia em Rouen, ainda poderiam me desculpar. Mas agora, o que tenho feito, desde que cheguei a Paris? Parecia sofrer uma dor física, de que fosse a vítima irresponsável.
— As coisas vão mudar — disse Pierre. — Tenha confiança em nós.
— Ninguém pode me ajudar — explodiu Xavière, numa crise de desespero infantil. — Estou marcada!
Os soluços a sufocavam. Com o rosto como que agonizante e o busto rígido, deixava correr as lágrimas sem resistir. Françoise, perante a ingenuidade desarmante dessa reação, sentia o coração amolecer. Gostaria de encontrar um gesto, uma palavra de consolo, mas não era fácil, fora muito longe no caminho da cólera. Seguiu-se um silêncio longo e pesado. Nos espelhos amarelados, o dia fatigado custava a morrer. Os jogadores de xadrez estavam ainda na mesma posição. Um homem viera sentar-se ao lado da louca, que parecia menos louca desde que encontrara um corpo para seu interlocutor imaginário.
— Sou tão covarde — continuava Xavière. — Eu devia me matar. Há muito tempo que devia ter feito isso. Ah! Mas eu me mato, eu me mato! — exclamou, de rosto crispado, num tom de desafio.
Pierre a olhava, perplexo e consternado. Subitamente voltou-se para Françoise:
— Francamente! Olhe como ela está! Tente acalmá-la, pelo menos — explodiu, indignado.
— Que quer que eu faça? — perguntou Françoise, cuja piedade esfriou imediatamente.
— Você já devia tê-la tomado nos braços para dizer-lhe... dizer-lhe qualquer coisa.
Em pensamento, os braços de Pierre enlaçavam Xavière e a embalavam. O respeito, a decência, uma série de inibições o paralisavam. Sua compaixão tíbia só poderia encarnar-se no corpo de Françoise. Esta, contudo, sentia-se inerte e gelada: nem esboçou um gesto. A voz imperiosa de Pierre retirara-lhe toda a vontade própria, mas sentia que todos os seus músculos, enrijecidos, se recusavam àquele comando estranho. Pierre também continuava imóvel, cheio de uma ternura inútil. Durante um momento, a agonia de Xavière prosseguiu assim, em silêncio.
— Acalme-se — disse Pierre, com doçura. — Tenha confiança em nós. Até agora você viveu um pouco ao acaso. Mas a vida é uma longa aventura. Vamos refletir juntos sobre o que se pode fazer e traçar nossos planos.

A convidada

— Não há planos a traçar — insistiu Xavière, sombria.
— Só me resta voltar a Rouen; é o melhor.
—Voltar a Rouen! Era o que faltava! — exclamou Pierre.— Nunca consentiríamos nisso.

Olhou para Françoise com ar impaciente.

— Ao menos diga-lhe que não está zangada com ela.
— Claro que não estou zangada — disse Françoise, com voz neutra.

"No fim de contas", pensou, "com quem estarei zangada?" Tinha a dolorosa impressão de estar voltada contra si própria. Já eram seis horas, mas nem se podia pensar em ir embora.

— Não seja trágica — insistia Pierre. — Falemos como pessoas ajuizadas.

Tudo nele era tão tranquilizador, tão sólido, que Xavière se acalmou um pouco e o olhou com uma espécie de docilidade.

— O que lhe falta é ter qualquer coisa para fazer.

Xavière esboçou um gesto de desânimo.

— Não simples ocupações para encher o tempo — continuou Pierre. — Vejo que é exigente demais para se contentar em disfarçar o vazio e que não se resignará com simples distrações. O que você precisa é de uma coisa que dê verdadeiramente um sentido aos seus dias.

Françoise apanhou no ar, com tristeza, a crítica de Pierre: ela apenas propusera distrações a Xavière. Mais uma vez não a levara a sério. E agora, à sua revelia, procurava Pierre um entendimento com Xavière.

— Mas eu já lhe disse que não sirvo para nada — repetia Xavière.
— Ainda não tentou muitas coisas — disse, sorrindo. — Eu sugeriria o seguinte...
— O quê? — perguntou ela, curiosa.
— Por que é que você não se dedica ao teatro?

Xavière esbugalhou os olhos:

— Ao teatro?
— Por que não? Seu físico é excelente, você tem um profundo sentido das atitudes do jogo fisionômico. Tudo isso, claro, não permite afirmar desde já que tenha talento. Mas, enfim, tudo nos leva a crer que tenha.

— Nunca serei capaz.
— Não se sente tentada?
— Claro que sim... Mas isso não basta.

—Você possui uma sensibilidade e uma inteligência que não são comuns. E são bons trunfos.
Olhou-a seriamente.
— Claro que é preciso trabalhar! Frequentará as aulas da minha escola. Eu dou duas matérias e Bahin e Rambert são muito simpáticos.
Xavière deixou transparecer nos olhos um relâmpago de esperança.
— Nunca conseguirei — insistiu.
— Eu lhe darei lições particulares para que se desembarace. Juro-lhe que, se você tiver um pingo de talento, saberei descobrir.
Xavière sacudiu a cabeça.
— É um belo sonho! — exclamou.
Françoise fez um esforço: "Pode ser que Xavière tenha jeito. De qualquer forma, seria ótimo se conseguíssemos interessá-la por qualquer coisa."
—Você também dizia isso quando discutíamos sua vinda para Paris — interrompeu Françoise. — E, no entanto, aqui está.
— É verdade.
Françoise sorriu.
—Você vive tanto o momento presente, que qualquer futuro lhe parece um sonho. No fim de contas, está duvidando do próprio tempo.
Xavière deu um sorrisinho.
— É tão incerto...
— Está ou não está em Paris?
— Estou, realmente. Mas o resto é diferente.
— Para vir para Paris bastou fazer esforço uma vez — disse Pierre, alegremente. — Agora será preciso recomeçar o esforço de cada vez. Mas conte conosco. Temos vontade por três.
— Têm razão — disse Xavière, sorrindo. —Vocês são terríveis.
Pierre prosseguia, explorando a vantagem conseguida:
— A partir de segunda-feira, começa a frequentar os cursos de improvisação. Vai ver: é uma coisa no gênero dos jogos com que se divertia quando era pequena. Vão lhe pedir para imaginar que almoça com uma amiga, que é surpreendida roubando numa loja... Você deverá, ao mesmo tempo, inventar a cena e representá-la.
— Deve ser divertido.
— Depois escolherá o papel que vai começar a estudar; pelo menos alguns fragmentos.
Pierre consultou Françoise com o olhar.

A convidada

— O que poderíamos lhe aconselhar?
Françoise refletiu.
— Algo que não exija muita prática, mas que também não a obrigue a utilizar apenas seu encanto natural. Talvez *A ocasião*, de Mérimée.
— Boa ideia, realmente.
Xavière olhava-os com ar alegre.
— Gostaria tanto de ser atriz! Poderia representar num palco, a sério, como você?
— Certamente. E talvez já a partir do próximo ano, num papel pequeno.
— Oh! — exclamou Xavière, extasiada. — Vou me esforçar, você vai ver!

Com ela as coisas sempre se passavam de forma tão imprevista que, no fim de contas, era capaz de trabalhar realmente. Françoise começou mais uma vez a imaginar um futuro para Xavière.

— Amanhã é domingo e não posso. Mas na quinta-feira lhe dou a primeira lição de dicção. Poderá vir ao meu camarim às segundas e quintas, entre três e quatro horas?
— Mas vou incomodá-lo...
— Pelo contrário, isso tem grande interesse para mim.

Xavière, agora, serenara completamente. Pierre, por seu turno, estava radiante. Françoise tinha de reconhecer que ele conseguira uma proeza, trazendo Xavière do fundo do seu desespero até aquele estado de confiança e de alegria. No seu entusiasmo, esquecera completamente Gerbert e o *vernissage*.

— Devia telefonar mais uma vez a Gerbert — recordou Françoise.
— Seria melhor que o visse antes do espetáculo.
— Acha?
— Claro. Você não acha? — perguntou ela, um pouco secamente.
— Sim — concordou Pierre, contrariado. — Vou telefonar.

Xavière olhou o relógio.
— Afinal, perderam o *vernissage* por minha causa — disse, com ar contrito.
— Não tem importância.

"O pior", pensou Françoise, "é que tem realmente importância. Assim, tenho de ir amanhã pedir desculpas à tia, que certamente não as aceitará".

— Sinto-me envergonhada — insistia Xavière, com voz doce.

— Não vale a pena.
Os remorsos de Xavière e as resoluções que tomara a tinham sensibilizado. Não podia julgá-la com severidade. Pousou a mão na sua.
—Verá — disse —, tudo vai correr bem.
Xavière a contemplou um instante, com uma espécie de devoção.
— Quando olho para você e depois para mim, tenho vergonha! — exclamou.
— É absurdo!
—Você é impecável — disse Xavière, com um acento fervoroso.
— Nada disso.
Outrora essas palavras apenas a fariam sorrir. Hoje, porém, a incomodavam.
— Quando penso em você, à noite — prosseguia Xavière —, fico fascinada, sabe? De tal forma que, por vezes, até custo a acreditar que você exista realmente. E você existe mesmo — disse, sorrindo com uma ternura encantadora.
Xavière só se abandonava a esse amor, à noite, no segredo do seu quarto. Nessa altura, ninguém podia disputar-lhe a imagem que trazia no coração: sentada na poltrona, de olhos ao longe, contemplava-a com êxtase. Françoise, porém, como mulher de carne e osso, que pertencia a Pierre, ao mundo, a si própria, só recebia pálidos ecos desse culto ciumento.
— Não mereço que você pense isso — disse-lhe, com uma espécie de remorso.
Pierre aproximava-se, alegre.
— Gerbert estava em casa. Pedi a ele para estar às oito horas no teatro, pois precisava lhe falar.
— O que ele respondeu?
— Disse que está bem.
—Tem que inventar uma boa desculpa!
— Pode deixar...
Pierre sorriu para Xavière:
— E se fôssemos beber qualquer coisa no Pôle Nord antes de nos separarmos?
— Boa ideia; vamos ao Pôle Nord — disse Xavière, com ar meigo.
Fora lá que haviam selado a sua amizade. Aquele lugar já se tornara simbólico. Ao sair do café, Xavière deu o braço a Pierre e a Françoise. Assim, num passo igual, como numa peregrinação, caminharam na direção do bar.

A convidada

Xavière não quis que Françoise a auxiliasse a arrumar o quarto talvez porque lhe desagradava que mãos estranhas, mesmo as de uma divindade, tocassem em suas coisas. Françoise subiu, portanto, ao seu quarto, vestiu um roupão e decidiu trabalhar um pouco no seu romance. Era sobretudo a essa hora, enquanto Pierre representava no teatro, que ela se ocupava do livro. Começou a reler as páginas que escrevera na véspera, mas tinha dificuldade em se concentrar. No quarto ao lado, o vizinho negro dava uma lição de sapateado à prostituta loura. Juntamente com eles estava uma espanhola que era empregada no Topsy. Françoise reconhecia-os pela voz.

Tirou uma lixa da bolsa e começou a tratar das unhas. "Mesmo que Pierre consiga convencer Gerbert", pensava, "não subsistirá sempre uma sombra entre eles? Como me receberá tia Christine amanhã, quando a visitar?" Não podia afastar os pensamentos desagradáveis. O que não conseguia esquecer, sobretudo, era a tarde que passara com Pierre depois da discussão. Teria a possibilidade, com certeza, de desfazer a impressão dolorosa, quando voltasse a falar no assunto com ele. Entretanto, sentia o coração pesado. Examinou as unhas. "Que besteira! Não devo dar tanta importância a um leve desacordo. Sobretudo não devo me sentir tão desnorteada logo que a aprovação de Pierre me falta."

As unhas estavam feias e continuavam assimétricas. Françoise voltou a pegar na lixa. "O meu mal", pensou, "é sobrecarregar Pierre com todo o meu peso; não tenho o direito de fazer outra pessoa suportar a minha própria responsabilidade". Sacudiu com impaciência o pó branco, que provinha das unhas lixadas e que se agarrara ao roupão. "Se eu quiser", pensou, "ficarei totalmente responsável por mim mesma. O pior é que não o quero, realmente". Sabia que chegaria ao ponto de pedir a Pierre que aprovasse essa autorrepreensão. Tudo o que pensava, era com ele e por ele. Não podia mesmo se ver praticando um ato extraído apenas dela e realizado sem qualquer ligação com Pierre, um ato que constituísse uma afirmação de independência autêntica. Aliás, isso não a incomodava, pois sabia que nunca necessitaria de recorrer a si própria contra Pierre.

Jogou a lixa. Era absurdo perder três preciosas horas de trabalho com esses raciocínios. Já antes disso Pierre se interessara por outras mulheres. Por que razão, portanto, iria sentir-se lesada? O que a inquietava mais era a hostilidade, a dureza que descobrira em si mesma, e que ainda não se dissipara. Hesitou. Durante um momento pensou em examinar com clareza aquele mal-estar. Depois sentiu-se invadida pela preguiça e debruçou-se sobre os papéis.

Passava um pouco da meia-noite quando Pierre chegou do teatro. Tinha o rosto avermelhado pelo frio.

— Viu Gerbert? — perguntou Françoise, ansiosa.

— Vi. Está tudo arrumado — respondeu Pierre alegremente, enquanto tirava o cachecol e o sobretudo. — Ele disse que o caso não tinha a mínima importância e que nem precisava de explicações. Mas eu afirmei que nós nunca lidávamos com ele com punhos de renda, e que, se quiséssemos nos ver livres dele naquela noite, teríamos dito sem rodeios. Ficou um pouco desconfiado, mas sem tomar a coisa a sério.

— Você é um verdadeiro Boca de Ouro — disse Françoise.

Havia, contudo, na sua sensação de alívio um pouco de rancor. Odiava sentir-se cúmplice de Xavière contra Gerbert e gostaria que Pierre sentisse o mesmo, em vez de esfregar as mãos contentíssimo. Torcer um pouco os fatos não tinha importância. Mas mentir descaradamente, isso só servia para estragar as relações entre as pessoas.

— Apesar de tudo, temos que confessar que foi muito desagradável o procedimento de Xavière — disse.

— Sabe que achei você muito severa? — disse Pierre, sorrindo. — Você vai ser dura, quando envelhecer.

— No entanto, no princípio, você era o mais severo. Estava quase insuportável.

Compreendeu, com certa angústia, que não conseguiria apagar facilmente, com uma conversa amigável, os mal-entendidos daquele dia. Mal os evocava, sentia renascer um azedume agressivo.

Pierre começou a desfazer o nó da gravata que colocara em honra do *vernissage*.

— Eu comecei achando uma leviandade inqualificável o fato dela ter esquecido o encontro conosco — explicou Pierre. Apesar do tom ofendido, ele sorria, troçando retrospectivamente do fato. — Depois, quando voltei daquele passeio sedativo, já via os acontecimentos por outro prisma.

A leviandade do seu bom humor redobrou o nervosismo de Françoise.

— Eu sei; a forma como ela procedeu com Gerbert inclinou-o subitamente à indulgência. Quase sentiu vontade de felicitá-la.

A convidada

— Não. Pensei que as coisas eram sérias demais para constituírem apenas uma leviandade. Lembrei-me que o seu nervosismo, a necessidade de distrações, o encontro esquecido e a traição de ontem à noite, tudo isso devia ter uma explicação.

— E ela revelou qual era a razão.

— Mas não podemos acreditar no que Xavière diz!

— Então não vale a pena insistir tanto — cortou Françoise, que recordava com rancor os intermináveis interrogatórios.

— Mas ela também não mente completamente. Temos que interpretar suas palavras.

— O que quer dizer? — perguntou Françoise, impaciente.

— Não reparou que ela, em suma, censurou-me por não ter voltado a vê-la desde sexta-feira?

— Reparei. Isso prova que começa a se interessar por você.

— Para ela, começar e ir até o fim é a mesma coisa.

— Como assim?

— Acho que Xavière já tem por mim um sentimento bastante forte — disse Pierre, com um ar petulante que, embora em parte fosse fingido, revelava, no fundo, uma satisfação íntima. Tudo isso chocava Françoise. Normalmente ela se divertia com a velhacaria de certa maneira discreta de Pierre. Mas Pierre estimava Xavière: a ternura que, no Pôle Nord, se distinguia sob os seus sorrisos, não era fingida. Aquele tom cínico tornava-se, portanto, inquietante.

— Estou pensando em que esses bons sentimentos de Xavière, em relação a você, a desculpam pelo que fez...

— Você precisa se pôr em seu lugar. Ela é uma criatura exaltada e orgulhosa. Eu lhe ofereci a minha amizade, com toda a cerimônia. Pois bem; na primeira vez que nos encontramos apresentei as coisas como se fosse preciso remover montanhas para conceder-lhe algumas horas. Claro que tudo isso acabou por magoá-la.

— Mas não naquele momento, se bem me recordo...

— Isso é verdade. Mas Xavière voltou a pensar no assunto. E como nos dias seguintes não se encontrou comigo, como queria, a coisa assumiu um aspecto de ofensa terrível. Acrescente a tudo isso o fato de ter sido você quem apresentou maior resistência, na sexta-feira, a propósito de Gerbert. Por mais que ela a estime, você surge, para sua alma exclusivista, como o maior obstáculo entre mim e ela. Através do segredo que nós lhe exigíamos, Xavière apreendeu todo um destino.

Simone de Beauvoir

Então procedeu como as crianças que, quando veem que vão perder um jogo, dão um safanão nas cartas.

— Você lhe atribui complicações demais...

— E você, de menos — interrompeu Pierre, impaciente.

Não era a primeira vez, nesse dia, que Pierre assumia, a propósito de Xavière, aquele tom cáustico.

— Não quero dizer que Xavière tenha formulado tudo isso explicitamente. Mas foi esse o sentido do seu gesto.

— Talvez — concordou Françoise.

Segundo a explicação de Pierre, Xavière a considerava uma indesejável e tinha ciúmes dela. Voltou a recordar, com desagrado, a emoção que sentira vendo o rosto de Xavière refletir uma espécie de devoção ao ouvir as palavras de Pierre. Parecia que estavam fazendo pouco dela.

— É uma explicação engenhosa — prosseguiu. — Mas não acredito que possamos dar, para o comportamento de Xavière, qualquer explicação definitiva. Ela vive muito segundo o que lhe dá na telha.

— Mas suas reações têm um fundo duplo: você acredita que ela se enfureceria com o entupimento da pia do hotel, se não estivesse já fora de si? A mudança de hotel, no fundo, era uma fuga. E tenho certeza de que ela fugia porque gostar de mim a enraivecia.

— Em suma: existe uma chave que explica toda a sua conduta e essa chave é uma paixão súbita por você.

Pierre estendeu o lábio um pouco para a frente.

— Não digo que seja paixão — concedeu.

A frase de Françoise irritara-o. De fato, era o gênero de explicação brutal de um sentimento, coisa que ambos censuravam frequentemente a Elisabeth.

— Não acho que Xavière seja capaz de um verdadeiro amor. Concordo que ela possa sentir êxtases, desejos, exigências. Mas essa espécie de consentimento que é necessário para, com todas as experiências, construir um sentimento estável julgo que nunca se poderá conseguir dela.

— É o que o futuro nos dirá — concluiu Pierre, cujo perfil se tornou ainda mais cortante.

Tirou o paletó e desapareceu atrás do biombo. Françoise também começou a despir-se. Falara sinceramente: nunca precisara tomar precauções ao conversar com Pierre. Nele, nada havia de dolente ou de secreto, de que fosse preciso aproximar-se com precaução. Viu agora que errara. Desta vez era preciso pesar bem as palavras, antes de falar.

A convidada

— Evidentemente — continuou — ela nunca tinha olhado para você como esta noite, no Pôle Nord.
— Também notou?
Françoise sentiu um aperto na garganta. Lançara aquela frase propositadamente. Era uma frase própria para uma conversa com estranhos; no entanto, atingira o objetivo. Era um estranho, portanto, aquele homem que escovava os dentes atrás do biombo. Se Xavière recusara a sua ajuda, não teria sido para ficar mais depressa sozinha com a imagem de Pierre? Possivelmente ele adivinhara a verdade: os dois tinham realmente travado uma espécie de diálogo durante o dia inteiro. Xavière abria-se mais com Pierre e havia entre os dois uma espécie de conivência. Pois bem! Tanto melhor! Assim, ficava livre daquela história, cujo peso começava a recear. Pierre, afinal, já adotara Xavière muito mais do que ela, Françoise, o fizera. Portanto, o melhor seria renunciar. De agora em diante Xavière pertenceria a Pierre.

6
— CAPÍTULO —

Não se consegue beber um café tão bom como este em lugar nenhum — disse Françoise, pousando a xícara no pires. Sua mãe sorriu.

— Evidentemente, não é o café que servem nesses restaurantes de preço fixo...

Françoise veio sentar-se no braço da poltrona onde a sra. Miquel lia um jornal de modas. O pai lia *Le Temps*, sentado junto da lareira onde ardia um fogo de lenha. Nada mudara naquela casa nos últimos vinte anos, e isso se tornava opressivo. Quando Françoise voltava à casa dos pais, era como se o tempo não tivesse passado. O tempo estendia-se ao seu redor, como um pântano estagnado de uma monotonia enjoativa. Viver era envelhecer, nada mais.

— Daladier falou bem, não acha? Muito firme, muito digno. Não cede um palmo.

— Diz-se por aí que, pessoalmente, Bonnet estaria disposto a fazer concessões — disse Françoise. — Afirma-se mesmo que ele teria entrado em negociações, por trás do pano, quanto a Djibuti.

— Note que as reivindicações italianas nada têm de exorbitantes — afirmou o sr. Miquel. — É o tom com que são feitas que é inaceitável. Não podemos consentir, de forma nenhuma, uma transigência, depois daquelas ameaças.

— Mas apesar disso não vamos entrar em guerra só por uma questão de prestígio? — perguntou-lhe Françoise.

— O caso é que também não podemos nos resignar a sermos uma nação de segunda ordem, acocorada atrás da linha Maginot.

— Não — concordou Françoise. — A situação é difícil.

Evitando sempre abordar questões de princípio, Françoise conseguia facilmente chegar a uma espécie de entendimento com os pais.

— Acha que este vestido fica bem em mim?

— Com certeza, mamãe. Você é tão delgada.

Françoise olhou o relógio: duas horas. Pierre devia estar sentado diante de um café péssimo. Xavière chegara tão tarde às duas primeiras lições que decidiram se encontrar no Dôme uma hora antes, de

A convidada

forma que pudessem começar a trabalhar na hora prevista. Talvez ela já estivesse lá: sua conduta continuava a ser imprevisível.

— Tenho que mandar fazer um vestido para a centésima representação de *Júlio César*. Nem sei o que escolher.

— Temos ainda muito tempo para pensar nisso — disse a sra. Miquel.

O pai baixou o jornal:

— Vocês esperam chegar a cem representações?

— E até mais... O teatro enche todas as noites.

Levantou-se, sentiu um arrepio e foi se olhar no espelho. Aquela atmosfera a deprimia.

— Bem, preciso ir embora. Tenho um encontro daqui a pouco.

— Não gosto dessa moda de sair sem chapéu — disse a sra. Miquel. Apalpou-lhe o casaco. — Por que não comprou um casaco de peles? Assim é como se você não estivesse agasalhada.

— Não gosta deste casaco três quartos? Eu o acho bonito.

— É um casaco de meia-estação... Às vezes me pergunto o que você faz com o dinheiro que ganha.

— Quando vai voltar? — perguntou o pai. — Na quarta-feira Maurice e a mulher vêm aqui.

— Então virei na quinta. Gosto mais de vê-los a sós.

Desceu lentamente a escada. Na rua de Médicis o ar era viscoso, molhado. No entanto, sentia-se melhor na rua do que na biblioteca aquecida. O tempo pusera-se em marcha, lentamente. Ia encontrar-se com Gerbert e isso dava pelo menos um certo sentido a esses instantes. "Agora", pensava ela com o coração apertado, "Xavière já deve ter chegado, com o vestido azul ou a sua bela blusa vermelha de risquinhas brancas. Os cabelos em cachos, bem cuidados, emolduram-lhe o rosto. Ela sorri, com certeza. Como será esse sorriso desconhecido? De que forma Pierre olhará para ela?" Françoise deteve-se na beira do passeio. Sentia uma impressão penosa, de exílio. Normalmente, o centro de Paris, para ela, era qualquer lugar onde se encontrasse. Hoje tudo mudara. O centro da cidade era o café onde Pierre e Xavière estavam sentados a uma mesa, enquanto ela, Françoise, deambulava pelos arrabaldes. Sentou-se junto de um aquecedor, no terraço do Deux Magots. Pierre lhe contaria tudo nessa noite. Há algum tempo, porém, ela deixara de confiar completamente nas palavras dele.

— Um café — pediu ao garçom.

Simone de Beauvoir

Sentia-se angustiada; não era um sofrimento bem concreto. Há muito tempo que não sofria de um mal-estar como aquele. Lembrou-se do passado: a casa estava vazia, de venezianas descidas por causa do sol. Estava escuro. No patamar do primeiro andar uma menina, grudada ao muro, retinha a respiração. Era esquisito encontrar-se ali, sozinha, enquanto todos estavam no jardim. Era esquisito e sentia medo. Os móveis tinham o mesmo ar de todos os dias, mas, ao mesmo tempo, estavam mudados. Tudo em torno dela era denso, pesado, secreto. Sob a estante e debaixo do consolo estagnavam sombras espessas. Ela não tinha vontade de fugir, mas sentia o coração apertado. No espaldar de uma cadeira estava pendurado um casaco velho. A velha Anna limpara-o com benzina, ou tirara-lhe a naftalina e pusera-o ali para arejar. Era muito velho, tinha um ar cansado. Mas não podia se queixar, como Françoise se queixava quando se machucava, não podia dizer, lamentando-se: "Sou um velho casaco fatigado." Tudo era estranho. Françoise tentou pensar como se passariam as coisas se não pudesse dizer: "Eu sou Françoise, tenho seis anos, estou na casa da vovó", se não pudesse dizer absolutamente nada. "É como se não existisse. E, no entanto, mesmo neste caso as outras pessoas viriam aqui, me veriam, falariam de mim." Tornou a abrir os olhos: voltou a ver o casaco que existia sem ter consciência disso. Havia qualquer coisa que a irritava, que lhe dava medo. "Para que lhe serve existir se ele não o sabe?" Refletiu: "Talvez haja um meio de resolver o problema... Já que posso dizer 'eu', por que não hei de dizê-lo em lugar do casaco?" Afinal, ficou desapontada. Por mais que olhasse o casaco, sem ver mais nada, e por mais que dissesse "sou velho, estou fatigado", nada se passava. O casaco continuava ali, indiferente, estranho, e ela continuava a ser Françoise. "Se eu me transformasse no casaco, deixaria de ter conhecimento das coisas." Sentiu então que a cabeça rodava e desceu correndo para o jardim.

Françoise bebeu de um trago a xícara de café, que já estava quase frio. Nada daquilo, pensou, tinha a menor ligação com o presente. Por que se lembrava daquelas coisas? Olhou para o céu encoberto. No momento, o mundo presente estava fora do seu alcance: sentia-se exilada, não só de Paris como do mundo inteiro. As pessoas sentadas ali no terraço, as que passeavam na rua, não pesavam sobre o chão: eram apenas sombras. As casas não passavam de cenários sem relevo nem profundidade. E Gerbert, que, neste momento, avançava sorrindo para ela, nada mais era do que uma sombra, leve e encantadora.

A convidada

— Boa tarde — disse ele.

Vestia o grande sobretudo bege, uma camisa xadrez marrom e amarela, uma gravata amarela que contrastava com o rosto moreno. Sua maneira de vestir era sempre agradável. Françoise sentiu grande contentamento ao vê-lo, mas compreendeu logo que não podia contar com ele para ajudá-la a retomar o seu lugar no mundo. Gerbert seria, quando muito, um agradável companheiro de exílio.

— Acha que podemos ir à *Foire aux Puces** apesar deste tempo infame?

— É só uma garoa — respondeu Gerbert. — Não chega a ser chuva, no duro...

Atravessaram a praça e desceram a escada do metrô. "Será conveniente contar-lhe o que se passou?", pensava Françoise. Era a primeira vez, há muito tempo, que saíam juntos, só os dois, e ela gostaria de ser amável, a fim de desfazer as últimas sombras deixadas pelas explicações de Pierre. Há muito tempo que desejava sair assim com ele. Mas como? Ela trabalhava, Pierre também. No fundo, levavam uma verdadeira vida de funcionários, como dizia Xavière.

— Pensei que nunca mais fosse chegar — dizia Gerbert. — Como tinha gente para o almoço... Michel, Lermière, os Adelson, a nata, como você vê. Falavam pelos cotovelos: um verdadeiro fogo de artifício. Lamentável. Péclard fez uma canção contra a guerra, para Dominique Ord. Para dizer a verdade, não era má. Mas para que servem canções, neste momento?

— Canções, discursos: nunca se gastaram tantas palavras.

— Os jornais estão incríveis.

Interrompeu-se para rir: era um riso luminoso, que lhe aclarava o rosto. A indignação, em Gerbert, tomava sempre a forma de hilaridade.

— Já viu o que nos servem como prato de resistência sobre a restauração da França? Tudo isso porque a Itália lhes mete menos medo do que a Alemanha.

— O caso é que não vamos realmente entrar em guerra por causa de Djibuti.

— Certo. Mas o fato é que, em seis meses ou dois anos, teremos guerra, com certeza. E só de pensar nisso fico sem coragem.

— Isso é verdade.

---

* Feira semanal de objetos usados. (N. E.)

Simone de Beauvoir

Quando falava naquele assunto com Pierre, Françoise era mais despreocupada. "Enfim, o que tiver de vir, virá... Com Gerbert, porém, o caso era diferente. Na verdade, não era nada agradável ser jovem, neste momento. Olhou-o com certa inquietação. O que pensaria ele, no fundo, sobre si próprio, sobre a vida, sobre o mundo? Gerbert nunca se abria a respeito de sua vida íntima. Tentaria, daqui a pouco, falar com ele a sério. Agora, o ruído do metrô tornaria a conversa impossível. Na parede negra do túnel viu perpassar um cartaz amarelo. Ainda pensou no que seria. Mas mesmo à sua curiosidade faltava, hoje, convicção. Era um dia branco, um dia para nada.

— Sabe que tenho esperança de entrar num filme que vão fazer? Farei apenas um pequeno papel. Mas pagam bem. Quando tiver dinheiro — disse Gerbert, franzindo a testa —, compro um carrinho usado. Há por aí alguns que custam pouquíssimo.

— Boa ideia... Embora tenha a certeza de que você é capaz de nos matar, irei passear com você.

Saíram do metrô.

— Ou então — prosseguiu Gerbert — monto um teatro de fantoches, com Mullier. Begramian ficou de nos pôr em contato com *Images*, mas com ele nunca se sabe.

— Deve ser divertido trabalhar com fantoches.

— Mas uma sala e o dispositivo próprio custam os olhos da cara.

— Um dia as coisas se arrumam.

Hoje nem os projetos de Gerbert a divertiam. Pensava mesmo por que razão, normalmente, encontrava um encanto discreto na existência dele. Gerbert hoje, por exemplo, almoçara com gente aborrecida, em casa de Péclard; à noite representaria pela vigésima vez o papel de Catão, o Jovem. Nada disso era especialmente enternecedor. Olhou em torno: gostaria de encontrar qualquer coisa que lhe falasse um pouco ao coração, mas aquela longa avenida, toda reta, era-lhe indiferente. Nos carrinhos alinhados ao lado do passeio vendiam-se apenas mercadorias sem interesse: tecidos de algodão, meias, sabonetes.

—Vamos por esta ruazinha — sugeriu.

Ali, no chão lamacento, havia sapatos velhos, discos, pedaços de seda já apodrecida, bacias de esmalte, porcelanas rachadas; algumas mulheres muito morenas, vestidas com farrapos berrantes, sentadas contra a paliçada, em jornais ou tapetes velhos, vigiavam a mercadoria. Nada disso a atraía.

A convidada

— Que acha? — perguntou Gerbert. — Aqui é possível encontrar alguns acessórios.

Françoise olhou com desânimo o ferro velho espalhado a seus pés. Todos aqueles objetos sujos tinham a sua história. Aqui, porém, nada mais eram do que braceletes, bonecas quebradas, tecidos sem cor, sem qualquer legenda que explicasse o seu passado. Gerbert acariciava com a mão um globo de vidro dentro do qual flutuavam confetes multicores.

— Parece uma bola para ler o futuro — disse.

— É um peso para papéis.

A mulher os vigiava pelo canto do olho. Era gordona, muito pintada, de cabelos ondulados, o corpo envolto num xale de lã e as pernas embrulhadas em jornais velhos. Ela também não tinha passado nem futuro. Não passava de uma massa de carne transida de frio. E as paliçadas, os barracos de lata, os jardins miseráveis onde se amontoavam sucatas enferrujadas, tudo isso não constituía, hoje, um universo atraente, apesar de sórdido. Hoje tudo jazia inerte, informe, envolto em si próprio.

— E essa história da *tournée*? — perguntou Gerbert. — Bernheim fala da coisa para o ano que vem.

— Claro. Bernheim meteu isso na cabeça. Só o dinheiro lhe interessa. Mas Pierre não quer. No ano que vem temos outras coisas a fazer.

Saltou uma poça de lama. Era tal qual como outrora, em casa da avó, quando fechava a porta à suavidade da tarde e ao perfume do mato: sentia-se frustrada para sempre de um grande momento do mundo. Havia qualquer coisa que vivia, ao longe, sem ela, e só esta coisa lhe importava. Desta vez, porém, nem mesmo podia dizer: este objeto não sabe que existe, portanto não existe. Desta vez havia algo que existia. Pierre não perdia um sorriso de Xavière e ela colhia, atenta e encantada, todas as palavras de Pierre. Os olhos de ambos refletiam o camarim de Pierre, com o retrato de Shakespeare pendurado na parede. Estariam trabalhando? Ou repousariam, falando do pai de Xavière, da gaiola cheia de pássaros, do cheiro da estrebaria?

— Xavière conseguiu fazer qualquer coisa ontem no curso de dicção?

Gerbert riu:

— Rambert pediu-lhe para repetir: "O rato roeu a roupa do rei de Roma." Ela ficou vermelha, olhou para os pés e não conseguiu articular um som.

—Você acha que ela leva jeito?

— Bem, ela é bem-feita...

Gerbert pegou no cotovelo de Françoise:

—Venha ver — disse bruscamente. Abriu passagem na multidão. As pessoas faziam um círculo em torno de um guarda-chuva aberto sobre o chão lamacento. Um homem espalhava cartas de jogar na parte de dentro do guarda-chuva.

— Duzentos francos! — exclamava uma velhota de cabelos grisalhos, lançando em torno um olhar desvairado. — Duzentos francos! — Seus lábios tremiam. Um homem a empurrou com rudeza.

— Esse aí é ladrão — disse Françoise.

— É manjado — disse Gerbert.

Françoise olhava, curiosa, o prestidigitador de mãos hábeis que fazia deslizar, na seda do guarda-chuva, três cartas ensebadas.

— Duzentos francos naquela — disse um homem, colocando duas notas sobre uma carta. Piscou o olho maliciosamente: um dos cantos da carta estava rasgado e via-se que era o rei de copas.

— Ganhou — disse o prestidigitador, voltando o rei. — As cartas tornaram a deslizar-lhe nos dedos.

— Aqui está ele — exclamava —, olhem bem: está aqui, aqui, aqui. É duzentos francos, o rei de copas...

— Ele está lá realmente! — exclamou um homem. — Quem é que quer jogar cem francos comigo?

— Pronto, aqui estão cem francos — gritou alguém.

— Ganhou — repetiu o prestidigitador, lançando-lhe quatro notas de cem, amarrotadas.

Deixava-os ganhar de propósito, evidentemente para encorajar o público. Era o momento de jogar: agora não era difícil ganhar. Françoise via aparecer e desaparecer o rei de copas. Era desnorteante seguir o vaivém precipitado das cartas que escorregavam, saltavam, à direita, à esquerda, no meio, outra vez à esquerda.

— É idiota! — exclamou para Gerbert. — Estou sempre vendo o rei!

— Lá está ele! — gritou um homem.

— Quem aposta quatrocentos francos? — perguntava o prestidigitador.

O homem voltou-se para Françoise:

— Só tenho duzentos. Faça uma vaquinha comigo — disse precipitadamente.

A convidada

À esquerda, no meio, à esquerda, lá estava o rei de copas. Françoise pôs duzentos francos na carta.

— Sete de paus! — anunciou o prestidigitador, pegando as notas.
— Que estupidez! — exclamou Françoise.

Ficou interdita, como a mulherzinha de há pouco; um gesto tão rápido... não, não era possível ter perdido assim o dinheiro; poderia com certeza ganhá-lo outra vez. Na próxima jogada, se prestasse bem atenção...

—Vamos embora — disse-lhe Gerbert. — Estão todos combinados. Venha, senão perdemos até o último tostão.

Françoise o seguiu.

— É espantoso! — disse, encolerizada. — E no entanto eu sei bem que nunca se ganha desses tipos...

Era realmente o dia dos disparates. Tudo era absurdo: aquele lugar, as pessoas, as palavras que pronunciava. E o frio. "Mamãe tem razão", pensou, "esse casaco é muito leve".

—Vamos beber qualquer coisa? — propôs.
—Vamos àquele café; tem música.

A noite caía. "A lição já acabou, mas com certeza eles ainda estão juntos. Onde se encontrarão? Talvez tenham voltado ao Pôle Nord. Quando um lugar agrada a Xavière, ela transforma-o logo no seu ninho." Françoise revia as banquetas de couro com pregos de cobre, os vitrais, os abajures de quadrados vermelhos e brancos; tudo em vão. Os rostos, as vozes, o gosto do coquetel de hidromel, tudo adquiria um sentido misterioso que se dissiparia se ela entrasse. Sabia bem que, quando chegasse junto deles, ambos sorririam ternamente. Pierre faria um resumo da conversa. Ela tomaria uma bebida qualquer, com um canudinho. Mas nunca, nunca poderia descobrir o segredo daquele colóquio.

— É este café aqui — disse Gerbert.

Numa espécie de galpão, aquecido por enormes caloríferos e cheio de gente, uma orquestra acompanhava com grande ruído um cantor vestido de soldado.

—Vou tomar um gole — disse Françoise. — Preciso me aquecer.

Aquela garoa penetrara até o fundo da sua alma. Sentiu um arrepio. Não sabia o que fazer do corpo, nem dos pensamentos. Olhou para as mulheres que, de galochas, envoltas em xales grossos, bebiam no balcão cafés com aguardente. "Por que será que esses xales são sempre roxos?" O cantor, com o rosto vermelho, mal pintado, batia as mãos com ar malicioso, embora ainda não tivesse chegado ao refrão obsceno.

— É favor pagar já — pediu o garçom.

Françoise molhou os lábios na aguardente; sentiu na boca um gosto violento, de gasolina e mofo. Gerbert bruscamente começou a rir.

— O que é? — perguntou Françoise. E pensou: "Neste momento ele parece ter 12 anos."

— Não posso ouvir uma obscenidade, começo logo a rir — explicou Gerbert, um pouco envergonhado.

— E que foi que o fez rir agora, tão subitamente?

— A palavra "esguichar".

— "Esguichar"? Mas por quê?

— Sei lá! Sabe que, para rir, preciso ver a palavra escrita à minha frente?

A orquestra atacava um *paso doble*. No estrado, ao lado do acordeonista, havia uma grande boneca, com um chapéu de abas largas, que parecia viva. Seguiu-se um silêncio. "Gerbert vai continuar pensando que nos aborrece. Pierre não se esforçou muito para reconquistar sua confiança. Nas amizades mais sinceras, ele entra com tão pouco!" Françoise tentou arrancar-se ao torpor que a invadia. Precisava explicar a Gerbert por que razão Xavière ocupava um lugar tão grande na sua vida.

— Pierre acha que Xavière pode ser uma atriz — disse.

— Eu sei. Ele parece gostar bastante dela — comentou Gerbert. Na sua voz havia um resquício de contrariedade.

— Xavière tem um caráter esquisito, sabe? Não é fácil conviver com ela.

— Ela é gelada — disse Gerbert. — Nunca sei como vou lhe falar.

— Ela recusa qualquer gentileza que lhe façam. É bastante incômodo.

— Lá na escola, nunca fala com ninguém. Fica num canto, com os cabelos caídos no rosto.

— Uma das coisas que a exasperam mais é o fato de que eu e Pierre somos sempre amáveis um com o outro.

Gerbert esboçou um gesto de espanto.

— Mas ela sabe como são as relações entre vocês dois?

— Xavière gostaria que as pessoas se encontrassem sempre numa situação de disponibilidade em relação aos seus sentimentos. Para ela, a constância só pode ser obtida graças a sucessivos compromissos e mentiras.

A convidada

— É espantoso! Mas ela ainda não viu que vocês dois não precisam disso?

Françoise olhou para Gerbert, um pouco irritada; apesar de tudo, o amor era menos simples do que ele julgava. Era mais forte do que o tempo, mas, a despeito disso, era preciso viver dentro do tempo. O amor, no fim de contas, era feito de inquietações, de renúncias, de pequenas tristezas que surgiam a todo instante. Evidentemente, todos esses fatos contavam pouco. Mas por quê? Porque nos recusamos a tomá-los em consideração; para isso, é preciso por vezes fazer um pequeno esforço.

— Dê-me um cigarro — pediu a Gerbert. — Dá certa ilusão de calor.

Gerbert passou-lhe o maço, sorrindo. Esse sorriso era encantador, nada mais. Françoise, porém, pensava que poderia encontrar nele uma certa graça perturbadora. Que suavidade encontraria nesses olhos se os tivesse amado! Renunciara a todos esses bens preciosos sem mesmo tê-los conhecido. E nunca os conheceria. Não lamentava que as coisas se tivessem passado dessa forma, mas, enfim, pensava que esses bens perdidos mereciam certa estima.

— Não percebo o que é que Labrousse pretende fazer com Xavière... Ele parece estar completamente desorientado.

— Bem... — explicou Françoise. — Pierre se interessa normalmente pela ambição, pelo apetite ou pela coragem das pessoas. O caso de Xavière introduz um pouco de variedade nesse ritmo. Ninguém tem menos preocupação do que ela com a vida.

— Mas Labrousse interessa-se realmente por ela?

— Interessar-se por alguém... Não é fácil dizer o que significa isso, no caso de Pierre.

Françoise fixava com ar hesitante a ponta do cigarro. Antes, quando falava de Pierre, olhava para si própria. Hoje, para decifrar os seus traços, tinha que se afastar dele. Era quase impossível responder a Gerbert. Pierre recusava sempre qualquer solidariedade para com ele mesmo. Exigia de cada minuto da sua vida um progresso; com um furor de renegado oferecia o seu passado em holocausto ao presente. Quando ela julgava que o tinha ali, a seu lado, preso numa paixão duradoura, feita de ternura, de sinceridade, de sofrimento, ele já vagava como um elfo, na outra ponta do tempo, deixando-lhe entre as mãos um fantasma que ele mesmo condenava severamente, em nome das suas novas virtudes. E o pior é que ficava querendo mal às pessoas a quem enganava, acusando-as de se contentarem com um simulacro, e um simulacro obsoleto.

Françoise esmagou o cigarro no cinzeiro. Antes, achava divertido que Pierre não fosse retido pelo instante. Até que ponto, porém, ela mesma estaria defendida contra essas escapadas? Evidentemente ela tinha a certeza de que Pierre nunca aceitaria, com ninguém, a mínima cumplicidade contra ela. Com ninguém... Mas com ele mesmo? Era coisa certa, também, que ele não tinha vida interior. Era preciso muito boa vontade, porém, para acreditar completamente nisso. Françoise sentiu que Gerbert a observava disfarçadamente e dominou-se.

— Aliás, parece-me que o mais importante é que Xavière o inquieta — disse.

— Como?

Gerbert ficara surpreso. Pierre lhe parecia tão maciço, tão duro, tão perfeitamente fechado nele mesmo, que não podia imaginar sequer a mínima fenda por onde pudesse insinuar-se qualquer inquietação. E, no entanto, Xavière conseguira abrir uma brecha nessa tranquilidade. Ou teria apenas aproveitado uma brecha já existente, mas imperceptível?

— É como lhe tenho dito frequentemente: Pierre apostou tudo no teatro e na arte em geral, por uma espécie de decisão. Ora, uma decisão, quando começamos a duvidar dela, torna-se perturbadora. Xavière é um ponto de interrogação vivo — disse Françoise, sorrindo.

— Mas ele lançou-se nesse caso com muita obstinação.

— Mais uma razão: Pierre fica irritado quando alguém se atreve a afirmar, na sua frente, que tem tanto valor beber um café com leite como escrever *Júlio César*.

Françoise sentiu um aperto no coração. Poderia afirmar, na verdade, que durante esses anos Pierre nunca fora atingido pela menor sensação de dúvida? Ou ela não quisera se preocupar com isso?

— O que é que você acha disso? — perguntou Gerbert.

— Disso o quê?

— A importância dos cafés com leite...

— Sei lá. Agarro-me tanto à ideia de ser feliz... — respondeu, com ar desdenhoso, lembrando-se de certo sorriso de Xavière.

— Não vejo ligação entre as duas ideias — disse Gerbert.

— Cansa muito a gente ficar se interrogando...

A convidada

No fundo, ela se parecia com Elisabeth. Fizera um ato de fé, de uma vez para sempre. Agora, pretendia repousar tranquilamente, assentada em evidências já ultrapassadas. Seria preciso voltar a discutir tudo, desde o início, mas isso exigiria uma força sobre-humana.

— E você? — perguntou a Gerbert. — O que pensa?

— Penso que é como quisermos, segundo nossa vontade de beber ou de escrever — respondeu ele, sorrindo.

Françoise olhou-o.

— Tenho pensado muitas vezes no que você pode esperar da vida — disse ela.

— Primeiro gostaria de ter a certeza de que me deixam viver mais algum tempo.

Françoise sorriu e disse:

— É justo... Mas suponhamos que lhe dão essa probabilidade?

— Então, não sei bem. Talvez eu o soubesse melhor antigamente — disse, depois de refletir.

Françoise assumiu um ar desinteressado; se Gerbert não percebesse a importância da pergunta, talvez lhe respondesse mais à vontade.

— Mas, enfim, você está ou não está satisfeito com a sua vida?

— Há momentos bons, outros menos bons...

— Eu sei — comentou Françoise, um pouco decepcionada. Hesitou um pouco e disse: — Mas se nos limitamos a isso, a vida é um pouco sinistra.

— Depende dos dias. Tudo o que podemos dizer sobre nossas vidas, segundo me parece, não passa de palavras.

— Então, felicidade ou infelicidade são apenas palavras para você!

— São. Não percebo muito bem o que significam.

— Mas você é bastante alegre; parece ser sua tendência natural.

— Mas também me aborreço muitas vezes.

"Ele diz isso com tranquilidade. Parece-lhe normal que a vida seja um longo aborrecimento, cortado por pequenas pausas de prazer. Bons momentos, maus momentos... No fim de contas, não terá razão? O resto não será ilusão e literatura? Encontramo-nos aqui, sentados num banco de madeira dura. Está frio. Em torno de nós, alguns soldados com suas famílias. Pierre, por seu turno, está sentado em outra mesa, com Xavière; fumaram alguns cigarros, beberam qualquer coisa, disseram algumas palavras. Esses ruídos, esses vapores não se condensaram em horas misteriosas cuja intimidade proibida eu deva invejar. Eles vão separar-se e não subsistirá qualquer laço que os ligue um ao outro. Não há nada, em parte alguma, que se deva invejar, lamentar ou temer. O passado, o futuro, o amor, a felicidade, tudo isso não passa de sons que emitimos com a boca. Nada existe, além dos músicos de blusa carmesim e daquela boneca de vestido preto com um lenço vermelho em torno do pescoço e com as saias levantadas, mostrando um saiote bordado e as pernas magras. Aquela boneca, ali, basta para encher os olhos que nela possam repousar durante um presente eterno."

— Mostre-me a sua mão, linda senhora, deixe-me ler sua sorte.

Françoise estremeceu. Depois estendeu maquinalmente a mão à cigana, bonita, vestida de amarelo e roxo.

— As coisas não vão tão bem como a senhora desejaria, mas tenha paciência, pois terá em breve uma notícia que lhe dará muita alegria — disse a mulher. — A senhora tem dinheiro, mas não tanto como as pessoas julgam. É orgulhosa e por isso tem tantos inimigos. Mas há de acabar vencendo todos os aborrecimentos. Se quiser me acompanhar, revelo-lhe um segredo muito importante.

— Vá com ela — incitou-a Gerbert.

Françoise levantou-se e seguiu a cigana, que tirou do bolso um pedaço de madeira clara.

— Vou revelar-lhe o segredo: a senhora gosta muito de um rapaz moreno, mas não é feliz com ele por causa de uma moça loura. Isto aqui é um amuleto; embrulhe-o num lenço e mantenha-o consigo durante três dias. Só assim será feliz com esse rapaz. Eu não dou este amuleto a ninguém; é o mais precioso. A senhora pode tê-lo por duzentos francos.

— Não, obrigada, não quero o seu amuleto. Tome, pela leitura da sorte.

A mulher apanhou as moedas que Françoise lhe deu.

— Cem francos pela sua felicidade não é nada... Quanto quer pagar? Vinte francos?

— Nada, nada...

Voltou a sentar-se ao lado de Gerbert.

— O que foi que ela contou?

— Tolices. Ofereceu-me a felicidade por vinte francos, mas achei muito caro. No fim de contas, como você diz, trata-se apenas de uma palavra...

— Perdão, eu não disse isso! — exclamou Gerbert, aterrado por se ter comprometido a tal ponto.

A convidada

— Talvez seja verdade. Eu e Pierre usamos muito as palavras. Mas, no fundo, o que haverá por trás delas?

Subitamente sentiu-se invadida por uma angústia tão violenta, que quase teve vontade de chorar. Era como se bruscamente o mundo se houvesse esvaziado: não havia mais nada a temer, mas também nada existia para amar. Não havia absolutamente nada. Françoise se encontraria com Pierre, trocariam algumas palavras, depois se separariam... Se a amizade de Xavière e Pierre era apenas uma vã miragem, o amor de Pierre e Françoise também não existia. Havia apenas uma soma indefinida de instantes indiferentes, apenas um pulular desordenado da carne e do pensamento, com a morte no fim.

— Vamos — disse bruscamente.

Pierre nunca chegava atrasado a um encontro. Quando Françoise entrou no restaurante, ele já estava sentado na mesa de costume. Ao vê-lo, teve um movimento de alegria; mas pensou, logo a seguir, que só tinham duas horas para estarem juntos e o prazer desapareceu.

— Então, que tal foi a tarde? — perguntou Pierre, ternamente.

Um sorriso aberto arredondava-lhe o rosto e dava-lhe um ar de inocência.

— Estivemos na *Foire aux Puces*. Gerbert estava engraçado, mas fazia um tempo horrível. Perdi duzentos francos com um desses camelôs que jogam cartas...

— Mas como? Você é incrível!

Estendeu-lhe o cardápio:

— O que quer comer?

— Um *welsh*.

Pierre estudava o cardápio com ar preocupado.

— Não há ovos com maionese — constatou. Seu rosto perplexo e decepcionado não comoveu Françoise. Ela limitou-se a verificar friamente que era um rosto enternecedor.

Então, dois *welsh*.

— Quer que eu conte a nossa conversa? — perguntou ela.

— Claro! — disse Pierre calorosamente.

Françoise lançou-lhe um olhar desconfiado. Antes pensaria apenas "isto lhe interessa", e contaria tudo. As palavras e os sorrisos de Pierre, quando dirigidos a ela, representavam o próprio Pierre. Subitamente, porém, tinham passado a significar apenas sinais ambíguos que Pierre emitia deliberadamente, ficando escondido atrás deles. Hoje, Françoise só podia afirmar "ele diz que está interessado" e nada mais. Pôs a mão no seu braço e disse:

— Comece você: o que fez com Xavière? Começaram finalmente a trabalhar?

Pierre a olhou, um pouco penalizado:

— Não fizemos nada!

— Essa agora! — exclamou Françoise, sem esconder a contrariedade.

"É preciso que Xavière trabalhe", pensava, "tanto para seu bem como para o nosso. Não pode ficar vivendo durante anos como parasita".

— Passamos a maior parte da tarde brigando um com o outro.

— A propósito de quê?

Françoise sentiu que procurava dominar as expressões de seu rosto, mas sem saber muito bem o que receava que ele deixasse transparecer.

— Justamente a propósito do trabalho dela — disse Pierre, sorrindo. — Esta manhã no curso de improvisação, Bahin pediu-lhe que fizesse de conta que passeava num bosque, colhendo flores. Ela respondeu, horrorizada, que detestava flores e recusou fazer o que ele pedia. E ainda veio me contar o que tinha feito, toda orgulhosa. Claro que isso me fez perder a cabeça.

Com ar calmo, Pierre regava com molho inglês o *welsh* fumegante.

— E depois? — perguntou Françoise, impacientando-se. Pierre não se apressava, sem saber como era importante para Françoise saber tudo.

— Depois? Aconteceu o que era de se esperar; e ainda por cima ela ficou danada. Imagine: chegou toda doçura, toda sorrisos, certa de que eu ia felicitá-la, mas, afinal, humilhei-a. Explicou-me, de punhos cerrados, mas com aquela delicadeza pérfida que você conhece, que nós éramos piores do que burgueses porque, afinal, era de conforto moral que precisávamos. Ela não deixava de ter razão, mas tive um ataque de cólera terrível. Ficamos uma hora no Dôme, sentados um em frente do outro, sem descerrarmos os dentes.

Aquelas teorias sobre a vida sem esperança, sobre a inutilidade do esforço, acabavam sendo irritantes. Françoise se conteve: não queria passar o tempo criticando Xavière.

— Deve ter sido engraçado — disse ela, e pensou que era idiota aquele aperto que sentia na garganta. De qualquer forma, ainda não chegara ao ponto de precisar fingir diante de Pierre.

A convidada

— Para mim não é muito desagradável estar fervendo de raiva. Ela também parece que não detesta essa situação. Mas como tem menos resistência do que eu, no fim já estava fraquejando. Nessa altura, tentei uma aproximação. Foi difícil, porque ela estava mergulhada no ódio, mas acabei vencendo. Assinamos a paz solenemente e, para selar a reconciliação, Xavière convidou-me a tomar chá no seu quarto — disse ele, com ar satisfeito.

— No quarto dela?

Xavière não a recebia no seu quarto há tanto tempo, que Françoise não pôde deixar de sentir um certo despeito.

— E conseguiu afinal algum resultado?

— Falamos de outras coisas: contei-lhe a história das nossas viagens e imaginamos que viajávamos juntos. Improvisamos então uma série de cenas — disse, sorrindo: — um encontro no coração do deserto, entre uma excursionista inglesa e um grande aventureiro. Você pode imaginar o gênero. Ela tem imaginação, sabe? Se pelo menos conseguisse tirar partido disso...

— É preciso dominá-la bem — disse Françoise, em tom de censura.

— Eu vou conseguir. Ainda é cedo para censuras. Sabe o que ela me disse, de repente? "É formidável este momento que estou passando com você..." — acrescentou Pierre, com um sorriso estranho, ao mesmo tempo humilde e doce.

— Então foi um sucesso! — exclamou Françoise. "É formidável este momento que estou passando com você..." Teria dito isto de pé, com os olhos perdidos no vácuo, ou sentada na beira do sofá olhando Pierre bem de frente? Era inútil tentar saber como definir o matiz exato da sua voz, o perfume do quarto naquele minuto. As palavras nada mais podem fazer do que nos aproximar do mistério, sem o tornarem menos impenetrável. Pierre, ao falar, estendera apenas sobre o seu coração uma sombra mais fria.

— O que não consigo perceber — continuava ele, preocupado — é em que ponto se encontram os seus sentimentos em relação a mim. Estou ganhando terreno, creio. Mas é um terreno tão movediço...

— Você avança todos os dias.

— Não sei... Quando a deixei, estava outra vez sinistra, atravessando uma crise de autoacusação, por não ter aproveitado as lições, e de repugnância por si mesma.

Pierre olhou Françoise, muito sério, e pediu:

— Procure se mostrar simpática a ela, daqui a pouco.

— Sou sempre simpática com ela — respondeu Françoise, ríspida.
Sempre que Pierre pretendia ditar-lhe a maneira de tratar Xavière, ela se contraía. Agora que a coisa se apresentava como um dever, não tinha a mínima vontade de procurar Xavière e de ser simpática.

— É terrível o amor-próprio que ela tem! — exclamou Françoise. — Para consentir em tentar fazer qualquer coisa, teria que estar certa de um êxito imediato e deslumbrante.

— Bem, não é apenas amor-próprio.

— O que é, então?

— Ela já disse muitas vezes que lhe repugnava descer a todas essas premeditações, a toda paciência necessária.

— E você acha que isso é descer?

— Mas eu não tenho moral.

— Sinceramente; você pensa que é por moral que ela faz o que faz?

— Bem, de certa maneira é — respondeu Pierre, um pouco irritado. — Xavière tem uma atitude bem definida perante a vida, com a qual não transige; é a isso que eu chamo uma moral. Ela procura a plenitude. Ora, nós sempre aprovamos esse gênero de exigência.

— Mas há uma certa frouxidão no seu caso.

— Afinal, o que é essa frouxidão? É uma maneira de se encerrar no presente, pois só ali encontra a plenitude. Se o presente nada lhe oferece, Xavière esconde-se no seu canto, como um animal doente. Sabe o que penso? Quando se leva a inércia até esse ponto, já não podemos chamar-lhe frouxidão. A coisa assume certo ar de força. Nem você nem eu teríamos a força de vontade necessária para passar 48 horas fechados num quarto, sem vermos ninguém, sem fazermos nada...

— Talvez... — disse Françoise.

Sentiu subitamente uma necessidade dolorosa de ver Xavière. Na voz de Pierre havia um calor insólito: no entanto, a admiração era um sentimento que ele pretendia ignorar.

— Em troca — prosseguiu ele —, quando qualquer coisa a atinge, é admirável a maneira como ela a aproveita. Sinto-me tão fraco a seu lado! Mais um pouco e me sentiria humilde.

— Seria a primeira vez na sua vida que você conheceria um sentimento de humildade — exclamou Françoise, tentando rir.

— Disse-lhe, quando me despedi, que ela era uma pérola negra — disse Pierre com gravidade. — Ela encolheu os ombros. Mas eu acho que é verdade: tudo em Xavière é tão puro, tão violento...

A convidada

— Por que razão uma pérola negra?
— Por causa da espécie de perversidade que ela possui. Parece que, por vezes, tem necessidade de fazer mal, de se magoar, de se sentir odiada. É curioso — disse, sonhador. — Quando alguém lhe diz que a estima, ela fica rígida, como se tivesse medo. Até esse sentimento de estima assume para ela um caráter de prisão.
— E por isso procura libertar-se bem depressa.

Françoise hesitava; sentia-se quase tentada a acreditar naquela figura sedutora que ele apresentava. Pensava que, se muitas vezes se sentia agora separada de Pierre, devia ser, talvez, por tê-lo deixado avançar sozinho em certos caminhos de admiração e de ternura. Os olhos de ambos haviam deixado de contemplar as mesmas imagens. Agora, por exemplo, onde Pierre distinguia uma alma exigente e severa, ela via apenas uma criança caprichosa. Talvez, se consentisse em segui-lo, desistisse daquela resistência obstinada.

— Há uma certa verdade no que você disse. Por vezes sinto em Xavière algo de patético.

Sentiu, porém, mais uma vez, a rigidez invadi-la; não, aquela máscara atraente era um logro. Não se deixaria enfeitiçar. Não tinha ideia do que lhe aconteceria, se cedesse: sabia apenas que um perigo a ameaçava.

— Mas é impossível manter amizade com ela — prosseguiu, asperamente. — Xavière é de um egoísmo monstruoso. Nem mesmo podemos dizer que dá a primazia a si mesma em relação aos outros: Xavière não pensa sequer que os outros existem.

— No entanto, ela gosta muito de você — disse Pierre, em tom de censura. — E você é muito dura com ela, sabe?

— A sua forma de gostar não me agrada; trata-me como se eu fosse, ao mesmo tempo, seu ídolo e seu capacho. Talvez, lá no íntimo, contemple a minha essência com adoração. Entretanto, dispõe da minha pobre pessoa de carne e osso com uma desenvoltura que incomoda. Você compreende seu gênero de adoração: um ídolo nunca tem fome, nem sono, nem dores de cabeça... Um ídolo é adorado sem que perguntemos sua opinião sobre o culto que lhe prestamos.

Pierre riu:

— É isso... Você vai achar que sou parcial, mas essa incapacidade de Xavière manter relações humanas com as pessoas me sensibiliza.

Françoise riu também:

— Acho que realmente está sendo parcial...

Simone de Beauvoir

Saíram do restaurante. Só tinham falado de Xavière: quando não estavam com ela, passavam o tempo falando dela. Xavière tornava-se uma obsessão. Françoise olhou Pierre com tristeza: ele não lhe fizera a mínima pergunta; era-lhe perfeitamente indiferente tudo o que ela pensara durante o dia. Não seria apenas por delicadeza que ele a ouvia com certo interesse? Segurou seu braço para, pelo menos, manter o contato. Pierre apertou-lhe levemente a mão.

— Sabe que estou com pena de ter deixado de passar as noites com você?

— No entanto, seu camarim está tão bonito, todo pintado de novo...

Era terrível: mesmo nas frases ternas, nos gestos meigos, Françoise via apenas uma intenção delicada. Sentiu um arrepio. A máquina começara a funcionar contra sua vontade; como poderia deter agora a marcha da dúvida?

— Uma boa noite para você — disse Pierre, com ternura.

— Obrigada, até amanhã de manhã.

Quando o viu desaparecer na porta do teatro, sentiu que um sofrimento agudo a dilacerava. O que haveria por trás das frases e dos gestos? "Somos um só..." Graças a esta imagem cômoda, conseguira sempre evitar inquietações quanto a Pierre. Mas era apenas uma frase. Na realidade, eles eram dois. Sentira-o uma noite no Pôle Nord, e dias depois acusaria mentalmente Pierre, como se a culpa fosse dele. Mas não quisera aprofundar aquele mal-estar, refugiando-se na cólera para não ver a verdade. Pierre, porém, não tinha culpa, pois não mudara. Fora ela quem, durante anos, cometera o erro de só olhar para ele como uma justificação de si própria. Percebia hoje que Pierre vivia por sua própria conta. E qual fora o prêmio da sua confiança imprudente? Encontrar-se subitamente frente a um desconhecido. Apressou o passo. A única maneira de voltar a aproximar-se de Pierre era procurar Xavière e tentar vê-la como ele a via. Já passara o tempo em que Xavière aparecia a Françoise como um pedaço de sua própria vida. Presentemente, marchava com uma ansiedade ávida e desencorajada para um mundo estranho que, quem sabe, talvez mal se entreabrisse à sua chegada.

Ficou um instante imóvel diante da porta; aquele quarto a intimidava. Era realmente um lugar sagrado. A divindade suprema em honra da qual se celebravam os cultos, aquela para a qual ascendiam a fumaça

A convidada

dos cigarros, o perfume do chá e da lavanda, era a própria Xavière, tal como seus próprios olhos a contemplavam.

Bateu à porta, devagarinho.

— Entre — disse uma voz alegre.

Surpresa com o tom de voz, Françoise empurrou a porta. Dentro, Xavière, com um roupão verde e branco, sorria, gozando o espanto que sabia ter provocado. Um abajur vermelho lançava no quarto uma luz de sangue.

— Quer passar a tarde no meu quarto? Eu preparei uma refeição leve.

Junto da pia, a chaleira fervia num fogareiro a gás. Na penumbra, Françoise conseguiu distinguir dois pratos cheios de sanduíches de vários tipos. Não podia recusar: os convites de Xavière, apesar do seu ar tímido, correspondiam a ordens imperiosas.

— Como você é simpática — disse Françoise. — Se soubesse que se tratava de uma *soirée* de gala, teria posto um vestido de cerimônia.

— Ora, você está muito bonita assim — comentou Xavière, ternamente. — Fique à vontade. Olhe, comprei chá verde; as folhinhas parecem que ainda estão vivas. Vai ver como é perfumado.

Fechou o bico do fogareiro. Françoise já se sentia envergonhada por ter sido tão intransigente. "É bem verdade que sou dura: estou ficando velha. Como fui rude, há pouco, falando com Pierre! E, no entanto, o rosto de Xavière inclinado sobre a chaleira é de uma candura comovedora."

— Gosta de caviar vermelho? — perguntava Xavière.

— Gosto, sim.

— Ainda bem. Estava com tanto medo de que não gostasse.

Françoise olhou os sanduíches com certa apreensão: os pedaços de pão de centeio, cortados em rodelas, em quadrados, em losangos, estavam besuntados com vários tipos de compotas coloridas. Aqui e ali emergia uma anchova, uma azeitona, uma rodela de beterraba.

— São todos diferentes! — exclamou Xavière, orgulhosa, enquanto despejava nas xícaras o chá fumegante. — Pus um pouco de molho de tomate em alguns porque fica mais bonito. Mas você nem vai sentir o gosto.

— Têm um aspecto magnífico — comentou Françoise, resignada, pois tinha horror a tomate. Escolheu o que lhe pareceu menos vermelho; tinha um gosto esquisito, mas não era mau.

— Já viu as novas fotografias que comprei?

Na parede, pregados no papel de ramagens verdes e vermelhas, havia uma série de nus artísticos. Françoise examinou longamente as linhas das costas, longas e curvas, os colos expostos.

— Acho que Labrousse não gostou! — comentou ela, com um muxoxo.

— Aquela loura ali parece um pouco forte demais, mas a morena é encantadora.

— Tem uma nuca parecida com a sua — disse Xavière, com um tom de carícia na voz.

Françoise sorriu e subitamente sentiu-se libertada: desvanecera-se enfim toda a poesia negra daquele dia. Olhou o sofá, as poltronas forradas com um tecido de losangos amarelos, verdes e vermelhos, como um costume de arlequim. Gostava dessa mistura de cores arrojadas com outras esmaecidas, dessa luz fúnebre, desse odor de flores mortas e de carne viva, que boiava sempre em volta de Xavière. Fora apenas isso que Pierre conhecera desse quarto: Xavière nunca voltara para ele um rosto mais comovedor do que aquele que agora estava à sua frente. Seus traços encantadores compunham um rosto equilibrado de criança, não uma máscara inquietante de feiticeira.

— Coma mais sanduíches.

— Não tenho vontade.

— É porque não gosta — disse Xavière, desolada.

— Claro que gosto! — exclamou Françoise, tirando mais um. Conhecia bem aquela terna tirania: Xavière não procurava dar prazer aos outros; encantava-se egoisticamente com o prazer de dar prazer. Mas quem poderia censurá-la por isso? Não era amável, assim? Com os olhos brilhando de satisfação, via Françoise comer um sanduíche com um espesso purê de tomate. Seria preciso ser de pedra para não se enternecer com sua alegria.

— Aconteceu uma coisa muito boa agora há pouco — disse ela, num tom de confidência.

— O que foi?

— O bailarino preto, o bonitão! Ele falou comigo!

— Tome cuidado; olhe que a loura lhe arranca os olhos!

— Nós nos cruzamos na escada, quando eu subia com o chá e outras coisas. Ele estava formidável: vestia um sobretudo claro e um chapéu cinza-pálido que contrastavam tão bem com a pele escura!

A convidada

Até deixei cair os pacotes. Ele os apanhou e me disse, com um sorriso aberto: "Boa tarde, senhorita, bom apetite!"

— E você, o que respondeu?

— Nada — disse ela, escandalizada, mas sorrindo. — Ele é gracioso como um gato e tem o ar inconsciente e falso de um felino.

Françoise nunca prestara muita atenção ao bailarino preto. Pensando bem, ela era tão seca, em comparação com Xavière! Quantas recordações esta teria trazido da *Foire aux Puces*, enquanto ela apenas vira farrapos sujos e barracas velhas.

Xavière encheu novamente a xícara de Françoise.

— Trabalhou muito esta manhã? — perguntou Xavière, ternamente.

"Esta pergunta é deliberada", pensou Françoise. "Normalmente ela odeia o trabalho, a que eu dedico o melhor do meu tempo."

— Trabalhei bastante — respondeu. — Mas tive que parar ao meio-dia para ir almoçar com minha mãe.

— Poderei um dia ler o seu livro? — perguntou Xavière.

— Certamente. Quando quiser, mostro-lhe os primeiros capítulos.

— Qual é o assunto?

Xavière sentou-se sobre as pernas, numa almofada, e começou a soprar, de leve, o chá escaldante. Françoise a olhou com certo remorso, sensibilizada com o interesse que Xavière lhe dedicava. Devia tentar conversar a sério com ela mais frequentemente.

— É sobre minha juventude. Gostaria de explicar no meu livro por que razão somos tantas vezes infelizes quando jovens.

— Acha que somos infelizes?

— Você não... Você é uma alma pura. Mas veja — disse, refletindo. — Quando somos crianças, resignamo-nos facilmente a que não nos deem muita atenção. Depois, aos 17 anos, tudo muda; começamos a querer existir de verdade. E, como dentro de nós nos sentimos iguais ao que éramos antes, apelamos estupidamente para certas garantias exteriores.

— Como? Não percebo.

— Começamos a procurar a aprovação das pessoas, a escrever nossos pensamentos, a nos comparar com certos modelos já aprovados. Olhe o caso de Elisabeth: de certa maneira ela nunca ultrapassou esse período. É uma eterna adolescente:

Xavière riu:

— Mas você não se parece nada com Elisabeth.

— Talvez, em parte. Elisabeth nos irrita porque nos escuta servilmente, porque está sempre fazendo pose. Mas, se tentarmos compreendê-la com certa simpatia, veremos em tudo isso um esforço desajeitado para dar à sua vida e à sua personalidade um valor seguro. Mesmo o seu respeito pelas formas sociais, o casamento e a fama, representa também um aspecto dessa preocupação.

O rosto de Xavière fechou-se.

— Ora, Elisabeth é molenga e vaidosa. É tudo!

— Não, não é tudo. Precisamos compreender a origem de seus atos.

— Para que serve tentar compreender certas pessoas, se elas não valem o nosso esforço? — perguntou Xavière, encolhendo os ombros.

Françoise reprimiu um movimento de impaciência, pensando que Xavière se sentia lesada quando se falava de alguém com indulgência ou mesmo simplesmente com imparcialidade.

— De certa maneira, todas as pessoas valem o nosso esforço. Elisabeth perde a cabeça quando se examina porque por dentro se vê oca e vazia. Não vê, porém, que essa é a sorte comum. Simplesmente, quando observa as outras pessoas, ela as vê de fora, através das palavras, dos gestos, dos rostos, e tudo isso, claro, não é vazio e produz uma espécie de miragem.

— É engraçado — disse Xavière, que a escutara atenta, mas um pouco amuada. — Normalmente você não encontra tantas desculpas para ela...

— Mas não se trata de desculpar, nem de condenar.

— Já observei que Labrousse e você atribuem sempre às pessoas uma porção de mistérios. E, no entanto, elas são muito mais simples do que isso.

Françoise sorriu: era essa a censura que um dia dirigira a Pierre, dizendo-lhe que ele atribuía a Xavière sentimentos complicados demais.

— São simples quando as observamos apenas à superfície.

— Talvez — concordou Xavière, num tom delicado e negligente, que punha decididamente fim à discussão. Pousou a xícara e sorriu para Françoise com um ar insinuante.

— Sabe o que a arrumadeira me contou? Que no quarto n.º 9 mora um cara que é, ao mesmo tempo, homem e mulher.

— No n.º 9? Então é por isso que ela tem uma cara tão dura e a voz grossa. Então é um homem vestido de mulher?

— É, mas tem nome de homem. É austríaco. Parece que, quando nasceu, hesitaram; finalmente o registraram como menino. Aos 15

A convidada

anos ficou menstruado, mas os pais não alteraram seu estado civil. Aliás — acrescentou em voz baixa —, ele tem cabelos no peito e outras particularidades masculinas. Parece que foi célebre no seu país, fizeram filmes sobre seu caso e ganhou muito dinheiro.

— Calculo... Nos tempos áureos da psicanálise e da sexologia, ser hermafrodita deve render mais do que ganhar a sorte grande.

— Sim, mas, quando houve lá aquelas crises políticas, ela foi expulsa. De forma que se refugiou aqui, mas não tem dinheiro, coitada, e é infeliz porque sente inclinação pelos homens; mas eles não se interessam por ela.

— Coitada! Realmente, mesmo aos pederastas ela não deve interessar.

— Passa os dias chorando — disse Xavière, consternada. — E ainda por cima não tem culpa nenhuma. Como é que se pode expulsar uma pessoa de um país só porque é feita assim e não assado? Não é direito!

— Que quer você? Os governos arrogam-se os direitos que querem.

— É espantoso! — exclamou, num tom de censura. — Não há nenhum país onde possamos fazer aquilo que quisermos?

— Nenhum.

— Então o melhor é partir para uma ilha deserta.

— Mesmo as ilhas desertas, hoje, pertencem sempre a alguém. Não há nada a fazer.

Xavière sacudiu a cabeça.

— Hei de achar um jeito.

— Vai ser difícil. Você, como todo mundo, vai ser obrigada a aceitar uma série de coisas com que não concorda.

Xavière sorriu.

— Esta ideia a revolta? — insistiu Françoise.

— Claro que revolta.

Lançou a Françoise um olhar de esguelha:

— Labrousse lhe disse que não estava contente com o meu trabalho?

— Disse-me apenas que vocês tinham discutido longamente sobre o assunto. Pierre estava muito lisonjeado porque você o convidou para vir ao seu quarto — explicou Françoise, alegremente.

— Oh, foi porque calhou — disse Xavière secamente.

Voltou as costas a Françoise para encher a chaleira de água. Seguiu-se um silêncio. "Pierre se engana se julga que conseguiu que ela o perdoasse. Em Xavière, não é nunca a última impressão que domina.

Com certeza deve ter pensado no que se passou esta tarde, irritando-se, acima de tudo, com a reconciliação final."

Françoise a encarou. Aquela recepção encantadora não seria simplesmente um exorcismo? Não teria sido enganada mais uma vez? O chá, os sanduíches, o belo roupão verde tinham apenas a finalidade de retirar a Pierre um privilégio levianamente concedido. Sentiu um aperto no coração. Não! Era impossível dedicar-se a esta amizade: e logo sentiu na boca um gosto falso, um gosto amargo.

CAPÍTULO 7

— **Vou lhe arranjar uma taça** de salada de frutas — disse Françoise, procurando abrir, para Jeanne Harbley, uma passagem até o bufê. Tia Christine, que não abandonara a mesa, sorria a Guimiot, com adoração. Ele tomava uma café vienense, com ar condescendente. Françoise verificou, de relance, que os pratos de sanduíches e de *petits fours* estavam ainda bem cheios. Havia o dobro das pessoas que no *réveillon* do ano anterior.

— É encantadora esta decoração — dizia Jeanne Harbley.

Françoise respondeu, pela décima vez:

— É de Begramian; ele tem gosto.

Na verdade ele tivera mérito em transformar tão rapidamente em sala de dança um campo de batalha romano. Françoise, porém, não gostava muito daquela profusão de azevinho, de agárico, de ramos de pinheiro. Olhou em torno, procurando mais gente conhecida.

— Que simpático da sua parte, ter vindo! Labrousse vai ficar encantado.

— Onde está esse caro mestre?

— Lá adiante, com Berger. Vá distraí-lo um pouco, que ele precisa...

Blanche Bouguet não era mais divertida do que Berger, mas sempre distraía um pouco Labrousse, tanto mais que ele não parecia estar muito entusiasmado com a festa. De vez em quando Françoise observava seu ar preocupado. Estava inquieto por causa de Xavière, receando que ela se embriagasse ou partisse sem lhe dizer nada. Xavière sentou-se na boca da cena, ao lado de Gerbert, com as pernas balançando no ar. Tinham o aspecto de quem se aborrecia. A vitrola tocava uma rumba, mas havia tanta gente que nem se podia dançar.

"Tanto pior para Xavière", pensou Françoise. "A noite já é bastante aborrecida por si só. Se começo a levar em conta as reações de Xavière, então vai se tornar intolerável."

— Já vai embora? Que pena!

Contente, seguiu com a vista a silhueta de Abelson. Depois de partirem todos os convidados sérios, não precisaria se preocupar tanto. Dirigiu-se a Elisabeth. Há mais de meia hora que ela estava encostada a um batente, fumando, o olhar vago, sem falar a ninguém. As pessoas eram tantas que se tornava difícil atravessar a cena.

— Que simpático da sua parte, ter vindo. Labrousse vai ficar tão contente! Olhe, lá está ele, nas garras de Blanche Bouguet. Seria tão bom se conseguisse libertá-lo.

Françoise conseguiu avançar mais alguns centímetros.

—Você está formidável, Marie Ange. Esse azul e esse violeta combinam tão bem!

— É um vestidinho de Lanvin. E bonito, não é?

Só mais alguns apertos de mão, alguns sorrisos, e Françoise conseguiu atingir Elisabeth.

— Foi duro chegar aqui!

Estava realmente cansada. Aliás, nos últimos tempos, sentia-se fatigada com muita frequência.

— Quanta elegância, esta noite! — comentou Elisabeth. — Mas já reparou como todas essas atrizes têm pele feia?

A pele de Elisabeth também não estava bonita. Parecia inchada e amarela. "Está ficando desleixada", pensou Françoise. Custa a acreditar, mas seis semanas atrás, no dia da estreia, ela estava quase resplandecente."

— São os cosméticos que elas usam — respondeu.

— Mas os corpos são formidáveis — constatou Elisabeth, num tom imparcial. — Quando me lembro que Blanche Bouguet tem mais de quarenta anos!

Os corpos, de fato, eram jovens; os cabelos tinham uma cor talvez exata demais, o contorno dos rostos era firme: mas essa juventude não tinha a frescura das coisas vivas, era uma juventude embalsamada. Nem rugas, nem pés de galinha marcavam a carne bem tratada. Contudo, talvez exatamente por causa disso, o ar cansado tornava-se ainda mais inquietante. Via-se que aqueles corpos envelheciam por dentro. Podia ainda passar-se muito tempo mas, um dia, repentinamente, essa casca brilhante, que ficara fininha como papel de seda, cairia em pó. Então surgiria o corpo de uma velha, com rugas, manchas, veias inchadas, dedos nodosos.

— Acho horrível esta expressão: mulheres bem conservadas. Parece que ouço o homem do armazém quando quer vender lagosta em conserva: "É tão boa como a fresca."

— Mas olhe que eu não tenho assim tantos preconceitos em favor da juventude. Essas garotas estão tão mal arrumadas que não fazem o mínimo efeito.

A convidada

— Não acha que Canzetti está um encanto com aquela saia de cigana? E Eloy, ali adiante, e Chanaud! Evidentemente, sei que o corte dos vestidos delas não é impecável...

Aqueles vestidos um pouco desajeitados possuíam toda a graça das existências indecisas, cujas ambições, sonhos, dificuldades e recursos refletiam. O cinturão amarelo de Canzetti, os bordados que Eloy semeara no corpete pertenciam-lhe tão intimamente como seus sorrisos. Era assim que Elisabeth se vestia no passado.

— Mas elas dariam tudo para ficarem como Harbley, ou Bouguet — respondeu Elisabeth, amarga.

— Se conseguirem, ficarão como elas...

Passou em revista o palco, num relance. Todas aquelas atrizes já estabelecidas na vida, as principiantes, as falhadas, compunham uma multidão de destinos misturados, que provocava vertigens. Por vezes parecia a Françoise que essas vidas se haviam cruzado propositadamente junto dela, neste ponto do espaço e do tempo em que se encontrava. Outras vezes, porém, tudo era diferente. As pessoas encontravam-se espalhadas, vivendo cada uma para si mesma.

— De qualquer forma, Xavière está feia de verdade esta noite. Aquelas flores que pôs no cabelo são de mau gosto.

Françoise, que passara bastante tempo com Xavière, fazendo aquele ramalhete tímido, não quis, contudo, contrariar Elisabeth. No seu olhar já havia bastante hostilidade, mesmo sem Françoise estar em desacordo com ela.

— Olhe só os dois — disse.

Gerbert acendia o cigarro de Xavière, mas evitava cuidadosamente fitá-la. Estava elegante no seu terno escuro, que certamente pedira emprestado a Péclard. Xavière fitava teimosamente a ponta dos sapatos.

— Eu os estava observando, não trocaram uma palavra. São tímidos como dois namorados.

— Não é isso: têm medo um do outro. E é pena, porque poderiam ser bons camaradas.

A perfídia de Elisabeth não a atingira, pois sua ternura por Gerbert estava isenta de ciúme. Não era agradável, contudo, sentir-se odiada daquela forma. Tratava-se quase de um ódio aberto; Elisabeth nunca lhe fazia confidências. Todos os seus silêncios, todas as suas palavras eram censuras vivas.

— Bernheim me disse que vocês partiriam em *tournée* no próximo ano. É verdade?

— Não, absolutamente. Ele meteu na cabeça que Pierre vai acabar cedendo, mas engana-se. No próximo inverno Pierre vai montar a peça que escreveu.

— Logo no começo da temporada?

— Não sei ainda.

— Seria pena se vocês partissem em *tournée*.

— Eu também acho. — "Elisabeth ainda esperará qualquer coisa de Pierre?", pensou, curiosa. "Talvez queira fazer, em outubro, nova tentativa em favor de Battier." — Muita gente já está indo embora — disse.

— Ainda bem; tenho que procurar Lise Malan; parece que ela tem alguma coisa importante para me dizer.

— Vou socorrer Pierre.

Do outro lado, Pierre apertava a mão de todo mundo, mas não sabia sorrir calorosamente. E esta, precisamente, era uma arte que a mãe de Françoise tivera muito cuidado de ensinar à filha. "Em que ponto estarão as relações de Elisabeth e Battier?", pensava Françoise, enquanto se despedia das pessoas, lamentando que se fossem. "Sei que ela rompeu com Guimiot, aproveitando o pretexto de um roubo de cigarros; e que voltou para Claude. Mas as coisas não devem andar muito bem. Elisabeth nunca teve um aspecto tão sinistro!"

— Onde diabo se meteu o Gerbert? — perguntou subitamente Pierre, olhando para Xavière, sozinha no meio da cena, de braços caídos. — Por que é que as pessoas não dançam? Já há lugar!

A sua voz refletia certo nervosismo. De coração apertado, Françoise olhou aquele rosto que amara tanto tempo com uma confiança cega. Agora aprendera a conhecê-lo. Nessa noite notava-se que não estava calmo, e a tensão o tornava ainda mais frágil.

— Duas e dez — disse. — Não virá mais ninguém.

O temperamento de Pierre não o deixava tirar grande proveito dos momentos em que Xavière era amável com ele. Em contrapartida, o menor franzir de testa deixava-o furioso e com remorsos. Quando as pessoas se interpunham entre Xavière e ele, ficava inquieto e irritável.

— Está aborrecida? — perguntou Françoise a Xavière.

— Não. Só tenho pena de não poder aproveitar esta boa música de jazz para dançar.

— Mas agora pode muito bem dançar.

A convidada

Seguiu-se um silêncio. Os três sorriam, mas as palavras não vinham.

— Daqui a pouco eu lhe ensino a dançar a rumba — disse Xavière, com um entusiasmo de certa maneira excessivo.

— Prefiro um *slow* — disse Françoise. — Já sou muito velha para a rumba.

— Não diga isso! — exclamou Xavière, olhando para Pierre, com um ar de lamentação. — Ela dançaria tão bem, se quisesse...

—Você não está velha — disse Pierre.

A voz de Pierre estava alegre, assim como seu rosto, cujos menores matizes ele controlava com uma precisão inquietante. Sentia-se que devia estar fazendo um grande esforço, pois não possuía absolutamente aquela alegria leve e terna que brilhava nos seus olhos.

— Tenho exatamente a idade de Elisabeth. Estive com ela agora e isso não me consola.

— Ora, ora, não venha falar de Elisabeth... Basta se olhar no espelho.

— É, isso mesmo: ela nunca olha para o espelho — disse Xavière.

— Um dia devíamos filmá-la, sem que ela percebesse. Depois projetaríamos o filme e Françoise seria então forçada a se ver e ficaria espantada.

— Ela gosta de imaginar que é uma senhora de certa idade, gorda e madura. Se você soubesse como o seu ar é jovem, Xavière!

— Mas não tenho vontade de dançar.

Sentia-se pouco à vontade, ouvindo aquele coro de elogios.

—Vamos dançar? — sugeriu Pierre a Xavière.

Françoise os seguiu com os olhos. Era agradável vê-los: Xavière dançava com a leveza de uma sílfide, quase sem tocar no chão. Quanto a Pierre, seu corpo pesado parecia escapar às leis da gravidade, puxado por fios invisíveis: tinha a miraculosa desenvoltura de um fantoche. "Gostaria de saber dançar", pensou Françoise. Há dez anos que desistira; agora era tarde para recomeçar. Afastou a cortina e, na obscuridade dos bastidores, acendeu um cigarro. "Aqui, pelo menos, poderei descansar um pouco. Agora é muito tarde; nunca serei uma mulher que domina exatamente todos os movimentos do corpo. O que poderia adquirir hoje não seria interessante: pequenos ornatos, enfeites, nada de essencial. É isso o que significa ter trinta anos: sou uma mulher--feita. Serei, para todo o sempre; uma mulher que não sabe dançar, uma mulher que só teve um amor na vida, uma mulher que nunca desceu, de canoa, as corredeiras do Colorado, nem atravessou a pé os planaltos do Tibete. Esses trinta anos não constituem apenas um passado, que

Simone de Beauvoir

arrastei todo esse tempo. Depositaram-se em volta de mim, dentro de mim, são o meu presente, o meu futuro, a substância de que sou feita. Nenhum heroísmo, nenhum absurdo poderão alterar esta situação. Evidentemente, tenho muito tempo, antes de morrer, para aprender russo, ler Dante, visitar Bruges e Constantinopla. Na minha vida poderão ainda surgir, aqui e ali, incidentes imprevistos, novos talentos. Mas, com isso tudo, a vida será apenas esta e não outra, e nunca se distinguirá de si própria." Com um deslumbramento doloroso, Françoise sentia-se invadida por uma luz árida e branca que não lhe deixava o mínimo resquício de esperança. Ficou imóvel um momento, vendo brilhar na noite a ponta vermelha do cigarro. Foi arrancada a esse torpor por um risinho e algumas palavras sussurradas. Os corredores sombrios do teatro eram sempre muito procurados... Afastou-se silenciosamente e voltou ao palco, onde as pessoas agora pareciam se divertir bastante.

— Onde esteve? — perguntou Pierre. — Acabamos de conversar com Paule Berger. Xavière acha que ela é muito bonita.

— Eu também já a vi. Convidei-a a ficar até de madrugada.

Sentia amizade por Paule. Simplesmente, era muito difícil encontrar-se com ela sem que, logo atrás, viessem o marido e todo o resto da quadrilha...

— Ela é realmente muito bonita! — exclamou Xavière. — Não se parece com esses manequins que andam por aí.

— Eu acho que tem um certo ar de monja, ou de evangelista — disse Pierre.

Paule, que nesse momento falava com Inès, vestia um vestido comprido, de veludo negro, que lhe cobria os ombros e o colo. Bandós de um louro arruivado emolduravam seu rosto de testa grande e lisa e órbitas profundas.

— Seu rosto é um pouco ascético — comentou Xavière — mas tem uma boca tão generosa e uns olhos tão vivos...

— São transparentes — disse Pierre, sorrindo e fixando Xavière.
— Eu gosto dos olhos pesados.

"É desagradável", pensou Françoise, "ouvir Pierre falar assim de Paule. Ele, que normalmente gosta tanto dela, sente agora um prazer perverso em imolá-la gratuitamente a Xavière".

— Paule é uma bailarina extraordinária. Mas seus bailados pertencem mais à mímica do que à dança. A técnica não é muito perfeita, mas pode nos transmitir o que quiser.

A convidada

— Gostaria tanto de vê-la dançar! — disse Xavière.
— Poderia pedir a ela que dançasse... — sugeriu Pierre a Françoise.
— Tenho medo de ser indiscreta.
— Normalmente ela acede com facilidade.
— Ela me intimida um pouco, sabe?
Paule Berger era afável com todos, mas nunca se sabia o que pensava.
—Você já viu Françoise intimidada? — troçou Pierre. — Seria a primeira vez.
— Seria tão agradável se ela dançasse...
— Bem, vou falar com ela — concordou Françoise.
Aproximou-se, sorrindo, de Paule Berger. Inès tinha um ar abatido. Usava um vestido espetacular, de *moiré* vermelho, e uma rede dourada nos cabelos louros. Paule fixava-a nos olhos enquanto falava, num tom encorajador e um pouco maternal. Quando viu Françoise, voltou-se vivamente.
— Não é verdade que, no teatro, por mais dotada que a pessoa seja, isso não serve de nada se não tiver coragem e fé?
— É lógico — respondeu Françoise.
A questão não era essa e Inès sabia. No entanto, mostrou um ar contente.
—Venho lhe fazer um pedido — disse Françoise. Subitamente sentiu-se corar e teve um impulso de cólera contra Pierre e Xavière. — Se isso não a aborrece, gostaríamos muito que dançasse qualquer coisa.
— Pois não... Simplesmente, não tenho aqui música nem acessórios — respondeu Paule, com um sorriso de desculpa.
— Eu agora danço com uma máscara e um vestido comprido.
— Deve ser interessante — interrompeu Françoise.
Paule olhou Inès, hesitante.
—Você poderia acompanhar-me na dança das máquinas. E a da mulher da limpeza, posso dançar de cor. Mas o pior é que vocês já as conhecem.
— Não tem importância, gostaria de tornar a ver. Você é tão gentil. Vou mandar parar a vitrola.
Xavière e Pierre a olhavam com um ar cúmplice e divertido.
— Aceitou — disse Françoise.
—Você é uma embaixatriz formidável.
Pierre tinha um ar tão ingenuamente feliz ao dizer isso, que Françoise ficou surpresa. Xavière, por seu turno, com os olhos fixos em

Simone de Beauvoir

Paule Berger, esperava atenta. Era a mesma alegria infantil que o rosto de Pierre refletia.

Paule avançou até o meio do palco. Embora o grande público ainda não a conhecesse, todos os presentes admiravam sua arte. Canzetti sentou-se no chão, com a saia aberta em torno do corpo. Eloy estendeu-se perto de Tedesco, numa pose felina, tia Christine desaparecera e Guimiot, de pé, junto do ator que fazia Marco Antônio, sorria para Eloy. Todos pareciam interessados. Inès tocou ao piano os primeiros acordes. Lentamente, os braços de Paule animaram-se: a máquina adormecida começava a funcionar; o ritmo acelerava-se, pouco a pouco. Françoise, porém, não via as bielas, nem os cilindros, nem todos os movimentos das peças metálicas: só via Paule, mulher da sua idade, mulher que também tinha uma história, um trabalho, uma vida, mulher que dançava sem se preocupar com Françoise; daqui a pouco, quando lhe sorrisse, o faria como a qualquer outra espectadora. Para ela, Françoise não passava de uma parte do cenário. "Ah! Eu só queria poder, tranquilamente, gostar mais de mim do que dos outros", pensou Françoise, angustiada. Nesse momento, milhares de mulheres sentiam, emocionadas, bater o coração. Como poderia Françoise acreditar que se encontrava num centro privilegiado do mundo? Havia Paule, Xavière e tantas outras... E nem sequer se podia estabelecer uma comparação. Sua mão desceu lentamente ao longo da saia. "Afinal, o que sou eu?", pensou, olhando Paule, olhando Xavière, cujo rosto resplandecia numa admiração impudica. "Essas mulheres possuem recordações, gostos e ideias que as definem, caracteres bem marcados que os traços dos seus rostos refletem. Dentro de mim própria, porém, não distingo, de maneira clara, qualquer forma. A luz que me penetrou há pouco mostrou-me apenas o vácuo. Ela nunca se olha ao espelho, dissera Xavière. E era verdade. Só presto atenção ao meu rosto, para cuidar dele como se fosse um objeto estranho; no meu passado, procuro sempre as outras pessoas, as paisagens, nunca a mim própria. Mesmo as minhas ideias, os meus gostos, não compõem a minha figura, são o reflexo de verdades que me são reveladas, como esses tufos de azevinho e de agárico suspensos no ar. Também não me pertencem! "Não sou ninguém." Muitas vezes Françoise sentira-se orgulhosa, fechada, como as outras, em estreitos limitezinhos individuais. Uma noite, no Prairie, encontrara-se com Elisabeth e Xavière e sentira que era uma consciência nua, em face do mundo. Era assim que ela se via. Mas agora... Tocou no rosto: era apenas uma máscara branca. Simplesmente, era assim que as outras pessoas a viam. Com vontade, ou sem ela, fazia parte do mundo, do qual constituía uma parcela. Era uma mulher entre outras, uma mulher que crescera ao acaso, sem se impor contornos. Sentia-se incapaz de formular uma opinião sobre essa desconhecida. E, no entanto, Xavière fazia-o, quando a confrontava com Paule. Qual das duas preferiria? E Pierre? Quando a olhava, o que é que ele via? Olhou para ele, mas Pierre não a fitava. Estava olhando Xavière que, de boca entreaberta, olhos embaciados, respirando a custo, parecia fora de si; Françoise desviou o olhar, incomodada: a insistência de Pierre era indiscreta e quase obscena. O rosto de Xavière, com aquela expressão de quem está em transe, não era próprio para ser observado. Françoise estava certa de que nunca seria capaz de mostrar uma expressão de transe como aquela. Ela podia saber, com exatidão, o que não era. Mas doía conhecer-se apenas por meio de uma série de ausências.

—Viu a expressão de Xavière? — perguntou Pierre.
—Vi.

Pierre lhe fizera a pergunta sem deixar de olhar Xavière. "É isso", pensou Françoise. "Nem para mim, nem para ele, possuo traços precisos: sou invisível, informe e faço, de maneira confusa, parte dele próprio. Ele me fala como se falasse consigo mesmo, continuando a fitar Xavière."

Xavière estava realmente bela naquele momento, com os lábios túmidos e duas lágrimas correndo por suas faces lívidas. O público aplaudia.

—Tenho que agradecer a Paule — disse Françoise. "Só eu não senti nada", pensou. "Mal Paule começou a dançar, comecei a remoer uma série de pensamentos maníacos, como fazem as velhas."

Paule recebeu os cumprimentos com elegância. Françoise a admirava por saber sempre se conduzir de modo tão perfeito.

— Estou com vontade de mandar buscar as máscaras, o vestido e os discos — disse Paule, fixando em Pierre seus olhos grandes e cândidos.
— Gostaria de conhecer sua opinião.
— Estou curioso para saber em que sentido você tem trabalhado... Vejo tantas possibilidades diferentes no que acaba de nos mostrar.

A vitrola tocava um *paso doble*. As pessoas recomeçavam a dançar.

—Venha dançar esta música comigo — pediu Paule a Françoise, com autoridade.

Simone de Beauvoir

Ela seguiu-a docilmente e ainda ouviu Xavière, dizendo a Pierre, num tom amuado:
— Não, obrigada, não quero dançar.
Sentiu-se irritada. Francamente! Ficava mais uma vez com a culpa: Xavière zangara-se, e Pierre ia, mais uma vez, se zangar com ela por causa da raiva de Xavière. Paule conduzia tão bem seu par que era um prazer dançar com ela. Xavière não sabia conduzir. Cerca de 15 pares dançavam no palco. Outros tinham se espalhado pelos bastidores, pelos camarotes. Um grupo instalara-se no balcão. Subitamente Gerbert surgiu no palco, saltando como um elfo. Marco Antônio o seguiu, representando uma cena de sedução. Apesar do seu corpo, um pouco forte, tinha muita agilidade. Gerbert parecia embriagado; com a mecha de cabelos muito pretos caindo na testa, detinha-se hesitante, depois escapava, escondendo pudicamente a cabeça com o braço, e fugia, para voltar com um ar tímido e seduzido.
— São encantadores — disse Paule.
— O que é mais curioso é que o Ramblin tem realmente esses gostos... E não procura escondê-los.
— Eu já tinha pensado se seria um efeito artístico, ou natural, o lado efeminado que ele deu ao personagem de Marco Antônio.
Passavam nesse momento perto de Pierre, que falava animadamente com Xavière. Esta parecia não escutá-lo: olhava Gerbert com um ar ao mesmo tempo ávido e encantado. Esse olhar feriu Françoise: parecia um ato de posse, imperioso e secreto.
A música parou e Françoise separou-se de Paule.
— Eu também posso fazê-la dançar — disse Xavière, agarrando Françoise. A música recomeçara. Xavière, de músculos tensos, enlaçava Françoise e esta sentiu vontade de sorrir ao sentir a mãozinha crispada na sua cintura. Respirou ternamente o odor de chá, mel e carne, que era o cheiro próprio de Xavière. "Se pudesse tê-la só para mim, eu a amaria", pensou. "Essa menina imperiosa nada mais é, também, do que um pequeno pedaço do mundo, desarmado e frágil." Xavière não insistira no esforço inicial. Daí a pouco, como de costume, dançava só para ela, sem se preocupar com Françoise, que não conseguia segui-la.
— Não dá certo — disse, desencorajada. — Estou morrendo de sede. E você?
— Elisabeth está no bufê — avisou Françoise.
— Que tem isso? Eu quero beber.

A convidada

Elisabeth falava com Pierre. Como dançara muito, parecia menos soturna. Quando as viu, teve um risinho de velha comadre.

— Eu contava a Pierre que Eloy andou a noite toda atrás de Tedesco. Canzetti está louca de raiva.

— Eloy está bonita hoje — disse Pierre. — Ficou mudada com aquele penteado. Ela tem mais recursos físicos do que eu julgava.

— Guimiot me disse que ela se joga nos braços de todos os homens.

— Nos braços, é uma maneira de dizer — disse Françoise.

A frase dúbia escapara sem querer. Xavière nem pestanejou; talvez não tivesse compreendido. As conversas com Elisabeth, quando não eram dramáticas, tomavam facilmente um tom picante. Era aborrecido sentir, ali ao lado, aquela virtudezinha austera.

— Eles a tratam como capacho velho — disse Françoise. — Mas o mais engraçado é que ela é virgem e pretende continuar sendo.

— É um complexo? — perguntou Elisabeth.

— É por causa do seu tom de pele — respondeu Françoise, rindo.

Resolveu parar com as graças, pois Pierre parecia estar sendo torturado.

— Não quer dançar mais? — perguntou ele precipitadamente a Xavière.

— Estou cansada.

— Então está interessada pelo teatro? — perguntou-lhe Elisabeth, no seu tom mais simpático. — Tem realmente vocação?

— Sabe, a princípio é bastante ingrato — disse Françoise.

Seguiu-se um silêncio. Xavière era uma censura viva, dos pés à cabeça. Sua presença era cansativa. As coisas tomavam um tal peso junto dela...

— Está trabalhando atualmente? — perguntou Pierre a Elisabeth.

— Vai-se indo. Lise Malan acaba de me sondar, da parte de Dominique, para a decoração de uma boate. Talvez aceite — disse, com ar negligente.

Françoise teve a impressão de que Elisabeth gostaria de guardar segredo, mas que não pudera resistir à tentação de deixá-los deslumbrados.

— Aceite — aconselhou Pierre. — É um negócio de futuro. Dominique vai ganhar uma fortuna com essa boate.

— Ela é engraçada — disse Elisabeth, rindo.

As pessoas, para ela, estavam definidas de uma vez para sempre. Não admitia a mínima alteração nesse universo rígido onde procurava teimosamente manter seus pontos de referência.

— Ela tem muito talento — afirmou Pierre.

— Aliás, Dominique tem sido encantadora comigo. Sempre me admirou muito — disse Elisabeth, num tom objetivo.

Françoise sentiu o pé de Pierre pisando o seu, com força.

— É preciso cumprir sua promessa — disse ele. — Você é muito preguiçosa. Escute — disse, voltando-se para Françoise. — Não quer dançar essa rumba com Xavière?

—Vamos — respondeu Françoise, resignada, arrastando Xavière.

— É para nos vermos livres de Elisabeth. Iremos logo para o meu escritório — disse quando se afastaram.

Entretanto, Pierre atravessava o palco, apressado.

— Convidamos Paule e Gerbert? — perguntou Françoise, quando ele chegou perto delas.

— Não, por quê? Vamos só os três — respondeu Pierre, um pouco secamente.

Desapareceu; Françoise e Xavière o seguiram a pouca distância. Na escada, cruzaram com Begramian, que beijava fogosamente Chanaud. Uma farândola atravessou correndo o saguão do andar superior.

— Finalmente vamos poder descansar um pouco — disse Pierre.

Françoise tirou do armário uma garrafa de champanhe especialmente reservada para convidados escolhidos. Havia também sanduíches e *petits fours* que seriam servidos de madrugada, antes da partida dos convidados.

— Quer abrir essa garrafa? — disse ela a Pierre. — É incrível como a gente come poeira naquele palco. Tenho a garganta seca.

Pierre fez saltar a rolha e encheu os copos.

— Está gostando da festa? — perguntou a Xavière.

— Estou — respondeu ela, esvaziando a taça de um trago e rindo. — Céus! Como você me pareceu uma pessoa importante, quando o conheci! Recorda-se? Uma vez que estava falando com um gordo. Parecia-se com meu tio.

— E agora?

A ternura que aflorava no rosto de Pierre ainda era controlada, velada; uma ruga em torno da boca e voltaria a se mascarar com uma camada de indiferença.

— Agora é de novo você — respondeu Xavière, avançando um pouco os lábios.

Pierre abandonou o controle do rosto. Françoise olhou para ele com uma solicitude inquieta. Antes, quando olhava para Pierre, distinguia

A convidada

o universo através dele. Hoje, porém, era apenas Pierre que via. Pierre estava ali, exatamente no lugar ocupado pelo seu corpo, e podia ser percebido por uma rápida olhada.

— Sabe quem era aquele gordo? Era Berger, o marido de Paule.

— O marido de Paule? — Xavière pareceu desorientada durante um segundo. Depois acrescentou, num tom que não admitia réplicas.

— Ela não gosta dele, com certeza.

— Pelo contrário: é louca por ele. Paule era casada, tinha um filho e divorciou-se para casar com Berger, o que lhe criou uma porção de problemas, pois ela pertence a uma família muito católica. Seu pai é o romancista Masson. Nunca leu seus livros? Paule, aliás, tem um aspecto de "filha de grande homem".

— Mas ela não pode amar esse Berger, amá-lo de verdade! Deve estar enganada! — disse Xavière, com ar superior.

— Admiro o seu tesouro de experiência — disse Pierre alegremente, e, sorrindo para Françoise: — Se você a ouvisse há pouco dizer que Gerbert era do tipo que ama tão profundamente a si mesmo que nem se preocupa em agradar aos outros...

Pierre imitava tão perfeitamente a voz de Xavière que ela o olhou ao mesmo tempo divertida e zangada.

— O pior é que muitas vezes ela tem razão — disse Françoise.

— É uma feiticeira — disse Pierre, ternamente.

Xavière ria tolamente, como sempre fazia quando estava muito contente.

— O caso de Paulo Berger, na minha opinião, é o seguinte: ela é uma apaixonada fria — disse Françoise.

— Não é possível que seja fria — exclamou Xavière. — Gostei muito da sua segunda dança. Na parte final, quando vacila, fatigada, consegue transmitir um esgotamento tão profundo que se torna voluptuoso.

Seus lábios desfolharam lentamente a palavra: voluptuoso.

— Paule sabe evocar a sensualidade — disse Pierre —, mas não creio que seja sensual.

— É uma mulher que sente que o seu corpo existe — comentou Xavière, com um sorriso de secreta conivência.

"Eu não sinto que o meu corpo existe", pensou Françoise. Tratava-se de mais um ponto em que ficava se conhecendo, mas não servia de nada enriquecer indefinidamente este conhecimento negativo.

— Quando a vejo, com aquele vestido preto, comprido, lembro-me das virgens rígidas da Idade Média — disse Xavière. — Mas quando começa a mexer, é um caniço flexível.

Françoise encheu novamente a taça. Não se sentia com vontade de participar da conversa. Também poderia, se quisesse, fazer comparações com os cabelos de Paule, a sua cintura flexível, a curva dos seus braços. De qualquer forma, porém, ficaria sempre à margem da conversa, pois Pierre e Xavière só se interessavam profundamente pelo que eles próprios diziam. Seguiu-se um longo momento em branco. Françoise deixou de seguir os engenhosos arabescos que as vozes desenhavam no ar. Depois voltou a ouvir a voz de Pierre, que dizia:

— Paule Berger é do gênero patético. Ora, esse gênero é muito vacilante. O trágico puro, para mim, era seu rosto, Xavière, enquanto você a olhava dançar.

— Quer dizer que estive dando espetáculo? — disse ela, corando.

— Não, ninguém a observava. Eu lhe invejo essa possibilidade de sentir as coisas com tanta força.

Xavière olhava o fundo da taça.

— As pessoas são engraçadas — disse, com ar ingênuo. — Todos aplaudiram, mas ninguém parecia ter sido verdadeiramente atingido pela arte de Paule. E com você acontece o mesmo: talvez seja porque conhece tantas coisas, mas acho que não consegue estabelecer a verdadeira diferença.

Interrompeu-se, sacudiu a cabeça e acrescentou severamente:

— É estranho; você falou-me de Paule Berger, assim, no ar, como se falasse de uma Harbley qualquer. E arrastou-se para vê-la, como se teria arrastado para ir ao trabalho. Enquanto eu, por minha parte, nunca senti tão intensamente uma coisa.

— Realmente não estabeleço a verdadeira diferença.

Interrompeu-se. Alguém batia à porta. Era Inès, que vinha preveni-los:

— Lise Malan vai cantar suas últimas criações. A seguir, Paule vai dançar. Já fui buscar a música e as máscaras.

— Já vamos descer — disse Françoise. Inès fechou a porta.

— Estávamos tão bem aqui — exclamou Xavière, com ar amuado.

— Eu lá quero saber das canções da Lise! — disse Pierre.

— Vamos daqui a pouco.

Pierre nunca decidia as coisas assim, com ar autoritário, sem consultar Françoise. Ela sentiu que o sangue lhe subia às faces.

A convidada

— Não é correto fazer isso — comentou.

A voz saiu-lhe mais seca do que desejaria, mas, como bebera demais, tinha dificuldade em controlá-la. Na verdade, era uma falta de delicadeza não ouvir Lise Malan. Não podiam agora passar a seguir sempre Xavière em suas resoluções caprichosas.

— Eles nem vão notar nossa ausência — afirmou Pierre, com ar decidido.

Xavière sorriu. Sempre que lhe sacrificavam qualquer coisa e sobretudo alguém, em seu rosto surgia uma suavidade angélica.

— Devíamos ficar aqui para sempre! — exclamou, rindo. — Fecharíamos a porta à chave, instalaríamos uma roldana na janela, para receber a comida.

—Você então me ensinaria a estabelecer a verdadeira diferença... — disse Pierre, que prosseguiu, olhando para Françoise. — É uma feiticeira autêntica. Vê todas as coisas de uma forma nova. E essas coisas começam a existir para nós, tais como ela as vê. Nos outros anos despedíamo-nos dos convidados e ficávamos sozinhos com as nossas preocupações. Este ano, porém, passamos uma verdadeira noite de Natal.

— Realmente — disse Françoise.

As palavras de Pierre não se dirigiam a ela, nem a Xavière.

Pierre falara para si mesmo, e esse fato representava a maior transformação: anteriormente, ele vivia para o teatro, para Françoise, para as ideias, sempre era possível colaborar com ele; não havia, contudo, qualquer forma de participar das suas relações consigo próprio. Françoise esvaziou a taça. "Preciso de uma vez para sempre olhar de frente todas as alterações que se verificaram. Há dias e dias que todos os meus pensamentos têm um sabor ácido. As coisas dentro de Elisabeth devem se passar assim. Ora, é preciso exatamente proceder de forma diferente de Elisabeth. Preciso ver claro." Sentia, porém, um redemoinho avermelhado e doloroso dentro da cabeça.

— Precisamos descer — disse bruscamente.

— Temos que ir mesmo — disse Pierre.

Xavière fez uma careta: — Quero acabar meu champanhe.

— Beba depressa — pediu Françoise.

— Mas não quero beber depressa. Quero beber e acabar o cigarro ao mesmo tempo.

Jogou a cabeça para trás.

— Não quero descer.
— Mas você queria tanto ver Paule dançar — disse Pierre.
—Venha, temos de descer.
—Vão sem mim. Quero acabar o champanhe — disse, refestelando-se na poltrona, teimosa.
— Então até logo — disse Françoise, empurrando a porta.
— Ela vai beber até cair — disse Pierre, inquieto.
— Xavière está ficando insuportável com tantos caprichos!
— Não era um capricho — disse Pierre, com dureza. — Ela estava apenas contente por nos ter um momento com ela.

Desde que Xavière parecia gostar dele, tudo estava certo, é claro. Françoise quase fez um comentário, mas calou-se. Presentemente guardava muitas reflexões para si mesma.

— Teria sido eu que mudei?

Assustava-se ao constatar subitamente quanta hostilidade pusera nesse pensamento.

Paule vestia uma espécie de manto de lã branca e segurava uma máscara de rede, com malhas apertadas.

— Sinto-me intimidada, sabe? — disse, sorrindo.

Havia pouca gente no palco. Paule escondeu o rosto sob a máscara. Nesse momento eclodiu uma música violenta nos bastidores e ela deu um salto para o palco. Sua dança representava uma tempestade e, na verdade, seu corpo era um furacão à solta. Ritmos secos e lancinantes, inspirados nas orquestras hindus, serviam de base aos seus gestos. Na cabeça de Françoise dissipou-se o nevoeiro. Via agora, com lucidez, o que havia entre ela e Pierre: ambos tinham construído um edifício impecável, dentro do qual se abrigavam, sem se inquietar com o que poderia conter. Pierre ainda repetia: "Somos apenas um", mas ela já descobrira que ele vivia para si mesmo. Sem perder a forma, o amor deles, a sua vida, esvaziava-se lentamente da substância que possuía, tal como essas grandes lagartas de pele invulnerável que contêm, na carne mole, minúsculos vermes que as roem implacavelmente. "Vou falar-lhe", pensou. Sentia-se aliviada. Assim, poderiam defender-se do perigo; só precisavam preocupar-se mais atentamente com cada instante. Voltou a prestar atenção a Paule, procurando não se deixar distrair da contemplação dos seus belos gestos.

— Você deveria dar um recital o mais cedo possível — disse-lhe Pierre calorosamente, quando ela terminou.

A convidada

— Tenho medo, sabe? — comentou Paule, ansiosa. Berger diz que esse tipo de dança não constitui uma arte que se basta a si própria.

— Deve estar cansada — disse-lhe Françoise. — Tenho um ótimo champanhe lá em cima. Vamos bebê-lo no saguão, é mais confortável do que aqui.

O palco agora era vasto demais para as poucas pessoas que dançavam e estava cheio de tocos de cigarros, caroços, pedaços de papel.

— Tragam os copos e os discos — pediu Françoise a Inês e Canzetti.

Arrastou Pierre para junto do quadro da eletricidade, a fim de desligar a chave.

— Gostaria que a festa acabasse depressa, para dar uma volta só com você.

Pierre a olhou com certa curiosidade: — Vamos, sim. Mas, não se sente bem?

— Sinto-me, claro! Mas gostaria de lhe falar. Essas festas são deprimentes.

Sua voz refletia certa irritação. Pierre parecia não ver que ela podia ser vulnerável não só no corpo. Começaram a subir a escada, lentamente. Pierre segurou seu braço:

— Notei que você estava triste — disse.

Françoise encolheu os ombros, sua voz tremia.

— Quando observamos a vida de toda essa gente, Paule, Elisabeth, Inês, ficamos impressionados. Pergunto a mim mesma como é que eles nos veem também.

— Não está contente com a vida? — perguntou Pierre, inquieto.

Françoise sorriu, pensando: "A coisa não é grave. No fim de contas, desde que explique tudo a Pierre, as preocupações vão desaparecer."

— O pior — prosseguiu — é que não podemos ter provas. Temos que acreditar nas coisas por um ato de fé.

Interrompeu-se. Pierre, com expressão tensa e quase dolorosa, fixava, no alto da escada, a porta do camarim onde haviam deixado Xavière.

— Deve estar completamente embriagada — disse.

Largou o braço de Françoise e subiu precipitadamente os últimos degraus.

— Não se ouve nada.

Ficou imóvel por um momento. A inquietação que transparecia em seu rosto não era tranquila como a que Françoise lhe inspirara. A de agora o feria, embora contra a vontade. Françoise empalideceu.

Se ele lhe tivesse bruscamente batido, o choque não seria mais violento. Nunca mais poderia esquecer a forma como esse braço amigo, sem hesitação, se separara do seu.

Pierre abriu a porta. Deitada no chão, em frente da janela, Xavière, enrolada sobre si mesma, dormia profundamente. Pierre debruçou-se sobre ela. Françoise tirou do armário uma caixa com sanduíches, um cesto de garrafas e saiu sem fazer comentários. Tinha vontade de fugir, para tentar pensar e chorar à vontade. Afinal, as coisas tinham chegado ao ponto em que um muxoxo de Xavière contava mais do que todo o seu desespero. E, no entanto, Pierre continuava a dizer que a amava.

A vitrola tocava uma velha ária melancólica. Canzetti pegou o cesto das mãos de Françoise e, instalada atrás do bar, foi passando as garrafas a Ramblin e a Gerbert, sentados com Tedesco nos tamboretes. Paule, Inès, Eloy e Chanaud sentaram-se perto dos vitrais.

— Quero um pouco de champanhe — pediu Françoise.

Sentia a cabeça girar. Parecia que qualquer coisa dentro dela, uma artéria, uma costela, o coração, estava prestes a estalar. Como não estava habituada a sofrer, sua dor lhe parecia insuportável. Canzetti aproximou-se, trazendo com precaução a taça cheia. Sua saia comprida dava-lhe um ar majestoso, de jovem sacerdotisa. Subitamente Eloy colocou-se entre as duas, também com uma taça na mão. Françoise hesitou um segundo, depois pegou a taça que Eloy lhe oferecia.

— Obrigada — disse, sorrindo para Canzetti, como quem pede desculpa.

Canzetti lançou um olhar de ódio a Eloy.

— Enfim, cada um vinga-se como pode — murmurou entre dentes. Eloy, também entre dentes, murmurou qualquer coisa que Françoise não ouviu.

— Você se atreve a dizer isso! — exclamou Canzetti. — E logo diante de Françoise!

E deu-lhe uma bofetada. Eloy olhou-a um momento, desorientada, e depois lançou-se sobre ela. Agarradas pelos cabelos, começaram a brigar com os maxilares contraídos. Paule Berger tentou separá-las.

— Que loucura é essa? — disse, colocando as mãos nos ombros de Eloy.

Ouviu-se um riso agudo. Era Xavière que entrava, de olhar fixo, branca como giz. Pierre vinha atrás dela. Todos se voltaram para eles. Então Xavière parou subitamente de rir.

A convidada

— É horrível essa música — disse, avançando até a vitrola com ar sombrio e decidido.
—Vou pôr outro disco — disse Pierre.
Françoise olhou-o, espantada do sofrimento que sentia. Até agora, quando pensava "estamos separados", essa separação constituía ainda uma infelicidade comum, que atingia os dois e que ambos poderiam remediar. Agora, porém, compreendia tudo: "estar separados" significava viver a separação sozinha.

Entretanto, Eloy, com a testa encostada nos vidros, chorava suavemente. Françoise passou-lhe um braço pelos ombros.

Sentia uma certa repugnância por esse corpo tão manuseado e sempre intato. Seu gesto, porém, constituía um disfarce cômodo.

—Vamos, não chore — disse Françoise, sem pensar no que dizia.

Havia algo de apaziguador naquelas lágrimas, na carne tépida. No meio do saguão Xavière dançava com Paule e Gerbert com Canzetti. Seus movimentos eram febris, mas os rostos não tinham vivacidade. Para todos, esta noite já tinha uma história, que se transformava em fadiga, em decepção, em tristeza, e que lhes apertava o coração. Sentia-se que receavam o momento da partida, mas que também já não tinham prazer em continuar ali. O desejo de todos era deitar no chão e dormir, como Xavière fizera há pouco. Françoise também só tinha esse desejo. Lá fora, as silhuetas negras das árvores começavam a destacar-se no céu pálido.

Françoise sobressaltou-se: Pierre estava a seu lado.
—Tenho de fazer a ronda do teatro antes de sair. Quer vir comigo?
—Vou, sim.

Não adiantava ser tão simpático. Ela gostaria era que Pierre a fitasse com aquela expressão sem autodomínio com que fitara Xavière quando ela dormia.

— O que há? — perguntou Pierre.

A sala estava mergulhada na obscuridade e ele não podia ver que os lábios de Françoise tremiam. Ela dominou-se.

— Não há nada. O que poderia haver? Não estou doente, a festa correu bem. Portanto, está tudo bem.

Pierre pegou-lhe no pulso; ela libertou-se bruscamente.

—Talvez tenha bebido demais — disse, com um riso estranho.

Os dois se sentaram na primeira fila da plateia.

— O que se passa com você? Parece zangada. O que é que eu fiz? — indagou Pierre.

— Não fez nada — respondeu Françoise, ternamente.
Pegou na mão de Pierre, pensando que era injusta, zangando-se com ele. Pierre era tão simpático.
— Naturalmente, não fez nada — repetiu com a voz embargada, largando-lhe a mão.
— Não será por causa de Xavière? Mas você sabe que isso não pode alterar nossa vida. E, como também sabe, se essa história lhe desagrada, nem que seja só um pouquinho, basta que me diga...
— Não se trata disso! — disse Françoise, vivamente.
Não seria à custa de sacrifícios que Pierre poderia devolver-lhe a alegria. Evidentemente, quando ele pensava no que fazia, colocava-a acima de tudo. Mas hoje Françoise não se dirigia àquele homem cheio de escrupulosa moralidade e de ternura refletida. Gostaria de atingi--lo em sua nudez, para além da estima, das hierarquias, da aprovação de si próprio.
Conseguiu dominar as lágrimas.
— O que há — disse — é que tenho a impressão de que nosso amor está envelhecendo.
Mal acabou de dizer estas palavras, as lágrimas começaram a correr.
— Envelhecendo! — exclamou Pierre, escandalizado. — Mas meu amor por você nunca foi tão forte. Por que pensa assim?
"Evidentemente", pensou Françoise, "ele pretende sossegar-me e sossegar a si próprio".
—Você não nota... Aliás não me admiro... Para você, nosso amor é tão importante que o coloca em segurança, fora do tempo, fora da vida, fora do nosso alcance. De vez em quando pensa nele com satisfação, mas nunca observa verdadeiramente como ele se transforma.
Começou a soluçar.
— Ora... — disse, bebendo as lágrimas. — Eu quero observar.
— Calma — pediu Pierre, apertando-a contra o peito. — Está delirando.
Françoise o afastou. Pierre estava enganado se achava que ela lhe falava para que ele a acalmasse. As coisas seriam muito simples, se fosse possível desmontar assim seus pensamentos.
— Não, não estou delirando. Talvez fale assim porque estou um pouco embriagada. Mas há dias que penso nisso.
— Podia ter me dito há mais tempo — disse Pierre, irritado. — Não compreendo. Afinal, de que me acusa?

A convidada

Ele se pusera na defensiva. Tinha horror a ser surpreendido em falta.

— Não o acuso de coisa nenhuma. Pode continuar com a consciência absolutamente tranquila. Mas será isso a única coisa que conta? — perguntou-lhe violentamente.

— Esta cena não tem pés nem cabeça. Eu gosto de você, mas, se não acredita, não posso obrigá-la a acreditar.

— Acreditar, acreditar... É assim que a pobre Elisabeth acredita que Battier gosta dela e talvez até que ela gosta dele. Evidentemente, isso nos dá uma sensação de segurança. Você precisa que seus sentimentos tenham sempre o mesmo aspecto, que estejam sempre à sua volta, bem ordenados, imutáveis. Mesmo que já não tenham nada dentro, isso não importa. São como os sepulcros caiados de que fala o Evangelho. Nosso amor também é, na parte exterior, sólido e fiel. Podemos mesmo, de vez em quando, dar-lhe uma caiadela de palavras bonitas.

Teve novo acesso de lágrimas:

— Mas nunca devemos examiná-los; só encontraríamos cinza e pó. Cinza e pó: é de uma evidência ofuscante — exclamou, escondendo o rosto no braço.

Pierre a largou.

— Pare de chorar. Gostaria de conversar com calma. — Lá ia ele, com certeza, encontrar belos argumentos para convencê-la. E seria tão cômodo ceder... Mas Françoise não queria mentir a si mesma, como fazia Elisabeth. Continuou a chorar teimosamente.

— Afinal, não há nada de grave — disse Pierre docemente, acariciando-lhe os cabelos. Françoise sobressaltou-se.

— É grave, tenho a certeza. Seus sentimentos são inalteráveis, podem atravessar os séculos porque não passam de múmias. São como essas mulheres que estiveram aqui — exclamou, lembrando-se subitamente do rosto de Blanche Bouguet; — não se alteram, estão embalsamadas.

— Está sendo extremamente desagradável. Chore ou discuta, mas cada coisa por sua vez. Escute — disse-lhe, dominando-se. — É evidente que raras vezes sinto essa perturbação, esse bater de coração. Mas será isso que constitui a realidade de um amor? Por que razão só hoje, bruscamente, isso lhe causa indignação? Sempre fui assim...

— Sua amizade por Gerbert é parecida — disse Françoise. — Nunca o procura, nunca o vê e, no entanto, zanga-se quando alguém diz que sua afeição por ele diminuiu.

— A verdade é que não sinto muita necessidade de ver as pessoas.

— Não sente necessidade de coisa alguma. Para você tudo é indiferente.

Françoise chorava desesperadamente. Horrorizava-a pensar no momento em que deixaria de chorar para entrar no mundo dos enganos clementes. Precisava encontrar uma forma de fixar para sempre o minuto presente.

— Ah, vocês estão aí! — disse uma voz.

Françoise levantou-se. Era espantoso como os soluços, embora irresistíveis, podiam parar de repente. A silhueta de Ramblin surgiu na ombreira da porta.

— Fiquei encurralado aqui. Calculem que Eloy me arrastou para um canto escuro, tentando me explicar como o mundo é mau. Depois quis submeter-me às maiores violências... Tive uma dificuldade enorme em defender a minha virtude — disse, levando a mão ao sexo num gesto pudico, como as Vênus dos quadros.

— Ela não tem sorte — disse Pierre. — Já tinha tentado, em vão, o seu poder de sedução sobre Tedesco.

— Se Canzetti não estivesse presente, não sei o que teria acontecido — disse Françoise.

— Notem que não tenho preconceitos — exclamou Ramblin. — Mas francamente, acho essa maneira de proceder desagradável.

Apurou o ouvido.

— Estão ouvindo alguma coisa?

— Não, o que é?

— Parece alguém que respira.

Na verdade ouvia-se um leve ruído, que parecia uma pessoa respirando.

— Quem será?

Subiram ao palco. A escuridão era profunda.

— À direita — disse Pierre.

Atrás da cortina de veludo havia um corpo estendido por terra. Debruçaram-se.

— É Guimiot. Estava admirado que tivesse partido antes de esvaziar a última garrafa.

Guimiot, com a cabeça apoiada num dos braços, dormia como um anjo. Era realmente bonito.

— Vou acordá-lo e levá-lo para cima — disse Ramblin.

— Bem, acabamos a volta de inspeção — disse Pierre.

A convidada

O saguão estava vazio. Enquanto Pierre fechava a porta, dirigia-se a Françoise:

— Gostaria de prosseguir com nossa conversa. É duro ver que você duvida do nosso amor.

Françoise olhou aquele rosto preocupado e sério e sentiu-se tentada a acreditar nele.

— Não acho que tenha deixado de gostar de mim — respondeu.

— Mas você disse que nosso amor é como um velho cadáver que arrastamos. Ora, isso é injusto. Em primeiro lugar, não é verdade que eu não tenha necessidade de você. Quando estamos juntos, nunca me aborreço. Minha primeira preocupação, quando me acontece qualquer coisa, é lhe contar tudo. Só então as coisas me acontecem realmente. É verdade que não me preocupo sempre com você, mas isso é porque somos felizes. Se estivesse doente, se cometesse qualquer deslealdade, eu ficaria fora de mim.

Disse estas últimas palavras com um ar ao mesmo tempo calmo e convencido, que provocou em Françoise um risinho de ternura. Ela segurou seu braço e subiram juntos para os camarotes.

— Sou a sua vida... Mas você não sente, como eu nesta noite, que nossas vidas se encontram por aí, em torno de nós, sem que possamos escolhê-las? Compreende? Você também nunca me escolhe. Simplesmente, já não tem liberdade para deixar de gostar de mim.

— De qualquer forma, o fato é que gosto de você. Pensa realmente que a liberdade consiste em pôr tudo em jogo, a cada instante? Dissemos tantas vezes, a propósito de Xavière, que, se assim fosse, nos tornaríamos escravos dos menores acessos temperamentais.

— Sim, isso é verdade — concordou Françoise.

Sentia-se muito fatigada para raciocinar claramente. No entanto, lembrava-se muito bem do rosto de Pierre, quando lhe largara o braço, no alto da escada; essa era uma evidência irrefutável.

— No entanto — prosseguiu ela arrebatadamente —, a vida é feita desses momentos. Se todos são vazios, nunca conseguirá convencer-me de que o conjunto seja cheio.

— Mas eu passo muitos momentos plenos a seu lado. Isso não é bem visível? Você fala como se eu fosse um brutamontes indiferente.

Françoise tocou-lhe o braço.

— Não quis dizer isso. Simplesmente, eu nem posso distinguir os momentos cheios dos vazios, pois você é sempre perfeito.

— E daí conclui que são todos vazios! Que bela lógica. Bem, vou passar a ter também os meus caprichos.

Olhou para Françoise com ar de censura.

— Por que está tão perturbada? Sabe muito bem que a amo muito.

Françoise desviou o rosto.

— Não sei... Deve ser uma vertigem. — Hesitou um instante e depois prosseguiu: — Assim, por exemplo, você me ouve sempre com a mesma delicadeza quando falo de mim, quer o caso lhe interesse ou não. Então fico pensando: se fosse menos delicado, em que ocasiões me escutaria?

— Mas o que você diz me interessa sempre! — exclamou Pierre, espantado.

— No entanto, nunca faz perguntas manifestando interesse.

— Eu penso que, quando tem qualquer coisa a me dizer, você me diz.

Olhou-a com certa inquietação e indagou:

— Quando é que isso aconteceu?

— O quê?

— Eu não ter feito perguntas?

— Sei lá... Algumas vezes, nos últimos tempos — disse Françoise, com um risinho. — Você tem andado distraído.

Hesitava em falar. Diante da confiança de Pierre sentia-se envergonhada. Cada silêncio era uma armadilha em que Pierre cairia inocentemente, sem pensar. Não seria ela, portanto, que mudara? Não seria ela que mentia, falando de amor sem nuvens, de felicidade, de ciúme vencido? Suas palavras, sua conduta não correspondiam completamente aos movimentos de seu coração. Pierre, porém, continuava a crer. Seria fé, ou indiferença?

Os camarotes e os corredores estavam vazios. Tudo parecia em ordem. Atravessaram em silêncio o saguão e o palco. Pierre sentou-se na beira do proscênio.

— Na verdade, reconheço que por vezes, nos últimos tempos, tenho sido negligente com você. Se tivesse sido verdadeiramente perfeito, não se teria inquietado.

— Talvez. Mas acho que nem podemos falar de negligência. Parece-me — disse com voz mais firme — que, nos momentos em que você deixava expandir livremente seus sentimentos, eu contava pouco.

— Quer dizer com isso que somente sou sincero quando me sinto culpado? E que, quando sou correto com você, é porque me esforço? Está compreendendo o alcance do seu raciocínio?

A convidada

— Acho que é defensável.

— Claro. Se você parte da ideia de que minhas atenções me condenam tanto quanto minhas faltas de atenção, evidentemente minha maneira de proceder lhe dará sempre razão. Mas escute — disse, pegando-lhe nos ombros: — tudo isso é falso, ridiculamente falso. Não sinto por você apenas um fundo de indiferença, que viria à tona de vez em quando. Eu a quero e quando, por acaso, por causa de um aborrecimento qualquer, esse sentimento é menos forte durante cinco minutos, você mesma afirma que essa diminuição é logo visível. Não me acredita? — perguntou.

— Acredito.

E, na verdade, acreditava. No entanto, não era essa exatamente a questão em jogo. E já não sabia muito bem qual era a questão.

— Você é tão ajuizada, Françoise. Não recomece. Acho — disse, apertando-lhe a mão — que começo a compreender seu ponto de vista. Tentamos construir nosso amor para além de cada instante. Só ele, no entanto, é seguro. Quanto ao resto, necessitamos de fé. E a fé é coragem ou preguiça?

— É isso que perguntava a mim mesma, há pouco...

— Eu também penso assim, por vezes, no que diz respeito ao meu trabalho. Irrito-me quando Xavière diz que me agarro ao trabalho por uma questão de segurança moral. E, no entanto, não será verdade?

Françoise sentiu-se angustiada. Nunca poderia suportar ver Pierre pôr em dúvida a sua obra.

— Há um pouco de teimosia cega no meu caso — prosseguia ele.

— Sabe o que acontece com as abelhas? Quando fazemos um buraco no fundo de suas colmeias, as pobrezinhas continuam a lançar ali o mel, com a mesma tranquilidade. Ora, acho que comigo acontece mais ou menos o mesmo.

— Pensa assim, realmente?

— Outras vezes sinto-me como um heroizinho que segue seu caminho sempre para a frente, no meio das trevas — continuou Pierre, enrugando a fronte, com ar ao mesmo tempo resoluto e estúpido.

— Mas na verdade você é um heroizinho — disse Françoise, rindo.

— Daria tudo para acreditar nisso.

Pierre levantou-se e ficou imóvel, encostado ao batente. Lá em cima a vitrola tocava um tango. Havia gente que continuava a dançar. Era preciso procurá-los.

— É esquisito — disse Pierre. — Essa criatura, com sua moral que nos coloca numa posição abaixo de tudo, me incomoda. Sabe o que acho? Se conseguisse que gostasse de mim, recobraria toda a segurança anterior... Teria a impressão de ter forçado sua aprovação.

— Ora, ora... Ela pode amá-lo e ao mesmo tempo censurá-lo.

— Nesse caso, seria apenas uma censura abstrata. Obrigá-la a gostar de mim corresponderia a impor-me ao seu espírito, introduzir-me no seu mundo e triunfar segundo os seus próprios valores. Como sabe — disse, sorrindo — esse é o gênero de triunfo de que tenho uma necessidade maníaca.

— Eu sei.

Pierre fixou-a com ar sério.

— Simplesmente, não quero que essa mania censurável me leve a estragar nossas relações.

— Mas já disse há pouco: isso não estragaria nada.

— Não estragaria nada de essencial. O caso é que, quando estou inquieto por causa dela, sou negligente com você; quando a olho, não vejo você. Pergunto a mim próprio — disse com voz ansiosa — se não seria melhor parar com essa história. Afinal, não é amor o que sinto por ela. É uma espécie de superstição. Se ela resiste, eu teimo; mas se estou certo de vencer, sinto-me indiferente. Se decidir nunca mais vê-la, estou certo que de um minuto para outro deixarei de pensar no caso.

— Mas não há qualquer razão para proceder assim — exclamou Françoise com vivacidade.

Evidentemente, se Pierre tomasse a iniciativa do rompimento, não lamentaria o caso. Sua vida recomeçaria tal como era antes de conhecer Xavière. Françoise sentiu, um pouco espantada, que essa segurança só despertava nela uma espécie de decepção.

Pierre disse, sorrindo: — Xavière não me traz absolutamente nada. Não precisa ter o mínimo receio. Mas reflita bem, Françoise — pediu com voz grave; — o caso é sério. Se pensar que há qualquer perigo para o nosso amor, fale. De forma alguma quero correr esse perigo.

Seguiu-se um silêncio. Françoise sentia a cabeça pesada. Era como se não tivesse corpo. Seu coração também lhe parecia silencioso, como se um muro de fadiga e de indiferença a separasse de si mesma. Agora, perante a própria vida, ela era apenas uma testemunha calma e indiferente, sem ciúmes, sem amor, sem idade, sem nome.

— Já refleti — respondeu. — Não há qualquer problema.

A convidada

Pierre colocou o braço em seus ombros, com ternura, e assim subiram até o primeiro andar. O dia já nascera. Todas as pessoas mostravam agora os rostos cansados. Françoise abriu uma porta e saiu para o terraço. Estava frio. Começava um novo dia. "E agora? O que vai acontecer?" De qualquer forma, acontecesse o que acontecesse, não poderia proceder de outra forma. Sempre recusara viver entre sonhos. Nunca aceitaria fechar-se num mundo mutilado. Xavière existia, não se podia negar este fato. Agora era preciso assumir todos os riscos que sua existência comportava.

— Venha para dentro — pediu Pierre. — Está frio.

Fechou a porta. Amanhã talvez sofresse, talvez chorasse. Nesse momento, porém, não sentia a mínima compaixão por essa mulher atormentada em que brevemente se transformaria. Olhou Paule, Gerbert, Pierre, Xavière. Sentia apenas uma curiosidade impessoal, uma curiosidade tão violenta que tinha o calor da alegria.

8
— CAPÍTULO —

— **Evidentemente, vê-se que o papel** ainda não veio à tona: sua representação é muito interior. Mas sente o personagem, e todos os matizes são justos — disse Françoise.

Sentou-se na beira do sofá, ao lado de Xavière, e passou-lhe o braço pelos ombros.

— Juro-lhe por tudo o que quiser que pode apresentar a cena a Labrousse. Está bem, sabe? Está muito bem.

Já era um êxito ter conseguido que Xavière lhe recitasse o monólogo. Precisara pedir durante uma hora; sentia-se esgotada. Tudo isso, porém, de nada serviria se não a convencesse a trabalhar com Pierre.

— Não me atrevo! — exclamou Xavière, desesperada.

— Mas Labrousse não mete medo a ninguém — disse Françoise, sorrindo.

— Isso diz você... Como professor, me dá medo.

— Tanto pior. De qualquer forma, você está trabalhando nessa cena há um mês. A coisa começa a tornar-se psicastênica. É preciso encontrar uma saída.

— Bem que eu gostaria.

— Escute, tenha confiança em mim — disse Françoise. — Não a aconselharia a afrontar o julgamento de Labrousse se não achasse que você está pronta. Fico responsável por você.

Fixou-a nos olhos: — Não acredita em mim?

— Acredito. Mas é terrível sentir alguém nos julgando.

— Quando queremos trabalhar, temos de jogar fora o amor-próprio. Seja corajosa e proceda assim logo no início da lição.

Xavière concentrou-se.

— Vou fazê-lo — disse, compenetrada. — Cerrou as pálpebras: — Gostaria tanto que você ficasse um pouco contente comigo.

— Tenho a certeza de que você será uma atriz de verdade — disse-lhe Françoise, com ternura.

— Sua ideia foi boa — exclamou Xavière, com o rosto iluminado.

— O fim fica muito melhor se o disser de pé.

A convidada

Levantou-se e declamou, com vivacidade:
— *Se as folhas deste ramo forem em número par, entrego-lhe a carta... Onze, 12, 13, 14... par.*
— Magnífico — exclamou Françoise, alegremente.

As inflexões da voz, os gestos de Xavière por enquanto não passavam de indicações, embora engenhosas e encantadoras. "Se fosse possível insuflar-lhe um pouco de vontade"— pensou Françoise. Mas seria fatigante levá-la assim nos braços até o êxito.

— Aí vem Labrousse — disse Françoise, reconhecendo os passos.
— Ele é de uma pontualidade exemplar.

Abriu a porta.

— Boa tarde! — disse Pierre, sorrindo alegremente.

O pesado sobretudo, de pelo de camelo, dava-lhe o ar de um urso.

— Que coisa chata! — exclamou. — Passei o dia fazendo contas com Bernheim.

— Nós não perdemos nosso tempo — disse Françoise. — Xavière repetiu sua cena de *A ocasião*. Vai ver como ela tem trabalhado!

Pierre voltou-se para ela, encorajando-a.

— Estou às suas ordens.

Xavière tinha tanto medo de se arriscar fora de casa, que acabara aceitando tomar lições no seu quarto. Contudo, não se mexeu para deixar o quarto de Françoise.

— Agora, não — pediu, com voz suplicante. — Podemos esperar um pouco mais?

Pierre consultou Françoise com o olhar:
— Podemos ficar mais um pouco?
— Até as seis e meia.
— É isso: só meia hora — disse Xavière, olhando alternadamente Françoise e Pierre.
— Parece fatigada — disse Pierre a Françoise.
— Acho que estou incubando uma gripe. É esse tempo...

"Era o tempo", pensou, "e também a falta de sono". Pierre tinha uma saúde de ferro e Xavière desforrava-se durante o dia, de forma que podiam troçar de Françoise quando ela pretendia deitar-se um pouco por volta das seis horas.

— Que foi que Bernheim contou?
—Voltou a falar no seu projeto da *tournée*. O que ele nos oferece é tentador.

— Mas nós não estamos assim tão necessitados de dinheiro — disse Françoise com vivacidade.

— Uma *tournée* aonde? — perguntou Xavière.

— À Grécia, ao Egito, ao Marrocos — respondeu Pierre, sorrindo.

— Se a realizarmos, você virá conosco.

Françoise sobressaltou-se. É claro que Pierre dissera aquilo no ar, mas era desagradável que tivesse pensado em dizê-lo. Tinha uma generosidade demasiado pronta. Se essa viagem se realizasse, Françoise estava resolvida, intransigentemente, a fazê-la sozinha com ele. Evidentemente seria preciso levar toda a companhia atrás, mas isso não contava.

— De qualquer forma — disse — não partiríamos tão cedo.

— Acha que seria prejudicial se tirássemos umas férias? — perguntou Pierre, insinuante.

Desta vez foi como se um vento frio a sacudisse da cabeça aos pés. Pierre nunca aceitara aquela ideia, tão entusiasmado estava com os próprios projetos. No inverno próximo montaria suas peças, publicaria o livro, tencionava desenvolver a escola. Françoise também tinha urgência de vê-lo chegar ao apogeu da carreira, dando finalmente à sua obra um caráter definitivo. Assim, ao ouvi-lo fazer essa sugestão, teve dificuldade em responder sem que sua voz tremesse.

— Não é a melhor ocasião. Você sabe que no teatro tudo é uma questão de oportunidade: depois do êxito de *Júlio César*, todo mundo vai esperar com grande impaciência o que você fizer a seguir. Se deixar passar um ano, as pessoas já pensarão em outra coisa.

— É isso, realmente. Tem razão, como sempre — disse Pierre, com uma sombra de tristeza na voz.

— Como vocês são ajuizados! — exclamou Xavière. Seu rosto exprimia uma admiração sincera e escandalizada.

— Ah! Mas tenho a certeza de que, um dia, havemos de fazer essa *tournée* — disse Pierre, alegremente. — Vai ser engraçado desembarcar em Atenas, em Argel e trabalhar naqueles reles teatrinhos de lá... À saída do espetáculo, em lugar de nos reunirmos no Dôme, iremos nos estender nas esteiras, no fundo de um café mouro, a fumar o *kif*.

— O *kif*? — perguntou Xavière, encantada.

— É uma planta opiácea que eles cultivam e que, segundo parece, provoca visões encantadoras, embora, para dizer a verdade, eu nunca tenha obtido esse resultado — acrescentou ele, com ar decepcionado.

A convidada

— Não me admiro nada de que, com você, essas coisas nunca aconteçam — disse Xavière, com uma indulgência terna.

— O *kif* é fumado em cachimbinhos fabricados sob medida. Você vai ficar contente por possuir um cachimbinho pessoal.

— Mas eu estou certa de que vou ter visões.

— Você se recorda de Mulay Idriss — perguntou ele a Françoise —, onde fumamos um cachimbo que já passara pela boca de todos aqueles árabes, com certeza cheios de sífilis?

— Lembro-me muito bem.

— Você não estava contente! — exclamou Pierre, rindo.

— Nem você.

De contraída que se encontrava, as palavras custavam a lhe passar pela garganta. Tratava-se, no entanto, de projetos tão longínquos!... E Pierre, como ela sabia, nunca decidiria nada sem o seu consentimento. Bastava dizer *não*; era simples, não precisava se inquietar. Não, não partiriam no próximo inverno. Não, não levariam Xavière. Não. Sentiu um arrepio. Suas mãos estavam úmidas e todo o corpo queimava.

— Bem, vamos trabalhar — disse Pierre.

— Eu também preciso trabalhar — disse Françoise, forçando um sorriso. "Eles com certeza perceberam que se passa comigo algo de insólito, pois houve uma espécie de mal-estar na atmosfera. Normalmente, sei me controlar melhor."

— Temos ainda cinco minutos — disse Xavière, sorrindo e fingindo-se amuada. Suspirou. — Só cinco minutos.

Seus olhos se ergueram até o rosto de Françoise e depois desceram para suas mãos, de unhas alongadas. Antes, Françoise teria ficado sensibilizada com aquele olhar furtivo e fervoroso. Hoje, porém, as coisas eram diferentes: Pierre confessara-lhe que Xavière usava esse estratagema para disfarçar, quando se sentia transbordar de ternura por ele.

— Três minutos — exclamou Xavière, contando o tempo pelo relógio. Um leve tom de censura surgia, mal disfarçado sob a entonação de pena por ter de partir. "Mas não sou assim tão avarenta com meu tempo", pensou Françoise. "Evidentemente, em comparação com Pierre, pareço mais do que avarenta: ele deixou completamente de escrever, nos últimos tempos, e gasta seu tempo com uma despreocupação total. Mas não posso nem quero rivalizar com ele." Sentiu de novo um arrepio escaldante.

Pierre levantou-se e perguntou a Françoise:

— À meia-noite estará aqui, não é verdade?
— É. Hoje não vou sair. Espero você para cearmos. Seja corajosa — disse, sorrindo para Xavière. — Vai ver que o momento difícil passa depressa.
— Até amanhã — disse Xavière, suspirando.
— Até amanhã.

Françoise sentou-se à mesa de trabalho e olhou desalentada as folhas de papel. Tinha a cabeça pesada e dor na nuca e nas costas. Não se sentia com disposição para trabalhar. Xavière, mais uma vez, roubara-lhe meia hora: era terrível o tempo que ela devorava, provocando um estado de tensão sobre-humana em que não havia solidão, nem lazeres, nem mesmo simplesmente repouso. Não, repetia. Diria não com todas as suas forças e Pierre a ouviria. Sentiu que dentro dela qualquer coisa naufragava: Pierre renunciaria facilmente a essa viagem, pois seu desejo não era assim tão violento. E depois? De que servia essa renúncia? O que a angustiava era o fato de Pierre não se ter manifestado contra tal projeto. Ligaria assim tão pouca importância à sua obra? Teria já passado da perplexidade a uma indiferença completa? De nada valeria impor-lhe do exterior o simulacro de uma fé que ele não possuía. De que servia desejar algo para Pierre, se esse algo se realizasse sem ele e mesmo contra ele? Françoise esperava certas decisões de Pierre, mas exigia que elas proviessem da sua vontade. Toda a felicidade repousava portanto na livre vontade de Pierre. E era precisamente sobre esse ponto que ela não poderia exercer qualquer influência.

Teve um sobressalto: alguém, que subira a escada precipitadamente, bateu à porta.
— Entre — disse.

Surgiram dois rostos ao mesmo tempo na soleira da porta. Ambos sorriam: Xavière escondera os cabelos num capuz escocês. Pierre segurava o cachimbo na mão.
— Vai achar ruim, se substituirmos a lição por um passeio na neve? — perguntou ele.

Françoise sentiu o coração parar. Regozijara-se tanto ao imaginar a surpresa de Pierre e a satisfação de Xavière perante os seus elogios! Entregara-se de corpo e alma à tarefa de obrigar Xavière a trabalhar. Afinal, tinha de reconhecer sua ingenuidade; as lições para eles não eram coisa séria e, além disso, pretendiam ainda fazê-la assumir a responsabilidade pela preguiça que sentiam.

A convidada

— Isso é com vocês — respondeu. — Nada tenho a ver com isso.
Os sorrisos desapareceram: essa voz séria não estava prevista na brincadeira deles.
—Você nos censura de verdade? — perguntou Pierre, um pouco desorientado, olhando para Xavière, que o fixava também, hesitante sobre a atitude a tomar. Pareciam dois culpados. Pela primeira vez, devido a essa cumplicidade em que Françoise os colocava, surgiam perante esta como um par. Ambos tinham consciência disso e a situação era incômoda.
— Não, não. Aproveitem o passeio.
Fechou a porta, talvez rapidamente demais, e ficou encostada à parede. Eles desciam a escada em silêncio. Françoise adivinhava as expressões penalizadas. De qualquer forma, eles não trabalhariam e ela apenas com sua atitude conseguira estragar-lhes o passeio. Teve uma espécie de soluço. Para que servia isso? No fundo nada mais fazia do que envenenar a alegria deles, tornando-se odiosa aos seus próprios olhos. Não podia desejar qualquer coisa no lugar deles, seria uma tarefa impossível. Bruscamente, estendeu-se de bruços na cama e as lágrimas jorraram: era dolorosa demais esta vontade tensa que teimava em conservar. Por que não deixaria as coisas andarem? "Veremos então o que acontece. Veremos então o que acontece", repetiu. Sentia-se esgotada, desejando apenas a paz bem-aventurada que desce em brancos flocos sobre o caminhante esgotado. Bastava, para ter repouso, renunciar a tudo, ao futuro de Xavière, à obra de Pierre, à sua própria felicidade. Ficaria imunizada contra as crispações do coração, os espasmos da garganta, esta queimadura seca que sentia nos olhos, no fundo das órbitas. Bastava-lhe apenas fazer um pequeno gesto, abrir as mãos e largar a presa. Levantou a mão e abriu os dedos: eles obedeciam admirados, mas dóceis. Era miraculosa esta submissão de mil músculos ignorados. Para que exigir mais? Françoise hesitou: "Largar a presa..." É certo que já não receava o amanhã: já não havia amanhã. Mas distinguia em torno de si um presente tão árido, tão gélido, que as forças lhe faltavam. Tudo se passava como naquele dia em que estivera no café, com Gerbert: a vida era constituída por uma série de momentos sem relação, um pulular de gestos e de imagens desconexas. Françoise levantou-se de uma vez. Aquela situação era insuportável. Qualquer sofrimento valeria mais do que esse abandono sem esperança no seio do vácuo e do caos.

Simone de Beauvoir

Vestiu o casaco e enfiou até os ouvidos um chapéu de peles. Precisava refletir, ter uma longa conversa consigo mesma. Deveria ter feito isso há mais tempo, em vez de se lançar ao trabalho logo que tinha um momento livre. As lágrimas haviam dado um aspecto cetinoso às suas pálpebras e escurecido as olheiras. Seria fácil disfarçar tudo isso, mas não valia a pena. Até meia-noite não veria ninguém. Queria embeber-se de solidão. Ficou por um momento em frente do espelho, olhando o rosto; era uma fisionomia sem expressão, colada na frente da cabeça como uma etiqueta: Françoise Miquel. O rosto de Xavière, pelo contrário, parecia estar incessantemente segregando qualquer coisa. Devia ser por isso que sorria de forma tão misteriosa sempre que se olhava ao espelho. Françoise saiu do quarto e desceu a escada. Fazia um frio áspero, as calçadas estavam cobertas de neve. Tomou um ônibus: para reencontrar a solidão e a liberdade precisava evadir-se daquele bairro.

Limpou com a palma da mão o vidro embaciado. As vitrinas iluminadas, os candeeiros, os transeuntes brotavam do meio da noite. Ela, porém, não tinha a impressão de movimento: todas as aparições se sucediam sem que mudasse de lugar. Era uma viagem no tempo, fora do espaço. Fechou os olhos. Refletiu: Pierre e Xavière erguiam-se à sua frente; ela pretendia, por seu turno, erguer-se diante deles. Precisava refletir, mas refletir sobre o quê? As ideias lhe fugiam. Não achava nada em que pensar.

O ônibus parou na esquina da rua Damrémont e Françoise desceu. As ruas de Montmartre estavam congeladas na brancura e no silêncio. Françoise hesitou, embaraçada com a própria liberdade. Podia ir aonde quisesse, mas não sentia vontade de ir a parte alguma. Maquinalmente, começou a subir a Butte. A neve resistia um pouco sob os seus pés e depois cedia com um ruído de seda rasgada. Françoise sentia certa decepção ao ver que o obstáculo se fundia antes de terminar o esforço. "A neve, os cafés, as escadas, as casas... em que é que tudo isso me diz respeito?" pensou, com uma espécie de apatia. Invadia-a um cansaço tão grande, que se sentia como se tivesse as pernas cortadas. Em que poderiam auxiliá-la todas essas coisas estranhas colocadas ali, à distância, sem aflorar sequer o vácuo vertiginoso que a tragava, como um redemoinho? Descia em espiral, cada vez mais fundo. Talvez, no fim, tocasse em qualquer coisa: a calma, o desespero, algo de decisivo. Continuava, porém, sempre na mesma altura, à beira do vácuo. Olhou em torno com angústia; não, nada poderia ajudá-la. Precisava arrancar-se a si própria num impulso de orgulho, de piedade ou de ternura. Sentia dores nas costas, nas têmporas, mas até essa dor lhe era estranha. Precisava ter alguém ao lado, para se lamentar: "Estou cansada, sou infeliz." Então, aquele instante vago e miserável tomaria, com dignidade, o seu lugar na vida. Mas não havia ninguém. "A culpa é minha", pensou, enquanto subia lentamente as escadas. A culpa era dela realmente: há tantos anos que deixara de ser alguém! Já nem tinha aspecto de gente. A mais infeliz das mulheres podia, pelo menos, tocar com amor a própria mão. Françoise olhou com espanto as suas mãos. O nosso passado, as nossas ideias, o nosso amor... ela nunca dizia "eu". E, no entanto, Pierre dispunha do próprio futuro e do próprio coração. Afastava-se, recuava até os confins da sua vida. E ela ficava onde estava, separada de Pierre, separada de todos, sem ligação sequer consigo mesma, abandonada e sem encontrar nesse abandono uma solidão verdadeira.

Apoiou-se à balaustrada e olhou para baixo: toda aquela fumaça azul e gelada era Paris, esparramada numa indiferença insolente. Françoise afastou-se. Que fazia ali, no frio, com as cúpulas brancas atrás dela e aquele sorvedouro a seus pés, cavado até as estrelas? Desceu as escadas correndo. Precisava ir ao cinema, ou telefonar a alguém. "Que coisa triste" — murmurou.

A solidão não era um gênero friável, que pudesse se consumir aos pedaços. Fora pueril de sua parte imaginar que conseguiria se refugiar nesse isolamento só durante uma noite. Enquanto não o reconquistasse totalmente, melhor seria desistir dele por completo.

Uma dor lancinante cortou-lhe a respiração. Parou e levou as mãos às costelas:

— O que é que eu tenho?

Um grande arrepio a sacudiu da cabeça aos pés. Suava por todos os poros; sua cabeça zumbia. "Estou doente", pensou, com certo alívio. Mandou parar um táxi. Nada mais podia fazer do que voltar para casa, deitar-se e tentar dormir...

Uma porta bateu no patamar; alguém atravessou o corredor arrastando os chinelos. Devia ser a prostituta loura, que se levantara. No quarto de cima, a vitrola do negro, em surdina, tocava *Solitude*. Françoise abriu os olhos: a noite começara a descer. Há cerca de 48 horas que repousava no calor dos lençóis. Essa respiração leve, a seu lado, era a de Xavière, que não se movera da poltrona desde que Pierre saíra.

Simone de Beauvoir

Françoise respirou profundamente; a dor não desaparecera. Quase ficou contente; assim, tinha a certeza de que estava doente. Era uma situação tão repousante; não se preocupava com coisa alguma, nem mesmo com as palavras a pronunciar. Se o pijama não estivesse encharcado de suor, colado ao corpo, Françoise se sentiria completamente bem. Era desagradável, também, aquela placa escaldante do lado direito. O médico ficara indignado quando vira que as cataplasmas tinham sido tão mal aplicadas. A culpa, porém, fora dele, que não se explicara como devia.

Bateram à porta, suavemente.

— Entre — disse Xavière.

Era o criado do hotel: — A senhora não precisa de nada? — perguntou, aproximando-se timidamente da cama. De hora em hora vinha propor seus serviços, com um ar calamitoso.

— Não, obrigada.

Sua respiração estava tão abafada que mal podia falar.

— O médico disse que a senhora devia ir para uma clínica amanhã de manhã, sem falta. Não quer que telefone para marcar transporte?

Françoise sacudiu a cabeça.

— Não, obrigada, não pretendo ir.

Sentiu o sangue subir-lhe ao rosto e o coração começar a bater violentamente. Que necessidade tinha o médico de alarmar as pessoas do hotel? Agora contariam tudo a Pierre. Xavière com certeza também lhe contaria. Ela própria sabia que não poderia lhe mentir. E Pierre ia forçá-la a se internar. Mas ela não queria e ninguém poderia levá-la à força. Quando o criado do hotel se retirou, os olhos de Françoise percorreram todo o quarto. Cheirava a doença. Há dois dias que não faziam a limpeza, não arrumavam a cama, nem mesmo abriam a janela. Na chaminé jaziam os alimentos tentadores que Pierre, Xavière e Elisabeth haviam trazido: o presunto endurecera, os alperches pareciam cozidos no próprio sumo, o pudim de caramelo desfizera-se. O quarto parecia a cela de um sequestrado. Mas era o seu próprio quarto e Françoise não queria deixá-lo. Gostava dos crisântemos desbotados do papel da parede, do tapete surrado, dos ruídos do hotel. O seu quarto, a sua vida. Preferia ficar aqui, prostrada e passiva, a exilar-se no meio das paredes brancas e anônimas de um hospital.

— Não quero que me levem daqui — disse, com voz sufocada. Ondas escaldantes percorreram de novo o seu corpo. Sentiu que lágrimas de nervosismo lhe subiam aos olhos.

— Não fique triste — disse-lhe Xavière, com um ar infeliz e ardente. — Dentro em breve estará boa.

Lançou-se bruscamente sobre o seu peito e, colando a face fresca contra o rosto febril de Françoise, abraçou-a.

— Querida Xavière — murmurou Françoise, emocionada, rodeando com os braços aquele corpo quente e flexível. Françoise sentia o peso de Xavière oprimi-la, mal podia respirar, mas não queria afastá-la. Certa manhã, a abraçara assim, contra o coração. Por que não soubera conservá-la? Gostava tanto daquele rosto inquieto e cheio de ternura...

— Querida Xavière — repetia, sentindo um soluço subir-lhe à garganta. Não, não partiria. Tinha havido um erro, queria recomeçar tudo de novo. Julgara, por cansaço, que Xavière se afastara, mas esse impulso que acabara de lançá-la nos seus braços não podia enganar ninguém. Françoise jurava nunca mais esquecer aqueles olhos inquietos, rodeados de olheiras, e o amor atento e febril que Xavière lhe dedicava há dois dias, sem reticências.

Xavière afastou-se suavemente de Françoise e levantou-se.

— Vou sair — disse. — Ouço os passos de Labrousse na escada.

— Tenho a certeza de que ele vai querer me mandar para uma clínica — disse Françoise, nervosa.

Pierre bateu à porta e entrou, preocupado.

— Como vai? — perguntou, segurando nas suas a mão de Françoise. — Então ela teve juízo? — inquiriu, sorrindo, a Xavière.

— Vou indo — respondeu Françoise, em voz baixa. — Custo um pouco a respirar.

Quis levantar-se, mas uma dor aguda rasgou-lhe o peito.

— Escute: quando sair, bata à porta do meu quarto, sim? — disse Xavière a Pierre, sorrindo amavelmente.

— Não vale a pena — disse Françoise. — Você devia era sair.

— Por que diz isso? Não sou boa enfermeira? — perguntou Xavière, com um tom de censura na voz.

— A melhor das enfermeiras — respondeu Françoise, ternamente.

Xavière fechou a porta, sem ruído, e Pierre veio sentar-se à cabeceira da cama.

— Então o médico veio ver você?

— Veio — respondeu ela, um pouco desconfiada, procurando dominar as lágrimas. Sentia-se, porém, absolutamente sem controle.

— Mande vir uma enfermeira — pediu. — Mas deixe-me ficar aqui.

— Escute — disse Pierre, pondo-lhe a mão na testa. — As pessoas do hotel disseram-me que seu caso precisa ser seguido atentamente. Não é grave, claro, mas o fato do pulmão estar atingido leva-nos a encarar o caso com seriedade. Precisa de injeções, de uma série de cuidados e de um médico ao alcance da mão. De um bom médico. Esse velho que está tratando você é uma besta.

— Então procure outro médico e uma enfermeira.

As lágrimas brotaram. Com todas as pobres forças que lhe restavam, Françoise continuava a resistir, não se abandonava, não se deixaria arrancar ao seu quarto, ao seu passado, à sua vida; não possuía, porém, o mínimo meio de defesa: até sua voz já não passava de um sussurro.

— Quero ficar com você.

Começou então a chorar abertamente, sentindo que estava ali à mercê de outrem, transformada num pobre corpo, escaldando em febre, sem vigor, sem poder falar, sem mesmo poder pensar.

— Mas eu passarei o dia inteiro na clínica. Dá no mesmo — disse Pierre, olhando-a com um ar suplicante e perturbado.

— Não, não é a mesma coisa. — Os soluços a sufocavam. — Acabou tudo.

Sentia-se muito cansada para poder distinguir exatamente o que morria na luz amarela do quarto. Sabia, porém, desde já, que nunca poderia se consolar dessa perda. Lutara tanto!... Há muito tempo que se sentia ameaçada. Revia confusamente as mesas do Pôle Nord, as banquetas do Dôme, o quarto de Xavière, seu próprio quarto. Revia a si própria, tensa, crispada sobre algo que não sabia bem o que fosse. Agora chegara a ocasião. Por mais que conservasse as mãos fechadas e que se agarrasse, numa última contração, iriam roubar-lhe esse bem derradeiro e não lhe restaria qualquer outra possibilidade de revolta, além das lágrimas.

Teve febre a noite toda. Só conseguiu adormecer de madrugada. Quando abriu os olhos, um solzinho de inverno iluminava o quarto. Pierre, debruçado sobre a cama, dizia:

— A ambulância está lá embaixo.

— Ah!

Recordava-se que chorara na véspera, mas já não sabia exatamente por quê. Agora sentia-se completamente vazia, completamente calma.

— Tenho de levar algumas coisas — disse.

Xavière sorriu.

A convidada

— Já fizemos a sua mala, enquanto dormia. Pusemos pijamas, lenços, água de colônia. Acho que não esquecemos nada.

— Pode ficar tranquila — disse Pierre, alegremente. — Xavière arranjou uma forma de encher a mala grande.

— Se não fosse eu, você a deixava ir como uma orfãzinha, só com uma escova de dentes embrulhada num lenço.

Xavière aproximou-se de Françoise e a olhou ansiosa.

— Como se sente? O transporte não irá cansá-la muito?

— Sinto-me muito bem.

Passara-se qualquer coisa enquanto dormia. Nas últimas semanas, não conhecera uma paz como aquela. O rosto de Xavière se alterou. Tomou-lhe a mão e apertou-a nas suas.

— Ouço-os subir — disse.

— Você vai me ver todos os dias?

— Claro que sim, todos os dias — respondeu Xavière, debruçando-se sobre ela e beijando-a, os olhos cheios de lágrimas.

Françoise sorriu. Sabia ainda como sorrir, mas já esquecera como se pode ficar emocionado pelas lágrimas, assim como se pode ficar emocionado por nada. Indiferente, viu entrarem os dois enfermeiros que a levantaram e a colocaram na maca. Sorriu pela última vez a Xavière, petrificada ao lado da cama vazia. Depois a porta fechou-se sobre Xavière, sobre o quarto, sobre o passado. Françoise não passava de uma massa inerte. Nem sequer era um corpo organizado. Desceram-na pela escada, primeiro a cabeça, depois os pés, como um pacote pesado que manejavam segundo as leis da gravidade e suas comodidades pessoais.

— Até breve, sra. Françoise. Volte depressa.

A dona do hotel, o criado, a mulher formavam alas no corredor.

— Até breve — disse Françoise.

O ar frio, batendo-lhe no rosto, acabou de despertá-la. Em frente da porta havia um grupo de pessoas. Françoise também já vira muitas vezes, nas ruas de Paris, doentes serem colocados em ambulâncias. "Desta vez a doente sou eu", pensou, espantada, sem acreditar completamente no que pensava. A doença, os acidentes, todas aquelas histórias, contadas em milhares de exemplares de jornais, Françoise julgara sempre que nunca poderiam lhe acontecer. Já dissera isso a propósito da guerra: essas desgraças impessoais, anônimas, não podiam realmente atingi-la. Como podia ser uma qualquer? E agora estava ali, estendida num carro que partia suavemente. Pierre sentara-se a seu lado. Ali estava, doente.

Simone de Beauvoir

Apesar de tudo, as coisas também aconteciam a ela. Teria se tornado uma qualquer? Seria por isso que se achava tão leve, libertada de si mesma e de todo o cortejo sufocante de alegrias e preocupações? Fechou os olhos. O carro continuava a deslizar suavemente e o tempo a correr.

A ambulância parou diante de um grande jardim. Pierre enrolou o cobertor em torno de Françoise e os enfermeiros a transportaram através das aleias geladas e dos corredores recobertos de linóleo. Estenderam-na numa cama grande, onde ela sentiu, deliciada, sob a face e de encontro ao corpo, a frescura do linho. Ali tudo era limpo e repousante. Uma enfermeira muito morena veio ajeitar os travesseiros e falar em voz baixa com Pierre.

— Bem, vou deixá-la. O médico vem ver você. Volto logo.
— Até já.

Deixava-o partir sem pena. Já não precisava dele. Agora só necessitava do médico e da enfermeira. Era uma doente como outra qualquer, a n.º 31, que tinha apenas um caso banal de pneumonia. Os lençóis eram frescos, as paredes brancas. Sentia um imenso bem-estar. Afinal, bastava abandonar-se, renunciar; era tão simples, por que hesitara tanto? Agora, em vez do movimento infinito das ruas, dos rostos, da sua própria cabeça, sentia apenas a paz em torno dela, e nada mais desejava. Lá fora, o vento fazia estalar um ramo de árvore. Nesse vácuo perfeito, o menor ruído propagava-se em ondas largas que ela quase podia ver e tocar e que repercutiam no infinito em milhares de vibrações, suspensas no éter, fora do tempo, encantando o coração mais do que faria uma música. A enfermeira colocara na mesinha uma garrafa de laranjada, transparente e rósea. Parecia a Françoise que nunca se cansaria de olhá-la. A garrafa estava ali. O milagre consistia apenas na existência de qualquer coisa, sem esforço; essa frescura suave ou qualquer outra coisa. A garrafa estava ali, sem inquietações, sem aborrecimentos, sem cansaço. Por que razão os olhos de Françoise deixariam de encantar-se ao vê-la? Era esta a situação que, três dias antes, nem se atrevia a desejar: livre de tudo, satisfeita, repousava agora no seio desses momentos tranquilos, fechados sobre si próprios, lisos e redondos como seixos.

—Vamos levantar um pouco? — perguntou o médico, ajudando-a a levantar. — Está bem assim, não vai levar muito tempo.

Tinha um ar amável e competente. Tirou um aparelho da maleta e apoiou-o no peito de Françoise.

— Respire fundo — disse.

A convidada

Françoise respirou com dificuldade. Sua respiração era curta e, mal tentava aspirar profundamente, sentia uma dor violenta.

— Diga "33" — pediu o médico.

Agora auscultava-lhe as costas, batendo, com pequenas pancadas, na caixa torácica, como um detetive de cinema explorando uma parede suspeita. Docilmente Françoise contava, tossia, respirava.

— Pronto, já terminei.

Ajeitou o travesseiro sob a cabeça de Françoise e olhou-a com benevolência.

—Trata-se de uma pequena infecção pulmonar. Vamos lhe dar umas injeções para não deixar fraquejar o coração.

—Vai demorar muito tempo?

— Normalmente a evolução dura nove dias. Mas vai precisar ficar em convalescença muito tempo. Já teve alguma coisa nos pulmões?

— Não. Por quê? Acha que tenho algum pulmão atingido seriamente?

— Nunca se sabe — disse o médico, com ar vago, batendo na mão de Françoise. — Quando estiver melhor, tirará uma radiografia. Veremos então o que precisamos fazer.

— Não vai me enviar para um sanatório, vai?

— Eu não disse isso — respondeu o médico, sorrindo. De qualquer forma não seria terrível passar alguns meses repousando. Sobretudo, não se preocupe.

— Não estou preocupada.

"Tuberculose?", pensou. Passar meses num sanatório, talvez anos. Que coisa estranha. No entanto, todas essas coisas podiam acontecer. Como se encontrava longe aquela noite de *réveillon* em que se julgara fechada numa vida já feita. Nada estava ainda decidido. O futuro estendia-se ao longe, liso e branco como os lençóis, como as paredes; um longo caminho acolchoado, feito de neve calma. Françoise era uma pessoa qualquer e tudo podia subitamente lhe acontecer.

Françoise abriu os olhos. Gostava desse despertar que não a arrancava ao repouso, mas que lhe permitia tomar consciência dele, encantada. Nem sequer necessitava mudar de posição, pois já estava completamente sentada. Habituara-se a dormir assim. O sono, para ela, já não era um período de retiro, voluptuoso e selvagem mas uma atividade entre outras, que se exercia da mesma forma que as restantes. Olhou calmamente as laranjas e os livros que Pierre deixara na mesa. Tinha um dia sossegado pela frente. "Daqui a pouco vão fazer a radioscopia", pensou. Este seria o acontecimento central em torno do qual o resto se ordenaria. Sentia-se indiferente perante o resultado do exame. O que lhe interessava era atravessar a porta do quarto onde ficara fechada três semanas. Julgava estar completamente curada. Poderia com certeza ficar de pé, sem custo, e mesmo andar.

A manhã passou muito depressa. Enquanto lhe fazia a toalete, a jovem enfermeira magra e morena lhe impingiu um discurso sobre a condição da mulher moderna e a beleza da instrução. Logo a seguir o médico veio vê-la. A mãe chegou por volta das dez horas, trazendo dois pijamas lavados e engomados, uma *liseuse* de lã angorá cor-de-rosa, tangerinas e água de colônia. Assistiu ao seu almoço e agradeceu à enfermeira. Quando esta partiu, Françoise estendeu as pernas e, deitada de costas, com o busto quase direito, deixou o mundo deslizar para a noite; ele deslizava, voltava à luz, tornava a deslizar, num balancear gostoso. Subitamente esse balancear parou: Xavière debruçou-se sobre a cama.

— Como passou a noite?

— Com o remédio durmo sempre bem.

Xavière, a cabeça para trás e um sorriso incerto nos lábios, desatava o lenço que lhe cobria os cabelos. Sempre que tratava de si mesma seus gestos tinham algo de ritual e misterioso. Quando tirou o lenço, foi como se descesse a este mundo. Com ar muito sério pegou no vidro de remédio.

— Sabe, não deve se habituar. Depois não poderá dormir sem isto: ficará com os olhos parados, as narinas afiladas, vai ficar de meter medo.

— E você passaria a conspirar com Labrousse, para me tirar todos os vidrinhos. Mas eu conseguiria despistá-los.

Começou a tossir, fatigava-a falar.

— A noite passada não me deitei — disse Xavière, orgulhosa.

— Então conte-me tudo.

A frase de Xavière penetrara-a como a broca do dentista penetra num dente morto. Sentia apenas o lugar vazio de uma angústia que já não existia. "Pierre cansa-se demais, Xavière nunca conseguirá fazer nada." Seus pensamentos não passavam disso. Sentia-os, porém, desarmados e insensíveis.

— Tenho uma coisa para você — disse Xavière.

A convidada

Tirou o impermeável e retirou do bolso uma caixinha de papelão amarrada com uma fita verde. Françoise levantou a tampa; a caixa estava cheia de algodão e de papel de seda. No meio havia um raminho de campainhas.

— Como são bonitas — exclamou Françoise. — Parecem naturais e artificiais ao mesmo tempo.

Xavière soprou levemente sobre as corolas brancas.

— Também perderam a noite, como eu, mas esta manhã eu as fiz seguir um regime. Agora estão com perfeita saúde.

Levantou-se e derramou água num copo, onde colocou as flores. O costume de veludo preto tornava ainda mais delgado seu corpo flexível. Já não parecia uma camponesa: era uma jovem elegante, segura de sua graça. Puxou a poltrona para junto da cama.

— Passamos realmente uma noite formidável — disse.

Quase todas as noites Xavière encontrava-se com Pierre à saída do teatro. Agora já não havia nuvens entre eles. Nunca Françoise vira em seu rosto esta expressão ao mesmo tempo concentrada e enternecida. Seus lábios avançavam um pouco, como se esboçassem um gesto de oferenda, e seus olhos sorriam. Sob o papel de seda, sob o algodão, preciosamente encerrada na caixinha bem fechada, era a lembrança de Pierre que Xavière acariciava com os lábios e os olhos.

— Como você sabe — principiou ela —, há muito tempo que queria dar uma volta por Montmartre, mas nunca surgia ocasião.

Françoise sorriu. Em torno de Montparnasse havia como que um círculo mágico que Xavière nunca se decidia a transpor. O frio e a fadiga a detinham, quando tentava; e forçavam-na a refugiar-se medrosamente no Dôme ou no Pôle Nord.

— Ontem à noite Labrousse conseguiu uma verdadeira proeza: sequestrou-me num táxi e depositou-me na Praça Pigalle.

Como não sabíamos muito bem onde ir, partimos em exploração. Devia haver línguas de fogo sobre nossas cabeças, pois ao fim de cinco minutos estávamos diante de uma casinha toda vermelha, de vidros e cortinas da mesma cor nas janelas, com um ar íntimo e um pouco suspeito. Eu não me atrevia a entrar, mas Labrousse empurrou a porta, decidido. Fazia calor e estava cheio de gente. Apesar disso, conseguimos descobrir uma mesa num canto, com uma toalha e guardanapos cor-de-rosa, muito bonitinhos, parecidos com os lenços de seda dos rapazinhos efeminados. Sentamo-nos ali e... comemos chucrute — disse Xavière, depois de um momento.

— Você comeu chucrute?

— É verdade — disse Xavière, contentíssima por ter produzido efeito. — E mais ainda, achei delicioso.

Françoise adivinhava o olhar intrépido e brilhante de Xavière, ao pedir: — Um chucrute também para mim.

Era uma comunhão mística, o que ela propusera a Pierre. Sentados os dois, lado a lado, um pouco afastados, olhavam para as pessoas e depois fitavam-se mutuamente, com uma amizade cúmplice e feliz. Nada havia de inquietante nessas imagens que Françoise evocava com tranquilidade. Tudo se passara para além daquelas paredes brancas, para lá do jardim da clínica, num mundo tão quimérico como o mundo do cinema.

— O público era esquisito — prosseguiu Xavière, franzindo os lábios com ar de falsa ingênua. — Traficantes de cocaína, com certeza; tipos fugidos à justiça. O patrão era um morenão, pálido, de lábios grossos; parecia um gângster. Não do gênero brutal, mas bastante refinado, a ponto de ser cruel. Gostaria de seduzir um homem assim.

— O que faria com ele?

— Eu o faria sofrer — respondeu voluptuosamente, mostrando os dentes muito brancos.

Françoise olhou-a, com certo mal-estar. Parecia-lhe sacrílego imaginar que essa austera virtudezinha também pudesse ser uma mulher, com os desejos do seu sexo. E como Xavière veria a si mesma? Que sonhos de sensualidade e de faceirice fariam estremecer suas narinas, sua boca? A que imagem de si mesma, escondida aos olhos de todos, sorriria Xavière, com uma conivência misteriosa? Nesse instante via-se que ela sentia seu corpo, sabia que era mulher e Françoise tinha a impressão de estar sendo enganada por uma desconhecida, dissimulada atrás daqueles traços familiares.

Seu sorriso desapareceu e Xavière acrescentou, num tom infantil:

— Além disso, ele podia me levar às casas onde se fuma ópio e apresentar-me aos criminosos. Se frequentarmos bastante esses lugares — prosseguiu —, talvez cheguemos a ser adotados. Aliás, já começamos: travamos relações com duas mulheres que estavam no bar, completamente bêbadas. Eram pederastas — acrescentou confidencialmente.

— Você quer dizer lésbicas, não?

— Não é a mesma coisa? — perguntou Xavière, erguendo as sobrancelhas.

— Pederasta é uma palavra que só se aplica aos homens.

— De qualquer forma, elas formavam um casal — disse Xavière, impaciente. Seu rosto animou-se: — Uma, de cabelos curtinhos, tinha realmente um ar de rapaz, um rapazinho encantador que estivesse ali para seguir aplicadamente um curso de deboche. A outra, que fazia de mulher, era um pouco mais velha e bem bonita, com um vestido de seda preta e uma rosa vermelha na blusa. Como o "rapazinho" era realmente um encanto, Labrousse disse-me que devia tentar seduzi-lo. Lancei-lhe uns olhares assassinos e, dentro em breve, ela veio para a nossa mesa, oferecendo-me seu copo.

— Mostre como é que faz esses olhares assassinos.

— Assim — disse Xavière, lançando um olhar provocante e hipócrita na direção da garrafa de laranjada. Françoise sentiu-se mais uma vez incomodada, não por Xavière possuir esse talento, que a desconcertava, mas porque isso parecia encantá-la.

— E depois? — perguntou Françoise.

— Depois nós a convidamos a sentar-se.

A porta abriu-se sem ruído; a jovem enfermeira de rosto escuro aproximou-se da cama, dizendo:

— Está na hora da injeção.

Xavière levantou-se.

— Não precisa sair — disse a enfermeira, enquanto enchia a seringa com um líquido verde. — É só um minuto.

Xavière olhou para Françoise com um ar infeliz, onde transparecia uma censura.

— Eu não grito, sabe? — disse Françoise, sorrindo.

Xavière foi até a janela e colou a testa no vidro. A enfermeira ajeitou os cobertores, pôs à mostra um pedaço da coxa de Françoise; sua pele estava cheia de sinais. Por baixo havia uma série de pequenas bolas duras. Enterrou a agulha, numa pancada seca. Era muito experiente, não causava dor.

— Pronto, já acabei — disse, olhando para Françoise, num tom de censura: — Não deve falar muito para não se cansar.

— Não estou falando, estou ouvindo.

A enfermeira sorriu-lhe e saiu do quarto.

— Que mulher horrível! — exclamou Xavière.

— Não. É bem simpática — disse Françoise, sentindo-se cheia de indulgência por aquela moça hábil e atenta que a tratava tão bem.

— Como uma pessoa pode ser enfermeira! — exclamou Xavière lançando a Françoise um olhar ao mesmo tempo receoso e enojado.

— Doeu?

— Não. Não senti nada.

Um arrepio sacudiu Xavière; ela era capaz de se arrepiar de verdade, só de pensar em certas coisas.

— Uma agulha se enterrando na minha carne! Nunca poderia suportar uma coisa dessas!

— E se tomasse entorpecentes?

Xavière lançou a cabeça para trás, com um risinho desdenhoso.

— Ah! Nesse caso eu própria me picaria. E posso fazer qualquer coisa a mim mesma.

Françoise reconheceu esse tom de superioridade e de rancor. Xavière julgava as pessoas menos pelos seus atos do que pelas situações em que se encontravam, mesmo a contragosto. Bem que quisera fechar os olhos, por se tratar de Françoise, mas o caso é que considerava uma falta grave o fato de estar doente. E lembrava-se disso com frequência.

— Ora, você também seria obrigada a suportar isso — disse Françoise, malévola. — Talvez lhe aconteça um dia.

— Nunca! — disse Xavière. — Prefiro morrer a consultar um médico.

Seu caráter lhe proibia os remédios; considerava mesquinho teimar em viver, se a vida fugia; odiava qualquer espécie de teimosia, que considerava uma falta de desenvoltura e de orgulho. "Ela acabaria por se deixar tratar como qualquer outra", pensou Françoise, irritada. Tratava-se, porém, de uma fraca consolação. Por agora, Xavière estava ali, sadia e livre, no seu costume preto; uma blusa de tecido escocês, com gola engomada, fazia ressaltar o brilho luminoso do seu rosto; os cabelos brilhavam. Por seu lado, Françoise estava presa à cama, à mercê das enfermeiras e dos médicos. Estava magra, feia, doente, mal podia falar. Sentiu então, subitamente, que a doença era como uma mancha humilhante.

— Não quer acabar a história?

— Essa enfermeira vai nos incomodar novamente? — perguntou Xavière, aborrecida. — Ela nem bate à porta.

— Acho que não vai voltar.

A convidada

— Bem, vamos continuar: a tal mulher fez um sinal à amiga e instalaram-se as duas ao nosso lado; a mais nova acabou o uísque e de repente deitou-se sobre a mesa, com os braços para a frente e o rosto na toalha, como uma criança; ria e chorava ao mesmo tempo. Estava toda despenteada, com a testa cheia de suor, mas seu aspecto era limpo e puro.

Xavière calou-se, revendo a cena mentalmente:

— É uma coisa formidável, alguém que leva uma tarefa até o fim, verdadeiramente até o fim! — exclamou de olhos vagos. — Depois — recomeçou vivamente — a outra a sacudiu; queria levá-la; estava fazendo seu papel de prostituta maternal. Você sabe, esse gênero de prostitutas que não querem que o amante estrague a saúde ao mesmo tempo por interesse, por instinto de propriedade e por uma espécie de piedade repugnante, compreende?

— Compreendo, sim.

Ouvindo-a falar, poder-se-ia pensar que Xavière passara toda a vida no meio de prostitutas.

— Alguém bateu à porta? — perguntou Françoise, prestando atenção. — Mande entrar.

— Entre — disse Xavière, com voz clara. Uma sombra de descontentamento transpareceu em seus olhos.

A porta se abriu.

— Boa tarde — disse Gerbert, estendendo a mão a Xavière, um pouco embaraçado. — Boa tarde — repetiu, aproximando-se da cama.

— Boa tarde — disse Françoise. — Que bom você ter vindo.

Nunca pensara em desejar sua visita, mas, agora que ele viera, estava encantada por vê-lo. Parecia-lhe que um vento vivo entrara no quarto, varrendo o cheiro de doença e a tepidez nauseante do ar.

— Você está com uma cabeça esquisita — disse Gerbert, rindo simpaticamente. — Parece um chefe de peles-vermelhas. Está passando melhor?

— Estou curada. Essas coisas se decidem em nove dias. Ou a gente rebenta, ou a febre passa. Sente-se um pouco.

Gerbert tirou o cachecol de lã, grosso, de uma brancura resplandecente, e sentou-se num banquinho no meio do quarto, olhando para Françoise e Xavière, com um ar pouco à vontade.

— Já não tenho febre, mas ainda sinto as pernas fracas. Daqui a pouco tenho de fazer uma radioscopia e até estremeço só de pensar que vou pôr os pés fora da cama. Vão examinar meus pulmões para saber em que ponto exatamente se encontram as coisas. O médico diz que quando cheguei aqui o pulmão direito parecia um pedaço de fígado e o esquerdo seguia pelo mesmo caminho.

Teve um pequeno acesso de tosse e prosseguiu:

— Espero que agora tenham retomado uma consistência normal. Calcule o que seria se eu tivesse que passar alguns anos num sanatório...

— Não seria nada divertido! — respondeu Gerbert, percorrendo o quarto com os olhos, em busca de uma inspiração.

— Puxa! Você tem o quarto cheio de flores. Parece um quarto de noiva.

— Esse ramo grande me foi oferecido pelos alunos da escola dramática, o vaso de azaleias por Tedesco e Ramblin. Paule Berger me mandou aquelas anêmonas.

Seu corpo foi sacudido por outro acesso de tosse.

— Está vendo? — interrompeu Xavière, com uma espécie de compaixão na voz, talvez demasiado visível. — Já está tossindo. A enfermeira a proibiu de falar.

— Você é uma enfermeira muito ajuizada. Vou ficar calada.

Seguiu-se um curto silêncio.

— E então? — perguntou Françoise a Xavière, querendo saber o resto da história. — O que aconteceu às duas mulheres?

— Foram embora, e acabou-se a história — respondeu Xavière, baixinho.

Com um ar de resolução heroica, Gerbert lançou para trás a mecha de cabelos que lhe caía na testa.

— Gostaria muito que se curasse a tempo de ver meus fantoches. Tudo está correndo bem, sabe? O espetáculo deve estar pronto dentro de 15 dias.

— Você vai organizar outros ainda este ano?

— Sim, certamente. Agora já temos um lugar para trabalhar. Aqueles tipos do *Images* são camaradas, sabe? Não gosto do trabalho deles, mas não posso negar que são capazes de dar uma mãozinha quando é preciso.

— Então está contente?

— Contente? Estou encantado.

— Xavière me disse que seus fantoches são muito bonitos.

— Foi estupidez da minha parte; podia ter trazido um, para você ver. Os outros trabalham com fantoches presos por fios, mas os nossos são diferentes; são verdadeiros fantoches, como esses das ruas, que fazemos trabalhar apenas com o auxílio das mãos. É muito mais engraçado! São de lona encerada, com grandes saias que escondem nossos braços. Nós os vestimos como se fossem luvas!

— Foi você que os fez?

— Eu e Mollier. Mas fui eu que tive todas as ideias — disse Gerbert, sem modéstia.

O assunto lhe interessava tanto que até perdia a timidez.

— A manobra dos bonecos é difícil, sabe? É preciso que os movimentos tenham ritmo e expressão. Mas agora estou começando a trabalhar bem. Você não calcula a quantidade de problemas de encenação que isso representa. Veja bem — disse, com as duas mãos no ar —, tenho um fantoche em cada mão. Se quiser colocar um deles numa ponta da cena, tenho que achar um pretexto para mexer o outro ao mesmo tempo. É preciso espírito inventivo.

— Gostaria de assistir a um ensaio.

— Agora estamos trabalhando todos os dias, das cinco às oito, numa peça com cinco personagens e três *sketches*. Há tanto tempo que eu tinha essas ideias na cabeça…

Voltou-se para Xavière:

— Estávamos contando com você ontem. O papel não lhe interessa?

— Claro que sim; interessa-me muito — respondeu ela, ofendida.

— Então venha comigo quando sairmos. Ontem Chanaud leu o papel. Mas foi horroroso; ela fala como se estivesse no palco. É difícil achar o diapasão exato, pois é preciso que a voz pareça sair do fantoche.

— Tenho medo de não ser capaz — disse Xavière.

— Claro que é. No outro dia você leu tão bem aquelas quatro réplicas. Além disso — e Gerbert sorriu, com um ar sedutor —, dividimos os lucros entre os atores. Se tivermos sorte, poderá receber um ordenadinho de cinco a seis francos.

Françoise inclinou-se para trás. Estava contente por vê-los conversando, pois começava a sentir-se fatigada. Quis estender as pernas, mas o menor movimento exigia uma estratégia complicada. Para evitar a irritação da pele encontrava-se sentada numa roda de borracha, polvilhada com talco; sob os calcanhares havia também uma camada de borracha; uma espécie de arco de vime levantava o lençol por cima dos joelhos. Conseguiu estender-se. Quando eles partissem, e se Pierre não chegasse, poderia dormir um pouco. Sentia a cabeça vazia. Ouvia Xavière:

— Então a mulherona gorda transformou-se de repente num balão; as saias levantadas constituíam o globo. E assim foi pelos ares...
Xavière contava a Gerbert um espetáculo de fantoches que vira na feira de Rouen.
— Eu vi uma representação de *Orlando furioso* num teatro de fantoches, em Palermo — interrompeu Françoise.
Não prosseguiu; não tinha vontade de contar o espetáculo. O teatrinho estava instalado numa ruela e ficava ao lado de uma loja que vendia uvas. Pierre comprara um cacho, enorme, de moscatel, bem sumarento. Os lugares custavam meio franco e só havia crianças na sala. A largura dos bancos era feita exatamente na medida das bundinhas das crianças. Nos intervalos, um homem vendia copos com água, que custavam dez cêntimos. Depois sentava-se num banco, junto da cena, segurando uma vara bem comprida, com a qual batia nas crianças que faziam barulho durante o espetáculo. Nas paredes havia uma série de gravuras, ingênuas como as imagens de Epinal, que contavam a história de Orlando. Os fantoches tinham um aspecto soberbo, rígidos nas suas armaduras de cavaleiros. Françoise fechou os olhos. Tudo isso se passara há dois anos apenas e, no entanto, parecia já pertencer a uma idade pré-histórica. Tudo se tornara tão complicado: os sentimentos, a vida, a Europa. Para ela tudo era indiferente. Deixava-se flutuar passivamente, como um despojo de um naufrágio. Por toda a parte, porém, surgiam escolhos negros. Boiava num oceano cinza, e em torno só havia águas betuminosas, com cheiro de enxofre. Flutuava como uma prancha, sem pensar em nada, sem nada temer, nem nada desejar. Reabriu os olhos.

A conversa esfriara. Xavière olhava a ponta dos pés e Gerbert fixava ansiosamente o vaso de azaleias.

— Que é que você está estudando atualmente? — perguntou ele, por fim.

— *A ocasião*, de Mérimée — respondeu Xavière.

Ela continuava se recusando a representar a cena diante de Pierre.

— E você? — perguntou.

— Estou fazendo o Octave de Os *caprichos de Mariana*. Mas só para dar réplica a Canzetti.

Seguiu-se outro silêncio. Xavière deixou escapar um gesto de raiva.

— Canzetti vai bem no papel de Mariana?

— Eu acho que o papel não é bom para ela.

— Canzetti é vulgar.

A convidada

Calaram-se, embaraçados. Gerbert, com um movimento da cabeça, voltou a lançar os cabelos para trás.

— Sabe que talvez eu apresente um número de fantoches na boate da Dominique Oriol? Tomara que a coisa se concretize, a boate vai dar certo.

— Elisabeth me falou nisso — interrompeu Françoise.

— Foi ela que me apresentou. De resto, Elisabeth é a mandachuva da casa.

Levou a mão à boca, com um ar ao mesmo tempo satisfeito e escandalizado, e prosseguiu:

— E vocês já viram em que luxo ela anda agora? É incrível!

— É — concordou Françoise. — Elisabeth anda muito contente. Está ficando conhecida. E transformou-se também numa mulher extraordinariamente elegante.

— Mas não gosto da forma como ela se veste — disse Gerbert, com uma parcialidade decidida.

Era engraçado pensar que em Paris os dias não se pareciam uns com os outros. Passavam-se coisas, a vida se modificava. Contudo, esse redemoinho longínquo, esse esvoaçar confuso, não seduzia Françoise.

— Preciso ir — disse Gerbert. — Tenho de estar no teatro às cinco horas. Vou andando. Vem comigo? — perguntou a Xavière. — Se não for, Chanaud não larga mais o papel.

— Vou, sim.

Xavière vestiu o impermeável e amarrou o lenço sob o queixo, com cuidado.

— Ainda vai ficar muito tempo na clínica? — perguntou Gerbert a Françoise.

— Acho que uma semana. Depois volto para casa.

— Até amanhã — disse Xavière, com certa frieza.

— Até amanhã.

Françoise sorriu a Gerbert, que lhe acenou com a mão e abriu a porta, deixando Xavière passar. Tinha um ar inquieto. Françoise pensou que ele devia estar perguntando a si mesmo o que iria falar no caminho. Recostou-se no travesseiro. Gostava de pensar que Gerbert sentia afeição por ela. E claro que ele se interessava infinitamente menos por ela do que por Labrousse. No entanto, via-se que tinha por ela uma simpatia bem pessoal. Por seu lado, ela também gostava bastante de Gerbert. Não podia imaginar relações mais agradáveis do que essa amizade sem exigências e sempre rica. Fechou os olhos: sentia-se bem. Mesmo a ideia de ser forçada a passar alguns anos num sanatório já não lhe provocava qualquer revolta. Dentro de alguns instantes saberia tudo, mas estava pronta para aceitar qualquer sentença.

A porta abriu-se suavemente.

— Como está? — perguntou Pierre.

Françoise sentiu que o sangue lhe subia ao rosto. A presença de Pierre trazia-lhe mais do que prazer: só diante dele sua calma indiferença desaparecia.

— Estou cada vez melhor — respondeu, segurando-lhe a mão.

— É daqui a pouco que vai à radioscopia?

— Sim. Mas o médico acha que o pulmão já se recompôs.

— Espero que não cansem você.

— Não. Hoje estou como nova.

A ternura lhe invadia o coração. Como fora injusta comparando o amor de Pierre a um velho sepulcro caiado! Graças a essa doença, pudera constatar que estava bem viva. Não era apenas a presença constante, os telefonemas, as atenções que Françoise lhe agradecia. O que, para ela, fora de uma suavidade inesquecível era o fato de ter descoberto em Pierre, para além da ternura normalmente consentida, uma ansiedade apaixonada e espontânea que ultrapassava seu autodomínio; assim, nesse momento, Pierre voltava para ela um rosto cujas reações não controlava. Por mais que lhe repetisse que a radioscopia não passaria de formalidade, via-se que a inquietação o dominava.

Pierre pôs um pacote de livros sobre a cama.

— Escolhi estes livros para você. Veja se lhe agradam.

Françoise olhou os títulos: dois romances policiais, um romance americano, algumas revistas.

— Agradam, sim. Você sabe ser simpático.

Pierre tirou o sobretudo e disse:

— Cruzei com Gerbert e Xavière no jardim.

— Saíram daqui agora mesmo. Gerbert pediu que ela o acompanhasse ao ensaio do teatrinho de fantoches. São engraçados os dois, quando estão juntos; passam da maior volubilidade ao silêncio mais pesado.

— É isso mesmo.

Deu um passo para a porta.

— Parece que está vindo alguém.

A convidada

— Quatro horas; chegou a hora de ir à radioscopia.

A enfermeira entrou, com ar importante, à frente de dois enfermeiros que carregavam uma grande cadeira.

— Então, o que acha da nossa doente? — perguntou a Pierre. — Espero que aguente bem a expedição até a sala de radioscopia.

— Ela está com bom aspecto.

— Sinto-me muito bem — disse Françoise.

Atravessar esta porta, depois de longos dias enclausurada, constituía uma verdadeira aventura. Os enfermeiros a levantaram, envolveram-na nos cobertores e a instalaram na cadeira. Era estranho estar ali sentada. Não era a mesma coisa do que estar sentada na cama. Agora sentia a cabeça rodando.

— Como se sente? — perguntou a enfermeira, abrindo a porta.

— Muito bem.

Com uma surpresa um pouco escandalizada, olhou a porta que se abria para o lado de fora. Normalmente abria-se para deixar entrar as pessoas. Agora, subitamente, mudava de sentido e transformava-se em porta de saída. O quarto também mudara de sentido; com a cama vazia, já não era o coração da clínica, o ponto para onde convergiam os corredores e as escadas. O corredor atapetado tornara-se a artéria vital na qual vinha dar uma série indistinta de pequenos compartimentos. Françoise teve a impressão de ter passado para o outro lado do mundo. Era quase tão estranho como penetrar num espelho.

Os enfermeiros pousaram a cadeira numa sala com chão de mosaico, cheia de instrumentos complicados. Fazia um calor terrível. Françoise, cansada dessa viagem ao além, semicerrou os olhos.

— Pode ficar de pé durante dois minutos? — perguntou-lhe o médico, que acabara de chegar.

— Vou tentar.

Não tinha muita confiança nas suas forças. Dois braços robustos a puseram de pé, guiando-a por entre os instrumentos.

O chão fugia-lhe debaixo dos pés. Nunca julgara que custasse tanto a andar; grossas gotas de suor escorriam por sua testa.

— Fique imóvel — disse uma voz.

Puseram-na contra um aparelho; uma placa de madeira veio colar-se ao seu peito. Sentia-se sufocar; não conseguia passar dois minutos sem perder a respiração. Subitamente fez-se a noite e o silêncio. Françoise ouvia apenas o assobio curto e precipitado da sua respiração. Depois ouviu um ruído seco e desmaiou. Quando voltou a si, estava de novo na cadeira. O médico debruçava-se sobre ela, com ar bondoso, e a enfermeira limpava sua testa luzidia de suor.

— Pronto, acabou — disse-lhe o médico. — Seus pulmões estão ótimos. Pode dormir descansada.

— Sente-se melhor? — perguntou a enfermeira.

Françoise respondeu que sim, acenando com a cabeça. Estava esgotada; parecia que nunca mais recobraria as forças, e que precisaria ficar deitada o resto da vida. Recostou-se nas costas da cadeira. Assim a levaram pelos corredores, de cabeça vazia e pesada. Quando chegou à porta do quarto, viu Pierre, que andava de um lado para outro, e que lhe sorriu ansioso.

— Aqui estou — murmurou ela.

Pierre esboçou um movimento na sua direção.

— Um momento, por favor — pediu a enfermeira.

Françoise voltou a cabeça para ele e, vendo-o tão sólido, bem plantado sobre as pernas, foi invadida por um sentimento de angústia. Como se sentia impotente e enferma! Era apenas um pacote inerte, que os enfermeiros transportavam nos braços.

— Agora precisa descansar — disse a enfermeira, arrumando os travesseiros e os lençóis.

Quando ela saiu, Françoise ouviu atrás da porta um curto conciliábulo. Então Pierre entrou. Françoise olhou-o com inveja: parecia tão natural, a ele, poder deslocar-se pelo quarto.

— Que bom! — exclamou Pierre. — Ao que parece, você está ótima.

Debruçou-se sobre Françoise e a beijou. A alegria que seu sorriso refletia aqueceu o coração de Françoise. Ela percebeu que essa alegria não fora criada para ela, mas era vivida por si própria, com completa gratuidade. Seu amor voltara a ser uma brilhante evidência.

— Você estava toda orgulhosa na sua cadeira — disse Pierre ternamente.

— Pois é... Mas estava me sentindo mal.

Pierre tirou um cigarro do bolso.

— Pode fumar cachimbo, se quiser — disse ela.

— Não — disse ele e apontou para o cigarro. — Nem o cigarro eu deveria fumar.

— Mas meu pulmão já está completamente bom...

Pierre acendeu o cigarro:

A convidada

— Agora você vai voltar para casa. E vai ter uma bela convalescença. Arranjamos uma vitrola, bons discos, as visitas vão aparecer. Ficará como uma rainha.

— Amanhã vou perguntar ao médico quando posso ir. Mas parece — disse, num suspiro — que nunca mais poderei andar.

— Não vai demorar muito tempo: primeiro ficará na poltrona algum tempo, depois dará grandes passeios a pé.

Françoise sorriu confiante.

— Parece que você passou ontem uma noite formidável com Xavière.

— Descobrimos um lugar bastante divertido.

O rosto de Pierre endureceu subitamente. Françoise teve a impressão de que acabara de mergulhá-lo num mundo de pensamentos desagradáveis.

— Ela me falou nisso tão entusiasmada — disse Françoise, mostrando sua decepção perante a reação de Pierre.

Ele, porém, encolheu os ombros.

— Então? — insistiu Françoise.

— Não tem nenhum interesse...

— Essa é boa! Não tem interesse? — perguntou Françoise, um pouco ansiosa.

Pierre hesitava.

— Então? Diga o que tem na cabeça.

Pierre continuava hesitante. Finalmente decidiu-se:

— Tenho pensado que Xavière está apaixonada por Gerbert.

Françoise encarou-o, estupefata.

— Que quer dizer com isso?

— Quero dizer isso mesmo. Aliás, seria absolutamente natural. Gerbert é um rapaz bonito, simpático, tem aquele gênero de graça que encanta Xavière. É mais que provável — disse, olhando vagamente a janela.

— Mas Xavière está muito interessada em você. Parecia deslumbrada com a noite que passou.

O lábio de Pierre avançou, pontudo. Françoise voltou a observar, com certo mal-estar, aquele perfil cortante e um pouco comum, que já não via há muito tempo.

— Evidentemente — disse ele, com certo orgulho. — Eu posso ainda proporcionar momentos formidáveis a qualquer pessoa se quiser me dar a esse trabalho. Mas o que isso prova?

— Não compreendo por que pensa assim.

Pierre pareceu não ouvir o que ela dizia.

— Trata-se de Xavière e não de uma Elisabeth. Que eu exerço uma certa sedução intelectual sobre ela, isso nem se discute. Mas tenho a certeza de que Xavière não confunde as duas coisas.

Françoise sentiu um choque; fora precisamente esse encanto intelectual de Pierre que a seduzira.

— Xavière é uma sensual — prosseguia Pierre — e sua sensualidade está intata. É certo que gosta da minha conversa; mas por outro lado deseja os beijos de um rapaz simpático.

O desagrado de Françoise acentuou-se; ela gostava dos beijos de Pierre. Será que ele a desprezava por causa disso? Mas não era dela que se tratava.

— Estou certa de que Gerbert não está querendo seduzi-la. Em primeiro lugar, porque sabe que você se interessa por Xavière.

— Não sabe nada. Gerbert só sabe aquilo que lhe dizem. Aliás, não é isso que me interessa.

— Mas, enfim, notou qualquer coisa entre eles?

— Quando os vi há pouco no jardim, pareceu-me que tudo era bem evidente e tive um choque — disse Pierre, começando a roer as unhas. — Nunca reparou como ela o olha, quando julga que as pessoas não a estão observando. Parece que quer comê-lo com os olhos.

Françoise lembrou-se de certo olhar ávido que surpreendera na noite do *réveillon*.

— Ela também ficou em transe diante de Paule Berger. Tudo isso são apenas momentos instantâneos de paixão, que não formam um sentimento.

— E não se lembra como ficou furiosa quando, um dia, brincamos a propósito de tia Christine e de Gerbert?

Se continuasse assim, Pierre acabaria por roer o dedo até o osso.

— Foi no dia em que Gerbert lhe foi apresentado. Não me diga que já o amava nessa altura!

— Por que não? Ele lhe agradou logo.

Françoise refletia: nessa noite, deixara Xavière sozinha com Gerbert; quando voltara, ela estava furiosa a ponto de Françoise admitir a hipótese de Gerbert ter sido incorreto. Pensava agora que, pelo contrário, ela teria agradado a Gerbert depressa demais. Dias depois, ocorrera aquela célebre indiscrição.

— Que acha disso tudo? — perguntou Pierre, nervoso.

A convidada

— Estava tentando me lembrar.
— Está vendo? Você hesita. Ah! Eu tenho uma série de indícios. Qual seria mesmo sua intenção quando foi contar a ele que nós o abandonamos, naquela noite?
— Mas no momento você pensou que era um princípio de interesse por você.
— Também era, de certa maneira; foi realmente naquele momento que Xavière começou a se interessar por mim. Mas o caso era muito mais complicado. Talvez ela lamentasse não ter passado essa parte da noite com Gerbert. Talvez, por instantes, admitisse a possibilidade de fazê-lo cúmplice de uma ligação contra nós. Ou talvez tenha querido vingar-se, magoando-o, do desejo que ele lhe inspirava.
— De qualquer forma, tudo isso não nos fornece o mínimo indício, em qualquer sentido. É demasiado ambíguo. Françoise ajeitou-se melhor nos travesseiros. Essa discussão fatigava-a. Sentia o suor aparecer nas costas e na palma da mão. E ela que pensava que todas as interpretações, todas as dúvidas que podiam perturbar Pierre já tinham acabado. Gostaria de ficar calma e indiferente, mas a agitação febril de Pierre a contagiava.
— Há pouco Xavière não me deu essa impressão — disse.
O lábio de Pierre voltou a estender-se, o que lhe deu uma expressão estranha; parecia que se felicitava por guardar para si a maldadezinha que, justamente, ia dizer:
— Você vê apenas o que quer ver.
Françoise corou.
— Há três semanas que estou retirada do mundo.
— Mas antes disso já havia uma série de indícios.
— Quais?
— Todos os que eu disse — respondeu Pierre, vagamente.
— Tudo isso tem pouca consistência.
Pierre irritou-se:
— Estou contando as coisas como são.
— Então não me pergunte nada — respondeu Françoise.
Sua voz tremia; perante aquela dureza inesperada de Pierre sentia-se infeliz, sem forças.
Pierre a olhou, com remorsos.
— Estou cansando você com minhas histórias — disse, num impulso de ternura.

— Nada disso... Mas, sinceramente, as provas parecem frágeis. Parecia tão atormentado que Françoise gostaria, realmente, de poder ajudá-lo.

— Na noite da inauguração da boate de Dominique, Xavière dançou uma vez com Gerbert: quando ele a enlaçou, ela tremeu da cabeça aos pés e sorriu com um ar voluptuoso que não enganava ninguém — prosseguiu Pierre.

— Por que você não disse nada?

Pierre encolheu os ombros:

— Sei lá.

Ficou um instante divagando.

— Ou talvez saiba: é que essa é a recordação mais desagradável, a que mais pesa sobre mim. Receava, se lhe confessasse, fazê-la partilhar essa evidência, tornando-a definitiva. Nunca pensei chegar a esse ponto — disse, sorrindo.

Françoise reviu a imagem de Xavière quando ela falava de Pierre: seus lábios que pareciam acariciá-lo, seu olhar terno.

— Bem, as coisas não me parecem assim tão evidentes — disse ela.

— Vou falar com ela esta noite.

— Mas ela vai ficar furiosa.

Pierre sorriu, com um ar doloroso.

— Não vai, não. Xavière gosta muito que eu lhe fale dela própria, pois pensa que sei apreciar todas as delicadezas do seu espírito. É esse o primeiro dos meus méritos, na opinião dela.

— Ela se interessa muito por você. No momento, Gerbert pode encantá-la, mas a coisa não vai mais longe.

O rosto de Pierre iluminou-se um pouco, mas conservou a mesma tensão.

— Tem certeza disso?

— Certeza, certeza, nunca se pode ter.

— Está vendo?

Olhava-a, quase ameaçador. Precisava de palavras apaziguadoras, que o tranquilizassem magicamente. Françoise crispou-se; não queria tratá-lo como a uma criança.

— Eu não sou um oráculo — disse ela.

— Quantas probabilidades, na sua opinião, existem de que ela esteja apaixonada por Gerbert?

— Mas isso não se pode calcular assim! — exclamou ela, impaciente.

A convidada

Era duro ver Pierre tão pueril e não estava disposta a tornar-se cúmplice dessa criancice.

— Eu sei, mas faça um cálculo, mesmo por alto — disse ele.

A febre de Françoise subira muito; com certeza durante a tarde, pois tinha a impressão de que o corpo se desfazia em suor.

— Não sei — disse ao acaso. — Talvez dez por cento.

— Só isso?

— Como quer que saiba?

— Você não está de boa vontade — disse Pierre secamente.

Françoise sentiu formar-se uma bola na garganta. Teve vontade de chorar; seria tão simples dizer o que ele queria ouvir, deixar-se levar. De novo, porém, nascia nela uma resistência obstinada. As coisas voltavam a formar sentido, a ter um preço e mereciam o combate. Simplesmente, ela não se sentia à altura da luta.

— Estou sendo idiota — disse Pierre. — Você tem razão. Afinal, para que venho preocupá-la com tudo isso? — Prosseguiu, mais calmo. — Não quero mais nada de Xavière, além do que já obtive. Mas seria insuportável saber que alguém conseguiu mais do que eu.

— Compreendo.

Françoise sorriu, mas a paz não voltou. Pierre quebrara sua solidão e seu repouso. Agora começava a distinguir um mundo cheio de riquezas e de obstáculos, um mundo onde gostaria de viver ao lado de Pierre e, nele, sentir anseios e terrores.

—Vou falar com ela hoje — insistiu Pierre. — Amanhã, conto tudo a você. Mas não vou atormentá-la mais, prometo.

— Você não me atormentou. Eu é que o forcei a falar. Você nem queria dizer nada...

— Era um ponto muito sensível — disse Pierre, sorrindo.

— Estava certo de que não conseguiria discutir o caso a sangue-frio. Não que me faltasse vontade de falar. Mas quando chegava aqui e via você com ar tão abatido, o resto me parecia irrisório.

— Agora já não estou doente; não precisa me poupar.

— Como vê, não a poupei realmente. Até me sinto envergonhado — disse, sorrindo. — Só falamos de mim.

— Quanto a isso, não se pode dizer que você seja um indivíduo fechado. É mesmo de uma sinceridade espantosa. Pode ser um grande sofista nas discussões, mas consigo mesmo não faz trapaça.

— Não tenho grande mérito nisso. Você sabe que nunca me sinto comprometido com o que se passa comigo.

Levantou os olhos para Françoise.

— Um dia desses você me disse uma coisa que me chocou: que eu punha os sentimentos fora do tempo e do espaço e que, para conservá-los intatos, me esquecia de vivê-los. Isso foi um pouco injusto. No entanto, em relação a mim parece que procedo realmente assim, de certa maneira: sempre acho que estou distante e que cada momento, em particular, não tem a mínima importância.

— Isso é verdade: você sempre se julga superior a tudo o que acontece.

— E assim — concluiu ele — posso me dar ao luxo de fazer qualquer coisa, refugiando-me na ideia de que sou o homem que realizou uma certa obra, que conseguiu alcançar, junto com você, um amor tão perfeito... Essa posição é muito cômoda, mas todo o resto também existe.

— Sim, o resto existe.

— Minha sinceridade, afinal, é apenas um meio de trapacear comigo mesmo. É espantoso como podemos ser astutos — disse, com ar convencido.

— Nós desmascararemos sua astúcia.

Françoise sorriu. Afinal, por que se inquietava? Pierre podia, à vontade, interrogar-se sobre si próprio, podia duvidar do mundo. Mas ela sabia que nada tinha a recear dessa liberdade que o separava dela. Nada poderia alterar seu amor.

Françoise apoiou a cabeça no travesseiro. Meio-dia. Ainda tinha pela frente um longo momento de solidão; já não era, porém, a solidão igual e branca da manhã. Um tédio suave insinuara-se no quarto; as flores tinham perdido o brilho e a laranjada perdera seu frescor. As paredes e os móveis lisos pareciam nus. Xavière e Pierre. Seus olhos, por mais que vagassem pelo quarto, só apreendiam ausências. Françoise fechou os olhos. Pela primeira vez nas últimas semanas sentia a ansiedade nascer. Que teria ocorrido naquela noite? As perguntas indiscretas de Pierre deviam ter ferido Xavière. Talvez, daqui a pouco, se reconciliassem junto à cabeceira dela. "E então?" Reconhecia essa queimadura na garganta, e o bater febril do coração. Pierre trouxera-a do fundo do limbo e ela não queria voltar a descer. Não queria ficar aqui. Presentemente, a clínica não passava de um lugar de exílio. Mesmo a doença não bastara para dar-lhe um destino solitário: esse futuro, que se reconstruía no horizonte, era o seu futuro, junto de Pierre. "O nosso futuro." Aguçou os sentidos. Nos dias anteriores sentindo-se tranquilamente instalada no coração da sua vida de doente, Françoise acolhia as visitas como se se tratasse de um simples divertimento. Hoje, tudo era diferente. Pierre e Xavière não avançavam simplesmente, um passo atrás do outro, ao longo do corredor; hoje eles subiam a escada, vinham da estação, de Paris, do fundo das suas vidas. Era um pedaço dessa vida que iria transcorrer naquele quarto. Os passos pararam em frente da porta.

— Podemos entrar? — perguntou Pierre,

Ali estava ele, juntamente com Xavière. Da sua ausência à sua presença, a passagem, como sempre, fora insensível.

— A enfermeira disse que você dormiu bem.

— Logo que acabarem as injeções posso sair.

— Desde que tenha juízo e que não se mexa muito. Precisa descansar e ficar calada. Hoje somos nós que vamos contar histórias. Temos uma série delas para contar — disse, sorrindo, a Xavière.

Instalou-se na cadeira ao lado da cama e Xavière sentou-se numa banqueta quadrada. Ela devia ter lavado os cabelos de manhã, pois uma cabeleira espessa e dourada emoldurava-lhe o rosto. Os olhos e a boca descorada davam-lhe uma expressão acariciadora e secreta.

— Sabe que ontem, no teatro, a representação foi um êxito total? A sala estava vibrante, fomos chamados à cena uma porção de vezes. No entanto, não sei bem por que fiquei irritadíssimo depois da representação.

— Você já estava nervoso, à tarde — disse-lhe Françoise, sorrindo.

— É verdade. Além disso, começava certamente a sentir a falta de sono. Não sei... O caso é que, quando descia a rua da Gaieté, comecei a ficar insuportável.

Xavière o olhou com uma expressão esquisita, mongólica.

— Ele estava uma verdadeira serpente; assobiava e lançava veneno. Eu, pelo contrário, encontrava-me muito alegre quando cheguei; tinha ensaiado ajuizadamente, durante duas horas, o papel da princesa chinesa, e dormi um pouco para ficar bem-disposta — acrescentou, com ar de censura.

— E eu, na minha maldade, só procurava pretextos para me irritar contra ela! — exclamou Pierre. — Ao atravessar o bulevar Montparnasse, Xavière teve a infeliz ideia de largar meu braço.

— Foi por causa dos automóveis — interrompeu Xavière, vivamente. — Como não podíamos andar com o mesmo passo, a situação não era cômoda.

— Tomei isso por um insulto deliberado e fui sacudido por um ataque de cólera terrível.

Xavière olhou para Françoise com um ar consternado.

— É isso mesmo: terrível. Quase não me dirigia a palavra, exceto, de vez em quando, uma frase de uma delicadeza ácida.

Eu já não sabia o que fazer: sentia-me agredida injustamente.

— Imagino — disse Françoise, sorrindo.

—Tínhamos decidido ir ao Dôme porque já não íamos lá há muito tempo. Xavière parecia satisfeita por voltar lá e então eu pensei que essa satisfação era apenas uma maneira de desprezar as últimas noites que passáramos juntos, em busca de aventuras. Isso tornou ainda mais nítido o meu furor. Passei assim cerca de uma hora, cheio de raiva, em frente do meu copo de cerveja preta.

— E eu tentei vários assuntos de conversa.

— Bem, isso é verdade — concordou Pierre. — Ela foi de uma paciência verdadeiramente evangélica, mas todos os seus esforços eram inúteis e só contribuíam para me pôr ainda mais fora de mim. Quando nos encontramos nesse estado, verificamos que poderíamos melhorar, se quiséssemos, mas vemos também que não temos qualquer razão para querer tal coisa, antes pelo contrário. Acabei por explodir em recriminações. Disse-lhe que ela era volúvel como o vento e que, se passássemos uma tarde agradável com ela, podíamos ter a certeza de que a próxima seria detestável.

Françoise riu:

— Mas o que lhe passa pela cabeça, quando demonstra uma agressividade tão grande?

— Eu achava sinceramente que Xavière me recebera com reservas e reticências. E pensava assim porque me convencera antecipadamente de que ela estaria na defensiva.

— É isso — disse Xavière, queixosa. — Calcule que ele me disse que fora o receio de não passar uma noite tão perfeita como a da véspera que o pusera nessa linda disposição de espírito.

A convidada

Sorriram os dois, com terna cumplicidade. Segundo parecia, não tinham falado de Gerbert. Pierre, sem dúvida, não se atrevera a falar-lhe e, dessa forma, contentara-se com uma explicação parcial dos fatos.

— Ela ficou tão dolorosamente escandalizada que eu me senti desarmado e cheio de vergonha. Então resolvi lhe contar tudo o que me passara pela cabeça desde que saí do teatro. E Xavière mostrou enorme grandeza de alma, me perdoando — disse Pierre, sorrindo.

Xavière sorriu também. Seguiu-se um curto silêncio.

— Depois — prosseguiu Pierre — chegamos a um acordo quanto a um ponto: todas as noites que passáramos juntos haviam sido perfeitas. Xavière teve a gentileza de me dizer que nunca se aborrecia comigo e eu disse a ela que os momentos que passara com ela contavam entre os mais preciosos da minha existência. E — acrescentou rapidamente, num tom leviano que soava falso — chegamos à conclusão de que não havia muita razão para nos admirarmos disso, já que gostávamos um do outro.

Apesar da ligeireza com que pronunciara essas palavras, elas caíram pesadamente no quarto e fez-se um silêncio. Xavière sorria, contrafeita. Françoise recompôs o rosto, pensando: "Trata-se apenas de uma frase e, na verdade, há muito que a situação atingiu esse ponto. Mas é uma frase decisiva, e Pierre, antes de pronunciá-la, devia me consultar." Não sentia ciúmes: o que não podia admitir, sem revolta, era perder aquela jovem suave e dourada que adotara numa madrugada agreste.

Pierre recomeçou, com uma desenvoltura tranquila.

— Xavière disse que até aquela ocasião nunca pensara que pudesse gostar de mim. Ela constatava realmente que os momentos que passávamos juntos eram felizes e perfeitos, mas nunca pensara que isso se devesse à minha presença.

Françoise olhou para Xavière, que, por sua vez, olhava para o chão com ar neutro. "Estava sendo injusta", pensou. Pierre a consultara, e ela lhe havia dito: *pode se apaixonar por ela*. Na noite do *réveillon* Pierre propusera-lhe renunciar a Xavière. Ele tinha completo direito de sentir a consciência tranquila.

— Acha que se tratava de um acaso mágico? — perguntou Françoise, um pouco sem jeito.

Xavière levantou a cabeça num movimento brusco.

— Nada disso. Sabia bem que era graças a você — disse, olhando para Pierre —, mas pensei que fosse apenas por você ser interessante, agradável, sei lá... Nunca pensei que fosse por... por outra coisa.

— E agora, o que pensa? Não mudou de opinião desde ontem? — perguntou Pierre, num tom insinuante em que transparecia certa inquietação.

— É lógico que não... Não sou nenhum cata-vento — disse ela, rígida.

— Podia ter se enganado — disse Pierre, com uma voz que hesitava entre a secura e a suavidade. — Talvez, num momento de exaltação, tivesse tomado amizade por amor.

— Eu ontem tinha um ar assim tão exaltado? — perguntou ela, com um sorriso crispado.

— Você parecia dominada pelo encanto daquele momento.

— Não mais do que habitualmente.

Xavière pegou uma mecha de cabelos e começou a fixá-la com um ar ao mesmo tempo idiota e malicioso.

— O que há — prosseguiu, numa voz arrastada — é que as coisas tomam um aspecto tão pesado, com essas palavras solenes...

O rosto de Pierre ficou sério:

— Mas se as palavras são justas, por que havemos de receá-las?

— Eu sei — concordou Xavière, envesgando de uma forma horrorosa.

— O amor não é um segredo vergonhoso — disse Pierre. — Parece-me uma fraqueza não querer olhar de frente o que se passa dentro de nós.

Xavière encolheu os ombros.

— Cada um é como nasce, e não gosto de expor minha alma em público.

Pierre ficou desconcertado e com um ar de sofrimento que comoveu Françoise. Como ele era frágil quando abaixava as armas e ficava sem defesa!

— Você acha desagradável o fato de discutirmos esse assunto aqui, entre nós três? Mas ontem fizemos essa combinação... Talvez fosse melhor que cada um falasse separadamente a Françoise, não?

Olhava Xavière hesitante. Ela lançou-lhe um olhar irritado.

— A mim pouco me interessa que sejamos dois, três ou uma multidão. O que me parece esquisito é ouvir vocês dois me falarem dos meus próprios sentimentos.

Começou a rir nervosamente.

— Isso para mim é tão esquisito que nem posso acreditar. Será realmente de mim que estão falando? Serei eu que vocês estão dissecando? E eu aceito isso?

A convidada

— Por que não? Trata-se de você e de mim — disse Pierre, com um sorriso tímido. — Isso lhe pareceu natural, à noite.

— À noite... — disse Xavière, com um trejeito quase doloroso. — Você parecia viver as coisas, e não apenas falar delas.

—Você está sendo extremamente desagradável.

Xavière mergulhou as mãos nos cabelos, apertando-os contra as fontes.

— É idiota falarmos de nós como se fôssemos pedaços de madeira! — exclamou ela, com violência.

— Quer dizer que você só pode viver as coisas na sombra, escondida — disse Pierre, num tom cáustico. — É incapaz de pensá-las e de querer vivê-las à luz do dia. Não são as palavras que a incomodam; o que a irrita é o fato de eu lhe pedir para estar hoje de acordo com aquilo que ontem aceitou de surpresa.

Xavière parecia acabrunhada e olhava Pierre com ar infeliz. Françoise gostaria de detê-lo. Essa tensão imperiosa que endurecia os traços de Pierre metia-lhe medo. Ela compreendia a expressão de Xavière e sua vontade de fugir. Mas ele também não era feliz. Apesar da sua fragilidade, Françoise não podia deixar de vê-lo como um homem que deseja teimosamente afirmar seu triunfo de macho.

—Você deu a entender que gostava de mim — recomeçou ele. — Ainda está em tempo de se arrepender. Não me surpreenderia descobrir que você conhece apenas as emoções do momento. Vamos, diga-me francamente que não me ama! — exclamou, olhando duramente para Xavière.

Xavière lançou um olhar desesperado a Françoise.

— Oh! Como eu gostaria que nada disso tivesse acontecido! — exclamou, angustiada. —Vivíamos tão bem antes. Por que você estragou tudo?

Pierre pareceu atingido por essa explosão; olhou para Xavière e depois para Françoise, hesitando.

— Deixe-a respirar um pouco — disse Françoise.

"Amar, não amar", pensava Françoise. "Como Pierre é racionalista, mas curto de espírito, com essa sede de certeza." Ela compreendia a angústia de Xavière, de uma maneira fraternal. Dentro de si própria tudo estava tão turvo que, se estivesse nas mesmas condições da outra, não saberia com que palavras descrever as próprias sensações.

— Perdão — disse Pierre. — Fiz mal em me irritar. Mas já acabou. Não quero que você pense que qualquer coisa se estragou entre nós.

— Mas já está estragado, compreende? — Seus lábios tremiam, seus nervos estavam a ponto de estourar. Bruscamente escondeu o rosto nas mãos.

— Que fazer agora? Que fazer? — disse ela.

Pierre debruçou-se sobre ela.

— Mas não houve nada, nada mudou... — disse ele, com voz insinuante.

Xavière deixou cair as mãos entre os joelhos.

— As coisas ficaram tão pesadas! Parece que tenho uma camada de chumbo em torno de mim. É tão pesado — repetia, tremendo da cabeça aos pés.

— Não pense que espero algo mais de você. Não lhe peço nada. Fica tudo como antes.

— Mas veja as coisas como estão... — disse Xavière. Levantou-se e lançou a cabeça para trás, procurando reter as lágrimas. — Vai ser uma desgraça, estou certa. Não tenho forças para isso — disse com voz entrecortada.

Françoise a olhava, angustiada, mas sem poder intervir. A cena assemelhava-se a uma outra, no Dôme. Hoje, porém, Pierre ainda tinha mais dificuldade em fazer qualquer gesto. Se o tentasse, seria não só uma temeridade inútil, mas uma impertinência.

Françoise, por seu turno, gostaria de abraçar aqueles ombros sacudidos pelos soluços e encontrar as palavras que consolariam Xavière. Encontrava-se, porém, paralisada entre os lençóis. Não lhe era possível qualquer contato. Só poderia dizer frases rígidas que soariam antecipadamente falsas. Xavière debatia-se sem socorro, sozinha e alucinada, entre as ameaças esmagadoras que percebia em torno de si.

—Vamos, não há nenhuma desgraça a recear entre nós. Você devia ter confiança — disse Françoise.

—Tenho medo.

— Pierre é uma serpentezinha, mas assobia mais do que morde; nós conseguiremos domesticá-lo. Não é verdade que vai se deixar domesticar?

— Deixarei até de assobiar, juro.

— Então?

Xavière respirou profundamente.

—Tenho medo — repetiu com voz cansada.

Como na véspera, à mesma hora, a porta abriu-se e a enfermeira entrou, seringa na mão. Xavière levantou-se, sobressaltada, e foi até a janela.

A convidada

— Não vai demorar muito — disse a enfermeira. Pierre levantou-se também e deu um passo, como se quisesse se aproximar de Xavière. Deteve-se, porém, em frente do aquecedor.

— É esta a última injeção? — perguntou Françoise.

— Não. Amanhã ainda tomará uma.

— E depois? Posso acabar de me curar em casa?

— Tem tanta pressa de nos deixar? Temos de esperar que suas forças voltem um pouco para podermos transportá-la.

— Quanto tempo ainda? Oito dias?

— Sim, oito a dez dias.

A enfermeira enterrou a agulha.

— Pronto, já acabou.

Ajeitou os lençóis e saiu com um grande sorriso. Xavière voltou-se.

— Detesto aquela voz melíflua — disse com raiva. Por um instante ficou imóvel no fundo do quarto e depois andou em direção à poltrona, onde deixara ficar o impermeável.

— O que vai fazer? — perguntou-lhe Françoise.

— Vou tomar ar. Aqui eu sufoco. Preciso estar só! — exclamou com violência.

Pierre fez um movimento na sua direção.

— Xavière! Não seja teimosa! Venha sentar-se e conversar com juízo.

— Conversar! Já conversamos demais!

Enfiou o impermeável depressa e andou na direção da porta.

— Não vá assim! — disse-lhe Pierre, docemente, estendendo a mão e tocando-lhe de leve no braço. Xavière, quando sentiu sua mão, deu um salto para trás.

— Não pense que vai me dar ordens — disse, com voz indiferente.

— Vá tomar um pouco de ar — disse Françoise. — Mas volte aqui no fim da tarde, está certo?

— Está certo — respondeu Xavière, olhando-a com uma espécie de docilidade.

— Poderei vê-la à meia-noite, depois do espetáculo? — perguntou Pierre, num tom seco.

— Não sei — respondeu Xavière em voz baixa.

Empurrou a porta, saiu e fechou-a bruscamente.

Pierre andou até a janela, onde ficou imóvel por um instante, a testa apoiada aos vidros, vendo-a partir.

— Estragou-se tudo.

— Mas também, que falta de jeito! — disse Françoise, nervosa.

— O que é que lhe passou pela cabeça? Nunca devia ter vindo aqui com ela, para me contar a conversa de vocês dois. A situação era incômoda para todos nós. Mesmo uma moça menos suscetível não a teria suportado.

— O que queria que eu fizesse? Sugeri-lhe que viesse sozinha, mas naturalmente isso lhe pareceu acima de suas forças e foi ela que quis que viéssemos juntos. Para mim, aliás, nem sequer existia o problema de tratar o caso sem ela. Era como se estivéssemos querendo arrumar as coisas como pessoas grandes, por trás dela.

— Realmente era uma situação delicada — disse Françoise. E acrescentou com uma espécie de prazer teimoso: — Em todo caso, sua solução não foi feliz.

— Ontem à noite tudo parecia tão simples — disse Pierre, olhando ao longe, com ar ausente. — Descobrimos nosso amor e vínhamos contá-lo, como uma bela história que nos acontecera.

Françoise sentiu o sangue lhe subir às faces. Seu coração encheu-se de rancor. Odiava esse papel de divindade indiferente e abençoadora que eles a faziam desempenhar, por comodidade, sob o pretexto de lhe prestarem reverência.

— Eu sei. Dessa forma a história ficaria antecipadamente santificada. Xavière ainda sentia mais necessidade do que você de pensar que me contaria o que se passara ontem à noite.

Revia o ar cúmplice e encantado dos dois, ao chegar ao quarto; traziam-lhe o seu amor como um belo presente, para que Françoise o devolvesse transformado em virtude.

— Simplesmente — prosseguiu — Xavière nunca imagina as coisas em pormenor e não percebe que, para isso, teria que se servir das palavras. Assim, ficou horrorizada quando você falou. Que ela procedesse assim, não me espanta. Mas você tinha obrigação de prever como as coisas se passariam.

Pierre encolheu os ombros.

— Nem pensei nisso, sabe? Não sentia o mínimo receio. Se você visse como essa furiazinha estava doce e como se entregava na noite passada... Quando pronunciei a palavra amor, sobressaltou-se um pouco, mas seu rosto refletiu logo o consentimento. Depois eu a levei para casa.

A convidada

Sorriu, mas com um ar de quem não sabe que está sorrindo; os olhos continuavam fixando o vácuo.

— Ao me despedir, tomei-a nos braços e ela me entregou seus lábios. Foi um beijo absolutamente casto. Mas havia nele tanta ternura...

A imagem atravessou Françoise, como um ferro em brasa: Xavière, de costume preto, blusa escocesa e gola branca, Xavière, de corpo flexível e tépido, entre os braços de Pierre, de olhos semicerrados, oferecendo-lhe os lábios. Nunca veria esse rosto. Fez um esforço violento: estava sendo injusta, não queria se deixar submergir num rancor crescente.

— Você não lhe propõe um amor fácil — disse. — É natural que Xavière se assuste, por instantes. Embora não costumemos observá-la desse ponto de vista, a verdade é que ela é uma jovem que nunca amou. E essas coisas contam, apesar de tudo.

— Desde que não faça qualquer besteira.

— O que teme que ela faça?

— Sei lá... Ela encontrava-se num estado... Você vai lhe explicar tudo, não é verdade? É preciso acalmá-la. Só você pode consertar as coisas — disse, olhando ansiosamente para Françoise.

— Vou tentar.

Voltou-lhe à mente a conversação da véspera: durante muito tempo o amara cegamente, mais do que ele merecia. Depois prometera amá-lo, e até mesmo naquela liberdade por onde ele lhe escapava. Não iria agora esbarrar contra o primeiro obstáculo. Sorriu para ele.

— O que vou tentar fazê-la compreender — disse — é que você não é um homem entre duas mulheres, mas que formamos, os três, algo de especial, algo difícil, talvez, mas que poderia ser belo e feliz.

— Pergunto a mim mesmo se ela virá à meia-noite. Encontrava-se tão fora de si...

— Tentarei convencê-la. No fundo, tudo isso não é muito grave.

Seguiu-se um silêncio.

— E Gerbert? Não há nada entre eles?

— Mal falamos nisso. Mas creio que você tinha razão. Ele a encanta apenas de momento, mas um minuto depois ela já nem pensa no caso. No entanto — prosseguiu, girando o cigarro entre os dedos —, foi a história com Gerbert que provocou tudo. Eu achava que nossas relações eram maravilhosas, tal como estavam, e não teria tentado mudar qualquer coisa se o ciúme não despertasse meu sentido imperialista.

É doentio; mal vejo qualquer resistência diante de mim, sinto uma vertigem.

Era verdade o que Pierre dizia: existia nele um mecanismo que nem ele próprio dominava. Françoise sentiu um aperto na garganta:

— Ainda vai acabar dormindo com ela — disse.

Mal pronunciou estas palavras sentiu que elas a invadiam como uma certeza intolerável. Pierre, com suas mãos acariciantes de homem, transformaria Xavière, essa pérola negra, esse anjo austero, numa mulher em êxtase. Já começara esmagando seus lábios contra os lábios suaves de Xavière. Françoise olhou-o com uma espécie de horror.

— Sabe que não sou um sensual — respondeu Pierre. — Tudo o que peço é a possibilidade de achar, não importa quando, um rosto como o desta noite e um momento em que só eu, neste mundo, exista para ela.

— Mas isso é quase inevitável. Sua ânsia de domínio não vai parar no meio do caminho. Para ter a certeza de que ela o ama, será forçado a lhe pedir cada vez mais.

Havia na sua voz tanta dureza hostil que Pierre se sentiu atingido e esboçou uma careta.

— Vai acabar fazendo com que eu tenha nojo de mim mesmo — disse.

— Para mim — explicou Françoise docemente — é uma espécie de sacrilégio pensar em Xavière como uma mulher sexuada.

— Para mim também — interrompeu Pierre. Acendeu um cigarro e prosseguiu: — Simplesmente também não posso suportar que ela durma com outro homem.

Françoise sentiu mais uma vez uma picada insuportável no coração.

— Exatamente por isso — disse — você será levado a dormir com ela, não digo já, mas dentro de seis meses, um ano.

Distinguia claramente todas as etapas desse caminho fatal que leva dos beijos às carícias e, destas, aos últimos abandonos. Por culpa de Pierre, Xavière rolaria por esse abismo como qualquer outra mulher. Durante um minuto odiou-o francamente.

— Bem — disse ela, dominando a voz. — Sabe o que lhe peço agora? Que se instale no seu canto, como no outro dia, e que trabalhe ajuizadamente. Vou repousar um pouco.

— Estou cansando você. Esqueço sempre que está doente.

— Não é você...

A convidada

Fechou os olhos. No fundo, seu sofrimento era estranho. O que queria, exatamente? Que poderia querer? Não sabia; mas era absurdo imaginar que poderia fugir a tudo pela renúncia. Gostava muito de Pierre e de Xavière, estava comprometida demais para poder fugir. Mil imagens dolorosas turbilhonavam em sua cabeça e lhe rasgavam o coração. Parecia que o sangue que lhe corria nas veias estava envenenado. Voltou-se para a parede e começou a chorar silenciosamente.

Pierre saiu da clínica às sete horas, depois do jantar de Françoise. Esta, que se sentia cansada demais para ler, nada mais podia fazer senão esperar Xavière. Mas ela viria? Era terrível depender de uma vontade caprichosa sem possuir qualquer meio de ação contrária. Sentia-se prisioneira. Olhou as paredes nuas: o quarto cheirava a febre e a noite. A enfermeira levara as flores e apagara a lâmpada do teto. Restava apenas uma luz triste em torno da cama.

— O que eu quero? — repetia Françoise, angustiada.

Até agora soubera apenas se agarrar obstinadamente ao passado. Deixara Pierre agir sozinho e agora, que o largara, era tarde demais para alcançá-lo. Tarde demais. "E se for tarde demais?", pensou. Se ela resolvesse lançar-se para a frente com todas as forças, em vez de ficar ali, de braços caídos e vazios? Ajeitou-se melhor na cama. Entregar-se sem reservas constituía a sua única oportunidade. Talvez então fosse, por sua vez, absorvida por esse futuro novo, em que Pierre e Xavière a precediam. Olhou a porta, febrilmente. Estava resolvida a proceder assim, não havia outra solução. Agora esperava apenas que Xavière chegasse. Sete e meia. Já não era Xavière que esperava, de mãos úmidas e garganta seca; era a sua vida, o seu futuro e a ressurreição de sua felicidade.

Bateram à porta, devagarinho.

— Entre — disse Françoise.

Ninguém entrou. Xavière devia recear que Pierre ainda estivesse lá.

— Entre — gritou Françoise, com voz estrangulada. Xavière ia partir sem ouvi-la e ela não tinha qualquer meio de chamá-la.

Xavière entrou.

— Não a incomodo? — perguntou.

— Claro que não. Aliás, eu esperava que você viesse. Onde esteve esse tempo todo? — perguntou-lhe suavemente, depois que ela se sentou perto da cama.

— Passeando.

—Você estava tão perturbada... Por que se desespera dessa maneira? O que receia? Não há razão para ter medo.

Xavière baixou a cabeça. Parecia esgotada.

— Há pouco procedi de uma maneira horrível. Labrousse ficou muito zangado? — perguntou timidamente.

— É lógico que não. Estava apenas bastante inquieto. Mas você vai tranquilizá-lo, não é verdade? — perguntou-lhe, sorrindo.

Xavière olhou Françoise, aterrorizada.

— Nem tenho coragem de vê-lo — disse.

— Mas é absurdo... Só por causa da cena de há pouco?

— Por causa de tudo.

— Você se assustou com uma palavra. Mas uma palavra em nada muda as coisas. Não pensa, com certeza, que ele vai se julgar com direitos sobre você.

— Sei lá... Tudo isso já provocou uma confusão muito grande.

— Foi você que fez a confusão, porque perdeu a cabeça. Tudo o que é novo a inquieta, não é verdade? Você receava vir a Paris, tentar fazer qualquer coisa no teatro. E afinal não perdeu muito com isso até agora, não é?

— Não — concordou Xavière, com um sorriso pálido.

Seu rosto, transtornado pela fadiga e pela angústia, parecia ainda mais impalpável do que de costume. No entanto, era constituído por uma matéria suave, em que Pierre pousara os lábios. Françoise contemplou com olhos amorosos essa mulher que Pierre amava.

— Tudo poderia correr tão bem — disse ela. — É uma coisa bela um casal unido. Mas ainda é muito mais rico o fato de três pessoas se amarem mutuamente com todas as forças.

Esperou um momento antes de continuar. Chegara o momento de também se comprometer e de aceitar todos os riscos.

— Afinal, é realmente uma espécie de amor o que existe entre nós duas, não é verdade?

Xavière olhou-a de relance.

— É — respondeu baixinho.

Uma expressão de ternura infantil arredondou-lhe subitamente o rosto. Num impulso, inclinou-se para Françoise e a beijou.

— Como está quente — disse-lhe. — Está com febre?

— À noite tenho sempre febre. Mas sinto-me tão feliz por tê-la aqui a meu lado.

A convidada

Afinal, tudo era tão simples. Esse amor, que de repente lhe enchia o coração, estivera sempre ao seu alcance: bastava apenas estender a mão, essa mão medrosa e avara.

— Se você também amar Labrousse, repare como nós faremos um belo trio, bem equilibrado. Não é um tipo de vida muito comum, mas não acho que apresente grande dificuldade para nós. Não acha?

— Acho que sim — disse Xavière, pegando a mão de Françoise.

— Só é preciso que eu fique curada: vai ver então que bela vida nós três levaremos.

— Quando volta para a casa? Dentro de uma semana?

— Se tudo correr bem — disse Françoise.

Reconheceu subitamente a dolorosa rigidez do seu corpo: não, não ficaria mais tempo na clínica. Acabara a tranquila indiferença. Sentia que recobrara toda a sua dureza na conquista da felicidade.

— O hotel sem você tem um aspecto tão lúgubre! — disse Xavière.

— Antes, mesmo quando passava dias sem vê-la, sabia que vivia no quarto de cima. Ouvia seus passos na escada. Agora está vazio.

— Mas eu vou voltar — disse Françoise, comovida.

Nunca pensara que Xavière fosse tão atenta à sua presença. Como a conhecia mal! E como agora ia amá-la para recuperar o tempo perdido! Apertou sua mão e olhou-a em silêncio. Com as fontes a latejar de febre, de garganta seca, Françoise compreendia agora que milagre irrompera na sua vida. Ela murchava devagar, à sombra de pacientes construções, de pensamentos pesados como chumbo, quando subitamente, graças a uma explosão de pureza e de liberdade, todo aquele mundo demasiado humano transformara-se em pó. Bastara um olhar ingênuo de Xavière para destruir essa prisão. Agora, da terra libertada brotariam mil maravilhas, por obra e graça desse anjo jovem e exigente. Um anjo sombrio, com mãos de mulher, mãos vermelhas como as das camponesas, com lábios cheirando a mel, tabaco e chá verde.

— Querida Xavière — disse Françoise.

Segunda parte

CAPÍTULO 1

O olhar de Elisabeth percorreu as paredes acolchoadas e deteve-se no teatrinho vermelho, no fundo da sala. Durante certo tempo pensara com orgulho: "Esta obra é minha." Hoje, porém, via que não havia muita razão para orgulhar-se. No fim de contas, aquilo tinha de ser feito por alguém.

— Preciso voltar para casa — disse a Gerbert. — Hoje Pierre vai jantar lá, com Françoise e Xavière.

— Xavière está me abandonando — comentou Gerbert, decepcionado.

Nem tivera tempo de tirar a maquilagem. O verde das pálpebras e o ocre espesso que lhe cobria as faces davam-lhe um aspecto ainda mais belo do que ao natural. Fora Elisabeth que convencera Dominique a contratá-la para representar o número dos fantoches. Ela desempenhara um grande papel na organização do cabaré. Pensando nisso, sorriu, amarga: com o auxílio do álcool e da fumaça tivera, durante toda essa agitação, a impressão de que agia. Tudo, porém, era afinal como o resto da sua vida: tratava-se apenas de ações fingidas. Compreendera, nesses três dias, que nada do que lhe acontecia era verdadeiro. Por vezes, procurando bem no nevoeiro da sua vida, distinguia qualquer coisa que se parecia com um acontecimento, ou um ato. As outras pessoas podiam se deixar enganar. Ela, porém, sabia que se tratava de um logro.

— Creio — disse para Gerbert — que ela vai abandoná-lo mais vezes.

Lise substituíra Xavière no papel dos fantoches e, na opinião de Elisabeth, ia pelo menos tão bem como ela. Gerbert, entretanto, parecia contrariado com a substituição. Elisabeth sondou-o com o olhar.

— Ela parece ter jeito — prosseguiu — mas falta convicção a tudo o que faz. É pena.

— Compreendo que não seja nada divertido vir aqui todas as noites — comentou Gerbert, com um movimento de recuo que não escapou a Elisabeth. Desconfiava há muito tempo que Gerbert sentia certa atração por Xavière. "É gozado", pensou, "Françoise saberá disso?"

— Afinal em que ficamos, quanto ao seu retrato? Marcamos para terça à tarde? Preciso apenas fazer alguns *croquis*. "O que eu gostaria de saber", continuou pensando, "é o que Xavière sente por Gerbert. Ela não deve se interessar muito por ele. Pierre e Françoise a mantêm bem presa. No entanto, seus olhos brilhavam de uma forma estranha na inauguração da boate, quando dançou com Gerbert. Se ele lhe fizesse a corte, qual seria sua reação?"

— Pode ser na terça-feira — respondeu-lhe Gerbert.

Ele era tão tímido... Nunca ousaria tomar uma iniciativa. E nem sequer suspeitava que tinha possibilidades... Elisabeth beijou levemente a testa de Dominique.

— Até logo, minha querida — disse-lhe.

Saiu apressada, já era tarde. Teria de andar rapidamente se quisesse chegar antes deles. Demorara-se mais porque quisera adiar até o último minuto o momento de recair na solidão. Precisava arranjar um jeito de falar com Claude. Sabia que a partida estava antecipadamente perdida, mas, apesar disso, gostaria de tentar a sorte. Cerrou os dentes. Suzanne triunfava: Nanteuil acabara por aceitar *A partilha* para a próxima estação e Claude estava radiante, numa satisfação estúpida. Nunca fora tão terno como nos últimos três dias, mas ela também nunca o odiara tanto. Claude era um arrivista, um vaidoso, um fraco; estava amarrado a Suzanne para a eternidade. Elisabeth continuaria sempre na sua posição de amante tolerada e furtiva. Nesses últimos dias a verdade surgira-lhe na sua nudez intolerável: fora por covardia que alimentara esperanças vãs, pois nada mais podia esperar de Claude. No entanto, aceitaria tudo para poder conservá-lo. Não podia viver sem ele. Nem sequer tinha a desculpa de um amor generoso: o sofrimento e o rancor haviam abafado todo o sentimento amoroso. Aliás, será que o teria amado, algum dia? Seria capaz de amar alguém? Apressou o passo. Houvera o caso de Pierre com Françoise. Se ele houvesse lhe dedicado um pouco de carinho, talvez o mundo fosse pleno para ela e a paz lhe enchesse o coração. Agora, porém, tudo acabara. Seguia apressadamente em sua direção sentindo apenas um desejo desesperado de lhe fazer mal.

Subiu a escada, acendeu a luz. Antes de sair deixara a mesa posta. A ceia tinha realmente bom aspecto. Elisabeth tinha também um ar magnífico, com sua saia plissada, o casaco escocês e a maquilagem cuidada. Olhando esta cena ao espelho, Elisabeth poderia julgar que realizava um velho sonho. Quando tinha vinte anos, servia a Pierre,

Simone de Beauvoir

no seu quartinho triste, sanduíches com vinho tinto e fazia de conta que lhe oferecia uma ceia fina, com *foie gras* e borgonha velho. Agora, havia *foie gras* na mesa e sanduíches de caviar. As bebidas eram xerez e vodca. Elisabeth tinha dinheiro, relações, um princípio de fama. E, no entanto, continuava sentindo-se à margem da vida. Aquela ceia era apenas a imitação de uma ceia verdadeira, numa casa que era a imitação de um apartamento elegante. E ela, Elisabeth, era somente uma paródia viva da mulher que pretendia ser. Partiu um *petit four* entre os dedos. Outrora este gesto constituía uma brincadeira divertida, pois representava a antecipação de um futuro brilhante: hoje, porém, ela já não tinha futuro. Sabia que nunca atingiria, em parte alguma, o modelo autêntico de que o seu presente constituía apenas a cópia. Nunca conheceria qualquer outra coisa, além desses aspectos falsos. Sobre sua vida caíra uma maldição: transformar tudo o que tocava em cenário.

A campainha quebrou o silêncio. Saberiam eles que tudo era falso? Sabiam, com certeza. Lançou um último olhar à mesa e ao seu rosto. Abriu a porta. Françoise surgiu com um ramo de anêmonas na mão: era a flor de que Elisabeth mais gostava ou, pelo menos, aquela de que decidira gostar mais, há dez anos.

— Tome — disse Françoise. — Comprei-as agora, no Banneau.

— Que gentileza! São tão bonitas.

Sentiu que dentro de si algo se enternecia. Aliás, seu ódio não era contra Françoise. Era contra o irmão.

— Entrem depressa — disse.

Escondida atrás de Pierre, vinha Xavière, com seu ar tímido e um pouco idiota. Elisabeth sabia que ela viria, mas não pôde evitar um acesso de irritação. "Francamente", pensou. "Eles estão se tornando ridículos, com essa garota sempre a tiracolo."

— Que sala bonita! — exclamou Xavière. Pelo seu espanto não dissimulado, e pela forma como olhava Elisabeth, via-se que pensava: "Nunca julguei que você fosse capaz de arrumar tão bem uma casa."

— Realmente este ateliê é um encanto — disse Françoise, tirando o casaco e sentando-se.

— Tire também seu casaco, senão vai sentir frio quando sair — aconselhou Pierre a Xavière.

— Prefiro não tirar, sabe...

— Mas aqui está calor — disse-lhe Françoise.

— Talvez, mas eu não sou calorenta — disse Xavière, num ar suave mas teimoso.

Eles a olharam com um ar infeliz e consultaram-se com o olhar. Elisabeth reprimiu um encolher de ombros. "Xavière", pensou, "nunca saberá se vestir". Ela estava usando um casaco de velha, muito largo e escuro demais.

— Espero que tenham fome e sede — disse Elisabeth, com um entusiasmo fingido. — Sirvam-se. É preciso honrar a minha ceia.

— Estou morrendo de fome e de sede — afirmou Pierre. — Aliás, todo mundo sabe que sou um terrível comilão! — exclamou, sorrindo. Os outros sorriram também. Eram tão cúmplices na hilaridade que pareciam embriagados.

— Xerez ou vodca? — perguntou Elisabeth.

— Vodca — responderam em coro.

"Pierre e Françoise preferem o xerez", pensou Elisabeth. "Xavière já teria conseguido impor suas preferências?" Encheu os copos, pensando: "Pierre tem relações com Xavière, não há dúvida. E as duas mulheres?" Era bem possível: eles formavam um trio tão perfeitamente simétrico... Apareciam por vezes dois a dois. Certamente tinham estabelecido um sistema de revezamento. Porém, mais frequentemente, os três eram vistos de braço dado, andando com o mesmo passo.

— Ontem eu vi os três atravessando o cruzamento do bulevar Montparnasse — disse com um risinho. — Vocês estavam engraçados.

— Engraçados por quê? — perguntou Pierre.

— Iam de braço dado e saltavam de um pé para outro, os três, em conjunto. — Pensou: "Quando se entusiasma por alguém, ou alguma coisa, Pierre não sabe guardar as medidas. Sempre foi assim. Que encontrara ele em Xavière? Com aqueles cabelos amarelos, o rosto inexpressivo, as mãos avermelhadas, não é nada sedutora."

Voltou-se para Xavière:

— Não quer comer nada?

Xavière examinava os sanduíches com ar desconfiado.

— Coma um sanduíche de caviar — sugeriu Pierre. — São deliciosos! Você nos recebe como príncipes, Elisabeth!

— E vestida como uma princesa! — exclamou Françoise. — Você fica muito bem nesse vestido.

— Todo mundo fica bem quando se veste bem — acentuou Elisabeth. — "Françoise, se quisesse, também teria meios para andar tão elegante como eu" — pensou.

— Acho que vou provar o caviar — disse Xavière, com ar pensativo. Tirou um sanduíche e deu uma mordida. Pierre e Françoise a olhavam, em expectativa.

— Então, que tal? — perguntou Françoise.

— É bom — respondeu Xavière firmemente.

Os dois rostos se acalmaram. "Com tantas atenções", pensava Elisabeth, "não é de admirar se essa garota se julgar uma divindade".

— Então, agora já se sente completamente bem? — perguntou Elisabeth a Françoise.

— Nunca me senti tão bem. A doença me obrigou a repousar bastante e isso foi ótimo.

Na verdade, engordara um pouco e tinha um aspecto florescente. Elisabeth a via comer um sanduíche de *foie gras*. Nessa felicidade que os três exibiam não haveria a mínima falha?

— Gostaria de ver suas últimas telas — disse-lhe Pierre. — Há muito tempo que não me mostra nada. Françoise me disse que você mudou de técnica.

— Estou em plena evolução — disse Elisabeth, com ênfase irônica. "Meus quadros", pensou, "meia dúzia de cores espalhadas sobre a tela, de maneira a parecerem quadros. Passo os dias pintando para me convencer de que sou pintora. Mas essa atividade não passa também de uma brincadeira lúgubre".

Pegou uma das telas, colocou-a no cavalete e acendeu uma lâmpada azul. Tudo isso, sabia, fazia parte de um ritual: agora ia mostrar falsos quadros e receberia falsos elogios. Mas eles ignoravam que ela sabia: desta vez, eram eles os enganados!

— É mesmo! — exclamou Pierre. — Houve uma mudança radical.

Fixou o quadro com um ar de interesse autêntico. A tela representava o pedaço de uma arena espanhola. Num dos lados via-se a cabeça de um touro; ao meio havia espingardas e cadáveres.

— Não se parece nada com a primeira experiência — comentou Françoise. — Mostre o outro quadro a Pierre, para ele observar a transição.

Elisabeth foi buscar o *Fuzilamento*.

— É interessante — observou Pierre — mas inferior ao outro. Acho que acertou renunciando a qualquer espécie de realismo.

Elisabeth observava sua reação. Como ele parecia sincero, explicou:

— É realmente nesse sentido que estou trabalhando: procuro utilizar a incoerência e a liberdade dos surrealistas, dirigindo-as

A convidada

Mostrou depois o *Campo de concentração*, a *Paisagem fascista* e a *Noite de pogrom,* que Pierre estudou com ar aprovador. Elisabeth lançou aos quadros um olhar perplexo. No fim de contas, para se tornar uma verdadeira pintora não lhe faltaria apenas público? Na sua solidão, qualquer artista exigente não procederia como ela, julgando ser apenas um borra-tintas? O verdadeiro pintor é aquele cuja obra é verdadeira; de certa maneira, Claude estava com a razão quando ansiava ver sua peça representada num verdadeiro palco. Uma obra só se torna verdadeira quando se torna conhecida. Escolheu uma das telas mais recentes: *A chacina.* Quando a colocava no cavalete, surpreendeu o olhar consternado que Xavière dirigia a Françoise.

— Não gosta de pintura? — perguntou-lhe secamente.

— Não compreendo nada disso — respondeu ela, desculpando-se.

Pierre lançou-lhe um olhar inquieto e Elisabeth sentiu que a cólera lhe invadia o coração. Com certeza tinham prevenido Xavière de que a certa altura surgiria a inevitável chatice da mostra de quadros. Mas ela começava a se impacientar, e o menor reflexo seu contava mais do que tudo.

— Que acha? — perguntou a Pierre.

Era um quadro arrojado e complexo, que merecia amplos comentários. Pierre, porém, contentou-se em lançar-lhe um olhar apressado.

— Gosto muito também — respondeu, com um desejo visível de encerrar o assunto.

Elisabeth retirou o quadro, dizendo:

— Basta por hoje; não devemos martirizar Xavière.

Esta lançou-lhe um olhar sombrio, compreendendo que Elisabeth não deixara passar despercebida a sua reação.

— Escute — disse Elisabeth a Françoise. — Se quiser, pode pôr um disco na vitrola. Só lhe peço que não toque muito alto, por causa do vizinho.

— Que bom! — exclamou Xavière, entusiasmada.

— Por que é que você não tenta uma exposição este ano? — perguntou Pierre, acendendo o cachimbo. — Estou certo de que atingiria o grande público.

— O momento seria mal escolhido — respondeu ela. — Nossa época é muito incerta para permitir o lançamento de um nome novo.

— No entanto, o teatro vai bem.

Elisabeth olhou-o hesitante e depois lançou à queima-roupa:

— Sabe que Nanteuil resolveu representar a peça de Claude?
— É mesmo? — disse Pierre, com ar vago. — E Claude está contente?
— Bem, nem por isso — respondeu Elisabeth, aspirando longamente a fumaça do cigarro. — E devo confessar que estou desolada. Trata-se de um desses compromissos que podem afundar um autor para sempre.
Tomou coragem e disse:
— Ah! Se você aceitasse a *Partilha*! Então, sim, Claude estaria lançado.
Pierre ficou embaraçado. Detestava dizer não, e normalmente conseguia escapar por entre os dedos das pessoas, quando lhe pediam qualquer coisa.
— Escute — disse-lhe. — Quer que eu fale mais uma vez com Berger? Precisamos ir almoçar um destes dias na casa dele.
Xavière enlaçara Françoise e dançava uma rumba com ela. O rosto desta refletia a sua aplicação: parecia que jogava, naquela rumba, a salvação de sua alma.
— Berger já disse que não vai voltar atrás — comentou Elisabeth, sentindo-se possuída por um impulso de absurda esperança. — Escute, Pierre: não é ele que me interessa, é você! Sua peça sobe à cena na próxima estação, não é? Mas não vai montá-la em outubro... E se você encenasse a *Partilha* só durante algumas semanas?
Esperou a resposta, ansiosa. Pierre chupava o cachimbo. Parecia pouco à vontade.
— Sabe que é muito provável — respondeu finalmente — que no próximo ano partamos em *tournée* pelo mundo afora?
— O famoso projeto de Bernheim? — perguntou Elisabeth, desconfiada. — Pensei que não queria ir, de modo nenhum.
Sentia que fora derrotada, mas não deixaria Pierre fugir tão facilmente.
— O projeto é muito tentador. Ganhamos algum dinheiro, vemos coisas novas... É claro que — prosseguiu, olhando para Françoise — ainda não está completamente decidido.
Elisabeth refletia. "Evidentemente vão levar Xavière. Pierre parece capaz de tudo por um sorriso dela. Talvez esteja pronto a abandonar a própria obra por um idílio triangular no Mediterrâneo."
— E se vocês não partissem? — insistiu Elisabeth.
— Bem, se não partíssemos... — respondeu Pierre, molemente.

A convidada

— Representaria a *Partilha* em outubro?

Queria arrancar-lhe uma resposta concreta, pois sabia que Pierre não gostava de voltar atrás quando fazia uma promessa. Ele tirou umas baforadas do cachimbo.

— Enfim, por que não? — disse, sem entusiasmo.

— Está falando sério?

— Claro — respondeu Pierre, já mais decidido. — Se ficarmos, poderemos muito bem começar a estação com a *Partilha*.

"Aceitou tão depressa", pensou Elisabeth, "que já deve ter certeza de que vai fazer a tal *tournée*. De qualquer modo é uma imprudência de sua parte, pois se o projeto não se realizar ficará amarrado".

— Seria uma coisa formidável para Claude! — exclamou ela. — Quando é que pode dar uma certeza?

— Dentro de um ou dois meses.

Seguiu-se um silêncio. "Se houvesse uma maneira de impedir a *tournée*...", pensava Elisabeth.

Françoise, que os espiava com o canto do olho, aproximou-se vivamente.

— Chegou a sua vez de dançar — disse para Pierre. — Xavière é infatigável, mas eu não posso mais.

— Dançou muito bem — disse Xavière, acrescentando com ar protetor: — Está vendo? Só precisa de boa vontade.

— É... Você, então, tem boa vontade por dois — comentou Françoise, gentilmente.

— Olhe que vamos recomeçar... — ameaçou Xavière, com ar terno.

"É irritante como o diabo esta maneira piegas de falar que adotaram nas conversas entre eles..." — pensou Elisabeth.

— Com licença — disse Pierre, afastando-se com Xavière, para escolher um disco.

Esta finalmente decidira tirar o casaco: seu corpo era delgado, mas o olhar prático de um pintor conseguia, apesar disso, distinguir nela uma certa tendência para criar barriga. Se não se impusesse um regime severo, engordaria com facilidade.

— Xavière tem razão em vigiar o que come — disse Elisabeth a Françoise. — Deve engordar com facilidade.

— Ela? — perguntou Françoise, rindo. — É um caniço.

— Você julga que é por acaso que não come nada?

— Não sei... Mas tenho a certeza de que não é para conservar a linha. "Parece que acha ridícula a ideia de que Xavière possa engordar!", pensou Elisabeth. "Durante certo tempo Françoise conservou alguma lucidez, mas agora tornou-se tão estúpida como Pierre. Como se Xavière não fosse uma mulher como qualquer outra!" Elisabeth a considerava acessível a todas as fraquezas humanas, sob aquela sua máscara de virgem loura.

— Pierre disse que vocês talvez partam em *tournée* na próxima estação. É sério?

— É o que dizem — respondeu Françoise, embaraçada. Como não sabia o que Pierre dissera, receava comprometer-se.

Elisabeth encheu dois copos de vodca.

— E essa garota, o que vão fazer dela? — perguntou Elisabeth, abanando a cabeça.

— O que vamos fazer dela? — exclamou Françoise, chocada. — Ela está estudando arte dramática, como você sabe.

— Em primeiro lugar, ela não estuda coisa nenhuma. E depois, você bem sabe que não é isso que quero dizer — insistiu Elisabeth, esvaziando o copo. — Ela não vai passar toda a vida à custa de vocês.

— Claro que não.

— Não pretende ter vida própria? Amores, aventuras, sei lá?

Françoise respondeu, com um sorrisinho:

— Parece que, por enquanto, não pensa muito nisso.

— Por enquanto não, é lógico.

Xavière dançava com Pierre. "Ela dança muito bem, mas seu sorriso é de uma faceirice verdadeiramente impudica. Não entendo como Françoise suporta isso", pensou Elisabeth. "Vê-se que está apaixonada por Pierre. Mas com certeza é fingida e volúvel, capaz de sacrificar tudo ao prazer de um momento. Será aí que posso encontrar a falha que procuro?"

— Afinal, em que ponto estão as coisas com aquele seu apaixonado? — perguntou-lhe Françoise.

— Quem? Moreau? Tivemos uma cena terrível, a propósito do pacifismo. Zombei dele e ele se irritou. Quase me estrangulou!

Procurou qualquer coisa na bolsa.

— Tenho aqui a sua última carta. Leia.

— Eu não o acho tolo — comentou Françoise, pegando a carta.

—Você não falava muito mal dele...

A convidada

— Bem, Moreau goza de uma estima universal.
"De início", pensou, "achei-o interessante, e me diverti encorajando seu amor. Por que razão me desinteressei dele?" Resolveu ser sincera até o fim: "Foi porque Moreau gostava de mim. Essa era a melhor maneira de desconsiderá-lo a meus olhos. Resta-me, ao menos, este orgulho: desprezar os sentimentos irrisórios que inspiro".

— Esta carta é séria — comentou Françoise. — E você, como é que respondeu a ele?

— Fiquei embaraçada, sabe? Era difícil explicar-lhe que não levara a história a sério nem por um minuto. Aliás...

Encolheu os ombros; como poderia se orientar no meio de tal confusão? Ela própria se perdia. Aquele simulacro de amizade, que fabricara por desfastio, poderia afinal reivindicar uma existência tão real na sua vida como a pintura, a política, as zangas com Claude. Tudo era afinal a mesma coisa: comédia sem consequências.

— Calcule que ele me perseguiu até a boate de Dominique, lívido como um morto, de olhos esbugalhados. Estava escuro e não passava ninguém. Eu estava aterrorizada.

Esboçou um risinho. Não podia deixar de contar o que se passara. No entanto, não tivera medo, nem chegara a haver qualquer cena. Apenas um pobre homem fora de si, que lançava ao acaso palavras e gestos desconexos.

— A certa altura apertou-me contra um candeeiro da rua, agarrou meu pescoço e me disse, com ar teatral: "Ou você será minha, Elisabeth, ou a mato!"

— Então esteve prestes a estrangulá-la, de verdade? Eu pensei que era uma maneira de falar...

— Não, era a sério. Moreau parecia realmente capaz de me matar.

"É irritante", pensou. "Se contamos as coisas apenas como são, as pessoas pensam que elas nem aconteceram. Quando começam a crer nelas, acreditam afinal em outra coisa, diferente do que aconteceu." Revia os olhos vítreos de Moreau, junto do seu rosto, e os lábios lívidos que se aproximavam dos seus.

— Estrangule-me se quiser, mas não me beije — disse. — Então, suas mãos começaram a apertar ainda mais meu pescoço.

— Puxa! Quase virou um belo crime passional!

— Não. Ele me largou logo. Sabe como? Bastou dizer-lhe: "É ridículo", e ele afrouxou imediatamente.

Recordava-se de que naquele momento sentira certa decepção. No entanto, mesmo que Moreau continuasse a apertar, até ela cair, nem assim julgaria que se tratava de um crime. Seria apenas um acidente infeliz. "Não, nunca lhe aconteceria nada verdadeiramente autêntico."

— E foi por amor ao pacifismo que quis assassiná-la?

— Foi. Provoquei a indignação dele afirmando que a guerra era o único meio de sair da porcaria em que vivemos.

— Também sou da opinião dele: acho que a emenda seria pior do que o soneto...

— Por quê?

Encolheu os ombros. A guerra... Por que tinham tanto medo? A guerra, pelo menos, seria uma coisa séria, não se desfaria nas mãos, seria qualquer coisa real, enfim. Seriam então possíveis verdadeiras ações, como organizar a revolução. Para o que desse e viesse, ela já começara a aprender russo. Talvez pudesse finalmente mostrar o que valia; talvez as circunstâncias fossem demasiado estreitas para ela.

Pierre se aproximara:

— Tem certeza de que a guerra traria a revolução? E, mesmo em caso afirmativo, não acha que seria pagar um preço muito alto? — perguntou-lhe.

— Elisabeth é uma fanática — começou Françoise, com um sorriso afetuoso. — Seria capaz de pôr a Europa a ferro e fogo para servir à sua causa.

— Uma fanática — disse, sorrindo modestamente.

Mas seu sorriso desapareceu de repente. Sabia que eles não se deixariam enganar. Tudo dentro dela era completamente oco. Suas convicções não passavam de palavras; eram apenas mentira, comédia.

— Uma fanática — repetiu, desta vez com um riso estridente. — Essa é boa! Uma fanática!

— O que é que você tem? — perguntou Pierre, pouco à vontade.

— Nada...

"Deixei-me arrastar", pensou. "Fui longe demais. Longe demais... Mas então tudo isso é feito de propósito, essa repugnância cínica perante o papel que represento? E esse desprezo pela repugnância, que sinto nascer agora, não será também uma comédia? E essa dúvida perante o desprezo... É de enlouquecer. Se começo a ser sincera, não posso parar."

— Bem, vamos nos despedir — disse Françoise. — Precisamos ir.

A convidada

Elisabeth voltou a si. Agora estavam ali, os três, parados à sua frente, e pareciam pouco à vontade. Ela devia ter feito uma linda figura durante esse instante.

— Adeus, passo pelo teatro uma noite dessas — disse, acompanhando-os até a porta. Voltou ao ateliê, aproximou-se da mesa, encheu um copo de vodca e o bebeu de um trago. "E se tivesse continuado a rir? E se lhes tivesse dito: Eu sei, eu sei que vocês sabem. Eles teriam ficado espantados. Mas para quê? Todo esse choro, essa revolta, seriam outras tantas comédias mais fatigantes ainda, e tão vãs como as outras. Não havia maneira de sair disso: em nenhum ponto do mundo, ou de mim mesma, está reservada qualquer verdade."

Olhou os pratos sujos, os copos vazios, o cinzeiro cheio de tocos de cigarro. "Eles não triunfarão sempre. Há algo a fazer: algo em que Gerbert se encontra envolvido." Sentou-se na borda do sofá. Revia as faces nacaradas de Xavière e o sorriso feliz de Pierre, quando dançava com ela. Tudo isso girava em sarabanda na sua cabeça. Mas poria em ordem as ideias. Havia algo a fazer: um ato autêntico que provocasse verdadeiras lágrimas. Talvez naquele momento sentisse finalmente que vivia a sério. Então não se realizaria a *tournée* e representariam a peça de Claude. Então...

— Estou bêbada — murmurou.

Só lhe restava dormir e esperar a madrugada.

2
— CAPÍTULO —

— **Dois cafés,** um café com leite e alguns *croissants* — pediu Pierre.
Sorriu a Xavière.
— Não está cansada?
— Quando me divirto, nunca estou cansada.
Pôs em cima da mesa um saco com camarões, duas bananas enormes e três alcachofras cruas.
Quando haviam saído da casa de Elisabeth, como ninguém tinha vontade de dormir, foram tomar uma sopa de cebola na rua Montorgueil. Depois passearam pelo Halles, que encantou Xavière.
— O Dôme a esta hora é engraçado — comentou Françoise.
O café estava quase deserto. Ajoelhado no chão, um homem de avental azul ensaboava os mosaicos, que espalhavam um cheiro de lixívia. Quando o garçom punha na mesa o que haviam pedido, uma americana enorme, de vestido de baile, atingiu-o na cabeça com uma bolinha de papel.
— Esta já passou da conta — comentou o garçom sorrindo.
— É um espetáculo, uma americana bêbada — disse Xavière, num tom convencido. — São as únicas pessoas que podem se embebedar até cair, sem se transformarem imediatamente em farrapos.
Pegou dois cubos de açúcar, segurou-os um momento sobre a xícara e deixou-os cair no café.
— Ah, infeliz! O que é que está fazendo? Depois não pode beber o café — disse Pierre.
— É de propósito, para neutralizá-lo — respondeu Xavière, olhando Françoise e Pierre com ar de censura. — Vocês não sabem, mas estão se envenenando com todo esse café que bebem.
— Você tem muita autoridade para falar! — exclamou Françoise, alegremente. — Enche-se de chá, que ainda é pior.
— Ah! Eu procedo com método — disse Xavière, sacudindo a cabeça. — Vocês não: bebem café sem parar, como se fosse leitinho.
Xavière tinha um ar tranquilo: os cabelos brilhavam, os olhos luziam como esmalte. Françoise reparou pela primeira vez que a íris, muito clara, era rodeada por um círculo azul-escuro. Nunca mais acabaria

de descobrir coisas novas naquele rosto. Xavière era uma incessante novidade.

— Estão ouvindo o que eles dizem? — perguntou Pierre.

Junto de uma janela, um parzinho cochichava. Ela acariciava os cabelos negros, escondidos numa rede.

— É verdade — dizia —, nunca ninguém viu meus cabelos. Só pertencem a mim.

— Mas por quê? — perguntava o homem, numa voz apaixonada.

— Essas mulherezinhas! — exclamou Xavière com um gesto de desprezo. — São forçadas a inventar qualquer coisa para chamar a atenção: devem sentir-se tão baratas...

— É isso realmente. Esta reserva seus cabelos para alguém; Eloy, a virgindade; Canzetti, a sua arte. Isso lhe permite oferecer o resto aos quatro ventos.

Xavière sorriu levemente e Françoise observou seu sorriso com certa inveja. Devia constituir uma força poder sentir-se tão preciosa para si própria.

Havia já alguns instantes que Pierre fixava o fundo da xícara. Seus músculos tinham se relaxado, os olhos estavam turvos e uma idiotice dolorosa lhe invadira o rosto.

— Não se sente melhor? — perguntou Xavière.

— Não — respondeu Pierre. — O pobre Pierre não se sente melhor.

A brincadeira começara no táxi. Françoise sempre se divertia ao vê-los improvisar cenas, mas só aceitava representar papéis secundários naquelas brincadeiras.

— Pierre não é pobrezinho. Pierre vai muito bem — dizia Xavière, autoritária, mas suave. Avançou o rosto ameaçador até perto do rosto de Pierre:

— Não é verdade que se sente bem?

— Ah! Sim, estou bem — respondeu Pierre precipitadamente.

— Então sorria — ordenou ela.

Os lábios de Pierre estenderam-se até quase as orelhas. Ao mesmo tempo seu olhar tornou-se louco. Um rosto de torturado crispava-se em torno do sorriso. Era espantoso o que ele podia fazer com o rosto. Subitamente, como se uma mola se partisse, o sorriso transformou-se num muxoxo de criança chorona. Xavière dominou o riso e, com ar sério, de hipnotizador, passou a mão pelo rosto de Pierre, de baixo para cima. O sorriso voltou a surgir. Pierre, porém, com ar sonso, passou um dedo à frente da boca, de cima para baixo, e o sorriso desapareceu. Xavière chorava de rir.

— Qual é o método que a menina emprega? — perguntou Françoise.

— Um método próprio, sabe? — disse Xavière, com ar modesto.

— É uma mistura de sugestão, intimidação e raciocínio.

— E consegue bons resultados?

— Espantosos! Se soubesse em que estado ele se encontrava quando comecei a tratá-lo...

— Ah! Sim. Devemos sempre comparar com o ponto de partida.

Mas agora o doente parecia mal. Mastigava avidamente o tabaco que pegava com os dentes diretamente no cachimbo, como se fosse um burro na manjedoura. E Pierre mastigava realmente o tabaco.

— Oh! Céus! — exclamou Xavière. — Escute — disse com voz grave —, só devemos comer o que é comestível. O tabaco não é comestível, portanto é uma tolice comer tabaco.

Pierre ouviu-a docilmente, mas logo a seguir recomeçou a mastigar o tabaco.

— É bom — comentou, com ar convencido.

— Devia consultar um psicanalista — sugeriu Françoise. — Acho que, na infância, ele fumava escondido e apanhava do pai por causa disso.

— Qual a relação? — perguntou Xavière.

— Hoje ele come tabaco para tentar provar que não se submeteu a nenhuma autoridade.

O rosto de Pierre estava se alterando perigosamente; tornara-se vermelho, de faces inchadas e olhos injetados.

— Já não presta — disse, zangado.

— Então deixe — ordenou Xavière, tirando-lhe o cachimbo das mãos.

— Oh! — exclamou Pierre, olhando as mãos vazias. — Oh! Oh! Oh! — choramingou. — Depois fungou um pouco e imediatamente as lágrimas começaram a correr-lhe pelo rosto. — Ah! Como sou desgraçado!

— Está me assustando! — exclamou Xavière. — Pare com isso!

— Ah! Como sou desgraçado! — prosseguia Pierre. Chorava copiosamente. Seu rosto tinha um aspecto diabólico.

A convidada

— Pare com isso! — gritou Xavière, com o rosto contraído.
Pierre soltou uma risada e limpou os olhos.

— Que formidável idiota poético você seria — disse-lhe Françoise.
— Seria capaz de amar loucamente um idiota assim...

—Você ainda não perdeu totalmente a oportunidade...

— Não há papéis de idiota no teatro? — perguntou Xavière.

— Há um, estupendo, numa peça de Valle-Inclán, mas é mudo.

— É pena — comentou ela, num tom ao mesmo tempo irônico e terno.

— Elisabeth o amolou de novo com a peça do Claude? Pareceu-me que você tentava escapar dizendo que partiríamos em *tournée* no próximo inverno.

— Realmente eu disse isso — respondeu Pierre, absorto, mexendo com a colher o resto de café. — Afinal, qual é a razão da sua repugnância diante desse projeto? Se não fizermos a viagem no próximo inverno, receio muito que nunca mais a façamos.

Françoise teve um movimento de desagrado, mas tão ligeiro que ela própria ficou surpresa. Na sua vida, presentemente, tudo estava algodoado e ensurdecido como se uma injeção de cocaína tivesse insensibilizado sua alma.

— Mas sua peça também corre o risco de nunca mais ser representada.

— Com certeza ainda podemos trabalhar, mesmo se não conseguirmos sair da França — desculpou-se Pierre, com evidente má-fé.
— Além do mais, minha peça não é um fim em si. Trabalhamos tanto a vida inteira! Não acha que podemos mudar de ares?

Mudar de ares... Exatamente no momento em que atingiam o alvo: ela acabaria seu romance no próximo ano e Pierre colheria finalmente o fruto de um trabalho de dez anos. Sabia muito bem que um ano de ausência representava uma espécie de desastre. No entanto, ela própria pensava nessa eventualidade com uma indiferença covarde.

— Pessoalmente — afirmou — você sabe como gosto de viajar.

Nem valia a pena lutar, sabia que seria derrotada, não por Pierre, mas por ela mesma. O resquício de resistência que ainda sentia não era bastante forte para lhe permitir levar a luta até o fim.

— Não a encanta pensar em nós três, na ponte de *Cairo City*, olhando a costa grega que se aproxima? — disse Pierre, sorrindo para Xavière. — Distinguimos a Acrópole, que, de longe, nos parece um monumentozinho ridículo. Depois tomamos um táxi que nos leva a Atenas, aos solavancos, pois a estrada está cheia de buracos.

— E iremos jantar nos jardins do Zappeion! — exclamou Françoise, olhando alegremente para Xavière. — Você é bem capaz de gostar de camarões assados, de tripa de carneiro e até de vinho com sabor de resina.

— Com certeza! O que me enoja é esta cozinha medida, raciocinada, que se faz na França. Lá, nesses países, comerei como um boi, vocês vão ver.

— Olhe que a cozinha lá é quase tão abominável como a daquele restaurante chinês onde fomos há dias...

— Poderemos morar naqueles bairros onde só há uns barracos de madeira e lata?

— Não! Não podemos. São apenas instalações para imigrantes. Nesse lugar não há hotéis. Mas passaremos bons momentos.

Seria agradável ver tudo isso com Xavière. Seu olhar transfiguraria os menores objetos. Quando há pouco lhe haviam mostrado os botecos em torno dos mercados, os montes de cenouras, os vagabundos, Françoise julgara descobrir tudo pela primeira vez. Tirou do saco um punhado de camarões e começou a descascá-los. Vistos pelos olhos de Xavière, os cais ruidosos do Pireu, as barcas azuis, as crianças sujas, as tabernas cheirando a azeite e carne assada revelariam certas riquezas ainda desconhecidas para ela. Olhou para Xavière e depois para Pierre. Amava-os. Por sua vez, eles a amavam e se amavam. Nas últimas semanas viviam os três num encantamento, numa alegria total. E como era preciso aquele instante, com a luz da madrugada batendo nas banquetas vazias do Dôme, com o cheiro de mosaico lavado, com o gosto leve de maré fresca na boca.

— Berger tem fotografias soberbas da Grécia. Vou pedi-las emprestadas — disse Pierre.

— Tinha esquecido de que vocês vão almoçar na casa dela — disse Xavière, com um amuo terno.

— Se fosse apenas Paule — explicou Françoise — você também viria conosco. Mas com o marido dela presente, a coisa torna-se tão oficial...

— Deixaremos a companhia em Atenas — prosseguia Pierre — e daremos uma grande volta pelo Peloponeso.

— Montados em burros! — exclamou Xavière.

— Em parte montados em burros — confirmou Pierre.

— E irão nos acontecer tantas aventuras! — disse Françoise.

A convidada

— Raptaremos uma menina grega, bem bonita! — exclamou Pierre.
— Lembra-se da menina de Trípoli, que nos causou tanta pena, Françoise?
— Lembro-me muito bem. Doía pensar que ficaria apodrecendo a vida inteira naquela espécie de encruzilhada deserta! Que coisa sinistra!

O rosto de Xavière se contraiu.

— Pois sim — interrompeu ela —, mas depois teremos de trazê-la atrás de nós, o que vai ser chato.

— Nós a despacharemos para Paris.

— E iríamos encontrá-la em casa quando chegássemos.

— Escute: se você soubesse que existia em qualquer lugar uma pessoa infeliz e prisioneira, não levantaria um dedo para livrá-la?

— Não — respondeu Xavière, teimosa. — Para mim tanto faz.

Encarou Pierre e Françoise e exclamou subitamente, com dureza:

— Não quero que mais ninguém venha conosco.

Tratava-se de uma criancice, claro. No entanto, Françoise sentiu que lhe caía um peso sobre as costas. "Nestas últimas semanas", pensou, "devia ter-me sentido livre, depois de tantas renúncias. No entanto, nunca soube menos do que agora o que é o gosto da liberdade. Tenho mesmo a impressão, neste momento, de que me acho absolutamente amarrada".

— Você tem razão — concordou Pierre. — Já temos muita coisa a fazer, só os três. Agora que conseguimos realizar um trio bem harmonioso, devemos aproveitá-lo sem nos ocuparmos com mais nada.

— E se por acaso encontrássemos alguém verdadeiramente apaixonante? Seria uma riqueza comum. É uma pena sermos obrigados a nos limitar.

— Mas o que acabamos de construir é ainda tão novo. Primeiro, devemos deixar passar bastante tempo. Depois cada um de nós poderá correr as aventuras que quiser, partir para a América, adotar um chinesinho. Mas não antes, digamos... de cinco anos.

— Isso mesmo! — apoiou Xavière calorosamente.

— Toque aqui — disse Pierre. — É um pacto. Durante cinco anos cada um de nós se dedicará exclusivamente ao trio.

Colocou a mão espalmada sobre a mesa.

— Ah! Esquecia que você não gosta desse gesto! — exclamou, sorrindo.

— Gosto, sim! — disse Xavière gravemente. — Como se trata de um pacto...

Colocou a mão sobre a de Pierre.

— Está bem! — disse Françoise, estendendo também a mão. "Cinco anos", pensou. "Como as palavras são pesadas!" Nunca receara comprometer-se para o futuro. O pior, porém, é que esse futuro mudara de aspecto e já não correspondia a um livre impulso de todo o seu ser. Que se passava? Já não podia pensar "o meu futuro", pois não podia se separar de Pierre e de Xavière. No entanto, também não podia dizer "o nosso futuro". Esta expressão só tinha sentido no caso de Pierre. Faziam projetos, os dois, sobre os mesmos objetivos: uma vida, uma obra, um amor. Com Xavière, no entanto, tudo isso deixava de ter significado. Não era possível viver com ela, mas apenas a seu lado. Apesar da suavidade em que haviam passado as últimas semanas, Françoise atemorizava-se ao imaginar à sua frente uma longa série de anos, todos semelhantes, estranhos e fatais, como um túnel negro cujas voltas teria de seguir cegamente. Não podia chamar a isso um futuro: era uma extensão de tempo informe e nu.

— Estamos tão habituados a viver instalados no provisório, que me parece estranho ficar fazendo projetos nesse momento.

— No entanto — observou Pierre —, você nunca acreditou muito na guerra. Não vá começar agora, quando as coisas parecem estar arranjadas.

— Não penso nisso de forma muito positiva, mas a verdade é que vejo o futuro muito sombrio.

A razão não era bem a guerra, mas pouco importava. Já se sentia bastante contente por poder exprimir-se graças àquele equívoco. Há muito tempo que deixara de ser de uma sinceridade total.

— É verdade que já nos habituamos, pouco a pouco, a viver sem perspectivas de amanhã. Quase todo mundo está reduzido a isso, segundo me parece, mesmo os mais otimistas — disse Pierre.

— As coisas ficam assim, meio paradas, não se desenvolvem.

— Eu não concordo — retrucou Pierre, interessado. — Pelo contrário: assim, as coisas se tornam mais preciosas para mim, com todas as ameaças em torno.

— Tudo isso me parece vão. Não sei como explicar. Antigamente, quando tentava qualquer coisa, tinha a impressão de ser absorvida pelo objetivo. Veja o caso do meu romance, por exemplo: ele existia, pedia para ser escrito. Agora, escrever é simplesmente acumular páginas.

Afastou com a mão as cascas dos camarões que comera. A mulher da mesa ao lado, a dos cabelos sagrados, estava agora sozinha, em frente de dois copos vazios. Perdera o ar animado e passava ostensivamente batom nos lábios.

— No fundo — prosseguiu Pierre —, verificou-se apenas o seguinte: cada um de nós foi arrancado à sua própria história. Mas isso me parece um enriquecimento.

— Evidentemente — disse Françoise, sorrindo —, você encontrará sempre uma forma de se enriquecer interiormente, mesmo na guerra.

— Mas vocês não estão vendo que não vai acontecer uma coisa dessas? — disse Xavière, bruscamente, com ar superior. — As pessoas não são assim tão estúpidas para se deixarem matar.

— O pior é que ninguém pede a opinião delas — comentou Françoise.

— Mas aqueles que decidem são criaturas humanas, não é verdade? E nem todos são doidos — insistiu Xavière, num tom de desprezo hostil.

As discussões sobre guerra ou política sempre a irritavam pela frivolidade ociosa de que pareciam revestidas. Desta vez, porém, foi tão grande a agressividade do seu tom que Françoise ficou surpresa.

— Não são doidos, mas foram ultrapassados pelos acontecimentos — disse Pierre. — A sociedade é uma máquina estranha que não obedece a ninguém.

— O que não compreendo é que nos deixemos esmagar por essa máquina.

— Que quer que façamos, então?

— Que não curvemos a cabeça, como carneiros.

— Para isso seria preciso entrar num partido político.

Xavière interrompeu-a.

— Isso não! Não quero sujar minhas mãos.

— Então procederá como um carneiro — concluiu Pierre. — É sempre a mesma coisa: só poderemos lutar contra a sociedade de maneira social.

— De qualquer forma — insistia Xavière, cujo rosto estava vermelho de raiva —, se fosse homem, quando viessem me buscar, não partiria.

— Ganharia muito com isso — comentou Françoise. — Seguiria entre dois soldados e, se continuasse a pensar assim, seria encostada num muro e fuzilada.

— O que lhes parece terrível é a morte! — exclamou com ar altivo.

Para raciocinar com má-fé tão evidente, Xavière devia estar louca de raiva. Françoise tinha a impressão de que ela se dirigia especialmente a ela, mas não compreendia que mal cometera para justificar essa irritação. Olhou Xavière, com ar de sofrimento. Que pensamentos venenosos teriam subitamente alterado aquele rosto perfumado, cheio de ternura? Aquelas ideias desenvolviam-se com malignidade sob a testa teimosa, escondidas pelos cabelos de seda, e Françoise não podia se defender delas: gostava de Xavière, já não podia suportar seu ódio.

— Você dizia agora há pouco que seria revoltante deixar-se matar.
— Mas já não é a mesma coisa se nos deixarmos matar de propósito.
— Deixar-se matar para não ser morto não é morrer de propósito?
— De qualquer forma, prefiro assim — disse Xavière, acrescentando num tom distraído e cansado: — Há também outros meios. Uma pessoa sempre pode desertar.
— Não é assim tão fácil — comentou Pierre.

O olhar de Xavière tornou-se mais doce. Dirigiu a Pierre um sorriso insinuante e perguntou:
— E você desertaria, se pudesse?
— Não — respondeu Pierre, com firmeza. — Por mil razões. Em primeiro lugar, nunca mais poderia voltar à França e é aqui que tenho o meu teatro, o meu público, é aqui que a minha obra tem um sentido e certas probabilidades de deixar vestígios.

Xavière suspirou:
— É isso — comentou, com ar triste e decepcionado. — Vocês vivem arrastando todo esse ferro-velho...

Françoise sobressaltou-se; as frases de Xavière tinham sempre duplo sentido. "Estarei incluída também entre esse ferro-velho? Será que ela censura a Pierre ter conservado seu amor por mim? Nos últimos tempos Xavière fica bruscamente silenciosa quando corto uma conversação e outras vezes sente-se irritada, embora por pouco tempo, quando Pierre conversa comigo mais longamente. Não tenho dado importância, mas hoje me parece bem evidente: Xavière gostaria de sentir Pierre livre e só."

— Todo esse ferro-velho... — comentava Pierre. — Mas sou eu próprio... Não podemos separar uma pessoa daquilo que sente, que ama, da vida que construiu.

— Pois eu — interrompeu Xavière, de olhos brilhantes, com um tremor um pouco teatral na voz — partiria para qualquer lugar, em

A convidada

qualquer tempo. Não devemos nunca depender de um país, de um emprego. Nem de ninguém, nem de nada! — concluiu impetuosamente.

— Mas não compreende que o que fazemos e o que somos são uma e a mesma coisa? — perguntou Pierre.

— Isso depende de quem se trata — respondeu ela, com um sorriso íntimo e provocante.

"A verdade", pensou Françoise, "é que ela não faz nada e é Xavière. E de uma forma indestrutível". Seguiu-se um curto silêncio, que Xavière quebrou, dizendo com uma modéstia raivosa:

— Evidentemente vocês sabem isso tudo muito melhor do que eu.

— Mas não acha que um pouco de bom senso valeria mais que toda a nossa sabedoria? — perguntou Pierre alegremente. — Qual a razão que a levou a começar a nos odiar subitamente?

— Eu?

Seus olhos abriam-se, inocentes. Mas a boca continuava crispada.

— Só se fosse louca! — exclamou.

—Você se irritou com o fato de estarmos falando de guerra, depois de termos feito projetos tão agradáveis, não é?

—Vocês têm o direito de falar do que quiserem.

— Não pense que nos divertimos bancando os trágicos. Garanto-lhe que não. A situação merece consideração. O curso dos acontecimentos é tão importante para nós como para você.

— Compreendo — disse Xavière, um pouco confusa. — Mas para que serve falar nisso?

— Para estarmos preparados. Não se trata da prudência burguesa — afirmou ele, sorrindo. — Mas se realmente temos horror de sermos esmagados, se não queremos ser carneiros, não há outra forma de reagir senão raciocinando sobre nossa situação.

— Mas como posso fazê-lo? Não entendo nada disso — afirmou Xavière num tom queixoso.

— Não se pode perceber tudo num dia. Em primeiro lugar, terá de começar a ler os jornais.

Xavière colocou as mãos na cabeça.

— Os jornais são tão aborrecidos! Nem sei por onde devo começar.

— Isso é verdade — interrompeu Françoise. — Se não estamos a par da situação, ela nos escapa por entre os dedos.

Seu coração continuava cheio de sofrimento e cólera. No fundo, Xavière odiava essas discussões por não poder tomar parte nelas. A base de toda essa história era o fato de não poder suportar, um momento sequer, que Pierre ficasse sem se voltar para ela.

— Pois bem, então vamos fazer o seguinte: um dia desses, faço um apanhado de toda a política, para você. Depois é só mantê-la regularmente ao corrente. No fundo, sabe, não é assim tão complicado.

— Gostaria bastante — disse Xavière alegremente. Inclinou-se para eles: — Já viram Eloy? Está sentada naquela mesa, perto da porta. Com certeza vai lhes falar quando vocês passarem.

Sentada a uma mesa, sem maquilagem, Eloy molhava um *croissant* no café com leite. Seu ar tímido e solitário não era desagradável.

— Se a visse assim, sem conhecê-la, simpatizaria com ela — disse Françoise.

— Tenho a certeza de que Eloy vem tomar café aqui, de propósito, para se encontrar com vocês.

— É bem capaz disso — afirmou Pierre.

Pouco a pouco o café ia se enchendo. Numa mesa ao lado, uma mulher escrevia uma carta e olhava ansiosa para a caixa, receando que alguém a visse e obrigasse a tomar qualquer coisa. Não surgia, porém, nenhum garçom, embora um freguês, junto da janela, batesse na mesa pancadas bem sonoras. Pierre olhou o relógio.

— Temos de ir para casa. Ainda preciso fazer uma série de coisas antes de ir almoçar com os Berger.

— Agora que tudo estava correndo tão bem, você vai embora — disse Xavière, com ar de censura.

— Mas as coisas correram muito bem esta noite. Uma pequena nuvem de cinco minutos, que significado pode ter junto desta grande noite?

Xavière o olhou com um sorriso reticente. Saíram do Dôme. De passagem, saudaram Eloy. Françoise não estava muito entusiasmada com a ideia de almoçar com os Berger. Mas sentia-se contente de poder estar sozinha com Pierre, ou antes, de poder vê-lo sem ser em companhia de Xavière. Seria uma breve escapada. A verdade é que começava a sentir-se asfixiada. Aquele trio se fechava cada vez mais hermeticamente sobre si próprio. Xavière deu o braço aos dois, mas seu rosto continuava fechado. Atravessaram o bulevar Montparnasse e chegaram ao hotel sem dizer palavra. No escaninho de Françoise havia um carta.

— Parece a letra de Paule — comentou Françoise, abrindo o envelope.

A convidada

— E é mesmo... Pede-nos para não irmos almoçar hoje e convida-nos para cear no dia 16.

— Oh, que sorte! — exclamou Xavière, o olhar iluminado.

— É verdade. Isso é que é sorte! — disse Pierre.

Françoise não fez comentários. Revirava o papel entre os dedos, pensando que, se não tivesse aberto a carta em frente de Xavière, teria podido lhe esconder o conteúdo e passar o dia com Pierre. Agora já não podia fazer mais nada.

— Vamos descansar um pouco e nos encontramos no Dôme. Está bem? — propôs ela.

— Hoje é sábado. Podemos ir à *Foire aux Puces*. Almoçamos naquele restaurante instalado no hangar azul — falou Pierre.

— Que bom! — exclamou Xavière, encantada — Que sorte!

Na sua alegria havia uma insistência quase indiscreta. Subiram a escada. Xavière ficou no seu quarto e Pierre seguiu Françoise até o dela.

— Está com sono? — perguntou ele.

— Não. Quando dou um passeio, como fizemos hoje, não me cansa muito perder a noite.

Começou a tirar a maquilagem. Depois de um bom banho ficaria completamente descansada.

— O tempo está bom. Vamos passar um belo dia.

— Se Xavière estiver amável — disse Françoise.

— Vai estar, sim. Ela só fica aborrecida quando pensa que vai nos deixar.

— Hoje não era essa a única razão.

Hesitou, receando que Pierre achasse monstruosa a acusação que ia proferir.

— Acho que ela se irritou porque tivemos cinco minutos de conversa pessoal. — Hesitou mais uma vez. — Parece que ela é um pouco ciumenta.

— Xavière é terrivelmente ciumenta. Só agora percebeu isso?

— Perguntava a mim mesma se não estaria enganada.

Ficava sempre chocada quando Pierre acolhia com simpatia os sentimentos que ela combatia em si mesma, com todas as forças.

— Tem ciúmes de mim — insistiu Françoise.

— Tem ciúmes de tudo — retificou Pierre. — De Eloy, de Berger, do teatro, da política. O fato de pensarmos na guerra parece-lhe uma infidelidade da nossa parte, pois só devíamos nos preocupar com ela.

— Hoje fui eu que estive na berlinda — disse Françoise.

— E sabe por quê? Porque você se mostrou reservada quanto aos nossos projetos de futuro. Hoje Xavière teve ciúmes de você, não só por minha causa, mas também em relação a si mesma.

— É isso realmente — concordou Françoise, pensando: "Se Pierre julga que assim me tira um peso do coração, engana-se muito, pois sinto-me cada vez mais oprimida. Acho que isso é lamentável e transforma nossas relações num tipo de amor onde não existe o menor resquício de amizade. Temos a impressão de que somos amados contra nós próprios, e não por nós.

— É essa a maneira de Xavière gostar de alguém.

Pierre dava-se muito bem com essa forma de amar e tinha mesmo a impressão de ter obtido uma vitória contra Xavière. Françoise, porém, sentia que ficava dolorosamente à mercê daquele coração apaixonado e irritadiço, e que só existia através dos sentimentos caprichosos de Xavière. Essa feiticeira apoderara-se da sua imagem e fazia-a sofrer os piores encantamentos. Nesse momento Françoise era uma criatura indesejável, uma alma mesquinha e ressequida. Precisava esperar um sorriso de Xavière para encontrar alguma aprovação dentro de si mesma.

— Enfim — disse —, veremos em que estado de espírito ela se encontra.

Mas constituía uma verdadeira angústia depender a tal ponto, para a sua felicidade e até para a sua própria existência, daquela consciência estranha e rebelde.

Françoise mordeu sem vontade uma grossa fatia de bolo de chocolate. Não conseguia engolir. Atribuía a responsabilidade dessa falta de apetite a Pierre; ele sabia que Xavière, fatigada por ter passado a noite em claro, desejaria certamente deitar-se cedo. Por outro lado, devia calcular que Françoise, depois do mal-entendido da manhã, gostaria de se encontrar com Xavière a sós. Quando Françoise voltara da clínica, tinham feito uma combinação: de dois em dois dias, as duas sairiam entre as sete e a meia-noite. Nos dias restantes, Pierre veria Xavière entre as duas e as sete da tarde. O resto do tempo seria distribuído segundo a vontade de cada um, mas os encontros com Xavière seriam sagrados. Françoise respeitava escrupulosamente essa convenção. Pierre, porém, não se conformava com ela. Nesse dia, por exemplo, exagerara realmente, solicitando, num tom ao mesmo tempo queixoso e desenvolto, que não o mandassem embora antes da hora do teatro... E o pior é que não parecia ter a menor espécie de remorso; instalado num banco do bar, ao lado de Xavière, contava-lhe animadamente a vida de Rimbaud. A história já durava desde a *Foire aux Puces*, mas fora cortada por tantas digressões, que Rimbaud ainda não encontrara Verlaine. As frases de Pierre descreviam Rimbaud, mas sua voz sugeria tantas alusões íntimas que Xavière olhava-o como uma espécie de docilidade voluptuosa. As relações entre os dois eram quase castas. No entanto, mediante alguns beijos e pequenas carícias criara-se entre ambos um entendimento sensual que transparecia sob a reserva de ambos. Françoise desviou os olhos. Normalmente gostava de ouvir Pierre falar. Agora, porém, nem as inflexões da sua voz, nem as imagens engraçadas, nem o contorno imprevisto das suas frases conseguiam impressioná-la. Sentia muita raiva contra Pierre. Ele lhe explicava quase todos os dias que Xavière gostava tanto de um como de outro, mas procedia como se essa amizade entre as duas mulheres lhe parecesse algo insignificante. Era lógico que Pierre ocupava, de longe, o primeiro lugar, mas isso não justificava a sua falta de tato. Evidentemente, Françoise nem pensara em lhe recusar o que ele pedia; se o fizesse, Pierre ficaria louco de raiva e Xavière provavelmente também. Françoise lançou um olhar ao espelho que cobria as paredes do bar; Xavière sorria a Pierre, satisfeita, como é lógico, por ele pretender monopolizá-la. Isso, porém, não a impedia de se aborrecer com Françoise por deixar Pierre proceder assim...

— Ah! Parece que estou vendo a cara da mulher de Verlaine! — exclamou, rindo.

Françoise sentiu que seu coração se inundava de tristeza. Xavière continuaria a odiá-la? Ela fora amável toda a tarde, mas de maneira superficial; o tempo estava bom, a *Foire aux Puces* a encantara... Essa reação porém nada significava. "E que posso fazer se ela me odiar?", pensou.

Levou o copo aos lábios e reparou então que suas mãos tremiam. Bebera café demais durante o dia e a impaciência a tornava febril. Não podia fazer nada; não tinha a menor influência sobre a alma teimosa de Xavière, nem mesmo sobre o belo invólucro carnal que a defendia. Um corpo flexível e frágil, acessível a mãos de homem, mas que se erguia perante Françoise como uma armadura rígida. Só podia esperar impassível a sentença que ia condená-la ou absolvê-la: há dez horas que a esperava. "É sórdido!", pensou bruscamente. Passara o dia espiando cada franzir de testa, cada palavra de Xavière. Neste momento, por exemplo, preocupava-se apenas com sua angústia mesquinha, separada de Pierre e do espetáculo refletido naquele espelho, separada de si própria. "E se me odiar, que mal faz?", pensou, revoltada. "Não poderei contemplar o seu ódio, da mesma forma que contemplo esses bolos de queijo aqui no meu prato? Eles são ornamentados com astrágalos cor-de-rosa e abrem o apetite. Só que a gente guarda a lembrança do seu gosto, ácido como o cheiro de uma criança recém-nascida. Ora, aquela cabecinha redonda não ocupa muito mais espaço no mundo do que esses bolos: posso envolvê-la num olhar. As brumas de ódio que dali se escapam em turbilhão, se as fizesse voltar para o lugar de onde vieram, estariam à minha mercê. Bastaria dizer uma palavra: então, numa derrocada ruidosa, esse ódio se dissolveria em fumo inofensivo, como aquele gosto escondido sob o creme amarelado dos bolos." Françoise sentia-se viver, mas isso não fazia a mínima diferença; era como se contorcer em vão, em raivosas volutas. Sobre o seu rosto apenas alguns redemoinhos imprevistos como as nuvens no céu surgiriam. Porque tudo aquilo eram apenas pensamentos. Só existiam na sua cabeça.

Por um momento, julgou que as palavras tinham agido e que, portanto, agora só havia dentro daquele crânio louro pequenas cintilações que desfilavam em desordem. Bastaria afastar os olhos para que não as visse mais.

— Bem, tenho realmente de ir para o teatro — disse Pierre descendo do tamborete. — Vou chegar atrasado.

Vestiu a capa. Renunciara aos cachecóis que usava anteriormente e que lhe davam um ar de velho. Agora parecia jovem e alegre. Françoise sentiu um movimento de ternura. Mas era uma ternura tão solitária como a raiva. Sorria, mas o seu sorriso flutuava em frente dela, sem se misturar aos movimentos do seu coração.

— Então até amanhã, às dez horas, no Dôme.

— Está certo, até amanhã — respondeu Françoise, apertando-lhe a mão com indiferença. Depois viu a mão de Pierre fechar-se sobre a de Xavière e através do sorriso desta compreendeu que aquele apertar de dedos correspondia a uma carícia.

Pierre afastou-se. Xavière voltou-se para Françoise. "Apenas pensamentos na cabeça", pensou esta. "É fácil de dizer. A verdade é que nem eu acredito nisso e penso em tal coisa apenas para fugir à realidade.

A convidada

Seria preciso que a palavra mágica jorrasse do fundo da minha alma, mas ela está tão inerte..." O nevoeiro maléfico continuava suspenso pelo mundo afora, envenenando os ruídos e as luzes, penetrando sua medula. Precisava esperar que se dissipasse: esperar, observar e sofrer sordidamente.

— Que vamos fazer? — perguntou a Xavière.
— O que quiser — respondeu ela, com um sorriso encantador.
— Prefere passear sem rumo ou quer ir a algum lugar determinado?
Xavière hesitou; devia ter na cabeça uma ideia bem definida.
— E se fôssemos dar uma espiada no baile dos negros?
— É uma excelente ideia. Há séculos que não vou lá.

À saída do restaurante, Françoise segurou o braço de Xavière. "Ela procura resolver a situação de forma pomposa", pensava. "Quando pretende afirmar sua afeição por mim de maneira particular, convida-me para dançar... De resto, pode ser que hoje simplesmente tenha vontade de ir ao baile dos negros."

— Vamos a pé? Estou com vontade de andar.
— Está bem. Vamos pelo bulevar Montparnasse — respondeu Xavière e libertou o braço que Françoise pegara.
— Gosto mais de lhe dar o braço — explicou Xavière.

Françoise, submissa, deixou-a agir à vontade. Depois, como os dedos de Xavière afloravam os seus, prendeu-os suavemente. A mão, enluvada de camurça aveludada, abandonou-se à sua, numa carícia terna. Françoise sentia nascer no coração uma aurora de felicidade. Não sabia, porém, se devia lhe dar crédito.

— Olhe só: lá vai a morena bonitona com o seu Hércules — disse Xavière.

Seguiam de mãos dadas; a cabeça do lutador era pequeníssima em cima dos ombros enormes. A mulher ria.

— Começo a me sentir como em casa — comentou Xavière lançando um olhar satisfeito ao terraço do Dôme.
— Levou tempo...

Xavière suspirou:

— Ah! Quando me lembro das ruas de Rouen, à noite, em torno da catedral, sinto o coração vibrar.
— Mas quando vivia lá você não gostava delas.
— Eram tão poéticas...
— Pretende voltar para ver sua família?
— É lógico: espero voltar lá este verão.

Todas as semanas Xavière recebia cartas da tia que deixara em Rouen. Esta, afinal de contas, acabara por aceitar as coisas muito melhor do que se esperava.

— Eu sabia viver, naquele tempo — comentou Xavière. Os cantos da sua boca baixaram bruscamente, o que lhe deu um ar gasto de mulher madura. — É incrível como naquele tempo eu sentia as coisas.

Como as lamentações de Xavière escondiam sempre qualquer recriminação, Françoise ficou na defensiva:

— No entanto, queixava-se de que aquele ambiente era insuportável.

— Não era como agora — disse ela com voz surda.

Baixou a cabeça e murmurou:

— Agora estou me desfazendo...

Antes de Françoise ter tempo de responder, ela apertou-lhe vivamente o braço.

— E se você comprasse um desses bonitos caramelos — disse ela, parando em frente de uma loja, rósea e luzidia como uma caixa de batizado.

Na vitrina, um grande prato de madeira girava lentamente sobre si mesmo, oferecendo aos olhares gulosos tâmaras recheadas, nozes em calda, bombons de trufa.

— Compre alguma coisa — insistiu Xavière.

— Não vale a pena comer e depois ficar enjoada, como no outro dia — ponderou Françoise, — Um caramelo ou dois não fazem mal. Esta loja tem cores bonitas — disse, sorrindo. — Tenho a impressão de entrar num desenho animado.

Françoise entrou:

—Vai querer o quê?

— Quero um nugá — disse Xavière, examinando os bombons com encantamento. — E se levássemos também isso aqui? — sugeriu, designando uns doces compridos e finos, envoltos em papel de seda. —Têm um nome tão bonito.

— Dois caramelos, um nugá e cem gramas de dedos de fada.

A empregada da confeitaria embrulhou tudo num saquinho de papel com figuras em relevo, que fechava por meio de um barbante cor-de-rosa, enfiado numa corrediça.

— Sou capaz de comprar bombons só pelo invólucro — exclamou ela. — Parece uma bolsa de esmolas. Já tenho alguns guardados — acrescentou, toda orgulhosa.

A convidada

Estendeu um caramelo a Françoise e começou a chupar o outro.

— Parecemos duas velhinhas oferecendo doces uma à outra — disse Françoise. — Que vergonha!

— Quando tivermos oitenta anos, correremos com passinho miúdo até a confeitaria e ficaremos em frente da vitrina discutindo durante duas horas sobre o perfume dos doces, com a baba correndo pelo queixo. Ficaremos conhecidas no bairro inteiro.

— Depois — interrompeu Françoise — diremos, abanando a cabeça: "Já não há balas como no nosso tempo." Mas não conseguiremos andar com passinhos mais curtos do que hoje.

Riram. Quando passeavam pelo bulevar, adotavam frequentemente um passo de octogenárias.

— Não se aborrece se eu ficar aqui vendo os chapéus? — perguntou Xavière, parando em frente da vitrina de uma casa de modas.

— Quer comprar um? — perguntou Françoise.

Xavière riu:

— Não julgue que tenho horror aos chapéus! Simplesmente, acho que não tenho rosto para isso. Mas agora estou olhando para eles e pensando em você.

— Em mim? Não me diga que quer que use chapéu!

— Ficaria tão bem com um desses, de palha — disse Xavière, com voz suplicante. — Imagine o seu aspecto com aquele ali. Quando fosse a uma reunião elegante, usaria um grande véu, atado atrás com um nó enorme. Prometa-me que vai usar um assim! — pediu, os olhos brilhantes.

— Isso me intimida, sabe? Usar chapéu com véu...

— Mas pode usar tudo isso — insistiu Xavière com voz queixosa.

— Ah! Se me deixasse vesti-la...

— Pois bem — disse Françoise. — Vou deixar que você escolha meus vestidos para a próxima primavera. Coloco-me em suas mãos.

Françoise apertou a mão de Xavière; como ela sabia ser encantadora! Era preciso desculpar seus repentes temperamentais. A situação não era fácil e Xavière era tão jovem... Olhou-a ternamente; desejava tanto que Xavière tivesse uma vida bela e feliz!

— O que queria dizer há pouco, quando se queixou de que estava se desfazendo?

— Nada demais — disse Xavière.

— Gostaria tanto que você ficasse contente com sua vida — disse Françoise.

Xavière não respondeu. Sua alegria desapareceu subitamente.

— Será por que você acha que, vivendo tão intimamente com as pessoas, perde algo de si própria? — insistiu Françoise.

— É isso. A gente se transforma num pólipo.

Na sua voz transparecia uma intenção de magoá-la. "Entretanto", pensou Françoise, "a vida em sociedade parece que não lhe desagrada muito; ela se zanga quando eu e Pierre saímos sozinhos".

— No entanto, você ainda tem alguns momentos de solidão — disse Françoise.

— Mas já não é a mesma coisa. Não é a verdadeira solidão.

— Compreendo. Agora trata-se apenas de pequenos intervalos em branco, enquanto antes sua vida era sempre igual.

— É isso exatamente — comentou com tristeza.

Françoise refletiu:

— Não acha que as coisas seriam diferentes se você tentasse construir qualquer coisa utilizando suas aptidões? Ainda é a melhor maneira de não nos deixarmos diluir.

— Mas fazer o quê?

Tinha um ar tão lastimoso que Françoise sentiu um desejo violento de auxiliá-la. Mas era tão difícil auxiliar Xavière... Sorriu-lhe:

— Atriz, por exemplo.

— Ora... Atriz...

— Tenho a certeza de que você o conseguiria, caso se esforçasse — afirmou Françoise calorosamente.

— Acho que não — disse Xavière, com ar cansado.

— Como é que sabe?

— É exatamente isso: ter de trabalhar sem saber ao certo o resultado. Depois — disse, encolhendo os ombros —, qualquer daquelas mulherezinhas acha que poderá ser atriz.

— Mas isso não prova que você também não possa ser...

— Tenho uma probabilidade em cem.

Françoise apertou-lhe o braço com mais força.

— Que raciocínio o seu! Escute: nessas coisas não devemos calcular as probabilidades. Temos tudo a ganhar de um lado e nada a perder do outro. Portanto, devemos apostar no êxito.

— Eu sei. Já me disse isso uma vez. Mas não gosto — afirmou, sacudindo a cabeça com ar desconfiado — de atos de fé.

— Não se trata de um ato de fé: é uma aposta.

A convidada

— É a mesma coisa — disse com um muxoxo. — É assim que Eloy e Canzetti se consolam.

— Escute: também me repugnam esses mitos de compensação. Mas nesse caso não se trata de sonhar: trata-se de querer, o que é diferente.

— Elisabeth também quer ser uma grande pintora. Veja o resultado.

— Mas o caso dela é diferente. Sabe o que acho? Que Elisabeth pôs um mito em ação para melhor acreditar nele, mas que, por outro lado, é incapaz de querer qualquer coisa do fundo do coração. Você parece pensar que já nascemos feitos. Ora, eu não penso assim: creio que nos tornamos livremente aquilo que somos. Não foi por acaso que Pierre foi tão ambicioso na juventude. Sabe o que alguém disse um dia de Victor Hugo? Que era um louco que tinha a mania de ser Victor Hugo.

— Eu não suporto Victor Hugo, sabe? — respondeu Xavière, apressando o passo. — Não podemos andar mais depressa? Está frio, não acha?

— Então vamos mais depressa. Gostaria tanto de convencê-la. Por que duvida de mim?

— Não quero mentir a mim mesma. Acho ignóbil acreditar em qualquer coisa que não seja segura, que não possamos tocar.

Cerrou o punho e olhou-o com um ar amargo. Françoise fixou-a, inquieta: que se passaria naquela cabeça? Via-se que, durante aquelas semanas de felicidade tranquila, ela não ficara adormecida. Mil coisas se haviam passado, ao abrigo daquele sorriso. Durante esse tempo Xavière nada esquecera. Simplesmente, agora as coisas estavam escondidas num canto e, um dia, explodiriam subitamente. Dobraram a esquina da rua Blomet. Já se distinguia o charuto vermelho, em néon, reclame de um café e charutaria.

— Não quer um desses bombons? — ofereceu Françoise, para desviar a conversa.

— Não, obrigada. Não gosto muito deles.

Françoise mostrou-lhe um dedo de fada, fino e transparente:

— É este? — perguntou. — Tem um gosto agradável, sabe? Um gosto seco e puro.

— Detesto a pureza — cortou Xavière, de boca torcida.

Françoise sentiu-se mais uma vez atingida por um sentimento de angústia. O que levaria Xavière a odiar a pureza? A vida em que eles a haviam encerrado? Os beijos de Pierre? Sua vida? Talvez fosse isso. Xavière dizia-lhe muitas vezes: você tem um perfil tão puro.

Simone de Beauvoir

Chegaram: numa porta estava escrito, em grandes letras brancas: "Baile colonial". Lá dentro havia muita gente, comprimida junto do balcão: rostos negros, amarelos, café com leite. Françoise entrou na fila para comprar dois bilhetes: sete francos para as mulheres, nove para os homens. Aquela rumba que se ouvia, vinda do outro lado do tabique, embrulhava-lhe as ideias. "Que se passou exatamente?", pensava. Seria uma explicação parcial tentar justificar as reações de Xavière atribuindo-as a um capricho de momento. Para encontrar uma explicação completa necessitava voltar a passar em revista toda a história dos dois últimos meses. No entanto, as velhas recriminações, enterradas cuidadosamente, só voltavam à tona quando em contato com uma contrariedade presente. Françoise tentava recordar-se. Quando subiam o bulevar Montparnasse, a conversa era simples e leve. Depois, em vez de deixar as coisas como estavam, Françoise pretendera logo abordar assuntos mais complexos, movida justamente pela ternura que sentia por Xavière. "Mas por que razão?", perguntava a si própria. Será que só sabia ser terna por meio de palavras? Não tinha a mão aveludada de Xavière em sua mão e seus cabelos perfumados roçando seu rosto? Seria esta a pureza desajeitada que desagradava a Xavière?

— Puxa! — exclamou ela. — Está aí todo o grupo da Dominique...

Com efeito, lá estavam Chanaud, Lise Malan, Dourdin, Chaillet... Françoise cumprimentou-os sorrindo, enquanto Xavière lhes dirigia um olhar indiferente. Não largava o braço de Françoise. Via-se que não lhe desagradava, quando entravam em qualquer lugar, que as tomassem por um parzinho. Era um gênero de provocação que a divertia.

— Quer sentar-se naquela mesa, lá ao fundo? — propôs.

— Está bem — respondeu Françoise. — Vou tomar um ponche da Martinica.

— Eu também. Não percebo — acrescentou, com um ar de desprezo — como essa gente tem o descaramento de olhar para nós com tanta grosseria. De resto, pouco me importa o que eles pensam.

Françoise tinha um vivo prazer em sentir-se atingida, juntamente com Xavière, pela malevolência estúpida do grupo de bisbilhoteiros. Parecia-lhe que, assim, ficavam as duas isoladas do resto do mundo, num colóquio exaltante.

— Quando quiser dançar, estou às ordens — disse a Xavière. — Hoje estou inspirada.

Excetuando a rumba, ela dançava o suficiente para não ser ridícula.

A convidada

O rosto de Xavière resplandeceu:

— É sério? Não se aborrece? — perguntou-lhe, enlaçando-a com autoridade. Dançava com um ar absorto, sem olhar em torno. Não era bovina, como os outros. Sabia olhar sem fixar as pessoas. Era um talento de que muito se orgulhava. Via-se que lhe agradava decididamente exibir-se; com essa intenção, apertava Françoise mais do que de costume, sorrindo-lhe com uma faceirice mais marcada. Françoise devolveu-lhe o sorriso. A dança a deixava tonta. Sentia contra o peito os seios, belos e suaves, de Xavière; respirava seu hálito perfumado. Seria desejo o que sentia? Mas desejo de quê? De sentir aqueles lábios contra os seus? De apertar aquele corpo nos seus braços? O que sentia era uma necessidade confusa de conservar, voltado para sempre na direção do seu, esse rosto apaixonado, de poder dizer arrebatadamente: "Ela é minha."

— Dançou muito bem, sabe? — cumprimentou-a Xavière, quando voltaram à mesa.

Xavière não chegou a se sentar. A orquestra começava uma rumba e um mulato inclinou-se à sua frente, sorrindo cerimoniosamente. Françoise sentou-se e bebeu um gole de ponche. Na sala enorme, decorada com afrescos descoloridos e semelhantes, na sua banalidade, a uma sala própria para festas de casamento e banquetes, quase só havia pessoas de cor. Desde o negro-ébano ao ocre-rosado, havia ali amostras de todos os matizes da pele. Os negros dançavam com uma obscenidade arrebatada, mas seus movimentos tinham um ritmo tão puro que, na sua rudeza ingênua, a rumba conservava o caráter sagrado de um rito primitivo. Os brancos não eram tão bem-sucedidos nos seus esforços: as mulheres, principalmente, pareciam bonecas mecânicas ou histéricas, em transe. Só a graça perfeita de Xavière podia desafiar, ao mesmo tempo, a obscenidade e a decência.

Com um gesto amável, ela declinou novo convite e veio sentar-se ao lado de Françoise.

— Parece que essas negras têm o diabo no corpo! — exclamou, zangada. — Nunca conseguirei dançar como elas.

— Mas você dança muito bem.

— Sim, para uma civilizada — comentou, num tom de desprezo. Olhou fixamente para o meio da pista de dança.

— Ela ainda está dançando com aquele mulato! — exclamou, designando com os olhos Lise Malan. — Não o largou desde que chegamos. Mas é verdade — disse, num tom lamentoso — que ele é vergonhosamente bonito.

Realmente o mulato era encantador, delgado, todo cintado num paletó rosado. Xavière olhou para outro lado e exclamou com um gemido ainda mais queixoso:

— Daria um ano da minha vida para ser, durante uma hora, aquela preta ali.

— Ela é bonita realmente. Mas não me parece que tenha traços de negra. Não acha que deve ter sangue indígena?

— Sei lá — exclamou Xavière, com ar abatido. A admiração dava-lhe um ar de raiva. — Queria ser bastante rica para comprá-la e sequestrá-la. — Foi Baudelaire quem fez isso, não foi? Você já pensou? Chegar em casa e, em vez de um cão ou de um gato, encontrar essa suntuosa criatura fazendo rom-rom no canto da lareira!

Um corpo negro, estendido, nu, em frente da lareira... Seria com isto que Xavière sonhava? Até onde ia o seu sonho? Odeio a pureza, dizia ela. Como é que Françoise pudera enganar-se a tal ponto sobre o desenho carnal desse nariz, dessa boca? Os olhos ávidos, as mãos, os dentes agudos, que os lábios entreabertos descobriam, procuravam algo para agarrar, algo tocável. Via-se que Xavière não sabia ainda o quê: os sons, as cores, os perfumes, os corpos, tudo lhe servia de presa. Ou saberia?

— Vamos dançar — disse ela bruscamente.

O seu braço enlaçou Françoise, mas não era a ela nem a sua ternura que Xavière cobiçava. No dia do seu primeiro encontro havia nos olhos de Xavière uma chama embriagadora, que depois se extinguira para não mais renascer. "Como gostaria que eu fosse?", pensou Françoise, angustiada. "Fina e seca, como aquele gosto dos dedos de fada? De rosto duro, demasiado sereno e alma transparente e pura, uma alma olímpica, como diz Elisabeth?" Xavière não daria uma hora de vida para sentir, em si própria, essa perfeição gelada que, no entanto, venerava religiosamente. "Eu sou assim?", pensou Françoise, considerando-se com certo horror. Um certo desajustamento, que outrora, quando não prestava atenção a essas coisas, existia em muito pequena escala, invadira agora todo o seu ser; seus gestos, seus próprios pensamentos, tinham ângulos duros e contundentes. O equilíbrio harmonioso transformara-se numa esterilidade vazia. Aquele bloco de uma brancura translúcida e nua, de arestas cortantes, era ela, irremediavelmente, apesar de si própria.

— Não está cansada? — perguntou a Xavière, quando voltaram a sentar-se.

— Estou, sim. Sinto-me envelhecer, sabe? E você?

— Um pouco — respondeu Françoise. A dança, o sono e o gosto açucarado do rum branco agoniavam-na.

— É natural — prosseguiu Xavière. — Nós nos vemos sempre à noite. Não podemos estar descansadas.

— Deve ser por isso — concordou Françoise. Hesitou um pouco e disse: — Labrousse nunca está livre à noite, de forma que somos obrigadas a conceder-lhe as tardes.

— Sim, naturalmente — respondeu Xavière, de rosto fechado.

Françoise olhou-a com uma esperança brusca, mais dolorosa do que todas as recriminações. "Desejaria ela que eu me impusesse a seu amor? Devia compreender, no entanto, que não é de bom grado que me resigno a me ver preterida por Pierre."

— Podemos combinar as coisas de forma diferente — sugeriu.

Xavière interrompeu-a:

— Não. Está bem assim — disse vivamente.

Uma careta enrugou-lhe o rosto. Essa ideia de arranjar as coisas horrorizava-a, via-se bem. Gostaria de ter Pierre e Françoise à sua disposição, completamente, sem qualquer programa. Mas seria exigir demais. Subitamente, sorriu:

— Ah! Finalmente ele deixou-se apanhar! — exclamou contente.

Com efeito, o mulato que dançava com Lise Malan aproximava-se, com ar tímido e insinuante.

— Você estava se atirando para ele? — perguntou Françoise.

— Não é pelos seus lindos olhos. É só para chatear Lise.

Levantou-se e seguiu sua conquista até o meio da pista de dança. Fora realmente um trabalho discreto. Françoise não observara o mínimo olhar, o menor sorriso. Xavière nunca mais acabava de surpreendê-la. Pegou no copo, que mal tocara até ali, e bebeu metade do rum. Se pudesse, com esse gesto, descobrir o que se passava naquela cabeça, Xavière lhe quereria mal por ter consentido no seu amor por Pierre? "Não fui eu, no entanto, que lhe pedi para amá-lo", pensou, revoltada, "Xavière escolheu livremente. Mas o que foi que ela escolheu, exatamente?" O que haveria de verdadeiro no fundo das faceirices, das ternuras, dos ciúmes? Haveria mesmo uma verdade? Françoise sentia que estava prestes a odiá-la; Xavière dançava, resplandecente na sua blusa branca de mangas largas. Estava bonita, com o rosto voltado para o mulato, um rosto iluminado pelo prazer, de faces levemente rosadas. Bonita, solitária, despreocupada. Vivia por sua própria conta, com a doçura ou a crueldade ditada por cada instante, essa história em que Françoise, pelo contrário, se comprometera completamente, debatendo-se inerme em face dela, que sorria desprezando-a ou aprovando-a, conforme as circunstâncias. Que esperava Xavière, ao certo? Seria preciso adivinhar. Seria preciso adivinhar tudo: o que Pierre sentia, o que estava bem, o que estava mal e até mesmo o que ela, Françoise, desejava no fundo do coração. Esvaziou completamente o copo. A situação continuava confusa, totalmente confusa. Ao seu redor, via apenas rostos informes. Dentro dela apenas o vácuo. E por toda a parte, a noite.

A orquestra parou um minuto. Depois os pares recomeçaram a dançar. Xavière continuava com o mulato; não se tocavam e, no entanto, o mesmo frêmito parecia percorrer os dois corpos. Naquele instante, via-se que ela não trocaria seu lugar pelo de qualquer outra pessoa neste mundo. A sua própria graça satisfazia-a totalmente. Françoise sentiu-se também satisfeita; era apenas uma mulher perdida na multidão, uma minúscula parcela do mundo, inclinada para aquela ínfima lantejoula loura, da qual nem sequer podia apoderar-se. Nessa abjeção em que caíra, era-lhe concedido, porém, o que desejara em vão seis meses antes, no auge da felicidade; a música, os rostos, as luzes transformavam-se em lamentação, em espera, em amor, confundiam-se com ela e concediam um sentido insubstituível a cada batida do coração. Sua felicidade explodira: agora caía em torno dela como chuva de instantes apaixonados.

Xavière regressava à mesa, titubeando um pouco.

— Ele dança como um deus! — exclamou.

Deixou-se cair para trás, na cadeira. Seu rosto descompôs-se subitamente.

— Oh! Como estou cansada!

— Quer ir embora?

— Ah! Sim. Gostaria tanto! — disse Xavière numa voz suplicante.

Saíram do baile e mandaram parar um táxi. Xavière deixou-se cair no banco, prostrada. Françoise, apertando a mão sem vida de Xavière, sentia-se invadida por uma espécie de alegria. Com vontade ou não, Xavière encontrava-se ligada a ela por um laço mais forte do que o ódio ou o amor. Xavière não era uma presa como outra qualquer: era a própria substância da sua vida. Os momentos de paixão, de prazer, de cobiça não poderiam existir sem essa trama sólida que os apoiava. Tudo o que acontecia a Xavière acontecia-lhe através de Françoise. Por isso, Xavière pertencia-lhe, nem que fosse contra a vontade.

O táxi parou em frente do hotel. Subiram rapidamente a escada: apesar de cansada, o andar de Xavière nada perdera da sua vivacidade majestosa.

— Vou entrar só por um instante — disse Françoise, quando ela abriu a porta do quarto.

— Só de me encontrar em casa, já estou menos cansada.

Tirou o casaco e sentou-se ao lado de Françoise. Esta sentiu naufragar toda a precária tranquilidade que há pouco alcançara. Xavière estava ali, a seu lado, rígida na sua blusa resplandecente. Encontrava-se ao mesmo tempo próxima e fora do seu alcance. Nenhum laço a amarrava, a não ser os que ela própria decidisse atar, por sua livre vontade. Ninguém poderia apanhá-la, se não fosse por intermédio dela própria.

— Foi uma noite agradável — comentou Françoise.

— Foi, sim. Precisamos voltar lá outras vezes.

Françoise olhou em torno, ansiosa. A solidão ia fechar-se sobre Xavière, a solidão do seu quarto, do repouso, dos seus sonhos, cujo acesso Françoise nunca poderia forçar.

— Você acabará por dançar tão bem como aquela negra.

— Infelizmente não é possível.

O silêncio voltou a cair, pesado; contra ele, as palavras nada podiam. Françoise não atinava com qualquer gesto, paralisada pela graça intimidante daquele belo corpo que nem podia desejar.

Os olhos de Xavière fechavam-se. Disfarçou um bocejo.

— Parece que vou dormir em pé.

— Eu vou subir — disse Françoise.

Levantou-se, de coração apertado. Nada mais podia fazer.

— Boa noite — disse.

Permaneceu um instante de pé, junto da porta. Depois, num gesto impulsivo, apertou Xavière nos braços.

— Boa noite, Xavière querida — disse-lhe, com um beijo leve na face.

Xavière abandonou-se, ficando por momentos aconchegada ao seu ombro, imóvel e flexível. O que estaria esperando? Que Françoise a deixasse partir, ou que a apertasse mais fortemente?

— Boa noite — disse ela, num tom natural, separando-se sem brusquidão.

Tudo acabara. Françoise subiu a escada. Sentia vergonha por aquele gesto de ternura inútil. Deixou-se cair na cama, de coração pesado.

3
— CAPÍTULO —

"**Abril, maio, junho,** julho, agosto, setembro, seis meses de instrução e estarei pronto para a matança", pensou Gerbert. Olhava-se no espelho do banheiro, torcendo as pontas da soberba gravata que Péclard lhe emprestara. Gostaria de saber se tinha medo, ou não, mas era difícil ter certeza. O que lhe custava mais suportar, em imaginação, era o frio, aquela sensação desagradável que temos quando tiramos os sapatos e temos a impressão de que os dedos ficaram lá dentro...

"Desta vez não há mais esperança", pensou, resignado. "Parece incrível que as pessoas sejam loucas a ponto de, tranquilamente, incendiarem o mundo. Mas a verdade é que as tropas alemãs entraram na Tcheco-Eslováquia e que a Inglaterra está intransigente."

Olhava satisfeito o lindo nó que dera na gravata. Não gostava de usar gravata, mas como ia jantar com Françoise e Labrousse, e não sabia onde tencionavam levá-lo... Eles tinham um gosto esquisito por certos molhos com creme e, por mais que Françoise dissesse que não, um homem sempre se fazia notar quando entrava de pulôver num desses restaurantes caros. Vestiu o paletó e entrou na sala de estar. O apartamento estava vazio. Na secretária de Péclard escolheu dois charutos. Depois entrou no quarto de Jacqueline: luvas, lenços, batom, perfume *Arpège* de Lanvin. Poderia alimentar-se uma família inteira com o preço daquelas frivolidades. Meteu no bolso um maço de *Greys* e um pacote de chocolate. Era a única fraqueza de Françoise, o seu amor pelos doces. Agradava-lhe vê-la não se envergonhar de às vezes usar sapatos cambados, meias desfiadas. No seu quarto de hotel não havia efeitos de decoração que irritassem os olhos; Françoise não possuía bibelôs ou bordados, nem mesmo um serviço de chá. "Depois, com ela a gente não é obrigada a fazer cerimônia", pensou, "Françoise não é coquete, não tem dores de cabeça, não exige cuidados, seu temperamento é sempre igual; podemos ficar calados, tranquilamente, a seu lado". Bateu a porta de entrada e desceu depressa a escada. Quarenta segundos! Labrousse nunca seria capaz de descer com tal rapidez aquela escada escura e torcida. Só por uma injustiça da sorte ele conseguia ganhar, por vezes, os concursos. Quarenta segundos! Estava certo de que Labrousse ia acusá-lo de exagero. O melhor seria dizer trinta segundos. Assim, a verdade seria restabelecida mais facilmente. Atravessou a praça de Saint-Germain-des-Prés. Tinham marcado encontro no café de Flore. O lugar os divertia porque não o frequentavam muito, mas ele, Gerbert, já estava cheio de toda aquela elite esclarecida. "No próximo ano mudarei de ares", pensou, raivoso. Se Labrousse organizasse aquela *tournée*, seria formidável. As coisas pareciam correr bem. Empurrou a porta de entrada. No próximo ano estaria nas trincheiras e o assunto deixaria de lhe interessar. Atravessou o café, sorrindo vagamente. Depois seu sorriso alargou-se; lá estavam os três! Vistos separadamente já eram engraçados, embora de uma forma discreta. Mas quando estavam juntos, eram irresistíveis.

— Para que essa dentuça arreganhada? — perguntou-lhe Labrousse.

— É porque estou vendo vocês — respondeu Gerbert, com um gesto de quem pede desculpa por não poder proceder de outra maneira.

Françoise e Labrousse estavam sentados na banqueta, com Xavière ao meio. Gerbert sentou-se em frente dos três.

— Somos assim tão risíveis? — perguntou Françoise.

— Vocês nem calculam…

Labrousse lançou-lhe um olhar de lado.

— Que acha da ideia de umas feriazinhas lá para os lados do Reno?

— Que chatice, hein? E você que dizia que tudo parecia arranjado.

— Mas quem é que esperava uma coisa dessas?

— Desta vez a coisa é certa.

— Realmente, acho que temos muito menos probabilidade de escapar do que em setembro. A Inglaterra garantiu expressamente apoio à Tcheco-Eslováquia e agora não pode fugir.

Seguiu-se um curto silêncio. Gerbert sentia-se sempre intimidado na presença de Xavière. "Labrousse e Françoise", pensou, "também não parecem muito à vontade". Tirou os charutos do bolso e estendeu-os a Labrousse.

— Tome. São dos bons.

Pierre saudou-os com um assobio de admiração.

— Puxa! O Péclard sabe se tratar! Vamos fumá-los depois do jantar.

— Isto é para você — disse Gerbert, colocando os cigarros e os chocolates em frente de Françoise.

— Muito obrigada.

A convidada

O sorriso que iluminou seu rosto tinha certa semelhança com aqueles com que amiúde envolvia ternamente Labrousse. Gerbert sentiu um calor no coração. Por vezes chegava a julgar que Françoise lhe tinha certa afeição. No entanto, sabia que ela só se preocupava com Labrousse, não se importando nada com ele. De resto, há muito tempo que não a via.

— Sirvam-se — disse Françoise, oferecendo os chocolates.

Xavière sacudiu a cabeça, com ar reservado.

— Não coma antes de jantar — disse Pierre a Françoise. — Vai perder o apetite.

Françoise mordeu um bombom. Era mais do que certo que devoraria todo o pacote num abrir e fechar de olhos; era monstruosa a quantidade de doces que podia comer sem ficar enjoada.

O que é que você toma? — perguntou Labrousse.

— Um *pernod* — disse Gerbert.

— Por que insiste no *pernod*, se sabe que não gosta?

— Eu não gosto de *pernod*, mas gosto de beber *pernod*.

— Essa é mesmo de você! — exclamou Françoise.

Seguiu-se outro silêncio. Gerbert acendera o cachimbo. Inclinou-se para o copo vazio e expirou lentamente o fumo.

— Sabe fazer isso? — perguntou, desafiando Labrousse.

O copo ficou cheio de volutas pastosas e esquisitas.

— Parece um ectoplasma — disse Françoise.

— Basta expirar o fumo suavemente — disse Pierre, tirando uma baforada do cachimbo e inclinando-se sobre o copo, com ar aplicado.

— Não foi mal! — disse Gerbert, condescendente. — Bem, à sua...

Tocou com o copo no de Pierre e, de um trago, absorveu a fumaça.

—Você não é capaz... — disse Françoise, sorrindo para Pierre, cujo rosto brilhava de satisfação. Olhou com pena o pacote de chocolates e depois, num gesto decidido, meteu-o na bolsa.

— Se quisermos comer em paz — prosseguiu —, temos de partir já.

Gerbert, olhando-a, perguntou a si próprio, mais uma vez, por que razão as pessoas lhe achavam normalmente um ar duro e intimidante. É lógico que Françoise não pretendia bancar a mocinha, mas seu rosto era cheio de vida, de alegria, de apetites robustos. Parecia tão à vontade dentro de si que as outras pessoas eram forçadas a sentir-se também confortáveis junto dela.

Labrousse voltou-se para Xavière, com um ar ansioso:

— Está compreendido? Você toma um táxi e pede para ir ao cinema Apolo, na rua Blanche. Ele para na porta do cinema e você entra. Só isso.

— Mas é realmente um filme de bandido e mocinho? — perguntou ela, desconfiada.

— Claro — disse Françoise. — Está cheio de perseguições a cavalo.

— E de tiros, de lutas terríveis — disse Labrousse.

Debruçados sobre Xavière, pareciam dois demônios tentadores. Mas suas vozes tinham um tom suplicante. Gerbert fez um esforço heroico para conter o riso. Bebeu um gole de *pernod*. Esperava sempre que, por milagre, aquele gosto de anis se tornasse agradável subitamente. De cada vez, porém, atravessava-o o mesmo arrepio de náusea.

— E o ator é bonitão? — perguntava Xavière.

— É simpático.

— Pois sim, mas não é bonito — disse Xavière.

— Bem, o rosto dele não é de uma beleza regular — disse Labrousse.

— Não tenho confiança no gosto de vocês — comentou ela, com um gesto desiludido. — Outro dia vocês me levaram para ver um filme e o ator tinha cara de foca.

— Era William Powell — explicou Françoise.

— Mas este é muito diferente — afirmou Labrousse, com um ar de quem implora. — É jovem, elegante, másculo.

— Vamos ver — disse resignada.

— Mas depois esteja na boate da Dominique, à meia-noite! — disse Gerbert.

— É lógico que estarei — respondeu ela.

Gerbert recebeu a resposta com ceticismo. Xavière nunca aparecia.

— Fico ainda cinco minutos — observou Xavière, quando viu Françoise levantar-se.

— Então, até logo! — disse Françoise, com voz quente.

— Até logo — respondeu Xavière, com uma expressão esquisita, fugindo com os olhos.

— Pergunto a mim mesma se ela irá realmente ao cinema — disse Françoise, quando saíam do café. — Estou certa de que gostaria do filme.

— Você viu? — perguntou Labrousse. — Ela fez todo o possível para ser amável, mas não conseguiu aguentar até o fim e agora nos quer mal por isso.

— Por quê? — perguntou Gerbert.
— Por não passarmos a noite com ela.
— Mas vocês podiam tê-la trazido — disse Gerbert.
Desagradava-lhe pensar que aquele jantar era uma obrigação incômoda para Labrousse e Françoise.
— Nunca! — exclamou Françoise. — Não seria a mesma coisa.
— Não tem importância — disse Pierre, sorrindo. — Ela é um pouco tirânica, mas nós também sabemos nos defender.
Gerbert ficou mais descansado. No entanto, gostaria de saber o que Xavière representava exatamente para Pierre. Seria unicamente por causa da afeição dela por Françoise que ele lhe manifestava seu interesse? Ou haveria mais alguma coisa? Nunca se atreveria a perguntar. Já ficava muito contente quando por acaso Labrousse se abria um pouco, mas nunca teria coragem de interrogá-lo.
Labrousse mandou parar um táxi.
— E se fôssemos jantar no La Grille?
— Seria ótimo — exclamou Gerbert. — Talvez ainda tenham aquele presunto com feijão que comemos uma vez.
Descobriu de repente que tinha fome. Bateu na testa:
— Ah! Eu sabia que tinha esquecido qualquer coisa!
— O que foi?
— Esqueci de repetir a carne no almoço! Que chatice!
O táxi parou diante do restaurante. Uma grade de ferros grossos protegia a vitrina. À direita de quem entrava havia um balcão cheio de garrafas tentadoras. A sala estava vazia. Só o dono da casa e a empregada da caixa comiam, numa das mesas de mármore, os guardanapos atados ao pescoço.
— Ah! — exclamou Gerbert, batendo outra vez na testa.
— Que susto! — disse Françoise. — O que é que você esqueceu agora?
— Ia esquecendo de dizer que desci a escada, quando saí, em trinta segundos.
— Mentira! — exclamou Pierre.
— Eu já sabia que você não acreditaria. Mas foram trinta segundos certinhos.
— Eu quero ver você fazer isso na minha frente — disse Labrousse.
— De qualquer forma, no outro dia eu o venci nas escadas de Montmartre.

— Nesse dia eu escorreguei.
Pegou no cardápio; havia realmente presunto com feijão.
— A sala está vazia — comentou Françoise.
— É cedo, ainda — disse Labrousse. — Depois, quando há qualquer coisa no ar, as pessoas preferem ficar em casa. Tenho a certeza de que hoje vamos representar para dez espectadores.
Mandou vir ovos cozidos com maionese. Depois picou a gema e jogou-a no molho, metodicamente: chamava esta operação de fazer ovos à mimosa.
— De resto, prefiro que tudo se decida de uma vez — disse Gerbert. — Não é possível viver dizendo todos os dias que a guerra vai rebentar amanhã.
— Enquanto o pau vai e vem... — disse Françoise.
— Era assim que se falava no tempo de Munique — acentuou Labrousse. — Mas era tolice. De nada serve recuar. Não, essas negaças não podem durar indefinidamente — prosseguiu, pegando na garrafa de *beaujolais* e pondo vinho nos copos.
— Por que não? — perguntou Gerbert.
— Não acha que tudo é preferível à guerra? — perguntou Françoise, depois de hesitar um pouco.
— Já não sei bem — respondeu Labrousse, encolhendo os ombros.
— Se as coisas ficarem feias, vocês talvez pudessem partir para a América. Como já são conhecidos lá, com certeza seriam bem recebidos — sugeriu Gerbert.
— E o que poderia eu fazer na América?
— Que diabo, há muitos americanos que falam francês. E além disso, aprenderia inglês e montaria as suas peças nessa língua — disse Françoise.
— Não estou nada interessado na ideia — disse Labrousse. — Que sentido pode ter, para mim, trabalhar no exílio? Se queremos deixar vestígios neste mundo, temos que ser solidários com ele.
— Bem, mas a América também é um mundo.
— Pois é... Mas não é o meu.
— Passaria a ser, no dia em que o adotasse.
Labrousse sacudiu a cabeça.
— Está falando como Xavière. Não compreendo as coisas assim. Estou muito ligado a isso tudo.
— Você ainda é moço — disse Françoise.

A convidada

— Talvez. Mas é uma tarefa que não me tenta, criar um teatro novo para os americanos. O que me interessa é acabar a minha obra, aquela que comecei no barracão dos Gobelins, com o dinheiro que conseguia arrancar da tia Christine graças ao suor do meu corpo... Não compreende isso? — perguntou, olhando para Françoise.

— Compreendo.

Françoise escutava Labrousse com uma atenção tão apaixonada, que Gerbert sentiu uma espécie de sofrimento. Já muitas mulheres haviam olhado para ele de forma ardente. Mas isso sempre lhe provocara um sentimento de mal-estar. A ternura assim exposta parecia-lhe indecente ou tirânica. Mas o amor que brilhava nos olhos de Françoise não era desarmado ou imperioso. Surpreendeu-se desejando inspirar um amor semelhante àquele.

— Houve um passado que me formou, compreende? — prosseguia Labrousse. — Os balés russos, os espetáculos do *Vieux Colombier*, Picasso, o surrealismo. Que seria eu sem tudo isso? Evidentemente, desejo que a arte receba de mim um futuro original; mas quero que seja o futuro dessa tradição. Não podemos trabalhar no vácuo, pois não iremos a parte alguma.

— É lógico que não seria satisfatório você se instalar, com armas e bagagens, a serviço de uma história que não é a sua — disse Françoise.

— Para mim tanto faz ser mandado para Lorena, colocar arame farpado, como comer milho cozido em Nova York.

— Apesar de tudo, eu preferiria o milho... sobretudo assado — comentou Françoise.

— E eu garanto que se pudesse dar o fora para a Venezuela ou para São Domingos... — falou Gerbert.

— Se a guerra rebentar, não quero perdê-la — disse Labrousse. — Confesso mesmo que tenho uma espécie de curiosidade...

— Você tem o gosto estragado — comentou Gerbert.

Pensara durante todo o dia na guerra, mas seu sangue gelava quando ouvia Labrousse falar do assunto com tanta calma, como se ela já tivesse rebentado. O fato, porém, é que a guerra estava ali, ao lado deles, escondida entre o fogão resfolegante e o balcão com reflexos amarelos. Esta refeição era uma espécie de ágape funerário. Capacetes, tanques, uniformes, caminhões esverdeados; uma imensa maré lamacenta espraiava-se pelo mundo. A terra fora submergida por aquele visgo escuro no qual as pessoas se afundavam com roupas de chumbo cheirando a cão molhado, enquanto relâmpagos sinistros cortavam o céu.

— Nesse ponto eu lhe dou razão; eu também não gostaria que se passasse qualquer coisa no mundo sem a minha presença.
— Se é assim, vocês já deviam ter partido para a Espanha, ou mesmo para a China.
— Não é a mesma coisa — disse Labrousse.
— Não vejo por quê!
— Creio que é uma questão de situação — começou Françoise. — Recordo-me que, quando estávamos na Ponta do Raz, Pierre queria me obrigar a partir antes da tempestade; fiquei louca de desespero. Se tivesse acedido, ia me sentir frustrada. Enquanto que, neste momento, pode haver lá longe uma enorme tempestade que não me faz diferença.
— É isso, exatamente. Esta guerra pertence à minha própria história e por isso não irei ignorá-la.
O rosto de Labrousse iluminara-se ao dizer isso. Gerbert os olhava com inveja. Que sentimento de segurança devia proporcionar essa importância que ambos se concediam mutuamente! "Se eu tivesse verdadeiramente importância para alguém", pensou, "talvez conseguisse valer um pouco mais para mim próprio. Assim, não chego a dar valor à minha vida nem a meus pensamentos".
— Tudo isso está certo, mas escutem: Péclard conhece um médico que ficou de miolo mole de tanto operar feridos de guerra. Enquanto operava um, o que estava ao lado esticava a canela. Havia alguns que não paravam de gritar, enquanto o médico os cortava... "Ai, meu joelho! Ai, meu joelho!" Confesse que não deve ser agradável...
— É lógico que nessa situação a pessoa nada mais pode fazer a não ser gritar. Mas mesmo isso não me revolta tanto; é uma passagem da vida como qualquer outra.
— Bem, se encaramos as coisas assim, então tudo é justificável. Só temos uma solução: cruzar os braços.
— Não, não! Viver uma coisa não quer dizer suportá-la estupidamente. Eu aceito passar por qualquer situação, justamente porque terei sempre o recurso de vivê-la livremente.
— É uma liberdade esquisita! Você não pode fazer nada do que lhe interessa!
— Sabe, Gerbert — disse Labrousse, sorrindo. — Eu mudei; já abandonei a mística da obra de arte. Agora, posso muito bem encarar a realização de outras atividades.

A convidada

Pensativo, Gerbert esvaziou o copo. Era estranho pensar que Labrousse pudesse mudar. Ele o considerara sempre imutável. Tinha resposta para todas as perguntas. Não via bem quais as que poderia ainda apresentar-lhe.

— Então — disse — nada o impede de partir para a América.

— Por ora — respondeu Labrousse — acho que a melhor forma de utilizar minha liberdade é defender a civilização que se encontra ligada a todos os valores que me interessam.

— Apesar de tudo, Gerbert tem razão — interveio Françoise. — Você seria capaz de encontrar justificação em qualquer tipo de mundo onde houvesse um lugar para você. Sempre desconfiei que se julgava Deus Nosso Senhor!

"São divertidíssimos", pensou Gerbert. O que mais o admirava era vê-los animar-se, assim, simplesmente com as palavras que diziam. Que modificações poderiam essas palavras introduzir nas coisas? Que podiam todas as palavras contra o calor do *beaujolais* que estavam bebendo, contra os gases asfixiantes que corroíam os pulmões, contra o medo que lhe subia à garganta?

— Mas diga-me — lançou Labrousse —, que culpa temos nós disso tudo?

Gerbert sobressaltou-se. Não esperava ser apanhado em flagrante delito de pensar.

— Nenhuma, claro.

— Você estava com um ar de juiz — disse Françoise, estendendo-lhe o cardápio. — Não quer sobremesa?

— Não gosto de sobremesa.

— Mas hoje há torta. Você gosta de torta.

— É, mas... Sinto-me mole, sabe?

Riram os dois.

— Não me diga que essa moleza vai impedi-lo de beber um cálice de aguardente velha! — disse Labrousse.

— Não, claro. Para um cálice de aguardente há sempre lugar.

Labrousse mandou vir três cálices de aguardente, que a empregada trouxe num garrafão velho, cheio de poeira. Gerbert então acendeu o cachimbo. "É curioso", pensou. "Até mesmo Labrousse precisa inventar qualquer coisa a que se agarrar. Não acredito que sua serenidade seja completamente sincera. Ele apega-se às suas ideias como Péclard a seus móveis. Françoise, por seu turno, apoia-se em Labrousse. Assim, as pessoas se arranjam de forma que ficam rodeadas de um mundo bem resistente, onde suas vidas possam ter significado. Pensando bem, se não quisermos nos deixar enganar, encontramos apenas, atrás dessas aparências imponentes, uma poeira de pequenas impressões fúteis; a luz amarela sobre o balcão, esse gosto de nêspera podre no fundo da aguardente, coisas que não se deixam prender nas frases, coisas que temos de sofrer em silêncio e que desaparecem sem deixar vestígios, para dar lugar a outras, tão difíceis de pegar como as anteriores. É tudo areia e água e é uma loucura querer construir qualquer coisa com tal base. Mesmo a morte não merece todo o barulho que a cerca. Evidentemente é terrível, mas apenas porque não podemos imaginar o que vamos sentir depois de mortos."

— Ser morto ainda passa — disse Gerbert. — O pior é que podemos ficar inutilizados.

— Eu ainda sacrificaria uma perna — disse Labrousse.

— Eu preferia sacrificar um braço. Uma vez vi um inglês em Marselha que tinha um gancho no lugar da mão. Ficava até interessante.

— Ora... Uma perna mecânica não se vê tanto. Um braço é impossível de disfarçar.

— No nosso ofício, qualquer dessas coisas seria a morte. Bastava perder uma orelha, e lá se ia a carreira por água abaixo.

— Não é possível! — exclamou Françoise, bruscamente.

A voz morreu-lhe na garganta. O rosto mostrava bem sua perturbação; de repente as lágrimas brotaram em seus olhos. Gerbert fixou-a: estava quase bela.

—Vamos, vamos — disse Labrousse, num tom conciliante. —Também podemos voltar sem ferimentos. Aliás, ainda não partimos. Não devemos começar já com pesadelos — disse, sorrindo para Françoise.

Esta respondeu-lhe também com um sorriso. Via-se, porém, que era forçado.

— O certo é que vocês hoje vão representar para uma sala vazia — disse ela.

— É — concordou Labrousse. Seus olhos percorreram o restaurante deserto. — Mas temos de representar, apesar disso. Está na hora.

— Eu volto para casa. Vou trabalhar, embora ainda não saiba onde arranjar coragem — disse Françoise.

Saíram, e Labrousse mandou parar um táxi.

— Quer aproveitar a carona? — perguntou.

A convidada

— Não. Prefiro voltar a pé.

Gerbert a viu se afastar de mãos nos bolsos; seus passos eram um pouco desajeitados. "Agora", pensou, "passarei sem dúvida mais de um mês sem vê-la".

— Entre — disse Labrousse a Gerbert, empurrando-o para dentro do táxi.

Quando chegaram ao teatro, Gerbert subiu logo a seu camarim. Guimiot e Mercaton já se encontravam lá, sentados diante do espelho, com o pescoço e os braços pintados de ocre. Apertou-lhes a mão distraidamente. Não sentia a mínima simpatia por eles. O camarim muito pequeno estava empestado com o cheiro repugnante de creme de maquilagem e de brilhantina. Guimiot teimava em conservar a janela fechada, com medo de pegar um resfriado. Gerbert, com ar decidido, abriu a janela.

"Se este veado disser alguma coisa, parto-lhe a cara", pensou.

Sentia vontade de brigar com alguém; seria um derivativo. Guimiot, porém, não tugiu nem mugiu. Estava pondo pó de arroz com uma enorme esponja roxa. O pó voava-lhe em volta, fazendo-o espirrar com ar infeliz. Gerbert estava tão irritado que nem isso o fez rir. Começou a despir-se: casaco, calça, camisa, gravata, sapatos, meias. Daqui a pouco teria de voltar a vestir tudo. Sentia-se antecipadamente cansado. "Que estou fazendo aqui?", pensou bruscamente, olhando em torno com um espanto que era quase sofrimento. Conhecia bem essa sensação, altamente desagradável; era como se se transformasse, por dentro, em água podre. Encontrava-se muitas vezes nesse estado quando era menino, sobretudo ao ver a mãe horas a fio lavando roupa, por entre vapores de lixívia. "Dentro de dias", pensou, "estarei limpando um fuzil, marcando passo na caserna. Depois, como sentinela, num buraco gelado. É absurdo! Entretanto, aqui estou, besuntando as coxas com essa porcaria que, daqui a pouco, terei a maior dificuldade em tirar. Não será isso ainda mais absurdo?"

— Merda! — exclamou de repente em voz alta, ao lembrar-se que tinha marcado encontro com Elisabeth naquela noite, para fazer os primeiros croquis para o retrato. — Ela escolheu bem o dia!

Ramblin abriu a porta e perguntou se tinham brilhantina.

— Eu tenho — respondeu Guimiot, serviçal.

Na sua opinião, Ramblin era rico e influente; por isso, fazia-lhe uma corte indiscreta.

Simone de Beauvoir

— Obrigado — disse Ramblin friamente, pegando no frasco e voltando-se para Gerbert. — A coisa não vai ser muito animada esta noite. Há meia dúzia de gatos pingados aí na orquestra e outros tantos no balcão — disse, com uma gargalhada. Gerbert também riu; gostava desses acessos solitários de riso que amiúde sacudiam Ramblin. De resto, embora fosse um pederasta notório, o homem nunca o incomodara.

— Tedesco está branco de medo! — prosseguia. — Pensa que vão mandar todos os estrangeiros para campos de concentração. Canzetti segura nas mãos dele, soluçando... Chanaud já o chamou de gringo sujo. Ela anda por aí dizendo que as mulheres francesas saberão cumprir o seu dever. As coisas estão feias, como vê.

Enquanto falava, ia colando os caracóis em torno do rosto, sorrindo para o espelho com ar aprovador e cético.

— Escute, Gerbert querido, pode me dar um pouco do seu creme azul? — perguntou Eloy, entrando no camarim.

Ela arranjava sempre uma maneira de entrar no camarim dos homens quando eles estavam nus. Aliás, ela também estava seminua. O xale transparente mal lhe cobria os seios de ama de leite.

— Suma! — gritou-lhe Gerbert. — A gente não está decente.

— E esconde esse negócio! — disse Ramblin, puxando-lhe o xale. Seguiu-a com os olhos, com ar de nojo. — Sabem da última? Ela vai se alistar como enfermeira. Que sorte em poder roçar todos os pobres-diabos indefesos que lhe caírem nas patas...

Gerbert vestiu o traje romano e começou a maquilar o rosto. Esse trabalho o divertia, pois sempre gostara das tarefas minuciosas. Inventara mesmo uma maneira nova de pintar os olhos, prolongando a linha das pálpebras por meio de uma espécie de estrela, de lindo efeito. Lançou ao espelho um olhar contente e desceu a escada. No saguão, encontrou Elisabeth, sentada numa banqueta, a pasta de desenhos debaixo do braço.

— Cheguei muito cedo? — perguntou ela, com sua voz mais gentil.

"Está elegantíssima hoje, é inegável. Seu casaco é com certeza de um bom costureiro", pensou Gerbert, como conhecedor.

— Estou à sua disposição dentro de dez minutos.

Olhou os cenários, de relance; tudo estava pronto. Os acessórios estavam bem à mão. Por um orifício no pano de boca espiou o público: não havia mais de vinte espectadores. Que catástrofe! Com um apito entre os dentes, Gerbert percorreu os corredores, chamando os atores. Depois veio sentar-se, resignado, ao lado de Elisabeth.

A convidada

— Não venho incomodá-lo? — perguntou Elisabeth, começando a desembrulhar o papel.

— Nada disso. Simplesmente preciso ficar aqui para evitar que façam barulho.

As três pancadas soaram no silêncio com uma solenidade lúgubre. O pano subiu. O cortejo de César comprimia-se junto da porta que dava para a cena. Labrousse entrou, envergando a toga branca.

— Não sabia que estava aí — disse, ao vê-la.

— Mas estou — respondeu Elisabeth.

— Pensei que já não pintava retratos — observou, espiando por cima do ombro o que ela fazia.

— É um estudo. Com essa história de só fazermos composições, a gente perde a mão.

—Venha ao meu camarim no fim desta cena.

Entrou no palco. O cortejo correu atrás dele.

— É engraçado assistir a uma peça nos bastidores — disse Elisabeth. —Vemos como as coisas são feitas.

Gerbert olhava-a, pouco à vontade. Sentia-se sempre incomodado junto dela; nunca compreendia exatamente o que Elisabeth pretendia. De vez em quando pensava que ela devia ser um pouco louca.

— Fique assim — ordenava ela —, não se mexa. A pose é fatigante? — perguntou, com pena dele.

— Não — respondeu Gerbert.

Não era cansativo, mas sentia-se idiota, sentado ali, naquela pose. Ramblin, que atravessava o saguão, lançou-lhe um olhar trocista. As portas estavam todas fechadas, não se ouvia qualquer ruído. Lá no palco, os atores agitavam-se perante a sala quase vazia. Elisabeth desenhava obstinadamente, "para não perder a mão", e Gerbert estava ali sentado, com ar estúpido.

"Qual o interesse disso?", pensou, com raiva. Tal como lhe acontecera há pouco, no seu camarim, sentiu algo desagradável na boca do estômago. Nos momentos em que se encontrava assim, havia uma recordação que lhe voltava sempre ao espírito: uma vez, na Provença, vira uma aranha enorme, presa a um fio pendente de uma árvore. A aranha subia, depois caía, mas voltava a subir, com uma paciência inesgotável. Gerbert não compreendia onde ela fora buscar tanta coragem teimosa.

Tinha um aspecto de quem estava tão sozinha neste mundo...

— Seu número de fantoches ainda vai durar muito? — perguntou-lhe Elisabeth.
— Dominique tinha dito que até o fim da semana.
— E Xavière abandonou definitivamente o papel?
— Ela prometeu vir hoje.
Com o lápis suspenso, Elisabeth olhou Gerbert nos olhos.
— Que é que você pensa de Xavière?
— É uma moça simpática.
— Que mais?
Elisabeth olhava-o com um sorriso insistente, esquisito, parecia examiná-lo.
— Eu a conheço pouco — respondeu.
Elisabeth riu francamente.
— Evidentemente, se você é tão tímido como ela... Inclinou-se para o desenho e recomeçou a trabalhar, com um ar aplicado.
— Eu não sou tímido — disse Gerbert.
Ficava raivoso quando sentia que corava, como agora lhe acontecia. Era estúpido, mas tinha horror a que falassem dele. Agora, nem sequer podia mudar de posição, para esconder um pouco o rosto.
— Pois eu acho que é — disse Elisabeth, trocista.
— Por quê?
— Porque, se não fosse, não teria tido dificuldade em conhecê-la melhor. — Elisabeth levantou os olhos e fixou Gerbert com um ar de curiosidade. — Não observou realmente nada ou está fingindo?
— Não compreendo o que quer dizer — afirmou Gerbert, desconcertado.
— Que encanto... É tão raro encontrar alguém modesto como uma violeta.
Elisabeth falava sem olhá-lo, com ar de confiança. Talvez estivesse realmente se tornando louca.
— Mas Xavière não liga pra mim.
— Acha? — perguntou ela, com voz irônica.
Gerbert não lhe respondeu. Xavière tivera, por vezes, reações estranhas. Mas isso não provava coisa alguma. "Ela só se interessa por Françoise e por Labrousse; Elisabeth quer se divertir comigo", pensou.
— Xavière não lhe agrada? — perguntou ela, parando de chupar o lápis.

—Você está enganada, garanto-lhe — respondeu-lhe, encolhendo os ombros.

Olhou em torno, pouco à vontade. Elisabeth sempre fora indiscreta, falava sem pensar, pelo prazer de falar. Dessa vez, porém, estava passando dos limites.

— Cinco minutos! — exclamou, levantando-se. — Chegou a hora das aclamações.

Os figurantes tinham vindo sentar-se na outra ponta do saguão. Gerbert lhes fez sinal e abriu suavemente a porta que dava para o palco. Não se distinguiam as vozes dos atores, mas ele guiava-se pela música que acompanhava o diálogo de Cássio e Casca. Sentia todas as noites a mesma emoção, enquanto esperava o anúncio de que o povo oferecia a coroa a César. Acreditava quase na solenidade ambígua e decepcionante daqueles momentos. Levantou a mão e um grande clamor cobriu os últimos acordes do piano. Ficou de novo à escuta. Um murmúrio de vozes, longínquo, acentuava ainda mais o silêncio reinante. Depois ouviu-se uma breve melodia. Um grito escapou de todas as bocas. Na vez seguinte, as vozes elevaram-se, aclamando César com violência redobrada.

— Agora vamos ficar tranquilos durante um bom momento — disse Gerbert, retomando a pose. Estava intrigado com o que Elisabeth dissera. Sabia que agradava às mulheres, tinha certeza disso, mas Xavière... bem, ficaria muito lisonjeado se fosse verdade.

— Ainda hoje vi Xavière — disse, passado um momento. — E garanto que ela não parecia me querer muito bem.

— Como assim?

— Estava danada porque eu ia jantar com Françoise e Labrousse.

— É ciumenta como um tigre. Acredito que realmente nessa altura o odiasse. Mas isso não quer dizer nada.

Fez alguns traços no retrato, em silêncio. Gerbert gostaria de interrogá-la, mas não conseguia formular qualquer pergunta que não lhe parecesse indiscreta.

— É incômodo arrastar uma pessoa como essa — disse Elisabeth.

— Françoise e Labrousse gostam dela, claro, mas assim mesmo Xavière é pesada demais para andarem com ela no colo.

Gerbert recordou o incidente daquela noite e o tom benevolente de Labrousse, ao dizer: "Essa menina é um pouco tirânica, mas nós também sabemos nos defender." Lembrava-se bem dos rostos e das entonações das pessoas, mas não podia passar através das palavras, para descobrir o que se passava nas suas cabeças. Tudo continuava opaco, não lhe permitindo ter uma ideia clara. Agora, porém, tinha uma ocasião inesperada de se informar um pouco.

— Não compreendo bem — disse — quais os sentimentos deles em relação a Xavière.

— Você sabe como eles são — disse ela. — Gostam tanto um do outro que as relações com outras pessoas são sempre ligeiras. Não passam de brincadeira.

Inclinou-se novamente sobre o desenho, com ar completamente absorto.

— Acham divertido ter uma filha adotiva. Mas estou convencida de que Xavière começa a cansá-los um pouco.

Gerbert hesitou, depois disse:

— Labrousse a olhava com tanta solicitude...

— Você não vai pensar que Pierre está apaixonado por Xavière? — perguntou Elisabeth, rindo.

— Claro que não — respondeu Gerbert.

Elisabeth tinha a capacidade de irritá-lo. Sob seus modos de irmãzinha mais velha, era uma megera.

— Observe-a — recomeçou Elisabeth, com ar sério. — Estou certo do que afirmo: bastaria você levantar um dedo. É certo — acrescentou com uma ironia pesada — que você precisaria levantar o dedo...

A boate de Dominique estava tão deserta como o teatro. Havia só seis frequentadores habituais, de caras fúnebres. Gerbert sentiu uma angústia no coração, quando guardou na maleta a princesinha de lona encerada; talvez fosse a última noite. Amanhã, uma chuva de poeira cinzenta iria se abater sobre a Europa, afogando as bonecas frágeis, os cenários, os balcões dos cafés, e todos os arco-íris de luz que brilham nas ruas de Montparnasse. Sua mão demorou-se no rosto liso e frio da boneca: um verdadeiro enterro.

— Parece uma morta — disse Xavière, atrás dele.

Gerbert sobressaltou-se; Xavière amarrava o lenço por baixo do queixo, enquanto olhava os corpinhos gelados dos bonecos, todos em linha no fundo da caixa.

— Foi bom você ter vindo esta noite. As coisas correm melhor quando você está aqui.

A convidada

— Eu lhe disse que vinha — retrucou ela, com ar de dignidade.

Xavière chegara precisamente quando o espetáculo ia começar, de forma que nem tinham tido tempo de trocar meia dúzia de palavras. Gerbert olhou-a de relance, pensando que gostaria de achar qualquer coisa para dizer, algo que lhe permitisse retê-la mais um momento. No fim de contas, ela não era assim tão intimidante. Com o lenço em volta do rosto ficava com um ar mais acessível.

— Foi ao cinema? — perguntou ele.

— Não — respondeu Xavière, puxando as franjas do lenço. — Era muito longe.

— É para isso que há táxis — disse Gerbert, rindo.

— Mas não tenho muita confiança neles — comentou ela, com ar ajuizado. — E você jantou bem? — perguntou amavelmente.

— Comi um presunto com feijão que estava um sonho — respondeu, entusiasmado. Depois parou, confuso: — Desculpe, sei que você não gosta de falar em comida.

Xavière levantou os sobrolhos, que pareciam desenhados a pincel, como nas máscaras japonesas.

— Quem lhe disse isso? É um boato idiota.

Gerbert pensou, satisfeito, que estava se tornando psicólogo, pois parecia-lhe claro que Xavière ainda estava danada contra Françoise e Labrousse por causa do jantar.

— Não vai querer me convencer de que se interessa por assuntos de comida...

— Como sou loura, todo mundo acha que sou etérea — disse Xavière, penalizada.

— Quer apostar que não é capaz de vir comer um hambúrguer comigo? — perguntou Gerbert.

O desafio partira sem lhe dar tempo de refletir. Mal pronunciara as palavras, ficou consternado com seu atrevimento. Os olhos de Xavière, porém, brilharam alegremente:

— Quer apostar que sou capaz?

— Então vamos.

Afastou-se para deixá-la passar. "Que vou dizer agora?", pensava, inquieto. Sentia, no entanto, uma certa satisfação. Agora já não poderia dizer que não levantara o dedo. Era a primeira vez que tomava a iniciativa. Normalmente as mulheres encarregavam-se disso.

— Puxa! Que frio! — exclamou Xavière.

—Vamos ao Coupole. Fica a cinco minutos daqui — disse Gerbert. Xavière olhou ao redor, angustiada.

— Não há nada mais perto?

— O bife hamburguês só se come no Coupole — respondeu-lhe com firmeza.

"As mulheres são assim", pensava. "Ou têm calor, ou têm frio. Exigem sempre precauções demais... Como poderão ser boas companheiras?" Gerbert sentira ternura por algumas porque gostava de ser amado por elas, mas, pensando, bem, as mulheres o aborreciam. Se fosse seu destino ser pederasta, só andaria com homens. Além disso, era incômodo quando queria deixá-las, sobretudo porque ele não gostava de fazê-las sofrer. Acabavam por compreender, com o tempo, mas o caso é que levavam muito tempo. Annie, por exemplo, agora estava começando a compreender; mas também já era o terceiro encontro a que ele faltava sem preveni-la. Olhou com ternura a fachada do Coupole. Aquelas luzes o enchiam de melancolia, como certas músicas de jazz.

— Como vê, não é longe.

— Isso diz você, que é pernilongo — comentou Xavière, olhando-o com um ar aprovador. — Gosto das pessoas que andam depressa.

Antes de empurrar a porta giratória, Gerbert voltou-se para ela:

— Continua com vontade de comer o hambúrguer?

Xavière hesitou:

— Para dizer a verdade, não tenho muita vontade. O que sinto, é sede.

Olhava-o como se pedisse desculpas. "Ela é realmente simpática, com estas bochechas cheias e a franja de cabelo surgindo sob o lenço." Uma ideia audaciosa atravessou-lhe o espírito.

— Nesse caso, não seria melhor irmos antes ao *dancing*? — perguntou, esboçando o sorriso tímido com que por vezes conseguia convencer as mulheres. — Eu lhe dou uma lição de sapateado.

— Seria formidável! — respondeu Xavière, com tal entusiasmo que Gerbert ficou surpreso.

Xavière tirou o lenço com um gesto rápido e começou a descer a escada vermelha, saltando os degraus. Gerbert perguntava a si próprio se, na verdade, as insinuações de Elisabeth não estariam certas. Xavière era sempre tão reservada com as outras pessoas! E nesta noite acolhia com tanto entusiasmo todas as suas sugestões...

—Vamos ficar aqui — disse ele, designando a mesa.

A convidada

— É um lugar agradável de verdade — comentava Xavière, olhando em torno, encantada. Parecia que, perante a ameaça de uma catástrofe, a dança era um refúgio melhor do que o teatro, pois havia muitos pares na pista.

— Adoro esse gênero de decoração — prosseguia ela, enrugando o nariz. Perante os seus jogos fisionômicos Gerbert tinha uma dificuldade louca em ficar sério. Na boate de Dominique era tudo tão sério! Era aquilo que eles chamam bom gosto... Fez um gesto de superioridade, olhando Gerbert com ar cúmplice. — Não acha que parece uma decoração sovina? E o gênero de espírito deles, as brincadeiras, são iguais: parecem contadas por medida.

— É verdade. São pessoas que riem austeramente. Fazem-me pensar naquele filósofo de que fala Labrousse e que ria ao ver uma linha tangente a uma circunferência. E sabe por quê? Porque é parecida com um ângulo e não é um ângulo...

— Ora, não caçoe.

— Não. É verdade. Para ele, que era um triste entre os tristes, aquilo parecia o cúmulo da comicidade.

— No entanto, pode-se dizer que ele não perdia a mínima ocasião de se divertir.

Gerbert começou a rir:

—Você já ouviu Charpini? Esse, sim, é engraçado, sobretudo quando canta a *Carmen:* "Mamãe, estou a vê-la", e Brancanto procura por toda a parte: "Mas onde? Aqui? Onde está essa pobre mulher?" Aí, sim, eu choro até as lágrimas, cada vez que os vejo.

— Nunca ouvi coisa nenhuma verdadeiramente engraçada — disse Xavière, consternada. — Gostaria tanto!

— Precisamos ir lá algum dia. E Georgius? Não conhece Georgius?

— Não — respondeu ela, lançando-lhe um olhar lastimoso.

—Talvez você ache idiota — disse Gerbert, hesitante. — As canções dele são muito maliciosas, cheias de trocadilhos.

Na verdade, não conseguia pensar em Xavière ouvindo deliciada as canções de Georgius.

—Tenho a certeza de que me divertiria! — disse ela, com ar ávido.

— O que é que você quer beber?

— Um uísque.

— Então dois uísques — pediu Gerbert ao garçom. —Você gosta de uísque?

— Não — respondeu ela, com uma careta. — Parece tintura de iodo.

— Mas gosta de bebê-lo, não é? É como eu em relação ao *pernod*. Quanto ao uísque, é diferente, porque gosto. Vamos dançar esse tango? — perguntou-lhe, afoito.

— Vamos.

Xavière levantou-se, alisando a saia com a palma da mão. Gerbert enlaçou-a. Sabia que ela dançava bem, melhor do que Annie e Canzetti. Hoje, porém, a perfeição dos seus passos parecia-lhe miraculosa. Os cabelos louros exalavam um odor suave e terno. Por um momento, Gerbert abandonou-se, sem pensar em mais nada, ao ritmo da dança, ao canto das violas, à poeira alaranjada das luzes, àquele sentimento doce de ter nos braços um corpo flexível. "Tenho sido idiota", pensou bruscamente. "Há quantas semanas devia tê-la convidado para dançar. Agora, que a caserna me espera, já é tarde demais. Esta noite não terá amanhã." Tudo na sua vida ficara sem seguimento. Admirava de longe as lindas histórias de paixão. Um grande amor, porém, era como a ambição. Só seria possível num mundo em que as coisas tivessem peso, onde as palavras e os gestos deixassem vestígios. Gerbert tinha a impressão de ter estado até então metido numa sala de espera. Nenhum futuro lhe abriria a porta. Subitamente, quando a orquestra fez uma pausa, a angústia que sentira todo o dia transformou-se em pânico. Todos aqueles anos tinham lhe parecido, até agora, apenas um tempo inútil e provisório. Compunham, porém, sua única existência: nunca conheceria outra. Quando estivesse estendido num campo, com o corpo rígido e enlameado, e uma placa de identidade no pulso, não haveria absolutamente mais nada.

— Vamos beber um pouco de uísque — propôs.

Xavière sorriu docilmente. Quando voltavam para a mesa, a vendedora de flores estendeu-lhes o cesto. Gerbert parou e escolheu uma rosa vermelha. Colocou-a na mesa, em frente de Xavière. Esta segurou-a cuidadosamente e a pregou no decote.

CAPÍTULO 4

Françoise lançou um último olhar ao espelho; desta vez estava elegante até nos mínimos pormenores. As sobrancelhas estavam bem depiladas, os cabelos levantados atrás deixavam ver a nuca, as unhas brilhavam como rubis. Sentia-se contente com a perspectiva daquela noite. Como gostava de Paule Berger, sempre que saía com ela passava momentos agradáveis. Paule tinha combinado levá-los a uma boate espanhola que reproduzia exatamente um salão de dança sevilhano. Françoise regozijava-se antecipadamente por se arrancar, durante algumas horas, à atmosfera tensa, apaixonada, abafadiça em que Pierre e Xavière a mantinham fechada. Hoje sentia-se cheia de vida, capaz de apreciar, por sua conta, a beleza de Paule, o encanto do espetáculo e a poesia de Sevilha, que o canto das violas e o gosto da *manzanilla* ressuscitariam daí a pouco.

Cinco para a meia-noite. Já não havia tempo a perder. Se não queria estragar a noite, precisava descer e chamar Xavière. Pierre as esperava no teatro à meia-noite e ficaria irritado se não chegassem na hora marcada. Releu mais uma vez a folha cor-de-rosa onde Xavière escrevera, com tinta verde, com a sua letra grande:

"Peço que me desculpe por não aparecer esta tarde, mas vou repousar para me encontrar em forma logo à noite. Portanto, estarei às onze e meia no seu quarto. Beijo-a ternamente."

Françoise encontrara o bilhete, de manhã, debaixo da porta. Mostrou-o a Pierre e ambos desejavam saber, ansiosamente, o que poderia Xavière ter feito toda a noite para querer dormir de dia. "Beijo-a ternamente" era uma fórmula vazia, que nada significava. Quando a tinham deixado no Flore, na véspera à tarde, antes de irem jantar com Gerbert, Xavière estava irritadíssima. Agora ninguém podia prever seu estado de espírito.

Françoise pôs nos ombros um casacão novo, de lã leve, pegou a bolsa, as luvas que a mãe lhe oferecera, e desceu a escada. Mesmo que Xavière estivesse irritadiça e que Pierre resolvesse ofender-se com o seu humor, Françoise estava decidida a não levar a sério as brigas dos dois. Bateu à porta. Ouviu-se um leve ruído; parecia que se escutava a palpitação dos pensamentos secretos que Xavière nutria quando sozinha.

— Quem é? — perguntou uma voz sonolenta.

— Sou eu.

Apesar da decisão que tomara, Françoise não pôde deixar de sentir a angústia que sempre a assaltava enquanto esperava que surgisse o rosto de Xavière; estaria sorridente ou aborrecida? De qualquer forma, o sentido da noite que iam passar, o sentido do mundo inteiro dependiam do brilho daqueles olhos. Passou-se um minuto antes que a porta se abrisse.

— Não estou pronta — disse Xavière, com voz mole.

Era sempre a mesma coisa e, no entanto, Françoise ficava sempre desconcertada. Xavière estava de roupão, os cabelos emaranhados caindo sobre o rosto pálido e inchado pelo sono. A cama desarrumada parecia ainda quente. As venezianas ainda não tinham sido abertas. O quarto estava cheio de fumaça e de um cheiro acre. Mas o que tornava o ar irrespirável, mais do que a fumaça, eram todos os desejos insatisfeitos, todo o aborrecimento, todos os rancores depositados hora após hora, dia após dia, semana após semana, entre essas paredes, como visões febris.

— Então espero — disse Françoise, um pouco indecisa.

— Mas eu nem sequer estou vestida. Não, é melhor irem sem mim — disse ela, com um ar de resignação dolorosa.

Imóvel e consternada, Françoise continuava na soleira da porta. Desde que vira surgir no coração de Xavière o ciúme e o ódio, aquele quarto lhe dava medo. Já não era apenas um santuário onde Xavière celebrava seu próprio culto. Era uma estufa onde crescia uma vegetação luxuriante e venenosa, era uma cela de alucinada, cuja atmosfera úmida se colava ao corpo.

— Escute — disse Françoise. — Vou buscar Labrousse e dentro de dez minutos passaremos por aqui. Não pode se arrumar em dez minutos?

O rosto de Xavière iluminou-se subitamente:

— Claro que posso! Vai ver como sei andar depressa, quando quero.

Françoise desceu as escadas, pensando: "É pena, mas esta noite começa mal. Há vários dias que paira no ar um cataclismo. A coisa vai acabar estourando." Era sobretudo entre ela e Xavière que as coisas não corriam bem. Aquele impulso de ternura tão extemporâneo que sentira no sábado, depois do baile, só servira para complicar tudo. Apressou o passo. A situação era tão fluida... um sorriso falso, uma frase ambígua bastavam para envenenar completamente uma noite que se apresentava alegre. Ela faria de conta que não reparava, mas tinha certeza de que Xavière nada deixaria escapar sem segunda intenção.

Quando chegou ao camarim de Pierre, era apenas meia-noite e dez. Ele já vestia o sobretudo e as esperava, fumando cachimbo, sentado na borda do sofá. Quando ela chegou, levantou a cabeça e a fixou com dureza, desconfiado.

— Está sozinha?

— Xavière está à nossa espera. Quando saí, não estava pronta.

Por mais preparada que estivesse para o pior, sentiu um aperto no coração; Pierre nem lhe sorrira. Nunca a recebera daquela forma.

— Você a viu? — perguntou. — Como é que ela estava?

Françoise o olhou, espantada; por que estaria preocupado? Os negócios iam bem... As querelas com Xavière eram apenas questiúnculas de mulher apaixonada.

— Tinha um ar cansado. Passou o dia no quarto, dormindo, fumando, bebendo chá.

Pierre levantou-se.

— Sabe o que ela fez esta noite?

— Não, que foi? — perguntou Françoise.

Sentiu que ficava hirta; preparava-se para ouvir alguma coisa desagradável.

— Dançou com o Gerbert até as cinco da manhã — anunciou ele, num tom quase triunfante.

— E então?

Ficara desconcertada: era a primeira vez que Gerbert saía com Xavière e, nesta vida febril e complicada, cujo equilíbrio ela tentava conseguir, a menor novidade apresentava-se carregada de ameaças.

— Gerbert parecia encantado quando me contou. Estava até um pouco vaidoso.

— O que foi que ele disse? — perguntou Françoise.

Não conseguiria classificar o sentimento equívoco que acabara de se instalar dentro dela. A sua cor turva, porém, não a espantava: no fundo de todas as alegrias havia presentemente um sabor a mofo, contrabalançado por uma espécie de prazer irônico, proporcionado pelos aborrecimentos.

— Ele acha que Xavière dança divinamente e que é simpática — disse Pierre, secamente.

Parecia profundamente contrariado. Françoise respirou com alívio, pensando que, desta forma, se justificava o acolhimento brutal com que a recebera.

— Ficou fechada no quarto o dia todo — insistia Pierre. — Eu sei; é assim que ela procede quando uma coisa a atingiu fundo. Mete-se na concha para ruminar à vontade.

Fechou a porta do camarim.

— Por que não diz a Gerbert que você se interessa por ela? — perguntou Françoise, quando já estavam na rua. — Bastava dizer uma palavra.

O perfil de Pierre tornou-se mais cortante.

— Parece que ele tentou me sondar — disse, com um risinho desagradável. — Veio me falar, tateando o terreno, com um ar pouco à vontade. E eu o encorajei — disse, sarcástico.

— Como quer que ele adivinhe? Você mostra sempre, diante dele, um ar tão desinteressado...

— Você não espera, com certeza, que eu pregue nas costas de Xavière um letreiro com as palavras: "Caça reservada" — disse ele, num tom áspero. — É Gerbert que deve adivinhar! — exclamou, começando a roer as unhas.

Françoise sentiu que o sangue lhe subia ao rosto. Pierre punha todo seu orgulho em ser um jogador leal, mas não aceitava com lealdade as perspectivas de uma derrota. Neste momento, francamente, estava sendo injusto e cabeçudo. Ela, porém, amava-o tanto que não poderia odiá-lo por aquela fraqueza.

— Gerbert não é psicólogo. Aliás, você mesmo me explicou — acrescentou com dureza —, a propósito das nossas relações, que, quando respeitamos profundamente alguém, devemos evitar que fique amarrado a qualquer coisa por causa dos nossos sentimentos.

— Mas eu não censuro nada a ninguém — afirmou Pierre, em tom gélido. — Acho que está tudo muito bem.

Françoise olhou-o com raiva. Sentia que ele estava atormentado, mas seu sofrimento era tão agressivo que não podia inspirar piedade. No entanto, fez um esforço para dizer:

— Pergunto a mim mesma se não será por estar zangada conosco que Xavière foi amável com Gerbert.

— Talvez, mas o caso é que não manifestou desejo de voltar para casa antes da madrugada e que dançou toda a noite com ele. E agora

A convidada

— exclamou, encolhendo os ombros, com raiva — vamos ter que aturar Paule e nem sequer nos poderemos explicar com Xavière.

Françoise sentiu que o coração quase deixava de bater. Pierre, quando era forçado a ruminar em silêncio suas inquietações e censuras, possuía a arte de transformar o correr do tempo numa tortura lenta e refinada. Nada era mais temível do que as explicações retardadas. Assim, aquela noite, que tanto a alegrava antecipadamente, já deixara de ser uma festa; graças a meia dúzia de palavras, Pierre conseguira transformá-la numa obrigação aborrecida.

— Espere um pouco que vou buscá-la — disse ela, quando chegaram em frente ao hotel.

Subiu as escadas correndo. "Nunca mais poderei fugir a isto tudo?", pensava. Será que ainda desta vez não poderia olhar bem de frente as outras pessoas, os seus rostos, o ambiente? Sentia vontade de saltar o círculo mágico em que estava presa, com Pierre e Xavière, e que a separava do resto do mundo.

Bateu à porta. Xavière abriu-a logo.

— Como vê, eu me arrumei depressa.

Olhando-a, custava a acreditar que se tratasse da mesma mulher pálida e febril que Françoise vira ainda há pouco. O rosto estava liso e claro; os cabelos caíam-lhe pelos ombros. Pusera o vestido azul, com uma rosa um pouco desbotada no decote.

— Estou tão contente por irmos a um *dancing* espanhol — disse, com alegria. — Vamos ver espanhóis de verdade, não vamos?

— Claro... E dançarinas bonitas, guitarristas, castanholas.

— Vamos depressa.

Com a ponta dos dedos, acariciou o casaco de Françoise:

— Gosto tanto desse casaco. Sabe o que me lembra? Um dominó! Você está muito bonita — acrescentou com admiração.

Françoise sorriu, pouco à vontade. Xavière não estava absolutamente afinando pelo mesmo diapasão que eles; ia ter uma surpresa dolorosa quando visse o rosto fechado de Pierre. Entretanto, ela descia a escada em grandes pulos, contente.

— Desculpe tê-lo feito esperar — disse alegremente, estendendo a mão a Pierre.

— Não tem importância — respondeu ele, tão secamente que Xavière ficou espantada.

Pierre voltou-se e mandou parar um táxi.

—Vamos buscar Paule para que nos diga onde é — explicou Françoise. — Parece que é um lugar difícil de encontrar.

Xavière sentou-se junto dela, no banco do fundo.

— Pode sentar entre nós duas — disse Françoise, sorrindo — há muito espaço.

— Não, obrigado, fico bem aqui — disse Pierre.

O sorriso de Françoise desapareceu. Se Pierre queria continuar amuado, que poderia fazer? Não ia deixar que lhe estragasse a noite. Voltou-se para Xavière.

—Você foi a um *dancing* esta noite, não foi? Divertiu-se muito?

— Fui, sim. Gerbert dança maravilhosamente — respondeu ela, num tom natural. — Estivemos na cave da Coupole, sabe? A orquestra é magnífica — acrescentou, batendo as pálpebras e avançando os lábios, como se quisesse estender a Pierre o seu sorriso.

— O cinema que vocês me aconselharam me meteu medo — prosseguiu. — Fiquei no Flore até meia-noite.

Pierre olhou-a, com ar malévolo:

—Você tinha liberdade para ir aonde quisesse.

Xavière ficou um momento atônita. Depois passou-lhe pelo rosto um frêmito altivo; seus olhos voltaram a pousar em Françoise.

—Vamos lá um dia, nós duas? No fim de contas, duas mulheres podem muito bem ir a um *dancing* sozinhas. A noite de sábado que passamos no baile dos negros foi muito agradável.

— Vamos, sim. Agora é que você começou a singrar a estrada da perdição — disse-lhe alegremente. — Com a de hoje, já são duas noites em claro.

— Foi por isso que repousei de dia. Queria estar em forma para ir com você.

Françoise aguentou sem pestanejar o olhar sarcástico de Pierre. Ele exagerava, que diabo, não havia razão para fazer uma cara daquelas só porque Xavière gostara de dançar com Gerbert. Aliás, via-se que Pierre sabia que estava em falta. Por isso, entrincheirava-se numa superioridade rabugenta graças à qual pretendia pisar a arte de viver em sociedade e toda a espécie de moral.

Françoise decidira amá-lo, mesmo quando ele fosse livre. Mas na sua resolução ainda havia muito otimismo, pois se Pierre fosse livre, esse amor não dependeria apenas dela; Pierre podia tornar-se odioso. E era isso o que ele fazia neste momento.

A convidada

— Quer subir conosco à casa de Paule? — perguntou Françoise, quando o táxi parou.

— Quero, sim. Você me disse que o apartamento dela é bonito — respondeu Xavière.

Françoise abriu a porta do carro, esperando que Pierre também saísse.

— Subam as duas que eu espero aqui — disse ele.

— Como quiser.

Xavière deu o braço a Françoise e começaram a subir a escada.

— Estou tão contente por ir ver a casa de Paule — disse.

Parecia uma menininha feliz. Françoise apertou-lhe o braço. Embora soubesse que sua ternura provinha da raiva que sentia contra Pierre, nem por isso a recebia com menos prazer; aliás, durante essa longa jornada de recolhimento, Xavière talvez tivesse purificado o coração. Pela alegria que essa esperança fez nascer dentro de si, Françoise avaliou o quanto a hostilidade de Xavière lhe fora dolorosa.

Bateu à porta. A empregada abriu e mandou-as entrar para um vasto cômodo, de teto alto.

— Vou avisar a patroa — disse.

Xavière rodou lentamente sobre si própria e comentou, extasiada:

— Que bela casa!

Seus olhos saltavam do lustre multicor para uma arca no gênero das usadas pelos piratas, com pregos de cobre fosco, e daí para uma cama de aparato, coberta de seda velha com caravelas azuis bordadas. Ao fundo da alcova havia um espelho veneziano, em torno de cuja superfície polida se enrolavam arabescos de vidro, brilhantes e caprichosos como flores de gelo. Françoise sentiu uma vaga inveja; era uma sorte poder marcar com seus traços aquela seda, o vidro trabalhado e a madeira preciosa; no horizonte desses objetos graciosamente díspares, que o bom gosto escolhera, erguia-se a figura de Paule; era ela que Xavière contemplava, encantada, nas máscaras japonesas, nos vasos glaucos, nas bonecas feitas com conchas, hirtas sob os globos de vidro. Tal como lhe acontecera no baile dos negros, tal como na noite do *réveillon*, nesse ambiente Françoise sentia-se, por contraste, lisa e nua como as cabeças sem contorno facial de certos quadros de Chirico.

— Boa noite — disse Paule, entrando. — Que satisfação vê-las.

Aproximava-se de braços lançados para a frente, num passo vivo que contrastava com a majestade do longo vestido preto. Um cinto de veludo escuro, com laivos amarelos, acentuava-lhe a cintura. Sempre com os braços estendidos, pegou as mãos de Xavière e conservou-as por um momento entre as suas:

— Está cada vez mais parecida com um Fra Angelico! — exclamou.

Xavière baixou a cabeça, confusa. Paule largou-lhe as mãos.

— Já estava pronta — anunciou Paule, vestindo um casaquinho curto, de *renard argenté*.

Desceram a escada. Quando Paule entrou no carro, Pierre conseguiu esboçar um sorriso.

— Muita gente hoje no teatro? — perguntou ela.

— Vinte e cinco pessoas. Vamos fechar por uns tempos. De qualquer forma já começamos a ensaiar *O Senhor Vento*; por isso, devíamos acabar o *Júlio César* daqui a uma semana.

— Nós temos menos sorte — disse Paule. — A nossa peça tinha começado há dias... Você não acha que é esquisita essa reação das pessoas, retraindo-se quando os acontecimentos são inquietantes? Imaginem que até a vendedora de flores aqui da esquina me disse hoje que nos últimos dois dias só vendeu três raminhos de violetas.

O táxi parou numa ladeira. Paule e Xavière deram uns passos, enquanto Pierre pagava o carro. Xavière contemplava-a com ar fascinado.

— Vou fazer uma linda figura, chegando a essa boate acompanhado dessas três... — resmungava Pierre entre os dentes, olhando com rancor o beco escuro por onde Paule entrara. Todas as casas pareciam adormecidas. Numa portinha de madeira ao fundo, lia-se, em letras desbotadas: Sevillana.

— Telefonei para nos reservarem uma boa mesa — avisou Paule.

Entrou e dirigiu-se a um homem de rosto bronzeado, que devia ser o proprietário do estabelecimento. Trocaram algumas palavras, sorrindo. A sala era pequeníssima: no meio do teto, um projetor lançava uma luz rósea sobre a pista de dança, onde se comprimiam alguns pares. O resto da sala estava mergulhado na escuridão. As mesas, colocadas contra a parede, ficavam separadas umas das outras por tabiques de madeira.

— Que encanto! — exclamou Françoise. — É tudo exatamente como em Sevilha.

Ao dizer isso, quase se voltou para Pierre, lembrando-se das noites tão agradáveis que ambos haviam passado, dois anos antes, num *dancing* perto da Alameda. Pierre, porém, não se encontrava num estado de espírito próprio para recordações. Nesse momento pedia ao garçom, sem

A convidada

o menor entusiasmo, uma garrafa de *manzanilla*. Françoise olhou em volta: gostava dos primeiros instantes em que o ambiente e as pessoas ainda formam um conjunto vago, afogado nas nuvens de fumaça. Mas sentia-se também contente só de pensar que o espetáculo confuso ia pouco a pouco aclarar-se e resolver-se numa quantidade de pormenores e de episódios cativantes.

— O que me agrada nesta boate — dizia Paule — é que aqui não há falso pitoresco.

— Ah! Sim, é tudo quanto há de mais simples.

As mesas eram de madeira grosseira, assim como os bancos que serviam de assento e o balcão, atrás do qual se empilhavam os barriletes de vinho espanhol. Nada prendia o olhar, exceto, no estrado do piano, as lindas guitarras brilhantes que os músicos, vestidos de claro, tinham em cima dos joelhos.

— É melhor tirar o casaco — disse Paule a Xavière, tocando-lhe o ombro.

Xavière sorriu. Desde a casa de Paule que ela não parava de olhá-la. Tirou o casaco com uma docilidade de sonâmbula.

— Que vestido bonito! — exclamou Paule.

Pierre fixou um olhar penetrante no decote de Xavière.

— Para que guarda essa rosa? — perguntou. — Já está murcha!

Xavière olhou-o friamente. Depois tirou a rosa do decote e mergulhou-a no copo de *manzanilla* que o garçom colocara na sua frente.

— Pensa dar-lhe vida, assim? — perguntou Françoise.

— Por que não? — disse ela, olhando a flor doente.

— Os músicos são bons, não é verdade? — perguntava Paule. — Possuem o verdadeiro estilo *flamenco*. São eles que dão toda a atmosfera à boate. Estava com medo que estivesse vazia, mas estou vendo que os espanhóis não se sentem tão atingidos pelos acontecimentos.

— São espantosas essas mulheres — comentava Françoise. — Podem ter camadas sucessivas de creme sobre a pele e, no entanto, isso não lhes dá um ar postiço: o rosto delas continua com uma vitalidade animal.

Examinava as espanholas gordas de rosto violentamente maquilado sob as espessas cabeleiras negras; eram todas semelhantes às mulheres de Sevilha que, nas noites de verão, passeavam pelas ruas com flores de nardo, de um perfume pesado, presas na orelha.

— E como elas dançam! — exclamou Paule. — Venho aqui só para admirá-las. Quando estão paradas, parecem gorduchas e de pernas curtas. As pessoas pensam que são pesadas, mas, quando se põem em movimento, seus corpos tornam-se alados e nobres.

Françoise molhou os lábios na *manzanilla;* o sabor de noz seca ressuscitava, no seu espírito, a sombra clemente dos bares sevilhanos. Revia-se, sentada com Pierre, comendo azeitonas e anchovas, enquanto lá fora o sol queimava as ruas. Olhou-o: gostaria tanto de evocar aquelas férias! Pierre, porém, continuava com os olhos grudados em Xavière, fixando-a com ar malévolo.

— Como vê, não durou muito — dizia ele, apontando a flor.

Com efeito, a rosa pendia lamentavelmente, como que intoxicada. Tornara-se amarela e as pétalas tinham um ar gasto. Xavière a pegou delicadamente.

— Parece que morreu completamente — disse.

Jogou-a na mesa. Depois, olhando Pierre com ar de desafio, pegou o copo e esvaziou-o de um trago. Paule esbugalhou os olhos, espantada.

— Que tal? Tem gosto de alma de uma rosa? — perguntou Pierre.

Xavière jogou a cabeça para trás e acendeu um cigarro sem responder. Seguiu-se um silêncio incômodo. Paule sorriu para Françoise.

— Quer tentar esse *paso doble?* — perguntou-lhe, numa tentativa evidente de desviar a conversa.

— Quando danço com você, fico com a ilusão de que sei dançar — respondeu Françoise, levantando-se.

Pierre e Xavière ficaram lado a lado, em silêncio. Enlevada, Xavière seguia a fumaça do cigarro.

— Como vão seus projetos de um recital? — perguntou Françoise ao fim de um momento.

— Se a situação internacional melhorar, tentarei qualquer coisa lá para maio.

—Vai ser um êxito, com certeza.

— Talvez — disse Paule, enquanto uma nuvem lhe escurecia o rosto. — Mas não é bem isso que me interessa. O que eu gostaria era de introduzir no teatro o estilo das minhas danças.

— Mas é isso, de certa maneira, o que você está fazendo. Sua plástica é tão perfeita!

— No entanto, não basta. Tenho certeza de que há algo a procurar, algo de verdadeiramente novo nesse campo. Só que — disse, e de novo sua fisionomia tornou-se sombria — para isso é necessário tatear, arriscar-me...

A convidada

Françoise olhou-a com uma simpatia comovida. Quando Paule renegara o passado para se lançar nos braços de Berger, pensara começar a seu lado uma vida aventurosa e heroica. Berger, porém, nada mais fazia presentemente do que explorar a reputação que adquirira. Paule fizera tantos sacrifícios por aquele amor que agora lhe custava confessar sua decepção. Françoise, contudo, podia discernir fendas perigosas no edifício do amor e da felicidade que Paule continuava a firmar. Sentiu qualquer coisa amarga subir-lhe à garganta. No compartimento onde os havia deixado, Xavière e Pierre continuavam calados. Pierre fumava, de cabeça baixa. De vez em quando, Xavière olhava-o com uma expressão furtiva e desolada. Como ela era livre! Dispunha livremente do coração, dos pensamentos, da sua capacidade de sofrer, de duvidar, de odiar. Nenhum passado, nenhum juramento, nenhuma fidelidade a si própria a acorrentavam.

O canto das guitarras morreu. Paule e Françoise voltaram ao lugar. Françoise, um pouco inquieta, reparou que a garrafa de *manzanilla* já estava vazia e que os olhos de Xavière brilhavam demais, sob as pestanas longas e azuladas.

— Agora vocês vão ver a dançarina da casa — anunciou Paule. — Na minha opinião ela tem uma classe extraordinária.

Uma mulher já madura e um pouco rechonchuda avançou até o meio da pista, vestindo um traje regional espanhol. Sua face abria-se redonda sob os cabelos pretos, separados ao meio por uma risca e presos por uma *peineta* tão vermelha como o xale que lhe envolvia o busto. Sorriu à assistência, enquanto o acompanhante tirava do instrumento algumas notas secas. Depois, ele começou a tocar. Então o busto da mulher ergueu-se lentamente. Os braços, ainda jovens e belos, elevaram-se no ar, os dedos agitaram as castanholas e o corpo principiou a movimentar-se com uma leveza infantil. A saia, rodada e florida, girava em turbilhão à volta das pernas musculosas.

— Como ela se transformou subitamente! Ficou bela! — exclamou Françoise, voltando-se para Xavière.

Esta, porém, não respondeu. Quando contemplava algo com interesse apaixonado, não via ninguém a seu lado. Perdera o controle dos movimentos do rosto. Seu olhar seguia a dançarina com um arrebatamento um pouco idiota. Françoise esvaziou o copo. Sabia que nunca poderia fundir-se com Xavière numa ação ou num sentimento comum. No entanto, depois da suavidade que sentira há pouco, ao reencontrar sua ternura, era duro deixar de existir para ela. Voltou a fixar a dançarina que nesse momento sorria a um galanteador imaginário, provocando-o, recusando-se, para cair finalmente nos seus braços; em seguida, transformou-se numa feiticeira de gestos misteriosos e cheios de perigo; depois disso imitou uma alegre camponesa dançando, de cabeça louca e olhos bem abertos, numa festa de aldeia. A juventude e a alegria espalhafatosa evocadas pela dança tomavam, naquele corpo já a caminho da velhice, uma pureza comovedora. Françoise não pôde deixar de olhar para Xavière. O que viu a sobressaltou; ela deixara de olhar a dança. Baixara a cabeça e, segurando na mão direita um toco de cigarro, aproximava-o lentamente da mão esquerda. Françoise reprimiu um grito; Xavière aplicava a brasa vermelha contra a pele. Os lábios crispados mostravam um sorriso exasperado; era um sorriso íntimo e solitário, um sorriso de louca, voluptuoso e torturado, como o de uma mulher no auge do prazer. Era difícil continuar a olhá-la; aquele sorriso escondia algo de horrível.

A dançarina acabara o número e saudava a assistência, entre aplausos. Paule, que voltara a cabeça para o lado de Xavière, abria muito os olhos. Toda ela era uma interrogação. Pierre seguia, já há muito, os movimentos de Xavière. Como ninguém dizia nada, Françoise conteve-se. No entanto, aquilo era intolerável. Com os lábios arredondando-se num muxoxo faceiro e travesso, Xavière soprava delicadamente sobre as cinzas que cobriam a queimadura. Depois de afastar essa pequena proteção, colou de novo à chaga descoberta a ponta do cigarro em brasa. Françoise esboçou um movimento de repulsa. Não era apenas a sua carne que se revoltava; sentia-se atingida de maneira profunda e irremediável no mais íntimo de seu ser. Por trás daquele esgar maníaco havia um perigo mais definitivo do que todos os que anteriormente imaginara. Havia algo que se cingia a si próprio com avidez, algo que existia para si mesmo com absoluta certeza. Por enquanto, não podia aproximar-se dessa coisa indefinida; quando atingia o alvo, o pensamento se dissolvia; não era um objeto palpável, era um jato incessante, uma fuga sem fim, transparente em si mesma e eternamente impenetrável. Nada mais podia fazer senão andar à sua volta numa perpétua exclusão.

— Que estupidez! — gritou-lhe. — Vai queimar a mão até o osso.

Xavière levantou a cabeça e olhou em torno, um pouco tonta.

— Não dói — disse.

A convidada

Paule pegou-lhe no pulso.
— Daqui a pouco vai ver como dói. Que criancice!
A queimadura era da largura de uma moeda e parecia bastante profunda.
— Garanto-lhes que não sinto nada — disse ela, retirando a mão.
— Uma queimadura é uma coisa voluptuosa! — exclamou, olhando o ferimento com um ar cúmplice e satisfeito.
A dançarina espanhola aproximava-se com uma bandeja numa das mãos e, na outra, uma bilha de barro, com dois bicos, das que se usam em Espanha.
— Quem quer beber à minha saúde? — perguntou.
Pierre colocou uma nota na bandeja e Paule pegou na bilha; disse algumas palavras à dançarina, em espanhol, e depois inclinou a cabeça para trás e dirigiu corretamente o jato de vinho tinto que veio cair em sua boca. Quando terminou de beber, interrompeu a saída do líquido com um movimento seco.
— Agora é a sua vez — disse a Pierre.
Pierre pegou no recipiente, estudando-o, inquieto. Depois lançou a cabeça para trás, levando o bico da bilha até os lábios.
— Não, não é assim — disse a dançarina, afastando-a da boca de Pierre, que deixou o líquido correr por momentos; mas quando fez um movimento para respirar, o vinho inundou-lhe a gravata.
— Bolas! — exclamou, furioso.
A espanhola começou a rir e a falar na sua língua. Pierre estava tão furioso que um vento de alegria rejuvenesceu os traços de Paule. Françoise, porém, só conseguiu a custo esboçar um pálido sorriso. Sentia que o medo se instalara no seu íntimo e nada podia distraí-la daquela ideia. Desta vez, sentia que havia um perigo que punha em jogo mais do que a sua felicidade.

— Ainda vamos ficar um pouco, não é? — perguntou Pierre.
— Se não o aborrece — disse Xavière, timidamente.
Paule já partira. Sua alegria tranquila conseguira dar certo encanto a essa noite. Paule iniciara-os nas figuras mais raras do *paso doble* e do tango, convidara a dançarina espanhola para sentar-se à mesa deles e conseguira que cantasse lindas canções populares que toda a assistência entoava em coro. No fim, graças à *manzanilla,* Pierre acabara por perder o ar carrancudo e retomar o bom humor. Xavière não parecia sofrer

com a queimadura. Seus traços refletiam mil sentimentos contraditórios e violentos. Só para Françoise o tempo custava a passar. A música, os cantos, as danças, nada podia destruir a angústia que a paralisava. Desde o momento em que Xavière queimara a mão, Françoise não podia esquecer seu rosto torturado e estático. A recordação a fazia sofrer. Voltou-se para Pierre; precisava voltar a travar contato com ele. Separara-se, porém, tão violentamente que não conseguia alcançá-lo. Estava sozinha. Pierre e Xavière falavam e suas vozes pareciam vir de muito longe.

— Por que fez isso? — perguntou Pierre, pegando na mão de Xavière.

Ela o olhou, suplicante. Seu rosto era todo uma terna submissão. "Por causa dela", pensou Françoise, "irritei-me com Pierre a ponto de nem poder lhe sorrir. No entanto, Xavière já há muito se reconciliou silenciosamente com Pierre e parece estar pronta a cair em seus braços".

— Por que foi? — insistia Pierre. — Ia jurar que é uma queimadura sagrada — disse, olhando a mão ferida.

Xavière sorria, oferecendo-se sem defesa.

— Uma queimadura expiatória — prosseguia ele.

— É... Fui duma baixeza sentimental tão grande, há pouco, com aquela história da rosa. Até tenho vergonha de mim mesma.

— Foi a recordação da noite passada que você quis sepultar?

O tom de Pierre era amigável, mas tenso. Xavière abriu muito os olhos:

— Como sabe?

Parecia subjugada por algum rito de feitiçaria.

— Era fácil adivinhar; essa rosa fanada...

— Que gesto ridículo! Um gesto de comediante... Mas foi você quem me provocou — acrescentou, com ar risonho.

Seu sorriso agora era quente como um beijo. Françoise perguntava a si mesma, com mal-estar, por que razão se encontrava ali, assistindo àquele colóquio amoroso. "Meu lugar não é aqui", pensou. "Onde será, porém? Em parte alguma." Neste momento sentia-se apagada da face da terra.

— Eu? — perguntava Pierre, numa falsa admiração.

—Você, sim. Com o seu ar sarcástico lançava-me olhares turvos — respondeu ela, ternamente.

— Sei que fui desagradável e por isso lhe peço desculpa. Mas sabe qual foi a razão do meu procedimento? O fato de sentir que você estava ocupada com qualquer outra coisa, que não nós.

A convidada

— Você tem bom faro. Antes de eu ter dito qualquer coisa, você já estava furioso. Às vezes seu faro também o engana.

— Adivinhei imediatamente que Gerbert a enfeitiçara — disse Pierre bruscamente.

— Enfeitiçar-me? — perguntou ela, franzindo a testa. — O que foi que ele lhe contou?

— Não contou nada. Mas estava encantado com a noite que passara com você. Ora, sei que é raro que você se dê ao trabalho de encantar as pessoas.

— Eu devia ter desconfiado — disse ela, raivosa. — Basta a gente ser delicada com um sujeito para ele começar logo a contar vantagens. Só Deus sabe o que foi inventar.

— Aliás — prosseguiu Pierre —, você ficou fechada o dia todo no quarto. Não foi para ruminar bem o romance da noite passada?

Xavière encolheu os ombros:

— Ora... Era um romance bem bobo — replicou, colérica.

— Isso diz você, agora.

— Agora? Vi isso logo. Escute — disse-lhe, olhando-o bem de frente. — Eu *quis* que a noite passada me parecesse maravilhosa. Compreende?

Seguiu-se um silêncio. Ninguém saberia, nunca, o que Gerbert representara realmente para ela, durante aquelas horas. Ela própria já o esquecera. O que era certo é que, neste momento, Xavière negava sinceramente ter qualquer interesse por Gerbert.

— Mas por quê? Era uma vingança contra nós?

— Era — respondeu Xavière, baixinho.

— Mas nós não jantávamos com Gerbert há séculos. Tínhamos de encontrá-lo algum dia — disse Pierre, desculpando-se.

— Eu sei, mas fico irritada sempre que os vejo se deixarem dominar por toda essa gente.

— Você é muito exclusivista.

— Nasci assim — comentou ela, abatida.

— Bem, não vale a pena tentar mudar — disse Pierre com ternura. — Seu exclusivismo não é um ciúme mesquinho; concorda muito bem com sua intransigência, com a sua violência de sentimentos. Você não seria a mesma se mudasse.

— Ah! Como tudo correria bem se existíssemos apenas os três no mundo. Só nós três! — exclamou ela, com ar apaixonado.

Simone de Beauvoir

Françoise sorriu com esforço. Já sofrera muitas vezes com a conivência entre Pierre e Xavière. Hoje, porém, lia nela a sua própria condenação. O ciúme, o rancor, sentimentos que sempre recusara, falavam agora bem alto. Pareciam dois objetos, belos, preciosos, mas difíceis de manejar, que era preciso tratar com precaução e respeito. Já há muito que podia ter encontrado no seu íntimo essas riquezas inquietantes; por que preferira aquelas fórmulas ocas que Xavière rechaçava afinal? Muitas vezes sentira um vento de ciúme dentro de si; sofrera muitas vezes a tentação de odiar Pierre, de querer mal a Xavière. No entanto, sob o vão pretexto de conservar-se pura, nada mais fizera do que criar o vácuo em seu íntimo. Xavière, pelo contrário, com uma audácia tranquila, preferira afirmar-se inteira; em compensação, era ela que pesava neste mundo, era para ela que Pierre dirigia seu interesse apaixonado. Françoise não ousara ser ela própria; compreendia agora, numa explosão de sofrimento, que essa covardia hipócrita a levara a não ser nada.

Levantou os olhos. Xavière falava:

— Gosto do seu ar quando está cansado — dizia, sorrindo para Pierre. — Fica diáfano, sabe? Parece seu próprio fantasma. Fica bem nesse papel de fantasma.

Françoise olhou para Pierre; realmente ele estava pálido. A fragilidade nervosa, que naquele momento seus traços refletiam, muitas vezes haviam-na comovido a ponto de chorar. Hoje, porém, estava demasiado afastada dele para se deixar comover. Só através do sorriso de Xavière sentia a atração romanesca do rosto de Pierre.

— Mas você sabe muito bem que não quero mais ser um fantasma — disse ele.

— Ah! Mas um fantasma não é um cadáver. É um ser vivo. Só que seu corpo provém apenas da alma; não tem mais carne, nem fome, nem sede, nem sono.

Seus olhos pousaram na testa de Pierre, nas suas mãos, aquelas mãos duras e afiladas que Françoise apertara muitas vezes com amor, mas que nunca pensara em fixar com ar tão apaixonado.

— Além disso — prosseguia Xavière —, o que acho poético é que o fantasma não está preso ao chão; está aqui e ao mesmo tempo em outro lugar.

— Mas neste momento eu estou aqui... — disse Pierre, sorrindo suavemente.

A convidada

Françoise pensava com que carinho acolhia outrora aqueles sorrisos. Agora, no entanto, sentia-se incapaz até de invejar Xavière por eles lhe serem dedicados.

— Não sei como explicar; você está aqui porque quer; não tem cara de quem está preso.

— Às vezes tenho cara de quem está preso?

— Às vezes tem — respondeu ela, sorrindo. — Quando fala com certos senhores, muito sérios, você fica quase como eles.

— Eu me lembro de que, quando você me conheceu, achava que eu fosse um cara muito importante.

—Você mudou — disse ela, envolvendo-o num olhar feliz e orgulhoso de proprietário de um objeto raro.

Françoise pensava: "Ela pensa que o mudou. Será verdade? Já nem posso saber." As mais preciosas riquezas naufragavam nessa noite num mar de indiferença. No entanto, era obrigada a confiar no ardor sombrio que brilhava, com novos reflexos, nos olhos de Xavière.

—Você parece cansada, Françoise — disse Pierre.

Françoise sobressaltou-se; era com ela que Pierre falava. Sua voz, que ele tentava controlar, parecia ansiosa.

— Acho que bebi demais — respondeu.

As palavras não lhe passavam da garganta. Pierre a olhava consternado.

— Acha que fiz um papel odioso esta noite, não é? — perguntou-lhe, com ar de quem tem remorsos.

Num gesto espontâneo, pôs a mão sobre a de Françoise. Ela conseguiu sorrir. A solicitude dele a comovia, mas mesmo a ternura que sentia renascer não conseguia arrancá-la àquela angústia solitária.

—Você foi realmente odioso — disse ela, pegando-lhe na mão.

— Perdoe-me, sim? Perdi o controle. Estraguei sua noite. E você estava tão contente, antes de vir...

A perturbação que mostrava por tê-la feito sofrer conseguiria tranquilizar Françoise, se o amor de ambos fosse a única coisa em jogo.

— Não estragou nada — respondeu. Fez um esforço e acrescentou, com mais alegria na voz: — Temos ainda muito tempo à nossa frente e é agradável estar aqui. Não é verdade? — perguntou, voltando-se para Xavière. — Paule não nos mentiu. O lugar é muito agradável.

Xavière riu.

— Não acham que parecemos turistas americanos em visita ao *Paris by night*? Instalamo-nos um pouco à parte, para não nos sujarmos, e olhamos sem tocar em nada.

O rosto de Pierre tornou-se mais sombrio:

— Que queria você? Que estalássemos os dedos gritando "Olé"?

Xavière encolheu os ombros.

— Afinal, o que queria? — insistiu ele.

— Eu não queria nada — respondeu ela, friamente. — Digo o que sinto.

"Lá volta tudo outra vez", pensou Françoise. Corrosivo como um ácido, o ódio evolava-se mais uma vez de Xavière, em pesadas espirais. Era inútil tentar defender-se. Nada mais havia a fazer senão sofrer e esperar. Françoise, porém, sentia-se esgotada. Pierre não se resignava tão facilmente. Xavière não lhe metia medo.

— Por que você recomeçou a nos odiar subitamente?

Xavière soltou uma risada estridente.

— Por favor... Não vamos recomeçar. Eu tenho mais o que fazer do que odiá-los. Agora, por exemplo, estou ouvindo a música.

Tinha as faces ardentes e a boca crispada; parecia no auge da exaltação.

— Eu sei que nos odeia — insistiu Pierre.

— Eu? Absolutamente! — exclamou ela. Respirou fundo. — Já não é a primeira vez que observo que você gosta de ver as coisas do lado de fora, como se fossem cenários de teatro. Mas eu — disse, batendo no peito com um sorriso exaltado —, eu sou de carne e osso, compreende?

Pierre olhou para Françoise, desolado. Depois hesitou, pareceu fazer um esforço sobre si mesmo e perguntou em tom mais conciliatório:

— Mas, afinal, o que houve?

— Não houve nada — respondeu ela.

— Você achou que nós dois estávamos procedendo como um casal? — sugeriu Pierre.

Xavière olhou-o bem de frente.

— Foi isso mesmo — respondeu, altiva.

Françoise rilhou os dentes; sentia uma vontade louca de bater em Xavière. Ela passava horas ouvindo pacientemente seus diálogos com Pierre, e Xavière recusava-lhe o direito de trocar com ele o menor sinal de amizade. Era demais! As coisas não podiam continuar assim! Ela não suportaria!

A convidada

—Você é injusta como o diabo! — exclamou Pierre, colérico. — Françoise estava triste apenas por causa da minha forma de agir com você. Acha que isso parece a maneira de proceder de um casal?

Xavière não respondeu e inclinou-se para a frente. Na mesa vizinha uma mulher ainda jovem levantara-se e começara a declamar com voz rouca um poema espanhol. O silêncio era completo. Todos os olhares estavam fixos nela. Mesmo os que não compreendiam o sentido das palavras sentiam emoção ouvindo aquela inflexão apaixonada e admiravam aquele rosto desfigurado por um ardor patético. O poema falava de ódio e de morte, talvez de esperança, e através do pranto, da agitação, dos versos, a Espanha dilacerada surgia de repente em todos os corações. O fogo e o sangue haviam expulso das ruas as guitarras, as canções, os xales de cores berrantes, as flores de nardo. As casas onde outrora se dançava haviam caído em ruínas. As bombas tinham furado os odres inchados com vinho. Na cálida suavidade das tardes rondavam agora o medo e a fome. O canto *flamenco*, o gosto do vinho embriagador, tudo isso era apenas a evocação fúnebre de um passado morto. Françoise ficou por um momento de olhos fixos naquela boca vermelha e trágica, abandonando-se às imagens desoladas que o exorcismo áspero suscitava no seu espírito. Gostaria de perder-se, de entregar-se de corpo e alma àqueles apelos, àquelas lamentações que estremeciam sob as misteriosas sonoridades.

Voltou a cabeça; podia deixar de pensar em si mesma; o que nunca seria capaz de esquecer era que Xavière estava a seu lado. Esta já não olhava a declamadora, fixava o vácuo. O cigarro ardia-lhe entre os dedos e a brasa começava a atingi-los sem que ela parecesse notar. Parecia mergulhada num êxtase histérico. Françoise passou a mão pela testa coberta de suor. A atmosfera estava irrespirável; no seu íntimo, os pensamentos queimavam como chamas. A presença inimiga, que se revelara há pouco no sorriso de louca de Xavière, aproximava-se cada vez mais. Já não havia forma de evitar a revelação terrível. Dia após dia, minuto após minuto, Françoise fugira ao perigo. Agora, porém, tudo acabara. Encontrara finalmente o obstáculo intransponível que pressentira, sob diversas formas, desde a infância; através do prazer maníaco demonstrado por Xavière, através do seu ódio, do seu ciúme, surgia qualquer coisa que a chocava, tão monstruosa, tão definitiva como a morte. Diante de Françoise, no entanto sem sua participação, despontava algo que constituía uma condenação, levantava-se uma consciência, estranha, livre, absoluta, irredutível. Era como a morte: uma negação total, uma ausência eterna, e, no entanto, por uma contradição perturbadora, esse abismo do nada podia tornar-se presente a si próprio e começar a existir, por si, em toda a plenitude. O universo inteiro era absorvido por ele. Françoise, afastada para sempre do mundo, dissolvia-se nesse vácuo, cujo contorno infinito não podia ser determinado por nenhuma palavra, nenhuma imagem.

— Cuidado! — exclamou Pierre, inclinando-se para Xavière e tirando-lhe das mãos o cigarro aceso.

Ela o olhou espantada, como se saísse de um pesadelo. Depois fixou Françoise e bruscamente pegou nas mãos de ambos com as suas, que queimavam. Françoise teve um arrepio ao contato daqueles dedos febris que se crispavam nos seus. Gostaria de retirar a mão, de afastar a cabeça, de falar com Pierre mas não podia fazer o menor movimento. Ligada a Xavière, considerava, estupefata, aquele corpo que se deixava tocar, aquele belo rosto que se deixava observar e por trás do qual se escondia uma presença chocante. Durante muito tempo Xavière fora apenas um fragmento da vida de Françoise. Subitamente tornara-se a única realidade soberana, e Françoise tinha apenas a pálida consistência de uma imagem.

"Por que ela, em vez de mim?", pensou Françoise, com paixão. Bastaria dizer duas palavras: "Sou eu." Mas para isso seria preciso acreditar nessas palavras, seria preciso ter capacidade para se escolher a si própria. Já há muitas semanas que Françoise se sentia incapaz de reduzir a algo inofensivo o ódio, a ternura, os pensamentos de Xavière. Deixara que tudo isso a atingisse, tornara-se mesmo a sua presa. Livremente, através das suas resistências e revoltas, ela empenhara-se em destruir-se a si própria; assistia à sua história como uma testemunha indiferente, sem nunca ousar afirmar-se, enquanto Xavière, dos pés à cabeça, era uma afirmação viva da própria personalidade. Essa existência tinha uma força tão segura que Françoise, fascinada, deixara-se levar ao ponto de preferi-la à sua, suprimindo-se. Começara a ver com os olhos de Xavière os lugares, as pessoas, os sorrisos de Pierre; acabara finalmente por se reconhecer somente através dos sentimentos que Xavière lhe atribuía. E agora procurava confundir-se com ela. Mas nesse esforço impossível, acentuava cada vez mais sua autoeliminação.

As guitarras prosseguiam o canto monótono. O ar quente parecia o vento do deserto. As mãos de Xavière não largavam a presa.

A convidada

Seu rosto parado nada exprimia. Pierre também não se mexera. Podia--se pensar que um mesmo encantamento os transformara em mármore. O espírito de Françoise foi atravessado por algumas imagens: um casaco velho, uma clareira abandonada, um canto do Pôle Nord onde Pierre e Xavière se encontravam, longe dela, num misterioso colóquio. Já lhe acontecera antes sentir, como hoje, o seu ser dissolver-se em outros, inacessíveis. Mas nunca antevira com uma lucidez tão perfeita o seu próprio aniquilamento. Se pelo menos nada mais restasse dela! Mas havia ainda uma vaga fosforescência que se arrastava à superfície das coisas, entre milhares e milhares de inúteis fogos-fátuos. A tensão em que se mantinha rompeu-se; subitamente começou a soluçar, em silêncio.

Foi o sinal de que o encantamento se quebrara. Xavière retirou as mãos. Pierre falou:

— E se fôssemos embora?

Françoise levantou-se. Sentiu-se de repente esvaziada de todos os pensamentos. Seu corpo pôs-se docilmente em movimento. Pegou no casaco e atravessou a sala. O ar frio do exterior secou-lhe as lágrimas, mas o tremor interior não parou. Pierre passou-lhe o braço pelo ombro.

— Não se sente bem? — perguntou-lhe, inquieto.

Françoise respondeu-lhe com um gesto de quem procura desculpar-se:

— Acho que bebi demais.

Xavière seguia alguns passos adiante deles, rígida como um autômato.

— Ela também bebeu um bocado — sussurrou-lhe Pierre. — Vamos levá-la ao hotel e depois conversaremos tranquilamente.

— Está bem — disse Françoise.

A frescura da noite e a ternura de Pierre devolviam-lhe a paz. Alcançaram Xavière e lhe deram o braço.

— Não seria bom andar um pouco? — sugeriu Pierre.

Xavière não respondeu. Os lábios, no centro do rosto lívido, estavam contraídos num esgar marmóreo. Desceram a rua em silêncio. A madrugada nascia. Xavière deteve-se de repente.

— Onde estamos? — perguntou.

— Na Trinité — respondeu Pierre.

— Acho que me embriaguei — disse Xavière.

— Também me parece — respondeu Pierre alegremente. — Como se sente?

— Não sei... Nem sei o que se passou. Lembro-me de uma mulher muito bonita que falava espanhol. Depois, há um buraco negro na minha memória — disse, enrugando a testa, com ar de sofrimento.

— Vou ajudá-la — disse Pierre. — Você fixou muito tempo essa mulher, depois fumou um cigarro atrás do outro. Era preciso tirar-lhe os tocos dos dedos para você não se queimar. A certa altura pareceu acordar um pouco e pegou nossas mãos.

— Ah, sim! — exclamou ela, com um arrepio. — Estávamos no fundo do inferno. Parece que nunca mais íamos sair.

— Você ficou imóvel muito tempo, como uma estátua. Depois Françoise começou a chorar.

— Começo a recordar — disse ela, com um leve sorriso. Baixou as pálpebras e disse, numa voz longínqua: — Fiquei tão contente quando a vi chorar. Era exatamente isso que desejaria ver.

Françoise olhou horrorizada aquele rosto terno, mas implacável, no qual nunca vira refletida nenhuma de suas penas ou alegrias. Nem um minuto sequer Xavière se preocupara com sua angústia. Só vira suas lágrimas para se regozijar. Françoise largou-lhe o braço e começou a correr, como se o vento a arrastasse. Soluços de revolta sacudiam seu corpo; a angústia, as lágrimas, a noite de tortura, tudo isso lhe pertencia; não consentiria que Xavière as roubasse. Fugiria até o fim do mundo para escapar aos seus tentáculos ávidos que pretendiam devorá-la viva. Ouviu passos precipitados correndo atrás dela e a mão de Pierre a deteve.

— O que é isso? Acalme-se.

— Não quero! — exclamou Françoise. — Não quero! — repetia, chorando no seu ombro. Quando levantou a cabeça, viu Xavière, que se aproximara e a olhava com uma curiosidade consternada. Mas Françoise já perdera o pudor; nada podia atingi-la. Pierre meteu-as num táxi e ela continuou a chorar.

— Chegamos — disse Pierre.

Françoise subiu a escada correndo sem olhar para trás e atirou-se na cama. Sua cabeça parecia estalar. Ouviu um ruído de vozes no andar de baixo e, quase logo a seguir, o ranger da porta do quarto que se abria.

— O que está havendo? — perguntava Pierre, aproximando-se vivamente dela e tomando-a nos braços.

Françoise apertou-o muito; durante alguns segundos só existiu o vácuo, a noite e uma carícia leve em seus cabelos.

A convidada

— Meu amor, o que é isso? Fale... — dizia a voz de Pierre.

Reabriu os olhos. Na luz da madrugada o quarto tinha um frescor insólito. Parecia que não fora atingido pela noite. Françoise voltava a encontrar, surpresa, as formas familiares de que seu olhar se apoderava tranquilamente. A ideia dessa realidade recusada, tal como a ideia da morte, não era indefinidamente insustentável. Era preciso realmente voltar a cair na plenitude das coisas e de si própria. Mas continuava perturbada, como se saísse de uma agonia: nunca mais poderia esquecer aquela noite.

— Não sei — respondeu a Pierre. — Era tudo tão pesado — explicou-lhe, sorrindo levemente.

— Fui eu que fiz você sofrer.

— Não — respondeu, tomando-lhe as mãos.

— Foi por causa de Xavière?

Françoise encolheu os ombros, como quem tem dificuldade em exprimir-se; era tão difícil explicar, a cabeça lhe doía tanto!

— Achei odioso ela ter ciúmes de você — disse Pierre, com um matiz de remorso na voz. — É insuportável. As coisas não podem continuar assim. Amanhã vou falar com ela.

Françoise teve um sobressalto:

— Não deve fazer isso. Ela vai passar a odiá-lo.

— Tanto pior.

Pierre levantou-se e andou pelo quarto. Depois voltou para junto dela.

— Sinto que sou culpado — disse. — Deixei-me levar estupidamente pelos sentimentos de Xavière em relação a mim. Afinal, trata-se apenas de uma banal tentativa de sedução. Nós pretendíamos construir um verdadeiro trio, uma vida a três, bem equilibrada, onde ninguém se sacrificasse. Talvez fosse uma coisa difícil de conseguir, mas pelo menos valia a pena tentar. Mas Xavière se comporta como uma rameira ciumenta. Se, afinal, você fica sendo a vítima de tudo isso, enquanto eu banco o apaixonado, então nossa história torna-se ignóbil. Vou falar com ela amanhã — repetiu.

Françoise olhou-o ternamente. Pierre, afinal de contas, julgava suas fraquezas com tanta severidade como ela. Assim, voltava a parecer tão completo como antes, tão forte, tão lúcido, recusando com o mesmo orgulho a menor baixeza. No entanto, Françoise sabia que mesmo esse acordo perfeito, ressuscitado entre ambos, não lhe devolvia a felicidade. Sentia-se esgotada e pusilânime perante novas e eventuais complicações.

— Não vai certamente pretender convencê-la de que tem ciúmes de mim por causa do amor que sente por você — disse ela, cansada.

—Vou correr esse risco, embora sabendo que passarei por convencido. Ela vai ficar louca de raiva.

— Não faça isso! Aliás, não foi por isso que chorei.

Se Pierre perdesse Xavière, ela ficaria com um sentimento de culpa insuportável.

— Por que foi que chorou?

—Vai zombar de mim — começou Françoise, sorrindo humildemente. — Foi porque descobri que Xavière tinha uma consciência como a minha — explicou, com uma ponta de esperança, sentindo que, se conseguisse encerrar sua angústia em algumas frases, poderia talvez libertar-se dela. — Nunca lhe aconteceu — prosseguiu — sentir-se dentro da consciência de outrem? É insuportável, sabe?

Tremia novamente; as palavras não conseguiam libertá-la. Pierre a olhava, um pouco incrédulo.

— Pensa que bebi demais, não é? Até certo ponto é verdade, mas isso nada tem a ver com o caso. Por que está tão espantado? — perguntou, levantando-se bruscamente. — Se dissesse que tenho medo da morte, compreenderia o que quero explicar. Pois bem: o que sinto é tão real e tão aterrorizante como esse medo. Evidentemente, todos nós sabemos que não estamos sós neste mundo. São coisas que dizemos por dizer, assim como afirmamos que um belo dia havemos de morrer. Mas quando começamos a acreditar nisso...

Apoiou-se à parede. Sentia o quarto rodar. Pierre tomou-a nos braços.

— Escute — disse-lhe. — Não acha melhor descansar? Não pense que não dei importância ao que me disse. Mas acho que é melhor falarmos nisso calmamente, depois que você dormir um pouco.

— Não há nada mais a dizer.

As lágrimas corriam-lhe de novo pelo rosto; estava morta de cansaço.

—Venha descansar, Françoise.

Pierre deitou-a na cama, tirou-lhe os sapatos e cobriu-a com um cobertor.

— Quero dar uma volta por aí — disse ele. — Mas só depois que você adormecer.

A convidada

Sentou-se junto dela e acariciou-lhe o rosto. "Agora o amor de Pierre já não basta para me devolver a paz", pensou Françoise. "Ele não pode me defender contra essa coisa que hoje se revelou." Françoise sabia que essa coisa se encontrava fora do seu alcance; nem sequer sentia o seu roçar misterioso. No entanto, ela continuava a existir implacavelmente. As fadigas, os aborrecimentos que Xavière trouxera com ela, ao instalar-se em Paris, tinham sido aceitos por Françoise de coração leve, porque, afinal, eram momentos da sua própria vida. Mas o que se passara naquela noite era um fenômeno de outra espécie: era a falência da sua própria existência que acabara de se consumar.

5
— CAPÍTULO —

Françoise sorriu para a porteira e atravessou o pátio interno, onde cenários velhos criavam bolor. Depois subiu correndo a escadinha de madeira pintada de verde. O teatro estivera fechado nos últimos dias, o que lhe permitira passar o dia inteiro com Pierre. Fazia 24 horas que não o via e, na sua impaciência, havia também certa inquietação. Nunca conseguiria esperar calmamente a narração de sua conversa com Xavière. No entanto, eram todas muito semelhantes umas às outras: havia beijos, disputas, reconciliações ternas, conversas apaixonadas, longos silêncios. Françoise empurrou a porta. Pierre, inclinado sobre uma gaveta da cômoda, tirava dali montes de papéis. Quando a viu, correu para ela.

— Como o dia me pareceu comprido longe de você! Amaldiçoei mil vezes Bernheim e seus almoços oficiais. Só me largou na hora do ensaio. E você, o que fez? — perguntou, passando o braço pelos seus ombros.

— Tenho mil coisas para contar — respondeu Françoise, tocando-lhe os cabelos, a nuca. De cada vez que o via gostava de assegurar-se de que Pierre existia em carne e osso.

— Que estava fazendo? Pondo as coisas em ordem?

— Ah! Desisto. É de perder a cabeça — comentou ele, lançando à gaveta um olhar rancoroso. — Além do mais, já não é tão urgente.

— Que sensação de alívio, neste ensaio geral.

— É... Parece que escapamos mais uma vez. Por quanto tempo, isso é outra história. Foi um êxito? — perguntou, esfregando o cachimbo no nariz.

— Rimos muito. Não garanto que seja esse o efeito esperado, Em todo caso, diverti-me bastante. Blanche Bouguet queria que eu ficasse para jantar, mas fugi com Ramblin. Ele levou-me a uma porção de bares e aguentei perfeitamente. Isso nem me impediu de trabalhar hoje o dia todo.

— Quero que depois você me fale da peça, em detalhes, e de Bouguet e de Ramblin. Quer beber qualquer coisa?

— Um pouco de uísque. E você? Passou uma boa tarde com Xavière?

A convidada

— Puxa! — exclamou Pierre, levantando os braços. — Foi uma tourada! Felizmente acabou bem. Mas estivemos duas horas no Pôle Nord, um em frente do outro, espumando de raiva. Nunca tinha havido um drama tão sombrio.

Tirou do armário uma garrafa de *Vat 69* e deitou meia dose nos dois copos.

— Mas por que tudo isso?

— Bem, resolvi abordar a questão do ciúme dela em relação a você.

— Não devia ter feito isso.

— Avisei que estava decidido a discutir o assunto.

— Como é que puxou a conversa para esse lado?

— Começamos falando do exclusivismo dela. Disse-lhe que, de maneira geral, esse exclusivismo dela era uma coisa positiva e digna de estima, mas que havia um caso em que não tinha cabimento: dentro do nosso trio. Xavière concordou de boa vontade, mas, quando acrescentei que, graças a esse exclusivismo, ela dava a impressão de ter ciúmes de você, ficou vermelha de surpresa e raiva.

— Você ficou numa situação difícil.

— Fiquei. Poderia parecer-lhe ridículo ou odioso. Mas ela não é mesquinha. O que a perturbou foi apenas o fundo da acusação. Debateu-se freneticamente, mas eu aguentei firme, recordando-lhe uma porção de exemplos para confirmar o que havia dito. Ela chorava de raiva. Sentia que me odiava com tanta força que até tive medo. A certa altura julguei que ia morrer sufocada.

Françoise olhava-o, ansiosa.

— Tem certeza de que não ficou odiando você realmente?

— Absoluta. Aliás, a princípio eu também me encolerizei. Depois expliquei a ela que só procurara ajudá-la, e isso porque ela estava tornando-se odiosa para você. Fiz-lhe compreender como era difícil o que estávamos tentando realizar os três, e como uma coisa dessas reclamava, de cada um, a maior boa vontade. Quando ficou convencida de que nas minhas palavras não havia a menor censura, e de que eu apenas procurara preveni-la contra um perigo, então deixou de me odiar. Acho que não só me perdoou, como também resolveu fazer um grande esforço quanto à sua própria posição.

— Se é verdade, merece a nossa estima — disse Françoise, sentindo um impulso de confiança.

— Falamos muito mais sinceramente do que de costume. Tenho a impressão de que, depois dessa conversa, algo desabrochou dentro dela. Você se recorda daquele ar de Xavière, de quem reserva para si própria a melhor parte da sua pessoa? Pois bem, desapareceu. Ela parecia estar completamente do meu lado, sem qualquer reticência, como se não visse mais qualquer obstáculo em aceitar me amar abertamente.

— Quando ela reconheceu francamente o seu ciúme, libertou-se dele.

Françoise pegou um cigarro e olhou para Pierre com ternura.

— Por que sorri? — perguntou ele.

— Rio da sua maneira de encarar como virtudes morais os bons sentimentos que os outros lhe atribuem. É mais uma maneira de se tomar por Deus personificado.

— Tem razão, de certa maneira — admitiu Pierre, um pouco confuso.

Sorriu e seu rosto se revestiu de uma espécie de inocência feliz que, até agora, para Françoise, só demonstrara enquanto dormia.

— Xavière convidou-me a tomar chá — prosseguiu ele — e pela primeira vez devolveu-me os beijos, quando a beijei. Ficou nos meus braços até as três da manhã, em abandono total.

Françoise sentiu uma picada no coração; precisava aprender a dominar-se. Continuava sendo doloroso pensar que Pierre pudesse abraçar aquele corpo cujo abandono ela não soubera receber.

— Eu não disse que você ainda acabaria dormindo com ela?

O sorriso com que acompanhou essas palavras procurava atenuar a brutalidade da expressão.

Pierre fez um gesto evasivo.

— Isso depende dela — disse. — Eu, evidentemente... mas não quero obrigá-la a fazer nada que lhe desagrade.

— Xavière não tem um temperamento de vestal.

Mal pronunciou estas palavras, elas a penetraram cruelmente. O sangue subiu ao seu rosto; horrorizava-a encarar Xavière como uma mulher, com desejos de mulher, mas a verdade se impunha: "Eu odeio a pureza, sou de carne e osso". Xavière revoltava-se com todas as forças contra aquela castidade agitada a que a condenavam. Sob seu mau humor surgia uma reivindicação bem marcada.

— Também acho. E creio que será feliz no dia em que encontrar o equilíbrio sensual. Nesse momento ela atravessa uma crise.

A convidada

Talvez fossem exatamente os beijos e as carícias de Pierre que acordavam os sentidos de Xavière. Era lógico que as coisas não podiam ficar nesse ponto. Françoise olhava atentamente os dedos, pensando: "Acabarei me habituando a essa ideia. Neste momento o choque já é menos vivo do que anteriormente. Como tenho a certeza do amor de Pierre e da ternura de Xavière, nenhuma imagem me fará mais sofrer."

— O que reclamamos dela não é uma coisa comum. Nós mesmos só conseguimos conceber esse tipo de vida por existir entre nós um amor excepcional. Por outro lado, ela só aceita a situação por ser também uma criatura excepcional. Mas temos de compreender os seus momentos de incerteza e mesmo de revolta.

— Certamente. Temos que dar tempo ao tempo.

Françoise levantou-se, aproximou-se da gaveta que Pierre deixara aberta e mergulhou as mãos nos papéis esparsos. "No fim de contas", pensou, "pequei por desconfiança, acusando Pierre por faltas bem leves e escondendo uma série de pensamentos que devia lhe ter confessado. Por vezes procurei mais atacá-lo do que compreendê-lo". Pegou numa velha fotografia e sorriu; trajando uma túnica grega, com uma peruca toda encaracolada na cabeça, Pierre olhava o céu, com ar jovem e decidido.

— Olhe como você era quando nos conhecemos! Quase não envelheceu.

— Nem você — disse Pierre, debruçando-se também sobre a gaveta.

— Gostaria de ajudá-lo a arrumar tudo isto — disse-lhe Françoise.

— Seria bom. Tem tanta coisa divertida.

Endireitou-se e abraçou Françoise.

— Acha que fizemos mal em nos meter nessa história? Será que conseguiremos levá-la até o fim?

— Já tive minhas dúvidas — respondeu Françoise. — Agora, volto a ter esperança — disse, afastando-se da cômoda e voltando a sentar-se, com o copo de uísque na mão.

— E você? Em que ponto se encontra? — perguntou Pierre, sentando-se em frente dela.

— Eu? — Intimidava-a um pouco falar de si própria.

— Continua sentindo a existência de Xavière como... digamos, uma coisa que a choca?

— Bem, agora só sinto isso de vez em quando.

— Mas sente realmente, de vez em quando? — insistiu Pierre.
— Claro.
— É uma coisa estranha. Não conheço mais ninguém capaz de chorar só por descobrir em outra pessoa uma consciência semelhante à sua.
— Acha isso idiota?
— Claro que não. Sei que todos nós sentimos a própria consciência como um absoluto. Assim, como seria possível a compatibilidade entre vários absolutos? Há aqui um mistério tão grande como o do nascimento e da morte. Acho mesmo que é nesse problema que todas as filosofias quebram a cara.
— Então por que se espanta?
— O que me surpreende é que você seja atingida de forma tão concreta por uma situação metafísica.
— Mas trata-se de uma coisa bem concreta: todo o sentido da minha vida se encontra em jogo.
— Talvez... Apesar de tudo — disse, olhando-a com interesse —, é excepcional esse poder de viver uma ideia de corpo e alma.
— Para mim, uma ideia não é uma coisa teórica: eu a sinto. Se é teórica, para mim não conta. Se não fosse assim — explicou, sorrindo —, não teria esperado por Xavière para me avisar de que minha consciência não é a única neste mundo.

Pensativo, Pierre passou um dedo pelo lábio inferior.
— Agora compreendo que tenha feito essa descoberta a propósito de Xavière.
— Com você nunca senti isso porque não o distinguia de mim mesma.
— Além disso, entre nós há reciprocidade — disse Pierre.
— Que quer dizer?
— Você reconhece que tenho uma consciência, não é verdade? Quando eu também reconheço que você tem uma, isso altera completamente a situação.
— Talvez — disse Françoise, pensativa, fixando o fundo do copo.
— Em resumo: a amizade é exatamente isso. A renúncia de cada um à sua própria preponderância. Mas se um de nós recusasse renunciar, o que aconteceria?
— Nesse caso a amizade seria impossível.
— E então, como resolver o problema?
— Não sei.

A convidada

Ora, Xavière nunca renunciava; por mais alto que colocasse uma pessoa, por mais que a adorasse, essa pessoa continuava a ser um objeto para ela.

— O problema não tem solução — concluiu Françoise, sorrindo. "Seria preciso matar Xavière", pensou. Andou até a janela. Naquele momento Xavière não tinha grande importância para ela. Afastou a cortina; gostava daquela pracinha calma onde os habitantes do bairro vinham tomar fresco; um velhinho, sentado num banco, tirava comida de um saco de papel; uma criança corria em torno de uma árvore cujas folhas a luz do lampião recortava com precisão metálica. Pierre era livre. Ela sentia-se sozinha. Dentro dessa separação, porém, ambos poderiam voltar a encontrar uma união tão essencial como aquela com que outrora sonhara, um pouco levianamente.

— Em que pensa? — perguntou Pierre.

Françoise, sem responder, segurou-lhe o rosto com as mãos e cobriu-o de beijos.

— Viu como passamos horas agradáveis? — perguntou Françoise, apertando alegremente o braço de Pierre.

Tinham visto fotografias, relido velhas cartas e passeado pelo cais do Sena, pelo Châtelet, pela zona dos mercados, falando do romance de Françoise, da juventude de ambos, do futuro da Europa. Era a primeira vez, nas últimas semanas, que falavam assim, durante tanto tempo, numa conversa tão livre e desinteressada. O círculo de paixão e de preocupações, em que a feitiçaria de Xavière os mantivera, rompera-se finalmente. Encontravam-se agora confundidos os dois no âmago daquele mundo imenso. Atrás deles estendia-se o passado sem limite; os continentes e os oceanos estiravam-se pela superfície do globo e a miraculosa certeza de existir entre essas inúmeras riquezas escapava mesmo aos limites demasiado estreitos do espaço e do tempo.

— Xavière ainda está com a luz acesa — disse Pierre.

Françoise sobressaltou-se; depois do voo livre, sentia um choque doloroso ao aterrar na ruazinha sombria, em frente do seu hotel. Eram duas horas da manhã; Pierre, com ar de policial em serviço, olhava para uma janela que se destacava iluminada na fachada negra.

— Que é que tem isso? — comentou Françoise.

— Nada — respondeu ele.

Abriu a porta e subiu a escada, apressado. Quando chegou ao patamar do segundo andar, parou; o silêncio era cortado por um murmúrio.

— Alguém está com ela — disse Pierre, imóvel, à escuta.

Françoise, alguns degraus abaixo, também ficou imóvel, agarrando-se ao corrimão. — Quem será? — insistia ele.

— Com quem ela ia sair hoje?

— Não tinha qualquer projeto. Quero saber quem é.

Deu um passo, depois mais outro, e o assoalho rangeu.

— Eles vão ouvir.

Pierre hesitou. Depois abaixou-se e começou a desamarrar os cordões dos sapatos. Françoise sentiu-se invadida por um desespero mais amargo do que todos os anteriores. Pierre avançava pé ante pé. Depois colou o ouvido à porta. De repente tudo se varreu do espírito de Françoise: aquela noite feliz, ela própria, o mundo em redor. Agora existia apenas aquele corredor silencioso, a porta e as vozes que sussurravam dentro do quarto. Olhou para Pierre, angustiada. Naquele rosto de homem perseguido dificilmente reconhecia a figura amada que ainda há pouco lhe sorria com tanta ternura. Subiu os últimos degraus. Parecia que se deixara enganar pela precária lucidez de um louco, que o menor sopro bastaria para lançar novamente no delírio. As horas ajuizadas e calmas que acabavam de passar juntos constituíam apenas uma melhora passageira, sem consequências. Não havia cura possível. Pierre, entretanto, aproximava-se dela na ponta dos pés.

— É Gerbert — disse baixinho. — Eu tinha a certeza...

Sempre de sapatos na mão, subiu mais um andar.

— E então? O que tem isso de misterioso? — perguntou Françoise, depois de entrarem no seu quarto. — Saíram juntos e Gerbert acompanhou-a na volta. Que tem isso?

— Ela não me disse que pretendia vê-lo hoje. Por que escondeu? Ou então tomou essa decisão bruscamente.

Françoise tirara o casaco, o vestido e enfiara um roupão.

— Encontraram-se, com certeza — disse.

— Não... Eles já não representam na boate de Dominique. Tenho a certeza de que ela foi procurá-lo propositalmente.

— Ou ela, ou ele...

— Gerbert nunca teria coragem de convidá-la à última hora.

Pierre sentara-se na beira da cama e olhava, perplexo, os pés descalços.

A convidada

— Então foi ela; talvez tenha sentido vontade de dançar.

— Uma vontade tão violenta que a levou a telefonar para Gerbert, ela que quase desmaia de medo diante de um telefone, ou então a ir até Saint-Germain-des-Prés, ela que é incapaz de andar meia dúzia de passos fora de Montparnasse!

Pierre continuava a fitar os pés. A meia direita tinha um buraco; via-se uma parte do dedo que parecia fasciná-lo.

— Há qualquer coisa que não percebo — disse.

— O que está imaginando? — perguntou Françoise, escovando os cabelos, resignada. "Há quanto tempo dura essa discussão indefinida e sempre nova? O que faz Xavière? O que ela vai fazer? O que pensa? Por quê? Como? Dia após dia renasce essa obsessão, sempre fatigante e vã, dia após dia recomeça esse gosto de febre na boca, essa tristeza no coração, essa fadiga de corpo sonolento. Mesmo que encontre resposta para essas perguntas, surgirão outras, exatamente iguais, num carrossel implacável: Que quer Xavière? Que dirá ela? Como? Por quê? Nunca conseguirei detê-las."

— Não compreendo — insistiu Pierre. — Ela estava tão terna, tão confiante, ontem à noite.

— Mas quem é que diz que ela mudou? De qualquer forma, não é um crime conversar um pouco com Gerbert.

— Mas nunca pessoa alguma entrou no seu quarto, exceto você e eu. Se convidou Gerbert, só pode ser por duas razões: ou por vingança contra mim, e então é porque passou a me odiar, ou espontaneamente, por sentir realmente vontade de vê-lo; nesse caso é porque gosta bastante de Gerbert. Aliás, os dois motivos podem coexistir — afirmou, balançando os pés, com ar perplexo e estúpido.

— Pode ser também por simples capricho — sugeriu Françoise, sem convicção. E pensou: "A reconciliação de ontem com Pierre foi sincera e Xavière é incapaz de certo gênero de fingimentos; mas não podemos confiar nos seus sorrisos de última hora, pois significam apenas uma calmaria precária. Mal sai da presença das pessoas, Xavière recomeça a examinar a situação. Assim, acontece que muitas vezes a deixamos calma, razoável, terna mesmo, após uma explicação, e mais tarde vamos encontrá-la novamente cheia de raiva."

Pierre encolheu os ombros e exclamou:

— Sabe muito bem que não!

Françoise aproximou-se dele:

— Acha que Xavière está zangada por causa da conversa que há pouco você me contou? Se é assim, lamento muito.

— Não há nada a lamentar — disse Pierre bruscamente. — Ela tem que se habituar a ouvir a verdade.

Levantou-se e deu alguns passos pelo quarto. Françoise já o vira atormentado muitas vezes. Desta vez, porém, parecia debater-se num sofrimento insuportável. Gostaria de libertá-lo daquela situação, pois a desconfiança rancorosa com que ultimamente o olhava, quando Pierre sentia inquietações ou aborrecimentos daquele gênero, desfizera-se agora perante a angústia que seu rosto refletia. Nada, porém, dependia dela.

— Não vem deitar? — perguntou ela.

— Vou.

Françoise foi para trás do biombo e espalhou no rosto um creme com cheiro de laranja. Sentia-se atingida pela ansiedade de Pierre. O quarto de Xavière encontrava-se exatamente embaixo do seu; separava-os apenas alguns barrotes e uma porção de cimento. Naquele momento Gerbert certamente olhava o seu rosto, de reações imprevisíveis. Xavière acendera o abajur da mesinha, muito pequeno sob a cúpula cor de sangue. As palavras ciciadas deslizavam através da penumbra esfumada. Que diziam os dois? Estariam sentados lado a lado, juntos? Era fácil imaginar o rosto de Gerbert, pois era sempre semelhante a si próprio. Mas que transformação sofreria no coração de Xavière? Ficaria desejável, enternecedor, cruel, indiferente? Seria um belo objeto de contemplação, um inimigo, uma presa? As vozes não subiam até o quarto. Françoise ouvia apenas um ruído de tecido do outro lado do biombo e o tique-taque do despertador, que o silêncio amplificava tal como lhe acontecera no atordoamento da febre.

— Já está pronto para se deitar? — perguntou Françoise.

— Estou.

Pierre, de pijama e descalço, abriu a porta, devagarinho.

— Não se ouve nada — disse. — Não sei se Gerbert ainda está lá.

Françoise aproximou-se.

— É... Não se ouve nada.

— Vou ver.

— Cuidado — disse Françoise, segurando-lhe o braço. — Seria tão desagradável se eles o vissem.

— Não há perigo.

A convidada

Françoise seguiu-o um momento com os olhos, pela porta entreaberta. Depois pegou um pedaço de algodão, embebeu-o em acetona e começou a esfregar meticulosamente as unhas. Primeiro um dedo, depois outro; aqui, a cutícula tinha ainda um pouco de esmalte. Ah! Se conseguisse se absorver totalmente, aquele sentimento de angústia não conseguiria atingir seu coração. De repente sobressaltou-se, ouvindo o ruído de dois pés nus, a seu lado.

— Então? — perguntou.

— Não se ouvia mais nada — respondeu Pierre, encostado à porta. — Deviam estar se beijando.

— Ou então Gerbert já foi embora.

— Não, isso não; se tivessem aberto e fechado a porta, a gente ouviria.

— De qualquer forma, podiam estar calados, sem se beijarem.

— Ora... Se ela o trouxe para o quarto, é porque tinha vontade de cair em seus braços.

— Isso, enfim...

— Tenho certeza — insistiu Pierre.

O tom peremptório não era vulgar em Pierre. Françoise sentiu que se contraía.

— Eu dificilmente concebo a ideia de Xavière trazer alguém para o quarto para dormir com ela. Só se fosse uma pessoa desmaiada, para depois não poder contar nada. Ela ficaria louca de raiva só pelo fato de Gerbert poder suspeitar que lhe agradava... Você viu como começou a odiá-lo quando suspeitou que Gerbert se gabara de qualquer coisa?

Pierre encarou-a com ar estranho:

— Não quer confiar no meu sentido psicológico? Garanto que estavam se amando.

— Você não é infalível.

— Talvez, mas quando se trata de Xavière, você se engana redondamente.

— Ainda não provou que me engano.

Pierre a olhou com um sorriso sardônico, quase perverso.

— E se eu disser que os vi?

Françoise ficou desconcertada; o que o levava a zombar dela desta forma?

— Viu? — perguntou numa voz incerta.

— Sim! Olhei pelo buraco da fechadura. Estavam sentados no sofá e se beijavam.

Françoise sentia-se cada vez mais inquieta. Na expressão de Pierre havia algo de falso; parecia constrangido.

— Por que não me disse logo?

— Queria só saber se você acreditava — explicou Pierre, com um risinho desagradável.

Françoise teve dificuldade em conter as lágrimas. Pierre, portanto, fizera tudo isso de propósito para pegá-la em falta! Essa manobra estranha pressupunha uma hostilidade de que ela nunca desconfiara. Seria possível que Pierre nutrisse contra ela secretos rancores?

—Você se julga um oráculo — disse secamente.

Deitou-se na cama, enquanto Pierre se dirigia ao banheiro, atrás do biombo. Sentia a garganta ardendo. Depois de umas horas tão calmas, tão ternas, aquele brusco impulso de ódio era inconcebível. Seria realmente o mesmo homem, aquele Pierre que ainda há pouco lhe falava com tanta ternura e o espião furtivo, procurando ver qualquer coisa pelo buraco da fechadura, com um esgar de ciumento enganado? Não podia deixar de sentir verdadeiro horror perante aquela deselegância moral, aquela teimosia febril. Deitada de costas, as mãos cruzadas sob a nuca, Françoise procurava reter o pensamento, tal como por vezes retemos a respiração, tentando adiar a chegada da dor. No entanto, a crispação que sentia era ainda pior do que a dor plena e definitiva. Olhou para Pierre, que se aproximava da cama. A fadiga amolecera-lhe os traços do rosto, sem, no entanto, torná-los mais suaves; a cabeça continuava dura e erguida. A brancura do pescoço, por contraste, parecia obscena. Françoise afastou-se para o lado da parede. Pierre deitou-se a seu lado e estendeu o braço procurando o interruptor. Pela primeira vez iam dormir lado a lado, como dois inimigos. Françoise continuava de olhos abertos; tinha medo do que aconteceria quando se abandonasse.

— Não está com sono? — perguntou Pierre.

— Não — respondeu ela, sem se mexer.

— Em que pensa?

Françoise não podia responder; não conseguiria articular uma palavra sem começar a chorar.

— Acha que sou odioso, não é isso?

— Não — respondeu ela, conseguindo dominar-se. — Penso que você é que começa a me odiar.

A convidada

— Eu? Nem pense uma coisa dessas! Se isso acontecesse, então, sim, o golpe seria duro!

Françoise sentiu a mão dele no seu braço. Pierre, com o rosto perturbado, a fitava...

— Tinha todo o aspecto disso — afirmou ela, com a voz cortada pela emoção.

— Que ideia! Eu, odiar? A você?

O tom de sua voz exprimia um desespero lancinante. Então, repentinamente, num clarão de alegria e sofrimento, Françoise viu lágrimas nos olhos dele. Abraçou-o, sem procurar deter os soluços que a sacudiam. Nunca tinha visto Pierre chorar.

— Não! — exclamou. — Não penso nada disso, seria horrível.

Pierre a apertou contra o peito.

— Sabe muito bem que a amo — disse-lhe, baixinho.

— E eu o adoro.

Apoiada no ombro dele, continuava a soluçar. Agora, porém, suas lágrimas eram de felicidade. Nunca esqueceria que Pierre chorara por sua causa.

— Há pouco eu menti — disse ele.

— Quando?

— Não quis experimentar você. Tive foi vergonha de ter espiado pela fechadura e, por isso, não disse logo.

— Ah! Era então por isso que você tinha um ar tão esquisito.

— Queria que soubesse que eles se beijavam, mas esperava que me acreditasse, sob palavra. Depois irritei-me com você por me obrigar a dizer a verdade.

— E eu que julgava que você procedera assim por maldade. Era isso que me parecia atroz. É engraçado; nunca pensei que você fosse capaz de sentir vergonha por qualquer coisa — disse ela, acariciando-lhe a cabeça.

— Não imagina como me senti sórdido, andando de pijama pelos corredores para espiar por um buraco de fechadura.

— Eu sei... A paixão é uma coisa sórdida.

Voltara a serenidade. Agora Pierre já não lhe parecia monstruoso, já que era capaz de se julgar lucidamente.

— É sórdido — repetia Pierre, olhando o teto fixamente. — Não posso suportar a ideia de que ela esteja beijando o Gerbert.

— Compreendo — disse-lhe Françoise, aproximando o seu rosto do de Pierre.

Até hoje procurara sempre manter a distância os desgostos de Pierre. Procedera assim talvez por uma prudência instintiva. Agora via que, ao tentar acompanhá-lo na sua angústia, sentia realmente um sofrimento insuportável.

— Devíamos tentar dormir — disse Pierre.
—Vamos tentar.

Fechou os olhos. Sabia que Pierre não tinha sono. Por seu turno, não podia afastar o pensamento daquele sofá no quarto de baixo, onde Gerbert e Xavière se amavam. Que procuraria Xavière nos braços de Gerbert? Vingar-se de Pierre? Satisfazer os sentidos? Seria o acaso que a levava a escolher aquela presa, em lugar de outra qualquer? Ou já seria a ele que Xavière desejava, quando reivindicava orgulhosamente o direito de tomar qualquer coisa? As pálpebras pesavam-lhe; reviu, numa visão fugitiva, o rosto de Gerbert, de faces rosadas e pestanas longas, de mulher. Gostaria ele de Xavière? Seria capaz de amar alguém? "Será que teria me amado, se eu tivesse desejado?", perguntou a si mesma. "Por que eu não quis? Como me parecem vãs todas as razões que anteriormente apresentava! Ou serei eu que, presentemente, já não sei compreender o verdadeiro sentido delas? De qualquer forma, é a Xavière que ele beija." Os olhos de Françoise tornaram-se duros. Durante um momento ouviu uma respiração regular a seu lado. Depois não escutou mais nada.

Bruscamente voltou a si. Devia ter dormido muito tempo, pois sentia-se envolta numa espessa camada de bruma. Abriu os olhos. Durante o sono a noite desvanecera-se. Sentado na cama, Pierre parecia completamente desperto.

— Que horas são? — perguntou ela.
— Cinco.
— Não dormiu?
— Um pouco. Gostaria de saber se Gerbert já se foi — disse, olhando para a porta.
— Com certeza não ficou a noite toda.
—Vou ver.

Pierre afastou os cobertores e saltou da cama. Françoise nem tentou detê-lo; também estava ansiosa para saber. Assim, levantou-se e seguiu Pierre até o patamar. Uma luz cinzenta iluminava a escada. Todo o hotel dormia. Debruçou-se sobre o corrimão, de coração batendo. Que iria acontecer?

A convidada

Ao fim de um momento, Pierre reapareceu no andar de baixo e fez-lhe um sinal. Ela desceu.

— A chave está na fechadura. Não se vê nada, mas acho que já está sozinha. Acho que está chorando.

Françoise aproximou-se da porta; ouviu um ruído ligeiro, como se Xavière tivesse pousado uma xícara num pires, depois um barulho surdo e um soluço, outro soluço mais forte, uma série de soluços desesperados e indiscretos. Xavière certamente deixara-se cair de joelhos junto ao sofá ou lançara-se ao comprido no chão. Seu equilíbrio, mesmo nas piores tristezas, era sempre tão grande, que custava a acreditar que aquele choro animal proviesse do seu corpo.

Na verdade, só a bebida poderia fazer Xavière perder o controle sobre si mesma.

— Está mesmo.

Os dois ficaram ali, diante da porta, angustiados e sem poderem fazer nada. Nenhum pretexto lhes permitiria bater àquela porta de madrugada. No entanto, era um suplício imaginar Xavière prostrada, soluçando, presa de todos os pesadelos da embriaguez ou da solidão.

— Vamos embora daqui — disse Françoise.

Os soluços diminuíram de intensidade, transformando-se num ligeiro estertor doloroso.

— Dentro de algumas horas saberemos o que houve — acrescentou.

Subiram lentamente para o quarto. Não tinham coragem para inventar novas conjeturas. Não seria com palavras que se poderiam libertar daquele medo indefinido onde repercutiam os gemidos de Xavière. Qual era o seu mal? Poderia curar-se? Françoise lançou-se sobre a cama e deixou-se afundar, indefesa, até o âmago da fadiga, do medo e da dor.

Quando acordou, a luz filtrava-se pelas persianas. Eram dez da manhã. Pierre dormia com um ar angelical. Françoise soergueu-se sobre um dos braços; sob a porta distinguia-se um pedaço de papel cor-de-rosa. Ao vê-lo, sentiu voltar-lhe ao espírito, repentinamente, toda a noite anterior, todas as idas e vindas febris, todo o movimento lancinante. Correu para a porta. A folha de papel fora cortada ao meio; na parte restante, uma letra desconexa compunha palavras informes, umas sobre as outras. Com grande dificuldade Françoise conseguiu ler o princípio: "Estou tão enojada comigo que devia me jogar pela janela, mas não tenho coragem. Não me perdoem. Se eu for covarde demais, vocês devem me matar amanhã de manhã." As últimas frases eram completamente ilegíveis. Na parte de baixo podia-se ler, em grandes letras trêmulas: "Não tenho perdão."

— O que é? — perguntou Pierre, sentando-se na beira da cama, os cabelos emaranhados, os olhos ainda afogados em sono. Desta bruma, porém, surgia uma ansiedade concreta.

Françoise estendeu-lhe o pedaço de papel.

— Ela estava realmente embriagada quando escreveu isso — observou. — Repare na letra.

— "Não tenho perdão!" — releu Pierre. Voltou a percorrer as outras linhas. — Vá depressa ver o que lhe aconteceu. Bata na porta.

Lia-se o pânico nos olhos dele.

— Vou já.

Enfiou os chinelos e desceu a escada correndo, com as pernas tremendo. E se Xavière tivesse enlouquecido de repente? Estaria morta atrás da porta? Ou escondida num canto, de olhar alucinado? Na porta do quarto distinguia-se uma mancha rósea. Françoise aproximou-se: um pedaço de papel — a outra metade da folha rasgada — estava pregado na madeira, com um percevejo.

Nele, Xavière escrevera, também em letras enormes: "Não tenho perdão." Por baixo havia umas garatujas ilegíveis. Françoise tentou ver pelo buraco da fechadura, mas a chave obstruía a abertura. Bateu na porta. Ouviu um leve ruído, mas ninguém respondeu. Xavière provavelmente estava dormindo.

Françoise hesitou um momento; depois, arrancou o papel da porta e voltou ao seu quarto.

— Não me atrevi a insistir — disse a Pierre. — Acho que está dormindo. Olhe o que pregou na porta.

— Não se consegue ler nada.

Insistia, tentando decifrar os sinais misteriosos.

— Vê-se a palavra "indigna". O que é certo é que se encontrava completamente fora de si. Já estaria bêbada quando estava com Gerbert? — perguntou, depois de refletir um instante. — Teria feito isso de propósito para ter coragem de se vingar? Ou se embebedaram os dois, sem premeditação?

— Xavière deve ter chorado, depois escreveu o bilhete e adormeceu.

Françoise gostaria de estar bem certa de que Xavière repousava tranquilamente em sua cama. Abriu a janela e a luz do sol entrou no quarto. Contemplou com espanto a rua atarefada, lúcida, onde todas as coisas tinham um ar sensato. Depois voltou as costas à janela; o quarto estava saturado de angústia. Nele, os pensamentos obcecantes prosseguiam ininterruptamente sua ronda.

—Vou bater bem forte — disse. — Não podemos ficar assim, sem saber o que se passa. E se ela bebeu qualquer droga? Só Deus sabe em que estado se encontra.

— Bata até ela responder.

Françoise desceu a escada. Há horas que descia e subia aquela escada, sem parar, ora na realidade, ora em pensamento. Os soluços de Xavière ainda repercutiam dentro dela. "Com certeza Xavière ficou prostrada muito tempo", pensou. Depois levantou-se e debruçou-se à janela. "É horrível tentar imaginar o grau de sofrimento que lhe rasgou o coração." Bateu à porta. Ninguém respondeu. Seu coração também batia com violência. Insistiu, mais forte. Uma voz sonolenta murmurou:

— Quem é?

— Sou eu.

— O que há? — perguntou a voz.

— Quero saber se você está doente — disse Françoise.

— Não estou, não. Estava era dormindo.

Françoise ficou embaraçada. Era dia, Xavière repousava em seu quarto, falava com voz bem viva. Tratava-se, afinal, de uma manhã bem normal, em que o gosto trágico da noite parecia completamente fora de propósito.

— É por causa do que aconteceu esta noite — insistiu Françoise, — Sente-se realmente bem?

— Claro que sim. Quero é dormir — respondeu ela, irritada.

Françoise ainda hesitou um momento. No seu coração, o cataclismo deixara um vácuo que aquelas respostas não conseguiam preencher. Era uma impressão bizarra, ao mesmo tempo decepcionante e enjoativa. Não podia insistir mais. Voltou para o seu quarto. Depois de todos aqueles estertores, daqueles apelos patéticos, não era fácil reintegrar-se numa vida familiar e morna.

— Xavière dormia — disse a Pierre. — Acho que não gostou de ter sido acordada.

— Não abriu a porta?

— Não.

— Pergunto a mim mesmo se ela virá hoje ao encontro que marcamos, ao meio-dia. Creio que não.
—Também acho.
Vestiram-se em silêncio. Era inútil tentar ordenar as coisas com palavras e pensamentos que não levavam a parte alguma. Quando terminaram, saíram do quarto e, de comum acordo, foram ao Dôme.
— Sabe o que devíamos fazer? — perguntou Pierre. — Devíamos telefonar a Gerbert e pedir a ele para vir falar conosco, Só ele nos pode informar.
— Está bem. Mas com que pretexto podemos lhe telefonar?
— Diga que Xavière escreveu um bilhete extravagante, que se encontra entrincheirada no quarto, que estamos inquietos e que precisamos de esclarecimentos.
— Bom. Vou telefonar — disse Françoise, entrando no café. — Enquanto isso, mande vir um café para mim.
Desceu a escada e pediu à telefonista uma ligação para o número de Gerbert.
Sentia-se tão nervosa quanto Pierre. O que acontecera exatamente na noite anterior? Gerbert e Xavière teriam trocado apenas beijos? O que esperavam um do outro? E agora, o que aconteceria?
— Alô! — falava a telefonista, em frente do aparelho. — Não desligue que querem lhe falar.
Françoise entrou na cabina.
— Alô! Eu queria falar com Gerbert, por favor.
— Sou eu. Quem é?
— Françoise. Você pode dar um pulo aqui no Dôme? Depois eu explico a razão.
— Daqui a dez minutos estou aí.
— Obrigada.
Pagou a chamada e subiu ao café. Instalada numa mesa do fundo, com os jornais abertos em frente e um cigarro nos lábios, estava Elisabeth, Pierre encontrava-se a seu lado, de rosto colérico.
— Não sabia que você estava aqui — disse Françoise. "Elisabeth não ignora que nos encontramos no Dôme quase todas as manhãs. Instalou-se ali certamente para espionar. Saberá alguma coisa?"
—Vim só para ler os jornais e escrever algumas cartas — disse Elisabeth, acrescentando com certa satisfação: — As coisas não vão bem?
— Não.

A convidada

Reparou que Pierre não mandara vir nada; certamente pretendia sair o mais depressa possível. Elisabeth exclamou, com um riso divertido:

— O que é que vocês têm hoje? Parecem dois condenados.

Françoise hesitou.

— Xavière embebedou-se esta noite — explicou Pierre. — Depois escreveu um bilhetinho absolutamente louco, avisando que ia se matar. Agora não quer abrir a porta do quarto. É capaz de fazer uma besteira — disse, encolhendo os ombros.

— Acho mesmo que devemos voltar ao hotel rapidamente — completou Françoise. — Não estou nada tranquila.

— Ora, ora... Ela não se mata. Esta noite, estava no bulevar Raspail com Gerbert. Ensaiavam passos de dança em plena rua... Garanto que naquela hora não pensava em se matar.

— E parecia estar um pouco embriagada? — perguntou Pierre.

— Sei lá... Xavière tem sempre um ar de quem toma entorpecentes. Vocês a levam muito a sério — disse, sacudindo a cabeça. — Sabem do que ela precisa? De frequentar uma sociedade esportiva, onde seja forçada a fazer oito horas de ginástica por dia. Com isso e alguns bifes, aposto que vai melhorar muito.

— Vamos lá para ver o que aconteceu — disse Pierre, levantando-se.

Apertaram a mão de Elisabeth e saíram do café.

Já na rua, Pierre comentou: — Eu lhe disse que viemos apenas telefonar.

— O pior — volveu Françoise — é que marquei encontro com Gerbert aqui no Dôme.

— Vamos esperá-lo aqui fora.

Ficaram passeando na calçada.

— Se Elisabeth sai e nos vê aqui, o que é que vai pensar?

— Não me interessa!... — exclamou Pierre, nervoso.

— Ela nos encontrou ontem à noite e hoje veio aqui para ver como estavam as coisas... Como ela deve nos odiar!

Pierre não respondeu; seus olhos não se despregavam da entrada do metrô. Apreensiva, Françoise vigiava o terraço do café, pois não gostaria de ser surpreendida ali por Elisabeth.

— Aí vem ele — disse Pierre.

Gerbert aproximava-se, sorrindo. As olheiras que lhe empapuçavam os olhos desciam fundo nas faces. Ao vê-lo, Pierre alegrou-se.

— Bom dia — disse-lhe. — Vamos fugir depressa, pois Elisabeth está lá dentro à nossa espera. Vamos para o café em frente.

— Não foi grande incômodo para você, ter vindo? — indagou Françoise.

Sentia-se pouco à vontade. Gerbert certamente ia achar estranho tanto interesse. Para começar, via-se bem que estava constrangido.

— Não, absolutamente.

Sentaram-se à mesa. Pierre mandou vir três cafés. Só ele parecia à vontade.

— Em primeiro lugar deixe-me mostrar-lhe o que encontramos esta manhã debaixo da porta — disse, tirando do bolso o bilhete de Xavière, — Françoise bateu à porta do quarto de Xavière e ela recusou abrir. Foi por isso que o chamamos; talvez você possa nos dar qualquer informação, tanto mais que ouvimos sua voz esta noite, no quarto dela. Ela estava bêbada ou não? Em que estado a deixou?

— Xavière não estava bêbada. Mas, quando subimos, levamos uma garrafa de uísque. De forma que pode ter se embriagado depois.

Gerbert hesitou, antes de continuar. Depois, sempre com ar embaraçado, lançou a mecha de cabelos para trás. Finalmente decidiu-se:

— Eu dormi com ela esta noite.

Seguiu-se um curto silêncio.

— Calculo que, para Xavière, isso deve ter sido um drama — disse Françoise, constrangida.

— Bem, não há motivo para isso — disse Pierre, calmamente.

Françoise olhava-o, admirada. Como Pierre sabia fingir bem! Se não soubesse os antecedentes, conseguiria enganá-la.

Pelo visto, a notícia não apanhara Pierre desprevenido. Ele certamente jurara não se irritar. Mas quando Gerbert partisse, em que estado de cólera e de sofrimento ficaria?

— Foi ela que veio me procurar no café Deux Magots — prosseguiu Gerbert. — Conversamos um bocado e Xavière me convidou para ir ao seu quarto. Depois, não sei como as coisas aconteceram; só sei que ela caiu nos meus braços e que acabamos na cama.

Gerbert passou a olhar o fundo do copo, com ar penalizado e vagamente irritado.

— Isso já estava para acontecer mesmo — disse Pierre.

— Você acha que, depois da sua partida, Xavière começou a beber? — perguntou Françoise.

A convidada

— É provável — respondeu Gerbert, levantando a cabeça. — Depois do que se passou ela me pôs na rua. No entanto, juro que não fui eu que andei atrás dela! — exclamou, num tom digno. Seu rosto tornou-se mais calmo:— Não calculam como ela me insultou! Fiquei tonto, ao ouvi-la! Até parecia que eu a tinha violado.

— É bem típico do comportamento dela — comentou Françoise.

Gerbert olhou para Pierre com súbita timidez:

—Você não me censura pelo que fiz?

— Eu, censurá-lo? Mas por quê?

— Não sei — disse Gerbert, embaraçado. — Ela é tão nova. Não sei! — exclamou, corando um pouco.

— Só lhe peço que não lhe faça um filho — disse Pierre.

Françoise esmagou o toco de cigarro no pires. Continuava a sentir-se pouco à vontade. A duplicidade de Pierre a incomodava, era mais do que uma comédia. Naquele momento, via-se que ele considerava irrisória a sua própria pessoa e tudo aquilo de que gostava; mas essa calma olímpica só era obtida à custa de uma enorme tensão.

— Ah! Quanto a isso, pode estar tranquilo. Eu gostaria de saber — acrescentou Gerbert, preocupado — se ela voltará.

— Se voltará para onde? — perguntou Françoise.

— Bem, eu disse a ela, quando saí, onde podia me procurar, porque eu nunca iria atrás dela — explicou Gerbert, com ar digno.

—Você iria procurá-la — disse Françoise.

— Garanto que não! — exclamou ele, indignado. — Ela que não pense que vai me fazer andar atrás dela.

— Não se preocupe, ela voltará — disse Pierre. — Xavière é orgulhosa, de vez em quando, mas não tem uma linha de conduta fixa, imutável. Quando tiver vontade de vê-lo, fique descansado que ela descobrirá boas razões para se encontrar com você. Acha que ela está apaixonada? — perguntou, dando uma fumada no cachimbo.

— Não sei bem. Eu já a tinha beijado antes, mas parece que a coisa não lhe agradou muito.

— Devia ir ao hotel para ver em que estado ela se encontra agora — disse Pierre a Françoise.

— Mas Xavière já me mandou passear...

— Tanto pior. Insista para que ela a receba. Não devemos deixá-la sozinha. Só Deus sabe o que pode fazer. Eu não me importaria de ir falar com ela, mas acho que não é oportuno — disse ele, sorrindo.

— Não lhe diga que falou comigo — pediu Gerbert, inquieto.
— Fique descansado.
— E diga-lhe que nós a esperamos à meia-noite.
Françoise saiu do café e entrou na rua Delambre. Detestava aquele papel de intermediária que Pierre e Xavière lhe faziam desempenhar e que a tornava odiosa, ora a um, ora a outro. Hoje, porém, decidira se entregar completamente a essa função, pois receava por eles.
Subiu a escada e bateu à porta. Xavière abriu.
Estava pálida, de pálpebras inchadas, mas vestira-se com cuidado. Passara batom nos lábios e rímel nas pestanas.
—Vim saber como está — disse Françoise alegremente.
Xavière dirigiu-lhe um olhar mortiço.
— Como estou? Estou bem.
—Você escreveu um bilhetinho que me meteu medo.
— Eu escrevi um bilhete?
— Escreveu, sim. Olhe — disse Françoise, estendendo-lhe o pedaço de papel cor-de-rosa.
— Ah! Eu me lembro vagamente. Fiquei bêbada de uma forma ignóbil — disse, sentando-se no sofá ao lado de Françoise.
— Até pensei que você quisesse se matar. Foi por isso que bati na sua porta, de madrugada.
Xavière olhava para o papel com ar de nojo.
— Estava ainda mais bêbada do que pensava. — Passou a mão pela testa. — Encontrei Gerbert nos Deux Magots. Depois, já não me lembro por que, subimos até o meu quarto com uma garrafa de uísque. Bebemos demais e, quando ele foi embora, esvaziei a garrafa. — Olhou ao longe, com a boca contraída num esgar. — Lembro-me agora que fiquei muito tempo à janela tomando coragem para me atirar na rua. Depois senti frio.
— Teria sido divertido. Eu receberia de presente o seu cadáver.
Xavière teve um arrepio:
— De qualquer forma, não me matarei dessa maneira.
Seu rosto exprimia angústia. Françoise nunca a vira com ar tão abatido. Sentiu-se impelida a consolá-la. Gostaria tanto de ajudá-la! Para isso, porém, seria preciso que Xavière estivesse disposta a aceitar o seu auxílio.
— Por que pensou em se matar? É tão infeliz assim?...
O olhar de Xavière transtornou-se. Um sofrimento intolerável marcou-lhe o rosto. Françoise sentiu-se subitamente arrancada aos

seus próprios sentimentos e devorada pela dor de Xavière. Enlaçou-a e apertou-a contra o peito.

— Querida Xavière! O que há? Conte-me tudo.

Xavière abandonou-se completamente e desatou a soluçar no seu ombro.

— Que é que você tem? — insistia Françoise.

— Tenho vergonha.

— Por quê? Por ter ficado bêbada?

Xavière engoliu as lágrimas e falou com uma voz de criança.

— Por isso, por tudo. Não sei me comportar! Discuti com Gerbert e o expulsei! Depois escrevi esse bilhetinho idiota. Depois...

Recomeçou a chorar.

— Depois o quê?

— Depois, mais nada! Não acha que já chega? Sinto-me suja...

Assoou-se, com um ar realmente lamentável.

— Mas nada disso é grave — disse Françoise.

O belo sofrimento generoso que, durante um instante, enchera seu coração tornara-se novamente mesquinho e amargo; no meio do desespero Xavière mantinha um perfeito autocontrole... E mentia com tanta perfeição!...

— Não deve se preocupar tanto — disse Françoise.

— Desculpe-me. — Limpou os olhos e exclamou, com raiva: — Nunca mais vou me embriagar.

"Foi loucura minha", pensava Françoise, "esperar que Xavière se voltasse para mim como para uma amiga, para aliviar o coração. Para isso, ela tem demasiado orgulho e nenhuma coragem". Seguiu-se um silêncio. Apesar de tudo, Françoise sentia-se angustiada diante do futuro que ameaçava Xavière e que ela não podia conjurar. Era mais do que certo que perderia Pierre para sempre e que suas relações com Françoise seriam também modificadas em consequência do rompimento. Françoise não conseguiria salvá-las se Xavière recusasse fazer o mínimo esforço nesse sentido.

— Labrousse nos espera para jantar — disse Françoise.

Xavière recostou-se no sofá.

— Não quero ir jantar com ele.

— Por quê?

— Estou mole, cansada.

— Isso não é razão.

— Não quero! Não quero ver Labrousse agora! — exclamou, afastando Françoise.

Françoise voltou a passar-lhe o braço pelos ombros. Como gostaria de arrancar-lhe a verdade! Xavière nem suspeitava até que ponto estava precisando de socorro.

— De que tem medo?

— Labrousse vai pensar que me embebedei de propósito, por causa da outra noite que passei com ele e que foi tão agradável. Depois, vai ser preciso explicar e estou farta, farta!

Recomeçou a chorar. Françoise abraçou-a, bem junto ao peito, e disse vagamente:

— Mas não há nada a explicar.

— Há sim, há muita coisa a explicar.

As lágrimas corriam-lhe pela face. Seu rosto transformara-se numa grande massa dolorida.

— Sempre que vejo Gerbert, Labrousse pensa que estou zangada com ele e se irrita. Não posso suportá-lo, não quero mais vê-lo! — gritou, no auge do desespero.

— Pelo contrário, se você conversar com ele, tenho a certeza de que tudo se arranjará.

— Não. Não há nada a fazer. Tudo acabou; tenho certeza de que Labrousse vai me odiar! — exclamou, deitando a cabeça no colo de Françoise. "Como ela vai ser infeliz", pensou Françoise. "E como Pierre sofre, nesse momento, enquanto estou aqui." Sentia-se tão perturbada que as lágrimas vieram-lhe aos olhos. Por que razão todo aquele amor só servia para que se torturassem? Depois de tudo, esperava-os um inferno tenebroso.

Xavière levantou a cabeça e olhou para Françoise, estupefata.

— Você está chorando por minha causa! Não faça isso.

Pegou o rosto de Françoise entre as mãos e começou subitamente a beijá-lo com devoção exaltada. Esses beijos sagrados a purificavam de todas as manchas e devolviam-lhe o respeito por si própria. Françoise, sob aqueles lábios suaves, sentia-se tão nobre, tão etérea, tão divina, que seu coração revoltou-se: não, ela precisava de uma amizade humana, não do culto fanático e imperioso de que era forçada a ser o ídolo dócil.

— Não mereço que chore por minha causa — prosseguia Xavière. — Quando vejo o que você é e o que eu sou! Se soubesse realmente o que sou! E é por minha causa que você está chorando!

A convidada

Françoise também a beijou. Apesar de tudo, não podia esquecer que toda essa violência de ternura e de humildade lhe era dirigida. Ao beijar Xavière, voltava a encontrar em suas faces, juntamente com o gosto salgado das lágrimas, a recordação daquelas horas em que, num pequeno café sonolento, prometera torná-la feliz. Reconhecia que não tivera êxito em sua missão. Mas se Xavière consentisse, poderia, ao menos, e a todo o custo, protegê-la contra o mundo.

— Não quero que lhe aconteça nenhum mal — disse-lhe, com uma sinceridade violenta.

Xavière sacudiu a cabeça:

— Você não me conhece e faz mal em gostar de mim.

— Que fazer? — perguntou Françoise, sorrindo. — Gosto de você assim mesmo.

— Faz mal, faz mal — repetia Xavière soluçando.

— Se a vida é assim tão difícil para você, deixe-me ajudá-la.

Gostaria de dizer a Xavière: "Sei tudo, mas isso não muda nada entre nós". Mas não podia falar sem trair Gerbert. Estava portanto a braços com um sentimento de misericórdia inútil por não poder baseá-lo em uma falta concreta. Se Xavière confessasse o que se passara, poderia consolá-la, sossegá-la. Iria defendê-la mesmo contra Pierre.

— Diga-me o que a preocupa — insistiu.

Algo mudou no rosto de Xavière. Françoise aguardava qualquer coisa. Bastaria uma frase dela para criar aquilo que Françoise há tanto esperava: uma união total, confundindo suas alegrias, inquietações e tormentos.

— Não posso lhe dizer — exclamou Xavière. Respirou fundo e prosseguiu mais calma: — Aliás, não há nada a dizer.

Françoise sentiu-se invadida por um acesso de raiva impotente. Gostaria de apertar aquela cabecinha dura até fazê-la estalar. Não haveria forma de forçar o santuário dos pensamentos secretos de Xavière? Perante a suavidade, como perante a violência, ela continuava teimosamente entrincheirada numa reserva agressiva. Embora visse que sobre a cabeça de Xavière ia desabar um cataclismo, Françoise nada podia fazer; estava condenada a ficar à margem, como uma testemunha inútil.

— Mas eu poderia ajudá-la, tenho a certeza — disse-lhe numa voz trêmula de cólera.

— Ninguém pode me ajudar — respondeu Xavière, erguendo a cabeça. Depois, enquanto arrumava os cabelos com a ponta dos dedos, prosseguiu com impaciência: — Já lhe disse que não valho nada. Já a preveni.

Retomara seu ar altivo e longínquo. Françoise não podia insistir, sem ser indiscreta. Sentia-se pronta a entregar-se a Xavière, sem reservas. Se ela aceitasse sua entrega, Françoise se libertaria ao mesmo tempo de si mesma e dessa dolorosa presença que lhe barrava o caminho. Mas Xavière a rechaçava: aceitava chorar diante de Françoise, mas não lhe permitia partilhar de suas lágrimas. Françoise estava outra vez sozinha frente a uma consciência solitária e indócil. Tocou com o dedo a mão de Xavière, desfigurada por uma enorme excrescência.

— Sarou completamente da queimadura?

— Sarei — respondeu Xavière, olhando a mão. — Mas nunca julguei que uma coisa pudesse doer tanto.

— Mas com esses tratamentos que você inventa... — Não conseguiu prosseguir, desencorajada. — Tenho de ir. Não quer vir comigo?

— Não — respondeu Xavière.

— E o que digo a Labrousse?

Xavière encolheu os ombros, como se a pergunta não lhe dissesse respeito.

— Sei lá... Diga o que quiser.

Françoise levantou-se.

—Vou tentar arranjar as coisas. Até logo.

— Até logo.

Reteve a mão de Xavière na sua:

— Custa-me deixá-la aqui, cansada, desanimada...

Xavière respondeu-lhe com um sorrisinho:

— As manhãs de ressaca são sempre assim.

Françoise abriu a porta e saiu. Xavière ficou sentada na beira do sofá, como que petrificada.

"Apesar de tudo", pensava Françoise, a caminho do café, "vou tentar defendê-la. Sei que será uma luta solitária e inglória, pois a própria Xavière recusa ajudar-me". Não podia, por outro lado, deixar de se preocupar com a inimizade que certamente suscitaria em Pierre, se quisesse proteger Xavière contra ele. Estava, porém, ligada à jovem por um laço que não poderia desatar. Desceu a rua sem pressa. Sentia vontade de apoiar a cabeça contra o lampião e chorar.

Pierre estava sentado exatamente no mesmo lugar em que o deixara quando saíra. Gerbert já havia partido.

A convidada

— Então? Você a viu? — perguntou ele.
—Vi, sim. Chorou o tempo todo. Estava perturbadíssima.
—Virá se encontrar comigo?
— Não. Está com um medo horrível de vê-lo. Acho que receia que você adivinhe tudo, e a ideia de perdê-lo desespera-a — disse, escolhendo as palavras com cuidado.

Pierre teve um riso de troça:
— Pois não vai me perder sem que tenhamos uma explicaçãozinha... Tenho umas coisas a lhe dizer. Ela não contou nada?
— Não, realmente não contou. Disse apenas que Gerbert esteve no quarto, que ela o botou na rua e que se embebedou após a sua partida — explicou Françoise, encolhendo os ombros, desanimada.
— Em certo momento pensei que ela fosse contar tudo — prosseguiu.
—Vou arranjar um jeito de lhe arrancar a verdade.
— Cuidado — disse Françoise. — Ela o considera uma espécie de feiticeiro. Se você insistir muito, ela vai suspeitar de que você sabe.

O rosto de Pierre fechou-se ainda mais:
— Eu me arranjo. Se for preciso, digo que espiei pelo buraco da fechadura.

Françoise acendeu um cigarro para se dominar: sua mão estava trêmula. Horrorizava-a imaginar a humilhação de Xavière se acreditasse que Pierre a tinha visto, tanto mais que ele saberia encontrar as palavras mais implacáveis.
— Não a pressione muito — pediu ela —, do contrário ela acaba fazendo alguma tolice.
— É covarde demais para isso.
— Não digo que se mate. Mas voltará a Rouen e ficará com a vida completamente estragada.
— Que faça o que quiser — disse Pierre, colérico. — Mas juro que pagará pelo que me fez!

Françoise baixou a cabeça, pensando: "Xavière feriu Pierre no fundo da alma. Eu própria sinto violentamente esse ferimento. Afinal, se ela tivesse se fascinado unicamente por mim, tudo seria mais simples." No entanto, não podia afastar da ideia o rosto descomposto de Xavière.
— Não imagina — disse Pierre, mais calmo — como ela era terna comigo. Nada a forçava a fingir que estava apaixonada... Tudo isso — prosseguiu, com voz mais dura — é apenas capricho, falsidade. Foi para a cama com Gerbert unicamente por uma raivinha recalcada, para tirar

qualquer valor à nossa reconciliação, para me enganar, para se vingar. Tenho que confessar que acertou no alvo, mas nem queira saber como isso lhe vai custar caro!

— Não posso impedi-lo de agir como quiser — disse Françoise.

— Mas só peço uma coisa: não lhe diga que sei tudo, senão ela nunca mais conseguirá viver perto de mim.

— Está bem. Vou guardar segredo — disse Pierre.

Françoise segurou-lhe o braço. Sentia-se invadida por uma angústia bem amarga. Gostava de Pierre e, no entanto, para salvar Xavière, a quem nunca poderia amar, enfrentava-o como uma estranha. Amanhã, ele talvez se tornasse seu inimigo. Ia sofrer, vingar-se, odiar, sem ela e mesmo contra ela, lançando-a na solidão. E, no entanto, Françoise nunca desejara outra coisa senão unir-se a Pierre. Retirou a mão. Pierre fixava o vácuo. Françoise compreendeu que já o perdera.

6
— CAPÍTULO —

Françoise lançou um último olhar a Eloy e a Tedesco que, no palco, desenvolviam um diálogo apaixonado.

— Bem — sussurrou para Pierre — vou embora.
— Vai falar com Xavière?
— Falo. Eu prometi a você...

Olhou Pierre com ar de sofrimento. Xavière insistia em fugir dele e Pierre continuava a desejar uma explicação frente a frente. Seu nervosismo aumentara muito nos últimos três dias. Quando não fazia longas digressões sobre os sentimentos de Xavière, ficava imerso em sombrio silêncio. As horas que passava junto dele eram tão pesadas que Françoise acolhera com alívio o ensaio daquela tarde.

— Como é que vou saber se ela aceita?
— Bem, às oito horas, você ficará sabendo se ela chega ou não.
— Mas vai ser insuportável, esperar sem ter certeza.

Françoise encolheu os ombros, num gesto de quem não pode fazer mais nada. Tinha quase a certeza de que qualquer esforço seria inútil, mas, se dissesse a Pierre, ele duvidaria de sua boa vontade.

— Onde marcou encontro com ela?
— No café Deux Magots.
— Bem, então eu telefono daqui a uma hora e você me diz o que ela decidiu.

Françoise teve vontade de protestar. Pensou, porém, que normalmente já eram muitas as ocasiões em que discutia com Pierre. Não valia a pena. E atualmente, nas menores discussões entre os dois, surgia sempre qualquer coisa desagradável que a magoava. Assim, achou melhor concordar:

— Está bem.

Levantou-se e dirigiu-se à parte central da plateia. Dentro de dois dias seria o ensaio geral. Tanto ela como Pierre, no entanto, preocupavam-se pouco com isso. Oito meses antes, naquela mesma sala, realizara-se o ensaio geral de *Júlio César*. Distinguiam-se, na penumbra, as mesmas cabeças louras e morenas. Pierre estava sentado na mesma poltrona, de olhos fixos no palco iluminado pelos focos dos projetores.

Apesar dessas semelhanças, tudo era tão diferente! Outrora, um sorriso de Canzetti, um gesto de Paule, a dobra de um vestido, tudo isso constituía o reflexo ou o esboço de uma história cativante; uma inflexão de voz, a cor de um cenário destacavam-se luminosamente num vasto horizonte de esperança. Na sombra das poltronas vermelhas ocultava--se então o futuro.

Françoise saiu do teatro. A paixão fizera secar as riquezas do passado. No presente árido não havia mais nada para amar, nem para pensar. As ruas tinham perdido as recordações e as promessas que outrora prolongavam sua existência até o infinito. Hoje eram apenas, sob um céu incerto com breves rasgões de azul, simples distâncias que era preciso atravessar.

Sentou-se no terraço do café. Flutuava no ar um cheiro úmido de asfalto. Era a época em que, nos outros anos, as pessoas começavam a pensar nas estradas escaldantes, nos picos cheios de sombras. Françoise recordou o rosto queimado de Gerbert, seu corpo curvado sob o peso do saco alpino. Em que ponto se encontrariam suas relações com Xavière? Sabia que ela o procurara na tarde seguinte à noite trágica, e que tinham assinado a paz. Embora continuasse a manifestar, em relação a Gerbert, a maior indiferença, Xavière confessava que se encontrava com ele frequentemente. Que sentimentos nutriria por Gerbert?

— Boa tarde! — disse-lhe Xavière alegremente. Sentou-se e colocou um raminho de violetas em frente de Françoise. — É para você — disse.

— Como você é gentil!

— Tem de pregá-lo no decote — brincou Xavière.

Françoise obedeceu, sorrindo. Não ignorava, porém, que essa afeição sorridente que lia nos olhos de Xavière constituía apenas uma miragem. "Ela pouco se preocupa comigo", pensou, "e mente para mim com a maior facilidade. Por trás de seus sorrisos cativantes talvez exista algum remorso, mas há também, com certeza, uma grande satisfação por verificar que me deixo enganar sem dificuldade. Por outro lado, Xavière também deve procurar, em mim, uma aliada contra Pierre".

Por mais impuro que considerasse o coração de Xavière, Françoise não podia ficar insensível à sedução do seu rosto. Com aquela blusa escocesa, de cores leves, Xavière tinha um ar primaveril. Uma alegria límpida animava seus traços aparentemente sem mistérios.

A convidada

— Que tempo tão agradável! — exclamou. — Estou muito contente comigo; imagine que andei hoje duas horas, e não estou cansada.

— Pois eu lamento — disse Françoise. — Não aproveitei o sol. Passei a tarde no teatro.

Sentiu bater o coração; gostaria de se abandonar às ilusões encantadoras que Xavière lhe despertava. Teriam contado histórias uma à outra, teriam descido até o Sena, devagarinho, trocando frases ternas. Mesmo essa frágil doçura, porém, era-lhe recusada; teria de travar com Xavière uma discussão espinhosa que alteraria o sorriso dela e faria ferver mil venenos escondidos.

— As coisas estão indo bem, no teatro? — perguntou Xavière.

— Não estão mal. Acho que essa peça vai aguentar três ou quatro semanas, até acabar a estação.

Tirou um cigarro do maço e fê-lo girar nos dedos, antes de acendê-lo.

— Por que não veio aos ensaios? Labrousse perguntou-me mais uma vez se você tinha realmente decidido nunca mais vê-lo.

O rosto de Xavière tornou-se carrancudo. Encolheu os ombros.

— Por que é que Labrousse pensa isso? É idiota.

— Há três dias que você foge dele.

— Eu não fujo. Simplesmente faltei a um encontro porque perdi a hora.

— E a outro porque estava cansada. Hoje ele me pediu para lhe perguntar se pode passar pelo teatro às oito horas, para sair com ele.

Xavière desviou o olhar.

— Às oito horas? Não estou livre.

Apreensiva, Françoise examinava aquele perfil fugidio e entediado que se escondia sob a massa dos cabelos louros.

— Tem a certeza? — perguntou-lhe.

Sabia que Gerbert não sairia hoje com Xavière, pois Pierre, antes de marcar essa hora, tivera o cuidado de se informar.

— Estou livre, realmente. Mas quero me deitar cedo.

— No entanto, você pode encontrar-se com Labrousse às oito e deitar-se cedo.

Xavière levantou a cabeça. Pelos seus olhos passou um clarão de raiva.

— Você sabe que isso não é possível! Se me encontrar com ele, vamos ter explicações até as quatro da manhã.

Françoise encolheu os ombros.

— Por que não confessa francamente que não quer vê-lo? Confesse e apresente suas razões.

— Ele vai me censurar mais uma vez — disse ela, com voz arrastada. — Tenho a certeza de que, neste momento, Labrousse me odeia.

Pierre só desejava aquele encontro para romper de maneira drástica com Xavière. Talvez, no entanto, caso se encontrasse com ele, conseguiria desarmar sua cólera. Fugindo mais uma vez, acabaria por exasperá-lo.

— Na verdade — prosseguiu Françoise —, Labrousse não a vê com muito bons olhos nesta altura. De qualquer maneira, você nada ganha em se esconder, pois ele acabará por encontrá-la. Acho que seria melhor lhe falar de uma vez!

Olhou para Xavière com impaciência.

— Faça um esforço, ande — pediu-lhe.

— Tenho medo dele — respondeu Xavière, amedrontada.

— Escute — disse Françoise, colocando a mão em seu braço. — Não pretende, certamente, que Labrousse corte relações com você?

— Acha que ele deixaria de me ver para sempre?

— Com certeza, se você continuar a ser teimosa.

Xavière baixou a cabeça, prostrada. Quantas vezes Françoise contemplara, desanimada, aquela cabeça dourada onde era tão difícil introduzir um pensamento razoável!

— Pierre vai telefonar daqui a pouco. Aceite esse encontro — insistia Françoise.

Xavière não respondeu.

— Se quiser, irei vê-lo antes de você e tentarei explicar-lhe tudo.

— Não — respondeu ela violentamente. — Estou farta dessas histórias. Não quero encontrá-lo.

— Prefere então um rompimento? Reflita bem, senão a conseqüência será essa.

— Paciência — disse Xavière, fatalista.

Não havia nada a fazer. A covardia de Xavière agravava ainda a sua traição. Mas ela estava muito enganada se pensava que poderia escapar a Pierre; ele seria capaz de bater à sua porta no meio da noite.

— Você reage assim — disse Françoise — porque nunca encara o futuro a sério.

— Ora… De qualquer forma minhas relações com Labrousse nunca poderiam dar em nada.

A convidada

Mergulhou as mãos nos cabelos, descobrindo as têmporas. Uma onda de ódio e de sofrimento invadia-lhe o rosto. A boca abria-se num esgar semelhante a um corte num fruto demasiado maduro; através dessa chaga aberta brilhava ao sol uma polpa secreta e venenosa. "Nunca poderiam dar em nada": Xavière desejava Pierre completamente para ela, e, como não podia possuí-lo sem o partilhar, renunciava à sua posse num rancor furioso, arrastando também Françoise.

Françoise não respondeu. Xavière tornava difícil o combate que prometera travar em seu favor. Seu ciúme, embora desmascarado e sem força, nada perdera da virulência. Via-se que só concederia a Françoise um pouco de verdadeira ternura se conseguisse arrebatar-lhe Pierre, de corpo e alma.

— Srta. Miquel! — gritou uma voz. — Está sendo chamada ao telefone.

Françoise levantou-se:

— Então diga que aceita — pediu-lhe mais uma vez.

Xavière lançou-lhe um olhar implorante e sacudiu a cabeça.

Françoise desceu a escada, entrou na cabina telefônica e pegou no fone:

— Alô! Aqui é Françoise.

— Então? — perguntou Pierre. — Ela vem ou não?

— Não. A situação não se modificou. Ela tem medo. Não consegui convencê-la. No entanto, parecia angustiada quando a preveni que você acabaria cortando relações com ela.

— Está bem. Deixe estar que não perde pela demora.

— Pela minha parte, fiz tudo o que pude.

— Claro, claro. Você foi muito gentil — disse Pierre. Sua voz, no entanto, era seca.

Desligou. Françoise voltou a sentar-se ao lado de Xavière, que a recebeu com um sorriso de libertação.

— Sabe — disse ela — que esse chapéu de palha é o mais bonito que você teve até hoje?

Françoise sorriu sem convicção.

—Vou deixá-la escolher todos os meus chapéus — respondeu.

— Greta a seguiu com os olhos, morrendo de inveja. Fica doente quando vê uma mulher tão elegante como ela.

— Mas o costume dela é bem bonito.

Françoise sentia-se quase aliviada. A sorte estava lançada; recusando teimosamente o seu apoio, os seus conselhos, Xavière tirava dos ombros a dura preocupação de tratar da sua felicidade. Percorreu com os olhos o terraço onde os casacos claros e leves e os chapéus de palha apareciam pela primeira vez nesse ano, com timidez. Subitamente sentiu, como nos outros anos, um desejo intenso de sol, do verde dos campos, de marchar teimosamente pelo flanco das colinas.

Xavière a olhou com um sorriso insinuante.

— Viu aquela menina, vestida para a primeira comunhão? Como é triste ser menina naquela idade, com os peitinhos começando a crescer.

Xavière parecia querer arrancá-la às preocupações que a afligiam, desde que estas não lhe dissessem respeito. Toda sua pessoa exprimia uma serenidade descuidada. Françoise olhou para a família que atravessava a praça em trajes domingueiros.

— Nunca a obrigaram a fazer a primeira comunhão? — indagou Françoise.

— Obrigaram, sim. Mas eu — explicou, começando a rir, muito animada — exigi um vestido todo cheio de rosas bordadas, de alto a baixo. Meu pai acabou cedendo.

Ela se calou de repente. Françoise seguiu a direção do seu olhar e viu Pierre saindo de um táxi. O sangue lhe subiu ao rosto. Pierre esquecera a promessa? Se falasse a Xavière, diante dela, não poderia fingir que guardara segredo da sua descoberta.

— Boa tarde — saudou Pierre, puxando uma cadeira e sentando-se, absolutamente à vontade. — Ao que parece você não está livre hoje à noite, para sair comigo — disse a Xavière.

Ela fixava-o, atônita.

— Pensei — prosseguia Pierre — que tinha o dever de conjurar o mau-olhado que paira sobre nossos encontros. Qual a razão que a leva a fugir de mim nesses últimos três dias? — perguntou, com o seu sorriso mais amável.

Françoise levantou-se. Não queria que Pierre envergonhasse Xavière na sua presença. Distinguia, sob sua polidez, uma decisão implacável.

— É melhor que a sua explicação não seja na minha presença — disse.

Xavière agarrou-lhe o braço.

— Não, fique aqui — implorou, com voz apagada.

A convidada

— Deixe-me ir — disse Françoise, docemente. — O que Pierre tem a lhe dizer não me diz respeito.

— Ou você fica ou eu vou embora! — exclamou Xavière, os dentes cerrados.

— Fique — pediu-lhe Pierre, impaciente —, senão ela vai ter uma crise histérica.

Voltou-se para Xavière, o olhar sem nenhuma doçura:

— Gostaria de saber por que motivo eu a assusto a esse ponto!

Françoise voltou a sentar-se e Xavière largou seu braço. Engoliu a saliva e respondeu, parecendo retomar toda a dignidade:

—Você não me assusta.

— Pois parece que sim. Aliás, posso explicar por quê — disse Pierre, olhando-a bem de frente.

— Então não pergunte mais nada.

— Gostaria de ouvir da sua boca. Você receia que eu leia no seu coração — disse, fazendo uma pausa um pouco teatral e sem deixar de fixá-la — e que diga em voz alta o que descobri.

O rosto de Xavière contraiu-se:

— Sei que sua cabeça está cheia de pensamentos sujos que me horrorizam... Não pretendo conhecê-los — respondeu ela, com ar enojado.

— A culpa não é minha, se os pensamentos que me inspira são sujos.

— De qualquer forma, guarde-os para você mesmo!

— Sinto muito, mas vim aqui de propósito para revelá-los a você.

Fez uma pausa. Agora, que tinha Xavière à sua mercê, parecia calmo e quase divertido com a ideia de que ia conduzir a cena à vontade. A voz, o sorriso, a pausa, tudo fora tão cuidadosamente calculado que Françoise teve uma ponta de esperança. O que Pierre desejava era ter Xavière à sua mercê. Se o conseguisse sem esforço talvez lhe poupasse muitas verdades duras, talvez se deixasse convencer e não rompesse com ela.

— Ao que parece, você não quer me ver mais — prosseguiu Pierre.

— Eu lhe daria prazer, com certeza, se dissesse que também não desejo continuar a ter relações com você. Simplesmente, não costumo cortar relações com ninguém sem explicar a razão da minha atitude.

A precária dignidade de Xavière desmoronou-se subitamente; seus olhos esbugalhados, sua boca entreaberta exprimiam apenas uma perturbação de quem não acredita no que ouve. Era impossível que a sinceridade de sua angústia não tocasse Pierre.

— Mas, afinal, o que foi que eu fiz? — perguntou Xavière.
— Não me fez nada. Aliás, devo dizer também que não me deve nada. Nunca julguei ter qualquer direito sobre você. Simplesmente — prosseguiu com ar seco e desinteressado — passei a compreender quem você era e então deixou de me interessar.

Xavière olhou em torno, como se procurasse socorro. De mãos crispadas, parecia desejar apaixonadamente lutar e defender-se. Todas as frases, porém, lhe pareciam cheias de armadilhas em que poderia cair. Françoise gostaria de soprar-lhe a resposta, tanto mais que, tinha certeza, Pierre não pretendia cortar as ligações. Talvez sua dureza suscitasse em Xavière uma eloquência que acabaria por amansá-lo.

— Foi por causa daqueles encontros a que faltei? — perguntou Xavière, com voz lamentável.
— Foi sobretudo por causa das razões que a levaram a faltar a esses encontros — disse Pierre. — Você tinha vergonha de si própria — acrescentou, depois de fazer uma pausa e ver que Xavière nada respondia.

Ela teve um sobressalto de dignidade:
— Não tinha vergonha, não senhor! Tinha apenas a certeza de que você estava furioso comigo. Aliás, você se enfurece sempre que me encontro com Gerbert. Desta vez, além disso, eu me embebedei, na sua companhia — concluiu ela, encolhendo os ombros, num gesto de desprezo.

— Escute: eu acharia certo que você sentisse amizade por Gerbert, ou mesmo amor. Digo mesmo que não poderia escolher melhor — disse Pierre, já sem poder controlar a voz, tão grande era a sua cólera. — Simplesmente, você é incapaz de um sentimento puro! Para você, Gerbert é apenas um instrumento com que procura acalmar seu orgulho ou saciar sua cólera. Foi você que o confessou — exclamou, suspendendo com um gesto os protestos de Xavière —, quando começou um idílio romântico com ele. Foi apenas por ciúme e não pelos seus lindos olhos que o arrastou para o seu quarto.

— Tinha certeza de que você ia pensar isso. Tinha certeza! — exclamou, de dentes cerrados. Duas lágrimas de raiva corriam-lhe pela face.

— Tinha certeza porque sabia que era verdade — disse Pierre. — Vou lhe dizer como as coisas se passaram: quando a forcei a reconhecer seu ciúme infernal, você ficou tremendo de raiva. Você é capaz de acolher de bom grado, no seu íntimo, as maiores baixezas, desde que fiquem na sombra. De forma que ficou furiosa por não ter conseguido me esconder os subterrâneos escuros da sua alma. O que você exige das outras pessoas é uma admiração idiota; a verdade, por mais pequena que seja, ofende você.

Françoise olhou-o, apreensiva; gostaria de poder detê-lo. Pierre parecia deixar-se arrastar pelas próprias palavras. Via-se nitidamente que perdia a calma, pois a dureza de seu rosto já não era fruto da sua vontade.

— É injusto o que está dizendo. Eu deixei logo de odiá-lo.

— Eu seria muito ingênuo se acreditasse em você. Você nunca deixou de me odiar. Para nos entregarmos de corpo e alma a uma sensação de ódio, temos de ser menos moles do que você é. O ódio cansa e você resolveu descansar um pouco. Aliás, você se sentia tranquila porque sabia que, quando quisesse, voltaria a encontrar o seu rancor novinho em folha. Assim, colocou-o de lado simplesmente porque tinha desejo de que alguém a beijasse.

O rosto de Xavière transtornou-se:

— Eu não tinha o menor desejo de que *você* me beijasse.

— Talvez — disse Pierre, com um sorriso cínico. — De qualquer forma, queria ser beijada e aconteceu que eu estava perto. — Mediu-a de alto a baixo e concluiu, com uma voz canalha: — Note, eu não me queixo. Foi agradável beijá-la. No fim de contas, ganhei tanto com isso como você.

Xavière recobrou a respiração que perdera e olhou Pierre com um horror tão puro, que parecia quase calma. As lágrimas que deslizavam pelo seu rosto desmentiam, porém, a calma histérica do seu semblante.

— É ignóbil o que está dizendo.

— Ignóbil? — exclamou Pierre violentamente. — Ignóbil é a sua conduta. Nas relações comigo você demonstrou apenas ciúme, orgulho e perfídia. Não descansou enquanto não me teve a seus pés. Depois, quando ainda não tinha qualquer amizade por mim, num exclusivismo infantil, tentou envenenar minhas relações com Gerbert. Mais tarde, manifestou tal ciúme em relação a Françoise, que comprometeu suas relações com ela. Quando insisti para que desenvolvesse conosco relações humanas, sem egoísmo e sem capricho, só teve uma reação: odiar-me. E, para terminar, veio cair nos meus braços com o coração cheio de ódio, apenas porque necessitava de carícias.

— É mentira! — exclamou ela. — Você está inventando tudo!

Simone de Beauvoir

— Por que me beijou? Não foi certamente para me dar prazer... Pensar tal coisa seria supor que você é capaz de uma generosidade de que ninguém ainda descobriu vestígios na sua conduta. Aliás, não lhe pedi tanto.

— Ah! Como lamento aqueles beijos!

—Também acredito — concordou Pierre, com um sorriso venenoso. —Você não foi capaz de recusá-los porque não é capaz de recusar qualquer coisa a si própria. Naquela noite você queria me odiar, mas, ao mesmo tempo, meu amor era precioso para você. E eu que cheguei a considerar essas incoerências como complexidades de alma! — exclamou, encolhendo os ombros.

— Eu só quis ser delicada com você.

Pretendeu dar as suas palavras um tom insultuoso, mas não conseguiu controlar a voz e não pôde reter os soluços. Françoise gostaria de deter essa verdadeira execução. Já era o bastante. Xavière nunca mais poderia levantar a cabeça diante de Pierre. Mas ele era teimoso e iria até o fim.

—Você levou a delicadeza longe demais — disse Pierre. — A verdade era outra: como sempre manifestou uma sedução sem escrúpulos, nossas relações continuavam a lhe agradar. Queria conservá-las intatas e por outro lado continuar a me odiar. Eu a conheço: você nem sequer é capaz de uma manobra coerente. Deixou-se enganar por seu próprio fingimento.

Xavière esboçou um risinho.

— É fácil levantar essas lindas construções no ar... Em primeiro lugar, eu não estava nada apaixonada por você naquela noite. Por outro lado, também não o odiava. Foi você quem inventou esse ódio, e apenas porque sempre escolhe a explicação mais reles.

— Não, não falo no ar — afirmou Pierre num tom onde transparecia já uma ameaça. — Sei o que estou dizendo. Você me odeia, mas nem sequer tem a coragem de manifestar esse ódio na minha presença. Quando parti, naquela noite, ficou furiosa contra a sua fraqueza e procurou logo uma vingança. Mas sua covardia só lhe permitiu arquitetar uma vingança secreta.

— O que quer dizer com isso?

—Tudo estava bem combinado — prosseguiu ele. — Eu continuaria a adorá-la sem desconfiar de nada e você aceitaria meus sentimentos troçando de mim. Esse é realmente um gênero de triunfo que deve lhe agradar. O pior é que você é incapaz de armar uma mentira de classe.

A convidada

Julga-se muito esperta, mas nas suas astúcias deixa sempre o rabinho de fora. É fácil ler seus pensamentos; você é um livro aberto; nem sabe tomar as precauções mais elementares para dissimular suas traições.

A fisionomia de Xavière demonstrava um terror abjeto.

— Não compreendo nada do que está dizendo!

— Não compreende?

Seguiu-se um silêncio. Françoise lançou a Pierre um olhar que implorava. Naquele momento, porém, ele não sentia a menor amizade por ela. Mesmo que se recordasse do que prometera, não hesitaria em faltar a essa promessa.

— Tudo isso são ignomínias que você inventa!

— Não negue! — gritou Pierre. — Eu não invento nada: eu sei.

Xavière olhou-o com um ar manhoso e triunfante de louca.

— E você acredita nessas porcarias que Gerbert inventou? — perguntou ela a Pierre.

Françoise dirigiu a ele um apelo silencioso e desesperado. Se ele atacava Xavière tão claramente, viria a trair a confiança ingênua do pobre Gerbert. Pierre hesitou:

— Gerbert não me disse nada!

— Então! Está vendo?

— Mas eu tenho olhos e ouvidos. E quando preciso, sirvo-me deles. É muito fácil olhar por um buraco de fechadura.

— Você! — exclamou Xavière, levando a mão à boca. O pescoço dela inchou, como se fosse sufocar. — Não me diga que fez isso.

— Não. Eu não teria estômago — disse Pierre, com ar de troça. — Mas com uma pessoa como você, todas as armas são permitidas.

Xavière olhou para Pierre e depois para Françoise, numa cólera impotente que lhe fazia perder o fôlego. Françoise procurava em vão uma palavra ou um gesto para acalmá-la. Receava que Xavière começasse a gritar e a quebrar os copos, ali, diante de todos.

— E foi assim que a vi — prosseguia Pierre.

— Basta, basta. Cale-se! — pediu Françoise.

Xavière levantou-se, mãos na cabeça. Tinha o rosto inchado de chorar. De repente investiu para a frente.

— Vou acompanhá-la — disse Françoise.

— Como quiser — disse Pierre, recostando-se na cadeira, ostensivamente, e tirando o cachimbo do bolso. Françoise atravessou a praça, correndo. Xavière corria à sua frente, o corpo hirto, o rosto erguido para o céu. Françoise conseguiu alcançá-la. Em silêncio, subiram uma parte da rua de Rennes. Subitamente Xavière voltou-se para Françoise:

— Deixe-me em paz! — disse com voz surda.
— Não — replicou Françoise. — Não vou deixá-la sozinha.
— Quero ir para casa.
— Eu vou com você.

Chamou um táxi e ordenou a Xavière, com ar decidido:
— Suba.

Xavière obedeceu. Dentro do carro, apoiou a cabeça nas almofadas, fitando o teto do veículo. Um esgar deformava-lhe o lábio superior.

— Hei de me vingar daquele homem! — exclamou. — E de que maneira!

Françoise procurou segurar sua mão.
— Xavière — murmurou.

Ela estremeceu e recuou, num sobressalto.
— Não me toque — disse violentamente.

Olhou para Françoise com um ar espantado, como quem descobre uma coisa extraordinária:
—Você sabia! Você sabia tudo!

Françoise não respondeu. O táxi chegara à porta do hotel. Desceram, ela pagou ao motorista e subiu apressadamente atrás de Xavière. Esta entrara no quarto, deixara a porta entreaberta e, encostada à pia, de olhos inchados pelo choro, despenteada, o rosto cheio de manchas vermelhas, parecia possessa, tomada por um demônio furioso cujas cabriolas magoavam seu corpo frágil.

— Durante todos esses dias você não me disse nada e, no entanto, sabia que eu estava mentindo!

— A culpa não foi minha — replicou Françoise. — Pierre contou-me tudo, mas eu não quis acreditar.

— Ah! Como vocês devem ter rido de mim...

— Escute, Xavière, o caso não era para rir — disse Françoise, dando um passo em sua direção.

— Não se aproxime de mim! — gritou Xavière. — Não quero mais vê-la. Quero ir embora para sempre.

— Acalme-se. Tudo isto é uma história estúpida. Entre nós nada se passou. Que culpa tenho eu de sua briga com Labrousse?

Xavière pegara uma toalha, cujas franjas arrancava violentamente.

A convidada

— Eu sei... Aceito o dinheiro de vocês, deixo-me sustentar por vocês. É isso, é isso!

—Você está delirando.Voltarei quando recobrar o sangue-frio.

Xavière largou a toalha.

—Vá embora, sim? — disse, estendendo-se ao comprido na cama, numa crise de choro.

Françoise hesitou, depois saiu suavemente, fechou a porta e subiu para seu quarto. Não se sentia muito inquieta. Sabia que, embora Xavière fosse orgulhosa, era também muito covarde. Assim, não teria a absurda coragem de voltar a Rouen, arruinando toda a sua vida. O pior é que nunca mais perdoaria a Françoise a superioridade que esta assumira. Seria mais uma recriminação a juntar a tantas outras. Tirou o chapéu e olhou-se ao espelho. Já nem tinha forças para se sentir esgotada; não lamentava a perda de uma amizade impossível, nem sentia o mínimo rancor contra Pierre. O máximo que podia fazer era tentar salvar pacientemente, tristemente, os pobres restos de uma vida de que outrora tanto se orgulhava. Convenceria Xavière a ficar em Paris, tentaria conquistar a confiança de Pierre. Sorriu à sua própria imagem, refletida no espelho. Depois de tantos anos de serenidade triunfante, de dureza na conquista da felicidade, de exigências apaixonadas, iria se tornar, como tantas outras, uma mulher resignada?

CAPÍTULO 7

Françoise esmagou no pires o toco do cigarro.

— Tem coragem de trabalhar com este calor? — perguntou a Pierre.

— O calor não me incomoda. E você, o que vai fazer esta tarde?

Estavam sentados no balcão do camarim de Pierre, onde acabavam de almoçar. Lá embaixo, a pracinha do teatro parecia esmagada por um céu de chumbo.

—Vou ao cinema Ursulines com Xavière. Está passando um festival de Carlitos.

O lábio superior de Pierre avançou um pouco.

—Você agora não a larga — comentou.

— Ela anda tão por baixo...

Xavière não voltara a Rouen. No entanto, embora Françoise estivesse se dedicando mais a ela, e Gerbert a visse com frequência, ela arrastava um corpo sem alma nesse verão brilhante.

— Passo por aqui às seis horas. Está bem?

— Ótimo. Divirta-se — acrescentou, com um sorriso contrafeito.

Françoise também sorriu para ele. No entanto, mal saiu do camarim, dissipou-se aquela frágil alegria. Agora, quando estava sozinha, havia sempre noite no seu coração. Sabia que Pierre nem em pensamento a censurava por ter conservado Xavière junto dela. Isso não impedia, contudo, que Françoise surgisse a seus olhos impregnada de uma imagem detestada. Através dela Pierre via Xavière.

O relógio do cruzamento da rua Vavin marcava duas e meia. Françoise apressou o passo. Já distinguia Xavière ao longe, sentada no terraço do Dôme, com uma blusa de um branco deslumbrante. Seus cabelos brilhavam. A distância, toda ela resplandecia. Mas o rosto não tinha vida e seu olhar era mortiço.

— Desculpe-me, cheguei atrasada — disse-lhe Françoise.

— Eu também cheguei agora mesmo — respondeu ela.

— Como tem passado?

— Com muito calor — respondeu Xavière, suspirando.

A convidada

Françoise sentou-se a seu lado. Respirou, com espanto, misturado ao cheiro de tabaco e de chá que sempre flutuava em torno de Xavière, um estranho odor de hospital.

— Dormiu bem esta noite? — perguntou Françoise.

— Não dançamos, sabe? Eu estava num prego!... Gerbert também estava com dor de cabeça — disse, com um muxoxo.

Xavière falava muitas vezes de Gerbert. Mas Françoise sabia bem que não era por amizade que ela lhe fazia certas confidências; era para recusar qualquer solidariedade com Gerbert. Como se sentia muito ligada a Gerbert no plano físico, Xavière vingava-se, julgando-o com severidade.

— Dei um grande passeio com Labrousse, pelas margens do Sena. Estava uma noite estupenda.

Interrompeu-se. Xavière nem sequer fingia que seguia sua conversa com interesse. Olhava ao longe, com ar cansado.

— Se queremos realmente ir ao cinema, temos de partir — disse Françoise.

— Está bem.

Xavière levantou-se e lhe deu o braço. O gesto, porém, foi maquinal, pois não parecia sentir qualquer presença junto dela. Françoise acertou o passo com Xavière. "Nesse momento Pierre trabalha naquele camarim abafado", pensou Françoise. "Eu também podia me fechar no quarto e escrever." Outrora, Françoise não deixaria de aproveitar avidamente essas horas vazias para trabalhar. O teatro estava fechado, tinha tempo livre, mas, afinal, só sabia estragá-lo, Nem sequer tinha a consolação de se julgar em férias. O fato é que perdera o sentido da disciplina que possuía no passado.

— Continua querendo ir ao cinema? — perguntou a Xavière.

— Não sei. Acho que gostaria mais de passear.

Françoise sentiu-se atemorizada diante daquele deserto de tédio que subitamente surgia à sua frente. Teria então de atravessar sem socorro essa enorme extensão de tempo! Xavière não estava disposta a conversar, mas a presença de Françoise não lhe permitiria apreciar um verdadeiro silêncio, desses que nos permitem estar em nossa própria companhia.

— Bem, então vamos passear.

O chão cheirava a asfalto e colava-se às solas dos sapatos. Aqueles primeiros calores de tempestade apanhavam as pessoas desprevenidas.

Françoise sentia-se transformada numa massa mole, como que de algodão.
— Ainda está cansada? — perguntou a Xavière, afetuosamente.
— Sempre estou cansada. Estou ficando velha. Desculpe-me, não sou uma companhia agradável — disse, lançando um olhar cansado a Françoise.
— Que tolice! Fico sempre contente de sair com você.
Xavière nem respondeu ao seu sorriso; voltara a fechar-se em si mesma. Françoise nunca conseguiria fazê-la compreender que o que lhe pedia não era uma exibição das graças do seu corpo ou das seduções do seu espírito, mas apenas uma participação na sua vida. No último mês tentara com perseverança aproximar-se dela. Mas Xavière teimara em permanecer uma estranha, cuja presença, recusada, estendia sobre Françoise uma sombra ameaçadora. Por vezes Françoise conseguia absorver-se em si própria. Outras, entregava-se completamente a Xavière. Sentia então, quando Xavière se encontrava mergulhada na angústia, aquela dualidade que certo sorriso maníaco lhe revelara um dia. O único meio de destruir essa realidade escandalosa seria integrar-se com Xavière numa amizade única; durante aquelas semanas tão longas, Françoise sentira essa necessidade de maneira cada vez mais aguda. Mas Xavière nunca se integraria.

Uma voz soluçante cortou o ar quente e espesso. Na esquina de uma rua deserta, um homem sentado num banquinho, com um serrote entre os joelhos, tirava sons dolentes do instrumento improvisado, juntando palavras tristes à música:

Está chovendo na estrada
Já é noite e eu escuto
De coração sangrando
Os teus passos soando.

Françoise apertou o braço de Xavière. A música triste, naquela solidão tórrida, parecia-lhe a imagem de seu coração. O braço ficou junto ao seu, abandonado e insensível. Nem através de seu corpo, belo e tangível, se poderia atingir Xavière, Françoise teve vontade de se sentar ali mesmo, na beira do passeio, para não mais se levantar.

— Se fôssemos a algum lugar — sugeriu. — Está muito calor para andar na rua.

A convidada

Não tinha forças para continuar assim, errante, sob aquele céu ardente.

— É verdade — respondeu Xavière. — Bem que gostaria de me sentar.

— Quer voltar àquele café árabe que nos agradou tanto? É perto daqui.

— Vamos, sim.

Dobraram a esquina; era mais reconfortante andar com um objetivo definido.

— Foi a primeira vez que passamos juntas um dia inteiro, lembra-se?

— Foi há tanto tempo! Como eu era jovem naquela época...

— Ainda não faz um ano.

"Eu também envelheci muito desde o inverno", pensou Françoise. "Naquele tempo, eu vivia sem aprofundar as coisas. O mundo era vasto e rico, pertencia-me. Amava Pierre e Pierre me amava. Por vezes até me dava ao luxo de achar que minha felicidade era monótona." Abriu a porta do café; reconheceu logo os tapetes de lã, os pratos de cobre, as lanternas multicores. Nada mudara. A dançarina e os músicos continuavam agachados, num nicho cavado ao fundo, conversando uns com os outros.

— Como ficou triste isso aqui — comentou Xavière.

— Ainda é muito cedo, sabe? Daqui a pouco vai encher de gente. Mas quer ir a outro lugar?

— Não, não, vamos ficar aqui.

Sentaram-se à mesma mesa onde tinham estado da outra vez, nas mesmas almofadas rugosas, e pediram chá de hortelã-pimenta. Françoise, sentada ao lado de Xavière, sentiu mais uma vez o cheiro estranho que já a intrigara no Dôme.

— Com que é que você lavou os cabelos hoje? — perguntou-lhe.

Xavière passou os dedos pela cabeleira sedosa.

— Hoje não lavei a cabeça — respondeu, espantada.

— Mas seus cabelos estão cheirando a qualquer produto farmacêutico.

Xavière sorriu, com ar de quem sabe mais do que diz, mas reprimiu imediatamente o sorriso.

— Nem toquei neles — insistiu.

Seu rosto se fechou. Depois acendeu um cigarro, com ar de mulher fatal. Françoise segurou-lhe docemente o braço.

— Como você está triste... Não deve se deixar abater assim.
— Que posso fazer? Você sabe que não tenho um temperamento alegre.
— Mas também não faz o menor esforço... Por que não quis ler os livros que escolhi para você?
— Quando estou neste estado de espírito sinistro, não consigo ler.
— Então por que não trabalha com Gerbert? Seria o melhor remédio: ensaiar com ele uma boa peça.

Xavière encolheu os ombros:
— Ora, ninguém consegue trabalhar com Gerbert! Ele se concentra em si mesmo, não é capaz de indicar a mínima coisa. É o mesmo que trabalhar com uma parede. Além disso — acrescentou, num tom cortante —, não gosto do que ele faz; é tudo tão limitado...
— Você é injusta. Falta-lhe um pouco de temperamento, é certo, mas Gerbert é inteligente e sensível.
— Talvez, mas isso não basta. Odeio a mediocridade — exclamou, com raiva.
— Mas Gerbert ainda é jovem e não tem bastante experiência de palco. Tenho a certeza de que fará qualquer coisa de realmente bom.

Xavière sacudiu a cabeça.
— Se pelo menos ele fosse francamente mau, ainda haveria certa esperança. Mas ele é medíocre mesmo. Serve apenas para reproduzir corretamente o que Labrousse lhe ensina.

Via-se que Xavière tinha muitas recriminações contra Gerbert. A mais grave, contudo, provinha da sua admiração por Labrousse. Gerbert afirmava que ela ficava mais raivosa do que nunca, contra ele, nos dias em que via Pierre ou mesmo Françoise.
— É pena — comentou esta. — Se você trabalhasse um pouco, isso introduziria certa variedade em sua vida.

Olhou para Xavière, cansada. Não via muito bem o que poderia fazer por ela. De repente reconheceu o cheiro que o corpo de Xavière exalava.
— Mas você está cheirando a éter! — exclamou, surpresa.

Xavière voltou a cabeça, sem responder.
— Que é que você fez com éter? — perguntou-lhe.
— Nada.
— Nada?
— Respirei só um pouquinho. É agradável.
— Foi a primeira vez ou já o usou antes?

A convidada

— Uso de vez em quando — respondeu Xavière, propositadamente ríspida.

Françoise ficou com a impressão de que Xavière não se zangara por seu segredo ter sido descoberto.

— Tome cuidado — avisou. — Isso faz muito mal à saúde, tanto mental como física.

— Não tenho nada a perder.

— Por que diz isso?

— Que quer que eu faça? Se me embebedo, fico doente...

— Assim, ainda fica mais doente.

— É só aproximar um pedaço de algodão do nariz e durante algumas horas nem sentimos que estamos vivas.

Françoise pegou-lhe a mão.

— Mas você é realmente assim tão infeliz? O que a preocupa? Vamos, conte.

Françoise sabia o que a fazia sofrer, mas não podia levá-la a confessar tudo, do princípio ao fim.

— Exceto no que diz respeito ao trabalho, você se entende bem com Gerbert?

— Gerbert! — exclamou ela, encolhendo os ombros. — Não é ele que me preocupa, sabe?

— No entanto, você gosta dele.

— Eu gosto de tudo o que me pertence. Fico com uma sensação de repouso, tendo alguém só para mim — acrescentou num tom áspero. Depois sua voz amoleceu: — Mas é apenas um objeto agradável na minha existência, nada mais.

Françoise sentiu-se gelar. Os modos desdenhosos de Xavière a feriam como um insulto pessoal.

— Então não é por causa dele que está triste?

— Não.

Xavière tinha um ar tão desanimado, que a breve hostilidade de Françoise se dissipou.

— A culpa também não é minha, não é? — disse ela. — Está contente com nossas relações?

— Claro que sim — respondeu ela, com um sorrisinho simpático que logo se desvaneceu. Seu rosto voltou a animar-se:

— Eu me chateio — prosseguiu, com um acento apaixonado na voz. — Eu me chateio mortalmente.

Françoise não respondeu. Era a ausência de Pierre que criava o vácuo na existência de Xavière. Era preciso devolvê-lo a ela. Receava, porém, que isso fosse impossível. Bebeu o chá. A sala enchera-se pouco a pouco. Os músicos tinham começado a tocar suas flautas roufenhas. A dançarina avançou até o centro da pista; um frêmito percorreu-lhe o corpo.

— Que ancas! — comentou Xavière. — Ela engordou — disse, com repugnância.

— Ela sempre foi gorda.

—Talvez... Aliás, antigamente eu me deslumbrava com pouca coisa. Mudei muito — disse, percorrendo lentamente com os olhos as paredes do café.

— Bem, também não perdeu muito; tudo isto é falso. Agora você só gosta do que é realmente belo.

— Não é isso. Agora nada mais me toca! — Bateu as pálpebras e disse, com voz arrastada: — Estou gasta.

—Você sente prazer em pensar assim — disse Françoise, irritada. — Mas são apenas palavras. Não está gasta, está simplesmente cansada.

Xavière olhou-a com ar infeliz. Françoise continuou:

—Você não reage. Não pode continuar assim. Escute: quero que me prometa que não vai tomar mais éter.

—Você não entende. Esses dias que nunca mais acabam são terríveis.

— Mas éter é um caso sério, sabe? Se não parar com isso, destruirá completamente sua saúde.

— Ninguém perderá muito com isso.

— Eu perco — disse Françoise, com ternura.

— É mesmo? — fez Xavière, incrédula.

— Por que duvida?

—Você já não deve gostar tanto de mim como antes.

Françoise ficou desagradavelmente surpreendida. Antigamente Xavière não retribuía muito sua ternura. Mas nunca a pusera em dúvida.

— Como? Sabe que sempre gostei de você.

— Antes sim, você pensava bem de mim.

— E por que não agora?

— É uma impressão minha — respondeu Xavière, sem entusiasmo.

— No entanto, nunca nos vimos tantas vezes. Nunca procurei uma intimidade mais profunda com você do que atualmente — disse Françoise, um pouco desconcertada.

A convidada

— Mas você faz isso porque tem piedade de mim. Está vendo a que ponto cheguei? — perguntou, com um risinho doloroso. — Sou uma pessoa de quem os outros têm piedade.

— Isso é falso! Por que pensa assim?

Xavière fitava a ponta do cigarro, com um ar fechado.

— Explique-se — insistiu Françoise. — Não pode afirmar uma coisa dessas sem provas.

Xavière hesitou. Françoise julgou perceber mais uma vez que, por meio das reticências, dos silêncios, era Xavière quem conduzia a conversação como muito bem entendia.

— Seria natural que você sentisse repugnância por mim. Tem muitas razões válidas para me desprezar.

— Lá vem você com essa velha história! Já nos explicamos muito bem! Eu já disse que compreendi perfeitamente que você não me tivesse falado logo das suas relações com Gerbert. Você também concordou que, no meu lugar, teria guardado segredo, tal como eu fiz.

— É...

Françoise sabia que com Xavière nenhuma explicação era definitiva. Tinha a certeza que ela se levantava de noite, louca de raiva, lembrando-se que Françoise a enganara durante três dias.

— Mas Labrousse e você pensam sempre da mesma maneira. Ora, ele me despreza.

— Isso é lá com ele — disse Françoise.

Pronunciou estas palavras com esforço, pois significavam, de certa maneira, que renegava Pierre. No entanto, correspondiam à verdade. Françoise recusara realmente ficar do lado dele naquele caso.

— Você me toma por uma pessoa demasiado influenciável — prosseguiu Françoise. — Aliás, Pierre quase nunca fala de você.

— Ele deve me odiar tanto... — disse Xavière tristemente.

Seguiu-se um silêncio.

— E você? Odeia-o também? — indagou Françoise.

Sentiu um baque no coração; toda essa conversa tivera, da parte de Xavière, o objetivo de lhe sugerir essa pergunta. Começava a ver qual o caminho que Xavière pretendia trilhar.

— Eu! — exclamou ela. — Mas eu não o odeio — afirmou, o olhar suplicante.

— Ele está convencido do contrário.

Seguindo docilmente o desejo de Xavière, Françoise prosseguiu:

— Você aceitaria vê-lo?
— Ele não quer — respondeu Xavière, encolhendo os ombros.
— Não sei. Se Pierre tivesse a certeza de que você lamenta o que se passou, as coisas mudariam.
— É lógico que lamento — retorquiu Xavière, falando lentamente.
— Labrousse não é homem que deixemos de ver sem lamentar o que se passou — acrescentou com desenvoltura.

Françoise olhou por um momento aquele rosto inchado e lívido, de onde se evolava o cheiro de éter. Xavière conservava, apesar da angústia que a invadia, um orgulho tão lamentável, que Françoise disse, quase contra a vontade:

— Eu talvez pudesse falar com ele.
— Não vai adiantar nada.
— Talvez adiante.

Pronto: a decisão fora tomada. Françoise sabia agora que não poderia deixar de executá-la. Pierre a ouviria de rosto fechado, responderia asperamente, e suas frases duras demonstrariam a extensão da sua inimizade para com ela. Baixou a cabeça, abatida.

— Você vai dizer o que a ele? — perguntou Xavière, numa voz insinuante.

— Que falamos dele, que você não lhe manifestou o mínimo ódio, muito pelo contrário; que, se ele consentisse em esquecer o que se passou, você ficaria feliz de reconquistar sua amizade.

Françoise fixou vagamente uma tapeçaria de cores variadas. Pierre fingia não se interessar por Xavière, mas ficava vivamente interessado quando ouvia alguém pronunciar seu nome. Uma vez cruzara com ela na rua Delambre e Françoise vira em seus olhos um desejo louco de correr atrás dela. Talvez concordasse em revê-la para torturá-la mais de perto, mas então talvez fosse reconquistado por ela. No entanto, nem a saciação de seu rancor, nem a ressurreição de seu amor inquieto fariam com que se reaproximasse de Françoise. A única forma de se reaproximar dele era enviar Xavière de volta a Rouen e recomeçar uma vida totalmente nova.

Xavière sacudiu a cabeça:
— Não vale a pena — comentou, com voz resignada.
— Posso tentar.

Xavière encolheu os ombros, como se declinasse qualquer responsabilidade:

A convidada

— Bem, faça como quiser.

Françoise sentiu-se invadir pela cólera; Xavière a levara a fazer aquela proposta, utilizando para isso o abatimento do rosto e o cheiro de éter que emanava de seu corpo. E depois se retirava numa indiferença altiva, evitando assim a vergonha de um fracasso ou um dever de gratidão.

— Vou tentar — disse, no entanto.

Embora não tivesse a menor esperança de conseguir a amizade de Xavière, queria ter a consolação de ter feito tudo para merecê-la.

— Falarei com Pierre logo que estiver com ele — decidiu.

Quando entrou no camarim de Pierre, ele continuava sentado à mesa de trabalho, cachimbo entre os dentes.

— Você está muito estudioso! Não saiu daqui esse tempo todo?

— Não! E fiz um bom trabalho — disse Pierre, fazendo rodar a cadeira. — Você está contente? Que tal o programa?

— Não fomos ao cinema. Andamos pelas ruas, mas fazia tanto calor...

Françoise sentara-se numa almofada, no terraço. O ar refrescara um pouco. As copas dos plátanos tremiam levemente, batidas por uma brisa.

— Gostaria de dar uma volta com Gerbert por esses campos. Estou farta de Paris.

— Eu vou ficar aqui cheio de medo. Já sabe que tem de me enviar um telegrama todos os dias; ainda não morri.

Françoise sorriu. Via que Pierre estava contente com o trabalho que fizera. Seu rosto refletia a sua alegria e a ternura que sentia por Françoise. Em momentos assim ela chegava a pensar que nada mudara desde o verão anterior.

— Não tem nada a temer. Ainda é muito cedo para fazermos alpinismo a sério. Iremos apenas a Cevennes ou a Cantal.

— Não me diga que vão passar a noite fazendo planos — disse Pierre, em tom de lamúria.

— Não tenha medo. Não vamos sacrificar você — disse ela, sorrindo um pouco timidamente. — Aliás, você também tem planos a discutir comigo, não é verdade?

— É. Só falta um mês para a nossa partida.

— E ainda não decidimos onde vamos.

— Acho que, de qualquer forma, será melhor não sairmos da França. Espera-se um período de tensão em meados de agosto. Mesmo que não aconteça nada, não seria agradável ir parar no fim do mundo.

— Nós, há tempos, falamos de Cordes e do Midi — disse Françoise, que acrescentou, rindo: — Evidentemente teria de suportar os campos, mas veríamos também uma porção de cidadezinhas. Você não gosta, não?

Olhou Pierre com esperança; quando estivessem longe de Paris, talvez ele conservasse sempre o ar calmo, amável, que tinha agora. Era preciso levá-lo com ela durante longas semanas, o mais depressa possível.

— Seria delicioso estarmos juntos em Albi, em Cordes ou em Toulouse — disse Pierre. — De vez em quando farei uma longa caminhada.

— Eu também prometo que ficarei quietinha, sentada no café, o tempo que você quiser — disse Françoise, rindo.

— E o que vai fazer de Xavière?

— A família dela concordou em recebê-la durante as férias. Ela vai para Rouen. Aliás, deve fazer bem à saúde dela.

Françoise desviou o rosto; se Pierre se reconciliasse com Xavière, onde ficariam todos os projetos? Ele poderia voltar a cair de amores por ela e o trio ressuscitaria. Então seria preciso levar Xavière com eles. Sentiu que a garganta se contraía; nunca desejara nada com tanta veemência como aquele passeio, sozinha com Pierre.

— Ela está doente? — perguntou Pierre, num tom indiferente.

— Está bastante abatida.

Era melhor não falar. Precisava deixar o ódio de Pierre morrer lentamente, dentro da indiferença. Ele já estava a caminho da cura. Depois de passarem um mês sob o céu do sul, aquele ano febril entraria no rol das lembranças. Bastava mudar de assunto. Pierre ia falar de outra coisa, mas Françoise resolveu preveni-lo:

— Sabe o que ela foi inventar? Começou a tomar éter.

— Bonito... Para quê?

— Sei lá... Sente-se infeliz...

Era mais forte do que ela; tremia perante o perigo, mas o perigo a atraía irresistivelmente. Por isso nunca conseguira manter uma linha de conduta prudente.

— Coitadinha — troçou Pierre. — O que tem ela?

Françoise apertou o lenço nas mãos úmidas.

— Você deixou um vácuo em sua vida — disse, num tom leve, que soava falso.

O rosto de Pierre tornou-se mais duro:

A convidada

— Lamento muito — disse. — Mas o que queria que eu fizesse?

Françoise apertou mais o lenço. Como a ferida ainda estava recente! Logo ao ouvir as primeiras palavras, Pierre colocara-se na defensiva. Já não era a um amigo que ela falava. Recuperou a coragem e disse:

— Nunca mais pretende vê-la?

Pierre lançou-lhe um olhar frio:

— Por quê? Ela encarregou-a de me sondar?

A voz de Françoise tornou-se mais dura:

— Eu lhe propus, quando compreendi que ela realmente lamentava ter deixado de ver você.

— Xavière conseguiu comovê-la com suas comédias de eterômana.

Françoise corou; sabia perfeitamente que havia muito fingimento no ar trágico de Xavière e que, no fundo, se deixara manobrar por ela. No entanto, o tom cortante de Pierre levou-a a protestar.

— Qual comédia, qual nada! Está certo que não se preocupe com o destino de Xavière. Mas o fato é que ela anda abatida exclusivamente por sua causa.

— Por minha causa! — exclamou Pierre — Essa é das melhores!

Levantou-se e veio se colocar bem em frente de Françoise, rindo sardonicamente:

— Que é que você quer? Que eu a leve todas as noites, pela mão, para a cama de Gerbert? É só isso que preciso fazer para serenar aquela alminha?

Françoise tentou dominar-se; nada ganhava encolerizando-se.

— Você lhe disse coisas tão cruéis que mesmo uma pessoa menos orgulhosa do que ela nunca mais se esqueceria. Só você pode apagar o que disse.

— Perdão; eu não a impeço de praticar a teoria do perdão das injúrias. Mas não me sinto com vocação para irmãzinha de caridade.

Françoise sentiu-se ferida pelo tom de desprezo.

— No fim de contas, não é assim um crime tão grande ela ter caído nos braços de Gerbert. Xavière era livre, não prometeu nada. Foi doloroso para você, concordo. Mas sabe tão bem como eu que você se resignaria facilmente, se quisesse. Acho que esse rancor que lhe guarda é sexual e mesquinho. Está procedendo como um homem que tem raiva de uma mulher porque não conseguiu possuí-la. Isso não é digno de você.

Esperou a reação, inquieta. O tiro atingira o alvo; um clarão de raiva passou pelos olhos de Pierre.

— Eu tenho raiva por ela ter sido falsa, compreende? Por que foi que deixou que eu a beijasse? Para que aqueles sorrisinhos ternos? Por que fingiu me amar?

— Mas ela era sincera; Xavière gosta de você. E foi você que exigiu o seu amor. Xavière ficou perturbada quando você pronunciou essa palavra pela primeira vez.

Um mundo de recordações amargas a invadia.

— Quer insinuar que ela não me amava?

Nunca Pierre olhara Françoise com hostilidade tão nítida.

— Não digo isso. Digo que existe algo de forçado nesse amor, assim como se força a eclosão de certas plantas: você exigia cada vez mais, em intimidade, em intensidade...

— Você reconstitui a história de uma maneira muito engraçada — disse Pierre, com um sorriso malévolo. — Foi ela que ficou tão exigente que tive de interromper a história. Sabe o que ela pedia? Que eu sacrificasse você.

O rosto de Françoise mudou de aspecto. Era verdade o que ele dizia: fora por ser leal, em relação a Françoise, que Pierre perdera Xavière. Aquele sacrifício, que Pierre realizara num impulso tão espontâneo, seria agora objeto de suas recriminações?

— Se me tivesse entregue totalmente a Xavière — prosseguia Pierre —, ela me teria amado apaixonadamente. Se ela se entregou a Gerbert, foi para me punir por eu não ter abandonado você. É muito esquisito que agora você tome o seu partido.

— Eu não tomo o partido dela — disse Françoise, baixinho.

Sentiu que seus lábios começavam a tremer. Com meia dúzia de frases Pierre conseguira despertar velhos rancores. Por que teimava ela em ficar do lado de Xavière?

— Ela é tão infeliz — disse.

Comprimiu as pálpebras com os dedos; não queria chorar. Mas mergulhara de repente num desespero sem fundo. Tudo era escuro e ela estava muito cansada, sem poder orientar-se. Só sabia uma coisa: amava Pierre, só Pierre.

— E acha que sou feliz? — perguntou ele.

Qualquer coisa quebrou dentro de Françoise; a sensação foi tão dolorosa que não pôde conter um grito. Cerrou os dentes, mas não conseguiu evitar que as lágrimas brotassem. Todo o sofrimento de Pierre vinha repercutir em seu coração. Só o seu amor contava. Durante o mês

A convidada

anterior, quando ele necessitara de Françoise, ela o deixara debater-se sozinho. Agora era tarde demais para pedir perdão; afastara-se tanto dele, que Pierre já nem pensava em solicitar seu auxílio.

— Não chore — disse ele, impaciente.

Olhava-a sem simpatia. Françoise sabia bem que, ao se colocar contra ele, não tinha o direito de lhe impor suas lágrimas. Mas não podia proceder de outra forma; seu espírito nada mais era do que um caos de dor e de remorso.

— Por favor... Acalme-se — insistia Pierre.

Como poderia se acalmar? Perdera Pierre por sua culpa; agora, todos os dias da sua vida não chegariam para chorar essa perda. Escondeu o rosto nas mãos. Pierre andava de um lado para outro, ao longo do camarim. Françoise já nem se preocupava com aquela presença; perdera todo o controle, os pensamentos fugiam-lhe; era apenas uma velha máquina quebrada.

Subitamente sentiu a mão de Pierre em seu ombro.

— Agora você me odeia — disse.

— Não, não a odeio — respondeu Pierre, com um sorriso constrangido.

Françoise pegou sua mão.

— Eu não sou assim tão amiga de Xavière. Mas sinto tanta responsabilidade pelo seu destino. Há dez meses ela era jovem, cheia de esperança. Agora é um farrapo.

— Mas quando estava em Rouen também não era feliz. Só falava em se suicidar.

— Era diferente.

Começou a soluçar de novo. Era uma tortura; não podia rever a face pálida de Xavière e resolver-se a sacrificá-la, mesmo pela felicidade de Pierre. Ficou imóvel por um momento, com a mão presa à mão que repousava no seu ombro. Pierre, que a olhava, disse por fim, com a boca crispada:

— Que quer que eu faça?

Françoise limpou os olhos e retirou a mão.

— Não quero nada.

— O que estava pretendendo há pouco? — perguntou ele, esforçando-se para dominar a impaciência.

Françoise levantou-se e foi até o terraço. Tinha medo de pedir-lhe qualquer coisa. Se ele concordasse de má vontade, isso os separaria ainda mais. Voltou para dentro:

— Eu quis dizer há pouco que, se você voltasse a vê-la, talvez tornasse a sentir amizade por ela. Xavière gosta tanto de você...

Pierre a interrompeu.

— Está bem — disse. —Voltarei a vê-la.

Foi encostar-se à balaustrada do terraço. Françoise seguiu-o. De cabeça baixa, Pierre contemplava a pracinha, onde saltitavam alguns pombos. Françoise fixou-lhe a nuca carnuda. Sentiu-se novamente invadida por um sentimento de remorso; Pierre tentava honestamente encontrar paz de espírito; mas ela chegava e o lançava de novo na tormenta. Recordou o sorriso feliz com que ele a acolhera à chegada. Agora tinha à sua frente um homem cheio de amargura, pronto a sofrer, com uma docilidade revoltada, uma exigência em que não queria consentir. Muitas vezes já pedira certas coisas a Pierre, no tempo da sua união; mas nunca aquilo que um concedia ao outro devia ser tomado como um sacrifício. Agora colocara Pierre numa situação em que ele fora forçado a ceder com raiva. Levou as mãos às têmporas. Sua cabeça doía, seus olhos ardiam.

— O que ela vai fazer hoje à noite? — perguntou Pierre bruscamente.

Françoise sobressaltou-se:

— Nada, que eu saiba.

— Então telefone para ela. Já que estou metido nisso, quero arrumar esse negócio o mais depressa possível.

Pierre começou a roer as unhas, nervoso. Françoise dirigiu-se ao telefone.

— E Gerbert?

—Você irá sozinha se encontrar com ele.

Françoise discou o número do hotel. Começava a conhecer bem aquela barra de ferro que lhe pesava no estômago; era o prenúncio das angústias antigas, que iam renascer. A amizade de Pierre e Xavière nunca fora calma. A precipitação dele anunciava as tempestades futuras.

— Alô! Quer chamar a srta. Pagès, por favor?

— *Pois não. Um momento.*

Ouviu o barulho de saltos subindo a escada, depois um rumor indefinido. O coração de Françoise começou a bater forte. O nervosismo de Pierre passava para ela.

— Alô! — disse a voz de Xavière, inquieta.

Pierre pegou no auscultador suplementar.

— É Françoise que está falando. Você está livre esta noite?

A convidada

— Estou, por quê?
— Labrousse quer saber se pode se encontrar com ele.
Xavière não respondeu.
— Alô — insistiu Françoise.
— Mas... encontrar-me com ele, agora?
— Sim... Isso transtorna seus planos?
— Não, não transtorna coisa alguma.
Françoise ficou um momento com o fone na mão, sem saber o que dizer.
— Então está combinado — disse, por fim. — Ele vai já para aí.
Desligou. Pierre olhou para ela, descontente:
— Você me obriga a fazer cada papel... Ela não tinha a mínima vontade de que eu fosse lá.
— Não. Xavière estava muito emocionada.
Calaram-se. O silêncio prolongou-se.
— Bem, vou lá... — disse Pierre.
— Depois passe pelo meu quarto, para me contar como as coisas correram.
— Está bem. Até logo.
Françoise chegou à janela e viu Pierre atravessar a pracinha. Depois voltou a sentar-se na poltrona, onde ficou prostrada. Parecia-lhe que tinha feito uma escolha definitiva; o pior é que escolhera a infelicidade. De repente sobressaltou-se; alguém batia à porta.
— Entre — disse.
Era Gerbert. Saindo do torpor, Françoise olhou aquele rosto emoldurado pelos cabelos negros e lisos. Diante daquele sorriso, tão claro, todas as sombras concentradas em seu coração se dissiparam. Recordou-se que neste mundo havia outras coisas dignas de amor, além de Xavière e de Pierre; havia os cumes cheios de neve, os pinheiros ensolarados, os albergues à beira da estrada, as pessoas e as histórias que contam. Também havia aqueles olhos que a fixavam com tanta amizade.

Françoise abriu os olhos e fechou-os logo a seguir. A madrugada nascia. Tinha a certeza de que não dormira, pois ouvira bater todas as horas. No entanto, parecia-lhe que só se deitara há poucos instantes. Quando chegara em casa, à meia-noite, depois de ter elaborado com Gerbert um plano pormenorizado da viagem que os dois fariam, Pierre ainda não estava em seu quarto. Françoise leu alguns minutos, depois apagou a luz e procurou dormir. "É natural que a explicação com Xavière se prolongue", pensava. Não queria fazer suposições sobre o seu desenlace, até porque não pretendia sentir novamente aquele torno que lhe apertava a garganta. Apesar disso, não conseguiu dormir. Ficou mergulhada num torpor em que os ruídos, as imagens repercutiam indefinidamente, como no período febril da sua doença. As horas pareciam-lhe curtas. Talvez conseguisse atravessar o resto da noite sem que a angústia a assaltasse.

De repente sobressaltou-se ao ouvir passos na escada. Os degraus estalavam muito, não era Pierre. Os passos continuaram na direção dos andares superiores. Voltou-se para a parede. Seria infernal se começasse a vigiar todos os rumores da noite, a contar os minutos. Queria permanecer calma. Já podia considerar-se muito feliz por estar estendida numa cama, no quente: naquele mesmo instante havia vagabundos deitados no pavimento duro das ruas, no bairro dos mercados, viajantes fatigados viajando de pé nos corredores dos trens, sentinelas de guarda à porta das casernas.

Encolheu-se mais entre os lençóis. Estava certa de que, durante todo o tempo, Xavière e Pierre tinham brigado mais de uma vez e depois se reconciliado. Como saber, porém, se nesta aurora que nascia triunfava o amor ou o ódio? Via uma mesa vermelha numa grande sala quase deserta, dois copos vazios e dois rostos, ora estáticos, ora furiosos. Tentou fixar, uma após outra, cada imagem. Nenhuma era ameaçadora. No ponto em que se encontravam as coisas nada podia ser ameaçador. No entanto, precisava basear-se numa dessas imagens, fixá-la exatamente. O vácuo indeciso acabaria por destruir seu coração.

O quarto iluminava-se pouco a pouco. Pierre chegaria dentro em breve. Mas ela não podia instalar-se antecipadamente naquele instante que a presença dele preencheria. Não podia sequer sentir-se arrastada para esse momento, pois ainda não fixara o seu lugar. Françoise já passara anteriormente por outros períodos de espera, semelhantes a corridas loucas. Neste, porém, patinhava, sem sair do mesmo lugar. Esperas, fugas, todo o ano se passara assim. E agora, o que podia esperar? Um equilíbrio feliz do trio? Seu rompimento definitivo? Nem um nem outro seria possível, pois não havia qualquer meio de se aliar a Xavière ou de se livrar dela. Nem o exílio suprimiria essa existência que não se deixava anexar. Françoise recordava-se de que inicialmente negara esse fato por meio da indiferença. Esta porém também fora vencida e a amizade soçobrara. Não havia qualquer possibilidade de salvação. Mesmo que fugisse, teria de voltar. Surgiriam então novas esperas, outras fugas, sempre.

Olhou o relógio: sete horas. Lá fora já era dia claro. Todo o seu corpo estava acordado: a imobilidade transformava-se em tédio. Afastou os cobertores e levantou-se. Verificou com surpresa que uma vez de pé, com a cabeça desanuviada, sentia vontade de chorar. Lavou-se, maquilou-se, vestiu-se lentamente. Não estava nervosa. Não sabia, porém, o que fazer de si mesma. Quando ficou pronta, estendeu-se de novo na cama. Nesse momento não havia no mundo qualquer lugar para ela. No exterior nada a atraía: ali dentro nada a retinha. Nada... a não ser uma ausência. Todo o seu corpo era um apelo sem sentido, desligado de qualquer plenitude, de qualquer presença, a tal ponto que as próprias paredes do quarto se espantavam. Levantou-se de novo. Desta vez já nem se reconhecia. Tentou compor os traços do rosto e correu para a porta: Pierre sorria para ela.

— Já está de pé? Espero que não tenha ficado inquieta.

— Não. Pensei que vocês tinham tanta coisa a dizer...

Olhou-o de frente. Era evidente que Pierre não saía do vácuo, como ela. No seu rosto, no seu olhar animado, nos seus gestos refletia-se a plenitude das horas que acabava de viver.

— Então? — perguntou ela.

Pierre assumiu um ar ao mesmo tempo confuso e alegre, que Françoise conhecia bem, e respondeu:

— Bem... as coisas recomeçam. Depois conto tudo, em detalhes. Xavière está à nossa espera, para o café da manhã. Eu disse a ela que descíamos já.

Françoise vestiu o casaco. Acabara de perder a última oportunidade de reconquistar uma intimidade calma e pura com Pierre. No entanto, via perfeitamente que apenas acreditara nessa oportunidade durante alguns minutos. Sentia-se muito cansada, tanto para lamentá-la como para conservar a esperança de guardá-la. Desceu a escada; a ideia de voltar a reunir o trio despertava nela apenas uma ansiedade resignada.

— Diga-me o que se passou, em meia dúzia de palavras.

— Bem, eu me encontrei com ela ontem à noite, aqui no hotel. Percebi imediatamente que Xavière estava muito emocionada e isso me emocionou também. Passamos um bom tempo falando estupidamente sobre o tempo e outras banalidades. Depois fomos ao Pôle Nord. Foi aí que aconteceu a nossa grande explicação.

Pierre interrompeu-se um momento, recomeçando depois, com aquele tom vaidoso e nervoso que sempre fora tão penoso a Françoise:

— Tenho a impressão de que não será preciso muito para ela abandonar Gerbert.

— Pediu a ela para romper?

— Não gosto de ser a quinta roda de um carro...

Gerbert nunca se inquietara com a zanga entre Pierre e Xavière, A amizade entre os dois, na sua opinião, não passava de um capricho. Sofreria muito, portanto, ao descobrir a verdade. No fundo Pierre teria procedido melhor pondo desde o início Gerbert ao corrente da situação. Naquela altura ele renunciaria sem esforço à conquista de Xavière. Presentemente, embora não gostasse muito dela, seria muito desagradável perdê-la.

— Quando você viajar — prosseguiu Pierre —, vou me encarregar de Xavière. Ao fim de uma semana, se a questão não estiver resolvida por si, imporei a escolha.

Françoise hesitou, antes de dizer:

— Você tem que contar tudo a Gerbert. Senão, fará um bonito papel...

— Claro que sim — respondeu Pierre com vivacidade. — Direi que não quis usar a autoridade de que disponho em relação a ele e preferi lutar com armas iguais. Não acha que devo falar assim? — perguntou a Françoise, sem muita segurança.

— Pode ser assim.

Era verdade, até certo ponto, que Pierre não tinha a menor razão para se sacrificar por Gerbert. Este, porém, também não merecia a dura decepção que o esperava. Françoise pensou que seria melhor não tentar encontrar a solução justa para o problema. Segundo parecia, para qualquer lado que se voltasse, achava sempre que não tinha razão. Aliás, ninguém mais se preocupava muito em saber o que estava certo e o que estava errado. Ela própria desinteressava-se da questão.

Entraram no Dôme. Xavière estava sentada a uma mesa, de cabeça baixa. Françoise tocou-lhe o ombro.

— Bom dia — disse-lhe sorrindo.

Xavière sobressaltou-se, olhou para ela um pouco espantada e depois sorriu também, constrangida.

A convidada

Françoise sentou-se a seu lado. Havia algo, nesta forma de recebê-la, que lhe era dolorosamente familiar.

— Você está bela como uma flor! — disse Pierre.

Pelo visto, Xavière aproveitara a ausência de Pierre para cuidar do seu aspecto; tinha a tez lisa e clara, os lábios brilhantes, os cabelos lustrosos.

— E no entanto estou cansada — replicou ela, olhando alternadamente para Françoise e para Pierre. Depois colocou a mão diante da boca, para disfarçar um bocejo. — Parece que estou mesmo com vontade de dormir — disse, com um ar ao mesmo tempo envergonhado e terno, que certamente não se dirigia a Françoise.

— Agora? — perguntou Pierre. — Ora... Tem todo o dia à sua frente para dormir.

O rosto de Xavière fechou-se novamente:

— Eu me sinto mal dentro da pele. É desagradável conservar o mesmo vestido durante horas seguidas — comentou, com ligeiro arrepio dos braços, que fez flutuar as mangas da blusa.

— Pelo menos tome um café conosco — disse Pierre, nitidamente decepcionado.

— Se vocês querem...

Pierre mandou vir três cafés. Françoise pegou um *croissant*, que começou a comer com dentadinhas curtas. Não se atrevia a pronunciar qualquer frase amável; já vivera esta cena mais de vinte vezes. Repugnavam-lhe aquele tom fácil, aqueles sorrisos falsamente alegres que sentia subir aos lábios e o despeito irritado que se apossava dela. Xavière olhava as unhas, com ar de sono. Durante algum tempo ninguém falou.

— O que fez ontem à noite com Gerbert? — perguntou Pierre a Françoise.

— Jantamos no Grille e organizamos nossa viagem. Acho que vamos partir depois de amanhã.

— Vocês continuam com a mania de subir montanhas? — perguntou Xavière, com voz cansada.

— Continuamos. Por quê? Acha absurdo?

Xavière levantou os ombros.

— Eu? Se vocês se divertem...

Seguiu-se novo silêncio. Pierre as fixava com ar inquieto.

— Vocês duas estão com sono — disse, com tom de censura na voz.

— Esta hora não é a mais favorável para ver as pessoas — disse Xavière.

— No entanto — retrucou Pierre —, recordo-me de momentos bem agradáveis que passamos aqui.

— Não foram assim tão agradáveis como você pensa...

Françoise lembrava-se bem daquela manhã. Recordava até o cheiro de lixívia do chão do café. Fora ali que pela primeira vez o ciúme de Xavière se manifestara abertamente. Depois de tantos esforços para destruir esse sentimento, hoje vinha encontrá-lo intato. Agora não era apenas sua presença, era mesmo sua existência que Xavière desejava eliminar.

Xavière afastou o copo.

—Vou voltar para casa — disse com decisão.

— Repouse bastante... — disse Françoise, irônica.

Xavière estendeu-lhe a mão, sem responder. Sorriu vagamente a Pierre e atravessou rapidamente o café.

— Que derrota! — comentou Françoise.

— É verdade — respondeu Pierre, contrariado. — No entanto, ela parecia muito contente quando lhe pedi que nos esperasse.

— Certamente porque não queria deixar você. Depois teve um choque quando me viu chegar — disse Françoise, com um risinho.

— Começa outra vez o inferno — disse Pierre, olhando sombriamente a porta por onde Xavière saíra. — Pergunto a mim mesmo se vale a pena recomeçar. Nunca mais acabamos.

— Como é que ela falou de mim?

— Amigavelmente — respondeu Pierre, depois de hesitar um momento.

— Só isso? Não tinha algumas recriminações contra mim?

Olhou um pouco irritada para o rosto perplexo de Pierre. Agora era ele que se julgava obrigado a poupá-la.

— Bem, ela parece ter qualquer coisa contra você. Acho que Xavière se deu conta de que você não gosta dela como ela própria julgava: apaixonadamente.

Françoise se contraiu.

— O que foi que ela disse, exatamente?

— Disse que eu era a única pessoa que não pretendia tratar suas instabilidades temperamentais com duchas frias — respondeu Pierre.

Na indiferença de sua voz distinguia-se uma leve satisfação por se sentir indispensável.

A convidada

— Depois — prosseguiu —, com o ar mais encantador deste mundo, disse: "Você e eu não somos criaturas morais. Somos capazes de praticar atos sujos." E, como eu protestasse, acrescentou: "Você, por causa de Françoise, pretende parecer moral. Eu sei. No fundo, é tão falso e tem a alma tão pesada quanto a minha."

Françoise corou. Também começava a considerar uma tara ridícula. Aquela moralidade lendária de que as pessoas riem às escondidas, com indulgência. "Talvez não se passe muito tempo antes que eu me liberte disso." Olhou para Pierre: seu rosto mostrava uma expressão indecisa que certamente não era o reflexo de uma consciência muito pura. Via-se que as palavras de Xavière o tinham vagamente lisonjeado.

— Pelo visto, ela me censura, considerando uma prova de tibieza de caráter a tentativa de reconciliação que realizei.

— Não sei.

— O que ela disse mais? — perguntou Françoise. — Desembucha!

— A certa altura aludiu com rancor àquilo a que chama "amores devotados".

— O que é isso?

— Ela estava me contando como era o seu caráter. Depois disse, numa humildade fingida: "Sei que às vezes sou incômoda para as pessoas. Mas o que posso fazer? Não nasci para esses amores devotados."

Françoise ficou desconcertada. Era uma perfídia com dois gumes: Xavière censurava Pierre por continuar sensível ao amor de Françoise porque ela mesma rechaçava decididamente esse tipo de sentimento. "Nunca imaginei", pensou Françoise, "que a hostilidade, o despeito e o ciúme dela fossem tão longe".

— E é tudo? — perguntou.

— Acho que sim.

Não era tudo, com certeza, mas Françoise sentia-se tão cansada que nem tinha coragem para interrogar Pierre. Já sabia o bastante para sentir nos lábios o gosto pérfido daquela noite em que o rancor triunfante de Xavière conseguira de Pierre mil pequenas traições.

— Aliás — disse, para terminar —, os sentimentos dela pouco me importam.

E era verdade. Nesse ponto extremo em que se encontrava, nada mais tinha importância. Por causa de Xavière quase perdera Pierre. Xavière, em troca, desdenhava-a e tinha ciúmes dela. Mal se reconciliara com Pierre, tentara estabelecer com ele uma cumplicidade hipócrita.

Simone de Beauvoir

E o pior é que ele não a rejeitara completamente. O abandono em que ambos deixavam Françoise constituía uma desolação tão grande, que nem deixava lugar para a cólera ou para as lágrimas. Françoise nada mais esperava de Pierre; a sua indiferença já não a magoava. Por outro lado, em relação a Xavière, sentia, com certo contentamento, que dentro dela surgia qualquer coisa sombria e amarga que ainda não conhecia, mas que já constituía quase uma libertação: era o ódio, que finalmente desabrochava forte, livre, sem algemas.

8
— CAPÍTULO —

— **Acho que estamos** chegando — disse Gerbert.
— Parece... O que se vê lá em cima é uma casa — comentou Françoise.

Naquele dia tinham andado muito. Nas últimas duas horas a subida tornara-se mais íngreme. A noite começara a cair. O tempo esfriava. Françoise olhou com ternura para Gerbert, que a precedia no caminho abrupto. Andavam no mesmo passo, sentindo a mesma fadiga feliz. Pensavam nas mesmas coisas: o vinho tinto, a sopa e a lareira, que esperavam encontrar lá no alto. A chegada a essas aldeias isoladas era sempre uma aventura; nunca podiam adivinhar se iriam sentar-se numa mesa ruidosa, daquelas com muita gente, nas cozinhas camponesas, ou se jantariam sozinhos num albergue vazio, ou ainda se iriam parar num hotel burguês cheio de veranistas. De qualquer forma, lançariam os sacos alpinos num canto e, de músculos em repouso e coração satisfeito, passariam lado a lado horas tranquilas, recordando a jornada que acabavam de viver juntos e traçando planos para o dia seguinte. Françoise apressava o passo, pensando mais no calor dessa intimidade do que nas omeletas opulentas e nos vinhos fortes dos camponeses. Uma rajada de vento açoitou seu rosto. Chegavam a uma garganta que dominava um leque de vales perdidos num crepúsculo indistinto.

— Não podemos levantar a tenda aqui — comentou Françoise. — O chão está muito molhado.

— Encontraremos certamente um celeiro — disse ele.

Um celeiro... Françoise sentiu um baque no coração. Três dias antes tinham dormido num. Começaram por ficar afastados, mas o corpo de Gerbert, durante o sono, escorregara para seu lado. Em certo momento, sempre dormindo, ele a abraçara. "Pensa que sou outra pessoa", pensara Françoise, com um vago sentimento de pena. Contivera a respiração, para não acordá-lo. Conseguira dormir e sonhara. Em seu sonho encontrava-se naquele mesmo lugar com Gerbert, mas ele a apertava de encontro ao peito, de olhos bem abertos. Ela se abandonava às suas carícias, o coração cheio de doçura e segurança. Depois, aflorava à superfície daquele terno bem-estar um sentimento de angústia. "É um sonho, não é realidade", pensava. Gerbert porém apertava-a ainda mais, exclamando: — "É verdade. Seria idiota se não fosse verdade!" Pouco depois um raio de luz atravessara-lhe as pálpebras. Abrira os olhos e, abraçada a Gerbert, vira-se no meio do feno. Mas nada era verdade.

— Durante a noite você não parou de me dar cabeçadas — dissera a Gerbert, rindo.

— Você é que passou a noite me acotovelando — respondera Gerbert, indignado.

Françoise não queria despertar no dia seguinte nas mesmas condições. Na tenda de campanha, embora ficassem apertados num espaço muito estreito, sentia-se protegida pela dureza do chão, pelo desconforto, e pela estaca da tenda que a separaria de Gerbert. Mas sabia que não teria coragem, à noite, de dormir longe dele. Era inútil tentar encarar com leviandade a vaga nostalgia que arrastara todos aqueles dias. Durante as horas em que subira a montanha, esse sentimento crescera sempre, tornara-se um desejo asfixiante. Nessa noite, enquanto Gerbert dormisse tranquilamente, Françoise iria sonhar, lamentar o que perdera, sofrer, tudo em vão.

— Aquilo ali não parece um café? — perguntou ele.

Na parede de uma casa distinguia-se um anúncio bem vermelho, em grandes letras: Byrrh. Por cima da porta via-se um ramo de loureiro seco.

— Parece que sim — respondeu Françoise.

Subiram três degraus e entraram numa sala grande e aquecida, que cheirava a sopa e a madeira seca. Duas mulheres, sentadas num banco comprido, descascavam batatas. Mais adiante havia três camponeses sentados a uma mesa, na frente de três copos de vinho tinto.

— Boa noite, senhores — cumprimentou Gerbert.

Todos os olhares se voltaram para ele. Avançando em direção às duas mulheres, Gerbert perguntou:

— Podíamos comer qualquer coisa?

As mulheres os olharam, desconfiadas.

— Estão vindo de longe? — perguntou a mais velha.

— De Burzet — respondeu Françoise.

— Puxa! É bem longe! — disse a outra mulher.

— É por isso que estamos com fome — comentou Françoise.

— Mas os senhores não são de Burzet — retorquiu a velha, com ar de censura.

A convidada

— Não. Somos de Paris — disse Gerbert.
Seguiu-se um silêncio. As duas mulheres consultaram-se com o olhar.
— Não temos grande coisa para oferecer.
— Não têm ovos, ou um pouco de patê?
— Bem, ovos temos... — Levantou-se e limpou as mãos no avental.
— Entrem ali — disse, como que contrariada.
Françoise e Gerbert seguiram-na e entraram numa sala de teto baixo, onde havia uma lareira acesa. Parecia uma sala de jantar provinciana, burguesa; uma mesa redonda, uma arca cheia de bibelôs e almofadas de cetim alaranjado com aplicações de veludo preto.
— Traga em primeiro lugar uma garrafa de vinho tinto — pediu Gerbert, ajudando Françoise a tirar o saco alpino. — Estamos aqui como dois reizinhos — comentou depois, satisfeito.
— É realmente agradável — disse Françoise.
Aproximou-se da lareira; sabia agora o que faltava para que o ambiente se tornasse acolhedor. Faltava-lhe pegar na mão de Gerbert, sorrir-lhe com uma ternura confessada. Então, as chamas da lareira, o cheiro do jantar, as aplicações de veludo preto, tudo isso encheria seu coração de alegria. Sem isso todas as coisas continuavam em torno dela, esparsas, e não a alcançavam. Parecia-lhe quase absurdo encontrar-se ali.
Uma das camponesas entrou com uma garrafa de vinho tinto bem rascante.
— Não haverá por aí um celeiro onde possamos passar a noite? — perguntou Gerbert.
A mulher, que estava pondo os talheres na mesa coberta de linóleo, levantou a cabeça:
— Mas os senhores não vão dormir num celeiro! — exclamou, escandalizada. Depois refletiu: — Estão sem sorte. Eu tinha um quarto, mas meu filho, que trabalha como carteiro, já voltou para casa.
— Nós podíamos dormir no feno. Trouxemos cobertores — disse Françoise, apontando para os sacos. — O que não podemos é armar a barraca lá fora, porque faz muito frio.
— Então podem ficar — disse a mulher. — A mim não incomoda.
Daí a pouco voltou com a sopeira fumegante.
— Tomem, vão se aquecer um pouco — disse ela, com voz amável.
Gerbert encheu os pratos, e Françoise sentou-se em frente dele.

— Estamos conseguindo amansá-la — comentou ele, quando ficaram a sós. — Tudo vai se arranjar.

— O melhor possível — disse Françoise, com convicção.

Olhou para Gerbert furtivamente. A alegria que iluminava seu rosto parecia-se de certa maneira com ternura. Gerbert seria efetivamente inacessível? Ou seria ela que nunca ousara lhe estender a mão? Quem a retinha? Não eram, com certeza, nem Pierre, nem Xavière. Agora já não devia nada a Xavière, que, aliás, estava pronta a trair Gerbert. Agora encontravam-se os dois sozinhos, ali no alto do monte, batido pelos ventos, separados do resto do mundo. O que houvesse entre os dois só dizia respeito a eles próprios.

— Vou fazer uma coisa que vai enojá-la — ameaçou Gerbert, brincando.

— O que é?

— Vou pôr vinho na sopa — disse ele, juntando o gesto à palavra.

— Deve ficar horrível.

Gerbert levou à boca uma colher do líquido cor de sangue:

— É uma delícia! Experimente.

— Nem por todo o ouro do mundo!

Françoise bebeu um gole de vinho. Tinha as palmas das mãos molhadas. "Nunca levei em conta meus sonhos e meus desejos", pensava ela. "Essa prudência está começando a me aborrecer. Por que não posso querer alcançar aquilo que desejo?"

— Era magnífica aquela vista do desfiladeiro — disse ela. — Amanhã vamos ter um dia estupendo.

Gerbert lançou-lhe um olhar.

— É... Mas vai querer acordar de madrugada como nos outros dias?

— Você não tem razão de queixa; o alpinista sério às cinco horas da manhã já deve estar no alto da montanha.

— Isso é uma loucura. Antes das oito horas, eu me sinto em estado larval.

— Eu sei. Mas se você for à Grécia, tem de pôr o pé na estrada antes de nascer o sol.

— Mas nesse caso eu durmo de tarde. Gostaria bastante que esse projeto da *tournée* não falhasse.

— Se a tensão internacional se mantiver, tenho medo de que vá tudo por água abaixo.

Gerbert cortou um grande pedaço de pão e disse com ar decidido:

— De qualquer forma acho que encontrei um meio de resolver meu problema. No próximo ano não fico na França. Parece que na Ilha Maurício há muito dinheiro à espera de quem queira ganhá-lo — disse ele, animado.

— Na Ilha Maurício?

— Foi Ramblin quem me disse isso. Há muita gente multimilionária por lá, disposta a pagar o que lhe pedirmos para os distrair.

A dona do café entrou com uma enorme omeleta de batata.

— Mas isto é um festim suntuoso! — exclamou Françoise.

Serviu-se e passou o prato a Gerbert.

— Tome — disse-lhe —, deixo a maior parte para você.

— Tudo para mim?

— Tudo para você.

— Você é formidável!

Françoise lançou-lhe um olhar rápido.

— Eu não sou sempre formidável com você? — perguntou-lhe, num tom de voz em que transparecia certa insinuação que a deixou pouco à vontade.

— Tenho de confessar que é! — respondeu Gerbert sem pestanejar.

Françoise rolava entre os dedos uma bolinha de miolo de pão. "Preciso cumprir sem desânimo a decisão que acabo de tomar", pensou ela. "Não vejo ainda como as coisas vão se passar, mas tem de acontecer alguma coisa até amanhã."

— Vai viajar por muito tempo? — perguntou ela.

— Um ano ou dois.

— Xavière vai ficar danada com essa partida — comentou Françoise.

Lançou na mesa a bolinha de pão e perguntou, num tom falsamente desinteressado:

— E você? Vai ficar triste por deixá-la?

— Eu? Pelo contrário — respondeu Gerbert de um jato.

Françoise baixou a cabeça. Sentia dentro de si uma explosão de luz. Era tão grande sua violência, que chegou a recear que fosse visível exteriormente.

— Mas por quê? — insistiu. — Ela pesa tanto assim? Tinha a impressão de que você, apesar de tudo, gostava dela.

Alegrava-a pensar que, quando regressassem daquele passeio, mesmo que Xavière rompesse com Gerbert, este não sofreria. Não era essa, porém, a verdadeira razão da alegria indecente que explodira dentro dela.

— Não, ela não me pesa... se eu pensar que as coisas entre nós acabarão em breve. No entanto, de vez em quando, sou forçado a perguntar a mim mesmo se não é assim que começam essas ligações eternas... E, como sabe, teria horror a uma coisa desse gênero.

— Mesmo se você a amasse?

Estendeu-lhe o copo, que Gerbert encheu até a borda. Sentia-se angustiada. Tinha Gerbert à sua frente, sozinho, sem ligações, absolutamente livre. Sua juventude, o respeito que sempre tivera por Pierre e por ela nunca lhe haviam permitido realizar o primeiro gesto. "Se quero que aconteça qualquer coisa", pensou Françoise, "só posso contar comigo".

— Acho que nunca amarei mulher alguma — respondeu ele.

— Por quê?

Sentia tal tensão, que sua mão tremia. Baixou a cabeça e bebeu um gole sem tocar no copo com os dedos.

— Não sei — respondeu Gerbert, hesitante. — A gente, se tem uma mulher, não pode fazer nada. Nem passear, nem embebedar-se, nem nada. Depois, elas não compreendem certas brincadeiras, são cheias de esquisitices, a gente se sente sempre em falta diante delas. E eu — acrescentou com convicção — gosto de ser exatamente como sou.

— Bem, por mim não se constranja — disse Françoise.

Gerbert soltou uma risada:

— Ora, ora... Você é como se fosse um amigo — disse com ar simpático.

— Na verdade você nunca me considerou uma mulher.

Sentiu que havia, em seus lábios, um sorriso estranho. Gerbert olhou-a com curiosidade. Ela afastou os olhos e esvaziou o copo. "Comecei mal", pensou. "Tenho vergonha de utilizar com Gerbert certo tipo de sedução. Talvez fosse melhor prosseguir francamente: você ficaria espantado se eu lhe propusesse dormir comigo? Ou qualquer coisa desse gênero?" Seus lábios, porém, recusavam-se a articular aquelas palavras.

Apontou para o prato vazio:

— Ela ainda vai trazer mais alguma coisa? — perguntou, com uma voz que não soou como ela gostaria.

— Acho que não.

Os silêncios se prolongavam; havia qualquer coisa equívoca no ar.

— Em todo o caso — disse —, podíamos pedir mais vinho.

A convidada

Gerbert tornou a olhá-la, agora um pouco inquieto.
— Vamos pedir meia garrafa — concordou.
Françoise sorriu. Gostava das situações simples. Gerbert já teria adivinhado a razão que a levava a socorrer-se da embriaguez?
— Por favor, dona — chamou Gerbert.
A velha entrou e pôs na mesa um prato com carne de vaca e verdura.
— O que querem mais? Queijo? Compota?
— Acho que depois disso não vamos comer mais nada — disse Gerbert. — Traga só mais um pouco de vinho.
— Por que esta velha começou dizendo que não havia nada para comer?
— As pessoas daqui são assim mesmo. Não têm grande interesse em ganhar uns míseros vinte francos conosco. E pensam que somos de cerimônia.
— Deve ser isso, sim.
A mulher trouxe a garrafa de vinho. "Pensando bem", refletiu Françoise, "só vou beber um copo ou dois. Não quero que Gerbert atribua a minha conduta a uma loucura passageira".
— O que você censura no amor — disse ela — é o fato de não se sentir à vontade. Mas não acha que a vida fica mais pobre se recusamos qualquer contato profundo com as pessoas?
— Mas pode haver outros contatos profundos, além do amor — respondeu Gerbert, com vivacidade. — Eu coloco a amizade muito acima do amor. Eu me daria muito bem com uma vida só de amizades.
Ele olhou para Françoise com certa insistência. Estaria querendo dizer alguma coisa? Que era uma verdadeira amizade que sentia por ela, e que essa amizade era preciosa? "Raramente Gerbert diz tantas coisas sobre si próprio. Há nele uma espécie de acolhimento" — pensou Françoise.
— Eu nunca seria capaz de amar alguém a quem não estimasse primeiro — disse ela.
Deu à frase um sentido casual, mas pronunciou-a num tom indiferente e positivo. Gostaria de acrescentar qualquer coisa, mas nenhuma das frases que lhe vinham aos lábios acabou por sair. Finalmente conseguiu dizer:
— Uma simples amizade penso que é pouco.
— Não acho.

Via-se que Gerbert se pusera um pouco na defensiva; devia pensar em Pierre, lembrando-se de que ela não poderia gostar de ninguém mais do que gostava dele.

— Sim, no fundo você tem razão — concordou Françoise.

Pousou o garfo e foi sentar-se perto do fogo. Gerbert levantou-se também e foi pegar, ao lado da lareira, um pedaço de lenha grosso e redondo, que colocou cuidadosamente sobre as chamas.

— Agora vai fumar seu cachimbo... Gosto muito de ver você fumando cachimbo! — disse Françoise, sem procurar reprimir um impulso de ternura.

Estendeu as mãos sobre as chamas. Sentia-se bem; entre Gerbert e ela havia quase uma amizade declarada. Para que pedir mais? Entretanto, Gerbert, com a cabeça um pouco inclinada para a frente, fumava aplicadamente. O fogo dava tons de ouro ao seu rosto. Françoise quebrou um ramo seco e lançou-o ao fogo; nada poderia saciar aquela vontade que sentia de pegar a cabeça de Gerbert entre as mãos.

— Que fazemos amanhã? — perguntou ele.

— Subimos o monte dos Juncos e depois o Mezenc. Não sei — disse, enquanto se levantava e procurava qualquer coisa no saco alpino — por onde devemos descer.

Estendeu um mapa no chão, todo desdobrado, e deitou-se ao comprido.

— Quer ver o itinerário comigo?

— Não, obrigado, confio em você.

Françoise olhou distraidamente a rede de caminhos, marcada a verde e salpicada de manchas azuis, que designavam os pontos de onde o panorama era melhor. Que aconteceria amanhã? A resposta não estava no mapa. "Não quero que essa viagem termine no meio de lamentações que mais tarde se transformarão em remorsos e em raiva contra mim mesma. Vou falar. Mas não sei se Gerbert terá qualquer prazer em me beijar. Provavelmente ele nunca pensou nisso e eu não poderia suportar que cedesse ao meu desejo para me ser agradável." Sentiu que o sangue lhe subia ao rosto, recordando-se de Elisabeth: "Sou uma mulher que conquista". Essa ideia a horrorizava. Levantou os olhos para Gerbert e ficou mais sossegada. Tinha a certeza de que ele sentia muita afeição por ela, e muita estima. Nunca zombaria dela em segredo. "O que é preciso é evitar a possibilidade de uma recusa. Como proceder?"

A convidada

Sentiu um sobressalto. A mais nova das mulheres encontrava-se à sua frente, balançando um lampião.

— Se querem dormir, eu os levo ao celeiro.

— Obrigada.

Gerbert pegou os dois sacos. Saíram da casa. A noite estava escura como breu e o vento soprava em rajadas. À frente deles a luz vacilante iluminava um terreno lamacento.

— Não sei se ficarão muito bem — disse a mulher. — Um dos vidros está partido e no estábulo, ao lado, as vacas fazem barulho.

— Isso não nos incomoda.

A mulher parou em frente a uma porta e levantou uma pesada tranca de madeira. Contente, Françoise respirou o cheiro do feno. O celeiro era grande; lá dentro havia mós, toras de madeira, caixas, um carrinho de mão.

— Não acendam fósforos — recomendou a mulher.

— Eu tenho uma lanterna elétrica — disse Gerbert.

— Então boa noite.

Gerbert fechou a porta e girou a chave.

— Onde é que vamos ficar?

Gerbert iluminou o chão e as paredes com a lanterna de bolso.

— Que tal aquele canto, ali no fundo? O feno dali é mais espesso e fica longe da porta.

Avançaram com precaução. Françoise sentia a boca seca. "Ou agora, ou nunca", pensou. "Restam-me dez minutos, pois Gerbert, quando adormece, é uma pedra." Continuava, porém, a não ver como poderia abordar a questão.

— Está ouvindo o vento? — perguntou ele. — Ficamos realmente melhor aqui do que na tenda.

As rajadas faziam tremer as paredes do celeiro. No estábulo, uma vaca deu uma patada no tabique e sacudiu as correntes que a prendiam.

—Vai ver como arranjo uma cama magnífica — prosseguiu Gerbert.

Colocou a lanterninha numa tábua, onde dispôs cuidadosamente o cachimbo, o relógio e a carteira. Françoise tirou do saco alpino um travesseirinho de penas e um pijama de flanela. Afastou-se alguns passos e despiu-se na zona escura. Sentia a cabeça vazia, sem a mínima ideia. A decisão que tomara lhe pesava no estômago, como uma barra de ferro. Já não tinha tempo de inventar qualquer desvio, mas não tencionava largar a presa; se ele apagasse a lanterna antes de ter tempo de dizer qualquer coisa, ela diria: "Gerbert, você nunca pensou que podíamos fazer amor?" Depois, tudo o que se passasse não teria a mínima importância; o que importava agora era livrar-se daquela obsessão.

— Você é jeitoso — disse-lhe, quando voltou à zona iluminada pela lanterna.

Gerbert colocara os dois acolchoados lado a lado e arranjara dois travesseiros enchendo de feno dois pulôveres. Afastou-se um pouco. Françoise aproveitou para se deitar. Sentia bater o coração. Por um momento teve vontade de abandonar a decisão tomada e de se refugiar no sono.

— Como é bom deitar no feno! — exclamou Gerbert, estendendo-se ao lado dela.

Colocara a lanterna numa viga, atrás deles. Françoise olhou-o e mais uma vez sentiu que a torturava o desejo de beijar aquela boca.

— Foi um belo dia, não foi? — prosseguiu ele. — É uma região linda!

Gerbert estava deitado de costas, sorridente, e não parecia ter muita pressa de adormecer. Françoise falou:

— Gostei bastante do jantar. Você reparou que parecíamos dois velhinhos conversando junto da lareira?

— Dois velhinhos? Por quê?

— Porque falávamos do amor, da amizade, como falam as pessoas que já deixaram ficar a vida para trás.

Havia na sua voz um tom irônico e rancoroso que não escapou a Gerbert. Ele lhe lançou um olhar meio perturbador.

— Fez belos planos para amanhã? — perguntou-lhe, após um curto silêncio.

— Fiz... Não foi difícil.

Propositadamente Françoise não prosseguia a conversação. Sentia, sem que isso lhe desagradasse, que a atmosfera se tornava mais pesada. Gerbert fez mais um esforço:

— Lembra-se do lago de que falou há pouco? Seria magnífico se conseguíssemos tomar banho nele.

— Acho que podemos...

Voltou a fechar-se num silêncio teimoso. Normalmente ambos tinham conversa. Gerbert acabaria por desconfiar de alguma coisa.

— Olhe para isto! — disse ele bruscamente.

Françoise olhou; Gerbert levantou as mãos sobre a cabeça e agitou os dedos; a lanterna projetou na parede o vago perfil de um animal.

A convidada

— Você tem muita habilidade.
— Agora vou fazer um juiz.

Agora Françoise estava certa de que Gerbert procurava dominar-se. Com um nó na garganta, viu-o imitar uns atrás dos outros, um coelho, um camelo, uma girafa. Quando esgotou os últimos recursos, Gerbert baixou as mãos.

— As sombras são engraçadas, não acha? — começou ele, com volubilidade. — Quase tão engraçadas como os fantoches. Nunca viu os planos de Begramian para um espetáculo de sombras? Só nos faltava um enredo para movimentar tudo aquilo. No próximo ano vamos recomeçar.

Parou de repente. Não podia continuar fingindo não perceber que Françoise não o escutava. Voltou-se e olhou a lanterna, cuja luz diminuía.

— A pilha está gasta — disse. — Creio que vai se apagar.

Françoise não respondeu. Apesar da corrente de ar frio que entrava pelo vidro partido, sentia-se banhada em suor. Tinha a impressão de estar suspensa sobre um abismo, sem poder avançar ou recuar. Os pensamentos, as ideias haviam se esvaído. Subitamente compreendeu o absurdo da situação. Seus lábios contraíram-se num sorriso nervoso.

— Por que sorri?
— Por nada.

Os lábios começaram a tremer; afinal, desejara com toda a sua alma que Gerbert lhe fizesse uma pergunta daquele gênero. Mas agora tinha medo.

— Em que estava pensando?
— Não, não pensava em nada.

Bruscamente subiram-lhe lágrimas aos olhos. Tinha os nervos à flor da pele; avançara tanto que agora era Gerbert quem a forçaria a falar. Talvez essa amizade tão agradável que existia entre os dois se estragasse para sempre.

— Aliás, sei o que você estava pensando — comentou ele em tom de desafio.

— O que era?
— Não pense que vou lhe dizer — afirmou Gerbert, orgulhoso.
— Se você disser e for verdade, eu confirmo.
— Não, diga você primeiro.

Ficaram ambos olhando um para o outro, como dois inimigos. Françoise sentiu um vazio no estômago. De repente as palavras saíram-lhe dos lábios:

— Eu estava rindo porque me lembrei da cara que você faria, você que não gosta de complicações, se eu lhe propusesse fazer amor.

— Não era bem isso que eu pensava; pensava que você ria por pensar que eu tinha vontade de beijá-la e que não me atrevia.

— Não... Nunca pensei que *você* tivesse vontade de me beijar — comentou Françoise, com certa altivez.

Seguiu-se um silêncio; as têmporas de Françoise latejavam. Agora já não havia remédio; falara. Só lhe restava continuar:

— Então responda: o que faria se eu fizesse essa proposta?

Gerbert encolheu-se; seu rosto refletia a posição defensiva em que se encontrava. Sem desviar seu olhar de Françoise, respondeu:

— Não é que eu não gostasse. Mas confesso que ficaria intimidado.

Françoise conseguiu sorrir.

— Sim, senhor, foi uma resposta hábil. Tem razão; seria artificial e enfadonho.

Estendeu a mão para a lanterna. Precisava apagar a luz o mais depressa possível e refugiar-se no escuro, pois sabia que ia chorar. Pelo menos tomara uma atitude; assim, já não arrastaria atrás de si aquela obsessão. Agora só receava a perturbação que, estava certa, sentiria amanhã, ao acordar.

— Boa noite — disse a Gerbert.

Mas ele continuava a fixá-la teimosamente, com um ar ao mesmo tempo duro e pouco seguro.

— Eu estava convencido de que antes de partir comigo você e Labrousse tinham apostado que eu tentaria beijá-la.

— Não sou assim tão tola! — comentou Françoise. — Sei bem que você me toma por um homem.

— Não é verdade! — cortou Gerbert.

Deteve, porém, o impulso que o animava. Uma sombra de desconfiança voltou a percorrer-lhe o rosto.

— O que me horrorizava era pensar que poderia ser na sua vida o que Canzetti é para Labrousse, por exemplo!

Françoise hesitou:

— Quer dizer que o horrorizava ter comigo uma ligação que eu tomasse de forma leviana?

A convidada

— É isso.
Mas eu nunca tomo nada de forma leviana — afirmou ela.
Gerbert a olhava, hesitante:
— Achei que você tinha percebido e que isso a divertia.
— Percebido o quê?
— Que eu tinha vontade de beijá-la. Na noite passada, no celeiro, e ontem, na margem daquele riacho.
Encolheu-se ainda mais e prosseguiu com certa raiva:
— No fim acabei decidindo que a beijaria já em Paris, quando nos despedíssemos na estação. Sempre pensei, no entanto, que você zombaria de mim.
— Eu?
Françoise sentia que o calor que tinha nas faces era provocado pela alegria.
— Se não fosse isso — prosseguia Gerbert —, já teria tentado. Porque, na verdade, gostaria de beijá-la.
Disse isto, mas continuou no seu lugar, com um ar infeliz. Françoise mediu com o olhar a distância que os separava e disse, de um jato:
— Então por que espera, seu tolo?
E estendeu-lhe os lábios. Pouco depois Françoise acariciava, espantada, cautelosamente, aquele corpo jovem, liso e duro, que durante tanto tempo lhe parecera intocável. Desta vez não sonhava; era bem a realidade. Estava ali, bem acordada, apertada contra Gerbert. A mão dele acariciava-lhe as costas, a nuca, atingia a cabeça e parava.
— Gosto da forma da sua cabeça — murmurava ele. — Produz-me um efeito esquisito, beijá-la — acrescentou, num tom de voz que ela não conhecia.
A lanterna apagara-se. O vento continuava a soprar, raivoso. O vidro quebrado deixava passar um ar frio. Françoise encostou a face no ombro de Gerbert. Assim, nesta posição, abandonada no seu peito, não sentia mais vergonha e podia falar-lhe:
— Sabe — disse —, não foi apenas por sensualidade que quis você, foi sobretudo por ternura.
— Está falando sério? — perguntou ele, com um tom de alegria na voz.
— É lógico que estou. Nunca desconfiou da minha ternura por você?
Os dedos de Gerbert crisparam-se no seu ombro.

— Agrada-me tanto ouvi-la dizer isso! Como é bom ouvi-la falar assim!

— Mas era tão evidente! — disse Françoise.

— Não era, não. Você parecia fria como uma pedra. Se soubesse como sofria quando você olhava para Labrousse ou para Xavière de certa maneira. Pensava sempre que nunca me olharia com aqueles olhos.

— Você é que me falava de uma forma tão indiferente...

Gerbert apertou-a mais.

— No entanto, sempre gostei de você. Gostei sempre... muito mesmo.

— É... mas era um gostar bem escondido — disse Françoise, beijando-lhe as pálpebras de longas pestanas. — A primeira vez que tive vontade de pegar na sua cabeça, assim, entre as mãos, foi no escritório do teatro, na véspera da chegada de Pierre. Lembra-se? Você dormia no meu ombro, sem pensar em mim, e eu estava contente de tê-lo ali a meu lado.

— Eu não estava completamente adormecido... Também me sentia feliz por tê-la perto de mim. Pensava, no entanto, que você me cedera o ombro para que eu repousasse a cabeça, tal como cederia uma almofada do sofá — acrescentou, um pouco admirado.

— Você estava enganado — disse Françoise, passando a mão nos cabelos pretos e suaves. — Lembra-se do sonho que lhe contei outro dia, no celeiro, quando você me disse "não, não é um sonho, seria muito estúpido se não fosse verdade...?" Pois bem; eu menti; não era porque estivéssemos passeando em Nova York que eu tinha medo de acordar. É porque eu estava em seus braços, exatamente como agora.

— Será possível? E eu que, de manhã, estava com medo de que você suspeitasse que eu não tinha dormido de verdade; sabe que fingi que dormia apenas para poder abraçá-la? Foi uma falta de lealdade, eu sei, mas tinha tanta vontade de senti-la contra mim!

— Eu é que não podia adivinhar — disse Françoise, rindo. — Quer dizer que fiz bem em me atirar em seus braços. Senão ainda ficaríamos muito tempo brincando de esconde-esconde.

— Você é que se atirou? Nada disso! Você nem queria falar.

— Acha que foi graças ao seu desembaraço que chegamos a esse ponto?

A convidada

— Fiz tanto como você; deixei a lanterna acesa e mantive a conversação, procurando evitar que você adormecesse.
— Que arrojo! — exclamou Françoise, brincando. — Se soubesse com que cara me olhou, no jantar, quando esbocei um primeiro ataque...
— Mas naquele momento pensei que você estava um pouco embriagada.
Françoise roçou sua face pela de Gerbert:
— Estou contente por não ter desanimado.
— Eu também. Estou feliz.
Françoise sentiu os lábios quentes sobre sua boca e o corpo que se unia apertadamente ao seu.

O táxi corria por entre os castanheiros do bulevar Arago. O céu azul de Paris, por cima das casas altas, era puro como um céu de montanha. Gerbert, com um sorriso tímido, passou o braço pelos ombros de Françoise. Ela apoiou-se ao seu peito.
— Continua contente? — perguntou ela.
— Claro que sim — respondeu Gerbert, olhando-a, confiante. — O que me dá mais prazer é sentir que você gosta realmente de mim. Mesmo que não a visse durante muito tempo, pouco me importaria. Não parece muito amável o que estou dizendo; no entanto, é isso o que sinto.
— Compreendo.
Françoise sentiu uma vaga emoção subir-lhe pela garganta. Recordava o café da manhã, tomado na casa ao lado do celeiro, depois da primeira noite que tinham passado juntos; olhavam um para o outro, sorrindo, com uma surpresa ao mesmo tempo maravilhada e um pouco embaraçada. Depois partiram pela estrada, de mãos dadas, como dois noivos. Num prado, no sopé do monte dos Juncos, Gerbert colhera uma flor azul e a oferecera a Françoise.
— É idiota — disse Françoise. — Não devia pensar nisto, mas não gosto de imaginar que alguém vai dormir a seu lado, hoje à noite.
— Acontece o mesmo comigo — disse Gerbert, baixinho. — Gostaria que você só gostasse de mim — acrescentou, com um tom de angústia na voz.
— Eu gosto muito de você — disse ela.
— E eu nunca gostei de mulher nenhuma como gosto de você. Nem de longe...

Simone de Beauvoir

Os olhos de Françoise velaram-se; sabia que Gerbert nunca criaria raízes, em parte alguma, que nunca pertenceria a ninguém. Neste momento, porém, ele concedia, sem reservas, tudo o que podia conceder.

— Querido, querido Gerbert — disse ela, beijando-o.

O táxi parou. Françoise ficou por um instante junto de Gerbert, sem se decidir a largar sua mão. Sentia uma angústia física, como a que sentiria se fosse forçada a lançar-se, de um salto, num rio de águas profundas.

— Até amanhã — disse-lhe bruscamente.

— Até amanhã.

Entrou correndo no teatro e perguntou:

— Labrousse está lá em cima?

— Creio que sim. Ele ainda nem pediu o café — respondeu a porteira.

— Então prepare dois cafés com leite, por favor. Com torradas, sim?

Atravessou o pátio. Mal podia acreditar na esperança que lhe fazia bater o coração. Já recebera a carta de Pierre há três dias. No entanto, ele podia já ter mudado de ideia. Quando renunciava a uma coisa, Pierre afastava-se completamente dela. Bateu à porta.

— Entre — respondeu uma voz sonolenta.

Françoise acendeu a luz. Pierre abriu os olhos. Enrolado nos lençóis, tinha o ar tranquilo e preguiçoso de uma larva enorme.

— Seu dorminhoco! — disse Françoise alegremente.

Sentou-se na cama e beijou-o.

— Está quentinho... Até sinto vontade de me deitar.

Françoise dormira a noite toda no trem, mas aqueles lençóis tinham um aspecto tão acolhedor...

— Como estou contente por você ter vindo! — disse Pierre, esfregando os olhos. — Espere, vou me levantar.

Françoise dirigiu-se à janela e abriu as cortinas. Pierre levantou-se e vestiu um soberbo robe de veludo vermelho, que mandara fazer utilizando o tecido de um traje do teatro.

— Você está com bom aspecto — comentou ele.

— Descansei bastante — respondeu ela, sorrindo. — Recebeu minha carta?

— Recebi — disse ele, também sorrindo. — E sabe que não fiquei muito admirado?

— Eu fiquei um pouco; não tanto por ter dormido com Gerbert, como pela maneira como ele parece gostar de mim.

A convidada

— E você? — perguntou Pierre, com ternura.

— Eu também gosto muito dele. Depois, o que me encanta é que as nossas relações se tenham tornado tão profundas, conservando ao mesmo tempo um aspecto leve.

— Compreendo. Isso é uma sorte, tanto para ele como para você.

Pierre sorria, mas na sua voz havia certa reticência.

— Acha que há alguma coisa censurável no nosso procedimento?

— Claro que não — respondeu Pierre.

Bateram à porta.

— Pronto, aqui está o café.

Era a porteira, que pôs a travessa na mesa e saiu. Françoise pegou uma torrada bem tostada, cobriu-a de manteiga e encheu as xícaras de café com leite.

— Um café com leite verdadeiro, com verdadeiras torradas — comentou. — Que gostoso! Se visse o melaço negro que Gerbert fabricava todas as manhãs…

— Deus me livre! — gracejou Pierre. Mas seu rosto refletia preocupação.

— Que está pensando? — perguntou Françoise, inquieta.

— Nada, nada. Estou um pouco perplexo por causa de Xavière — disse, depois de leve hesitação. — O que aconteceu foi chato para ela.

Françoise sentiu o sangue ferver.

— Xavière? Agora eu nunca perdoaria a mim mesma se lhe fizesse o mínimo sacrifício.

— Não pense que me atrevo a censurá-la — disse Pierre, com vivacidade. — O que me entristece um pouco é que tinha acabado de convencê-la a construir com Gerbert uma ligação sólida e limpa.

— Pois é… A ocasião não foi bem escolhida — comentou Françoise, com um risinho. Olhou Pierre bem de frente: — E suas relações com ela? Como é que as coisas se passaram?

— Foi muito simples. Quando você partiu, eu queria obrigá-la a romper com Gerbert. Mal falamos nele, deparei com resistências mais fortes do que supunha. Por mais que ela negue, vê-se que Xavière gosta muito de Gerbert. E isso me fez hesitar. Se tivesse insistido, acho que teria levado a melhor. Perguntei a mim mesmo, no entanto, se valeria realmente a pena.

— Compreendo.

Apesar de tudo, Françoise não ousava acreditar nas promessas daquela voz razoável, daquele rosto confiante.

— Na primeira vez que me encontrei com ela, depois do rompimento, tive um choque. Depois — afirmou, encolhendo os ombros — quando a tive à minha disposição, de manhã à noite, arrependida, cheia de boa vontade, quase apaixonada, vi que ela perdera repentinamente todo o valor a meus olhos.

— Não se pode dizer que você tenha bom caráter — caçoou Françoise.

— Não é isso. Se Xavière se tivesse lançado nos meus braços, sem reservas, isso certamente teria me perturbado. Por outro lado, talvez ela conseguisse despertar meu interesse se permanecesse na defensiva. Mas eu a via ao mesmo tempo tão ávida de reconquistar-me e tão ansiosa para evitar qualquer sacrifício para essa conquista, que tudo isso me inspirou apenas piedade e aversão.

— E depois?

— Houve um momento em que quase me zanguei com ela. Mas sentia-me tão desligado, que achei isso uma falta de honestidade da minha parte; em relação a você, a ela, a Gerbert. — Calou-se um momento. — Depois, quando uma história acaba, acaba! Não há nada a fazer. O fato dela ter dormido com Gerbert, a cena que tivemos, o que pensei dela e de mim, tudo isso é irreparável. Aliás, logo naquela primeira manhã, no Dôme, quando ela tentou uma nova crise de ciúme, senti que me repugnava a ideia de ter de recomeçar tudo.

Françoise acolhia sem grande choque a alegria quase má que lhe invadia o coração. Já pagara muito caro o desejo de conservar a alma pura.

— Mas continua a vê-la, não?

— Claro. De certa maneira está combinado entre nós que nossa amizade é insubstituível.

— E Xavière não se zangou com você quando soube que não estava apaixonado por ela?

— Bem, eu fui hábil. Fingi que lamentava me afastar, mas consegui convencê-la, já que ela tinha tanta repugnância em sacrificar Gerbert, a entregar-se plenamente a esse amor. Não quero mal a ela, sabe? Como você disse uma vez, meu papel não é o de justiceiro. Xavière por vezes procedeu mal, mas eu também.

— Todos nós, no fim de contas — comentou Françoise.

— Mas eu e você conseguimos sair dessa experiência sem sofrermos nada. Gostaria que com ela acontecesse o mesmo. Mas agora você estragou um pouco os meus planos — disse Pierre, começando a roer uma unha.

— É... Foi pouca sorte — comentou Françoise, com indiferença. — Mas a culpada foi ela; para que manifestou tanto desprezo por Gerbert?

— Se não fosse isso, você não teria procedido como procedeu? — perguntou-lhe Pierre, com ternura.

— Gerbert teria ficado mais ligado a ela, se Xavière se tivesse mostrado mais sincera. E essa posição modificaria muitas coisas.

— Enfim, o que passou, passou. Agora é preciso ter cuidado para que ela não desconfie de nada. Senão, Xavière, coitada, só terá uma solução: jogar-se no rio.

— Descanse, não desconfiará de nada.

Françoise não tinha o menor desejo de levar Xavière ao desespero. Poderia muito bem, todos os dias, fornecer-lhe uma ração de mentiras tranquilizadoras. Nessas circunstâncias, desprezada e enganada, Xavière já não poderia disputar seu lugar no mundo com Françoise.

Olhou-se ao espelho. Com o correr do tempo, o capricho, a intransigência, o egoísmo, todos esses falsos valores tinham revelado sua fraqueza; a vitória pertencia às velhas virtudes desdenhadas.

"Ganhei!", pensou Françoise, triunfante.

Sentia-se existir de novo, sozinha, sem obstáculos, no âmago do seu próprio destino. Xavière, presa num mundo ilusório e vazio, era apenas uma palpitação viva, mas oca.

9
— CAPÍTULO —

Elisabeth atravessou o hotel deserto e foi até o jardim. Junto de uma gruta, à sombra, Pierre escrevia e Françoise descansava, estendida numa cadeira de lona. Vistos assim, imóveis, Françoise e Pierre constituíam um quadro vivo. Elisabeth estacou; sabia que, quando a vissem, mudariam de aspecto. Não se mostraria antes de descobrir seus segredos. Pierre levantou a cabeça e disse algumas palavras a Françoise, sorrindo. "Que foi que ele disse?", pensou Elisabeth. "Afinal, não vale nada contemplá-lo tal como está com aquele blusão branco sobre a pele bronzeada. Para além dos gestos e dos rostos, a verdade da felicidade deles continua escondida." Aquela semana de intimidade cotidiana deixara no coração de Elisabeth um gosto tão decepcionante como os encontros em Paris.

— Então, já prepararam as malas? — perguntou-lhes, aproximando-se.

— Já — respondeu Pierre. — Só falta marcar os lugares no ônibus. Temos ainda uma hora à nossa frente.

Elisabeth apontou para os papéis espalhados em cima da mesa:

— Que papelada é esta? Está começando um romance?

— Está escrevendo uma carta a Xavière — respondeu Françoise, sorrindo.

— Sim, senhor! Ao receber uma carta dessas, ela pode estar certa de que vocês não a esqueceram. Xavière volta para Paris no próximo ano?

Elisabeth não compreendia como é que a intervenção de Gerbert não alterara, de forma nenhuma, a harmonia do trio.

— Claro que sim — respondeu Françoise. — A não ser que comecem os bombardeios.

Elisabeth olhou em torno; o jardim avançava como um terraço sobre uma planície verde e rósea. Era pequeno; em torno das platibandas, alguém colocara, num dia de capricho, cascas de moluscos e pedras grossas, de feitios estranhos; em nichos cavados na rocha havia pássaros empalhados. Entre as flores viam-se bolas de metal, rutilantes ao sol, esferas de vidro, figuras em papel brilhante. A guerra parecia tão longe que era quase preciso fazer força para não a esquecer.

— Vai ser difícil arranjar lugares no ônibus — disse Elisabeth.

A convidada

— É... Todos estão regressando a Paris. Somos os últimos clientes.
— Que pena, hein?! Eu gostava tanto deste hotelzinho.
Pierre segurou-lhe a mão:
— Nós voltaremos. Mesmo que haja guerra, mesmo que seja longa, não vai durar para sempre.
— Como acabará essa guerra? — perguntou Elisabeth.
A tarde caía. Sentados ali, três intelectuais franceses meditavam e conversavam, na paz inquieta de uma aldeia da França, frente à guerra que surgia. O momento, sob uma simplicidade enganadora, tinha a grandeza de uma página da história.
— Aí vem o lanche — exclamou Françoise.
A empregada trazia uma bandeja com cerveja, compotas, biscoitos e mel.
—Você quer mel ou compota? — perguntou Françoise a Elisabeth.
— Tanto faz.
Parecia que evitavam propositadamente as conversas sérias. Com o tempo, porém, esse gênero de elegância acabava irritando. Elisabeth olhou para Françoise; de vestido de linho e cabelos soltos, parecia muito jovem. "Esta serenidade, de que tanto admiro nela, não será em parte feita de leviandade?", pensou Elisabeth.
— Que vida vamos levar!
— O que receio, acima de tudo, é que nos aborreçamos mortalmente — disse Françoise.
— Pelo contrário, acho que vai ser apaixonante.
Elisabeth não sabia exatamente o que poderia fazer, em caso de guerra: o pacto germano-soviético dera um rude golpe no seu espírito. Tinha a certeza, no entanto, de que sua força não seria perdida.
Pierre sorriu para Françoise e disse, enquanto comia uma torrada com mel:
— É estranho pensar que amanhã de manhã estaremos em Paris.
— Será que muita gente já regressou? — perguntou ela.
— De qualquer forma, teremos Gerbert. Amanhã à noite, sem falta, iremos ao cinema. Há uma série de filmes novos e interessantes — disse ele, sorridente.
Paris. Nos terraços de Saint-Germain-des-Prés as mulheres, de vestidos leves, bebiam laranjadas geladas; nos Campos Elísios, desde o princípio até a Etoile, enormes fotografias publicitárias provocavam tentações. Dentro em breve toda essa vida suave e descuidada estaria

extinta. Elisabeth sentiu um baque no coração: "E eu que não soube aproveitá-la", pensou. "Foi Pierre que me incutiu o horror à frivolidade. E, no entanto, ele não se mostrava tão rigoroso em relação a si próprio." Aquilo irritaria Elisabeth durante toda a semana; enquanto ela vivia considerando-os dois modelos, Françoise e Pierre abandonavam-se tranquilamente a seus caprichos.

— Você precisa pagar a conta do hotel — disse Françoise.

— É verdade. Vou já — concordou Pierre, levantando-se. Ai! Estas pedras! — exclamou ele, pegando as sandálias.

— Por que anda descalço?

— Ele diz que ainda não ficou bom das bolhas — disse Françoise.

— E é verdade — defendeu-se Pierre. — Você me obrigou a andar demais.

— Demos bons passeios — comentou Françoise, com um suspiro.

Pierre se afastou. Dentro de alguns dias estariam separados. Pierre vestiria o uniforme e se transformaria num soldado anônimo e solitário. Françoise veria o teatro fechado, seus amigos separados. Claude aborrecia-se em Limoges, longe de Suzanne. Elisabeth fitou o horizonte azul, onde vinham fundir-se os verdes e os rosas da planície. Na trágica luz da história, as pessoas surgiam despojadas de seu mistério inquietante. Tudo era calmo; o mundo inteiro encontrava-se em suspenso, e nessa expectativa universal Elisabeth sentia que seu estado de espírito afinava com a imobilidade da tarde. Não tinha receios nem desejos. Parecia que finalmente lhe fora concedido um longo período de repouso onde nada mais lhe seria exigido.

— Pronto — disse Pierre, voltando para junto delas. — Está tudo em ordem. As malas já estão no ônibus.

Sentou-se. Com as faces bem bronzeadas e o blusão branco, Pierre tinha um ar rejuvenescido. Bruscamente, algo desconhecido, ou esquecido, encheu o coração de Elisabeth. Pierre ia partir. Em breve estaria longe, numa zona inacessível e perigosa. Só voltaria a vê-lo dentro de muito tempo. Por que não aproveitar a sua presença?

— Coma uns biscoitos — disse Françoise a Elisabeth. — Estão muito bons.

— Obrigada. Não estou com vontade.

O sofrimento que sentia não se assemelhava àqueles a que já se habituara; era inclemente e irremediável. "E se nunca mais voltar a vê-lo?", perguntou a si própria, sentindo que o sangue lhe fugia do rosto.

A convidada

— É em Nancy que você vai se incorporar ao regimento? — perguntou a Pierre.
— É... Como vê, não é um lugar muito perigoso.
— Mas você não ficará lá eternamente. Espero, pelo menos, que não queira bancar o herói.
— Pode confiar em mim — respondeu Pierre, rindo.

Elisabeth o olhou, angustiada, e pensou: "Pierre, meu irmão, pode morrer. Não vou deixá-lo partir sem lhe dizer! Dizer o quê? O homem irônico que está sentado à minha frente não precisa da minha ternura".

— Que quer que lhe mande?
— É verdade; vou receber presentes... Isso é bom.

Sorria com ar franco, sem subentendidos. Naquela semana Pierre olhara-a muitas vezes com o mesmo ar. Por que motivo estaria ela tão desconfiada? Por que perdera para sempre as alegrias da amizade? Que procurava? Para que serviam todas aquelas lutas, todos aqueles ódios? Pierre partia.

— É melhor irmos andando — disse Françoise.
— Vamos — disse Pierre.

Levantaram-se. Elisabeth seguiu-os; sentia a garganta contraída. "Não quero que o matem", pensava, com desespero. Seguia ao lado de Pierre sem se atrever sequer a pegar-lhe o braço. Qual a razão que a levara a tornar impossíveis os gestos e as palavras sinceras? Atualmente os movimentos espontâneos do seu coração pareciam-lhe insólitos. No entanto, sabia que daria a vida para salvar Pierre.

— Quanta gente! — exclamou Françoise.

Em torno do ônibus pintado de vermelho havia uma multidão. O condutor, em pé no tejadilho, arrumava as malas, as caixas. Um homem, nos degraus da escada traseira do carro, estendia-lhe uma bicicleta. Françoise olhou pela janela do ônibus:

— Nossos lugares estão guardados — disse, satisfeita.
— Acho que vocês vão ter de viajar no corredor — disse Elisabeth.
— Que importa? Nós já levamos sono de reserva — caçoou Pierre.

Enquanto o carro não partia, deram umas voltas por ali. Só faltavam alguns minutos. "Basta uma palavra, um gesto", pensava Elisabeth. "É preciso que Pierre saiba... Não, não ousarei." Olhou-o com desespero. Não seria possível que as coisas se passassem de maneira diferente? Ela não teria podido viver todos aqueles anos junto de Françoise e de Pierre, confiante e alegre, em vez de se defender contra perigos imaginários?

—Vamos partir — anunciou o chofer.

"É tarde demais", pensou Elisabeth. "Precisaria, para me lançar nos braços de Pierre, apagar todo o meu passado, toda a minha pessoa. É tarde demais. Já não sou senhora do momento presente. Até o meu rosto já não me obedece."

—Até breve — disse-lhe Françoise, beijando-a e entrando no ônibus.

—Até outra vez — disse Pierre.

Apertou apressadamente a mão da irmã e a olhou sorrindo. Elisabeth sentiu que as lágrimas lhe subiam aos olhos. Agarrou os ombros de Pierre e, beijando-o na face, disse-lhe:

—Tenha cuidado!

—Não se preocupe.

Pierre também a beijou e subiu para o carro. Elisabeth ainda viu seu rosto por um momento, emoldurado pela janela do ônibus que partia. Pierre agitou a mão, Elisabeth sacudiu o lenço e, quando o ônibus desapareceu na curva da estrada, voltou as costas, murmurando: — Para nada. Tudo isso para nada.

Apertou o lenço contra os lábios e começou a correr para o hotel.

Françoise, de olhos abertos, fixava o teto. Ao lado dela Pierre dormia, meio despido. Quando ela estava quase adormecendo, um grito vindo da rua atravessou a noite e a acordou de todo. Receava tanto os pesadelos, que nem se atrevia a fechar os olhos. O luar entrava no quarto através das cortinas. Françoise não sofria, não pensava, espantava-se apenas com a facilidade com que o cataclismo se instalava no curso natural da sua vida. Debruçou-se para Pierre.

— São quase três horas — disse.

Pierre gemeu, espreguiçou-se. Françoise acendeu a luz. Espalhadas pelo chão, em desordem, viam-se malas abertas, mochilas quase cheias, latas de conserva, meias. Olhou para os crisântemos vermelhos do papel da parede e sentiu que a angústia a asfixiava. Amanhã as flores do papel estariam ali, no mesmo lugar, com a mesma obstinação inerte. O cenário onde ela viveria a ausência de Pierre já estava armado. Até agora a separação esperada constituíra apenas uma ameaça vã. O quarto, porém, representava o futuro realizado, que se encontrava ali, plenamente presente na sua desolação irremediável.

— Não precisa de mais nada? — perguntou-lhe.

— Acho que não.

A convidada

Pierre vestira o terno mais velho, cujos bolsos enchera com a carteira, a caneta-tinteiro e a caixa do tabaco.
— Que distração! — exclamou Françoise. — Esqueci de comprar as botas para as marchas militares. Sabe o que vou fazer? Vou lhe dar as minhas botas de esqui. Elas lhe ficavam tão bem...
— Não — respondeu ele. — Não vou usar suas botas.
—Você me comprará outras novas, quando voltarmos a fazer esportes de inverno — comentou ela tristemente.
Foi buscar as botas no fundo do armário e deu-as a Pierre. Depois arrumou numa mochila a roupa de baixo e as provisões.
— Não vai levar o cachimbo de espuma?
— Não, quero guardá-lo para quando vier de licença. Tenha cuidado com ele.
—Vá descansado.
O cachimbo, de um lindo tom dourado, repousava no estojo como num caixãozinho. Françoise baixou a tampa e guardou-o numa gaveta. Voltou-se para Pierre; de botas calçadas, ele roía as unhas, sentado à beira da cama. Tinha os olhos cansados e a expressão idiota que por vezes assumia quando outrora brincava com Xavière. Françoise ficou de pé, em frente dele, sem saber o que fazer. Tinham falado o dia inteiro. Agora, porém, nada mais restava para dizer. Pierre roía as unhas e ela o olhava irritada, resignada, vazia.
—Vamos — disse-lhe por fim.
—Vamos — respondeu Pierre.
Pôs as duas mochilas às costas e saiu do quarto. Françoise fechou a porta, que ele não atravessaria nos meses mais próximos. Sentia que suas pernas fraquejavam ao descer a escada.
— Ainda temos tempo de beber qualquer coisa no Dôme. Mas precisamos tomar cuidado; depois vai ser difícil arranjar um táxi.
Saíram do hotel e pela última vez tomaram o mesmo caminho que tantas vezes haviam percorrido. A lua desaparecera, a noite estava escura. As luzes do céu de Paris, nos últimos dias, haviam se extinguido. Nas ruas viam-se apenas reflexos amarelos que mal iluminavam o chão. Os vapores avermelhados que outrora assinalavam de longe o bulevar Montparnasse tinham-se dissipado. No entanto, os terraços dos cafés ainda brilhavam, embora fracamente.
— A partir de amanhã tudo fecha às 11 horas — disse Françoise.
— É a última noite antes da guerra.

Sentaram-se no terraço. O café estava cheio de gente, de barulho e de fumaça. Um grupo de rapazes, muito novos, cantava. Durante a noite surgira, como que nascida do chão, uma nuvem de oficiais em uniforme, que se espalhavam em grupos em volta das mesas. As mulheres os provocavam com risinhos que ficavam sem eco. A última noite, as últimas horas... O nervosismo das vozes contrastava com a inércia dos rostos.

— A vida vai ser estranha aqui — comentou Pierre.

— Acho que sim. Depois conto tudo em pormenor.

— Tomara que Xavière não se torne um fardo para você. Não devíamos tê-la mandado vir tão cedo.

— Acho que fizemos bem. No entanto, foi melhor que você não a visse antes de partir. Não valeria realmente a pena ter escrito todas aquelas cartas para depois destruir todo o efeito de uma vez só. Depois, ela deve ficar ao lado de Gerbert nesses últimos dias. Como vê, não podia ficar em Rouen.

Xavière!... Afinal, transformara-se numa recordação, num endereço escrito num envelope, num fragmento insignificante do futuro. Françoise custava a crer que, dentro de algumas horas, iria vê-la em carne e osso.

— Enquanto Gerbert estiver em Versalhes você poderá vê-lo de vez em quando.

— Não se preocupe comigo. Sempre acabo me arranjando.

Segurou-lhe a mão. Pierre ia partir; nada mais contava. Ficaram durante certo tempo sem dizer nada, vendo morrer a paz.

— Será que há muita gente na estação?

— Creio que não; a maior parte do pessoal já partiu.

Passearam um pouco pelo bulevar. Finalmente Pierre chamou um táxi.

— Vamos à estação de Villette — disse ao chofer.

Atravessaram Paris em silêncio. As últimas estrelas empalideciam. Pierre, sorrindo levemente, parecia à vontade, com ar de menino aplicado. Françoise sentia a calma da febre.

— Já chegamos? — perguntou, surpresa.

O táxi parou na pracinha circular, completamente deserta. Dentro da estação, numa plataforma, erguia-se um poste junto ao qual se encontravam dois guardas com os bonés cheios de divisas prateadas. Pierre pagou o táxi e aproximou-se deles.

A convidada

— É aqui o centro de reunião? — perguntou-lhes, mostrando o certificado militar.

Um dos guardas designou um pedaço de papel afixado ao poste.

— Tem de ir à estação do Leste.

Pierre pareceu desconcertado. Depois fixou no guarda um daqueles olhares ingênuos, cuja inocência imprevista tinha o condão de atingir sempre o coração de Françoise.

— Tenho tempo de ir a pé? — perguntou.

O guarda começou a rir:

— Tenha a certeza de que não vão fazer partir um trem só por sua causa. Não vale a pena se apressar.

Pierre voltou para junto de Françoise. Parecia tão pequeno e absurdo naquela praça abandonada, com a mochila e as botas de esqui... Françoise pensou que não aproveitara bastante os dez anos passados para lhe fazer saber como o amava.

— Temos tempo — disse-lhe Pierre.

Françoise viu, pelo seu sorriso, que ele sabia tudo o que devia saber. Partiram então a pé pelas ruazinhas. A aurora nascia; o tempo estava suave; as nuvens, no céu, tingiam-se de rosa. Parecia que passeavam numa daquelas voltas que outrora faziam, depois de uma noite de trabalho. Pararam no cimo das escadas que levavam à estação. Os trilhos luzidios, que a princípio estavam como que aprisionados no asfalto, fugiam subitamente, entrecruzavam-se e desapareciam no infinito. Os dois ficaram olhando os tetos longos e chatos dos trens alinhados ao longo das plataformas, onde dez quadrantes negros, de ponteiros brancos, marcavam cinco e meia.

— Aqui é que vai haver muita gente, com certeza — disse Françoise, apreensiva.

Imaginava os guardas, os oficiais e a multidão à paisana, tal como vira nas fotografias dos jornais. A entrada da estação estava quase vazia. Não se via um uniforme. Havia apenas algumas famílias, sentadas no meio dos sacos, alguns isolados, com a mochila às costas.

Pierre aproximou-se de um guichê e depois voltou para junto de Françoise.

— O primeiro trem parte às 6h19. Às seis vou sentar-me para conseguir um bom lugar. Ainda podemos dar uma volta — disse, pegando-lhe o braço.

— Esta partida é estranha... Nunca imaginei que as coisas se passassem assim. Tudo tem um ar tão gratuito...

— Realmente não se sente a menor obrigação em parte alguma. E nem sequer recebi um pedaço de papel me convocando. Ninguém veio me procurar. Chego aqui e pergunto a que horas parte o trem, como um civil. Tenho quase a impressão de que parto por iniciativa própria.

— E, no entanto, você não pode deixar de partir. Parece que existe uma fatalidade interna que o empurra.

Deram alguns passos, já fora da estação. O céu, por cima das avenidas desertas, estava claro e tépido.

— Não se vê nem um táxi — comentou Pierre. — O metrô está parado. Como é que vai voltar para casa?

— A pé. Vou ver Xavière e depois arrumar suas coisas. Vai escrever logo que chegar? — perguntou-lhe, com voz abafada.

— Certamente. Vou escrever para você, do próprio trem. Receio que as cartas levem muito tempo para chegar. Você precisa ter paciência.

— Paciência eu tenho para dar e vender.

Deram umas voltas pelo bulevar. Na madrugada, a calma das ruas parecia normal. A guerra não estava ainda em parte alguma. Havia apenas alguns anúncios de convocação colados nas paredes; um, maior, com as três cores da bandeira francesa: era um apelo ao povo; outro, menor, modesto, com bandeiras pretas e brancas sobre fundo claro: era a ordem de mobilização geral.

— Está na hora — disse ele.

Voltaram à estação. Um cartaz colocado por cima dos portões anunciava que o acesso às plataformas era reservado unicamente às pessoas que iam seguir viagem. Alguns pares despediam-se junto da barreira. Ao vê-los, Françoise sentiu lágrimas nos olhos. Ao tornar-se anônimo, o acontecimento que estava vivendo também ficava mais palpável. Nesses rostos estranhos, nesses sorrisos tímidos revelava-se toda a tragédia da separação. Françoise olhou para Pierre; não queria se comover. Encontrou-se mergulhada num momento de difícil classificação, cujo gosto acre e indefinido nem chegava a ser dor.

— Adeus — disse Pierre, abraçando-a suavemente. Olhou-a pela última vez e voltou-lhe as costas.

Françoise viu-o desaparecer além da porta, num passo rápido e decidido demais, que deixava transparecer a tensão que o possuía. Voltou então as costas ao trem. Duas mulheres a seu lado voltaram-se ao mesmo tempo que ela. Subitamente seus rostos decompuseram-se e uma delas começou a chorar. Françoise tornou-se hirta e

A convidada

dirigiu-se à saída. Era inútil lamentar. Poderia derramar lágrimas durante horas e horas; ainda sobraria muito para chorar. Partiu no seu passo largo e regular, o passo de viagem, através da calma insólita de Paris. Por enquanto, a desgraça da guerra ainda não era visível em parte alguma; nem na tepidez do ar, nem na folhagem dourada das árvores, nem no cheiro fresco de legumes que vinha dos mercados. Enquanto continuasse a andar, essa presença era impalpável. Parecia-lhe, no entanto, que, caso parasse, deixaria de flutuar em torno dela e afluiria ao seu coração, fazendo-o estalar de dor.

Atravessou a praça do Châtelet e começou a subir o bulevar Saint--Michel. O lago do Luxemburgo estava vazio; via-se o fundo como que roído por uma lepra lamacenta. Na rua Vavin, Françoise comprou um jornal. Precisava esperar muito tempo antes de bater à porta de Xavière. Assim, decidiu sentar-se no Dôme. Não se preocupava com Xavière. Estava contente por ter qualquer coisa bem concreta para fazer naquela manhã.

Entrou no café e subitamente sentiu que o sangue lhe subia às faces. Numa mesa, junto da janela, viu duas cabeças, uma loura, outra de cabelos escuros. Ainda hesitou; mas era tarde para recuar, pois Gerbert e Xavière já a tinham visto. Sentia-se tão mole e tão cansada, que, ao se aproximar da mesa, um arrepio nervoso sacudiu-lhe o corpo.

— Como está? — perguntou a Xavière, segurando-lhe a mão.

— Estou bem — respondeu ela baixinho, num tom de confidência. — Você é que está com a cara cansada — acrescentou, examinando Françoise.

— Fui levar Labrousse à estação. Dormi pouco.

Seu coração batia depressa. Nas últimas semanas Xavière fora apenas uma vaga imagem que ia buscar ao fundo de si mesma. Agora ressuscitava de repente, com um vestido novo, azul com flores, mais loura ainda do que na recordação que tinha dela. Seus lábios, cujo desenho já esquecera, abriam-se num sorriso que desconhecia. Xavière não se transformara num fantasma dócil; era uma presença de carne e osso que se tornava necessário enfrentar novamente.

— Passeei a noite toda — disse ela. — Paris ficou bonita, com as ruas escuras. Parece o fim do mundo.

Françoise pensou: "Ela passou todas essas horas com Gerbert. Para ele, Xavière voltou a ser uma presença tangível. Como será que a acolheu no seu coração? O rosto não exprime nada."

—Vai ser pior quando os cafés fecharem.
— Ah! Sim, isso vai ser lúgubre. Acha que Paris será realmente bombardeada? — perguntou, o olhar brilhante.
— Talvez — disse Françoise.
— Deve ser formidável ouvir as sereias gemendo na noite e ver as pessoas correndo, de todos os lados, como ratos.
Françoise sorriu, contrafeita. O cinismo voluntário de Xavière a irritava.
— Pois é — disse —, mas você também vai ser obrigada a descer para o abrigo.
—Vou nada...
Seguiu-se um silêncio.
— Até logo.Vou me sentar lá ao fundo.
— Até já — disse Xavière.
Françoise sentou-se a uma mesa e acendeu um cigarro. Sua mão tremia. Espantava-a a violência da perturbação que sentia. Devia ser a tensão das últimas horas, que, ao desaparecer, a deixara assim, quebrada. Sentia-se projetada para espaços longínquos, desenraizada, sem poder recorrer nem a si mesma. Aceitara serenamente a ideia de uma vida inquieta, mas simples. A existência de Xavière ameaçava-a, porém, para além dos próprios contornos de sua vida. Era a volta da antiga angústia que reconhecia agora, com espanto.

CAPÍTULO 10

— **Que pena!** — exclamou Xavière. — Não tenho mais tinta.
Consternada, olhava a janela coberta, até metade da altura, por uma camada de tinta azul.

— Que bom trabalho — comentou Françoise.

— Acho que Inès nunca mais irá recuperar seus vidros.

Inès fugira de Paris no dia seguinte ao primeiro falso alarme e Françoise alugara seu apartamento. No quarto do hotel Bayard flutuavam demasiadas recordações de Pierre e, nessas noites trágicas em que Paris, sem luz, deixara de oferecer qualquer refúgio, Françoise sentia a necessidade de um lar.

— Preciso de mais tinta — insistia Xavière.

— Não há em lugar nenhum.

Françoise estava escrevendo, em grandes letras, o endereço de Pierre num pacote de livros e tabaco que ia lhe enviar.

— Não se encontra nada — disse Xavière, irritada. — É como se eu não tivesse feito nada — exclamou, numa voz zangada, jogando-se na poltrona.

Vestida com um roupão de burel, com um cordão grosso em volta da cintura, as mãos metidas nos bolsos largos, com os cabelos curtos e lisos caindo dos dois lados do rosto, Xavière parecia um monge.

Françoise pousou a caneta. A lâmpada, tapada com um lenço de seda, lançava na sala uma fraca luz violeta. "Eu devia ir trabalhar", pensou. Mas faltava-lhe vontade. Sua vida perdera toda a consistência; atualmente era apenas uma substância mole em que parecia mergulhar a cada instante, para se levantar mais adiante e voltar a atolar-se pouco mais longe. A cada momento ficava apavorada com a ideia de que se afundaria para sempre; logo a seguir, porém, renascia a esperança de voltar a encontrar chão firme. A sensação de futuro desaparecera. Só o passado era real e era em Xavière que esse passado se encarnava.

— Tem recebido notícias de Gerbert? Como é que ele se dá com a vida da caserna?

Françoise estivera com Gerbert dez dias antes, num domingo à tarde. Mas não seria natural deixar de perguntar por ele.

— Parece não se aborrecer muito — disse Xavière, com um sorrisinho íntimo. — Ele gosta de se indignar.

Simone de Beauvoir

Seu rosto refletia a terna certeza de uma posse total.
— E agora não lhe faltam ocasiões para isso, não é o que quer dizer?
— O que o preocupa — disse Xavière, com um ar ao mesmo tempo indulgente e encantado — é o fato de não saber se terá medo.
— É difícil, realmente, saber essas coisas antes de entrar em ação.
— Nesse ponto ele é como eu: representa as coisas por imagens, no espírito.
Seguiu-se um silêncio. Depois Françoise comentou:
—Você sabia que levaram Bergmann para um campo de concentração? É desagradável a sorte desses exilados políticos.
— São todos uns espiões.
— Nem todos. Há muitos que são autênticos antifascistas aprisionados em nome de uma guerra antifascista.
Xavière teve um gesto de desprezo.
— Essa gente é tão pouco interessante que não faz diferença se alguém pisar um pouco em seus calos.
Françoise olhou, com certa repulsão, aquele rosto bonito, mas cruel.
— Se não achamos interesse nas pessoas — comentou —, pergunto a mim própria o que resta.
— Mas nós não somos feitos da mesma matéria — disse Xavière, envolvendo Françoise num olhar malévolo, de desprezo.
Françoise calou-se. As conversas com ela degeneravam logo em confrontações raivosas. No tom de voz de Xavière, nos seus sorrisos sardônicos, transparecia atualmente algo mais do que uma hostilidade infantil e caprichosa: ela manifestava agora um verdadeiro ódio de mulher. Nunca perdoaria a Françoise ter conseguido conservar o amor de Pierre.
—Vamos pôr um disco na vitrola? — sugeriu Françoise.
— Como quiser.
Françoise colocou no prato da vitrola o primeiro disco de *Petruchka*.
— É sempre a mesma coisa — comentou Xavière, irritada.
— Não podemos escolher.
Xavière bateu com o pé no chão.
— Isso ainda vai durar muito tempo? — perguntou, de dentes cerrados.
— Isso o quê?
— As ruas escuras, as lojas vazias, os cafés que fecham às 11 horas. Todo esse negócio — acrescentou, num acesso de raiva.

— É provável que sim.

Xavière mergulhou as mãos nos cabelos.

— Eu vou ficar louca!

— Ninguém fica louco tão depressa.

— Não tenho paciência, sabe? — disse ela, num tom de desespero, cheia de ódio. — Não me basta contemplar os acontecimentos do fundo de um sepulcro! Não me basta afirmar que as pessoas existem, lá no fim do mundo, se não puder tocá-las!

Françoise corou. "Era melhor não falar nunca com Xavière", pensou Françoise. "Tudo o que lhe digo, ela volta imediatamente contra mim."

— Você tem a sorte de ser paciente — disse Xavière, com uma espécie de humildade ambígua.

— Para isso basta que não encaremos tudo pelo lado trágico — disse Françoise secamente.

— Pois é, mas uns têm mais disposição para isso e outros, menos.

Françoise olhou as paredes nuas e os vidros pintados de azul, que pareciam defender o interior de um túmulo. "Eu devia manifestar a maior indiferença", pensou. No entanto, por mais que fizesse, nessas três semanas não abandonara Xavière. Sabia que continuaria a viver perto dela até a guerra acabar. Não podia negar a presença inimiga que estendia sobre ela, sobre o mundo inteiro, uma sombra perniciosa.

A campainha da entrada quebrou o silêncio. Françoise foi pelo longo corredor até a porta:

— Quem é?

Era a porteira, que lhe entregou uma carta sem selo, com o endereço escrito numa letra desconhecida.

— Um senhor passou e me entregou esta carta.

— Muito obrigada.

Abriu a carta; era de Gerbert: "Estou em Paris. Espero-a no Café Rey. Tenho a noite livre."

Françoise meteu a carta na bolsa. Entrou no quarto, vestiu o casaco, pegou as luvas. Sentia o coração estourar de alegria. Tentou recompor o rosto e voltou ao quarto de Xavière.

— Era uma carta da minha mãe — disse-lhe. — Pede-me para ir até lá, jogar um pouco de bridge.

— Vai sair? — perguntou-lhe Xavière, em tom de censura.

— Devo voltar por volta de meia-noite. E você, não sai?

— Onde quer que vá?

— Bem, então até logo.

Desceu a escada sem luz e seguiu pela rua, correndo. As prostitutas da rua Montparnasse andavam de um lado para outro, trazendo a tiracolo máscaras contra gás. Atrás do muro do cemitério, uma coruja piou. Françoise parou, esfalfada, na esquina da rua da Gaieté. Um braseiro vermelho-escuro luzia na avenida do Maine: era o Café Rey. Esses lugares públicos, com as cortinas fechadas, as luzes baixas, pareciam boates de baixo nível. Françoise afastou as cortinas que barravam a entrada e viu Gerbert sentado perto da pianola, bebendo um cálice de aguardente. Sobre a mesa estava o seu quepe de militar. De cabelos curtos, Gerbert parecia ridiculamente jovem no seu uniforme cinza.

— Ainda bem que conseguiu vir — disse-lhe Françoise, pegando sua mão. Seus dedos entrelaçaram-se.

— Só que não tive tempo de preveni-la. Não sabia antecipadamente se conseguiria a licença. Afinal — disse, sorrindo — não é difícil, sabe? Posso fazer isso de vez em quando.

— Já será mais fácil esperar pelos domingos. Há tão poucos domingos em cada mês. E além disso — afirmou, olhando-o penalizada —, você ainda tem de ver Xavière.

— Pois é — disse Gerbert, aborrecido.

— Sabe que recebi notícias de Labrousse? Uma carta comprida. Leva uma vida bucólica. Ficou aboletado em casa de um padre, em Lorena. O padre enche a barriga com torta de ameixas e frango com molho branco.

— Pena que esteja tão longe. Quando Labrousse obtiver a primeira licença para vir a Paris, eu já devo estar sei lá onde. Quando nos voltaremos a ver?

— Se a situação atual, sem combates, pudesse continuar — disse Françoise.

Françoise olhou os bancos brilhantes do café, onde tantas vezes se sentara ao lado de Pierre. Havia muita gente, tanto no balcão como nas mesas. No entanto, as cortinas pesadas e azuis, que tapavam os vidros, davam ao café um aspecto íntimo e clandestino.

— Não ficaria horrorizado de combater, sabe? Deve ser menos monótono do que apodrecer no fundo de uma caserna.

—Você se chateia à beça, não é?

A convidada

— É incrível como alguém pode se chatear. Imagine — disse, começando a rir — que anteontem o capitão me convocou para saber por que eu não era aspirante. Soube que eu vou todas as noites ao restaurante Chantecler e por isso me disse mais ou menos o seguinte: "Sei que o senhor tem dinheiro; portanto, o seu lugar é entre os oficiais."

— E você, o que respondeu?

— Disse-lhe que não gostava dos oficiais — afirmou Gerbert, muito digno.

— Mas assim ficou malvisto.

— Bastante, bastante... Quando me despedi do capitão, ele estava verde. Preciso ter cuidado e não contar essa história a Xavière — disse, abanando a cabeça.

— Por quê? Ela gostaria que você fosse oficial?

— Gostaria. Ela acha que dessa forma nos veríamos com mais frequência. As mulheres são formidáveis! — exclamou, muito senhor de si. — Pensam que só a parte sentimental é que tem importância.

— Xavière não tem mais ninguém a não ser você.

— Eu sei. E é isso que me faz sentir certo peso no estômago; nasci para viver solteiro.

— Pois saiba que não está seguindo o bom caminho — disse Françoise, trocista.

— Não caçoe! — exclamou Gerbert, dando-lhe uma pancada na mão. — Com você as coisas são diferentes. — Olhou-a com entusiasmo: — O que é formidável, entre nós, é precisamente a amizade. Sinto-me sempre à vontade na sua frente, posso dizer o que me passar pela cabeça, sinto-me livre, enfim!

— É realmente formidável, podermos gostar tanto um do outro, continuando livres.

Françoise segurou-lhe a mão entre as suas; mais ainda do que a serenidade proporcionada pelo fato de poder vê-lo e tocá-lo, agradava-lhe essa confiança apaixonada que Gerbert lhe manifestava.

— O que quer fazer esta noite? — perguntou-lhe, alegre.

— Não posso ir a nenhum lugar elegante com isto! — exclamou, apontando para o uniforme.

— Isso é verdade. Mas podíamos descer a pé até ao Halles, depois comer um bife no Benjamin e voltar para o Dôme.

— Está bem — concordou ele. — No caminho beberemos um *pernod*. Não calcula como agora aguento o álcool.

Levantou-se e afastou as cortinas para dar passagem a Françoise.

— E como a gente bebe no regimento! Volto todas as noites um pouco alto.

A lua banhava as árvores e os telhados; era um verdadeiro luar do campo. Na longa avenida deserta passou um automóvel; os faróis, pintados de azul, pareciam enormes safiras.

— Que lindo! — exclamou Gerbert, olhando a noite.

— É lindo nas noites de luar. Porque, quando está escuro, garanto-lhe que é bem triste. Nessas noites o melhor é ficar em casa. Já viu — perguntou, tocando seu braço — os capacetes novos dos guardas?

— Puxa! Que ar marcial! A vida não deve ser muito alegre agora, não? — perguntou, com ar terno, dando o braço a Françoise. — Não há ninguém em Paris, não é?

— Não... Só Elisabeth. Tenho a certeza de que ela não se importaria de me ceder o ombro para eu chorar minhas mágoas. Mas evito-a o mais possível. É esquisito, mas ela nunca teve um ar tão próspero. Claude está em Bordéus. Mas como sabe que Suzanne não o acompanha, Elisabeth consola-se melhor com a ausência dele.

— O que é que você faz durante o dia? — perguntou Gerbert. — Recomeçou a trabalhar?

— Ainda não. Que faço? Arrasto-me lá em casa, de manhã à noite, com Xavière. Faço a comida, experimentamos penteados novos, ouvimos discos velhos. Nunca fomos tão íntimas. E tenho a certeza de que Xavière nunca me odiou tanto — disse, encolhendo os ombros.

— Acha que sim?

— Tenho a certeza — insistiu Françoise. — Ela nunca lhe falou da nossa convivência? — perguntou a Gerbert.

— Poucas vezes. Tem medo de falar nisso. Acha que tomarei seu partido.

— Mas por quê? — indagou Françoise. — Você me defende quando ela me ataca?

— Sim, por isso. Aliás, discutimos sempre que Xavière me fala de você.

Françoise sentiu um baque no coração. O que poderia Xavière dizer?

— Mas que diz ela? — perguntou Françoise.

— Oh! Sei lá...

A convidada

— Sabe, sim. Sabe e vai me dizer. No ponto em que estamos não devemos esconder nada um ao outro.

— Falava de uma maneira geral — disse Gerbert.

Deram alguns passos em silêncio. Um apito os sobressaltou. Um velho de barbas, responsável pelo serviço de vigilância naquela rua, apitava e dirigia a luz da lanterna na direção de uma janela de onde se filtrava um pequeno raio de luz.

— Esses velhinhos é que se divertem com o movimento — disse Gerbert.

— É. Nos primeiros dias ameaçaram atirar em nossas janelas. Agora já camuflamos todas as lâmpadas. Xavière andou pintando os vidros de azul.

Voltou a pensar nela. "Evidentemente Xavière fala de mim e talvez de Pierre." Era irritante imaginá-la reinando, cheia de si, em seu universozinho bem ordenado.

— E ela também fala de Labrousse? — perguntou Françoise.

— Às vezes — respondeu ele, com voz neutra.

— Contou-lhe a história toda — disse Françoise, num tom afirmativo.

— Contou.

Françoise sentiu que o sangue lhe subia às faces. "A minha história... Naquela cabeça loura, o meu pensamento tomou uma estrutura irremediável e desconhecida e foi sob esta forma estranha que Gerbert recebeu essa confidência."

— Então você já sabe que Labrousse gostou dela?

— Lamento tanto a forma como as coisas se passaram — disse Gerbert ao fim de um instante. — Por que ela não me preveniu?

— Não queria, por orgulho. E eu não lhe contei — disse, apertando o braço de Gerbert — porque receava exatamente que você pensasse coisas erradas. Mas nada receie. Labrousse nunca lhe quis mal, Gerbert. E, no fim de contas, ficou bem contente porque o caso acabou assim.

Ele a olhou, um pouco desconfiado:

— Ficou contente?

— Ficou. Xavière já nada significa para ele.

— A sério?

Gerbert parecia incrédulo. "O que é que ele está pensando?", ruminou Françoise, olhando, angustiada, o campanário de Saint-Germain-des-Prés, que se recortava no céu metálico, tão puro e calmo como um campanário de aldeia.

— O que pretende Xavière? — disse Françoise. — Pensa que Labrousse ainda está apaixonado por ela?

— Mais ou menos isso — confessou Gerbert, confuso.

— Pois bem: se é assim, engana-se redondamente.

A voz dela tremia. Se Pierre estivesse ali, teria rido desdenhosamente. Mas ele estava tão longe, que o máximo que Françoise podia fazer era dizer a si própria: "Pierre só gosta de mim." Era intolerável saber que existia uma certeza contrária a esta em qualquer parte do mundo.

— Gostaria que Xavière visse como Pierre fala dela nas cartas. Ficaria edificada! — afirmou, olhando para Gerbert com ar de desafio.

— Só por piedade Pierre conserva um simulacro de amizade por ela. Como é que Xavière explica que ele tenha renunciado ao seu amor?

— Diz que o rompimento partiu dela.

— Ah! Sim? E por quê?

Gerbert olhou-a, embaraçado.

— Ela afirma que deixou de gostar de Pierre? — insistiu Françoise, apertando o lenço nas mãos suadas.

— Não — respondeu Gerbert.

— Então?

— Diz que aquelas relações eram desagradáveis para você — disse ele, num tom vago.

— Ela disse isso?

A emoção embargava sua voz. Sentia que lágrimas de raiva lhe subiam aos olhos:

— A cadela! — exclamou.

Gerbert não respondeu. Parecia embaraçadíssimo. Françoise caçoou:

— Em resumo: Pierre a ama apaixonadamente, e ela não aceita seu amor porque tem pena de mim, e que vivo devorada por ciúmes, não é isso?

— Bem, sempre pensei que ela contava as coisas à sua maneira — disse Gerbert, para consolar Françoise.

Atravessaram o Sena. Françoise debruçou-se no parapeito, olhando as águas de um negro polido, onde se refletia o disco branco da lua. "Não posso suportá-la mais", pensou ela, desesperada. Na luz mortiça do seu quarto, Xavière devia estar sentada, envolta no roupão marrom, lânguida e maléfica; o amor desolado de Pierre vinha acariciar-lhe humildemente os pés. E Françoise errava pelas ruas, desdenhada, contentando-se com os velhos restos de uma ternura fatigada. Sentiu vontade de esconder o rosto.

— Xavière está mentindo! — disse duramente.

Gerbert a abraçou com força.

— Certamente, certamente.

Parecia inquieto. Françoise cerrou os lábios; poderia falar-lhe, contar-lhe a verdade. Tinha a certeza de que ele acreditaria. Mas, por mais que fizesse, a outra, a jovem heroína, a doce figura sacrificada, continuaria a sentir na própria carne o gosto embriagador e nobre da vida. "Vou falar com ela", pensou Françoise. "Ela vai saber a verdade."

"Vou falar com ela", pensava Françoise, atravessando a praça de Rennes. A lua brilhava sobre as ruas desertas e as casas cegas, brilhava sobre as planícies nuas, sobre os bosques onde homens de capacete de aço vigiavam. Nesta noite impessoal e trágica, tudo o que Françoise possuía no mundo era a cólera que lhe perturbava o coração. "A pérola negra, a preciosa, a feiticeira, a generosa. Uma fêmea." Subiu a escada. Sabia que ela estava lá, escondida atrás da porta, metida no seu ninho de mentiras. Mais uma vez ia se apoderar de Françoise e fazê-la entrar à força na sua história. "Afinal, a mulher abandonada, armada apenas de uma paciência amarga, sou eu", pensou.

Bateu à porta do quarto de Xavière.

— Entre.

No quarto havia um cheiro enjoativo. Xavière, em cima de uma escadinha, pintava um vidro com tinta azul. Desceu do poleiro e disse:

— Olhe o que encontrei.

Num gesto teatral, mostrava a Françoise um vidro cheio de um líquido dourado. Na etiqueta lia-se: *Ambre Solaire.*

— Este bronzeador estava no banheiro. Como vê, substituí perfeitamente o óleo para fazer a tinta. Mas não acha preciso dar outra camada? — perguntou, olhando a janela hesitante.

— Não. Já está uma perfeição.

Françoise tirou o casaco. Precisava falar-lhe. Mas como? Não podia referir-se às confidências de Gerbert. No entanto, também não podia viver mais tempo naquele ar envenenado. Entre os vidros lisos e azuis, no cheiro repugnante de tinta misturada com cosmético, a paixão infeliz de Pierre, o ciúme baixo de Françoise existiam, eram evidentes. Precisava destruir isso tudo. Ora, só Xavière podia fazer isso.

—Vou fazer chá — disse ela.

No quarto havia um fogareiro a gás. Xavière colocou nele uma panela cheia de água e veio sentar-se em frente de Françoise.

— Então, foi divertido o bridge? — perguntou-lhe, desdenhosa.

— Não fui lá para me divertir — respondeu Françoise.

Seguiu-se um silêncio. O olhar de Xavière deteve-se no pacote que Françoise preparara para enviar a Pierre.

— Que lindo pacote — comentou com um sorrisinho.

— Acho que Labrousse vai ficar contente quando receber alguns livros — disse Françoise.

O sorriso de Xavière continuava a repuxar-lhe os lábios, enquanto seus dedos brincavam com o barbante do pacote.

—Você acha que ele *pode* ler?

— Por que não? Pierre trabalha, lê...

— Eu sei, você já me disse que ele está tão cheio de coragem, que até começou a fazer ginástica. Mas eu imagino a vida dele de forma completamente diferente — continuou Xavière, franzindo a testa.

— Foi o que Pierre me disse numa carta.

— Claro.

Puxou o barbante, depois soltou-o, provocando um estalido abafado. Ficou um momento sonhadora e depois, olhando para Françoise com ar cândido, disse-lhe:

— Não acha que nas cartas nem sempre contamos as coisas como elas são? Mesmo quando não pretendemos mentir — acrescentou delicadamente. — Quando contamos um fato a alguém, logo o deformamos, não acha?

Françoise sentiu que a cólera lhe embargava a voz.

— Pierre diz sempre o que quer dizer — respondeu Françoise, dura.

— Eu sei, eu sei. Claro que ele não vai chorar pelos cantos, como um menininho.

Pôs a mão sobre o pacote e prosseguiu:

—Talvez seja maldade da minha parte. Mas acho tão vazio procurar manter relações com as pessoas quando elas estão ausentes. Podemos pensar nelas; mas escrever cartas, enviar pacotes... Seria preferível fazer sessões de espiritismo — acrescentou com um muxoxo.

Françoise olhou-a com raiva impotente. Não haveria jeito de esmagar aquele orgulho insolente? No espírito de Xavière, em torno da recordação de Pierre, Marta e Maria se defrontavam. Marta era madrinha de guerra e recebia do soldado apenas uma gratidão deferente. O pensamento dele, porém, lá no fundo da solidão, ia para Maria. Era para ela que o ausente levantava, nostálgico, para um céu de outono, o rosto grave e pálido. Françoise se sentiria menos atingida se Xavière apertasse entre os seus braços, apaixonadamente, o corpo vivo de Pierre, do que assim, sentindo-a envolver sua imagem com uma carícia misteriosa.

— O que falta saber — disse — é se as pessoas interessadas têm a mesma opinião.

— Sim, claro — respondeu Xavière, com o mesmo sorrisinho.

— O que quer dizer com essa resposta? Que pouco lhe interessa o ponto de vista dos outros?

— Sabe, nem todos dão tanta importância às coisas escritas — disse Xavière levantando-se. — Quer um pouco de chá?

Encheu duas xícaras. Françoise levou o chá aos lábios. Sua mão tremia. Via Pierre, de costas, curvado sob o peso da mochila, quando desaparecia na plataforma da estação do Leste. Reviu seu rosto, que ele voltara para trás pouco tempo antes, despedindo-se dela. Gostaria de manter dentro de si essa imagem pura. No entanto, tratava-se de uma imagem cuja força residia somente no palpitar do seu coração. E isso não bastava, frente àquela mulher em carne e osso. Naqueles olhos vivos refletia-se a face fatigada de Françoise, seu perfil áspero. Uma voz sussurrava-lhe: "Ele já não a ama, ele já não pode amá-la."

— Acho que você tem uma ideia romântica demais sobre Labrousse — disse Françoise. — Ele apenas sofre com as coisas quando quer sofrer, compreende? Só liga para elas quando quer.

— Acha? — perguntou Xavière, com um muxoxo.

Seu tom de voz era ainda mais insolente do que se tivesse negado brutalmente a afirmação de Françoise.

— Acho, não. Sei! Eu conheço bem Labrousse.

— Ora, a gente nunca conhece bem as pessoas.

Françoise olhou-a enfurecida. Nunca poderia dominar aquela cabeça teimosa?

— Mas entre nós dois as coisas são diferentes. Sempre partilhamos tudo. Absolutamente tudo.

— Por que me diz isso? — perguntou-lhe Xavière, desdenhosa.

— Porque você acha que é a única a compreender Labrousse. E pensa também que faço dele uma ideia grosseira e simplista.

Seu rosto queimava. Xavière olhava-a, atônita. Nunca Françoise lhe falara nesse tom.

— Você tem uma ideia sobre Pierre, não é verdade? Pois bem, eu também tenho a minha.

— Mas você escolhe a ideia que lhe convém.

Falara com tanta segurança que Xavière recuou um pouco:

— Que quer dizer com isso?

Françoise cerrou os lábios. Ah! Que vontade de dizer-lhe brutalmente: "Você acha que ele a ama? Ele apenas sente piedade por você!" Mas o sorriso insolente de Xavière já se desfazia. Bastariam mais algumas palavras e seus olhos se encheriam de lágrimas, aquele corpo belo e orgulhoso desmoronaria. Xavière já a fixava intensamente, com medo.

— Não quero dizer nada em especial — disse Françoise, cansada. —Você, geralmente, só acredita naquilo em que quer acreditar.

— Dê-me um exemplo, por favor!

— Ora, um exemplo... — disse Françoise, já mais calma. — Quer um? Labrousse escreveu-lhe dizendo que não precisava receber cartas para pensar nas pessoas. Era, como é lógico, uma maneira delicada de desculpar o silêncio dele. Pois bem, você convenceu-se de que ele acreditava nas comunhões espirituais, para além das palavras.

Xavière deixou ver seus dentes brancos:

— Como é que você sabe o que me escreveu?

— Porque ele me disse isso numa carta.

O olhar de Xavière pousou na bolsa de Françoise.

— Ele fala de mim nas cartas?

— De vez em quando — disse Françoise.

Sua mão crispou-se na bolsa de couro preto. "Será que não era melhor lançar as cartas nos joelhos de Xavière? Então, raivosa e enojada, ela proclamaria sua própria derrota. Não haveria vitória possível depois disso." Françoise ficaria outra vez solitária, soberana, livre para sempre.

Xavière enterrou-se mais na poltrona e disse, com uma espécie de arrepio:

— Tenho horror de pensar que falam de mim.

Françoise sentiu-se subitamente muito cansada. A heroína arrogante que tanto desejava vencer já não existia; agora havia apenas uma pobre vítima perseguida, sobre a qual não podia exercer a mínima vingança. Levantou-se.

— Vou dormir — disse. — Até amanhã. Não esqueça de fechar a torneira do gás.

— Boa noite — disse Xavière, sem levantar a cabeça.

Françoise foi para o seu quarto. Abriu a secretária, tirou da bolsa as cartas de Pierre e arrumou-as numa gaveta, ao lado das de Gerbert. Não haveria vitória nem libertação. Fechou a secretária e guardou a chave na bolsa.

— Garçom! — chamou Françoise.

O dia estava lindo, cheio de sol. Durante o almoço, a tensão entre ela e Xavière fora ainda maior do que de costume. Logo no princípio da tarde Françoise viera sentar-se, com um livro, no terraço do Dôme. Agora o tempo começava a refrescar.

— Oito francos — disse o garçom.

Françoise abriu a carteira e tirou uma nota. Surpresa, olhou o fundo da bolsa. Onde estava a chave da secretária que guardara ali na noite anterior?

Esvaziou a bolsa, nervosa. Primeiro, a caixa de pó de arroz. Depois o batom, o pente. E a chave? Tinha de estar em algum lugar. Começou a recordar; nunca se separara da bolsa. Virou-a para baixo, sacudiu-a. Sentia o coração bater com violência. Lembrou-se: um minuto, apenas o tempo de levar a bandeja com o almoço da cozinha até o quarto de Xavière. Nesse minuto Xavière ficara sozinha na cozinha.

Meteu os objetos de qualquer maneira dentro da bolsa e saiu correndo. Viu o relógio: seis horas. Se Xavière tinha a chave, acabara-se tudo.

"Não é possível!"

Voava pela rua. Sentia latejar todo o corpo; o coração batia-lhe entre as costelas, na cabeça, na ponta dos dedos. Subiu a escada. A casa estava silenciosa e a porta de entrada tinha o mesmo aspecto de todos os dias. No corredor flutuava ainda o cheiro de cosmético. Françoise respirou profundamente. Devia ter perdido a chave. Se houvesse algo de extraordinário, perceberia qualquer sinal no ar. Abriu a porta do quarto: a secretária estava aberta. As cartas de Pierre e de Gerbert estavam espalhadas no tapete.

"Xavière sabe. Ela entrou no quarto para ler as cartas de Pierre." Xavière tencionava certamente colocar outra vez a chave na sua bolsa, ou escondê-la. Entretanto, quando procurava as cartas de Pierre, vira as de Gerbert. "Querida, querida Françoise." Então lera tudo, do princípio ao fim: "Amo-a." Lera tudo.

Françoise levantou-se e seguiu pelo corredor. Não pensava em nada. À sua frente, dentro dela mesma, havia apenas uma noite escura como o asfalto das ruas. Aproximou-se da porta de Xavière e bateu. Ninguém respondeu. A chave estava na fechadura, por dentro. Xavière não saíra. Bateu de novo. Nada. O mesmo silêncio. "Matou-se", pensou Françoise e encostou-se à parede. "Pode ter tomado qualquer coisa para dormir, em dose excessiva, ou ter aberto a torneira do gás." Pôs o ouvido à escuta. Não se ouvia nada. No seu terror surgia uma espécie de esperança. No fim de contas, era uma solução, a única imaginável. Mas não. Xavière só usava calmantes inofensivos; se o gás estivesse aberto, sentiria o cheiro no corredor. De qualquer forma, estaria apenas adormecida. Deu um encontrão violento na porta.

— Vá embora — resmungou uma voz surda.

Françoise limpou o suor da testa. Xavière vivia. A traição de Françoise vivia.

— Abra a porta — gritou Françoise.

Não sabia ainda o que lhe diria, quando a visse. Sabia apenas que queria vê-la imediatamente.

— Abra — repetiu, dando encontrões na porta.

Xavière veio abrir, envolta no roupão. Não chorava.

— O que quer de mim? — perguntou.

Françoise passou por ela e foi sentar-se perto da mesa. Nada mudara desde o almoço; no entanto, para além daqueles móveis familiares, algo horrível as espreitava.

— Quero ter uma explicação com você — disse-lhe.

— Eu não pretendo ouvir nada — respondeu Xavière, de olhos ardendo de raiva e faces afogueadas. Estava bela naquele instante.

— Escute-me, suplico-lhe.

Os lábios de Xavière começaram a tremer.

— Para que vem me torturar mais? Ainda não está contente? Acha que ainda não me fez bastante mal?

Jogou-se na cama e escondeu o rosto nas mãos.

— Você me liquidou!

— Xavière!

Françoise olhou à sua volta, angustiada. Nada viria em seu socorro?

A convidada

— Xavière! — repetiu, num tom de voz suplicante. — Quando tudo isso começou, eu não sabia que você amava Gerbert. E ele também não.

— Aquele canalha... — disse lentamente. — Da parte dele nada me espanta; é um sujo.

Olhou Françoise bem nos olhos.

— Mas você! — exclamou. — Você zombou de mim!

Um sorriso difícil de sustentar descobriu-lhe os dentes.

— Eu nunca caçoei de você. Preocupei-me mais comigo do que com você. Mas deve reconhecer que não me deu muitas razões para amá-la.

— Eu sei. Você tinha ciúmes porque Labrousse gostava de mim. Conseguiu afastá-lo e, para melhor se vingar, roubou-me Gerbert. Mas guarde-o; é seu. É um lindo tesouro que não pretendo disputar.

As palavras saíam-lhe da boca com tanta violência que pareciam sufocá-la. Françoise pensou, horrorizada, nessa mulher que os olhos fulgurantes de Xavière contemplavam, nessa mulher que, afinal, era ela mesma.

— É falso! — exclamou.

Respirou profundamente; era inútil tentar defender-se. Nada mais podia salvá-la.

— Gerbert ama você. — disse-lhe, com voz mais calma. — Procedeu mal com você. Mas a verdade é que naquele momento tinha tantas recriminações justificadas! Como poderia depois lhe contar tudo? Era difícil, pois ainda não tivera tempo de construir algo de sólido.

Inclinou-se para Xavière e disse-lhe, num tom insinuante:

— Tente perdoar a Gerbert. Nunca mais me encontrará no seu caminho.

Françoise apertou as mãos uma na outra; sentia nascer em si uma prece silenciosa: "Que tudo isto acabe, e eu renuncio a Gerbert! Não o amo, nunca o amei, não houve traição."

Os olhos de Xavière responderam-lhe com um relâmpago.

— Guarde os seus presentes — disse violentamente. — E vá embora daqui, vá embora imediatamente.

Françoise hesitou.

— Vá embora, pelo amor de Deus.

— Eu vou — disse Françoise.

Françoise atravessou o corredor, titubeante como uma cega. As lágrimas queimavam-lhe os olhos. "Tive ciúmes dela; roubei-lhe

Gerbert", pensava. Não eram só as lágrimas que a queimavam; as palavras também, como ferro em brasa. Sentou-se no divã e repetiu, estonteada: "Eu fiz isso. Fui eu." Nas trevas, o rosto de Gerbert surgiu-lhe, ardente. As cartas espalhadas no tapete eram negras, como um pacto infernal. Levou o lenço aos lábios. Corria-lhe nas veias uma lava escura e tórrida. Desejava morrer.

"Sou eu para sempre", pensou. Haveria uma aurora, um dia seguinte. Xavière partiria para Rouen e lá, no fundo de uma casa escura, se levantaria todas as manhãs com o desespero no coração. Todas as manhãs renasceria essa mulher detestada que Françoise passara a ser. Reviu o rosto de Xavière, descomposto pelo sofrimento. "O crime foi meu e existirá para sempre."

Fechou os olhos. Deixou as lágrimas correrem; a lava ardente corria e consumia-lhe o coração. Lá longe, muito ao longe, noutra terra, distinguiu subitamente um sorriso terno e claro. O vento soprava, as vacas mexiam as correntes no estábulo, uma cabeça terna e confiante apoiava-se no seu ombro, uma voz dizia: "Estou tão contente, tão contente." Depois Gerbert oferecera-lhe uma flor.

Françoise abriu os olhos; essa história era verdadeira, leve e terna como o vento matinal batendo os prados úmidos. Como aquele amor inocente se transformara em sórdida traição?

— Não! — exclamou ela. — Não! — Levantou-se e aproximou-se da janela. Na rua, o globo do candeeiro, escondido por uma máscara de ferro negra e denteada, como certas mascarilhas venezianas, enviava-lhe uma luz amarela. Françoise voltou-se e acendeu a luz do quarto. Sua imagem surgiu subitamente no espelho. Enfrentou-a: "Não!", repetiu. "Não sou essa mulher."

Era uma longa história. Françoise fitou a imagem que há tanto tempo tentavam lhe roubar. Viu-se rígida, austera e pura como um pedaço de gelo, dedicada, desdenhada, teimosa, enfronhada numa moral vazia. Ela dissera: "Não." Mas dissera-o baixinho. Não beijara Gerbert às escondidas? "Fui eu, realmente?" Por vezes hesitava, fascinada. Agora caíra na armadilha, encontrava-se à mercê da consciência voraz que esperara, no escuro, o momento de devorá-la. Ciumenta, traidora, criminosa. Uma pessoa não podia se defender com palavras tímidas ou com atos furtivos. Xavière existia, a traição existia. "Minha face criminosa existe em carne e osso."

Mas não existiria mais.

A convidada

Subitamente uma grande calma invadiu Françoise. O tempo acabara de parar. Françoise sentia-se sozinha num céu gelado. Era uma solidão tão solene e tão definitiva que parecia a morte.

"Ou ela ou eu. Serei eu."

Ouviu um ruído de passos no corredor. Do banheiro veio o barulho de água correndo. Depois Xavière voltou ao seu quarto. Françoise foi à cozinha e fechou o registro do gás.

Bateu à porta do quarto de Xavière. "Talvez ainda haja um meio de escapar", pensou.

— Por que voltou? — perguntou Xavière.

Deitada na cama, Xavière levantava o corpo, apoiada nos cotovelos. A única luz do quarto era a do abajur que iluminava um copo d'água perto de um tubo de beladenal.

— Preciso conversar com você.

Françoise encostou-se à cômoda, sobre a qual se encontrava o fogareiro a gás.

— O que pretende fazer agora? — perguntou-lhe.

— O que é que você tem com isso?

— Reconheço que sou culpada e não lhe peço que me perdoe. Mas não torne a minha falta irreparável.

Sua voz tremia. Ah! Se conseguisse convencer Xavière...

— Durante muito tempo — prosseguiu — minha única preocupação foi a sua felicidade. Mas você nunca pensou na minha. Sabe que tenho meus motivos. Faça um esforço, em nome do nosso passado. Deixe-me uma oportunidade de não me sentir odiosamente criminosa.

Xavière olhava-a, com ar ausente.

— Continue vivendo em Paris — acrescentou Françoise. — Retome seu trabalho no teatro. Instale-se onde quiser, nunca mais me veja.

— E continue a aceitar o meu dinheiro... Não é isso que quer dizer? Preferia morrer já.

Sua voz e seu rosto não deixavam qualquer esperança.

— Seja generosa, aceite. Poupe-me o remorso de ter arruinado seu futuro.

— Prefiro morrer! — exclamou Xavière, com violência.

— Pelo menos volte a ver Gerbert. Não o condene antes de falar com ele.

— E é você que vem me dar esses conselhos?

Françoise pôs a mão no bico de gás e abriu a torneira.

— Não são conselhos, são súplicas — disse-lhe.
— Súplicas! — Xavière riu. — Perde o seu tempo. Não sou uma alma bem formada.
— Está bem. Então, adeus.
Dirigiu-se para a porta e, silenciosa, contemplou aquela face lívida e infantil que nunca mais veria viva.
— Adeus — repetiu.
— E nunca mais volte — disse-lhe Xavière, colérica.
Já no corredor, Françoise ouviu-a saltar da cama e buscar o ferrolho. O fio de luz que passava por baixo da porta extinguiu-se.
"E agora?", perguntou Françoise a si mesma. Ficou ali, de pé, vigiando a porta de Xavière. Sentia-se sozinha, sem apoio, sustentando-se apenas em si própria. Esperou um longo instante, depois entrou na cozinha e pôs a mão no registro do gás. Seus dedos se crisparam. Era impossível, impossível... Em sua solidão, fora do espaço e do tempo, existia aquela presença inimiga que há tanto tempo a esmagava com sua sombra. Lá estava ela, existindo apenas para si mesma, refletindo-se completamente nela mesma, reduzindo ao nada tudo aquilo que excluía. Na sua solidão triunfante, aquela presença continha o mundo inteiro, estendia-se sem limites; infinita, única. Tudo o que a constituía, ela o tirava de si própria, recusando-se a sofrer qualquer domínio.

E, no entanto, bastava baixar a alavanca do gás para aniquilar Xavière, "Aniquilar uma consciência. Como poderei?" Mas era possível que existisse uma consciência que não fosse a sua? Nesse caso ela não existia. Repetiu: "Ou ela ou eu." E baixou a alavanca.

Depois voltou ao quarto, apanhou as cartas espalhadas no chão, e as jogou na lareira. Acendeu um fósforo, pôs fogo nelas e ficou ali, vendo-as arder. A porta de Xavière estava fechada por dentro. Todos acreditariam num acidente, ou num suicídio. "De qualquer forma, não há provas", pensou.

Despiu-se e vestiu o pijama. "Amanhã de manhã estará morta." Sentou-se frente ao corredor escuro. Xavière dormia; seu sono tornava-se cada vez mais pesado. Sobre a cama ainda havia uma forma viva. Mas já não era ninguém. Naquele quarto já não havia ninguém. Françoise estava sozinha.

Sozinha. Agira sozinha. Tão só como na morte. Um dia Pierre saberia tudo. Mesmo ele, porém, só conheceria o aspecto exterior de sua ação. Ninguém poderia condená-la ou absolvê-la. Seu ato pertencia apenas a ela. "Fui eu quem quis." Era a sua vontade que, nesse momento, estava se realizando. Nada mais a separava de si mesma. Finalmente escolhera. Escolhera a si mesma.

Direção editorial
Daniele Cajueiro

Editora responsável
Ana Carla Sousa

Produção editorial
Adriana Torres
Laiane Flores
Juliana Borel

Revisão
Luciana Figueiredo
José Grillo
Rita Godoy
Mariana Lucena

Capa
Fernanda Mello

Diagramação
Ranna Studio

Este livro foi impresso em 2023,
pela Santa Marta, para a Nova Fronteira.